一不小心成了朗兔 2

|纪婴| 著|

四川文艺出版社

宁宁已经没了力气,来不及去看天边究竟是怎样的情景,只觉得整个身体被用力接住,笼罩在身旁的不再是冰冷水流,而是颇为熟悉的温和热度。

第七卷 飞鸾

第一章 / 214
醉寂醋意大发

第二章 / 246
暖玉阁的秘密

第三章 / 292
纤凝夜雨听舟

番外

他不是不懂,只是不会 / 350

目录

第五卷 浮屠塔·下

第一章 / 002
星星月亮与他

第二章 / 079
巧计夺灼日弓

第三章 / 129
恶到善的距离

第六卷 水镜之境

第一章 / 030
秘境之主现身

"咱们应该向南还是往北?啊呀,哪边是南,哪边又是北?"

"罢了,水往何处走,我们便往何处去吧。"

第五卷·浮屠塔

下

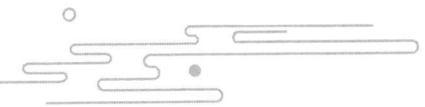

第一章　星星月亮与他

普天同庆,万众瞩目,在经过了整整一夜的煎熬等待后,玄虚剑派学宫终于放榜啦!

郑薇绮紧张得又是一夜没睡,她虽是修真之人,然而在精神极度压抑的情况下苦苦熬了两天两夜,中间还夹杂着高强度用脑活动,宛如丧尸游城般走出房门。

宁宁和大师姐关系很好,今日放榜,自然也早早醒来陪着她。

郑薇绮表现出了高考出成绩时的亢奋与紧张,生动形象地诠释了什么叫作"一半明媚一半忧伤",既迫不及待地想要知道成绩,又担心这次仍然过不了关,连门都不太想出。

来到学宫,放榜处已经聚集了一大群人,乌泱泱一片,有喜有忧。

原身早就从学宫毕了业,宁宁便从没来过此地。如今好不容易见上一番,难免带了些好奇地四下张望。

但见崇阁巍峨,傲然耸立。整座建筑以白玉石砌成,自有岿然不动、气势凌云之感,青松绿蔓平添翠色,雕栏玉砌风姿浑然。

在白玉宫外,文试成绩以非常传统的方式贴在墙上展现出来,等人稍微散了一些,郑薇绮才忐忑不安地上前几步,径直走到倒数的那一排。

榜单只会公布通过者的成绩,以郑薇绮的水平,若是在最后几个名字里没有找到她,那就必然又是没过关。

郑薇绮深吸一口气,与宁宁对望一眼,用右手遮住最后一竖排的几个名字。

末了,她以视死如归的口吻沉声道:"那我开始了!嘀啊!"

随着一道意义不明的低喝,郑薇绮将手掌往上挪了挪,露出一个被遮挡住的名字。

两个字,晃眼一看就知道不是她。

郑薇绮已经不忍心再往上看,手腕颤抖着又往上动了一格。

是个男人的名字。

再往上，不是。

继续挪一挪，也不像。

不会吧？

身后传来宁宁饱含安慰的、小心翼翼的声音："师姐……"

这两个字化作一记重锤，狠狠敲在耳膜上，迫使她再也没有思考的余力，整个人后退一步，把手掌从榜单上挪开。

放眼望去一大竖排名字，像条晃晃荡荡的龙。等她细细观察一番，别说是"郑薇绮"三个字，连个姓郑的都没有。

好家伙。

这榜单没有索引，每排上都歪歪斜斜地写着不同的名姓。郑薇绮仔细看了半晌，才终于从字缝里看出字来，满榜单都写着两个字："重考"。

郑薇绮：……

她是彻底看开了。

"看来这次又没过。"

身为大师姐，哪怕心里有百般怨气，也不能在她亲亲师妹面前表露出来。郑薇绮努力扯出一个笑，转身对宁宁道："再等来年吧。反正我也习惯了，哈哈。"

宁宁却并没有要离开的意思，而是用漂亮的杏眼望着她，抿唇摇了摇脑袋。

随即宁宁抬起右手，指向不远处榜单中间的位置："师姐，你在那儿呢。"

——她这回非但没落榜，还考进了整个学宫的中游，挂在一堆密密麻麻的名字的正中央。

郑薇绮一个恍惚，用了好一会儿才反应过来宁宁话里的意思，等转身见到那三个白纸黑字的"郑薇绮"时，更是恍如做梦般神色呆滞。

是她的名字。

真是她的名字。

不是在做梦吧。

她掐一掐脸，的确是疼的。

哦呼。

她——过——了！！！

十方法会召开在即，各大门派精英弟子尽数离山，前往目的地鸢城。

法会每二十年一开，意在测评修真界青年才俊们的真才实干，顺便为弟子们提供一决高下的机会，经过多轮角逐，选拔出各个境界里最拔尖的一个。

宁宁觉得吧，就跟期末考试似的，总叫人觉得有些紧张。

等飞舟抵达鸢城，在客栈里收拾好行李之后，便到了自由活动的时间。

法会于明日举行，鸢城城主特意为此筹备了一场大型晚宴。

玄虚剑派来得早，正午时分就没了事干，加之小弟子们常年居于山中，鲜少来这种赫赫有名的大城，只需三三两两地一呼应，便全部跑去了街头。

和往常一样，虽然每人都是由师尊亲自带队，但贺知洲那位成天云游四海的老家长仍然不见踪影，便被分到了天羡子这一拨。

"啊，风清气爽！人生美好！我还可以做十张考卷！"

郑薇绮还没从过了文试的冲击里缓过来，一边走在大街上，一边傻笑道："这次能过文试，首先要感谢我师兄师弟师妹们的大力支持。如果没有你们，我一定无法取得成功。其次，我要感谢出卷的师长们。是你们给了我第二次做人的机会，那些题目就是我的再生父母！我孝敬它们一辈子！"

贺知洲悄悄碰了碰宁宁手臂，压低声音："她这样多久了？有没有去看大夫？"

宁宁摇摇头。

其实郑薇绮如今已经算是比较正常的。当初在学宫外的榜单上见到自己名字，不看便罢，看了一遍，又念一遍，自己把两手拍了一下，笑了一声，直接道："噫！好了！我过了！"

整个就一范进中举的修真翻版。

只不过这位没疯到去滚泥巴水，等拍完说完，便扭头一把抱住宁宁，甩着舌头疯狂乱窜。

如果要为她配上一首背景音乐，必然是那首绝大多数人都耳熟能详的"Cause we are the champions of the world! We are the champions my friends!（因为我们是世界冠军！我们是冠军，我的朋友们！）"。

这音乐就非常应景，仿佛是为郑薇绮量身打造的。

鸾城极大，玄虚剑派入住的客栈位于闹市之中，一出门就能见到人来人往，好不热闹。

宁宁还没来得及看一看这座城的全貌，就听见贺知洲发出一声嫌弃意味十足的"啧"。

顺着他无比鄙夷的目光看去，竟是一道陌生男子的背影，身形纤瘦，身着青衫，一派风雅才俊模样。

察觉宁宁也在盯着那人看，贺知洲嘴角一抽："你看他浑身那股邪气，两瓶空气清新剂都压不住。"

他向来咸鱼，几乎从未对谁表现出如此明显的嫌恶之情，宁宁心下好奇，又听贺知洲补充道："你还记不记得，当初我当花魁时声称自己来自万剑宗，被他们一个弟子当场拆穿了？"

宁宁恍然大悟："难道——"

"没错。"

贺知洲咬牙切齿："就是叶宗衡这浑蛋！"

原来那人叫叶宗衡。

"贺师弟，其实归根结底是你冒充万剑宗在先，叶宗衡身为万剑宗弟子，揭露你的身份也是理所应当的。"

郑薇绮不愧为大师姐，虽然此时神志不清，说话却还是一针见血："这事儿无论放在谁身上，都不可能让你白白辱没万剑宗的风评。"

贺知洲气红了耳朵："郑师姐，你有所不知。那厮哪里是为了捍卫万剑宗风评，分明是他苦苦追求的前任花魁被我抢了名头，为了讨那姑娘欢心，才处处针对我。

"如果只是那件事也就罢了，的确是我不对在先，心服口服。可叶宗衡居然还雇下一群壮汉，在我上台献曲时，竟、竟——"

他越说越气，握紧拳头："竟站在台下一起吹唢呐！这是人能干出来的事儿吗？！"

的确不是常人会做的事。

宁宁想，如果实在看不惯的话，明明雇人直接打他一顿就行了啊，那位叶师兄的报复之道居然是吹唢呐捣乱……

还挺清新脱俗的。

众人谈话间，不远处的青衫男子身形一晃，微微偏转过脑袋。

被贺知洲恨得牙痒痒的叶宗衡师兄，居然长了张人畜无害的脸。

一双圆润清亮的狗狗眼叫人想起可口的黑葡萄，娃娃脸更是让他显得稚气未脱且平易近人，白皙的颊边甚至残留着些许婴儿肥，像个白嫩嫩的馒头。

难以想象，这样的人居然会是青楼常客，而且脑子似乎不怎么灵光。

高阶修士能觉察到周围细碎的灵气，叶宗衡乃万剑宗亲传弟子，对于气息感知更是敏感。倏然转身之时，腰间长剑陡然一震。

娃娃脸青年警惕抬头，正对上玄虚剑派一行人齐刷刷的目光。

打头那个，正是他的死对头贺知洲。

只见那贼人笑得意气风发、恶念横生，正缓缓向前踱步，带了几分杀气向他走来。

叶宗衡心下一颤，暗道不妙。

贺知洲明显不怀好意，八成是要报他雇人吹唢呐的仇。

如今他形单影只，同门皆不在近旁，而贺知洲身后则跟了好几个玄虚派剑修，要是真打起来，他必然落于下风。

可恶！

眼看对方越走越近，嘴角的笑越发张狂放肆，在两人相距咫尺、贺知洲正要开口说话的瞬间——

叶宗衡猛地闷哼一声，整个人像根被冻僵的大冰棍，直接倒在地上。

这番突如其来的变故让贺知洲也有点蒙，差点以为跟前这兄弟突发某种疾病了。

但下一瞬间，贺知洲就听见叶宗衡声如蚊蚋地开了口："救命……谁来救救我！他、他打我！"

说完，他还佯装出痛不欲生的模样，捂着胸口浑身抽了一下，但那贼兮兮的眼神分明是在挑衅："哈哈，没想到吧白痴！这叫先下手为强！"

——这人眼看打不过，居然碰起瓷来了啊喂！

贺知洲知道叶宗衡狗，但怎么也不会想到，居然有人能狗成这副德行。

这要是在别的地方，他绝对二话不说抡起拳头就打，但奈何此地人来人往，已经有几个路人面带惊异地紧紧盯着他们两人看。

望向他时，皆是带了惊惶与恐惧。

叶宗衡像条死鱼一样躺在地上，心满意足地看着死对头脸色由白转青，末了又颤着声补充一句："不行，你必须得赔、赔我疗伤费用。"

现场那么多双眼睛在看，按照贺知洲的性格和资产情况，如果想拔腿就跑或据理力争，只会白白坏了玄虚剑派的风评。

这一招他早就想用在贺知洲身上，一报花魁名头被抢之仇，今日好不容易得到机会，自然不可能放过。

果然，对方在犹豫片刻后咬了咬牙，十足不甘地发问："你要多少灵石？"

叶宗衡故作虚弱地瘫在地上，抬手比了个数："不多，五千灵石就成。"

"五千？"

贺知洲大概是被这个数字吓了一跳，掏出钱袋掂量一番。在经过一番极其激烈的思想斗争后，将钱袋递到他面前，用只有两人能听见的音量低声道："我没那么多，你自己看着拿吧。"

穷鬼。

叶宗衡心下冷嗤，勉强撑起身子坐在地上，抬手接过钱袋。

意料之外地，贺知洲居然没松手。

他皱了眉，不耐烦地加大力道，用力把钱袋往自己这边扯。

然后在同一时刻，耳边响起贺知洲惊天动地的嘹亮嗓音："救命！抢钱啊！你拿我钱袋做什么！！！"

哈哈，没想到吧！白痴！

贺知洲面上惊恐万分，眼底却满是猖狂冷笑。

他以前的工作是什么？演员啊！这臭小子，今天就让你见识见识什么叫演员的自我修养！

局面瞬间两极反转。

叶宗衡：……

与佯装病弱抽搐的叶宗衡不同，贺知洲的这道声音喊得中气十足，还裹挟了那么一丁点儿的慌乱与无措，仿佛下一刻就会哇地哭出声来，十足可怜。

于是来来往往的行人纷纷停下脚步，朝他俩所在的方向看。

叶宗衡百口莫辩，恍惚间已经听见有人在对着自己指指点点："当街强抢钱财，实乃败类！看他腰间别着把剑，到底是哪个宗门的弟子？"

他听得一口心头血差点上来，一计不成，心下又生一计。

既然贺知洲打定主意要将他拉下水，那就别怪他不客气！

这个念头匆匆闪过，叶宗衡眉目一凛，周身灵气暗涌、剑意陡生。贺知洲有所察觉，心里有点慌。

不会吧，难道是因为被他反将一军，叶宗衡恼羞成怒要直接开打？

不至于啊大哥！明明是你先碰瓷的！

叶宗衡修为已经快到元婴，他一个只知道划水过活的小废柴自然不敌。

他正要仓皇逃窜，对方的剑气却已呈山雨欲来风满楼之势，稍作停顿后，便如排山倒海般倾泻而出，径直打在了——

叶宗衡自己身上。

贺知洲蒙了。

只见叶宗衡整个人跟坐海盗船似的疯狂后仰，一击被掼上半空，在进行一个华丽丽的三百六十度大转身后，像烂泥巴一样重重摔倒在地。

然后他像坏掉的破布娃娃般抽搐一下，奋力抬起右手："我不过抢你钱袋……你为何，下此死手……"

他说完喉头一热，喷出一口血来。

——哈哈，没想到吧！他还有这一招！跟他比演技？白痴贺知洲！

贺知洲：……

贺知洲：你有病吧！！！

叶宗衡此人竟伤敌一百，自损两万！

这是什么绝世天才！没必要，真的没必要啊兄弟！

"救命，杀人啦！"

围观群众哪里见过如此惊天地泣鬼神的反转，一时间尖叫声、喟叹声、求救声四起。

叶宗衡仍躺在原地不断抽搐，偶尔吐出一两口泡沫似的血花。

贺知洲身处风暴中心，无处可逃，脑子里须臾间闪过许多许多。

他的表演基本法贯穿中国电视史，恐怖片、喜剧片以及乡村爱情故事信手拈来。

山重水复疑无路，柳暗花明又一村。

他还有路可走!

"我今天打的就是你!"

在铺天盖地的议论声里,贺知洲深吸一口气,目眦欲裂地破口大骂:"要不是你这败家子偷了家里所有钱财,咱们重病卧床的娘亲会平白无故没了性命吗?!"

吃瓜群众的声音小了一些。

贺知洲恨铁不成钢,继续激情怒骂:"二弟!我知道你爱逛青楼,但咱爹已经连饭都吃不起了,就等着我钱袋子里的灵石回去救命啊!你当真忍心把它抢走,全送给那小桃红姑娘吗?!"

小桃红,正是被贺知洲挤掉花魁地位的烟花女子。

不过短短几句话的工夫,局势便又是天翻地覆。

周围人纷纷怒骂:"没良心的东西!要是我,非得把你骨头打断!"

甚至有人热心肠,已经做好了众筹捐款的准备:"不知钱袋里的灵石够不够?太可怜了,我这里还有些闲钱,不嫌弃的话带回家,给你爹吃点好的吧。"

叶宗衡听得血花扑哧扑哧往外喷,恨不得爬起来痛斥这群听风就是雨的愚民。

现在好了,他不但被自个儿打得动弹不得,还成了被口诛笔伐、十恶不赦的那一个。真真得不偿失,赔了夫人又折兵。

他还想再出言辩驳几句,却突然察觉人群中的议论声小了许多。抬头望去,竟见到熙熙攘攘围观的人潮纷纷向两侧散去,让出一条畅通无阻的通道。

一名身着玄服、人高马大的青年缓缓而来,粗略打量现场的一片狼藉后,颔首沉声道:"二位,我乃鸾城刑司院刑司使,听闻此处有异,特来查探情况。"

简而言之,就是这座城里的高级督察。

叶宗衡本来只想整整贺知洲,哪里料到竟会招来此人,心慌意乱之下,只得尴尬笑笑:"这……不必吧。"

他说完了又暗自腹诽,他们俩闹这样一出,就算真想查,也查不出什么猫腻来。

哪承想玄服青年信誓旦旦:"我已听旁观城民大致叙述了事件经过,虽然错综复杂,但还请二位不要担心。"

他说着加重语气,抬眸看一眼城主府顶端一只展翅腾飞的鸾鸟雕像:"诸位有所不知,由于城中频频有女子失踪,城主特意在鸾鸟像上设了法术,能监视城中各个角落的一举一动,并通过玄镜再现出来——二位快看!那只眼珠正巧转到我们这边,方才发生的一切,必然都有好好记录下来。"

法术,监视,记录。

贺知洲已经要被吓吐了。

他再顺着青年的视线往上看去,果然见到鸾鸟眼中的绿宝石直勾勾地盯着这边看，在阳光下闪烁着刺眼的光芒。

谁能想到，他们两人处心积虑钩心斗角这么久，却发现螳螂捕蝉，黄雀在后，被那只鸟狂笑着拍得七零八碎："哈哈，没想到吧！鸢城里是自带监控摄像头的！"

没想到，那是真的没想到。

贺知洲浑身发抖："不、不用了吧！"

叶宗衡眼神飘忽："这也太麻烦了，不如让我俩私下协商解决……"

刑司使满面正气，朗声笑道："不碍事！天道昭昭，人可欺，心不可欺。二位争执如此激烈，寻常手段皆难以辨别善恶真假，我今日便要将一切真相公之于众，让作恶的那人无所遁形！"

此言一出，他便从储物袋里拿出一面玄镜来。

在场的好几十双眼睛，一齐盯着镜面看。

先是叶宗衡拙劣的演技，他还没被贺知洲碰到，便直愣愣地摔了个屁股蹲儿。

然后是贺知洲亲手把钱袋递给他，随即面目狰狞地大喊"有人抢钱"。

最精彩的，当数叶宗衡剑气上涌，呈回流之水的态势一股脑迎面而上，将他自己掀飞的时候。

青年旋转着一飞冲天，在贺知洲面如死灰的神情下悠悠落地，长衫飞舞，如花似梦。

男人看了会沉默，女人看了会流泪。刹那间现场毫无声息，刑司使的笑容随着画面进程一点点黯淡下去。

本以为是出血泪俱下的悲惨故事。

结果成了两大影帝互飙演技，把众人的智商按在地上摩擦。

这一出碰瓷与反碰瓷，被他们玩得妙啊。

过了好一会儿，终于有人迟疑着出声：

"啊，这……"

"剑修之行径，果然不是常人能企及。"

"不知是哪个门派的弟子，当真超凡脱俗——姑娘，你认识这两位吗？"

紧接着是一道似曾相识的女声，淡漠至极："不认识。"

在她之后，又有个少年人迅速接话："看他俩关系亲近，应该出自同一门派。我们万剑宗向来行得端、坐得正，弟子怎会如此，哈哈。"

叶宗衡心头一梗，朝着声源望去时，赫然见到同门派的苏清寒和许曳。

见他抬起脑袋，一对狗男女很有默契地一并扭头，假装陌生人。

贺知洲看得合不拢嘴，笑得十足嘚瑟："报应啊！可怜啊！同门情深啊！我的同门就不会——"

他话还没说完，就整个人失了言语，僵在原地。

以郑薇绮为首，亲爱的同门们在察觉到他的视线后，纷纷神色复杂地扭过头去，假装无所事事，四处看风景。

而他们的腰间空空荡荡，哪里还见得到半分剑的影子。

——为什么你们这群浑蛋都把剑藏进储物袋了啊！为了跟他撇开关系，连自己是剑修都不想承认了吗？！

"今日天气真好。"

最先扭头的郑薇绮道："适合念书，我最爱念书，文质彬彬的，多好。"

孟诀做惋惜状："早听闻剑修行事不一般，今日得见，果真不同凡响。"

小白龙涨红着脸，连龙角都染上了浅浅的粉色，一想到贺师兄之前的行径，就害羞得想哭。

宁宁侧着脸，视线从贺知洲移到了旁边的裴寂身上："当街闹事，实在过分。小师弟，你怎么看？"

裴寂：……

裴寂："我从未见过如此厚颜无耻之人。"

贺知洲的泪光，柔弱中带伤。

裴寂！你这叛徒！色令智昏！！！

"请两位跟我走一趟吧。"

刑司使道："届时会告知门派长老前来亲自认领，不知二位师从何门何派？"

叶宗衡故作坚强，忍住泪花闪闪冷哼一声："看不出来吗？小爷我来自玄虚剑派，玄虚天下第一。"

贺知洲眼一斜嘴一抽，不知道的还以为是从象牙山跑来修了仙："大哥，俺是万剑宗的徒弟。待会儿轻点罚成不，俺们万剑宗的都怕疼。"

贺知洲和叶宗衡被带走了。

刑司使完全没有放水的意思，宁宁对此爱莫能助，只能在心里为老乡点了根蜡。

迎接他们二位的，必然是来自门派长老们爱的教育，然后曲一响布一盖，全宗门老少等上菜。

两名碰瓷界影帝都去了刑司院吃牢饭，至于贺知洲情同手足的同门们则彻底放飞自我，把鸢城集市逛了个遍。

鸢城是远近闻名的商贸大户，位于六城通衢之处，陆路极为便利；加之苍江以游龙之势将其包裹其间，航运亦是畅通无阻，可谓大道连狭邪，宝马雕车香满路。

鳞次栉比的商铺一栋连着一栋，天街之上绣户珠帘，酒肆茶坊、烟柳画桥、花街暗巷皆如星罗散布其上，明巷接着暗道，条条道路密集得好似蛛网。

行人来来往往，会聚了身份各异的三教九流，锦衣玉食的玉面少爷、衣衫褴褛的瞎眼乞丐、叫嚷个不停的商铺小贩应有尽有，热闹非常。

位于正中央的城主府是视野之内最高的建筑，高墙掩映幢幢楼阁，画栋飞甍，如有腾飞而起之势。

在府邸顶端立着一只镶有翡翠玉石眼睛的鸾鸟，眼珠在阳光下悠悠转动，牵引出绵绵不绝的刺目流光。

除了往日的古装电视剧，宁宁哪里见过这般景象，一双黑溜溜的眼珠晃过来转过去，眼底尽是无法遮掩的新奇与激动。

虽然不太想承认，但她的确跟刚进大观园的刘姥姥没什么两样。

——但那有什么关系！开心最重要啦！

浮屠塔一行终于让孩子赚到了点零花钱，虽然钱物被瓜分后，每个人实际得到的都不算太多，但对于向来省吃俭用、在破产边缘反复试探的宁宁来说，已经是非常了不起的一笔资产。

她今天心情格外好，连带觉得周围嘈杂的吆喝也变得十分可爱。街道之间车水马龙、罗绮飘香，宁宁毕竟是个小女孩，抬眼就望见一家首饰店。

鸾城里的店铺与郑薇绮摆在山门前的简陋小摊截然不同，首饰不但设计精美、灵巧有致，用材亦是匠心独运，以玉石、宝珠和金银为主，肉眼可见的价格不菲。

他们刚走进铺中，便顿觉檀香四浮，流光溢彩。

宁宁一双狗眼差点被闪瞎。

店铺老板是个风姿绰约的年轻女人，十分热情地出面相迎："各位是来参加十方法会的小道友吧？看这气度，定是仙门大宗的弟子。喜欢什么随便挑。"

宁宁很有礼貌地应了声，低头打量店铺里的物件。

金簪点翠，珍珠暗嵌于翠羽之上；琉璃步摇色同寒冰，纤尘不染，在日光下宛如冰雪融化，淌出缕缕波光般的潋滟水色。

其中一眼就吸引了小姑娘注意的，是一个精致小巧的玉坠。

寻常挂坠多做佛陀或龙凤之姿，这块却另辟蹊径，被雕琢成一轮弯弯的残月。白玉凛如冬雪，柔若晨霜，乍一看去，倒真有几分像是挂在天边的小月亮。

再一望价格，能把她的小金库掏空。

宁宁看得一阵心梗，忽然听见老板娘笑道："公子好眼光。这颗夜明珠乃东海所出，品相卓绝，无论祈福或装饰，都大有神益。"

她闻声望去，只见林浔站在一颗圆润的夜明珠前，被老板娘点名后立马羞红了脸，慌忙摆手间，连说话都有些磕磕巴巴："不、不用！我、我……"

他没那么多钱。

小白龙越说脸色越红，最后几个字完全融化在嗓子里，变成一道模糊的吐息与呜咽。他实在不好意思把话说完，最终攥紧衣摆低着脑袋，紧紧盯着自己的脚踝看。

宁宁这时才后知后觉地想起来，龙族好像都挺喜欢亮晶晶的宝贝，这种圆润莹亮的夜明珠对林浔而言，大概相当于猫咪眼里的猫薄荷，拥有无法抗拒的诱惑力。

更何况这颗珠子产于海中，便更是让他多了几分思乡之感。

要知道林浔虽然社恐，在许多事情上却出乎意料地固执。

其中最为典型的，就是玄虚剑派不允许弟子们倚靠家族财产过活，他便拒绝了家里提供的所有经济援助，从挥金如土的大少爷一夜间沦为月下偷瓜猹。

宁宁曾去过他房间，典型的小葱拌豆腐，一清二白。别说没有任何亮闪闪的装饰品，连蜡烛都只剩下最后一截，不知道哪天就会来一出凿壁偷光。

听说他老爹实在看不下去，非常接地气地运来好大一堆西瓜，也全被林浔拿去分给了师兄师姐们。

他没有参与那天的浮屠塔历练，现如今身无分文，哪怕再喜欢，也没有能力把夜明珠买下来。

郑薇绮与孟诀远在店铺另一头，并未听见这番对话。大师姐身为带货达人，早就对珠宝装饰不感兴趣，见其他人都没盯着货物瞧，便大大咧咧地喊："没选出来什么好东西吗？要不咱们去下一家？"

林浔涨红着脸，小鸡啄米般急匆匆点头。

于是一行人纷纷往店铺外走，只有宁宁在迈出门槛时身形一顿，忽然转回身去。

她最后看一眼那轮白莹莹的小月亮，又摸了摸怀里的储物袋。

然后她压低声音问老板娘："姐姐，那颗夜明珠多少钱？"

行至精疲力竭之时，已从午时到了傍晚。

城主府内的夜宴始于一个时辰之后，经过一番商讨，众人决定先行回房歇息，以免到时候像几条离了水的死鱼。

玄虚剑派的风评实在经不起折腾了。

宁宁趁他们回房，特意去首饰店买下了那颗夜明珠。又在街头漫无目的地逛了一会儿，等悄悄回到客栈时，居然在楼阁顶端瞥见一个呆呆坐着的漆黑色人影。

她定睛一看，才发现是裴寂。

这"顶端"并非顶楼，而是真正意义上整座客栈最高的房檐之上。

少年仍然穿了身与夜色无异的黑衣，衬得一张脸煞白煞白的。他心情似乎不太好，没想到会在这时与宁宁四目相撞，很明显地浑身一怔。

他此时此刻在想什么，宁宁对此一概不知。在见到房檐上的裴寂之后，她整个脑袋里只剩下短短几个字——

哇！是飞檐走壁！

他们这个修为的剑修皆可凌空而起，像武侠电影里那样飞檐走壁自然也并非难事。

但之前在玄虚剑派时,所见所遇皆为山川林海,无檐无壁亦无市井人烟,总差了那么点意思。

但现在不同了。

宁宁逆着光眯眼笑笑,足尖一点,毫不费力地落在裴寂身边:"小师弟!"

她的声音被晚风吹得七零八落:"与其在这里发呆,不如和我一起去做点有趣的事情吧!"

傍晚时分的鸾城与白日里截然不同,尤其是行走于房檐之上,只需俯视而下,便能将满城旖旎风光尽收眼底。

薄暮冥冥,夕阳将歇。明月已攀上梢头,有如少女盈盈眉眼,蒙了层飘悠不定的薄纱。

一盏盏浮灯自万家升起,火光明灭,连缀成片,月华笼罩其上,平添几分梦境般的虚妄之感。

人声、水声、马声如潮水般交织而来,孩童的浅笑不绝于耳,空气里弥漫着蜜糖与杏花的味道,随风潜入淡薄夜色,连香气都是暗暗的。

宁宁身法轻盈,行走在房檐之上时几乎不会发出任何声音,加之走得极快,往往如蜻蜓点水,在万家灯火之间穿行不定。

裴寂安安静静跟在她身后,偶尔出了声,也是为应和她的话。

"小师弟,你以前来过这么大的城市吗?"

"未曾。"

"哦。"

宁宁嘴里衔着颗糖,自顾自笑起来:"那也挺好,第一次是很有纪念意义的!既然头一回来鸾城是和大家一起,说不定你以后每次到这儿来,都会想起我们。"

裴寂没说话,穿过雾气般的迷蒙火光,轻轻瞥一眼她的背影。

一袭淡色长裙,裙摆随着动作像流水那样肆意淌开,勾勒出一道道涟漪般的曲线。她虽然在同他谈天,却始终隔了触不可及的距离,仿佛随时都有可能消失在暮色之中。

忽然,前方的女孩停下脚步,毫无征兆地转过身来。

裴寂微微一愣,也停了下来。

"小师弟。"

她嘴角仍带了笑,朝他身后扬扬下巴:"你看,后面那是什么?"

裴寂闻言扭过头,在她所指的角落只望见一片低矮的房屋,并无任何引人注意的异象。

他心里正暗自疑惑,突然听见耳边传来一阵越来越近的脚步声。

那声音刻意被压得很轻,几乎融进傍晚时分的风里,可他天性敏感,刹那间便察觉到了异样。

裴寂猛地回头。

悄悄向他靠近的宁宁浑身一僵。

她没想过自己的小动作会被发现,因为这个猝不及防的回眸吓了一跳,身形略一踉跄,踩在瓦片上的脚底竟陡然一滑。

然后在距离裴寂只有几步之遥时,整个人笔直向前倒去。

宁宁:……

等等!这不是她想象的剧情!

无论如何,正确的情节绝对不是她出师未捷身先死,直接摔一个大马趴。按照规划好的思路,这份超级和谐友爱的惊喜理应是这样:

今日她与裴寂一道出行,发觉他的衣衫已有了些许褪色之势,想来这位一心练剑,完全没时间思考如何捯饬外形。

只可惜她的零用钱大多用在了林浔的夜明珠上,思来想去,便把最后一点私房钱悄悄拿出来,替他买了根绣有金边云纹的玉色云锦发带。

趁着裴寂转身之时,宁宁本应该悄无声息地接近他,等小师弟茫然回头,一眼就看见近在咫尺的礼物,不敢置信地睁大眼睛——

这才是惊喜的正确打开方式啊!

哪承想,原打算送给裴寂的惊喜,到头来却成了她自个儿的惊吓。

宁宁心下一沉,暗自咬牙。

她本来已经做好了狼狈摔倒的准备,没想到意料之中的疼痛并未如期而至,有阵疾风匆忙掠过,鼻尖传来一股冷冽松香。

一只手按在她的肩头。

然后整个人落入一个劲瘦有力的胸膛。

……欸?

这股香气,还有脸上的触感——

脸颊触及的布料柔软温热,有什么东西隔着薄薄一层胸腔,在狂热且剧烈地跳动。

一下又一下,清晰得过分。

宁宁猛地屏住呼吸,脑袋里轰地炸开。

不、不不不会吧。

她被裴寂接住了?

玉皇大帝如来佛祖耶稣基督观世音菩萨!她这辈子都没跟哪个男孩子有过这么近距离的接触,这也太——

太奇怪了!!!

她应该说什么台词来着？

"锵锵——惊喜"还是"没想到吧，这是送你的礼物"？

不对不对！当务之急，分明是赶紧从裴寂怀里离开。

夜色下沉，浮光四起。

宁宁心里乱得厉害，立于房檐上的黑衣少年亦是耳根一片燥热。

他见小师姐摔倒，便有意上前搀扶，没想到她竟……

竟直接栽进他怀中。

裴寂鲜少与女子接触，如今只觉一团温香软玉闯入胸膛，带来香甜清爽、类似于糖果的陌生气息。

承影默不作声，他有些无措地立在原地，不知应该将她推开，还是等宁宁自行起身。

他力道很轻，只不过是将手掌按在女孩肩头，浑身却因为这个动作而紧紧绷住，动弹不得。

和她接触的手心滚烫滚烫，仿佛携了一团火，直直烧到心头。

一片寂静之间，不远处忽然响起烟花升空时的声响。

一束暗金色长线如闪电般蹿上穹顶，再像昙花那样兀地绽开。

紧接着花火越来越多，越来越亮，漫天烟霓将傍晚映衬得恍如白昼，好似一条声势浩大的星河，在他眼底倒挂着坠落。

那是城主府里为庆祝十方法会燃放的烟火。

星河尽头，跌倒在裴寂怀里的小姑娘抬起脑袋。

宁宁背对着烟火，瞳孔里却还是染了温柔的霓光。

只不过她的表情实在称不上"温柔"，似是有些气恼地立起身子，不知是因为愤懑还是映着火光，脸庞浮现起浓郁绯红。

裴寂本以为她会生气。

因为身有魔气，几乎没人愿意亲近他，儿时触碰到镇子里的其他小孩时，往往会得到一顿拳打脚踢。

他我行我素惯了，此时却莫名感到紧张，喉头微动，用指尖悄悄攥紧衣衫。

可宁宁瞪他一眼，却并未发出任何苛责，而是一言不发地低下脑袋，从储物袋里拿出一根扁长的玉白带子。

准确来说是一根发带，做工精美，一眼就能看出并不便宜。

"送给你的。"

她语气硬邦邦的，自始至终没抬头："就……就是路过碰巧顺手刚好……反正就买了，绝对不是特意帮你挑选的。"

这样稀里糊涂说了一大堆，之前摔进裴寂怀里的红晕还没消，大概是为了增加可信度，末了又添上一句："你现在用的那根也太旧了，我一点也不喜欢，快换掉。"

这都哪儿跟哪儿啊。

宁宁只想在心里狠狠给自己一捶。

她好不容易精心准备的台词，全被那一跤给毁了。

明明这根发带花了她仅剩的全部家产，以现在这种语气，就跟她从街边地摊货里偷来似的。

好气。

宁宁的思绪来了又走，脑子里乱成一团，胡思乱想间，忽然察觉跟前的裴寂有所动作。

她原以为，裴寂会接过发带的。

没想到等他伸出手，右手手掌上却并非空无一物，而是端端正正、安安静静地摆了个小小的物件。

在越来越盛大的烟火里，宁宁的眼睛慢慢睁圆。

然后嘴巴变成一个小小的圈。

心跳毫无缘由地剧烈加速，扑通扑通冲撞胸腔。

在裴寂手心里，赫然摆着一个莹白色的小月亮，在如今暗淡的夜色之下，恍如明月从少年手中徐徐生长，散发出柔和微光。

正是她在首饰店里见到的那个玉坠。

今晚的一切都像做梦一样，完完全全不真实。

那个稀里糊涂的拥抱。

这场不合时宜的烟火。

还有无论如何都不应该出现在裴寂手里的，被她心心念念喜欢着的小首饰。

她本想给裴寂一个拙劣的小惊喜，结果却被他送了另一个更大的。

——裴寂是怎么发现她心思的？

还没等宁宁从惊愕中缓过神，手中的发带就被他不由分说拿走，取而代之的，是被裴寂塞进手里的月亮玉坠。

"不行不行！"

宁宁很有原则："这个太贵了，我不能收。"

裴寂的声音很冷，挑衅般扬起眉头："怎么不能收？师姐能给林浔师兄买下夜明珠，却偏偏收不得我同样价值的礼吗？"

宁宁又是一怔。

他还知道她给林浔买夜明珠的事儿？不对，裴寂这语气怎么听起来怪怪的，像有点生气？他生气什么？

想来他是在她之后回的首饰店，老板娘那样热情多话，指不定说了些什么。

她被饧了一下，仍是觉得受之有愧，急忙又道："无功不受禄，你为何要将它赠予我？"

话音刚落，又是一束烟火在半空绽开，照亮裴寂眼角泛红的泪痕，以及眼底寂静的阴影。

他答得理所应当，听不出情绪："小师姐又为何要将发带赠予我？"

宁宁彻底哽住了。

这小子——

以前怎么没发现裴寂这么伶牙俐齿？

她无话可说，只得将玉坠在手中握好，迟疑片刻后低声道："那我先收下了……多谢。"

宁宁不知道的是，身旁少年紧绷的脊背悄悄放松了一些。

他回应的语气仍是淡淡的："嗯。"

随即便是一段时间的沉默。

裴寂不动声色地看着她小心翼翼把手摊开，端详手心里的小月亮，末了微微抬起手，将玉坠迎着月光。

城主府顶端的楼阁亮起白灯，宛如天上宫阙，不知今夕何年。

除却街灯与烟火，苍江之上亦是点亮了一个个暗红灯笼，水光被船桨摇得支离破碎，暗影浮波，隐有落花飘摇。

宁宁望着那小小的玉坠，晚风丝丝缕缕自房檐拂过，撩起几缕垂落于颊边的黑发。裴寂瞥见她白皙的颈窝，无言地别开视线。

玉坠在月光之下散发出幽暗白芒，烟火织就出铺天盖地的星河，一股脑地落入女孩瞳孔之中。

月亮在她眼前，星河在她眼底。

忽然宁宁回过头，眼睛里除去星星月亮，便也有了裴寂的影子，站立于触手可及的正中央。

她不知怎的扑哧笑出声，十足惊喜的模样："哇，裴寂，我第一次看见你笑。"

她顿了顿，又道："对不起啊！我不是故意想笑的……但你现在的样子，好像假笑男孩哦。"

裴寂虽然没亲眼见过"假笑男孩"，但从宁宁的语气和这个名词的字面意思里，也能猜出是在讲他笑得奇怪。

如今晚宴已然开始，他们俩没过多久便匆匆回了客栈，准备和门派里的其他人一同赴宴。

赴宴之前，理应回房整理一番仪表。裴寂手里握着那根崭新的发带，却并未将其绑在发上。

金边纹路于玉锦之上盘旋生光，少年人眸色稍沉，纤瘦修长的五指下意识握紧。

在那家首饰店铺里，他曾见到宁宁驻足于玉坠之前，之所以未能买下，许是碍于价钱。

裴寂向来勤俭，已攒下不少闲钱，本是存了心思为她购来，却不想在承影"裴小寂居然也会准备惊喜了哦嚯嚯"的调笑声里，听见那老板娘道："可巧！白日与你同行的小姑娘刚离开不久——她买下了那颗夜明珠呢。"

夜明珠。

那是林浔师兄喜欢的东西。

原来她未能买下玉坠，是为了讨林浔师兄开心。

裴寂很难说清那一瞬间的感受，惊诧、茫然、一点点的委屈和伤心。

……真的只有一点点而已。

他本来有些生气，不愿再将玉坠给她的。

可毫无防备看见这发带时，心里好不容易堆积起来的气恼与固执却还是因为薄薄一层布料丢盔弃甲，再也不见踪迹。

心性不坚，他真是没用透了。

似乎想起什么，裴寂冷着脸俯身，蹙眉凝视着镜中自己的倒影。

然后他抬起右手，勾起右侧的嘴角。

他自幼生活在黑暗与打骂之中，几乎从未遇见过多么值得高兴的事情，久而久之，笑便成了毫无用处的累赘，被弃置在一旁。

他是不怎么会笑的。

浅粉薄唇被迫扬起一个类似于微笑的弧度，看上去却僵硬得如同铁块。搭配他冷冽的眉眼，不像在笑，倒像中了毒走火入魔。

铜镜里的人蹙起眉头。

他笑起来……是这般模样吗？

沉默许久的承影终于出了声，拼命憋笑：

"不是吧裴小寂，宁宁不过随口一说，你还就当真对着镜子，看自己笑起来是什么样啊？怎么样，今日收到了礼物是不是很开心？"

许是察觉裴寂的不耐与烦躁，它说罢轻咳一声：

"这样，你听我说，哪有人笑的时候只有半边嘴巴弯起来？你试试双手一起来，顺着嘴角往上勾，这样就正常多了。"

承影相当于一个恋爱中毒的中年单身大叔，裴寂一直觉得它不靠谱，此时却神色淡淡低了头，一言不发地照做。

于是两侧嘴角都被手指勾得弯起弧度，承影则用慈母般充满爱意的语气谆谆教诲：

"对，就是这样，再往外面拉一点——完美啊裴寂！以后就这样笑，明白了吗？嘻嘻嘻哈哈哈！绝了！这是什么天神下凡！"

说完实在受不了，由家中慈祥老母化身为咯咯直笑的老母鸡。

裴寂没动，视线直勾勾地停在镜面上，视线所及之处，是他刀刃般的剑眉、波澜不起的黑眸与高挑鼻梁，以及无比滑稽弯起来的嘴唇，还有脸颊上被手指堆起来的、白嫩嫩圆滚滚的两团肉。

这回终于不是假笑了。

活像个傻子。

裴寂：……

被耍了。

把贺知洲从刑司院领出来后，天羡子便带着弟子们来到了城主府。

鸾城商贸发达，是出了名的富饶阔绰，城主府内自然也穷尽奢侈浮华之景，放眼望去，连每一块地板缝里都写着四个字：

"我很有钱"。

宁宁之前去过的迦兰城虽然也曾是商业要地，但毕竟埋在水里沉寂了那么多年，加之城主府邸以雅致内敛为主基调，气质与此地截然不同。

穿越气势恢宏的正门，再经过高墙掩映、灯火通明的长廊，在一片喧哗笑声与琴曲、琵琶音之间，便抵达了用来迎客设宴的前院。

"天羡长老！有失远迎，有失远迎！"

领路的小厮刚退下，一位身着华服的青年男子便上前迎来，将宁宁等人粗略扫视一番，朗声笑道："玄虚剑派弟子皆乃少年英才，想必贵派今年也定能力压群雄。"

天羡子哈哈大笑："多谢城主吉言。"

他说罢又抬眼望向青年身后的红衣女人："这位定是城主夫人吧？"

城主侧过身去，声线温和："来，鸾娘。"

那女人站在高墙荫翳之下，又被青年挡去了大半身影，直到她在天羡子的问询后缓缓上前，宁宁才终于看清此人的模样。

她生得绝美，勾人的桃花眼中嵌着琥珀色瞳孔，犹如雪山之上融化的冰水，虽潋滟生姿，却清清冷冷，没有太多属于活人的温度。

一袭红裙由龙绡与云锦织就而出，龙绡单薄如纱雾，锦缎瑰丽似烟霓，两相交织之下，汇成一幅花荫簇簇的薄雾烟霞图，更衬得她身姿摇曳、美艳非常。

宁宁来鸾城前做过功课，城主姓骆名元明，是元婴高阶的天才符修。

他在此前还有过一任妻子，听闻是个体弱多病的官家大小姐，嫁给城主没多久，便因身染重病撒手人寰。

现如今的城主夫人名唤鸢娘，因自小便被卖入花街，早已弃用了原本的名姓。

一个是声名显赫的城中之主，一个是身份低微的舞女，这两人本不该有任何交集，骆元明却在某次宴席之上对她一见钟情。

这段浪漫佳话被城中百姓争相传唱，两人的爱情故事被写出了十多个版本，一个比一个曲折离奇，一个赛一个暧昧香艳。

甚至城主去世多年的老娘都在话本子里有幸复活，直接甩给女主角鸢娘一堆银票："五百万灵石，离开我儿子。"

要论离谱之程度，阎王爷看了都能气哭。但也由此可见，不论古今中外，大众吃瓜嗑糖的热情都是始终如一的。

鸢娘本是冷着脸，在听见骆元明声音的刹那神色微松，露出一个浅淡的微笑。

她是舞女出身，行走时身姿妩媚多情，连带着裙摆招摇晃动，锦缎于长明灯下流光溢彩，美不胜收。

天羡子与夫妻俩简单寒暄几句，随即带着众人入了筵席。

城主府前院宽敞得不可思议，桌席依次摆开，盛放着各式糕点与菜肴。宁宁和大师姐关系最为要好，便一直与郑薇绮并肩同行，光影交错之间，望见了好几张熟悉的面孔。

来自梵音寺的明空小师父仍然被一大群人围在中央，讲些连他自己都听不懂、全靠在《佛经》里背诵下来的大道理。

周围一群人不懂装懂，纷纷点头应和，要是有谁出言询问，便会收获一堆"只可意会不可言传"的怜悯眼神。

万剑宗早早到了此地，其中几个跟流明山一言不合打了起来，一名城主府小厮蜷缩在角落，手里拿着个小本本，记录到时候需要赔偿的灵石数量。

据围观群众所说，流明山一伙人在品尝点心时痛批甜豆腐花、怒赞咸豆腐脑，被万剑宗弟子听见后出言相争，经过一番激烈至极的口舌之战，最终拔剑掏符打了起来。

还有就是——

视线停留在人群中一张棱角分明的侧颜上，宁宁微微一愣。

那是个身形高挑瘦弱的青年，眼尾晕开夺人心魄的红，似是觉察到她的目光，一言不发地转过身来。

居然是迦兰城少城主——江肆。

江肆沉睡数年，醒来后一直是大病未愈的模样。然而病恹恹的身子骨并不能阻碍他体内源源不绝的王霸之气，在见到宁宁与郑薇绮后冷笑一声："呵，女人。"

郑薇绮的脸下意识地皱成一团："啧，白痴。"

她说罢思忖片刻，悄声对宁宁道："小师妹，看见那冤大头了吗？我来教你怎么做生意。"

眼看郑薇绮眼睛一眨不眨，死死盯着自己瞧，江肆面无表情地轻咳几声，眼底闪过一抹不易察觉的笑。

那女人果然对他情根深种，如今只不过晃眼见到他，就毫不犹豫地带着同门师妹朝这边走来。

只可惜他断情绝爱，注定给不了她未来。

"少城主。"

郑薇绮上前几步靠近他，嘴角含了淡笑："你怎么会在这里？"

江肆冷声回应："迦兰与鸾城世代交好，如今正值十方法会，在下自当前来庆贺。"

他顿了顿，又轻咳道："你要参加法会？嗯？"

句末的这个"嗯"，是他在话本子里学到的成果——

江肆自知跟不上时代变迁，于是在与玄虚剑派众人告别之前，特意找郑薇绮买下了一大堆话本子，经过日日夜夜潜心研习，总结出了当今男性的典型行为。

例如，冷傲疏离的人，很喜欢用"女人"这个词语，这一点和多年前一模一样，没什么好说的。

例如，最常做的表情是"挑眉"、"邪魅一笑"和"舔后槽牙"，无论做什么都是"淡淡地"。

又如，句尾总是要加一个"嗯"字，并且一定要使用非常"低沉醇厚"的嗓音，以及 点点的疑问语气。

江肆揣摩了许久，觉得应该和水牛哞哞叫时的感觉差不多，毕竟都是低沉的单音节。

除此之外，他还学到了许多从未听过的新句式。但即便是心理承受能力强如江肆，也无法接受自己把某个女人抵在墙角，跟红眼病似的红着眼睛来一句："叫声少城主，命都给你。"

或是紧紧搂住谁，"仿佛要把她嵌入身体里的每一寸血肉"。

就很恐怖，跟看志怪小说似的。他还想好好活着，不愿英年早逝。

"之前的话本子看完了吗？"

郑薇绮熟稔笑道："我这里又进了些新货，不知少城主感不感兴趣？"

江肆默了一瞬。

当初他看那些爱情话本，可谓学得天昏地暗、悬梁刺股，城中妖族对此颇为好奇，满街都是诸如此类的对话：

"少城主多日不露面，不知在府里做些什么？"

"听说在看书。"

"看书？莫非是阅览治城之策，抑或修炼绝世功法？"

"……听说是《霸道师尊的狂宠》《拒嫁豪门：小娇妻的逃爱三十三天》《这个孟诀明明超爱我却过分闷骚》。"

众人沉默无语。

于是没过一天，全城都在传少城主有颗少女心，看爱情话本子看得废寝忘食。

后来越传越离谱，直接从"大多是玄虚剑派各位长老的故事"，变成了"少城主最爱的究竟是天羡子还是真霄剑尊，或者两个都想要"。

只因为这两人的话本数量一骑绝尘，是所有人里最多的。

就非常有因有果，有理有据，百口莫辩，不服不行。

江肆本想拒绝，却听郑薇绮继续道："少城主，我手头还有两本书，都是以你为男主角，供不应求，想买的话可要抓紧了。"

她此话不假，自从迦兰城一事为世人所知，少城主江肆就被传成了一个清风霁月、城府高深的翩翩公子形象，人气也因此水涨船高，一夜间涌现无数同人话本，郑薇绮卖得那叫一个美滋滋。

江肆闻言不由得愣住，经过一番思想斗争，目光微沉着开口："多少钱？"

郑薇绮用手指比了个数字："一千灵石。"

江肆又是冷笑。

他虽然是个老古董，但脑子还没生锈。一本书卖一千灵石，这女人不如去抢："太贵，我最多只能给你五百。"

郑薇绮摇头："一千。"

江肆态度坚决："五百。"

郑薇绮："一千。"

江肆："五百。"

"五百。"

"一千。"

江肆：……

他一心想着跟对方唱反调，哪承想居然会被她绕进死胡同，利用这一点思维惯性，直接杀了个措手不及。

郑薇绮拼命忍笑，递给他一本《城主太难缠：萌宝三岁半》。

这标题过于惊世骇俗，江肆看得后背发凉，差点把作者直接告去刑司院。

等他颤抖着将其接下，又听见郑薇绮道："我这儿还有一本，同样一千灵石，要不要？"

江肆强忍着被无良商家欺骗的心痛，面无表情地应声："五百。"

郑薇绮还是和之前一模一样的语气："一千。"

迦兰城少城主敛了神色，唇角勾起一抹冷笑。

同样的招数不会生效两次，这女人竟然想用一模一样的套路，未免太过蔑视他的头脑。

江肆答得很快："五百。"

"一千。"

"五百。"

又是一轮几乎没有任何停顿的竞价，在郑薇绮开口念出下一个数字时，江肆凝神屏息，瞳孔骤缩。

——就是现在！

她刚刚说的这个数字，并不是一千！

按照之前的套路，他早就猜到郑薇绮会在某次报价时修改价格。

那时自己万万不可按照思维惯性，刻意同这女人反着来，而应该顺着她的话，毫不犹豫地念出同一个数字。

那就是——

江肆中气十足，一字一顿地开口："一千五百！"

沉默，是今晚的康桥。

热闹的盛宴里，突然多了一个伤心的人。

属于他自己的声音回荡在耳边，江肆满脸茫然地抬起脑袋，正对上郑薇绮笑得合不拢嘴的脸。

她刚刚……说的是一千五百？

不是五百？

哈哈，原来不是故技重施，而是挖了另一个等他自己跳进去的陷阱啊。

——所以你为什么不按套路出牌！欺负他这个什么都不懂的古董人有意思吗？啊？有意思吗？

这毒妇！

即便她得到了他的钱，也得不到他的心！

"不愧是少城主，出手就是大气。"

郑薇绮摇头晃脑，从储物袋里又抽出本小册子递给他。江肆状如雕塑，神情恍惚地将它接下。

低头一看，《我的天才夫君》。

杀人诛心，真是每个字都在嘲笑着他的愚蠢与脆弱，郑薇绮绝对是有意而为之。

江肆只觉得呼吸不畅，差点吐出一口血："女人……你在挑战我的极限。"

郑薇绮礼貌地笑笑，收下他递过来的智商税："没事，这不没成功吗？来日方长，咱们还可以继续。"

江肆努力吸气呼气，以免被她气死。

郑薇绮拿了钱，便美滋滋地与这冤大头道别说再见，搂着小师妹往宴席另一边走。

宁宁被她一顿猛如虎的操作逗得笑个不停，两人交谈之间，丝毫没察觉到人群中几道隐秘的视线。

"我看见她了，玄虚剑派的那位姑娘。"

一名媚修少女坐在假山之上，淡笑着看向斜倚在山旁的红衣少年："容辞，咱们上次可是被她耍得够呛，这回终于能光明正大地比一场……先说好了，谁先抓到就算谁的，另一个不许抢。"

容辞收回视线，懒洋洋地笑道："那是当然。"

"哎呀——"

目光触及宴席角落里抱着剑的黑衣少年，少女掩唇轻笑，声线甜如蜜糖："那是宁宁姑娘的小师弟吧？我们俩方才看着她讲话，被他狠狠瞪了。"

她一边说，一边将发丝缠绕在葱白食指上，眼底闪过捕食者狩猎般的冷光："模样倒是挺不错，说不准是个有趣的人……对吧？"

另一边，万剑宗。

许曳胆战心惊地看一眼自家师姐："师姐，你已经咧着嘴笑了整整半个时辰，比你上半年总共笑的时间都多——你是不是嘴巴抽筋了？"

"你不懂。"

苏清寒按住腰间长剑，止住剑身因兴奋而不断发出的嗡鸣："十方法会以武会友，各大门派精英弟子皆会聚于此，你难道不想与他们切磋一番吗？"

许曳胆子小，硬着头皮回答："大概……想吧？"

目光瞥见人群里的紫衫少女，苏清寒神色微敛："宁宁师妹在小重山中的表现颇为亮眼，此番试炼，一定会有不少人向她发起挑战。"

想起宁宁折腾霓光岛与浩然门的那件事，许曳下意识地点头："的确如此。宁宁这回必定处境凶险——师姐，你想帮她？"

"帮她？"

苏清寒轻笑出声，眼底浮现起一抹势在必得的亮色："我会第一个打败她。"

鸢城风光正好，搭配美酒佳肴令人流连忘返，如果不是一道突然响彻耳边的传音，宁宁愿意把今天晚上称作"无与伦比的一夜"。

然而等那声音出现，这"无与伦比的一夜"瞬间遭遇滑铁卢，变成了"许多麻烦事的源头"。

"诸位小友，在下乃鸢城城主骆元明。经过长老们的一番商讨，决定在今夜开启试炼秘境，即十方法会的第一轮比试。"

宁宁一边仔细听,一边抬头与郑薇绮四目相对,很明显后者也收到了同样的传音入密。

"在第一轮比试之前,各位都将得到一块特制令牌。待前往九幽山进入秘境后,便可随意发起挑战,抢夺他人身上的令牌。"

那声音继续道:"陷阱、计谋与集体合作皆不禁止。如果某人手中令牌数量清零,会被立刻强制离开秘境;试炼结束时手持令牌数量倒数,亦将被淘汰出局。

"试炼一共持续三天,秘境中还有诸多奇遇等待各位发现。那么——

"飞舟即刻抵达城主府,将乘载各位前往九幽山,请做好准备。"

此言一出,满座哗然。

法会不仅多出了争抢令牌这一规则,更是头一回在宴席之中宣布开启,无异于当头一棒。许多人尚未做足准备,听罢皆是焦急万分,不知如何是好。

而正如骆元明所言,在他说完不过半炷香的时间里,几艘飞舟如约而至,划破城主府上厚积如棉絮的云层。

跟突击考试似的,天下所有老师果然都是一样贼。

"令牌数量不能是倒数……"

郑薇绮无可奈何地笑道:"这不是摆明了鼓励大家自相残杀吗?那群长老真是一年比一年恶趣味。"

她是元婴期剑修,试炼秘境面积广阔,为了确保公平,自然不会与金丹期的宁宁分在同一场地。

略一思忖后,有些不放心地嘱托她:"我听说小师妹在小重山中表现不俗,说不定会因此惹上麻烦。切记谨慎行事,尽早与门派里的其他人会合。"

宁宁乖乖点头。

飞舟声势浩荡地悬在半空,垂落数阶蜿蜒而下的长梯。

长老们估计在什么地方偷偷摸摸看好戏,自始至终不见人影,弟子们则几家欢喜几家愁,吵吵嚷嚷地逐一登船。

在玄虚剑派所有人里,趁机大吃大喝的贺知洲是最后一个上船的。他吃得太多坐不了,只能扶着腰站在飞舟门口,探出脑袋往下看。

随着飞舟缓缓升空,地面上的人与物都变得越来越小、越来越模糊。

房屋的轮廓已经淹没于夜色之中,万千灯火团团簇簇,随风摇曳不定,如同纯黑色纸张上晕开的点点彩墨。人们的面孔同样变得不甚清晰,一半被黑暗吞噬,另一半掩映在火光之中。

四下张望之时,贺知洲一眼就望见了顶层阁楼里玄虚剑派的诸位长老,似是与他视线相撞,纷纷抬起手臂挥了挥。

贺知洲心里一阵感动。

小白菜，地里黄；两三岁，没了娘。他师尊李忘生常年不着家，只会偶尔寄一堆剑谱功法和珍稀灵植回来，要不是师叔师伯们多有提携照顾，他指不定会落魄成什么样子。

此番被抓进刑司院，也是天羡子在第一时间就赶了去，将他带出那个鬼地方。这份恩情没齿难忘，他绝不能辜负师叔的苦心。

"各位师叔师伯——"贺知洲扯开嗓子喊，"各位放心，我一定会通过此次试炼的！"

天羡子张了张嘴，应该是在对他讲些什么。可惜两人距离太远，贺知洲只能看见对方大张着嘴巴，却没能听见一丁点声音，跟看默片似的。

不过思来想去，老师在比赛之前还能说什么？不外是些为他加油鼓劲的话。

贺知洲想到这里更加激情澎湃，大声喊道："天羡师叔！放心吧，我不会让您失——"

那个"望"字还没出口，就被硬生生堵回了喉咙。

准确地说，是挤回了喉咙。

——在贺知洲往外探头探脑、自我感动的时候，飞舟的大门，悄无声息地关上了。

原来师叔师伯们并不是在挥手道别，而是拼命向他示意："快把脑袋缩回去啊！否则马上就要被门夹啦！"

贺知洲面无表情，整个人直愣愣地站在飞舟里，只有一颗头被挤出门外，动弹不得。

晚风吹起他不羁的黑发，在朦胧视线中，正巧撞上高楼中一家三口诧异的目光。

飞舟，夜空，火光，挂在门口的人头。

一声刺耳的尖叫划破夜空。

贺知洲：……

听他解释！他是个品行端正、风流倜傥的英俊剑修，真不是什么被镶嵌在门缝里的人头！！！

然而还没等他朝那家人露出一个友善的笑，便察觉有人在身后胡乱抓了把自己的头发，然后是后背被拍了一下。

宁宁的声音无比清晰地传入耳朵："师姐，你做什么呀？不要欺负贺师兄。"

郑薇绮义正词严："分明是你对他动手动脚，还想嫁祸于我！"

这飞舟里大多是玄虚剑派的弟子，见到此番景象哄然笑开。不少与贺知洲关系要好的同门师兄弟有样学样，你碰碰我挠挠。

可怜他本人的一颗头被关在外面，只能听见身后一团嗡响，压根不知道是谁在做手脚，唯有面目扭曲地拼命挣扎："给我住手！你们这群浑蛋！"

宁宁站在飞舟里，视线所及之处只有他佝偻如九旬老汉的半个身体。那场面实在滑稽，让她忍不住笑个不停，猝不及防间，忽然听见贺知洲大喊一声："糟糕！"

她多少还存了点良心，闻言问道："怎么了？"

贺知洲似乎觉得难以启齿，声音小了很多，需要细细辨别才能听清："……我好像，被下面的很多人围观了。很多很多。"

与他一起在李忘生门下修习的三师弟笑得没心没肺："这有什么好围观的？只不过是一颗挂在飞舟上的人头——"

等等。

这可是一颗挂在飞舟上的人头啊！！！

试想烟火璀璨、举城庆祝的日子里，你和娘子吃着火锅唱着歌，刚一抬头，就在窗外望见一个诡异的悬空人脑袋——

这也太恐怖了吧！！！

"贺师兄，稳住！"

场面一片混乱，为了鸢城百姓的身心健康，这下总算没人敢继续折腾他。小弟子们纷纷正色，七嘴八舌地提意见："一定要保持微笑，表情绝对不能太阴沉，否则会吓到小孩子的！"

宁宁颇以为然："没错，要用笑容告诉大家，你不是个被挂在门上的头，只是脑袋碰巧被门夹了。"

于是十方法会盛宴之夜，飞舟腾起时烟火骤燃，不少鸢城百姓倚窗而望，欲要瞻仰一番仙门风姿。

飞舟浮空，灯影交融，不谙世事的小孩睁着大眼睛，满脸好奇地发问："娘亲，天上飞的大船是什么？"

"那是十方法会的飞舟。飞舟之上尽是各大门派里最为出色的弟子，若是想登船，定要勤修苦练，来日——"

女子倚立于高楼之上，还没来得及把话说完，便倒吸一口冷气，后背不由自主地开始颤抖。

——在其中一艘飞舟的门口，赫然挂着颗面目狰狞、脸色惨白的人头！

一朵烟花炸开。

那颗人头目光茫然、神情恍惚，不经意间与一家三口视线相撞，竟然颇为僵硬地咧了咧嘴角，勾出一个尴尬而不失礼貌的微笑。

这已经够吓人了。

没想到这笑容转瞬即逝，不过一眨眼的工夫，头颅便猛然换了脸色。

只见它又哭又笑、摇晃不止，大张着的口中不知在讲些什么东西，只有一张狰狞可怖的面孔在火光下格外清晰，深深刻进每个人的记忆里。

随着飞舟缓缓前行，越来越多的百姓见到了它。

不知名姓的脑袋龇牙咧嘴地抽搐着，仿佛极为痛苦般眼珠子乱转、脸颊皱成一团，口中无声地大骂，或许正在控诉生前所遭遇的不公。

高楼里的孩子们异口同声地放声大哭，哭声一片连着一片，滔滔不绝。

忽然有人恍然大悟般大喊："我想起来了！那不是今日在街市作乱、被关进刑司院的玄虚剑派弟子吗？！"

一石激起千层浪。

不知是谁颤抖着接下话茬："我听说他被门派里的长老带走了，难道玄虚剑派为了处罚，竟把他给……不愧是修道之人，都这样了还没死透啊！"

"玄虚剑派为何那样？！"

一个女人瑟瑟发抖，惊声尖叫："他只不过犯了个小小的错，哪至于将头颅砍下来，挂在飞舟上示众！这师门究竟是什么铁石心肠，真是叫人死了都不得安生！"

那颗头在空中随风飘摇，于暮色中渐行渐远，直至飞舟离去，也没有被人取下来。

而它的表情居然渐渐柔和下去，最终闭上眼睛，变成一张佛性十足的笑脸。那样安详，像是临终前得到了解脱。

这名弟子在濒死中挣扎了那么久之后，终于还是缓缓闭上了眼睛。

城中百姓一夜未眠，玄虚剑派杀死弟子并挂在飞舟的事情一传十、十传百，不少人自发为那个可怜人献上花圈和纸钱，烧在苍江岸边。

场面之震撼、影响之浩大，史称"我们仍未知道那天所看见的人头的名字"。

而玄虚剑派的长老们怎么也不会想到，在那一夜之后，鸾城中家长吓唬小孩的方式彻彻底底变了个样，从"再哭？再哭虎姑婆就来把你抓走"变成了——

"再哭？再哭我就把你送进玄虚剑派！"

还真别说，效果显而易见地好了很多。

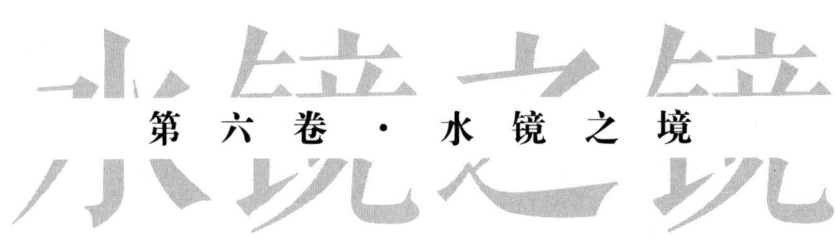

第六卷·水镜之境

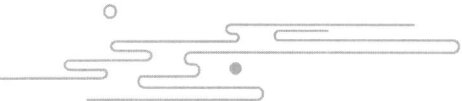

第一章　秘境之主现身

等每名弟子都排着队拿到了爱的号码牌，没有一点点防备，也没有一丝顾虑，十方法会的第一轮比试便正式拉开序幕。

秘境名唤"水镜"，位于鸾城城郊的九幽山中，为确保等阶公正，筑基、金丹、元婴期选手的赛场被有序分开，不会相互影响。

出于上一辈子的经验，宁宁对毫无征兆的突击考试习以为常，因此并没有太大的心理负担，带着星痕剑径直走入其中。

和小重山一样，进入试炼秘境的弟子们会被随机传送到不同地点。她运气不错，没有去往悬崖峭壁或灵兽老窝，睁开眼后见到的景象，是一片葱郁茂密的树林。

如今正值夜晚，参天古树遮掩了大半月色，只有生长在树下的灵菇与青苔散发着光亮，朦胧淡薄如雾气，叫人看得不甚清晰。

林海浩渺之中，郁郁苍苍的树木汇聚成翻涌着的绿浪，放眼望去尽是翠绿与深棕色泽，莫名挟来一股铺天盖地的压迫感，让宁宁有些喘不过气。

灵菇圆润如球，挂在树梢与树干上，倒有几分像是五颜六色的小灯笼。借着由它散发出的亮光，宁宁低头看一眼手中的令牌。

令牌只有半个巴掌大小，由梨花香木所制，拿在手里能闻见清雅幽寂的缕缕淡香。

牌面之上精心雕刻着一个她看不太懂的符令，大概是为了与秘境产生感应，时刻监视持令者的动向。

令牌只能被随身携带，不允许放进储物袋中，她没多想，将其揣入上衣口袋里。

书里虽然提到过这场试炼，但写得极度流水账，基本没有任何参考价值——

不但未曾提及法会提前举行一事，就连剧情也是清一色的"装寂遇见了人，装寂干掉了人，装寂持有的令牌数量最多，引得长老们啧啧惊叹"。

像过了期的甘蔗似的，又长又索然无味，也不知道当初的自己为什么愿意强忍着把那本书看完。

她今日在鸾城玩了一整天，早就被耗去绝大多数精力，本打算等宴席结束后回客栈养精蓄锐，却没想到长老们脑门一拍，直接打了众人一个措手不及。

山野之中常有灵兽袭人，当务之急，是尽快找个安全的地方好好休息。

宁宁有些疲倦地打了个哈欠，正要往前走，忽然察觉有几道微弱的灵气迎面而来，在触及皮肤的刹那又如轻烟般散去，寻不到丝毫痕迹。

它们的存在感十分稀薄，散发出灵气的人距离此地应该还有一段距离。

所有人都被逐一分开，同门派不可能在这么短的时间内成功会合，因此可以排除团伙作案的可能性。而以这些灵气中若有若无的杀气来看，很可能是几名弟子狭路相逢，直接打了起来。

宁宁充分继承了大众流传千年的优良传统——爱凑热闹，这会儿反正闲着也是闲着，不如去当个吃瓜群众，瞻仰一番各大门派精英弟子的风采。

要是有机会，说不定还能趁乱出手，夺来几块令牌。

她从来都不是坐以待毙的性格，比起咸鱼一样躲躲藏藏，主动出击显然更有意思。

宁宁说做就做，当即感应着灵气来源一步步向前。没过多久，便听见一名女子的低斥："大家都是音修，有必要赶尽杀绝吗？"

她心下一动，敛了气息上前几步。透过葱葱茏茏的婆娑树影，见到四个人彼此对立的身影。

三男一女，青衣女子眉目秀丽，穿着流明山的门服；站在她不远处的青年男人满脸戾气，似笑非笑地把玩着手中的翠色玉笛，在四人之中，属他杀气最盛。

一个秀气少年颇为不耐地立于树下，眉宇之间尽是烦躁，看浑身玉白的装束，应该来自百乐门；与他遥遥相对的梵音寺僧人则神色如常，似是有了些许倦意，垂眸倚靠在树干上。

青年把笛子在指尖转了个圈，挑眉冷笑道："把我们这几个音修放在一起，那群长老的意思再明显不过——他们要看好戏，咱们当弟子的，哪里有拒绝的道理？不如顺从长老们的意愿，好好来比试一场。"

白衣少年目露嘲讽："讲得这么冠冕堂皇，说白了，不就是想要我们身上的令牌吗？多说无益，来吧！"

青年正是等他这句话，闻言腾空跃起，立于古树粗如人臂的枝干上，随即催动笛音，霎时间疾风骤起。

与有形有质的剑或符咒不同，音律看似纤弱风雅，实则鬼魅无踪、变幻万千，往往在无影无形之中置人于死地。

他的笛音悠扬婉转，随着音律起伏变化，环绕在林中的夜风化作一把把凛冽刀刃，在一道尖啸声后，径直冲向树下三人。

宁宁藏匿了气息，站在不远处的树丛里。那笛音飘飘悠悠传入耳中，因为并未对她造成威胁，以吃瓜群众的角度而言，不失为一首婉转动听的好曲子。

音韵被晚风裹挟着四处倾泻，潜入每一处僻静的角落，如同夏夜里一场清凉舒适的雨，令人心旷神怡——前提是忽略它越来越重的杀气。

白衣少年出身于以音律闻名的百乐门，此时自然不甘示弱，在避开一道道利刃般的疾风后，从怀里掏出储物袋。

来了！

宁宁兴致大增，颇为期待地看着他的双手。

音修大多风雅端庄，武器以笛、琴和琵琶为主，如今场上会聚了好几名音修，且个个实力不俗，四舍五入一下，就是场免费的露天音乐演奏会。

只见白衣少年手中储物袋暗光一闪，不过眨眼之间，手里便出现了一把……

二胡。

青年嘴角一抽，却还是全神贯注地继续吹笛。

随着音调越来越高、变幻越来越快，风刃与灵力也就越来越强，横冲直撞间，斩断数根粗壮的枝条。

随即少年拿起琴弓，二胡声起。

宁宁一直以为，音修都是以音律优美、婉转悦耳为修炼目标，直到这个少年的出现，给了她重重一锤。

这不是拉二胡。

这是在拉锯子。

二胡作为传统乐器，以清幽哀婉为主要特色，宛如溪涧清泉，自有一番风骨。

然而白衣少年琴弓一拉，发出的却并非潺潺流水声，而是类似于指甲划破黑板的恐怖噪声。

只需听这一下，宁宁就差点被直接送走。那曲子一点也不"清幽哀婉"，真正哀婉的，是听到这首曲子的可怜人。

超越了仙道，超越了历史，这一波，是绝无仅有的魔法攻击。

宁宁多想冲上前，眼底饱含热泪地告诉他："别拉了，别拉了！你手里的这把锯子，它绝对生锈了啊！"

饶是之前飞扬跋扈的青年也不会想到，跟前这个看起来文文弱弱的少年人居然是个狠角色。

二胡一出，再搭配上他烂到令人发指的演奏技巧，霎时间引得风云变色，每一株花花草草都惨淡非常。

青年暗道难缠，却已无路可退，百般无奈之下，只能吹着笛子负隅顽抗。哪承想那个来自流明山的女人也拿出储物袋，待观察一番眼前形势后默念口诀。

宁宁不由得微微一愣。

那少年把二胡拉成了锯子，几乎将笛音完全掩盖，一看就是个不好招惹的狠角色。这女人究竟用的什么武器，才能在这种情况下毫不犹豫地把它拿出来？

难道——

储物袋中光线散去，青衣女人手里的乐器渐渐显形。

细长身，圆锥形大喇叭，通体鎏金色。

赫然是把金光闪闪的唢呐。

吹笛子的青年脸色煞白，心态全崩。

这女人之前表现得温驯怯懦，看她浑身上下的气质，怎么说也应该是个玩琴、玩箜篌的——

结果你才是全场最离谱的那个啊！一个两个都在扮猪吃虎，这个世界还能有一点人与人之间的诚实和信任吗！

他不想跟这群人玩了。

他手里的笛子是那样弱小可怜又无助，哪里经得起那两个乐器界恶霸的折腾。别说吹曲子，不远处驴叫般的二胡音一响，他的调子就能直接被带去姥姥家，要是这唢呐再一响……

俗语有言，百般乐器，唢呐为王，不是升天，就是拜堂。千年琵琶万年筝，一把二胡拉一生，唢呐一响全剧终。

青衣女子神色坦然，举起手里的唢呐。

一曲出，四野寂。

高昂洪亮的音律如潮似水，以席卷天地之势涌入耳畔。随着耳膜的一阵颤动，其他所有乐音都变得索然无味。

一边是吱吱呀呀不绝于耳的驴叫，另一边是势如猛虎的尖啸，青年的笛音可怜兮兮地兜兜转转，早就忘记了原本的音调。

三股针锋相对的灵气于夜色中轰然碰撞，四周阴风大作，宛如百鬼夜行，惊悚非常。

好端端的音修比试，被他们赛出水平赛出风格，稍微包装一下，就能直接去殡仪馆抬棺送葬。

没有二胡拉不哭的人，没有唢呐送不走的魂。

躺着听，是对他们最大的尊重。

一开始闹腾得最凶的吹笛青年首先支撑不住，脚下树枝被形如鬼魅的乐音尽数斩断，身上亦被汹涌灵气冲撞出几条口子，无比狼狈地跌倒在地，眼看落入下风，只得将令牌拱手相让。

一曲肝肠断，天涯何处觅知音。

少年与青衣女子在大战中竟生出了几分棋逢对手的惺惺相惜之感，一块令牌自然不够两人平分，视线交会片刻，同时望向靠在树下的僧人。

那僧人看起来不过二十岁的年纪，生有一张清朗温润的脸，虽然称不上俊逸非凡，一双琥珀色眼睛却静如无波古井，能轻而易举叫人心生好感。

梵音寺里除了佛修体修，还有一群数量稀少的音修，比起流明山与百乐门，修习的乐器要古怪许多。

琴瑟筝箫都是小儿科，木鱼才是主流，听说前几年还出了个拿嘴当乐器，专门吟咒念经的狠人，一顿比试下来，嘴皮子能冒火花。

如果这名僧人也是用的木鱼，大概率会在两人的夹击之中败下阵来。宁宁心觉时机已到，正犹豫着要不要出手相助，却陡然瞥见眼前佛光大作——

不只是她愣在了原地。

连一旁的专业送葬团队都停止了演奏，露出颇为惊异的神色。

现身于佛光之下的，哪里是什么木鱼。

那玩意硕大无比，通体浑圆，逐渐显形之时，以舍我其谁的王霸之气震慑四野，发出一声浑厚嗡鸣。

好家伙，居然是一口足有两人高的梵钟。

少林寺每天早上都要敲来当闹铃的那种。

青衣女子只想破口大骂。

哪里会有音修拿梵钟当武器啊！别人弹琴吹箫，你拿个钟杵死命去敲？有病！

宁宁心里赞叹不已，暗道各大门派真是人才辈出。

剑修虽然狗，但绝大多数都是闷骚，狗得内敛，狗得毫不外露。

然而这群音修就截然不同。

他们放飞自我，毫不掩饰，甚至明晃晃地向旁人展现出来：嗯，对，这就是我的武器。

打个比方，你能看见拿木鱼、梵钟、唢呐做乐器的音修，但绝对不会见到用烧火棍当武器的剑修。

人才，都是人才。

这一出好戏层层递进，每个人都深藏不露，长老们不愧为长老，连整人都这么清新脱俗。

女子与少年显然也没料到一山更比一山高，在场的音修一个比一个古怪。在一阵愣怔后重整旗鼓，继续奏响乐音。

二胡哀怨，唢呐凄幽，当之无愧的阴间配乐，引出一道道诡谲至极的冷风。

而那身处风暴中心的年轻僧人面色不改，微微颔首之后，手中赫然出现一根巨大钟杵。

佛家音律庄重明朗，与二人的曲风最是格格不入。钟声响起的刹那，两道截然不同的灵力彼此相撞，爆发出震耳欲聋的剧烈轰鸣，让宁宁不得不捂住耳朵。

奈何钟声虽响，以僧人的一己之力却也无法与二人相抗衡。

洪亮的钟音沉重如磐石，一声声涌向耳边时，伴随着蕴含了佛气的阵阵掌风。少年与青衣女子并肩协作，分别以灵力斩去道道重击，距离僧人越来越近。

眼看那僧人渐渐不敌，少年沉声喊道："交出令牌，我二人必不会伤你！"

对方却并不理他，只顾埋头一味敲钟。

于是两人又迅速对视一眼，同时将攻势加强加快，一步步朝他靠近。

他们势在必得，宁宁却隐约意识到有些不对劲。

那僧人虽然已经落于下风，却不反抗不求和，也不逃跑或加强攻势，就那样无动于衷地站在原地……

就像是专门想要引那两人靠近。

这个念头匆匆划过脑海，就在刹那间，年轻的僧侣忽然抬起眼眸。

他的瞳孔无波无澜，清澈如泉，此时却映了几分说不清道不明的暗淡光线，不知道在思考些什么。

宁宁看见他高高举起了钟杵，却没像之前那样，用杵头敲打在梵钟之上。

而是整个将它抬起来，像打棒球似的，一举把跟前的梵钟……

给抡飞了。

梵钟挺着大肚子，直挺挺地在空中旋转跳跃不停歇，顺着僧人打出的轨迹，直接砸在并肩而行的一男一女身上。

宁宁惊了。

物、物理攻击？！

为什么好端端的梵钟会被你打成棒球啊！快住手，这不是音修应该有的操作！

两人被梵钟撞飞老远，以双人跳水的姿势翻飞落地，动作同步率高达百分之九十九。

青衣女子哪里见过这种套路，当即捂着胸口落了泪："你、你卑鄙！居然拿乐器撞人，我不依！"

看来她适应能力还挺强，能脱口而出把那口大钟叫作"乐器"。

少年咳嗽几声，试图挣扎求饶："大师，出家人以慈悲为怀，你就放过我们俩吧！"

"阿弥陀佛。"

年轻的僧人轻声开口，语气怜悯："佛说，我佛不度傻缺。"

说罢举起手里的钟杵，一杵一个，打完收工。

"打完了打完了！我就说吧，最后绝对是梵钟赢！"

莺城城主府，顶层阁楼。

烟火已然销声匿迹，夜色恢复了往日沉寂。长明灯光与月亮一起攀上窗檐，悄悄淌进装潢华美的琼楼之内，照亮在场各大门派长老的面庞。

天羡子拍手称快，笑得像个终于拿到了零用钱的傻孩子，用指节轻轻叩响桌面："来来来，愿赌服输，猜错的都把灵石放桌子上！"

真霄虽然一直冷着张脸，但其实非常给自家师弟面子，右手往玉桌上一放，就落下不少灵石。

他是真正意义上的剑心天成，一心一意扑在剑道上，坚信钱财只是身外之物，平日里几乎从不用钱，一旦花起钱来，就跟喝水似的毫不心疼。

"这几位音修是被我放在一起的，不赖吧？"

纪云开身为玄虚剑派掌门，理所当然地拥有投放权限。这会儿看罢一场好戏，小胳膊小腿兴奋得晃个不停："我就知道音修个个都不简单，人才啊！"

百乐门主颇为不满："乐器是音修的半条命，哪里能用来抡人打人？要真这么暴力，不如去当剑修。"

天羡子和纪云开异口同声："多谢门主夸奖！"

……其实倒也没有想要称赞你们剑修的意思。

"我还以为唢呐定能独占鳌头呢。"

眼睁睁看着自家弟子被揍，流明山掌门何效臣叹了口气："你们不知道，本来我和门派里的几位长老最爱去音修在的山头散步，景美乐更美，那叫一个陶冶情操。直到这姑娘横空出世，好家伙，唢呐一响，师门白养，那些琴啊笛啊，全被她一个人给带跑调了。"

他越说越佩服："从那以后，那座山每天都是以唢呐为首的大型合奏现场。有回外客到访，闻声被吓了一跳，浑身发抖地问我，流明山到底死了谁，送葬队伍才能有这么大的阵势。"

"只可怜吹笛子的那位小友，到后来表情跟见了鬼似的。"

浩然门大长老不忍直视，唉声叹气："纪掌门，往大混战里强塞一个正常人，倒也不必如此杀人诛心。"

"可不是为了多元共存嘛。"

纪云开朗声笑笑，属于孩童的双眼犹如两颗圆润黑珍珠，在灯光下泛出薄薄亮色："长老不也专挑了几个出了名合不来的死对头，特意把他们放在一起吗？"

天羡子闻言立马来了兴致："对对对！那伙人打得怎么样了？我下的注赢了没？"

长老们看戏看得乐不可支，与阁楼里欢颜笑语的气氛不同，试炼秘境之内要幽寂压抑许多。

至少宁宁这儿是这样。

那僧人把钟杵抡出了狼牙棒的气势，等一男一女都被敲晕，便从二人身上搜刮令牌，丝毫没有男女授受不亲的自觉。

甚至后来他搜得不耐烦，直接抓住青衣女子的脚踝倒吊着提起来，跟抖筛子似的拼命摇晃，直到令牌被抖搂而出。

这已经不是"不懂怜香惜玉"的水平了，简直辣手摧花，惨绝人寰。

令牌被僧人拾起后，那两名音修便被强制移出了秘境，明明是四个人的电影，到最后只有拿着钟杵的他拥有姓名。

宁宁兴致勃勃地看罢一出好戏，此时倒也没存多少螳螂捕蝉，黄雀在后的心思。

先不说她一直秉持"人不犯我，我不犯人"的原则，单看那僧人击退敌手的招式，必定修为不低。

她不爱用蛮力相搏，若是每次遇见人都要为了抢夺令牌打一场，估计没过多久就会变成个千疮百孔的人肉沙包袋。

宁宁悄悄打了个哈欠，本想等僧人走后离开此地，没想到不远处圆滑如卤蛋的大脑门锃亮一晃，风里竟传来他的声音："施主还想再看多久？"

宁宁微微愣住。

都说音修五感灵敏，看来的确不假，她纵使刻意隐藏气息，仍然逃不开对方的感知。

"小师父果真厉害。"

她从树影之中闪身而出，或许是被师门逐渐培养出了厚脸皮，并没有太多被发现之后的尴尬："以梵钟为乐，我还是头一回见——我是玄虚剑派的宁宁。"

年轻的僧人将她粗略打量一番，末了淡声开口："宁施主，久仰。"

见对方露出有些惊讶的神色，他木着脸补充："小僧法号明净，与明空师弟素来交好，他曾向我提起过你。"

原来是明空的朋友。

先是因为怕痛所以技能全点防御的明空，如今又来一个把钟杵当大棍的明净，物以类聚，人以群分，也不晓得梵音寺到底还有多少惊喜是她不知道的。

宁宁见他神情温和，没有任何要开打的意思，放下心来继续道："我偶然路过此地，被诸位的斗法所吸引，便停下来驻足观看，并无争抢令牌的念头。"

明净点头："出家人以慈悲为怀，小僧亦无心争斗。"

这句话本身没什么问题，但从一个刚刚扛着杵头敲晕两人的大块头嘴里出来，就多少显得有几分诡异。

宁宁看一眼被他抢飞的梵钟，又想起一男一女齐刷刷升天又落地的情景，胸口不由得隐隐作痛。

恐怕那两名弟子做梦也不会想到，那首合奏的丧歌没吹死明净，反而把他们自己给送走了。

"更何况，贵派一名弟子曾于我有恩，哪怕是为回报他的恩德，小僧也不会轻易对玄虚剑派动手。"

明净说话时不苟言笑，语气淡得像白开水，但宁宁还是被勾起了兴趣，顺势接话："有恩？"

"当年我离开梵音寺外出历练，途中偶遇数名妖修拦道打劫，仅凭一人之力，全然不是他们的对手。"

明净澄澈如水的双眼稍稍眯起，陷入回忆时，瞳孔里仿佛蒙了层雾模模糊糊的："多亏那位玄虚剑派弟子出手相救，解决了大半抢匪，才助我逃脱一劫。"

他说着弯了弯唇角："他名为贺知洲，听说与宁施主熟识。"

宁宁听他描述，下意识地在心里勾勒出了一个侠肝义胆、修为高深的少年剑客形象，这会儿猝不及防地被安上贺知洲的脸……

对不起，她只能想到一颗被夹在飞舟上的诡异人头。

"贺知洲？"宁宁掩饰不住语气中的讶然，"他居然这么厉害？"

"是啊。"

明净若有所思地遥望远处，语气深沉："那群妖修七成打他，三成打我。要不是绝大多数注意力在他身上，我也就没办法趁乱逃跑了。"

宁宁：……

结果是你们两个一起被围殴，你这家伙还直接跑掉了啊！这样做对得起见义勇为帮你的贺知洲吗？！

惨还是贺知洲惨。

宁宁在心里把这位看上去十分正经且靠谱的僧人拉进了危险名单。

"既然你我二人都无心争斗，那小僧便先行告辞。"

明净朝她双手合十行了个礼，声线仍旧温和："施主保重。"

宁宁点点头："明净师父再见。"

她与明净没有任何恩怨纠葛，因此道别得格外利落，等分道扬镳之后，周遭便又只剩下宁宁一人。

方才四名音修弄出那么大的动静，除她以外却一直没有旁人再被吸引过来。想必这林子里人烟稀少，其他弟子们都被分散送去了别的地方。

宁宁一边漫无目的地向前走，一边打量着林中景象。

树林仿佛沉浸在之前的"阴乐"里，夜色如海雾般徐徐生长，像宣纸上的墨团那样缓缓氤氲开来，带着丝丝缕缕透骨的凉气。从不远处传来几声幽幽鸟鸣，没有了鸟雀应有的轻快灵动，凄厉得有若哀嚎。

至于前方则是无穷无尽的黑暗，树枝倾斜的影子好似魍魉乱晃的指节，一颗被荧光照得惨白的人头浮在空中——

等等。

树林里怎么会有浮空的人脑袋？

宁宁被惊得浑身一僵，等勉强看清不远处的情景，才终于长舒一口气。

原来那不是什么浮空的人头，而是身穿黑衣的裴寂。

这样说来，在原著里，男主的确是最先出现于一片不知名丛林的。

他的衣物与夜色浑然一体，偏偏皮肤又是极为惹眼的冷白，被树林里肆意生长的灵菇一照，整张脸就像盏行走的长明灯，真正意义上白得发光。

裴寂没想到会在这里遇见她，在四目相交的瞬间也愣了愣。

"小师弟！"

宁宁心里没他那么多顾虑，一路小跑着上前："好巧，你怎么也在这儿？"

离得近了，她才发觉他脸上有几道带血的划痕，似乎刚经历过一场打斗。

"我听见几声钟响，顺着灵气赶来。"裴寂将她上下扫视一番，声音有些哑，"你受伤了？"

宁宁赶紧摇头："没有没有！我没跟他们打起来。"

说罢停顿片刻，从储物袋里拿出一盒药膏递给他："明明你才受了伤，也不好好处理一下——你和别人打架啦？"

"小事。"

裴寂伸手将它接下，等简短道了谢，又听宁宁道："既然遇到了，不如我们俩结个伴一起行动吧？试炼秘境凶险万分，同门之间好歹有个照拂。"

要是在以往，面对其他人的时候，裴寂一定会毫不犹豫地拒绝。

他从小到大习惯了独来独往，若是有旁人待在身边，只会无端觉得厌烦。可此时却不知怎的生出了几分犹豫，抬眼瞥见宁宁直勾勾望来的目光，心口不受控制地用力一跳。

这种感觉捉摸不透又难以掌控，裴寂并不喜欢。

可他还是破天荒地别开视线，轻轻点了点头。

两人白日在鸾城中走了一整天，如今时值子时，正是最为困倦疲乏的时候。

裴寂的野外生存经验显然比宁宁丰富许多，走走停停没过多久，就带着她找到了一处可供休憩的山洞。

洞穴很小，像个在山壁上内陷的凹槽，能容纳六人不到。

石壁之上藤蔓丛生，将嶙峋石块染出生机勃勃的翠色。几株灵菇生长在角落，像一盏盏造型独特的小台灯，散发出源源不断的莹白柔光。

只是这光线过于暗淡了些，在黑丝绒般的夜幕里显得微弱又渺茫。一缕缕薄光夹杂着疏影，像深海中随波摇曳的暗潮，被夜风轻轻一吹，便成了四散的浪蕊浮花，为整个洞穴染上静谧的浅灰。

尤其是四周寂静无声，山洞又格外狭窄逼仄，在幽谧如柔波的午夜里，难免生出些许难以言明的暧昧。

"暧昧"这个词，很是叫人讨厌。

为了方便野外生活，修士的储物袋里往往装有一两床被褥。因洞穴狭窄，他们的间距并不算大，只隔了一人左右的距离。

宁宁还是头一回与同龄男生在同一处地方入眠，思来想去总觉得有些难为情，平躺、侧躺都觉得不对劲。

但她毕竟是师姐，此时此刻总不能露怯，只能故作镇定地背过身去，把声音压平："我睡了。"

身后传来澄澈干净的少年音："嗯。"

于是四周的声音都渐渐如潮水退去，只留下充斥整个山洞的浅淡微光。

夏天的夜晚带着连绵暑气，像点点星火落在心口，裴寂一言不发地平躺在薄被上，被灼得有些燥。

由于儿时被娘亲关在地窖里的经历，他对黑暗一直存有厌恶与抵触的情绪。

小时候一旦独自置身于伸手不见五指的狭窄空间里，他就会害怕得浑身发颤；长大后情况稍微好转，却也并不喜欢太过幽暗的环境。

好在洞穴中生有灵菇，才能让他安心一些。

几缕黑发落在少年精致的眉眼之上，或许是夏日独有的燥意让他心烦意乱，裴寂皱了眉，毫无征兆地轻轻偏过头去。

他的动作悄无声息，连呼吸也隐匿在夜色里，视线所及之处，是少女纤细的背影。

他从未如此仔细地看过宁宁，好不容易壮着胆子看上一眼，也只能是当她背对着自己的时候。

因在客栈中梳洗过，女孩身上携了股清雅的栀子花香。青丝绵延而下，如同纯黑色的水墨悠悠晕开，遮挡住纤细的脖颈与后背，只露出浅紫的单薄裙纱。

看上去小小的一只，仿佛稍一用力就能折断的柳枝。

……原来她是这样的吗？

"咯咯。"

承影轻咳两声："裴小寂啊，偷看不是君子之风。"

裴寂面无表情地回应："我没有。"

"……趁人家睡着了，光明正大地看也不行啊臭小子！"

它跟了这小子这么多年，已经能摸清楚裴寂的大部分心思，情不自禁冷哼道："怎么,平时对人家爱搭不理,现在又来偷偷瞧?裴小寂啊裴小寂,我恨你是根木头。"

"不是。"裴寂应得很快,"我只是睡不——"

他一句话没来得及说完,耳边就传来一阵极其轻微的窸窣响动。

——本应熟睡的宁宁在刹那间忽然转身,一双杏眼睁得浑圆,目光毫不掩饰地直直望向他。

而裴寂保持着偏转脑袋看她的姿势,与宁宁四目相对。

裴寂耳根骤红,呼吸一滞:……

承影疯狂驴叫,格调全无:"裴寂,快闭眼睛——!"

它说罢又在他心里拼命挣扎,喊得破了音:"啊啊啊!!!死了死了!!!她不会发现你在偷看了吧?!"

裴寂愣了半拍,在宁宁的注视下很听话地闭上双眼。

承影:……

"你是老天派来专门折磨我的吗?"

承影老泪纵横,言语中带了哭腔:"掩耳盗铃,欲盖弥彰。这时候闭眼睛装睡有什么用,啊?你是傻瓜吗?"

于是裴寂又木着脸把眼睛睁开。

一人一剑看似心如止水,实则心底狂潮汹涌。裴寂只觉得耳根的燥热越来越浓,径直攀上眼尾与面庞,惹出烈火灼烧般的躁意。

他经历过数不清的鬼门关,从来没有退却和迟疑的时候,如今却不知为何,因为一道猝不及防的目光而乱了心神。

裴寂不知道的是,宁宁心里的慌乱其实不比他少。

她怎么也睡不着,干脆睁着眼睛一片片地数藤蔓上的叶子,后来数得无聊突发奇想,决定扭头看看裴寂睡着的模样。

毕竟很多小说里都讲,向来阴沉着脸的男主角会在安稳入睡后显得格外人畜无害,她想象不出裴寂乖乖闭着眼睛的模样,就打算亲眼去瞧一瞧。

这真的只是个突如其来的小心思,哪承想裴寂压根没睡着,她刚一转身,就对上他黑漆漆的一双眼睛——

救命!这不就是干坏事被直接抓包吗?!

气氛一时间有些尴尬。

两人都觉得自己偷看被对方当场发现,视线在短暂相交后赶忙错开。

宁宁死死盯着地面上的一颗小石头,抢占先机:"那些灵菇太晃眼睛,我睡不着。"

随即一本正经地咳了声,用最僵硬的语气说出最吞吞吐吐的话:"你你你……你被我吵醒了?"

裴寂这回躺平了，直勾勾地望着洞穴顶端，通红的耳朵被墨发尽数遮掩："没关系，我本来也没睡着。"

前三个字一出，摆明了是要将他偷看的事儿抛得一干二净，之所以会扭过脑袋，是因为听见宁宁翻身的声音。

承影百感交集："啧啧，欺骗无知少女，够狠够心机。"

"你也睡不着？"

宁宁见他冷着脸不在意，心里悬着的石头才终于慢慢落地，想了会儿又道："不如我们来说说话吧？"

她这回总算是清楚地看到裴寂的模样了。

夜色如墨，一点点勾勒出少年纤长的眼尾、高挺的鼻梁与耳边柔软的乌发，而他的唇则是蔷薇般的色泽，向下抿出薄薄的弧度。

清俊的少年感仍带着涉世未深的稚气，眼中清冷的戾气却又很大程度地把它冲散；眼尾不知怎的浮了层绯红，将泪痣衬出几分勾人的柔色。

宁宁从不吝惜赞美，裴寂的确挺好看。

"你之前受的那些伤，"她用一只手撑在脸庞之下，抬眼看向他时，能闻见少年周身清冽的松香，"如今都痊愈了吗？"

裴寂"嗯"了声。

他不善言辞，却也知道单纯的一个"嗯"字定会导致冷场，于是生涩地补充一句："多谢师姐相赠的阴山鬼珠与伤药。"

宁宁说到底只是个心思单纯的小姑娘，这会儿当面受了感谢，有些不好意思地把视线从他脸上挪开："都是身外之物，就……没什么好谢的。"

想起阴山鬼珠，又忙道："你体内的魔气仍有发作吗？"

裴寂迟疑应声："偶有发作，定不会伤到师姐。"

"不要小看我！"

她不服气地睁大眼睛："就算你魔气发作，我也不会被你伤到。我担心的不是这个，分明是——"

她说到一半忽然泄了气，似是犹豫着要不要说出下一句话。

承影参透了这段话里的意思，在心底笑个不停，时而发出驴叫，时而发出鸡鸣。

裴寂微微蹙眉，不解地侧目看她。

"就是，"宁宁摸摸鼻尖，声音小了好几度，"魔气发作不是很难受吗？如果能减缓一些疼痛就好了。"

她居然在担心他。

自从仙魔大战后，魔族便成了人人诛之的过街老鼠。他身为魔修余孽，身体里淌了污浊的血，早已习惯他人的冷眼相待与刻意排挤，如今听宁宁说出这句话，反倒无从适应，近乎手足无措。

裴寂默不作声地抿了唇，心口像被毛茸茸的尾巴扫了一下，凭空生出莫名其妙的痒。

这也是种十分怪异的感觉，可出乎意料地，他却并没有多少厌恶。

承影已经通体散发着母性光辉，独自在他识海里自由徜徉，不时发出母鸡一样的咯咯笑声。

宁宁是个话篓子，兴致来了能滔滔不绝讲上大半夜，从练剑心得到师门八卦，最后甚至扯出了自己以前的事情，托着脸对他讲：

"我以前生过一场很严重的大病，不能下床走动、随时都有可能一命呜呼的那种。那段时间在家里什么事也做不了，只能躺在床上看书，或是跟家里的啵啵玩。"

顿了顿，她又道："啵啵是我家里养的兔子，白白胖胖一团，很可爱的——你养过宠物吗？"

裴寂点头："我也收养过一只兔子，只不过三天后就死了。"

宁宁怔了一瞬："对不起，我不知道……你那时一定很难过。"

"无碍。"

裴寂正色安慰她："兔子烤肉很香。"

——所以你是把它给吃了啊！这根本不叫"收养"，纯粹是把人家抓来当食材好吗！

宁宁被他哽了一下，心里暗道人才。后来又稀里糊涂说了许多，随着睡意渐浓，话题也慢慢变得天马行空。

比如，"小鲛人爱上皇子，却因鱼尾人身遭到婉拒"，以及"利用避雷针度过天劫的可行性"。

到后来又成了："你怎么不用我给你买的发带？是不是不喜欢？"

裴寂默了半晌，低声应她："不是。"

恰恰相反，正因为太过珍惜，所以才不舍得动用。他命中多杀伐，不愿让云锦之上沾染血迹，污了它的模样。

但这番话，他必然不会当面说出。

宁宁说得累了，便迷迷糊糊睡去，半梦半醒之间嘟嘟囔囔："晚安啊裴寂。"

她的声音里裹挟着浓浓倦意，软绵绵地落在耳膜上，竟带着些许撒娇般的意味："互道晚安是我家乡那边的风俗，是祝愿你……今夜好梦的意思。"

黑衣黑发的少年垂眸望一眼她静静入睡的模样，借由薄光勾勒出宁宁明媚乖巧的眉眼。好一会儿，从胸腔里发出闷闷的低笑。

他的动作很轻，起身从储物袋里拿出一件衣物，抬手一抛，便让它落在散发着荧光的灵菇之上。

于是再也没有扰她睡梦的亮光，唯有暮色四合，温柔如潮地渐渐上涨，将视线淹没。

寂静夜色里响起清越的少年音，被刻意压得很低，不知道宁宁有没有听见。

裴寂的嗓音生涩却柔和，轻轻对她说："晚安。"

宁宁是被一阵尖叫声吵醒的。

这会儿天色未亮，朝阳未升。四周皆是一片寂静，那道惨绝人寰的惊叫便显得尤为突出，像极了水壶烧开时发出的尖啸，把沉寂夜色冲开一个大洞。

而这道声音之所以能在第一时间吸引她的注意力，原因无他，只因太过熟悉。

——虽然破了音，但听那鬼哭神嚎般的声线，跟见了鬼一样凄厉的语调，整个修真界除了贺知洲，估计没谁能一模一样地发出来。

宁宁的睡意被这叫声惊扰得一丝不剩，突地睁开双眼，发现不远处的裴寂已经从被褥中坐起了身子。

似是感到了她的视线，少年垂着长睫望过来。

他眼中仍残留着睡梦中的浅浅倦意，漆黑瞳孔里浮着层雾气般的水光。

他就这样毫不设防地看向宁宁时，几缕乱发不安分地拂过侧脸，眼尾的一点点红衬着泪痣，少了几分拒人于千里之外的冷漠与戾气，倒更像个懵懂的邻家少年郎。

而且衣襟也有些乱糟糟的，层层褶皱有如涟漪，露出瘦削苍白的脖颈。

他们俩只隔了一人之距，虽然裴寂不知什么时候把佩剑放在了两人之间，勉强充当三八线的作用……

但如今一起醒来，两张脸对望之下见到裴寂的这般模样，她总有种同床共枕、相距咫尺的错觉。

停停停。

她她她、她在想什么奇奇怪怪的东西！

宁宁被这个念头羞得耳根爆红，只得匆忙低下头去，佯装若无其事地摸了摸耳朵："方才那道声音，是不是——"

裴寂点头应声："是贺师兄。"

贺知洲虽然曾找过他麻烦，但彼时二人互不熟识，难免会有误会。更何况裴寂自小就习惯了旁人的冷眼与刻意针对，便也没将那件事放在心上。

——身边的一切人与事对他而言都不重要，他不去在意，自然没有计较的必要。

那道毫无征兆的尖叫声着实惨烈，叫完后再也没有声息。宁宁心下担忧，与裴寂一道循着声音的源头赶去。

树林中尽是遮天蔽日的参天古木，他们之前所在的洞穴居然濒临丛林出口，穿行于草木间没过多久，眼前便豁然开朗，柳暗花明。

汹涌浩瀚的绿潮缓缓退去，隐约可见将明的天光。

如今卯时未到，堪堪入了黎明，朝阳被远山衔在口中，只溢出几道粉白色的薄光，如同纸上流淌着的水渍，不消多时就覆盖上整片天幕。

天空澄澈得近乎透明，在朝晖下美丽得有如虚像。宁宁不由得想，就像一面无边无际的镜片。

几颗星星毫无章法地点缀其上，与此同时，也跌落进树林外的湖泊之中——

直至此刻，宁宁才明白这处秘境为何叫作"水镜"。

放眼望去是五六个连缀成片的圆形湖泊。湖面平静无风、青碧如玉，在初初放亮的穹顶之下，恍如几颗圆润明珠。

水光与天光交融成一色，湖泊倒映出天边繁星与云朵的影子，乍一看去当真有几分像是薄薄的镜子，平稳放置在地面之上。

然而这场景美则美矣，却见不到贺知洲的半点人影，周遭更是平静得诡异，完全找不出致使他发出惨叫的源头。

——他虽然不怎么靠谱，但也总不可能走路时一个不稳，直接掉进湖水里吧。

宁宁有些困惑，茫然地前行几步，试探着叫了声："贺知洲？"

没有人应答。

她离湖面近了，看得也就更加清晰。

浓郁的夜色已渐渐退去，潺潺湖水被晨光点亮，泛起鱼鳞般的波光。四下升腾着牛乳一样的白雾，让视线变得不甚清晰，低头看向湖面时，能见到她自己的影子。

宁宁忽然微微一愣。

四下无风无浪，她的影子却毫无缘由地用力一晃，身后响起裴寂的低呼："师姐！"

随着这道声音响起的，还有一阵破水而出的哗哗声响——

平静无波的湖泊中竟猛然伸出一只瘦骨嶙峋、血痕斑驳的手，径直朝宁宁脚踝拽去！

自打听见贺知洲的那声惨叫，她就猜出这秘境之中藏有猫腻，因此多藏了几个心眼，时刻处于警惕之中。

如今乍一见到这只狰狞可怖的血手，她很快便稳了心神，向身后跃去的瞬间默念口诀，径直刺去几道锋利剑光。

那只手躲闪不及，被迅捷如电的剑气倏然一划，从皮肤里涌出几道乌黑浓稠的鲜血。

它许是疼得厉害，上下窜动着溅起大片水花。令人匪夷所思的是，这水花竟与湖泊表面清澈碧绿的模样截然不同，而是一摊摊腥臭难忍的血水，泛出极度诡异的黑红色泽。

这是……怎么回事？

还没等宁宁从眼前违背常理的画面中缓过神，那只被剑刺得血迹斑斑的手便撑着湖岸纵身跃起，哗啦水声之中，传来一道杀气十足的刺耳尖啼。

血手的所有者似人而非人，虽然生有与常人无异的五官与四肢，身体构造与比例却怪异得过分。

一双眼睛空洞无神，足足有寻常人的三倍大小，血丝有如猩红的藤蔓填满整对瞳孔，本应生有鼻子的地方，只有两个小小的圆孔。

如果非要说的话，大概就是侏儒版本的伏地魔。

它没有鼻子和头发，身高只到宁宁胸前，一对小胳膊、小腿瘦如干柴，指甲倒是生得挺长，像几把沾满泥土与血渍的刀。

饶是做足了充分的心理准备，宁宁也万万不会想到，居然会从看似风平浪静的湖水里钻出这样一个大光头，跟刚出水的卤蛋似的，圆润光滑得过分。

她从没见过这种怪物，被它浑身散发的腥臭熏得皱起眉头。身旁的裴寂神色冷峻，刚要拔剑出手，忽然听见耳畔划过一道呼啸着的疾风——

一支箭从林中以迅雷不及掩耳之势倏然而至，带着几缕肉眼可见的明黄色电光，一举刺中那怪物胸口。

飞箭力道极大，电光更是在触碰到它身体的刹那如蛛网般散开，迅速布满整张胸膛，引得怪物颤抖不已，发出声嘶力竭的大叫。

"这是湖里的镜鬼。"

一道从未听过的女声随风而来，语气平静得波澜不起："你们是闯入此地的仙门之人？要想活命，万万不可靠近水泊。"

宁宁循声扭头，在身侧的树林入口见到一个看起来颇为年轻的女孩。

她似乎并非参与试炼的弟子，身着一袭月白短打劲装，长发亦被束成飒爽简约的马尾模样。手里一把大弓呈现出火焰般的深红色泽，弓弦隐隐发出与闪电无异的金光。

最为引人注目的，是她头顶上两只毛茸茸的雪白狐狸耳朵。

此时微风浮动，惹得耳朵上纤细绵长的茸毛也悠悠晃动，看上去娇憨可爱，与女孩深沉又老成的模样颇有些不搭。

"镜鬼？"

那怪物被箭矢击中，跌跌撞撞地坠入湖中，涟漪阵阵后，再度消匿所有声息。宁宁望一眼平缓的水面，心里仍存了警惕："多谢姑娘相助。不知这秘境中的水泊有何猫腻？"

顿了顿，她又焦急道："我们一位朋友或许被拖入了水中，姑娘有没有将他救出的办法？"

贺知洲的那声惨叫凄厉非常，想必是路遇险情。

以宁宁方才的遭遇来看，他应该也遭到了这种怪物的袭击。之所以寻不见人影，是因为仓皇之下来不及逃脱，被一把拽去湖中。

劲装少女蹙眉摇头："二位有所不知，此地水泊之内凶险异常，困有无数妖魅邪魔。它们受阵法所制，无法轻易脱出，但若有人立于水面之上，便会通过水中倒影破阵而出。"

宁宁从没听过这样邪门的阵法，与裴寂对视一眼，听她继续说道："倘若坠落水中，便是被生生拉进了水镜中的另一个结界……除非修为高深，否则凶多吉少。"

贺知洲身怀磨刀石系统，按理来说应该会受到系统保护，更何况就算是在原著里，也没提到过他会提前这么早领便当。

但原著的不靠谱程度超乎想象，时常东一榔头西一棒槌。宁宁无论如何也放心不下，正要开口下水找他，忽然听见身旁裴寂的声音："你留在岸边，我进去寻他。"

——他居然一眼就看出她的心底所想，还没等宁宁出声，就抢先揽过了这个担子。

"你们疯了？水下九死一生，我的族人都——"

劲装少女没想到他会如此果决大胆，还没拔高声调说完，便被另一道猝不及防的尖叫打断。

只听得那叫声哀怨仓皇，扯着嗓子从来没停过，生生把求救声喊成了海豚音。

仔细听来，会发现除了它，还有另一声格外熟悉、略显低沉的嗓音，也幽幽怨怨地叫着，带了几分哭腔。

宁宁默了片刻，眸底现出一抹亮色，朝裴寂眨眨眼睛："是他吗？"

抱着剑的黑衣少年面无表情地点头："嗯。"

贺知洲觉得，这几天一定是他的倒霉日。

先是和死对头在大庭广众之下大飙演技，结果被监控拍下全过程，去刑司院走了一遭；好不容易被天羡子接出来，又在飞舟上卡了头，等下船进入秘境时，原本好端端的脖子差点断掉。

还有就是现在。

他连一个队友都找不到已经够惨了，谁能想到起床后本打算去洗把脸，结果站在水边小脸那么一低，好家伙，湖里直接蹿出个人不人鬼不鬼的怪东西，一把将他拉进水中。

不，那不应该叫"水"。

这秘境里的湖泊简直封面欺诈，看上去干干净净、平平和和，等他脚下一个不稳栽进去，才发现底下全是腥臭无比的淤泥与黑色血水。

还有好几个扑腾着朝他游过来的异形，伸出长如菜刀的指甲紧紧攥住他脚踝。

身边尽是血腥味与垃圾腐烂的味道，水流源源不断灌进他的耳朵、鼻腔与喉咙，在那一刻，贺知洲的心就已经死了。

他脏了，脏得好彻底。

但脏归脏，他总归是个爱命如财的积极向上好青年，纵使身处此等险境，也要拼了命地绝地求生。

在千钧一发、即将被拖进水中黑色漩涡的瞬间，贺知洲终于拔剑斩断异形们禁锢在他腿上的利爪，狗刨似的往岸上游。

他逃得狼狈，身上沾染了大片污泥与血迹，散发出阵阵令人发指的恶臭。一双腿更是被指甲抓得伤痕累累，由于极度的恐惧与疼痛，连走路都不利索。

这副模样真是彻底没法见人了。

毁灭吧，赶紧的。

湖水里的怪物不知什么时候又会蹿上来，贺知洲被折腾得生无可恋，只想赶快离开这个鬼地方。

被撕咬过的双腿疼得厉害，他咬着牙勉强直立起身，忽然听见跟前的树丛传来窸窣声响。

一抬头，居然见到一张熟悉的脸孔。

——万剑宗的许曳师弟愣愣地站在他面前，涉世未深的纯净瞳孔里尽是惊恐，见贺知洲缓缓靠近，居然露出了颇为厌恶与恐慌的神色，下意识地往身后挪。

贺知洲一时无语。

这小子莫非嫌弃他脏？他们俩都是在小重山共患难的交情了，难道还在乎这点泥巴水？

他虽然对许曳的举动感到摸不着头脑，但出于好心，还是打算提醒一声水中有诈。不承想由于之前吞了不少湖里的水，一张嘴巴，就呕出一汪裹着黑泥的血水来。

贺知洲觉得吧，这场面虽然是惊悚了点，但大家毕竟都是好兄弟，没什么好怕的。

哪知许曳差点被吓得魂飞魄散，浑身颤抖地举起剑：“你、你别过来啊！"

许曳快哭了。

他刚从一轮门派大混战里溜出来，兜兜转转就迷了路，等历尽千辛万苦走出丛林，在笼罩四野的曙色与雾气里——

他居然看见一坨浑身血污的泥巴从湖水中爬出来，以极度扭曲的姿势勉强站直后，抬起双眼与他四目相对。

哦，不是泥巴，好像是个人。

——才怪啊！附近明明没有泥坑和血，哪会有人沾成这样！这东西怎么可能是人，怎么可能！

他本想交涉或反抗的。

可那怪物竟朝他靠近一步，随着面部肌肉不停抽搐，樱桃小嘴轻轻一吐，就是一摊血红血红的泥巴水。

它吐出来的哪里是泥巴，分明是许曳一颗支离破碎的心。

再配合它浑身笼罩着的恶臭，口中咕噜噜、咕咚咚的不知道什么声音，以及嘴角那抹摄人心魄的弧度……

许曳听见"咔嚓"一声。

原来是怪物干笑着又朝他挪了一步，膝盖上骨头发出的脆响。

——救命啊！它过来啦！不要啊！！！

许曳胆子本来就小，一直跟着师姐长大，别人是妈宝，他比较清新脱俗，堪称修真版本的"姐宝"。这位小少爷从没见过如此惊悚的景象，当即"哇"的一声干号出来："救命！师姐！"

许曳转身就跑，身后红一块黑一块的怪物撒腿就追。

它跑起来更加恐怖，一双长腿颤颤巍巍，盘成无比诡异的罗圈形状。

一道道鲜血扑哧扑哧地喷涌而出，像个追着他跑的移动喷泉，还是自带音效的那种。

怪物声线嘶哑，说话时泥巴血水一股脑往外冒，追着追着被不知什么东西绊倒在地，居然也并不停下，而是忍下双腿鲜血淋漓的剧痛，飞快地爬着喊："别……走……救……我……哕呃……"

别走才有鬼啊！你们水怪找替死鬼，都是这么执着的吗！

许曳一边跑一边哭一边干呕，有时快被追上，便直接一脚踹在怪物脑袋上，将它逼退一些："师姐！你在哪儿？！救我啊师姐！"

后面的怪物一边手脚并用地爬，一边往外吐泥巴和水泡泡："咕噜噜……曳……别走……是我……"

他是风儿它是沙，你追我赶到天涯。

空气里一时间充满了快活的气息，那日黎明下的奔跑，是许曳与贺知洲永远难以忘怀的青春。

建议改名：《相亲相爱好兄弟》。

然后朝阳初升，天边泛起一抹鱼肚白。

宁宁怎么也不会想到，当她循着声音找到那两人时，竟会见到这样的景象。

许曳哭得梨花带雨，几乎成了个泪人，一双腿挣扎着踢来踢去，被贺知洲拽住右腿往回拉。

贺知洲趴在地上浑身颤抖，大腿源源不断地在往外冒血花。他却对此毫不在意，而是握着许曳的右脚，一点点朝许曳所在的方向慢慢爬。

蠕动向前的间隙，从嘴里发出吐泡泡一样的咕噜声响，还夹杂了阴森森的笑："跑什么，嘿嘿，是我……睁开眼睛看看啊，我就在你跟前，嘿嘿咕咕。"

那模样着实恐怖，乍一看像是刚从泥巴堆里杀了人，惊悚程度非同凡响，引无数恐怖片界扛把子尽折腰。

当他看见宁宁，憨笑着张开嘴巴。

然后趴在地上，直接吐出一摊浓黑色的血水来。

宁宁：……

没救了，毁灭吧，赶紧的。

湖畔，古榕树。

一名红裙少女隐匿了气息立于树梢之上，饶有兴致地打量着湖边方才的一番景象，从嘴角勾起一个悠然的笑。

这位少女正是曾在宴席中与容辞交谈的霓光岛媚修。

她浑身散发着沁人心脾的幽香，引得好几只蝴蝶鸟雀纷纷环绕近旁，少女却并不在意，而是从怀里掏出一张传讯符令。

"已经找到她了。"

她写得优哉游哉，眼角眉梢尽带着笑意，想了想，将目光落在宁宁旁边的陌生女子身上。

那女孩应该是生于秘境之中的狐族，正低声对宁宁与裴寂说着什么。

她撑着腮帮子细细地等，嘴角笑意越来越浓，最后听见小狐妖颤声道："我能力低微，若诸位不愿相助，这方秘境就彻底完了！"

——鸾城城主说得不错，秘境里的确有不少意想不到的机缘。只是这一份，未免太大了些。

红裙少女若有所思，双眼轻轻一转，提笔补充道：

"玄虚剑派遇见了意料之外的人，打听到一件不得了的大事……咱们可以陪他们玩玩，像上次她要我们那样。"

朝阳东升，晨光渐渐撕裂夜幕，穿过层层叠叠的枝叶蜿蜒而下，照亮树林中每个人的面庞。

宁宁不忍直视眼前景象，神情复杂地别过脑袋。

裴寂面无表情，皱着眉道了声："贺师兄、许师兄，你们在做什么？"

许曳见了他俩，抽抽噎噎地扑腾着求救，一边猛踹身后的怪物一边喊："救命！吃我，它要吃我！"

也不知道他到底在脑补些什么东西，满脑子都是吃人。学剑救不了姐宝，这孩子就应该弃剑从文。

好在许曳还存了点所剩不多的理智，听见那声"贺师兄"时心有所感，脸色惨白地回过头去。

两张脸对望，知洲类卿，一切早已不是当年的模样。

他见到这团泥人时夜色尚浓，加之湖水表面尽是朦胧雾气，视野之内的所有景物都称不上明晰；如今林中浓雾散去，阳光轻飘飘地落下来，许曳才终于看清了眼前黑泥的真正模样。

"贺……贺知洲？"

许曳被他吓得够呛，就算勉强猜出贺知洲的身份，也还是在心里存了点恐惧，屏着呼吸忍下空气里的阵阵恶臭："你在粪坑里杀人了？"

倒也不必如此。

宁宁上前一步，轻声解释："秘境之中藏有猫腻，湖泊之下尽是血水与名为'镜鬼'的怪物。镜鬼会潜伏于湖中，伺机将路过之人拖去水下，贺知洲应该就是受了它的袭击。"

许曳听得没了言语，想起贺知洲手脚并用、爬在自己身后大叫"救命"的模样……

他还踹了贺知洲脑袋几脚，跟踢皮球似的。

"对不住对不住！我实在是……情难自禁。"

许曳心思纯正，哪里干过这种事儿，当即化身为道歉复读机，从储物袋里拿出几颗价值不菲的丹药："这是疗伤用的丹丸，你先拿着吧！"

他俩虽然叫得凄厉无比、鬼哭狼嚎，但好在都没出太大的事儿。宁宁悄悄松了口气，缓声问："你们可曾有哪里受了伤？"

许曳很是有些不好意思地摇头，贺知洲委屈得厉害，嘴巴一会儿嘟成圆形，一会儿嘟成三角形，最终停留在等腰梯形的模样，不时咕噜噜往外冒黑水泡泡："心里最受伤。"

他满身血泥的样子着实不太雅观，宁宁默念了好几遍除尘诀，功效都只是九牛一毛。

偏偏秘境里的水源都被设了阵法，压根没有可供清洗的地方，她正想着应该如何解决这浑身恶臭，忽然听见身旁的狐族少女沉声道："此地尚有一片未被镜鬼侵入的净土，我可以带领各位前往。"

从最初的拔箭相助到此时寻找水源，这位不知名姓的狐族都表现得格外殷勤，似乎是有意与他们结识。

宁宁不明白她的用意，不知是否有诈，抬眸欲将小狐妖粗略打量一番，却在刚抬头的瞬间与对方四目相撞。

"我之所以帮忙,自是有事相求。"

她看上去十分年轻,眼神中却透露出与年龄不相符合的凝重与决然。微风轻轻撩动鬓边一缕散发,拂过少女嘴角时,带起一抹细微的笑:"我名为乔颜,乃秘境中的灵狐一族。因家族世代栖息于此,鲜少与外人有过接触,若有得罪之处,还请诸位海涵。"

"有事相求?"

宁宁很快反应过来:"可是与湖中镜鬼有关?"

乔颜颔首正色道:"正是。"

她说着停顿稍许,似在组织言语,末了柳眉微拧,缓声道:"各位有所不知,那湖里作恶的镜鬼,其实皆乃魔族所化。"

魔族。

这个词语在修真界消匿多年,宁宁心口轻轻一颤。

这同样是原著里没有提过的剧情。

"数年前魔族侵入秘境之中,欲要抢夺我灵狐一族的圣物。族人自是不从,与之展开一场大战,奈何实力悬殊,死伤惨重。"

说起这番话时,乔颜的目光凝重许多,不自觉地握紧手中的长弓:"我爹身死,娘亲身为一族之长,拼尽全身修为设下阵法,再以族中所有灵狐的元气为引,这才重创魔物,将它们困在湖泊之中。"

宁宁迟疑道:"那你的族人现在……"

"多数葬身于魔物之手,侥幸活下的几个,也都身受重伤、灵力全无,只能整日躺在床上休养。"

乔颜道:"我那时正巧患了风寒昏睡不醒,自始至终都并不知道他们设下阵法,打算与魔族同归于尽。等一觉醒来,秘境就已经是如今这般模样。"

秘境大多时候处于封锁状态,外人不便进入,里面的灵兽精怪也难以挣脱而出。

当年与魔族一战,灵狐必不可能向外界求援,只能依靠族人力量苦苦支撑。如今的水镜幻境四面平和、生机盎然,除开湖泊中骇人的镜鬼与血泥,哪里还能看出半点大战时血流成河的影子。

许曳好不容易稳下心神,听罢好奇地问她:"我们能帮你什么?"

"娘亲告诉我,阵法的力量一天不如一天,再这样下去,魔族很有可能再度破阵而出。"

小狐妖毕竟是个年轻的小姑娘,谈及此事,语气里便显而易见地多了几分焦虑:"以我与族人如今的力量难以与之抗衡,只有拿到族中传承多年的圣物灼日弓,我才能将它们尽数诛杀。"

"灼日弓？"

宁宁恍然大悟："这就是魔族想要抢夺的宝物？"

乔颜点头。

"我、我、我知道！"

贺知洲平日里没少看杂书，不知道从哪儿瞥见过这把弓箭："听说灼日弓乃上古大能所留，曾屠戮过无数邪魔妖兽，传闻有吞天射日之能，箭矢嗖嗖嗖一发，太阳都能被射得熄火。"

"倒也并非如此夸张。"

小狐狸被他说得微微怔住，一对耳朵倏地晃了晃："若是真能拿到灼日弓，我或许能有与魔物一战的力量。只是那弓被常年存放于栖仙洞中，而用来打开洞门的玉佩……"

她咬牙沉声道："爹爹于大战中殒命，玉佩被西山之上的火凤所夺，藏于洞穴之中汲取灵气。我修为不够，无法将其打败，若是诸位不愿相助，届时镜鬼破阵而出，这处秘境就彻底完了！"

许曳心里藏不住话："可我们正在参加法会试炼，若是一味争抢灼日弓，到时候令牌数量倒数……"

贺知洲猛地一拍他脑袋："都这时候了还在想试炼！那群长老在玄镜外面看热闹，能不知道我们遇到了什么事儿？"

身为一个资深的男频爽文爱好者，他敢赌上整整一年的零花钱打包票：一旦能解决这种奇遇，不说整个团队鸡犬升天，怎么也得被长老们好好夸赞一番，指不定就让他们直接进入第二轮。

更何况裴寂那小子还有主角光环呢，光环之下一切皆浮云，跟着他准没错。

"我自然不会让诸位白白帮忙。"

见贺知洲如此反应，乔颜在心底暗暗松了口气："灵狐一族乃是秘境之主，一旦取得灼日弓，我定会献上天灵地宝作为答谢。"

许曳这下彻底没话说了。

"那么，"狐族少女轻叹着笑了笑，一直因紧张而高高竖起的耳朵终于往下垂落些许，语气亦不再如最初那样故作老成地紧绷，"倘若诸位有意相助……请随我来。"

乔颜带领他们前往的地方，正是秘境之中唯一可用的水源。

从她一开始毫无征兆地出现，宁宁便对这只小狐狸存了几分怀疑与忌惮。

但如今见她行路熟稔，对周遭景物皆是了如指掌，最后甚至当真带众人来到了安全的水源，便心知对方的确是秘境里土生土长的狐族。

只是灼日弓与魔族一事……不知是否存有猫腻。

想来她真是被迦兰城与鹅城幻境折腾得够呛，如今但凡遇上点事，便疑神疑鬼地胡思乱想起来——

但若丝毫不留情面地拒绝,又唯恐乔颜所说尽数属实,到头来秘境封锁、魔族猖獗,秘境里的灵狐一个都活不了。

乔颜口中的"水源"位于一处瀑布之下,滔天水浪自绝顶奔涌而来,汇聚成巨大的椭圆湖泊。

湖泊之中水声四溢,银白的浪花拍打在湖面上,水雾蒙蒙,银光有如千堆雪,瀑布好似一匹银白的锦缎自天边倒垂而落,玉珠飞溅。

贺知洲被身上的污泥折腾得生不如死,却又对秘境中的水泊心存恐惧,直到乔颜伸手往水中一探,眼见无事发生,才敢顶着莫大的心理压力走进湖中。

与他一起的,还有被贺知洲蹭了满身泥巴的许曳。

宁宁和裴寂没兴趣看他俩洗"鸳鸯浴",很有默契地一并转身挪开视线。

这片瀑布位于山腰之上的丛林深处,放眼望去,周围居然屹立着几幢成排的木屋。一个同样长了狐耳、拿着弓箭的小男孩撞上他俩的目光,身后毛茸茸的大尾巴晃个不停,红着脸跑进其中一栋小屋。

宁宁瞥见他手里的弓箭,不由得好奇发问:"灵狐族都擅长用弓吗?"

"正是。"

乔颜点头:"我家里还有许多弓箭,若是姑娘不嫌弃,我可以送你一把——方才那位,是我邻家的小弟。"

只有在这里时,她的嘴角才终于露出一丝微笑,轻声道:"那场大战开始时,他还只是襁褓里的婴孩。小昭在大战后身体虚弱得不得了,跟族里其他人没什么两样,有好几次都差点丢了命。多亏他命好,吃了一阵子药后,终于缓了过来。如今族里能自由行动的,只剩下我和他了。"

宁宁想起她之前的话,下意识发问:"布置阵法的其他狐族……过了这么久,仍然没有恢复吗?"

"不只是布下阵法时消耗的灵力,还有源自魔族的重伤。"

乔颜怅然应声:"识海、丹田与经脉都严重受损,唯有依靠我每日采来的灵药,才能勉强恢复一些。"

识海受损。

和温鹤眠的症状一模一样。

宁宁心下一动:"乔姑娘,你可知晓这种病症的解决之道?"

"我只听说有几味极其珍贵的药材可解,但——"

乔颜话没说完便微微一愣,继而蹙眉低呼道:"娘,你怎么出来了?"

宁宁应声抬头,在其中一幢房屋前,见到一抹坐在轮椅之上的影子。

那是个容貌极美的女人,肤如凝脂、云鬓披散,仅仅一动不动地倚靠在椅背,也能散发出浑然天成的温润气质。

可惜她实在太过虚弱了些，许是由于灵力透支、劳累过度，满头长发竟染上了雪霜一般的灰白色泽，瞳孔亦是浑浊无神，有如美玉蒙尘。

"娘亲担心我的安危，向来不许我去寻灼日弓。"

乔颜压低声音，跟说悄悄话似的："你们可别说漏了嘴。"

宁宁乖乖点头。

"我听说来了新客人。"

女人轻咳一声，被身后的男孩小心翼翼推上前来。离得越近，宁宁就能越清楚地见到她被病痛折磨得瘦骨嶙峋的身体。

她的性子比女儿温和许多，轻言细语开口时，字字句句都噙着柔和浅笑："我是小颜娘亲，两位小道长唤我琴娘就好。"

女人说罢抬眼望向乔颜，又咳了声："小颜，去为客人们沏杯茶吧。"

乔颜对娘亲最是百依百顺，如今虽然担忧着计划被揭穿，却还是低低应了声"好"，临走前仓促与宁宁对视一眼，眼神里的暗示再明显不过。

宁宁从来不轻易卖队友，本打算守口如瓶，却不承想立马就听见琴娘的声音："那丫头，定是央求你们替她取来灼日弓对不对？"

宁宁瞬间哑火，做贼心虚地瞥一眼身旁的裴寂。

"我是她娘，怎会不明白小颜的心思？"

琴娘见状掩唇轻笑一声："二位小道友不必刻意隐瞒。先不说欲拿灼日弓需得打败巨兽火凰，就算真能拿到那把弓又如何？凭借那孩子的实力，哪能击退阵法里金丹元婴的数百魔族？"

她说着敛了笑，声音低弱许多："我与其他族胞身受重伤，莫说离开此处秘境，就连行走都绝非易事。小颜本有机会脱离此地，却为了我们一直留在这里——不知小道长们何时试炼结束？"

宁宁诚实回答："三日之后。"

"三日……"

琴娘垂目低喃，末了柔声道："还望小道友莫要与小颜一同做傻事，灼日弓虽是上古神器，但也无法抵御那样多魔族的入侵。三日之后，等秘境大门开启之时，我自会劝她离开此地。"

宁宁微微怔住："那你们——"

"我们本就是垂死之妖。"

琴娘抬起浑浊的双眼，眉目间含了浅浅笑意："封印魔族已耗去大半修为，加上身体里无法愈合的旧伤……如今勉强维持阵法，便已极为吃力。"

裴寂破天荒地出了声："维持阵法？"

"正是。"

女人望他一眼，眼底生出几分无可奈何之色："小颜不知道，因此也不会告诉二位，这阵法之所以仍能支撑，是靠着我与其他族胞以残存的灵力维持。近日灵力越发微弱，已经很难再将其制住……想来十日便已是极限，就算届时不灵力枯竭而亡，这副身体的旧疾也能要了我的命。"

正因为他们每日都在拿命数支撑着阵法，所以哪怕乔颜踏遍秘境寻来绝世药材，也没能让族人的状况有丝毫好转。

她一定不会想到，自己在为族胞拼尽全力的同时，他们也在不为人知地付出着生命，举全族之力，只为能让她活下来。

而十日之后秘境关闭、阵法破败，被困在秘境中的灵狐一族，注定被魔物蚕食殆尽。

"我等了这么多年，就是盼望着能有一天秘境大开，这样才能送小颜离开。"

琴娘道："也不枉我等以残缺之躯，苦苦支撑这么多年……外面的世界光怪陆离，那孩子定会喜欢。"

她话音刚落，身后便响起少女毫不掩饰的嗒嗒脚步声。

形容枯槁的女人将食指放在唇上，微笑着向他们做了个嘘声的手势："这是我们的秘密，还请不要告诉她……至少在最后的三天，让我和那孩子好好地过一过。"

宁宁的心情很沉重。

无意间知道了别人的秘密，尤其是关于生离死别的秘密，这种滋味实在不怎么轻松。

乔颜对一切一无所知，等贺知洲与许曳清洗完毕，便踌躇满志地带着四人往西山走。

宁宁在路上胡思乱想，觉得这事儿也并非毫无转机——

比如，虽然秘境封锁后长老们进不来，但秘境里还有许多仙门弟子，若是举全员之力一同抵抗魔物，结局必然不会太差。

但那样就是以其他人的性命作为赌注，琴娘说过魔族皆是金丹元婴，大战之中必定有人牺牲，用数名弟子的命换取灵狐族奄奄一息的命……

经典的电车难题，宁宁思考不出结论。

贺知洲与许曳无事一身轻，一路上嘻嘻哈哈说个不停。

乔颜看上去老成寡言，实际上就是个单纯的小姑娘，因为鲜少与外人接触而不怎么会说话，听他俩你一言我一语地讲相声，眼底晃过微弱的光。

"如果真能得到秘境里的宝贝，咱们出去可就发了！"

贺知洲服用了许曳的宝贝丹药，皮肉伤好了大半，正在满嘴跑马地讲述他的贫穷史："你们不知道，我之前下雨时去山下镇子历练，居然被路过的豪华马车溅了一身水。车主不但不道歉,还趾高气扬地笑了声。这事儿能忍吗?!我从那时就下定决心,等以后有了钱——"

他越说越激动,最后猛地一握拳:"一定要买把属于自己的雨伞!"

"你有没有出息?"

许曳瞪他一眼:"我可不是为了宝贝才答应这桩差事的。"

贺知洲呵呵冷笑,阴阳怪气:"不会吧不会吧?不会真有人是为了讨师姐欢心,所以才冒这么大的风险吧?"

许曳被他一句话戳中心思,很没出息地红了耳根。

"就他那样,"贺知洲嗤笑一声,扭头对裴寂说,"就算最后真能和苏师姐在一起,肯定也是个妻奴——把自己所有钱都上交的那种。裴寂师弟,你可千万别学他。"

许曳居然不乐意了:"说什么呢!"

不可思议,不可思议。

贺知洲啧啧摇头,这小子居然还能硬气一回,实在不容易。

然后下一瞬,就听许曳义正词严地继续道:"什么叫'我的钱'!我能有钱吗?肯定全是师姐的!"

一旁的宁宁实在没忍住,抿着唇开始偷偷笑。

在她和贺知洲生活的时代,常常把这种行为称作"舔狗",但按照许曳的程度,已经不是单纯的舔狗这么简单了。

这必然是舔狗的终极进化版,屹立于舔界之巅的舔王之王——

舔狼。

这个秘境中无法御剑飞行,一群人在乔颜的带领下叽叽喳喳穿过丛林,顺着林间小道缓缓向前,走了大半个时辰,忽然察觉周围温度陡升。

群鸟尽数隐匿了行踪,身边的树木渐渐淡去踪影,等再往前一些,便只能见到干枯如骨的老树残骸,像极了秃顶后只剩下几根头发的可怜人,端的是残枝与火星齐飞,红泥共长天一色。

"此处便是火凰的栖息之地。"

乔颜道:"诸位,西山到了。"

火凰是试炼秘境中首屈一指的高危灵兽,盘踞西山之巅已有百年。

相传这种灵兽通体火红,身长数十尺,能口吐烈焰,振翅引飓风,吸取天地灵气为自身所用,所到之处草木不生、万兽窜逃。

放眼望去,西山之上尽是红黑色的土壤与树木残骸,被烈火灼烧过的痕迹残存至今,见不到丝毫翠色。

恕宁宁直言,像一座巧克力山。

"以咱们的实力,真能打败火凰吗?"

许曳不懂裴寂身上的主角光环威力，就好像白天不懂夜的黑，临近西山口，又有了几分忐忑："要是一不小心，三日后的鸾城城墙上就得贴讣告——数名剑修弟子葬身试炼秘境，被发现时，已被烤熟风干成为人肉干。"

贺知洲完全没他这种顾虑，看得很开："怕什么？打不过就跑呗。"

他本来还在揶揄许曳和他的苏师姐，这会儿虽然被骤然打断，心里的八卦之火却还没消，于是环顾众人一圈，把目光停在小狐狸乔颜脸上："乔姑娘，你有没有心上人？"

虽说灵狐一族生性肆意豪放，乍一听见这个问题，小姑娘还是瞬间红了耳郭。

乔颜沉默半响，轻轻点了下头。

周围的一群大哥哥大姐姐互相交换眼神，都露出了然的姨母笑。

贺知洲乘胜追击，继续问她："是族里的男孩子？"

"嗯。"

乔颜并不多加掩饰，低着脑袋轻轻答："只是他也因为阵法之事耗尽元气，整日躺在床上……你们可千万不要告诉他！只是我一厢情愿而已，他并不喜欢我。"

许曳安慰道："说不定他只是爱你在心口难开，就像师姐对我一样，从来都是冷冰冰的。但我明白，她心里一直有我。"

宁宁：……

什么爱你在心口难开，或许是苏师姐当真不喜欢你哦。

"才不是呢！他对我压根不上心，从小时候起便一直爱搭不理，连我千辛万苦寻来的千丝穗护身符都弄丢了。"

乔颜踢飞地上的一颗小石子，声音低了一些："不喜欢就不喜欢吧，等以后离开秘境，还有好多好多男孩子等着我挑呢。"

宁宁想起琴娘的那番话，侧目望她："你打算什么时候离开秘境？"

"当然是把大家都治好以后啊！"

小狐狸不自觉地晃了晃耳朵，提起这个话题时，眼睛里缀了点点亮色："我在很久以前就跟爹爹娘亲约好了，要一起去看看外面的山水——对了，是不是有种东西叫烟花？我一直想亲眼见一见。"

贺知洲凑到宁宁身边讲悄悄话："这怎么越听越像死亡flag啊？小狐狸不会——"

说到一半才想起来，她爹的确在挺久之前就不在人世了。

贺知洲没再说话，不远处的许曳突然神色一凛，沉声喊道："等等！你们快看，那是什么？"

宁宁顺势望去，见到一个身着白裙、躺倒在地的人影。

乔颜反应很快："是个姑娘，我去看看！"

她说完便毫无防备地冲上前去，想来心性确实稚嫩天真。那昏倒的姑娘穿着流明山门服，感知有人靠近时，有气无力地睁开双眼。

乔颜自然不会发现，在瞥见她身后的宁宁一行人时，这名看起来病恹恹的陌生女子薄唇微抿，眼底划过一丝冷笑。

——她正是一直负责监视玄虚剑派的霓光岛弟子——柳萤。

自从得知火凰手上的玉佩能打开秘门、寻得灼日弓，霓光岛便打定了主意要将它夺过来。

剑修的实力不容小觑，更何况玄虚剑派一行人皆是金丹期大成，硬碰硬定然只会两败俱伤。比起打斗，她更偏于以智取胜，来一出螳螂捕蝉，黄雀在后。

西山不似之前的丛林，有诸多树木遮挡。若是一直偷偷摸摸跟在他们身后，很可能被发现行踪，到时候百口莫辩，唯有被围攻落败的下场。倒不如打从一开始就混入其中，再打他们一个措手不及。

据柳萤所知，玄虚剑派一行人虽然不算靠谱，但好在心性勉强算是纯良，向来秉持人不犯我，我不犯人的原则，不会对善良柔弱的小白花出手。

——在小重山秘境里被狠狠耍弄的仇，今日是时候报了！

"姑娘，你怎么了？"

乔颜最先靠近她，被眼前女子苍白的脸色吓了一跳，而后者挣扎着张了张唇，气若游丝地吐出一个字："水……"

"我、我、我！我这里有水！"

许曳同样没存太多防备，从储物袋里拿出水袋。他毕竟是个大手大脚的男人，不懂得如何照顾人，在迟疑一瞬后很有自知之明地伸出手，把水袋递给乔颜。

小狐狸救人心切没做多想，直接打开水袋，将里面的液体往那姑娘嘴里倒。

看来她的确渴得厉害，本来还瘫倒在地犹如死鱼，口腔刚一触到水，就整个人回光返照般瞪大眼睛。

——然后噗地把水全吐出来，神情狰狞地凄声喊道："好烫！"

水袋里全是滚烫滚烫的开水，猛地往她嘴里一倒，这哪里是救人，分明是谋杀。

许曳见状心口一抖，急忙道："是吗？快让我看看！"

柳萤满心委屈地朝他靠近一些，正要张开唇瓣，让对方一窥嘴里被烫出的水泡。万万没想到表情还没做好，就见许曳一把抢过了——

乔颜手里的水袋。

然后她听见那剑修的声音，满满全是喜出望外的情绪，自始至终没看她一眼："这水袋保温效果也太好了吧！我是离开客栈之前灌的水，这么久了，居然还是烫的！回去之后给师姐也买一个，她定会喜欢！"

柳萤：……

这人，是不是，有点脑部疾病？

后来柳莹再回想此情此景，只觉恍如隔世。

她真傻，真的。

她太年轻，不知道命运的一切馈赠都在暗中标注了价码。当她听见许曳的这段话时就应该明白，这背后的价格，她付不起。

她要是在那时就逃，该有多好。

这群人，这群剑修，他们都不正常的。

"这位姑娘可是流明山的道友？"

又有一名年轻人走上前来，眉目风流、面如冠玉，正是玄虚剑派赫赫有名的贺知洲："不知姑娘为何会昏倒在此处？"

"我名叫柳莹，是流明山里的一名音修。"

柳莹轻咳一声，哀切道："我路遇霓光岛偷袭，不但长琴被毁，还受到了灵力重创……慌忙之中逃来此地，却不知怎的昏了过去。我不知他们什么时候会再追上来，请各位帮帮我吧！"

说罢凄然抬眸，迅速望一眼不远处的裴寂和宁宁。

她在那晚宴席中与容辞交谈，谈及宁宁时，曾被裴寂狠狠瞪过。柳莹不傻，特意在脸上套了张楚楚可怜的虚假面皮，无论如何都不会被认出来。

贺知洲向来是个热心肠，见她气息不稳，随时都有再度昏迷的迹象，正色道："那群媚修实在可恶！柳姑娘，这秘境之中凶险万分，既然你已身受重伤，不如——"

后面的台词柳莹都已经替他想好了。

——"不如与我们一道同行，让我等保护你吧！"

她非常熟稔地做出羞怯神色，缓缓低头的瞬间，听他义正词严地开口："不如直接把身上所有令牌交给我，退赛去外面治疗吧！"

说罢还正色拍了拍胸脯："反正你身受重伤再没用处，留在这里也是玩完。为了你的安全，我愿意牺牲自己的名誉，承担这个不劳而获的恶人角色。不用谢我！"

什么叫晴天霹雳，什么叫天打五雷轰。

柳莹愣了，在玄镜外看戏的长老们全笑了。

这人实在不按套路出牌，加上脸皮厚度超出常人想象，饶是最能蛊惑人心的媚修见了他，也要退避三舍。

柳莹一时间失了言语，不知应当如何反驳，猝不及防间，忽然听见一道清脆的女声："贺师兄，怎么能这样对待人家姑娘？她独自闯荡也挺不容易，不如先把她带在身边。"

是宁宁。

柳莹暗自咬牙，上回与浩然门一战异常惨烈，全拜这丫头所赐。

然而论单打独斗她必然不敌，更不能在此时此刻露出马脚，只能佯装感激地抽泣一声："多谢姑娘相助！"

宁宁话多，十分热情地向她介绍了在场几人的名姓，还很是贴心地柔声道："柳姑娘身体虚弱，不如先留在此处休息片刻，由贺师兄与许曳照料。我、裴寂和乔姑娘先去前方探路，怎么样？"

柳萤算是聪明的，听她轻而易举便答应将自己留下，第一反应便是这丫头或许又在耍花招。

可她如今分明换了身份和脸，不可能被轻易看穿，这个念头很快就被压回脑袋里。

她本以为宁宁心思最多，如今却这么快就得到了接纳，自是忍着笑应声："好。"

试炼之中时间紧迫，三人说罢便转身继续往山上走，留下贺知洲、许曳与柳萤面面相觑。

霓光岛以媚色修行，无论男女，皆是勾魂夺魄的个中好手。

这两人也曾参与过小重山的那场骗局，柳萤本就对此记恨在心，这会儿终于得到单独相处的机会，不由得心底轻轻一笑。

今日不把这两个剑修的魂勾走，她就直接出家当尼姑。

"哎呀！"

柳萤做出正欲起身的姿势，在刚刚站起的瞬间脚踝一扭，径直扑倒在身旁贺知洲的怀中。

她没忘记自己扮演的角色是朵柔弱小白花，带了点哭腔地挣扎道："对、对不起！我没想到会这样。"

贺知洲被这番突然袭击吓了一大跳，差点尖叫一声把她给丢出去，在看清来人面庞后，才悄悄松了口气："没事没事。柳姑娘，你身体不好，还是先坐下来休息一会儿吧。"

柳萤形如弱柳，闻言乖乖点头，嘴角却不露声色地勾起一抹笑。

这男人虽然表现得十足正人君子，却一直在刻意揉捏她的衣物，想必已是心怀鬼胎。

正在这样想的当口，她忽然听见贺知洲的声音："柳姑娘的衣物是由什么材料所制？我总觉得摸起来很是熟悉。"

真是愚蠢的借口。

柳萤闻言低笑一声，虽然知道这句话只是他用以伪装的托词，眉目之间却还是涌起无法掩饰的自得。

这条长裙乃天一坊秘制丝线所织，兼有流云锦缎作为装饰，是真正意义上的价值千金，把这人卖了都不够一个零头。

她坐在地上轻咬唇角，温声应道："贺哥哥可是在什么地方见过这布料？"

"就是那个！那个——"

贺知洲想了好一会儿，终于找回些许记忆，满脸激动地大叫："好像我奶奶家的猪饲料袋啊！都是冰冰凉凉、一根一根的！"

他颇有些感慨，说着握紧了拳头："我已有多年未曾见过奶奶，想必以后见到柳姑娘，便会情不自禁想到她。"

好。好。

多亏他，柳萤再也不会穿这件，乃至这种材质的衣物了。

她虽然因为贺知洲的这一番话受了打击，却向来秉持着越挫越勇的原则不动摇，这招不成，那就干脆来一记猛料。

一阵热风拂过，在蒸笼般的半山腰上，每个人脸上都带着不自然的红晕。

相貌清雅脱俗的白衣少女倚靠于树干之上，明净面庞隐约浸着薄薄粉色。眉梢微带轻颦，一双桃花眼中有如星光流转，青丝散落，平添几分若有似无的媚姿。

随着一声轻缓的呼吸，她慢慢朝树干旁倚了身子。缥缈若白纱的衣物悠悠一晃，滑到她圆润白皙的肩头之下。

身旁两人见到此情此景，同时露出了惊讶的神情。

"怎么了？"

柳萤轻轻笑，尾音微微上翘，好似一道叫人无法抗拒的佳肴："二位在看什么？"

"太神奇了！"

贺知洲自诩抢答小能手，当即朗声正色道："只不过轻轻一动，就能让衣服滑下去，难道柳姑娘这就是传说中的——'老肩巨滑'？"

柳萤的微笑，凝固在嘴边。

——你有病吧！！！什么叫"老肩巨滑"！！！这叫肤如凝脂！！！

许曳的情商比他高一些，十分不屑地觑了这傻子一眼："抖什么机灵呢？你就不能夸夸人家？"

总算说了一句人话。

柳萤闻言抿唇笑笑，心里的火气稍微消退一些，一双媚眼泛了浅浅水光，听他继续道："柳姑娘双肩生得细腻非凡，非常人所能及也，我亦是十分喜爱。"

这才像话嘛。

她听得心情舒畅，暗道还是万剑宗靠谱。

哪知许曳面带微笑地欣赏一阵子，居然抬头朝她憨憨一笑："这肤质这弧度——多适合拿来拔罐啊！"

柳萤：……

"柳姑娘，我师姐练剑辛劳，听说拔罐能为她消退一些瘀血，活络经脉。我苦学此法多日，却一直找不到合适的工具人……哦不，是好心人来协助练习。"

他说着说着就来了兴致，两眼放光："柳姑娘大慈大悲菩萨心肠，若是愿意帮忙，许某感激不尽！"

柳萤累了。

她真的好累。

无数人曾称赞过她的双肩秀美，适合用来亲吻、抚摸，抑或静静观赏，从没有谁对她讲过，你的肩膀好美，来拔个罐吧。

——而且你刚刚明明就脱口而出了"工具人"，对吧，狗东西？

她已无心再引诱这两人，头一回对自己的业务能力产生了深深的质疑，在片刻怅然与呆愣后，木着脸把衣领往上提。

然而就是在此时此刻，山重水复疑无路，柳暗花明又一村。

原本呆若木鸡、毫无兴趣的贺知洲竟突然大喊一声："等等！"

又怎么了你这白痴！

柳萤眼底暗蕴了怒火，恶狠狠地抬头瞪他一眼。

没想到贺知洲像是突然开了窍，双眼直勾勾地盯着她半露的肩头，眼神中浮现起再明显不过的痴迷之色。

哼，男人果然如此。

当她掀开衣物时爱搭不理，假意装得多么清高，实则早就心猿意马，按捺不住心中的渴求。

柳萤对他们的心思了如指掌，嘴角轻轻一勾，手中动作没有停下，刻意又将衣物拢紧一些，满眼无辜地问他："贺哥哥，怎么了？"

贺知洲神色痴迷，喃喃低语："我曾经听别人讲过，声称这幅景象美不胜收……今日一看，果真不假。柳姑娘，能麻烦你将衣物再往下拉一点吗？"

这人绝对是个老淫贼了。

柳萤佯装羞怯地拉了拉衣领，又听得贺知洲一声惊叹，掩饰不住语气中的激动："许曳！你快看，人体与化纤摩擦时产生的静电，它多美啊！"

柳萤：……

柳萤从来没有哪一天，像如今这样满脑子问号过。

她虽然不懂何为"静电"，却也知道自己在穿衣脱衣时，衣物时常会在摩擦之下生出电流与电光，再结合贺知洲此人的脑回路，便大抵明白了他话里的意思。

她想杀人。

贺知洲喜气洋洋，迫不及待："柳姑娘，能不能再往上一点——对！就这样！再下！再上！别停！"

知洲说，要有光。

于是柳萤面无表情，生无可恋，一遍又一遍地把衣领拉上又拽下。

在那一刻，她是电，她是光，她是唯一的神话。指尖跃动的幽蓝色电光，是贺知洲永恒不变的信仰。

贺知洲看得手舞足蹈，许曳同样啧啧称奇："的确如此！美不胜收啊！这究竟是个什么现象？"

要是唠这个他可就不困了。贺知洲一边看着柳萤的表演，一边开始解释何为电子、电荷与电流。

逻辑之严密，叙述之科学，堪称修真界的开学第一课，为柳萤与许曳带来科学的万丈光辉。

才怪。

柳萤面如死灰地听，张开那张引得无数男人痴狂的樱桃小嘴，面带微笑，无声地告诉他们："无礼竖子，真他娘浑。"

许曳眼尖，挠着头问她："柳姑娘，你在说什么？"

"我知道我知道！柳姑娘这是在讲——物理，震撼灵魂。"

贺知洲憨笑道："看她震撼得，连话都讲不出来了。柳姑娘，你要是对这个感兴趣，我还能跟你科普更多！科学很有趣的，相信我！"

柳萤：滚啊！！！

她错了，从一开始就错得彻彻底底。

她能蛊惑男人，也能蛊惑女人，可这两人不是男人也不是女人。

他们剑修属于绝世而独立的另一个物种——傻子。

没有谁能吸引傻子，就像猩猩永远不会爱上人。

宁宁已经探完前路回来了，身旁的裴寂一袭黑衣，高瘦挺拔。他与另外两个目不转睛盯着电光看的类人形生物相比，简直清隽脱俗，有如天神下凡。

这位的性格与实力都是她喜欢的类型，更何况长了那样的一张脸，很难叫人不动心。

柳萤决定了，不再去搭理那俩傻子。

裴寂是她新的猎物。

柳萤是听说过"裴寂"这个名字的。

她早就对他存了心思，恰巧霓光岛在所有门派之中消息最为流通便捷，只需稍作打听，便能得知关于裴寂的许多事情。

比如，他本是一名寂寂无闻的外门弟子，在比试中一战成名，破格成为天羡长老的亲传徒弟；又如，性格冷漠孤僻，除了同门的宁宁愿意带着他，似乎并没有其他朋友。

柳萤打小就生了副姣好的面容，模样长得漂亮，在与他人交往时便也格外吃香。无论男女，见到她后总是会下意识地多瞧上几眼，稍稍优待几分。

习得霓光岛真传后更是如此，总有这样那样的人因她一句话或一个眼神失了分寸，所谓正人君子、芝兰玉树尽是笑话。

对于几乎所有霓光岛的媚修而言，主动凑上来的爱慕者都廉价如草芥，柳萤也不例外。

她向来不喜欢太容易得手的东西，比起轻而易举地撩拨一个放荡子，更爱看着高尚者沉沦、清白者沾染脏污、对她不屑一顾的正派才俊越陷越深，成为独属于她一人的玩具。

裴寂就是一个非常符合标准的猎物。

如今好不容易能接近玄虚剑派一行人，她受够了那两个傻子的气，决意要用尽浑身解数，让裴寂成为囊中之物。

"柳姑娘。"宁宁探路回来，嘻了笑问她，"你休息得如何了？"

柳萤收敛神色，故作虚弱地扶着树干撑起身子，非常应景地咳了声："无碍，我定不会拖诸位后腿，还请宁宁姑娘放心。"

贺知洲还沉浸在静电绝美的幽蓝色暗光里，见她起身离开，颇为不舍地叹了口气。不知想起什么，有如回光返照般一拍脑门："柳姑娘，我来继续给你讲原子和电子的故事吧！"

柳萤：你滚啊！她才不想听！

"贺哥哥所讲的故事的确有趣。"

柳萤干笑一声，面对傻子时，连编出来的借口都显得格外不走心："但我受了内伤，一旦过度用脑思考，便会牵动识海、头痛欲裂。你先把要说的话积攒起来，等来日再一并告诉我吧。"

贺知洲大概跟她一样，也没想明白用脑、识海和头痛之间的联系。只不过听她这样讲，貌似还挺有理有据无法反驳，便很有自知之明地闭了嘴，唯恐出于自己的原因让柳姑娘受苦。

告别了傻子，是时候实施第二步计划了。

柳萤行动力超强，早就打算好了一切。

她如今"体弱多病且身受内伤"，最能激起旁人的同情与保护欲，不但如此，还可以有充足的理由——

"哎呀！"

身着莹白长裙的女子发出低低一声惊呼，脚下一个不稳，径直向裴寂倒去。

这是她接近裴寂的第一步棋，借由身娇体弱的人设优势，直接来一出平地摔。

众所周知，话本里的女主角能在各种地方摔倒。爬山的时候、上楼梯的时候、下雨地滑的时候，就连好端端走在平地上，也一定会"不经意间脚踝一扭"，跌入男主人公的怀抱中。

紧接着铁定是一连串的暧昧纠缠、脸红心跳，无论二人之前是否熟识，感情都会因此大进一步。

柳萤摔倒的角度极为精妙，就算不被裴寂刻意伸手接下，也能正正好倒在他的肩头。

她用过这招很多次，因此把控得炉火纯青，眼看身旁的黑衣少年淡淡斜睨她一眼，身形一动。

他本应该侧身接住她的。

可裴寂只是面无表情地看了看她，在露出十足烦躁与厌烦的神色后，直接一个战术后仰，往后退了一步。

退了，一步。

笔直摔落的少女与避开她的少年视线短暂相交，下坠的圆润弧度勾勒出无比美妙的线条。

直到脑袋直挺挺落在地上，柳萤都保持着满脸不可置信的表情，眼睛瞪得又圆又大。

这人居然毫不犹豫地躲开了她的投怀送抱，空留美少女凄然倒地。

是她长得不够美，站得不够高吗？

这还不算最过分的。

裴寂此人看似正常，实际是不同于那两个傻子的另一种不正常——

他的不正常都显得这么不正常，由此可见，这人是真的很不正常。

在避开跌倒的柳萤后，他居然对一切惨状熟视无睹，直接从她身旁绕了过去，继续往前走。

真的，就那样，绕过去了，自始至终没有回头。

柳萤：……

她满心的挫败委屈和困惑无处发泄，殊不知在裴寂心里，已经有道中年大叔的声音笑出了驴叫。

"哈哈哈！干得好裴小寂！这女人一看就是想要勾搭你，千万不能理她！"

它说得激情澎湃、斗志昂扬："跟你讲啊，人都是很容易吃醋的，要是宁宁见到你和她亲近，铁定会觉得不高兴——想想你知道宁宁给那条龙买了夜明珠的时候的心情，不好受吧。"

裴寂皱眉："那不是吃醋。"

"哎哎哎，好好好。不是'吃醋'。"

承影阴阳怪气，句句都是嘲讽："只是莫名其妙地生出了一点点小小的郁闷和不高兴，咱俩都不明白那些不开心的由来，堪称修真界千年未解之谜。"

裴寂不说话了。

他知晓那女人心怀不轨，若不是宁宁执意将其留下，早就夺了她身上的所有令牌。莫说让柳萤摔上一跤，就算在争斗中将她打个半死也毫无心理负担。

——对于裴寂来说，身边的绝大多数人皆如馒头。没人会记得吃过多少馒头，他也从不会在意有多少人败在自己手下。

而馒头是不分男女的。

被遥遥甩在身后的"馒头"似乎被宁宁扶起，哀婉地道了谢，又不死心地朝他身边靠过来。

"裴公子，我、我是不是哪里惹你不开心了？"

她走得跌跌撞撞，眼尾晕开一层桃花色的浅粉，真正意义上的我见犹怜："若是有做得不好的地方我都可以改，你不要讨厌我，好不好？"

承影在他心底叽叽歪歪："哟，不好！他就讨厌你总缠着他，你倒是改啊。"

见裴寂不想搭理她，柳萤又道："我本就出身孤苦，在门派里实力低微，一直受别人的冷眼长大。迄今努力了不说上百，也有九十九次，却都毫无成果……难道连裴公子你也觉得我是个废物，看不起我吗？"

这番话她是下了心思的。

出身孤苦、在冷眼中长大，分明是裴寂自己的人生缩影，如今化用在她身上，必定能让他产生惺惺相惜之情，卸下心防来安慰。

裴寂这回连看都没看她一眼："嗯。"

柳萤蒙了。

他说什么？

"嗯"？？？这是人吗？？？

看戏的承影乐和得不行："没关系姑娘，只要再努力一把，你一定能成功的——成功地凑个整，失败一百次，哈哈哈。"

身为一名优秀的媚修弟子，柳萤人生中从未经历过这样的滑铁卢。

虽然曾经也有过对她嗤之以鼻的男人，但他们好歹还存了些做人的良知，唯有裴寂不同。

如果说贺知洲和许曳是类人形不明生物，那他就是更高一阶的物种，类人形钢板。

别气，冷静。

裴寂向来孑然一身，未曾与太多女子接触，对于男女之事必然懵懂。要想引他上钩，太含蓄隐晦的暗示肯定行不通，她必须更直白一些，主动表明好感。

"裴公子，你有所不知。"

西山之上热气腾腾，柳萤努力压下心头的燥意与怒火，眼底充盈着委屈的水光:"自从古木林海一事后,我便仰慕玄虚剑派的一名少年剑修许久,可他从不曾看我一眼,直到此次十方法会,我才终于能有机会与之接触。"

她说着偷偷瞟一眼裴寂,视线所及之处是少年人玉琢般精致冷冽的侧颜。

这张脸算是她苦苦支撑的唯一动力,甫一见到它,语气便情真意切几分:"他一定不会知道,我曾多么努力地打听关于他的消息,甚至想过将自己作为礼物,装在盒子里送给他。"

这回裴寂终于看了她一眼,平静如水的神情出现一道细细的裂痕。

奏效了!

她话里的暗示再清晰不过,那位被仰慕已久的少年剑修明显就是裴寂本人。他一定悟出了这层意思,心下不免感动。

然后柳萤听见他拧着眉问:"为何要送他你的骨灰盒?"

柳萤:……

她是谁,她在哪儿,她要做什么?

她是有多么想不开,才要跟这群剑修扯上关系。

山上的热风吹得她头脑发蒙,柳萤隐隐约约又听见裴寂的声音:"李姑娘。"

他道:"你们流明山的音修,莫非修的不是琴,而是嘴皮子吗?"

许是见她神色恍惚,干脆开门见山地补充一句:"你很烦,让开。"

李、姑、娘。

柳萤用了好一会儿才反应过来,这个"李姑娘"是在说她。

——求求你做个人吧!!!这么久了,连她姓什么都没记住啊!!!

柳萤一口老血噎在心头,强颜欢笑:"裴公子,我姓柳。"

若裴寂是个正常人,此时理应面露尴尬地道歉的。

可他只是皱了皱眉,一副"你有病吧"的表情,用最理直气壮的语气说出最无理取闹的台词:"你姓甚名谁,与我何干!"

柳萤:……

这一战,是她败了。

败得彻彻底底,心服口服。

那两个傻子至少还能记住她的名字,与裴寂相处一段时间,柳萤已经开始怀念起贺知洲的电子与电荷,有生以来头一回觉得,原来科学是那样美好,那样绚烂多姿。

"裴公子,"她深吸一口气,做了最后的挣扎,"你就厌烦我至此吗?"

裴寂没说话。

——这人已经非常不耐烦,开始抬手拔剑了!!!

"等、等等!"

剑气暗涌，杀意四伏，柳萤赶忙后退一步："我留下来，是宁宁姑娘特许的。你、你可不能伤我！"

"师姐是师姐，我是我。"

裴寂冷笑一声，漆黑的眸底中戾气更深，带了几丝轻蔑的嘲讽："我做事，难道还要一心听她指挥？"

她这下是彻底说不出话了。

待在傻子身边会疯，可待在疯子身边，是会死的啊！

"怎么了？"

场面僵持之间，好在有宁宁走到柳萤身边，笑着望一眼满脸阴沉的裴寂："不高兴啦？"

与马上就要拔剑砍人的裴寂相比，她的笑容是多么纯洁无瑕又美丽，如同女神降临，光芒万丈。

那群臭男人算什么东西。

温柔善良的女孩子，她难道不可爱吗？

柳萤眼眶一红，一把抱住宁宁手臂，周身散发出若有若无的茶香："没关系，裴公子他很好，是我自己没用，惹了他生气……"

宁宁听罢轻声笑笑，视线与裴寂投来的目光撞在一起："和女孩子说话不要总是凶巴巴的，当心把人家吓坏，知道吗？"

裴寂别过脸去，声线有些闷："……嗯。"

柳萤：呵呵。

滚啊！你之前可不是这么说的！有本事再摆出那张跩上天的脸，说一句"师姐是师姐，我是我"啊！臭男人！

她彻底不想跟这人继续待了。

钢板不适合在人间生存，请裴寂自行毁灭，谢谢。

"柳姑娘，你回来了！"

眼看柳萤从裴寂身边慢慢往他俩这里挪，贺知洲乐呵呵地朝她打招呼："你跟裴师弟都聊了些什么？"

柳萤嘴角一抽。

柳萤："我们还是来继续讨论正电荷和负电荷吧。"

"原来灼日弓就是被封锁在那座瀑布后面啊！"

一行人从山腰继续往上走，交谈之间便到了山巅。贺知洲听罢乔颜关于灼日弓的叙述，恍然大悟道："所以其他地方的水泊都有镜鬼，只有那里是一方净土，就是因为受了神弓的照拂！"

乔颜点头："瀑布之后有座暗门，只需将玉佩放在暗门的缺口上，便能将其打开。"

她说罢一顿，任由灼热腥风拂过耳朵上细密的雪白色茸毛，抬眸望向不远处的方向："诸位请看，那座洞穴便是火凰的栖息之地。"

越往上，周遭的空气便越发沉闷。

在山腰之下还能见到老树匍匐的残骸，到了这里却是荒芜一片，生机全无。

滚滚热气翻涌成有形的浪潮，偶有烈风呼啸而来，卷起地面上红褐色的干涸泥土，为视野蒙上一层模糊黯淡的薄纱。

四下望去，颇有几分大漠孤烟的气质，唯见头顶之上的浩瀚苍穹一碧如洗，湛蓝映衬着处处猩红，犹如两个截然不同的世界。

一座洞穴高高立于山巅，周遭空气肉眼可见地因热浪而扭曲变形，飘浮的红沙连缀成片，无论是视觉还是触觉，都叫人不太舒服。

"火凰之火不同于凡物，还请诸位多加小心。"

乔颜又恢复了最初见面时故作老成的模样，沉声对众人说："若是此行遭遇不测，还请各位尽快逃离……我会竭尽全力为你们殿后，保护诸位周全。"

贺知洲一本正经地安慰她："我们是那种躲在小姑娘背后的人吗？必然不是啊！放心，以我们的实力，绝对没问题。"

乔颜迟疑着笑笑，轻轻道了声谢。

他们在来的路上讨论过应该如何对付火凰，虽然没得出什么有用的结论，但剑修嘛，拔剑就完事了。

行至西山洞口，那股恼人的热气就越发滚烫，四面八方好似一个密闭的蒸笼，叫人难以控制地心烦意乱。

贺知洲之前说了那番逞英雄的话，这会儿不得不亲自践行，打头阵往洞穴里钻。

没想到半个身子还没进去，就猛然听见一声尖厉刺耳的鸟鸣——

旋即烈风四起，竟有一阵如潮火光撕裂层层暗色，自洞穴之中咆哮着席卷而来，直直冲向洞口！

裴寂神色稍凛，于刹那间挡在宁宁身前，以剑气抵御熊熊火光；宁宁则一把拉过身旁的乔颜，亦是将小姑娘护在身后。

柳萤哪里料到会有这番阵势，正要闪身逃窜，猝不及防听见许曳的一声惊呼："柳姑娘，小心！"

霓光岛之术，最擅隐匿与潜行。岛上弟子身法皆如鬼魅，她是其中最为出色的一个。

柳萤本可以毫不费力地闪躲，但此时听闻许曳奋不顾身的吼叫，心知他要来一出英雄救美，加之此时目的未达，还不能破坏自己柔弱小白花的人设，当即稳了心神，抬眸与他四目相对："许公子，救我！"

接下来，便是同她想象中一模一样的剧情。

苍天可鉴，剧情崩坏了这么久，终于能有一点正常话本子里的情节，柳萤只觉媳妇终于熬成婆，在心底泪流满面。

许曳神色惊惶地朝她猛扑而来，用力拉起少女手臂，随即顺势一旋。

裙裾翻飞，衣衫翩然，四目相对之间，柳萤楚楚可怜、眼眶通红，跟前的少年去意决然，一瞬便是永恒。

她眼睁睁看着许曳陡然一咬牙，满目尽是英勇就义前的慷慨悲愤，双眼猩红地以身为盾，毅然挡住火潮。

——柳萤在前，他在后。

那一拉，将她整个人作为屏障，挡在了他跟前。

柳萤：……

柳萤：汝娘也！！！你不是人！！！

滚滚热浪扑面而来，一股脑燎上她额前与鬓边的碎发，她作为人肉盾牌屹立不倒，独自承受了太多太多。

好在火凰深居洞穴，与入口尚有一段距离，熊熊烈火到了他们跟前，便只不过是温度极高的气浪，很快销声匿迹。

柳萤还在兀自发蒙，耳边便传来贺知洲的声音，语气颇为不满："许曳，我们身为修道之人，怎么能让柳姑娘挡在前面？男子汉就应该顶天立地，看你现在像什么话！"

她沉默片刻，表情犹如肉毒素打多后的过分僵硬，顶着张被熏黑的脸向后看去。

当场看见贺知洲双腿发软，从许曳背后爬了出来。

——结果是许曳躲在她身后，你躲在许曳身后啊！你们俩有任何差别吗！究竟是哪里来的脸去教训他，哪里来的脸！！！

而贺知洲那厮见到她，小眼神惊悚得如同见了鬼，颤着声音道："柳姑娘，你的头发——你等会儿照镜子别难过，就、就当在西山免费烫了次头。潮流发型、弥勒佛式方便面发型、太阳能电灯泡脑门……这个，那个……小别致还挺东西，特别摇滚，你可以试着去当第一个玩摇滚的音修，抱一把古琴乱弹，绝对燃爆全场。"

柳萤听不懂他的胡言乱语，更不想知道自己如今究竟是哪种模样。

在漫天火光里，她好似老鹰捉小鸡中兢兢业业的老母鸡，一动不动地立在最前头。

身后的两只鸡崽探头探脑，左右摆动，宛如智商不那么高的连体婴儿。

身为媚修，她受到过专业培训，一般情况下不会轻易生气。

除非她真的忍不住。

柳萤深深吸了一口气。

在最美的年纪遇到这两个白痴，算她倒霉。

等那阵灼热的火风渐渐消散，裴寂才收敛了剑气，与宁宁再度拉开一段距离。

残余的热度被揉散在空气里，好似滞留在沙滩之上的余潮，悄悄浸润进每一粒沙砾间微不可见的缝隙，让身体里的所有感官都为之一室。

宁宁压低声音："当心，洞里有动静。"

正如她所言，在一片叫人提心吊胆的沉默里，自洞穴深处传来一阵极其微弱的窸窣声响。

火凰所居的山洞深邃幽寂，四周尽是凌乱堆砌的嶙峋石块。那声音顺着甬道而来，起初只是类似于低低的鸣啼，和山巅之上涌动的风一起掠过耳膜，到后来越发尖锐响亮，几乎震得洞边石块齐齐颤动。

天边澄亮的光线点缀于洞口，依靠着这道光，洞穴岩壁之上缓缓出现一抹浓郁的漆黑影子。

"是火凰！"

乔颜惊道："它定是察觉到了生人气息……诸位当心！"

宁宁死死盯着洞口，下意识地握住星痕剑剑柄。

他们之前在小重山里遇见过玄鸟，并与之有过一番接触，总体经过勉强算是有惊无险——除开事发之后贺知洲被天羡子狠狠揍了一顿，成了个重症伤残。

然而此地的火凰却与玄鸟一族截然不同，属于未开灵智的恶兽，只懂得一味抢夺与杀戮，否则也不会把西山祸害成这副模样，并在大战之中趁乔颜父亲身死，抢去狐族世代相传的玉佩，以供自身修炼。

随着一道锋利如刀刃的尖啸刺破热浪，那道影子终于从洞穴之中现身而出。

火凰通体赤红、体态优美，身长足足有十多尺，巨大的双翼在离开洞穴后倏地张开，任由丰满羽毛勾勒出流水般的线条，每一片羽翼之下都蕴藏着势不可当的力量。

最先吸引了宁宁全部注意的，是它一双阴鸷浑浊的眼瞳。

它的瞳孔亦是暗沉的红，比起火焰的红色，更像是浸透了层层血迹，满是压抑与癫狂的情绪，让人只需看上一眼，就下意识地后背发凉。

这是猛兽掠夺食物时的眼神，不带任何理智，只剩下最为纯粹的兽性。

火凰的脾气不比玄鸟小，还没把在场的所有人通通扫视一遍，刚打了照面，便从喉咙深处猛地发出一道嘶吼——

汹涌烈焰聚成火球，借由山顶的猎猎风势，如利剑出鞘般径直向众人袭去！

火凰之焰并非凡俗之物，不但来势汹汹，还裹挟着大量灵压。

宁宁是头一回与它正面交锋，若是热血上涌、稀里糊涂地拔剑去挡，很有可能当场加入烧烤豪华晚餐。斟酌一瞬后，还是决定轻盈后跃，先看看它的实力究竟如何。

疾风携着火浪，颇有种欲将西山焚烧殆尽的气势，铺天盖地地席卷而来。

山顶的碎石受到这股风浪侵袭，竟被狂风呼啸着卷上半空，有如万箭齐发般向众人落去。

贺知洲傻了那么久，总算当了一回人，当即调动全身灵力，以剑气护体，在自己与柳萤身边架起护盾，带着她藏身至一块硕大的磐石之后。

"多谢……多谢贺哥哥。"

柳萤说得吃力，本就白皙的脸颊此时失了血色，与单薄纸张没什么两样。

贺知洲见她嘴唇发抖、直冒冷汗，立马就明白事情不妙，顺着柳姑娘低垂的视线看去，见到了她鲜血淋漓的肩膀。

——那场疾风来得猝不及防，在他还没来得及展开剑气的时候，一块尖利的锥形石片便径直刺入了柳萤的右肩。

媚修少女脸色苍白，看着贺知洲仓皇的模样，在心底暗自冷哼。

她把《西宫》和《草百骨》这俩话本子看了一遍又一遍，早就明白了一个道理：男人就是如此，一切安好时不懂得珍惜，如今等她受了伤，才会从心底升起一点点怜惜，悔不当初。

——哪怕他功成名就、颐养天年，可他失去了宝贵的爱情，多惨啊多虐啊！

此时此刻，她就是身受重伤的女主角，看贺知洲那惊恐万分的眼神，他必定已经回心转意，从此对她百般呵护与疼爱。

贺知洲对她的所思所想一无所知。

他只觉得柳姑娘穿着白色衣服，那些血像是不要钱的番茄酱拍在她身上，便显得格外明显，恐怖非常。

他胆子本来就小，这会儿更是被火凰吓得瑟瑟发抖，只觉自己肩膀也疼得厉害，哪里顾得上风花雪月。

"柳姑娘别怕，我来帮你！"

眼见柳萤肩头的血一个劲往外流，贺知洲心下慌乱，一把将石片从她胳膊上扯出来，听得身旁的女孩痛哼一声。

"别——"

柳萤从牙缝里努力挤出这个字，话音出口的刹那，石片便已经离开了体内。

她在心里骂了这蠢货一遍又一遍，却碍于人物设定，只能气若游丝地说一句："贺哥哥，不要将它取出来啊，留着还能止止血。"

贺知洲手里如同握着把凶器,听她这样说,心里愧疚不已,赶忙道歉补救:"对不住对不住!我也是一时心急!"

柳萤本打算娇娇柔柔、可怜兮兮地回他一声"没事"。

然而话没出口就一股脑全哽在喉咙,声音缩了回去,两颗眼珠子倒是猛地朝外边蹦,差点蹿出眼眶——

这白痴看她不乐意,居然直接把石片给捅回去了,捅回去了!!!

她痛得目眦欲裂,真的好想说一句:你这小脑发育不完全的白痴,何至于此。

可她不行啊,她只是朵天真无邪、柔弱懵懂的小白花,哪怕被他捅了一次又一次,也只能泪眼汪汪地咬住嘴唇:"贺哥哥,你在做什么?"

贺知洲有点尴尬。

他还没傻到我杀我队友,奈何之前被火凰吓得乱了方寸,又听柳萤哭哭啼啼一直在耳边念叨,慌张之中一个下意识,才又将石片放了回去。

可他当然不能告诉她实话,那样只会显得自己活像个傻子。

他默了半响,虽然底气不足,但还是努力表现出浩然正气的模样:"柳姑娘莫怕,如今形势危急,只能采取此等下下之策止血。等咱们脱离险境,我再仔细为你疗伤。"

柳萤的眼角滑过一滴清泪。

——那你,也麻烦,请捅在同一个地方啊。

之前她身上只有一道血口,现在被贺知洲又捅一次,买一送一,直接成了俩。

她若是今日死了,罪魁祸首必然不是火凰,而是这位好队友。

柳萤拼命忍住喉咙里的一口血气,泪眼蒙眬地问他:"贺哥哥,有没有人曾告诉你?"

贺知洲茫然接话:"呃……我很爱你?"

"不是啊。"

她被这人给气笑了:"你的脑子,真的和平常人很不一样。"

贺知洲这回听明白了。

这人在骂他呢。

"柳道友受伤了吗?"

宁宁以剑气斩去一簇火光,匆匆朝他俩这边看了一眼:"情况如何,可有大碍?"

这才是真情实意的关心啊!

一切全靠同行衬托,在贺知洲与许曳的反衬下,宁宁挥剑御敌的身姿是那么美丽又可靠,让柳萤鼻尖一酸:"不用管我,我没事!"

宁宁这才回她一个淡淡的笑。

剑光与火光氤氲在少女白皙精致的脸庞,漆黑杏眼里恍如盛有满天星辰,只需轻轻一弯,便有万千剑意与柔情流转其间,叫人心甘情愿沉溺其中。

柳萤愣愣地想,为什么在最初的时候,她选择接近的人不是宁宁呢?

"我的水符已经不多了!"

他们虽是剑修,却也大概懂些符箓知识。许曳不知这是第多少次用水龙冲散火势,奈何符咒有限,火凰掀起的烈焰却是无穷,一来二去,家底都快被搬空。

西山的温度本就灼热,被它这样肆无忌惮地烧来烧去,连空气和泥土都能被蒸熟。许曳斗得焦头烂额,一旁的裴寂亦是眉头紧蹙。

火凰不但攻势凶猛,护体的羽翼更是麻烦。

与普通鸟禽不同,这类百年凶兽早已强筋固体,周身火红的羽毛看似柔软,实则聚成了一副十足坚固的盔甲,将它全然笼罩其中。

裴寂打架从来不讲花里胡哨,拔了剑就是干,然而好不容易劈开重重烈焰,让所剩不多的剑气勉强触及火凰身体,那单薄的剑气却难以伤它分毫。

宁宁多数时候都在飞速闪躲,偶尔用星痕剑斩开迎面而来的滚烫腥风,自始至终盯着火凰所在的方向。

她在观察。

这只大鸟攻防兼备,若是只有那层坚固的羽毛,或许还能用蛮力劈开;可如今熊熊烈焰不止,环绕在它周身时,形成了最难破除的护盾,他们连接近都难,更别提拔剑一决高下。

——那倘若不靠近呢?

宁宁眸光微沉,身形一晃,灵巧跃至火凰身侧的巨岩之上。恰逢火势被裴寂斩去,站在这处地理位置,能清楚看见它吐出火焰时的模样。

不对。

它不是"吐出火焰",而是将体内的天地灵气引至嘴前,化出一道灼热白光之后,再用力吐息,将其吹向四周。

亏她之前还在因为火凰焦头烂额,像这样的话……不就好办多了嘛。

许曳没了水符,只能手忙脚乱地斩去阵阵火风,哪承想抬头一瞟,就望见宁宁跃身上前,直直往火凰吐出的烈焰前跳。

他被吓得三魂没了七魄,唯恐这姑娘被热昏了头,扯开嗓子喊:"宁宁,你做什么?"

哪知宁宁飞快望他一眼,散落的黑发如雾如纱,将眉眼遮掩小半,露出噙了笑的浅色薄唇。

她居然朗声笑了笑,声线清脆得像是风铃摇摆碰撞,与周遭景象实在格格不入:"对付火,可不能用水。"

许曳愣了一下。

灭火不用水，那应该用什么？

宁宁没再说话，因为逐渐靠近了汹涌火潮，连呼吸都有些困难。她曾用传音告诉裴寂先行撤离，这样一来，与火凰对峙的便只剩下她一人。

所有的火势，都将朝着一人而来。

与想象中相差无几，自从其余敌手纷纷退下，火凰只得将全部注意力集中在不远处的小姑娘身上。

更何况她还迎着火光而立，它只需要稍一用力，就能把她烧得连骨头也不剩。

血红瞳孔中杀机暗涌，通体火红的巨鸟长鸣一声，环绕于身边的大半烈焰应势而起，径直冲向那抹一动不动的影子。

宁宁握紧手中的星痕剑，在心底默念倒数。

如果火凰是从口中直接喷出烈焰，就表明它并不畏火，拥有很强的火抗属性；但若像现在这样只是在半空悄咪咪搓火球，那它就有大半概率，同样害怕被火烧。

既然火凰的烈焰阴毒暴烈，绝非凡俗之物；而它的羽翼又偏偏刀枪不入，坚固非常。

若是这最为毒辣的火焰撞上了最难以破开的羽毛，届时会变成怎样？

宁宁屏住呼吸，从储物袋里拿出几张符咒，暗暗念动口诀，旋即在数张符箓的加持下拔剑而起，剑光所及之处，星痕阵阵。

对付火不能用水。

要用风。

古有诸葛孔明赤壁借东风，如今她没有天时地利，那就用一堆风符、一片横冲直撞的火焰和一把剑——

亲手把风造出来。

"她这是……"

柳萤忍了疼痛，在灼目的火光之中睁大双眼，紧紧凝视着不远处的淡色身影，指尖不由得一颤。

四野八荒，风声大起。

少女的长裙被吹得猎猎作响，长剑嗡然如巨龙长吟，在铿然清响后猛然一落。

霎时剑风激荡，连绵不绝。

雪白剑影满蕴星辰之色，化作一道势若洪流飞瀑的夺目亮光，连穹顶之上的烈日也为之一黯。

站立于星河中央的宁宁眉目如画，向来笑意盈盈的面庞上，头一回显出了冷冽的决意与剑息。

符箓引来的疾风凛然作响，由火凰掀起的烈风回旋如流，更为势如破竹的，是她长剑之下袭来的剑风。

山石狂摇，龙吟阵阵，而那声势浩大的滚滚烈焰借了西风，竟如巨龙摆尾般咆哮一声——

笔直冲向火凰命门！

"欸欸欸，别别别！哎哟喂，我门下徒儿又被送走一个。"

玄镜之外，一名身形娇小的年轻女子满脸懊恼地长叹许久，引得她身旁的曲妃卿掩唇轻笑。

"御兽宗的弟子本就不善实战，输了也没什么大不了。"

曲妃卿身为霓光岛岛主，却偏生有张仙子般清冷温雅的面孔，说起话来慵慵懒懒，从来都含着笑："我听说玄虚剑派的小弟子们去了西山，你不是一直想见见传说中的火凰吗？不如去玄虚剑派长老们的镜前亲自看看它的模样。"

玄虚剑派诸位长老闻言皆是一抖，天羡子故作冷静，把玄镜往里收了收。

"真的？"

年轻女子正是御兽宗宗主林浅，听罢两眼放光地扭过脑袋："我听说西山之上的火凰颇为有趣，打算在下一次秘境开启之时，将它收来当作灵宠——诸位长老，能让我看看它吗？"

玄虚剑派长老们大眼瞪小眼，互相使眼色，乱如热锅蚂蚁。

天羡子神色复杂，欲言又止，与真霄对视一眼后，默默将玄镜转了个面，对准林浅所在的方向。

画面之中是被灼烧得黑红一片的土地，在疮痍满目间，一具巨大的躯体显得尤为引人注意。

光秃秃的脑袋，光秃秃的身子，光秃秃的翅膀和尾巴。

而那周身的黝黑，如同笼上了暗夜深沉的颜色，双翼半开半合，似乎还在诉说着生前的茫然与悲伤。

黑夜给了它黑色的焦皮，它却用来寻找光明。

隔着一面玄镜，都能闻到淡淡的肉香。

"这、这……"

林浅的嘴唇和声音一起颤抖，看着她记忆中熟悉的陌生鸟："火凰？"

"这个，它被自己的火给烤熟了。"

天羡子挠挠头，匆忙打了个哈哈："没办法嘛，都焦成这样了……要不让宁宁他们带点风干的腊肉回来，给你尝尝？"

林浅眼前一黑，面无表情，目光犀利。

"许是遭遇了混战。"

曲妃卿轻声安慰她几句，继而又道："对了，柳萤正在与宁宁同行，不知天羡长老能否让我看看，她如今在做什么？"

长老们纷纷做走神状,有的四处张望着看风景,有的低眉顺眼地喝茶,纪云开甚至吹起了口哨,嘴巴嘟嘟。

　　天羡子的神色更加复杂了。

　　这回他没敢动手,而是示意曲妃卿自行调整玄镜视角。女修皓腕微动,镜面之上便出现了一名少女的身形。

　　画面里的柳莹手中拿着块玉佩,笑得那样憨厚朴实又辛酸,对着众人大喊:"没想到吧!其实我是霓光岛派来的卧底,专程来抢夺玉佩的!"

　　曲妃卿本以为那只被烤焦的火凰是一切的结束,万万没想到,却是所有悲剧的开头。

　　谁能告诉她。

　　为什么她的爱徒柳莹,也焦了。

　　柳莹曾经是多么漂亮可爱的小女孩,如今的模样却惨不忍睹,叫人无法直视。

　　一张小脸戴着她熟悉的人面,由于尽是黑灰,不知道的还以为柳莹去地底挖了十年的煤。

　　最为惊悚的,是她的头发。

　　额前碎发像被烧过,全部向上卷成了水草般弯弯扭扭的蜷曲形状。

　　从正面看去她像是英年秃顶了个光头,只有顶上几缕弯曲的头发侥幸存活,好似几株坚韧不屈的野草,生长在广袤荒漠上。

　　只不过半天没见,她就从一个芳香四溢的少女,成了座焦香四溢的光明顶,一边晃悠一边带着哭腔喊:"威胁我欺负我,还把我放在火上烤?你们不是人,这就是报应!"

　　说罢一把握住肩头锐利的石片,石片被取出她的身体,柳莹慢慢闭上眼睛。

　　贺知洲,你好狠!

　　有些人活着,却已经死了。

　　一时间,竟然分不清柳莹与火凰谁比谁更惨。

　　曲妃卿少有地敛了笑,同样是眼前一黑,面无表情,目光犀利。

　　烤鸟她尚能接受,烤人是个什么丧心病狂的操作。

　　天羡子:……

　　天羡子:"这个……两位女菩萨,我还能有解释的机会吗?"

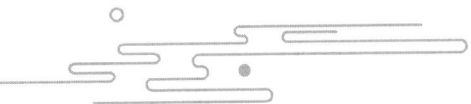

第二章　巧计夺灼日弓

西山，火凰洞。

柳萤手里紧紧握着一块碧色玉佩，又喜又气，浑身发抖。

跟着玄虚剑派的这一路虽然短暂，却已经成为她人生中不可磨灭的阴影。从今天起，她宁愿出家当尼姑，也不会再去不知好歹地勾搭剑修。

等火凰被宁宁引出的疾风烈焰烤熟后，一行人便进了这个山洞。她一眼就见到那块放置在洞穴角落的玉佩，由于身法最快，转瞬之间便上前将其夺过。

在那之后，就是长老们于玄镜外见到的自爆身份现场，可歌可泣，可喜可贺。

"霓、霓光岛？"

贺知洲极为惊诧地后退一步，大大的眼睛里是大大的疑惑："可你不是流明山的音修吗？"

"当然是骗你们的啊！白痴！"

目睹这群剑修瞠目结舌的模样，柳萤颇有种大仇得报的快意，一把撕下脸上满是黑灰的人面，露出媚色生香的绝美面庞："怎么，就许你们欺负人，不让我们霓光岛略施小计吗？"

她越说越得意，手里的玉佩寒凉如冰雪，让柳萤下意识用力握紧。

只要有了它，狐族传承千年的圣物便落入了霓光岛手中。

他们不像玄虚剑派那样爱多管闲事，一切行为的出发点都是赢得试炼和抢夺宝物，一旦灼日弓在手，这两个目标自然都不在话下。

"柳姐姐，你想做什么？"

乔颜急得脸色苍白，颤声开口："若是没了玉佩，我们拿不到灼日弓，等来日魔族突破结界，狐族就完了！"

柳萤挑了挑眉，不紧不慢地应声："魔族一事，我们自会考虑解决。"

霓光岛不傻，当然明白铲除魔族是一件大功。与其把这份殊荣留给玄虚剑派，不如抢过灼日弓，取代那群剑修成为屠灭魔族的英雄。

她话刚说完，便察觉身旁袭来一道凛冽剑风。原来是宁宁拿了星痕剑，飞速向这边攻来。

她在玄虚剑派的年轻弟子中身法最佳，如今形如疾电，饶是柳萤也一时间没反应过来，直接被剑鞘重重击中手腕，手中的玉佩在吃痛的闷哼中应声下坠。

——该死，她怎么还有力气？

眼看玉佩从手中摔落，被宁宁一把握在手中，柳萤暗自皱眉，心底尽是烦闷。

据她所知，宁宁与裴寂是方才那一战中出力最多的人，被火凰消耗了一通灵力，这会儿理应不会再有太多气力，结果却——

不对。

柳萤眸色一沉。

宁宁虽然身法迅捷、进攻出其不意，但身体已经有了隐隐的颤抖之势，想来方才的举动全是在强撑。

身着白裙的绝色少女轻勾嘴角，催动身体里压抑许久的灵气，以鬼魅之势迅速朝她靠近。

灵压如山，剑光似水。

两相对峙之下，自然是没了力气的宁宁略逊一筹，被柳萤一道掌风击在胸口，玉佩顺势滑落，重新落入霓光岛的媚修手中。

不远处的其他人纷纷打算上前相助，柳萤心道麻烦，体态轻盈地向后一闪，身形竟如薄雾般逐渐黯淡，轻轻一晃后，借力迅速往洞外逃窜。

这一招螳螂捕蝉，黄雀在后，她早就在暗暗期待。

宁宁、裴寂与许曳已没了大半灵力，贺知洲与乔颜又构不成太大威胁。她本就身法超群，加之自始至终没出过手，灵力正处于全盛状态，必定不会被追上。

一道道疾风在耳畔呼啸而过，身后的追逐声渐渐消退，等只能听见呼呼作响的风声时，柳萤终于从嘴角露出毫不掩饰的笑。

——不枉她卧薪尝胆忍辱负重，这块玉佩和灼日弓，都是霓光岛的囊中之物了！

玄虚剑派被夺了玉佩，一定会尽快赶去瀑布的秘门。她耽误不得，必须在他们抵达那里之前，带领同门率先拿到灼日弓——

否则若是面对面撞上，必然会迎来一场硬碰硬的恶战。

论身法，他们在所有门派中无人能及；可论实战，玄虚剑派的那群疯子剑修叫人避之不及。

霓光岛的驻扎地位于西山不远处，加上柳萤与容辞，一共有七名媚修。

她一刻也不敢耽搁，等大致阐明事情经过，便迅速带领众人来到瀑布旁。乔颜所说果然不假，穿过那层势如长龙的水流，当真有座石制的巨大暗门矗立于山壁上。

"大仇得报啊!"

其中一名少女兴奋得满脸通红:"等我们拿到灼日弓,第一时间就去把玄虚剑派的那几人干掉!被自己千辛万苦寻得的武器淘汰出局,想想他们那时的表情就好笑。"

曾被宁宁耍过的容辞却微微皱了眉:"我们夺得玉佩的过程未免太简单了些,以玄虚剑派那群人的作风,可能有诈。"

"简单?"

柳萤指了指自己被烫成泡面卷的额发,冷哼道:"我都被折腾成这副模样了,以后还怎么见人?等拿到灼日弓,我定要亲自向那伙人报仇,以解心头之恨!"

她说罢从怀里拿出玉佩,小心翼翼放在石门中央的凹槽之上,不大不小,刚刚好。

柳萤深吸一口气,嘴角是止不住的笑,视线则紧紧盯着秘门,势要亲眼看着它打开。

然而时间过了须臾,石门居然没有给出任何反应。

又稍等片刻,仍旧无事发生。

终于有人等不下去,迟疑着小声发问:"柳师姐……这、这是怎么回事?"

她怎么知道!

柳萤被玄虚剑派折腾得气急败坏,眼见石门如同圆寂般一动不动,心里更是烦躁不堪,一把将玉佩从凹槽里拿出来,换了个方向再摁进去。

整个世界都好像死掉了。

忧愁是一扇厚厚的石头门,她在这头,灼日弓在那头。

——怎么还是一点反应都没有?!

柳萤脑袋里空空荡荡嗡嗡作响,颤抖着将玉佩取下,下意识地想起在山洞中与宁宁争夺的那一幕。

对了。

宁宁曾将玉佩一把夺过,后来才又被她抢了去。柳萤只当那厮没了体力,但如果一切都是她有意而为之,先将真正的玉佩藏在身上,再把假的故意让出来……

上当了!

"我被骗了。"

柳萤咬着牙将它握在手心,恨不得把这假玉碎尸万段:"他们在打斗中偷梁换柱,这是假的。"

"可我仔细检查过,这块玉佩上并没有幻术。"

容辞许是上回被骗出了心理阴影,眉头一直紧拧着:"他们真能在那么短的时间里,找到一块与石门匹配的玉石?"

柳萤亦是百思不得其解。

虽说那群人里有个土生土长的狐族，必然对真正玉佩的模样了解得一清二楚，但从她暴露身份到争抢打斗，宁宁究竟是如何在片刻之内找到的替代品？

莫非——

"难道说，"容辞亦是神情凝重，与她想到了同一种可能性，"他们早就察觉了你的真实身份，并猜到你会抢夺玉佩，所以早在一开始，便着手准备了这块假的？"

柳萤心有不甘，咬紧下唇。

这是如今唯一能解释得通的说法，而且在见到她之后，宁宁的确曾主动提出要去前方探路，离开了她的视线范围。

修真弟子们的储物袋里杂七杂八，说不准宁宁就携了玉石在身，若是她早就看破一切，趁那时仿出一个替代品……

柳萤心口发闷，喉头发腥。

难怪宁宁要带上那只狐狸，只有灵狐才知晓真正玉佩的大小与模样！

"别急。"

容辞比她冷静许多，直至此刻仍在冷静分析："我们还有机会。玄虚剑派那伙人灵力受损，况且秘境之中无法御剑飞行，赶路前来的速度一定很慢。虽然与他们正面相争仍有危险……但我们还可以再设一计，将真正的玉佩换回来。"

密林之中，风吹草动。

身着浅绿长衫的俊秀少年静静藏匿于树荫下，鸦羽般漆黑的长睫轻轻下合，洒下一片黯淡阴影。

他几乎与身边的草木融为一体，难以被察觉出丝毫气息，而在不远处的林间小道上，走来一行腰间佩剑的年轻人。

"柳姑娘还真就抢了玉佩就跑啊，"贺知洲嘴里叼了根草，是他在电视剧里跟武林大侠学来的动作，"可惜是块假的。你们说，霓光岛不会气急败坏，来找我们直接开打吧？"

"不会不会。"

许曳摇头晃脑："我们修为都不低，剑修又最擅战斗，他们不会自讨苦吃。"

他顿了顿，又道："这回多亏宁宁，一眼就识破了柳姑娘的真实身份。要配合她演戏，还真有点不容易。"

容辞在心底"啧"了声。

"既然真的玉佩在我们手里，大家就不用火急火燎地往瀑布赶。与火凰一战实在疲累，不如在此地稍作休息。"

宁宁伸了个懒腰，轻笑着看向乔颜："记得好好保管玉佩。"

小狐狸不知怎的很是紧张，一直木着脸，听见她的话后重重点头，声音听上去同样是僵僵的："嗯！"

于是一行人在半途稍作休息，许曳与贺知洲继续讨论电流的问题，裴寂闷声叫住宁宁，递给她一颗疗伤的丹丸。

唯有乔颜与他们不算熟识，独自坐在一旁，打量着手心里的玉佩。

正是他动手的好机会。

容辞指尖一动，随着灵力牵引，于空空如也的草地之中幻化出一只白兔，蹦跳着出现在乔颜眼前。

狐族少女微微一愣。

她毕竟只是个小女孩，见了兔子心生喜爱，握着手里的玉佩便上前去追。

容辞颇有耐心地留在阴影中等待，见时机成熟，让兔子在被她抱起的瞬间猛一蹬腿——

正好踹中手里的玉佩。

玉佩不大，颜色与周遭碧绿欲滴的树林完美贴合，只见得一串弧光悠悠坠落，很快没了踪迹。

"呀！"

乔颜没料到竟会发生这样的意外，赶紧放下手中白兔，蹲着身子在草丛中细细搜寻。目光刚一落下，就在脚边发现了平躺着的翠玉。

容辞抿着唇，眼底溢出势在必得的笑。

玉佩被兔子那样一踹，自然不可能恰好出现在她脚边，乔颜所见到的，是那块被柳萤抢走的假玉。

当时他见乔颜独自待在一旁，很快就在心底想好了计策。

先在此处提前放好假玉，再利用兔子引她进入林中，等刚好来到假玉所在之处，便让兔子停下来被她抱住，再用力一踹。

乔颜一个未经世事的小姑娘，哪里会思考太多阴谋阳谋，只当是运气好，欢欢喜喜就捡起玉佩，去林外与其他人会合。

这一出偷梁换柱天衣无缝，玉佩兜兜转转，终究还是回到了霓光岛手中。

宁宁等人休憩片刻，很快起身继续赶路。等一伙人渐行渐远，藏匿于阴影中的少年才终于上前一步，安静躬身。

莹润如白玉的指尖划过青青绿草，最终落在草丛深处的长方形碧玉上。

这场比拼，是他们赢了。

容辞回得很快。距离玄虚剑派抵达瀑布还有一段时间，虽然中途出了点小岔子，但只要尽快打开秘门，霓光岛还是能夺得灼日弓。

柳萤被折腾得身心俱疲，彻底没了兴致，不愿见到那把将她害惨了的弓，于是先行道别，怏怏地回了驻扎地休息。

其余霓光岛弟子皆是神情激动，催促他将秘门打开。

与那块假玉不同，容辞手里的玉石要显得厚重许多，通体碧绿，有如一泓清潭，清幽得不起丝毫波澜。

他懒懒地勾了个笑，低声对周围人嘱托："等我们取得灼日弓，便在此处设下埋伏。上古神器威力巨大，饶是元婴期的剑修也难以抵挡，我倒要看看，他们能如何应对。"

少年的声线清冷悦耳，却莫名带了几分透骨的寒意，在飞瀑击石的冷冽撞击声里，更显杀意腾腾。

四溅的水汽让他微微眯起眼睛，容辞轻抚玉佩，将其安放在秘门的凹陷之上。

玉佩重重落了下去。

身后是瀑布巨大的轰鸣，跟前的秘门岿然不动，安静得犹如死寂。

时间一点点过去，容辞的眉头一点点聚拢，渐渐没了耐心。

这不可能。

为什么……还是没有动静？

"啊，这不是霓光岛的各位吗？"

正当霓光岛的六人一片沉默之际，忽然从身后传来一道活泼轻快的女音。

那声音带了点唯恐天下不乱的笑，和瀑布声一起传入耳朵时，像一把把锋利的刀，刺得容辞脑袋发疼。

他好像明白了点什么，却又什么都不明白。

退出瀑布外一回头，果然见到宁宁那张人畜无害、满是笑意的脸："怎么，在等门开呀？"

那神情，那语气，真是虚伪他妈给虚伪开门——虚伪到家了。

容辞抽了抽嘴角，不打算跟她废话："这块玉佩也是假的？"

"什么叫'也'？"

宁宁站在裴寂身旁，一张笑脸被身边的木头衬得格外灿烂："我只准备了一块假玉。"

她承认得倒挺快，完全没有丝毫负罪感，云淡风轻得像在讨论今天吃什么菜。

容辞的脑瓜子突突突地疼，大概明白了点柳萤和这伙人待在一起时的感受，好不容易才忍下火气，勉强笑道："一块？"

可分明那两块玉都不能把门打开。

等等。

一块真一块假，倘若都无法将瀑布里的那扇门打开，那——

不、会、吧。

"挺意外的吧。"

贺知洲见他脸色更白，指了指容辞身后的瀑布："其实柳姑娘拿到的那块玉的确是真的，有问题的是这扇门——打从一开始，它就是假的。"

这件事情说来话长。

当初在西山头一回遇见柳萤，宁宁就用传音开了个小型群聊，毫不废话，开门见山："这姑娘有问题。"

贺知洲对她小重山的操作记忆犹新，一直视宁宁为智商上的偶像，闻言立马响应："怎么？"

"她说自己被霓光岛追杀，一路逃来此地，但西山之上寸草不生，完全没有遮掩身形的地方。"

宁宁道："若是真想逃命，见到这幅景象应该掉头就走，寻个草木茂盛的地方好好躲藏。但她不仅一路往上，还跑到了半山腰——难道她和霓光岛是傻子和瞎子，一个乱跑，另一个在如此空旷的地方也看不到猎物吗？"

她说罢顿了顿，又将那泪眼汪汪的姑娘端详一番："更何况她身为音修，连最重要的琴都能被损坏，身上却没有任何严重的伤口，只有衣物破了几道裂痕……未免不合逻辑。"

她说得有几分道理，许曳想了想，老实发问："她出现在西山刻意接近我们，难道是在觊觎灼日弓？"

"可能是霓光岛的人。"

回答他问题的并非宁宁，而是向来沉默寡言的裴寂。

他传音时亦是冷着脸，见宁宁循声望向自己，别扭地垂下眼睛："她能在西山等候我们前来，说明对我们的计划与行踪了如指掌——也就是说，她进行过监视和监听。"

"所有门派之中，唯有霓光岛身法最强、最擅隐匿行踪，能做到监视而不被察觉的，大概也只有他们。"

许曳心下了然，顺势接话："而且他们对宁宁记恨在心，这次试炼一定会借机报复！"

"是不是霓光岛的人，我们一试便知。"

宁宁弯了弯唇角，语气里多了几分调笑："待会儿我会和裴寂先行离开，如果她刻意接近你们，那就八九不离十——你们可别心性不定，被人家把魂勾走了。"

贺知洲睁大眼睛望她，义正词严："我是那样的人吗！放心，如果这真是霓光岛的媚修，我今天就让她学习学习，什么叫作新时代的和谐光芒。"

结果压根不用他俩刻意试探，柳姑娘职业素养太好，没过一会儿就直接凑上来，又是撒娇又是露肩膀，硬生生被贺知洲科普了好一阵子的正负电荷。

"确认了，就是霓光岛。"

等宁宁回来，柳萤不死心地缠上裴寂，许曳很诚实地给她发了段传音："要不咱们直接抢走她身上的令牌？霓光岛向来强势，柳姑娘身上应该有好几块。"

宁宁却摇了摇头，旋即弯着眼睛朝他笑笑："几块怎么够？年轻人要有梦想，要干就干一票大的嘛。"

"大的？"

贺知洲还沉浸在他的物理学里，闻言被吸引了全部注意力："你是说，霓光岛的其他人？"

宁宁轻轻"嗯"了声，视线停留在前方裴寂与柳萤同行的背影上，许是见到前者的战术后撤步，没忍住扑哧一笑。

"霓光岛行踪诡谲不定，虽然擅长集体行动，但很难找到他们的藏身之地。"

她说："想让他们一起出现，除非是发生了某件十分重要的事情，比如——"

许曳恍然大悟："比如他们找到玉佩之后，必然会结伴去拿灼日弓！"

"对啦。柳萤之所以单独行动，是因为卧底身份需要。灼日弓乃灵狐圣物，事关重大，为了防止被旁人插手抢走，他们一定会结伴前去拿取——到那时候，我们就能将霓光岛一网打尽。"

宁宁眉眼弯弯，似是觉得有趣，尾音像猫的尾巴轻轻上扬："所以说，我们必须让柳萤拿到玉佩。"

"但若是被她拿到真的，霓光岛之人最擅身法，一定会赶在我们之前前往目的地，取得灼日弓。"

贺知洲摸着下巴分析："如果用幻术做一个假的，柳萤一定会在拿到玉佩时仔细探查，很容易就能发现那并非真货。"

走在他们前面的柳萤对一切一无所知，还在努力和裴寂搭着话，分明是刻意撩拨，与身后的几人相比，却显得格外清纯不做作。

宁宁神色未变，踢飞路边一颗小小的石子："所以说，我们不能把心思放在玉佩上。"

贺知洲与许曳皆是一愣，听她用柔和温顺的声线继续道："你们忘了？除了玉佩之外，要想拿到灼日弓，还有另一个很重要的物件——那道秘门。"

钥匙固然不可或缺，可要是门孔错了，门同样无法被打开。

"如今所有人关注的焦点都是玉佩，我们自然可以反其道而行之，在秘门之上做些手脚。谁会去特意检查，那扇秘门究竟是不是幻术？"

宁宁不紧不慢地解释："这就要拜托乔颜姑娘，配合我们演一出戏。我已与她做好了约定，等我待会儿故意问起灼日弓的藏身之地时，乔姑娘会回答一处错误地点，也就是瀑布之后。"

贺知洲不明白了："可那假的地方也不会有秘门啊，他们眼见不对劲，早早撤离了怎么办？"

"如果没有，造一道不就好了。"

宁宁解释得很有耐心，说着朝他轻轻眨眨眼睛："虽然我们的身法不及霓光岛，没办法在他们赶到之前布置幻境，可那瀑布附近，不还住着其他人吗？"

"你是说——"许曳一拍脑门，"狐族！"

狐族最擅长使用幻术，而恰巧除了乔颜，族里还剩下另一个能自由行动的孩子。

她与乔颜在"上山探路"时，便是利用传讯符给他传了消息——提前在瀑布之后设下幻术，模仿出一扇秘门的模样。

霓光岛千算万算也不会想到，钥匙真了，门却是假的。

加上宁宁与柳莹曾围绕玉佩进行过缠斗，柳莹顺理成章地就会认为，玉佩在那时遭到了替换。

"更有趣的事情还有后面哦。"

宁宁不知想到什么，嘴角弧度更深："你们想想，一旦发现玉佩是假的，而我们手上还有另一块，霓光岛不敢与我们正面相争，以那群人的性格，他们会做什么？"

"他们会……"

贺知洲说到一半，等想明白了，也扑哧笑出声："会自以为神不知鬼不觉地，又把两块玉佩给换回去。"

绝，太绝了！

霓光岛哪能想到，自己手里的玉佩货真价实，苦心孤诣策划了这么一出，其实是亲手把它重新送到了宁宁手上，竹篮打水一场空。

"等等！我还有一个地方不明白。"

许曳是个好奇宝宝，满脑袋瓜小问号："我们没有制造玉佩的材料，假玉只能利用幻术做出来。如果他们有所防备，不放心再检查一遍，发现那是假的了怎么办？"

"概率很小啦。"

宁宁倒是一副无所谓的态度，眼看前方的裴寂已经快不耐烦到拔剑，赶紧加快了语速："首先，第二次交换后时间紧迫，他们要想在我们之前赶到瀑布拿走灼日弓，必然不会有丝毫懈怠与停留。其次嘛——"

她说着停顿稍许，极快地抬眸看一眼许曳："其次也有一点赌的成分，按照人的思维惯性，会对失败之后重新得到的希望尤为珍视。他们以为之前受了骗，很难想到其实是出计中计，这次肯定会牢牢抓住机会，认定那就是真正的玉佩。"

贺知洲只想鼓掌，直道内行，暗自庆幸宁宁是自家门派的小师妹。

若是与她站在对立面，像霓光岛那样被玩弄于股掌之间而不自知，简直生不如死。

"不过那也不重要了。"

宁宁还是一副纯良温和的模样，长裙微微一旋，在地面绽开浪蕊浮花："无论如何，到那时候，真正的玉佩都在我们手里。"

"既然这样，"许曳挠挠头，"为什么还要煞费苦心地做一个假的玉佩给他们呢？"

他说这句话时，宁宁已经上前几步，试图阻止裴寂拔剑。

她闻言稍稍扭过脑袋，眼尾轻飘飘地一勾："当然是有份礼物，要和玉佩一起送给他们啰。"

瀑布之前，局势格外焦灼。

容辞站在冰凉刺骨的水潭里，只觉得水流顺着脚踝一直往上，刺破重重经脉，为整具身体都浸了层寒意。

"所以，"他几乎是从嗓子里挤出这几个字，声线尽是粗粝的哑，"你和柳萤在争抢玉佩时，是故意将它夺走，再故意输给她的？"

宁宁轻轻点头："那算是一个心理暗示，目的是让她在秘门打不开的第一时间想到，我是在那时将玉佩换成了假的，从而引诱你们再来把玉佩换一遭——我的储物袋里可没随时放一块玉石，造不出那样逼真的假货。"

"还有我用兔子引诱那狐族的时候，"他气得牙痒痒，"是你们故意演戏，特意放松了警惕？"

宁宁满脸的理直气壮："不然怎么让你把真的玉佩主动塞回我们手里？"

难怪当时的乔颜神色不对头，因为她不像周围的一群影帝影后，心知是在演戏骗人，下意识地觉得紧张。

这句话杀伤力十足，容辞只想呕出一口老血。

他万万不会想到，从柳萤与他们最初相见的时候，一切就注定了是场骗局。

贺知洲与许曳不合常理的行为逻辑、那段所谓的"去前方探路"、狐狸口中秘门的位置，甚至宁宁与柳萤争夺玉佩时，那个将它抢过又不慎被夺走的动作，也全都在计划之中。

"我得向柳姑娘道个歉，是我嘱咐的贺知洲与许曳，可以稍微捉弄她一下。"

宁宁没见到柳萤，露出了有些失望的神色："只有让她心烦意乱，才能达到搅乱理智的效果，不加思考地落入圈套之中，让计划更容易实施。"

"我也要跟她讲一声对不起。"

贺知洲有些不好意思，局促地咧了咧嘴："就石头片那事儿，我是真急了，想帮她止血……哎呀，这解释不清，当时被火凰一吓太慌了，我没想伤她的。"

容辞冷冷勾唇。

不，其实还有一个所有人都心知肚明的解释。

你可不就是脑子有点问题？

"所以呢？"

他气得脑袋发蒙，本以为能教玄虚剑派如何做人，没想到技不如人，被反过来按在地上摩擦得鼻青脸肿："你辛辛苦苦设下这样一场局，就是为了给我们看一扇假门、一把假钥匙？"

场面出现了一瞬间的寂静。

宁宁皱着眉看他，欲言又止。

"如今放在门上的那块玉佩是假的，被早早施了幻术，这一点你应该知道了吧？"

她抬眼望向飞瀑溅起的白浪，过了好一会儿才开口应声，声音很温柔："你难道不想知道，在幻术之下，它到底是什么东西吗？"

她停顿下来，细细思考一瞬："或是说……你就不好奇，秘境这么大，我为什么偏偏选在瀑布这里作为暗门吗？"

为什么选在这里？他怎么知道！

容辞已经濒临崩溃的边缘，被愤怒与屈辱反复摩擦，没做多想直接转身，走进瀑布汹涌的水流之中。

在不断冲刷眼睫的水浪里，他终于看清了"玉佩"的原本模样。

一块石头，方方正正，上面贴了两张符。

一张用来监听的传音符，一张用来引雷的雷符。

——宁宁之所以把秘门设定在这里，正是因为只有瀑布之下，才是秘境中唯一可以涉足的水域。

而水中的杂质，拥有非常优秀的导电性。

直至此刻，他终于明白了宁宁的整个局。

先是用灼日弓一事引蛇出洞，将霓光岛所有人引来瀑布前；再用真假玉佩拖延时间，让玄虚剑派众人能及时赶来与他们撞见。

最重要的是，与此同时，还诱导容辞亲自把玉佩拱手相让，将雷符贴在瀑布后面。

结果成了他给自己挖的坑。

"虽然你们说过要设埋伏，但应该还没来得及，对吧？"

贺知洲厚着脸皮啧啧叹气："那我们就先下手为强了哈，感谢老板们打赏的令牌。"

"你们卑鄙无耻！"

一名霓光岛弟子气急败坏，委屈得眼眶泛红："怎么可以这样耍人，怎么可以！"

"就是！"

另一个哽咽着附和他："修道之人，怎可使用这种阴毒的诡计！有本事来正面打——"

这位说到一半，想起其实是他们没本事跟人家正面刚，于是赶紧将说辞换掉：

"有本事引雷来劈我们啊！长老们可都把你们的阴谋诡计看在眼里！无耻小人！"

……明明他们才是最先玩心机的那一方嘛。

居然如此迫切地想要被雷劈，宁宁从没听过这样奇怪的要求，一时间心情有些复杂。

试试就逝世，这可是他们说的。

如果柳萤在场，见到接下来的这一幕景象，一定会想起贺知洲曾对她说过的电子与离子。

带电粒子在电流中飞速移动，随着一道雷光闪动，整片水泊都笼罩在一层若有似无的金光之下，水波飞溅、暗潮流光。

科学，是如此美丽。

宁宁一颗心还没黑透，特意把雷符的威力调得很小，不会造成重伤和致死，顶多让他们陷入一段时间的昏迷。

在容辞的原定计划里，他本该气定神闲、从容不迫地拿着灼日神弓，慢吞吞地走到惨败的宁宁面前，俯身笑着告诉她："如果求我，今日或许还能放你一马。"

然而现实却是，他和霓光岛的另外几名弟子被电到口眼㖞斜，神色狰狞得犹如戴上痛苦面具，一边四肢弹动，一边从喉咙深处发出来自灵魂的狂颤，好似电音中扭动的舞神：

"你们——呃呃呃给我呃呃呃——等呃呃呃呃呃呃着——瞧呃呃呃呃！"

他再也不想跟宁宁斗了。

这丫头不按常理出牌的千重套路，容辞永远都猜不透。

比如，以风克火，以水生雷。

——正常人哪有这么玩的！你这五行相生相克就离谱！

城主府高阁之上的玄镜里，无比诚实地投映着一幕惨案。

镜子里的六名霓光岛弟子站在水潭之中，以匪夷所思的频率进行着高速颤动，宛如水中蹦迪、丧尸出笼。

镜子外的玄虚剑派长老与曲妃卿神色各异，数道视线一同交会在画面里，沉默是金。

"不是吧！围着玉佩转了半天，结果门才是假的？"

打破全场死寂的，是角落里一位霓光岛长老的哀号："这谁能猜到啊！"

继而又传来另一个人的沉吟："事出反常必有妖，玉佩来得太过容易，容辞应该更留心才是。"

在霓光岛的玄镜里，画面自然是随着容辞等人的视角转。

各位长老代入感极强，哪怕不会被小弟子们亲耳听见，也还是在纷纷出谋划策，实打实地真情实感。

自从遇上宁宁等人，长老们更是看热闹不嫌事大，兴致盎然地叽叽喳喳吵翻了天，什么卖身下毒道德绑架，连"让容辞嫁给宁宁当小老公"的说辞都蹦了出来。

不过吵闹归吵闹，在绝大多数人眼里，容辞的所作所为都顺理成章、神鬼不觉，要是不发生意外，灼日弓必然落于霓光岛手中。

到头来却无比崩溃地发现，他们居然也和容辞一样全盘皆错，被真真假假的玉佩折腾得够呛，人生真是处处有惊喜。

"这群弟子顺风顺水惯了，行事向来大鲁莽，偶尔吃点苦头也好。"

曲妃卿从半晌的无言里缓过神来，倒也并没显出多么痛心疾首的神色，而是勾着唇浅浅一笑："容辞那孩子，不知还会不会继续对宁宁存有心思。"

准确来说，是"敢不敢"。

"不过话说回来，"林浅拿右手撑了腮帮子，左手指节轻轻叩在桌面上，"狐族和魔族的事情怎么办？秘境向来封闭不开，哪承想竟残留了魔物余孽，为祸一方——"

"我们如今进不去，只能看诸位小弟子的表现了。"

天羡子若有所思地眯了眯眼，不知想到什么，微微皱起眉头："不过吧，我总觉得秘境中有些古怪……可要说具体是哪儿，又讲不出来。"

纪云开摇晃着两只小短腿，拼命吞下嘴里的一大块糕点，差点被噎个半死，一代剑仙殒命于绿豆糕："我们如今掌握的情报还太少，不如接着往下看。"

说着抿唇微微笑，可惜再也没能笑出曾经云淡风轻的世外高人之感，颊边两团肉猛地一鼓，活像地主家偷吃了零食的傻儿子："他们接下来会怎样做，我还挺期待的。"

试炼秘境之中，瀑布奔涌着发出刺耳咆哮，卷起层层叠叠千堆雪。

如今电光已过，霓光岛众人尽数失了神志，毫无意识地瘫倒在水中，被宁宁等人带出水潭。

由于事先规定过令牌不能放进储物袋，而藏在鲜有人看守的驻扎地里又实在不安全，一番深思熟虑之下，几乎所有选手都将全部令牌随身携带，以确保绝对的掌控权。

也正是因为这样，一行人搜寻片刻，轻而易举便收获了二十多块令牌。

"不愧是霓光岛，大手笔啊！"

贺知洲抱着均分给自己的几块令牌，全程乐呵呵的："这不就是开门送温暖吗？他们能亲自来送可真是太好了。"

他们拿到玉佩，又顺带解决了霓光岛这个大麻烦，这会儿正在乔颜的带领下前往真正的秘门。

宁宁乖乖跟着小狐狸走，等临近目的地时，不由得在心底喟叹一声。

——可怜霓光岛到最后也不会知道，狐族存放灼日弓的位置并非别处，正是祖宗祠堂地下密室的一道暗门之后。

"那……我开门了。"

乔颜格外紧张，嘴唇在抖，脑袋上一对毛茸茸的耳朵也在轻轻颤，很明显深深吸了口气，试图让自己不那么心慌。

宁宁看着她拿出玉佩，小心翼翼地放在石门上的凹陷处。

之前瀑布后面的那道门其实做得非常像，无论是石块沧桑古朴的纹路，还是整座门压迫感十足的气势，都与实物如出一辙。

制造出幻术的狐族小孩年纪尚小，便能有如此之高的水平，真不知是种族天赋，还是生来就天资异禀。

祠堂破败多年，地下密室光线暗淡，四周尽是伸手不见五指的漆黑，虽然宁宁点了火光，却还是显出幽深森冷的气氛。

猩红火舌肆意舔舐着黑暗，在一团跃动着的红焰里，石门发出"咔嚓"一声轻响。

随即宛若得了指令，石门整个向上缓慢抬起。

灰尘飞散，秘门之后更为汹涌的黑幕迎面而来，好似铺天盖地的巨浪，让宁宁莫名有了些许窒息的错觉。

跟前是沉寂多年，已近腐朽的空气，她下意识屏住呼吸，把烛灯往前挪。

石门后的密室并不大，四下空空落落，唯有尽头处矗立了一座方方正正的石台。

烛光飘飘悠悠地蚕食着黑暗，最终来到石台正前方，照亮台上的景象。

众人皆是一愣。

——石台之上，什么也没有。

密室里空空荡荡，乔颜口中本应放置于此的灼日弓不见踪迹，只能见到一片寂静无声的暗色。

宁宁的第一反应是受了骗，仓促扭过头看向乔颜。

然而出乎意料的是，狐族少女脸上的惊讶之情并不比他们少，一双眼睛不敢置信地慢慢睁大，苍白如纸的唇瓣抖个不停。

"怎么会……"

乔颜顾不上其他，脑袋发蒙地径直冲进密室里，茫然四顾，没发觉任何灼日弓的踪影："那把弓明明应该就在这里，为什么……"

她的语气不像假，甚至带了几分显而易见的哭腔，宁宁上前一步，声音在密室里传出好几道回音："会不会是被谁拿走了？"

"不可能！"

乔颜再回过头来，眼眶里已然蕴满了水光，连带着声线也颤抖如风中的丝线："我爹就是在取弓时出了意外，我亲眼见到玉佩被火凰夺走……"

她说到这里便再也讲不下去，只能咬紧下唇背过身，不让自己哭出声来。

家园被毁，亲人危在旦夕，乔颜对灼日弓寄予了全部希望，如今眼睁睁地看着一切希冀破碎，难免会无法接受。

若是灼日弓被狐族所拿，理应不会偷偷私藏，而是要利用它应对魔物；倘若早早被魔物夺了去，那他们也就没必要在秘境里滞留如此之长的时间，最后还被困在水镜之阵，难以逃脱。

"这到底是怎么一回事？"

贺知洲走到她身边讲悄悄话，刻意把声音压得很低："没了那把弓，魔族怎么解决？"

事情的发展远远超出预料，宁宁也不知道应该如何回应他。

好不容易赢了霓光岛的喜悦因为这场变故被冲刷得荡然无存，在场的几人除了宁宁，都是嘴笨不会安慰人的直男，更何况这会儿也找不到任何有用的言语来安慰乔颜，一时间没人再开口说话。

密室之中本来就阴沉死寂，此时此刻被笼上一层解不开的疑云，便越发显得诡谲莫测。

从他们遇见乔颜到取得玉佩，听信的尽是小狐狸的一家之言，纵使她无心撒谎——

可如果乔颜也是被蒙在鼓里的那个呢？

在悠长的沉默之后，最终竟是乔颜自己开了口，虽然仍带了一丝哽咽，语调却已平复许多："……我们走吧。"

许曳迟疑须臾："那灼日弓——"

"不在这里，留在密室也没用。"

她还是背过身子，匆忙抬手拭去眼底泪痕，旋即转身与许曳四目相对："有劳各位帮我寻来玉佩，关于魔族一事，我会另想他法。"

她咬了咬牙，又道："我知晓你们还有任务在身，之后便不打扰各位了——若是想找个休憩之地，狐族村落随时恭迎。"

宁宁不忍心见到小姑娘这副模样，闻言轻轻应声："你别这样说。如今疑点重重、魔族伺机而动，我们也已取得了不少令牌，自然会倾力相助。"

"对啊对啊！还不知道是谁拿走了灼日弓，我一定要把那家伙给揪出来！"

贺知洲点头附和："只不过我们目前掌握的消息还太少，你能不能具体说一说关于水镜阵法和灼日弓的事儿？"

乔颜没料到他们愿意继续帮忙，半张着嘴怔在原地。

过了好一会儿，她才下定决心般点点头："此事说来话长，我娘所知晓的细节比我多得多……若是诸位不嫌麻烦，那便随我回到村落细细说来。"

一行人喜气洋洋下了密室，再上来时个个心事重重。

宁宁有点发蒙，怎么也想不明白，用传音悄悄戳裴寂："你怎么看？"

"她不像在骗人。"

他即使是在传音里，语气也冷得厉害，听不出有什么情绪起伏："秘门没有暴力损毁的痕迹，如果真有人提前拿走灼日弓，理应是用的玉佩进入密室。"

"而且这么多年来，玉佩一直是在火凰的老巢里。"

宁宁越想越觉得奇怪："那灼日弓在多年前就应该被拿走了……好歹也是个威力非凡的圣物，不管正道邪道，怎么会一直没有消息？"

裴寂摇头。

以他的性格，到这里便应该没了话，这回却出乎意料地抿了抿薄唇，在片刻停顿后低声继续说："我会查明，你不用担心。"

他像是在安抚她似的。

他们原路返回，等离开颓败的祖宗祠堂，就又回到了犹如死城的狐族村落。

村落距离瀑布有一段不远的距离，据乔颜所说，是她为了能更加靠近水源，特意在瀑布不远处建了房屋，让行动不便的族胞能减轻些许负担。

宁宁听得佩服又唏嘘，正走在风烟漫起的长街上，忽然听见从不远处传来一阵打斗声。

参加试炼的人不在少数，这里又是秘境里为数不多的村落，自然很能吸引注意力。她与裴寂对视一眼，循声上前。

结果隔着老远，就见到了两颗圆滚滚的锃亮大光头。

"那不是明空小师父吗？！"

许曳曾与明空有过一面之缘，见状颇为欣喜地扬唇一笑，视线落在他身旁那人时，又露出了有些纳闷的表情："奇怪，那是谁？"

他没有注意，自己身边的贺知洲已是脸色乌黑，神情阴毒如白雪公主的后妈，从嗓子里生生挤出两个字："明净。"

对了，他曾经路见不平拔刀相助，结果被明净狠狠坑了一遭。等那和尚偷偷摸摸跑掉，揍贺知洲的就是三成加七成，总共十成了。

惨，真的惨。

明空与明净同是梵音寺弟子，看样子关系很是不错——

这具体体现在明净舞着钟杵敲，明空顶着个灯泡似的大脑门优哉游哉地坐在一旁，用播音腔声情并茂地诵读："师兄，流风逝水，花落无痕。听君一曲，只觉生命重新有了意义，一切皆成永恒。"

明净敲钟跟联欢晚会开场的打鼓没什么不同，越来越快，越来越激烈，最后甚至敲出了点架子鼓的阵势，咚咚锵锵，听得宁宁耳朵发痛。

贺知洲五官扭曲地捂住耳朵，不愿再向前一步："这什么鬼，死歌（《英雄联盟》游戏中的一个英雄，它的大招技能是可以无差别攻击所有敌人）开大了？"

他们听得难受，正在与两人对峙的一男一女就更是生不如死。

那两位应该是御兽宗的弟子，穿了天青色门服，身旁则七七八八倒一大片体格健硕的灵兽，想来尽是受了梵钟的精神污染，腿脚抽搐地昏死过去。

"哪里有你这样的音修，卑鄙！"

眼看明净已经舞着钟杵砸过来，女子气得浑身发抖。她身旁的青年同样仓皇，慌不择路地大喊一声："师妹，事不宜迟，看来只能请出那两位了！"

女子神色一凛："那两位？可它们是我们压箱底的镇门之宝——"

她说着停顿须臾，终是咬牙道："好！"

此言一出，不但宁宁等人，连玄镜外的长老们也纷纷露出好奇之色。

"镇门之宝？"

纪云开睁着黑葡萄一样的大眼睛望向林浅，声线天然带了点糯，活像个撒娇的熊孩子："那是什么？"

林浅嘴角一抽："慢慢看，不急。"

钟杵被明净挥出了虎虎生风之势，势如破竹地劈开村落中平静如水的空气，径直冲向两名御兽师。

而那女子浑身轻颤着低头，储物袋中金光一闪——

刹那间天地变色，饶是杀气腾腾的明净也浑身一顿，面庞上浮现起极度惊骇之色！

"不、不会吧！"

许曳双眼浑圆，几近破音："怎么会是它们！"

只见浮光退下，在女修手中赫然出现了——

一只猫和一只兔子。

而且是非常普通、毫无灵力可言的那种。

宁宁：……

猫咪小巧，白兔可人，双双蜷缩在女修手心，浑身上下找不出一丝杀气。

而那女子轻轻一呵，用了破釜沉舟的语气："开始吧！"

两只动物得了指令，耳朵皆是悠悠一晃。

兔子睁着红通通的大眼睛，长长的耳朵软绵绵地摇来摇去，似是颇为惬意般抬起爪子，揉了揉自己圆嘟嘟的脸。

猫咪尾巴竖得笔直，双眸如同玻璃，倒映着明晃晃的水光，末了乖巧地一滚，从喉咙里发出一声轻轻软软糯乎乎的"喵"。

许曳惊了。

你有病吧！这就是你们御兽宗的镇门之宝吗？！谁会因为一只兔子一只猫就停下进攻啊！这种弱智的手段连傻子都不会中招好吗？！

他赌一块灵石，那女人在下一瞬间就会被钟杵敲中脑袋，治一治她的小脑中风。

没想到明净竟瞳孔地震，现出了极度的惊恐之色："啊！可恶！"

——不、会、吧！

半空中的僧人陡然一滞，然而周身汹涌浩瀚的灵气已经无法撤回，明净最后看了一眼猫咪与兔兔水汪汪的大眼睛，嘴角溢出一抹轻笑。

然后他猛地把钟杵往回一收，灵力回荡、钟杵如雷，所有的攻势须臾反噬——

竟当场表演一个我杀我自己，明净被钟杵捶飞三丈之高！

许曳默了，宁宁惊了，裴寂漆黑的眼底无甚亮光，抱着剑皱起眉头。

但见明净被自己的钟杵撞飞老远，光秃秃的脑门在半空划出一道优美弧线，最后凄然落地，噗地喷出一口血花。

——结果这人更有病啊啊啊！！！

许曳眼珠子都要掉在地上，宁宁亦是心情复杂。

这两位真是一个敢想一个敢做，要是生在二十一世纪，肯定能在有朝一日相逢于精神病院或医院脑科，高唱"海内存知己，天涯若比邻"。

"师兄！"

明空见状大骇，赶忙跑到自家师兄跟前，一颗卤蛋似的脑袋尽显悲怆："你嗒嗒的敲钟声是个错误，怎样的一场落叶匆匆，让死亡也这般灿烂从容。"

——这光头在说啥？

"出家人以慈悲为怀，我本欲杀之，奈何它们实在太可爱了。"

明净有气无力地呵然一笑，答得气若游丝："其实一路走来，每一个季节都有残缺，每一个故事都有暗伤。我厌倦了争夺与杀伐，只愿守着一树似雪梨花，守着一池素色莲荷，缓慢地看光阴在不经意间老去。"

——这光头又在说啥？？？

一旁的御兽宗弟子露出如同吃了苍蝇般的神情。

他们这边打得热火朝天，妥妥的热血仙侠剧情，那两个梵音寺的和尚却在兢兢业业表演苦情，真是恶心他妈夸恶心——好恶心。

"梵音寺的和尚都如此吗？"

宁宁皱着眉："都这样了，居然还要硬凹文艺人设？"

钟杵受了灵力冲撞，不像梵音寺僧人那般拥有功法护体，转瞬之间碎为齑粉。

明空与明净生生演出了黑发人送白发人的凄凉，那女子收回兔子与猫，眼底划过冷笑："如今你没了武器，唯一的师弟又是个只会防御的护盾，二位注定逃不掉了，还是乖乖束手就擒吧！"

"谁说我没有武器？"

明净抬手抹去嘴边血花，轻轻咳嗽一声："只要心中有武，万物皆可为武。"

宁宁有些迟疑："莫非他还有另一个钟杵？"

"不对。"

裴寂低声应道："他所用的钟杵用材非比寻常，想必很难造出……那僧人是想用别的物件作为武器。"

别的物件？

可明净灵力汹汹，凡俗之物别说是充当钟杵，就算仅仅受了灵气的一点冲撞，都会顿时碎裂。

要想找到一个坚固不摧、不会被冲撞所伤的物件——

宁宁瞳孔骤然一缩。

不、不会吧。

明净微微一笑，从地上勉强爬起来，口中所说的话却是叫人遍体生寒："明空，准备好了吗？"

明空双手合十，浑身散发出莹莹金光，像是刚从卤水里捞出来的蛋壳："师兄，来吧。"

"等等！"

御兽宗的青年满目惊骇："你们万万不要想不开！"

两个和尚同时露出深不可测的笑。

"佛说，我只有三天能给师兄当钟杵。"

明空双手合十，目光飘然下落，端的是慈悲为怀、温润祥和。

而他的声音亦随着身体飘散在半空，带着男播音腔的情真意切，一字一顿："昨天，今天，明天。"

在逐渐转暗的夜色里，身形高大的僧人举起另一具立得笔直的身体，如同抡起一根大棒。

明空的脸上仍然带着微笑，一颗悠悠发光的头颅被抡出一百八十度曲线，重重撞在那顶大钟之上。

佛光四起，嗡鸣大作。

许曳已经丧失了全部言语，一旁的御兽宗弟子则顶替他的角色，用声嘶力竭的嗓音咆哮出那几个深深印刻在他们心底的字句："你们有病吧！！！"

"好家伙。"

饶是贺知洲也看得目瞪口呆，直呼厉害："就这觉悟，今年感动修真界年度十大人物要是没他俩，我绝对不看。"

整个梵音寺的僧人都知道，明净师兄清冷矜持、不近人情，直到某天有人在秘境中偶然路过，竟发现他将明空小师弟抡在天上。

明空的微笑一直停在嘴角，遥遥望去，只能看见一个发着光的人脑袋在半空飞。

仔细一瞧，偏偏他身体又挺得笔直，被明净握着脚踝打在钟上，宛如摇摇晃晃的人形雨刷，情形之诡异，小孩看了都得连续做半年噩梦。

钟声激荡，百兽俱惊，金光如同一层层荡开的波浪，在逐渐暗淡的天色里扩散开来。

许曳捂着耳朵，用剑气抵挡住浩瀚不绝的灵压，被折腾得头皮发麻："我怎么觉得，明空的脑袋比钟杵更好用？"

他所言不假，身为梵音寺里的天才弟子，明空苦练金刚护体神功多年，身体已逐渐超脱了常人范畴，往千年老钢筋的方向越跑越偏。

说老实话，站在一个绝对公平正义的角度来讲，无论是坚固程度还是对灵力的承受能力，明空都远远胜过他师兄原本的钟杵——

哪怕是要对比两道声音的清脆度，只需把小和尚光秃秃明晃晃的头顶往梵钟上一敲，颅骨与玄铁亲密接触的瞬间，不用太多言语，就能毫无悬念地夺冠胜出。

宁宁看得啧啧称奇，暗道修真界真是人才辈出。

前有修行唢呐、梵钟、二胡的各种音修，后有出水卤蛋人体钟杵，或许这就是传说中的"物尽其用，人尽其才"，只有她想不到，没有他们做不到。

御兽宗的两名弟子本就不敌，如今又不像玄虚剑派能够以剑气为盾，被钟声冲撞得站立不稳，最终还是那女修扯着嗓子大喊一句："别敲了，我们认输！"

话音响起的刹那，梵钟声这才淡淡散去，空留一片未尽的余音。

一山更有一山高，修真界处处是人才。

御兽宗的两人无论如何也不会料到，自己引以为傲的骚操作居然会被更骚的套路制住，只得含泪上交身上的所有令牌，末了携手相望泪眼，一并从试炼秘境中淡出身影。

明空、明净显然早就发现了宁宁等人，拿过令牌后齐刷刷地望过来。

乔颜被方才人体钟杵的场景吓得不轻，下意识后退一步，站在宁宁身旁。

"阿弥陀佛。"

明空含笑着将双手合十，微微躬身："佛说，前世五百次回眸，能换来今生的一次擦肩而过。小僧与施主们如此有缘，想必是前生积来的福分。"

"贺施主！"

明净亦是嘴角微勾，周身尽是属于佛门青年的儒雅随和："多年前翊山一别，你我便再未相见。今日得见，实乃缘分。"

贺知洲很少能遇见旗鼓相当的对手，叶宗衡算一个，这位明净师父也算一个。

以此人的厚脸皮程度，高等学府都要为了他特地增设一门学科，名曰"挑战人类承受极限——带你走进厚脸皮学"。

贺知洲：……

贺知洲："呵呵。"

贺知洲的小脾气上来，压根不愿理会这白眼狼，刚想很有骨气地偏头不理他，下一瞬就听见明净继续道：

"小僧一直感念贺施主救命之恩，既然此刻相逢，那便将夺来的所有令牌尽数相赠吧。"

说罢竟然当真伸手往袖口一掏，拿出八块方方正正的令牌。

贺知洲本想拒绝的。

可他给的实在是太多了。

"若是将夺来的令牌全部送人，明净师父可就只剩下自己的一块了。"

贺知洲的模样如同春节收红包，与亲戚故作客套地推推搡搡："不行不行，要是被淘汰了该怎么办？"

明净非常懂事地配合他："出家人随心顺意，一切皆有命定。小僧来此秘境只为历练，贺施主不用太过担心。"

宁宁眼看着自家师兄美滋滋地收下其中四块，只差对明净来一句"朋友一生一起走"，或许这就是男人之间的友谊，让她实在有些搞不太懂。

她沉默片刻，轻声问道："如今天色已晚，将近入夜，两位小师父不知打算前往何处？"

明净温声应答，浑然不见了抡人砸人的气质，活脱脱一个忧郁文艺青年："以天为被，以地为席。我们出家人习惯了苦修，更喜爱生活于天地之间。佛说，缱绻红尘非我所好，落叶才是归宿。"

佛祖风评被害，宁宁心底咯噔咯噔跳个不停，脚趾已经快要抠出三室一厅。

偏生贺知洲那厮得了令牌，兴奋得忘乎所以，居然也用演讲的口吻沉声接话："看来我们与两位小师父今日注定分别。只可惜错负了三生石上缘，造就此生擦肩而过的劫，是花终会落，是缘终将了，唉！"

……你居然这么快就入戏了啊！

明空、明净很快道别离去，宁宁一行人则跟着乔颜回到瀑布旁的小屋里稍作休息。

小狐狸对那两个和尚念念不忘，一边走一边问："我爹娘常说修真界少年英才辈出，指的就是他们吗？"

宁宁默了一下："这个，后浪嘛，总是要在以前基础上不断创新和改进的，不然怎么把前浪拍死在沙滩上。"

他们回到瀑布边时已经临近傍晚，今日辛苦操劳了一整天，没想到不但竹篮打水一场空，除了令牌什么也没捞着，而且疑云还越来越多，叫人完全摸不着头脑。

水镜阵法里的魔族、灵狐一脉的去留，以及最关键的灼日弓去处，一切全都置身于迷雾之中，宁宁只能窥见隐隐约约的一角，浑然看不清晰。

乔颜到底是火急火燎的性子，回到聚落后便急忙带领众人找到琴娘，一双耳朵软绵绵地耷拉下来，简略叙述了事情的大致经过。

"灼日弓……不见了？"

坐在轮椅上的女人轻咳一声，柳眉微微蹙起："怎会……喀！"

说到一半，她又抬眸直直望向身旁的女儿："娘亲早就告诉过你，不要去西山冒险，火凰和魔族都不是你能解决的事情——若是自以为是，稀里糊涂的，到时候出了意外，那该如何是好？"

"我、我只是想救你们！"

乔颜被盯得心下发急，咬牙道："水镜阵法日渐式微，若是魔族有朝一日将它突破——"

"小颜。"

琴娘轻轻握住她冰凉发颤的手："我们本就是垂死之人，依靠秘境中的天地灵气勉强苟活，一旦离开此地去往外界，便会很快因灵力衰竭而亡。你听娘一句话，等诸位小道长历练结束，秘境门开，你便同他们一道离开。"

这是母女之间头一回捅破薄薄的窗户纸，将此事摊在明面上讲开。

乔颜哪会答应，当即红了眼眶摇头。

"当年我们举全族之力，都未能将魔族除去。就算你能拿到灼日弓那又如何？"

琴娘继续出声："距离大战已有数年，想必水下的魔物早已恢复大半实力，只等着破阵而出，以你一己之力，定然无法将其铲除——更何况，如今灼日弓还不知去处。"

此话一出，乔颜便彻底没了言语。

宁宁有些担忧地看她一眼，轻声问琴娘："说起这件事，不知您可有眉目？"

女人的脸色比今日白天所见更加苍白，想必灵力时时刻刻都在消减，已支撑不了太多时日："灼日弓向来被藏于秘门之内，唯有一族之长能将其取得，在大战之前，玉佩一直由我夫君保管，后来又被火凰劫走。关于此中内情，我也并不知晓。"

她顿了顿，迟疑道："或许是魔族施了伎俩将其盗走，又或族里出了——"

话说到此处，她便骤然停了下来。

唯一能抵御进攻的神弓被盗，如果不是魔族亲自动手，那定是灵狐一族中出了叛徒。至于背叛的那人究竟是谁，没有人能妄下定论。

"就算神弓仍在，也改变不了分毫局面。"

琴娘又望向乔颜所在的方向，眸底隐约现出几分决然之意："娘亲已不在乎它的所踪，只望你能好好活下去。答应我，不要再以身犯险，等秘境开启之日，便离开此地。"

乔颜咬着牙没说话，眼眶又红又肿，强撑着没让自己落下泪来。

她等了这么久，好不容易等来能打败火凰的仙门弟子，把一切希冀都寄托在那把神弓里头，如今所有祈愿却在须臾之间浑然破碎，自己不得不面临无比残酷的抉择——

要么逃出秘境独自生，要么留下来与族人一起死。

"灵狐一脉在秘境里绵延千百年，现今突逢大变，若你也葬身于此，便再也没了传承。此事事关重大，你先回房静一静，多多思忖一番。"

琴娘叹道："如今天色已晚，诸位小道长若不嫌弃，便在此处好生休憩吧。"

她说得内敛，宁宁立马明白这是句逐客令，压低了声音点点头："我们明白了。"

众人很快便与琴娘道别，等从房里出来，乔颜一直处于极度低气压的状态，一声不吭低着头。

没承想刚走几步，就遇上了意料之外的两个人。

站在后面推轮椅的宁宁记得，是那个叫作"小昭"的狐族小孩，他们与霓光岛交锋之际，便是这孩子在瀑布下做好了秘门的幻术，以假乱真。

他跟前的少年人坐在轮椅之上，看上去很是俊俏，剑眉星目，薄唇浅粉，满头青丝披散于身后，如同漆黑锦缎垂落而下，衬得柔和白皙的面庞越发苍白无色。

宁宁很敏锐地察觉到，站在身边的乔颜浑身一滞，竟是慌了神。

"小颜姐姐！"

男孩咧着嘴向她打招呼，轮椅上的陌生少年同样颔首笑笑，声线温和："小颜。"

"你们出来散步？"

因为族里的变故，乔颜不得不强迫自己养成了干脆利落，毫不优柔寡断的性子，这回却少有地露出了拘谨的神色，声线也是干巴巴地僵着："身体好些了吗？"

少年唇边噙着笑："嗯。我听闻你今日多有劳累，记得好生休息。"

乔颜"哦"了声，又听他继续道："看各位小道长神色匆匆，我也就不多叨扰，先行告辞。"

少年说得一气呵成，乔颜还是点头，原本竖着的耳朵却悄悄耷拉了下来。

"哦——我知道了。"

等那两人渐行渐远，逐渐离开视野范围，贺知洲才恍然大悟地拖长语调："那就是你喜欢的男孩子，对不对？"

乔颜刹那间红了脸庞，转身背过他的视线，过了好一会儿才颓然靠在栏杆上，用手撑着腮帮子回答："嗯。"

"你们两个一起在狐族长大，应该是青梅竹马吧？"

好奇宝宝许曳跟着接话："怎么感觉如此生疏？"

"我喜欢他，他对我没兴趣呗。"

乔颜借由手掌的支撑昂起头，望向湛蓝如洗、宛如明镜的天空，瞳孔里尽是黑沉沉的色泽，像是一潭幽暗沼泽，令人透不过气："尤其是大战之后……他原本还会温温柔柔地跟我讲话，大战后却刻意与我拉开了距离，变得冷漠许多。有时我们俩就算见了面，也一句话都说不出来，跟陌生人没什么两样。"

宁宁熟读古今中外各大虐心巨作，狗血喝了一盆又一盆，只觉这剧情听上去格外耳熟，轻言细语地安慰她：

"或许他并非讨厌你，只是由于自己灵力全失，连走路都是问题，不愿拖累于你，让你在他身上花费太多心思和时间，所以才故意疏远——这样离别的时候，也不会觉得有多么伤心。"

"我才不要这样的'故意'。"

乔颜哽咽一下，抚摸着手腕上的一串碧绿穗条，硬撑着继续道："娘亲也是，总想要替我决定这样那样的事，可我压根就不愿那么做——他们总觉得是为了我好，可我不怕死掉的。"

一时间没人再说话。

五个各怀着心思的年轻人一并站在长廊之上，看天边夕阳西下，被远山吞噬橘红色的曚昽余晖。

四下安静极了，最终还是贺知洲小声开了口，试图笨拙地转移话题安慰她："乔姑娘，你手上这个就是千丝穗？挺漂亮的。"

她曾经说过，自己也给喜欢的男孩子送过一条，可惜对方并不用心，不知什么时候将它弄丢了。

这回许曳终于有了话语权，一本正经道："这个我知道！当初我给师姐买过一盒口脂，她收下时嫌弃得不得了，以后也从没拿出来用过。"

他不知想到什么，嘿嘿笑了声，耳郭泛起浅浅的红："但有次我去她房间，居然发现那个盒子被很小心地放在书桌上，每天一回房就能看到的那种——所以你不要太伤心，说不定他偷偷摸摸把它藏着，时不时拿出来看呢。"

许曳说不下去，兀自捂着脸低下头笑，脸庞红成一片。

这句话一出来，神情变化最大的并非乔颜，反而是裴寂略显局促地抿了抿唇，眼底阴影更浓，一言不发地低下头去。

宁宁自然不会注意到他的表情变化，随着乔颜走到栏前，用手撑着脸颊问她："乔姑娘，等秘境开启的时候，你打算怎么办？"

乔颜沉默许久，终是摇了摇头。

众人劳累一天，约定明日再一同探寻灼日弓的去向，今晚先好好休息，恢复精力。

宁宁左思右想总觉得奇怪，在屋子里怎么也闲不下来，于是出了房屋，打算独自透透气。

傍晚时分的整个秘境都蒙了层淡淡血色，天气跟渣男一样冷热不定。

白日的暑气未消，把树叶与青草的顶端揉成皱巴巴的模样，热得人像是垂垂老矣的病人，怎么也提不起力气。

唯一清凉些许的，只有瀑布之下。

宁宁本打算去那里乘凉的。

没想到刚走到水潭旁，便猝不及防见到一道熟悉的身影。

——裴寂穿着黑衣站在瀑布前方，飞溅的水雾织成细密的白网，将他整个人都笼罩其中。

站在潭边远远看去，只能隐约见到他五官模糊、身形纤长的漆黑影子，那腿长得，随便劈个叉，都能把她天灵盖给劈没了。

水光倒映着天边血色，细细望去时，竟有丝丝缕缕的黑气自他身后溢出，恍若盘旋而上的蛇或藤蔓，阴冷诡谲、悄无声息，宁宁只不过遥遥相望，心头便不由自主猛地一颤。

对了，原著里曾经一笔带过，裴寂在秘境之中魔气复发，便只身入水，试图用潭水的凉意缓解魔气焚身。

然后——

这段经过实在写得流水账，还没等宁宁想起后来发生了什么，就听得脑海里猛然响起一阵嘀嘀声。

那样熟悉，那样迷人，如同阎王爷在半夜勾了她的魂。

"叮，任务发布！

"你在秘境中探寻许久，竟在水泊中见到了死对头裴寂！裴寂魔气缠身，想必意识不清、极度虚弱，想起他曾经让你吃过的苦头，你下定决心要一雪前耻。

"本打算趁机偷袭，想起玄镜外的长老们，忽然灵机一动，改了主意——

"若是所有长老都见到他魔气发作，伤及同门，那定会是一出好戏。

"请按照原文剧情，走进潭中接近裴寂，扰他心性，引之入魔。"

"等、等等！"

宁宁望一眼水雾里少年纤瘦的影子，急急问道："现在？！"

这招伤敌一百、自损八千，不至于，真的不至于啊！

以他们两人的关系，她定然不会狠下心伤他，要是裴寂一个不留神，长老们所见的就不是什么"魔气入体伤及同门"，而是"花季少女死如烟花之绚丽，于瀑布前炸成血花"。

系统应得毫不犹豫："现在，立刻，马上。"

宁宁：呵。

你这磨人的豆浆机，闭嘴吧。

宁宁觉得，这系统就很离谱。

不仅给出的原著尽是流水账，平常还总是见不到影，直到有任务需要执行，才会诈尸一样猛地蹦出来，开始剥削她这个可怜的劳动人民。

资本主义的丑恶嘴脸，不外如是。

再看给出的原文，果然是古早文里的经典套路，恶毒女配诱使男主魔气加重、神识不清，恍惚之下心智大乱，拔剑攻向同门。

接着再描写一番玄镜外其他门派的长老们如何慌乱与震惊，纵使有天羡子替裴寂百般辩解，效果也是微乎其微。

最终反派阴谋得逞，裴寂在各大门派中声名狼藉。虽是原主挑衅在先，但由于伤及同门师姐，他还是在试炼结束后接受了残酷至极的刑罚，好一阵子连床都下不了。

宁宁单是看着那些文字都觉得浑身发痛，莫说让裴寂亲身去体会一番，细细思忖片刻，心头一动。

系统只说"扰他心性"，却从没讲过"不许避开裴寂的攻击"。

原著中的那位因是刻意用计，自然会故意令自己受伤；而她不想让裴寂背负骂名，便只需全身而退即可——毕竟宁宁主修身法与速度，若是全力以赴，想必不会受伤。

这样一来，"伤害同门"的前提不复存在，届时她再站在裴寂这边解释几句，事情就不会闹得太大。

超完美的作战计划！

宁宁在心里给自己竖了个大拇指，轻轻吸一口气，向前一步步涉入水中。

潭水寒凉，足足能淹没到她腰腹，腹部之下凉气刺骨，回旋的水波带着裙摆飘飘摇摇，轻轻拂过膝盖与脚踝。

宁宁在水中一步步往前，和原著里一样，试探性叫了声："裴寂？"

裴寂闭着眼睛立于瀑布前方，她的声音和巨大水声交融在一起，听上去并不算清晰。

宁宁本想再叫一声，忽然望见他周身魔气一荡，旋即长睫轻颤，缓缓睁开眼睛。

原著里粗略描写过此时的景象，只说黑气暗涌、阴戾非常，这会儿轮到她真真切切看上一眼，才终于体会到一些裴寂从不言说的痛楚。

他的皮肤本就是突兀的冷白，如今魔气在体内肆意冲撞，引来难以忍受的剧痛，他便更是失了所有血色，虚弱不堪。

额头被冷汗与水雾浸湿，一缕缕黑发胡乱地贴在鬓边，在极致的黑白对比之下，美则美矣，却仿佛稍一触碰就会碎掉。

裴寂似乎连睁眼的力气也不剩，睫毛倦倦下垂时，落下一片厚重的影子。阴影将瞳孔衬得漆黑无光，让她想起黑夜里幽深的湖泊。

在他眼中除了纯粹的黑，亦有肆无忌惮蔓延生长的红。血丝填满了几乎整个眼白，乍一看像是眼珠上染了血。他散发出野兽般暴戾的气息——

或是说，如今的裴寂与野兽并没有太大不同。

压抑、狂暴、痛苦。

外溢的魔气不但会与剑气碰撞，带来撕心裂肺的疼痛，严重一些的时候，甚至会扰乱心智，使宿主对旁人进行无差别攻击。

很不巧，宁宁就是这个"旁人"。

裴寂的眼神实在有点凶，她被盯得浑身不自在，硬着头皮又上前一步，按部就班念出原著里的台词："你怎么一个人在这儿？"

而他也恰恰如原著一样，除了比原本的剧情提早睁开眼睛，并未做出任何回应。

宁宁只好压下心头紧张，故作镇定地继续往前。

越靠近裴寂，就越能感觉到毒蛇一样阴寒的杀意，无影无形地缠绕在她跟前。那些黑雾般的魔气飘散如烟尘，与身后的瀑布勾缠交融，连水汽也带了点浅浅的黑。

在这样的气氛下，少女清脆的声线显得尤为突兀："你不舒服吗？还是……魔气又发作了？"

"魔气？"

玄镜之外的林浅柳眉微蹙，这才想起天羡子门下的这位小徒弟身份特殊，乃魔族修士的子嗣。

仙魔大战中，各大门派牺牲者众多，因而有不少长老对魔族血统怀有偏见，甚至有人毫不遮掩地放言过，此生永不会收魔物后代为徒。

天羡子撇着嘴："魔气怎么啦，魔气吃你家大米啦？"

林浅瞪他一眼。

她常年与兽为伴，对于血统一事并不在意，只是……

一旁的曲妃卿收敛笑意，替她说完未尽的话："裴寂魔气发作，若是伤了宁宁该如何是好？他——"

这个"他"字不上不下地卡在喉咙中央，只发出低低一道气音。曲妃卿说到这里便住了口，双眼一眨不眨地看着玄镜之中。

宁宁一点点缓步向前，在与裴寂仅有一人之隔时停下脚步。

她叫了好几声也没得到回应，刚要抬头看看他的情况，却见眼前的黑衣少年剑眉猛然一皱。

——他旋即毫无征兆地向前一步，惊起翻涌如浪的水花与黑雾，还没等宁宁反应过来，一把拉住她的手臂。

宁宁蒙了。

这不是原著里的剧情，按照既定情节，分明应该是"剑气破碎，一股脑扑向来者面庞，宁宁没料到他会直接下杀手，赶忙仓促地后退几步"——

这样子才对啊！

她自认为知晓裴寂的下一步动作，于是将全部注意力都集中在周围的气息之间，试图在剑息爆发的瞬间将其躲开。

……可为什么他会直接上手？

她没有太多防备，裴寂也就没用太多力气，顺势一拽，迫使宁宁不得不朝他身边靠近，险些直直撞上他胸膛。

如果这是一出浪漫的爱情话本子，那接下来的情节很有可能是"按在墙上亲"或掐腰表白。

可惜宁宁没有那个命，在二人相距咫尺时，被裴寂一把掐住了脖子。

……行吧。

裴寂用力不大，指节冰凉，如同玄铁覆盖在她皮肤上。一双眼睛混浊不清，像极了裹挟着污泥的死水，就这样直勾勾地看着她时，很是有几分叫人毛骨悚然的味道。

宁宁屏住呼吸，暗自握住腰间的星痕剑。

魔气外溢之时的心性最是不稳，一旦受到影响，很容易大开杀戒。

萦绕于身边的魔气越来越重，脑袋里的系统没了声音，她心知裴寂已经被扰乱心神，任务顺利完成，接下来要做的，就是毫发无损地从他手里逃开。

宁宁下了决心，正要抬手抓住他手腕，却见裴寂神色一个恍惚，似是愣了一下。

扼住她脖子的右手也随之松了些。

如果说到目前为止，发生的一切都尚在原著剧情的框架之中，那么接下来的这一幕，就堂而皇之把原著撕了个粉碎，彻底脱离既定情节。

宁宁看见他显出了极为痛苦的神色，瞳孔里却闪过一丝模糊亮光，几乎用低不可闻的嗓音叫了声："……小师姐？"

在一片混沌的认知里，裴寂居然认出了她。

她本来想"嗯"一声的。

没想到裴寂眸光又是一黯，竟然将右手从她脖子上挪开。宁宁有些诧异，还以为就此逃过一劫，不料电光石火之间被他再一次按住胳膊——

不过轻轻一拉一旋，宁宁就被推到了瀑布侧旁的石壁之上。

宁宁真没弄明白裴寂此时此刻的脑回路，尤其是双眼一眨，居然见到他欺身上前，站在很近很近的地方，一言不发地低头凝视她。

他似乎恢复了一部分意识，却依旧茫然得不知所措。双眼血丝更加汹涌，薄唇则在轻轻颤，如同单薄的纸片。

裴寂浑身都在抖，一双晦暗瞳孔中夹杂着许许多多难以辨别的情绪，魔气渐渐上涌，笼罩在他的眉间与脸庞。

这本应是极为可怖的画面，可当宁宁瞥见他浑身湿答答的潭水与眼尾的一抹浅粉颜色，莫名觉得跟前像是站了只湿透的大狗狗，带着几分难以言明的委屈。

她从没跟谁有过如此近距离的、不加掩饰的对视，更何况对方还是个十分漂亮的同龄少年。

宁宁下意识有点慌。

靠得……似乎有点太近了。

"裴寂？"

她尝试叫了一遍他的名字，由于背靠着冰凉石壁，只能不动声色地往右挪一步，试图脱离对方无比贴近的掌控。奈何身形刚刚一动，裴寂就抬手按在石壁之上，堵住她的去路。

逃脱失败。

他皱了眉，神色有些不耐烦，不知道是不是错觉，眼尾那片似桃花色的浅粉更加明显，晕染成了更深一些的红。

"裴……寂！裴寂！"

耳边承影的声音逐渐清晰，裴寂浑身一滞，按在石壁上的手掌暗自用力，指节泛白。

"谢天谢地！你终于能听见我说话了！"

承影长叹一口气，语气里是掩饰不住的喜悦："吓死我了，自从你魔气外溢，就一直听不到我的声音——现在感觉如何了？"

裴寂淡淡回了它一个"嗯"。

老实说，他如今的思绪仍是一团乱麻。

身体上的疼痛尚未消退，每根骨头里都仿佛浸了痛意，脑袋里更是像有把刀在不断切割,让他无法思考太多东西。

比如说,他为何会在触碰到宁宁的瞬间恢复神志;又如,自己是怎样将她困在这一方角落里,让两人之间几乎没有距离。

她一定被他吓坏了,正呆呆抬着眼睫,近乎茫然地打量着他。透过那双莹亮的杏眼,裴寂看清了自己如今的模样。

魔气缠身,衣衫尽湿,神色可怖,长发凌乱地披散于身后,有的湿漉漉贴在脸颊,映衬着猩红的双目。

这样古怪又骇人的样子,的的确确是他。

"你还记得之前发生了什么吗?"

承影说得小心翼翼,尽心尽责地为他解释情况:"宁宁见你独自入水,还以为出了什么意外,于是下水来一探究竟。"

它说着忍不住加重了语气:"她对你真好,情愿冒着危险也要入水——裴小寂,你可千万别欺负她。"

裴寂想,这才不是欺负。

他只是……不明缘由地,不想让她离开,也害怕她离开。

浑身上下的剧痛还在蚕食着理智,始终沉默的少年将手紧握成拳。

说来也不可思议,裴寂从小到大尝试过无数抑制魔气的法子,都以失败告终。可今日当他扼住宁宁脖子,神志却在瞬息之间清晰大半,恍惚间想起了她的身份。

好奇怪。

现在也是,他只有在靠近宁宁的时候,因魔气悬在半空的心才会稍稍觉得安稳一些。

裴寂无言垂眸,在女孩漆黑的瞳孔里,无比诚实地倒映着他狼狈不堪的影子。

他一时间心烦意乱,不想让她见到自己这副模样,鬼使神差伸出手去,挡在她眼前。

女孩的睫毛上下颤动,轻轻拂过他敏感的手心,带来一股挠心挠肺的痒。

宁宁听见裴寂低声开口,声音因疼痛颤个不停:"不要看……能不能陪陪我?"

少年修长的身形被包裹于黑衣之中,因沾染水汽,紧紧贴合在身体上,显出细细一截腰身。

忽然视野之中没了画面,所见只有无穷无尽的漆黑。

玄镜之外,哀号一片。

——裴寂竟刻意打碎了瀑布旁传播画面的视灵,目无法纪,把试炼规则按在地上摩擦。

林浅犹如在唱女高音:"怎么回事!那臭小子居然把视灵打碎了!碎了啊啊

啊！这是明令禁止的，他不知道吗？！"

浩然门的一名女修以头撞桌，双手握成拳头猛敲："后续呢，后续呢？！我比他们俩还要兴奋，结果后续呢？"

天羡子不愧是穷怕了，颤颤巍巍地用手指打算盘："一个视灵多少灵石？我们师门还有钱赔吗？"

说罢又痛心疾首地环顾四周，这才发现身后已经不知何时围了一大伙人。

一想到凭空多出这么多目击证人，天羡子就更是难受，二话不说直接下逐客令，赶鸭子似的连连摆手："去去去！一群老头子老太太，在这儿瞎起什么哄！年轻人的事儿你们管不着，别看了别看了！"

曲妃卿睨他一眼，冷笑道："我们老一辈的讲话，哪里轮得到你这四百多岁的小破孩插嘴？"

"各位少安毋躁，既然瀑布旁的视灵已被摧毁，不如换个角度看世界，来瞧瞧其他弟子。"

纪云开不愧是一派掌门人，小胳膊一抬，青葱般的圆润食指就落在玄镜之上，划出另一番画面。

天色将暗，画面中的一对年轻男女并肩坐在山洞中，以非常同步的姿势抱着膝盖，脑袋低垂。

正是林浔与云端月，经典的社恐二人组。

林浔好歹是个男子汉，义无反顾地扛下了打破沉默的重任："云师姐，这山洞，好小。"

云端月没说话，抿着唇点了点头，耳朵上残留着十分明显的绯红。

随后又是一串尴尬的寂静，小白龙总觉得不该如此，环顾四周许久，把视线锁定在不远处的潮湿角落。

"云师姐，那里有只蜈蚣。"

林浔满脸通红，自始至终没敢看她："我在数它有几条腿，你要不要一起来？"

云端月始终低着头，闻言终于出了声："五十六条，我很早之前就数出来了。"

"噢！"

林浔抓耳挠腮，显得更加慌乱："那那那、那你很会数数啊。"

"过奖。"

"没过奖。"

"多谢。"

"不用谢。"

"那个，要不咱们一起来数一数那边的藤蔓有多少片叶子？我负责这边，你负责那头。"

"好。林师弟果真有情趣。"

这两人无聊到了一块，居然心有灵犀地开始数蜈蚣腿。长老们纷纷唉声叹气，无论男女，看了都会不由自主地陷入沉默。

只要他们俩自己不尴尬，尴尬的就会是别人。

饶是真霄也不由得嘴角一抽："哪个天才想出的主意，把这俩人放一块的？"

纪云开笑眯眯地举手，满脸骄傲："是我欸！"

玄镜外热闹非凡，秘境内无法被窥视的角落里，就要显得安静不少。

宁宁有点蒙，许许多多的念头在须臾之间填满脑海——

他们俩怎么突然就靠得这么近？啊不对，不是"靠得很近"，而是毫无征兆地有了肢体接触。

裴寂是不是被魔气烧坏了脑袋？他不是应该狠狠揍她一顿吗？

以及，这样的剧情发展，和说好的……完全不一样吧？

她的心思乱如毛线，但不得不承认，裴寂那句话的杀伤力非常之大。

他向来是又冷又硬的脾气，从不会对谁示弱。这会儿声线半哑，又保留了几分独属于少年人的清冷悦耳，像方才那样小声地念出来，像是恳求，又像在撒娇。

宁宁脑子里坚固不摧的城墙唰唰唰就坍塌成了碎屑，很没原则地立马心软。

裴寂的手掌冰凉得吓人，如同没有温度的玄铁。他们之间的距离着实有些太近了，虽然眼前一片漆黑，宁宁仍能闻见他身上带着水汽的植物清香。

而少年人的呼吸沉重且急促，拥有一股温和的热量，与四周冰凉的水汽彼此交融，偶尔勾缠了属于她的呼吸，听得她耳朵有些烫，也有些痒。

等他的呼吸渐渐平缓一些，宁宁终于轻声开口，带了点不确定的语气："你是不是……挺难受的？"

说完了又忍不住想，这不是句废话嘛，他都这样了，哪能不难受。

她目不能视，看不见裴寂此时究竟是什么模样，一番思索之下，用手指攥了攥湿透的裙摆，下定一个决心。

宁宁的右手抬起来时，满满尽是潭中冰凉的清水，等胡乱在衣服上擦拭片刻后，略带着迟疑地向前方伸去。

她的动作小心翼翼，当手掌触碰到裴寂后背，能够很明显地感到后者脊背瞬间僵硬，再也没有动弹分毫。

"我以前难受的时候，家里人都是这样安慰的。"

宁宁的动作很是笨拙，掌心掠过他因消瘦而高高凸起的骨骼，心下不由得一颤："……不知道对你有没有用。"

女孩的手掌温暖细腻，柔软得不可思议，在他的后背上下轻抚时，比流水潺潺更加温柔。

裴寂放缓了呼吸，好像连之前沉重的喘息都是种不可饶恕的惊扰。

他方才脑子里有那么多阴暗与繁杂的念头，只因这一个毫不熟稔的抚摸，居然都尽数消散，什么也记不起来。

他自小生活在无止境的斥责与打骂里，后来渐渐长大，便逐渐学会了打架与剑术，人生又冷又硬，哪里享受过像这般温温柔柔的小动作。

"一切总会变好的，你别怕。"

宁宁的声音很轻，像蒲公英悠悠拂过裴寂耳朵，和做梦一样，没什么实感："你并不可怕，我也不会害怕你——所以把手放下来，没关系。"

把手放下来也没关系。

即便看见那样面目可憎的他……也没关系吗？

他怔怔地立在原地，还不等有所反应，手腕上就传来一股突兀却柔软的温度。

宁宁用空出的左手按住裴寂手腕，只不过用了轻轻的一点力道，便顺势带着他的手掌下移，露出她明媚白皙的面庞。

两道视线笔直相撞。

宁宁扬起嘴角，勾出小巧精致的弧度，圆润的杏眼则往上微微一挑，亦是亮莹莹地弯起来，犹如远山之上悬着的皎洁月光，朝他露出一个毫不设防的笑："这样就很好啊！其实你很好看的。"

仿佛有什么东西倏地撞在心口上，让胸腔沉甸甸地一震。

承影这回什么话也说不出，在发出一声绵长的"啊"声后销声匿迹，大概是躲去了识海的某个角落滚来滚去，自由飞翔。

至于裴寂。

裴寂喉头上下滚落，板着脸转过身去，声音听不出丝毫起伏，黑发遮掩住耳朵上的绯红："走吧。"

"你没事了吗？"

宁宁在身后跟着他，语气轻快："对了！你以后可得多吃点东西，刚才摸上你后背的时候全是骨头，快硌死我了。"

摸上他后背的时候。

之前他行事肆无忌惮，大半原因是受到魔气驱使。当下黑雾尽散，裴寂终于恢复了理智——

哦，他似乎还撒了娇，让她陪陪他。

脊背上似乎还残留着那道陌生的触感，裴寂忽然就红了脸，仓促回头瞥一眼宁宁。

见小姑娘一本正经地盯着他看，仿佛是要遮掩什么似的，他面无表情地沉下身子，把整个脑袋都埋进水里。

承影喷个不停，唉声叹气："你这叫什么，活生生的掩耳盗铃。还真以为把脑袋浸在水潭里，就不会被别人发现脸红啦？我可全——看——到——啰——裴小寂。"

宁宁不懂他的用意，蒙蒙地叫了声："裴寂？"

水面寂静，冒出来几个泡泡，咕噜咕噜串成透明的小珍珠。

没过多久，裴寂很快从水下站起身来，恍如方才无事发生，自储物袋里取出一件男款青黑薄衫，轻轻搭在宁宁头顶："别着凉。"

他的衣物向来被折叠得一丝不苟，带了点清新皂香。

宁宁笑着将它接过，存了点捉弄的心思，也从储物袋拿出一件女款穿花绣蝶披风，直直丢在裴寂脑门上："你也是。"

两人一前一后上了岸，好在有裴寂的那件衣服，周遭的冷风吹拂而过，经过被水打湿的布料时，宁宁才不至于冷得瑟瑟发抖。

等套好外衫一抬头，居然看见呆呆站在路边的乔颜。

乔颜的内心有些拉扯。

她只不过是闲来无事随随便便这么一逛，万万没想到会猝不及防看见眼前这番景象。

试问一男一女说说笑笑地从水潭里一起湿漉漉上来，都在做穿衣的动作，这两人之前究竟做了什么？

该是怎样的颠鸾倒凤，不知天地为何物，才能让他们穿错对方的衣物，如此招摇地行走在大道上。

修道之人的情趣，果真不是旁人能懂的。

裴寂乖乖套着件浅粉色女式斗篷，一张俊秀的脸煞白煞白，面色阴沉得犹如死人。

宁宁伸出胳膊做尔康手，因为外衫太大，手掌压根没露出来："乔姑娘，你听我说！"

乔颜郑重道了歉，强忍着内心激荡，捂着脸跑开了。

宁宁：……

宁宁杵一杵裴寂手臂："今晚咱们谁去解释？"

经过那样一番折腾，此时已经快要入夜。

穹顶如同少女羞红的面庞，于无声无息间漫上一层暧昧橘红。天边的云朵依旧很少，放眼望去晚霞翻涌如潮，覆盖在漫无边际的明镜之上。

宁宁身上裹着裴寂的外衫，手脚全都被罩在宽大的棉布里。她似是觉得有趣，像演古装剧似的兴致勃勃地甩着袖子，引出一道道浸了香气的凉风。

她只是腰腹以下入了水潭，虽然被瀑布溅射了一些水花，却也并没有变成落汤鸡；裴寂则因为那个蹲下的动作浑身湿透，漆黑长发凌乱地搭散在身后，湿漉漉地滴落着水珠，像极了攀在脖子上的水蛇，尾巴扫过少年凹陷的颈窝。

不知是冰凉潭水还是其他什么原因，原本在他体内横冲直撞的魔气不知不觉间慢慢退去，只剩下十分微弱的余烬。

身上的浅粉小斗篷笼罩着一层浅浅栀子花香，让他想起宁宁身上同样的味道，有些不习惯地扯了扯衣角。

"裴寂，你有没有觉得事情怪怪的？"

宁宁步伐轻快，说话时转过脑袋看他，不知怎的轻笑一声，递过来一块手帕："把脸上的水擦一擦，全湿透了。"

裴寂依言接过，语气很淡："愿闻其详。"

"首先是灼日弓的下落，这一点大家都知道。"

宁宁吸了吸气，把玩着外衫的袖口："无论是魔族还是灵狐，一旦拿到它，就等同于拥有了扭转战局的力量。若是当真被其中一方取得，怎么可能到现在也没有任何消息？"

裴寂耐心听她讲，低低"嗯"了一声："按照时间线，乔颜亲眼见到她爹在拿取灼日弓的途中遭遇魔族埋伏，玉佩被火凰所劫。在往后很长的一段时间里，它应该都被藏在西山。"

他顿了顿，又道："之后便是我们将其夺来，霓光岛受骗，玉佩回到我们手中，中途没有任何空出的机会，能让旁人乘虚而入。"

也就是说，无论是从结果还是作案时间来看，有人偷偷拿走玉佩、盗取神弓的概率都非常之小。

"然后是乔颜的那位青梅竹马。"

宁宁点点头，轻轻勾起嘴角："乔颜说过，他在那场大战中弄丢了她送的千丝穗，并且在那之后对她越发冷淡，疏远得好像陌生人。虽然也可以解释为他知道自己时日无多，不想与乔颜再有纠葛，但如果摒弃掉这个老掉牙的虐恋情深套路，从最直观的另一个角度思考——"

她思索须臾，加重了语气："既没有信物，又陌生得不像话，这不就是个从没见过的人吗？"

这样一想，褪去自我牺牲与所谓爱情的外壳，这个故事就未免有些过于诡异了。

宁宁细细想来，只觉得头皮发麻，沉默好一会儿才继续说："之所以刻意疏远、很少同她讲话，就是因为不想被乔颜发现，他只不过是个虚假的冒牌货——但他这样做的目的是什么？除了乔颜之外，那么多灵狐村民，没有一个人察觉到他的异样吗？乔颜真正的青梅竹马又究竟在哪里？"

裴寂跟着她的思维走，剑眉微蹙："会不会是为了灼日弓？只要进入狐族内部，且是与乔颜关系亲近之人，一旦她取得玉佩，就有很大机会将它夺来。"

113

"但据琴娘所说,水镜阵法绝不会被魔族攻破,他怎么能神不知鬼不觉地进来?"

宁宁想得一个头两个大,也颇为苦恼地皱起眉头:"而且如果真要化身为乔颜亲近之人,岂不是与他后来的刻意疏远彼此矛盾了?"

她说话时双手闲不下来,一直攥着袖口玩,长衫搭在身上却并未扣拢,只要裴寂转过头去,就会望见少女轻轻贴在胸前的单薄衣料,以及脖颈处白净的皮肤。

他抿着唇移开视线,不由分说地抬起手臂,替宁宁把外衫扣拢,惹得她发出轻轻的一声笑。

这声笑毫无征兆,由于两人隔得很近,几乎是清清泠泠地落在裴寂耳边。

他莫名觉得心口一顿,很快又恢复了与她并肩而行的姿势,嗓音不知为何沙哑了些许:"……不只是他,其他人也有问题。"

宁宁很乖巧地接话:"你是说,琴娘?"

裴寂点头。

"她对乔颜与灼日弓拥有超乎常理的控制欲,若是以前,或许还能解释为爱女心切,不愿让乔颜冒险。"

他敛了神色,刻意不去看她直勾勾盯过来的视线:"但后来我们找到玉佩,却发现神弓失窃,乔颜将此事告诉她时——"

裴寂说到这里停顿稍许,宁宁则正色接过话茬:"她居然并没有表现出太过惊讶的神色,并且很快就转移了话题,好像早就知道我们不会寻得神弓。而且身为族长夫人,灵狐一脉传承多年的宝物就此失窃,这样的反应实在不合常理。"

"不错。"

裴寂点头,终于定定地与她对视一瞬:"而且你不觉得吗?她对于'不允许乔颜去阵法另一头屠灭魔族'的执念,居然要远远高于对灼日弓,乃至其他一切事物的执念。就连劝她赶紧离开秘境也是,好像心里所想所念的,都是决不能让乔颜与魔族产生接触。"

——她想隐瞒什么?为什么不能让乔颜去往阵法的另一边?

谈话进行到这里,迷雾似乎已经在逐渐散开了。

宁宁听见自己心怦怦直跳的声音,深吸一口气:"还有最重要的一点。"

她说:"据琴娘所言,水镜另一边尽是金丹元婴期的魔族,实力不容小觑,所以乔颜才会对水泊那样忌惮——可我们之前见到的,分明只是个没什么威胁的小怪物。以乔颜用弓箭射杀它时熟稔的姿势来看,想必也曾多次击杀过'镜鬼',要是真有所谓的元婴大能,为什么她会从没见过?"

一时间两人皆是无话。

宁宁沉默半晌,忽然又抬头看他一眼。

这回她眼底没了笑意,声线脆生生的:"我有个想法……咱们去附近的湖边看一看，如何？"

瀑布周边并没有多少水泊，宁宁跟着裴寂穿梭在葱葱茏茏的树林，大约走了一炷香的工夫，才找到最近的一面湖泊。

这面湖并不大，倒映着昏沉黯淡的天光，周围的灵菇已经隐隐散出了光亮，为晚风蒙上一层幽绿色荧光。

宁宁站在湖边，本打算向前一步靠近湖面，却被裴寂轻轻拉住衣袖。

他们俩在来之前匆匆换好了衣物，裴寂大概买了无数套款式相差不大的黑衣，身形被吞没在溶溶夜色里。

当宁宁扭过脑袋，看见他神色淡淡地摇了摇头："我来。"

即便没有太多言语，他也总是能很快明白她的思路。

裴寂说罢将她向后拉了一步，径直走到湖泊近旁。

月亮从暮色中探出身子，洒下一捧暧昧的昏黄光晕，在月色与水光里，湖水中倒映出少年清隽挺拔的影子。

——随即水面猛地一震，一只瘦骨嶙峋的血手自湖中陡然伸出，直攻裴寂咽喉。

他早就有所预料，因而并未露出丝毫惊异的目光，而是神色不变地后退一步，将水底的怪物引上岸来。

这回的镜鬼与之前那个并无太大不同，仍旧是头顶秃圆、身形矮小瘦弱的模样，正龇牙咧嘴地从嗓子里发出阵阵嘶嚎，让宁宁想起手指甲划过黑板的声音。

她强忍着捂住耳朵的冲动，对裴寂道："别杀它。"

裴寂本已拔剑出鞘，闻言又将长剑收回鞘中，迅速闪身躲过镜鬼袭来的利爪，在心里默念剑诀。

他并未下死手，只见得周身剑气涌动，旋即白光一闪，以迅雷不及掩耳之势攻向那怪物的后颈处。

镜鬼还没来得及发出一道哀鸣，便丧失意识昏倒在地。

宁宁眸光微黯，下意识握了握拳："继续吧。"

于是裴寂又一次走向湖边。

他们一共试验了六回，每次裴寂以身为诱饵，吸引而来的都是模样怪异、实力微弱的镜鬼，而琴娘口中"为数众多的金丹元婴魔修"，却是一个也没见到。

其中猫腻再明显不过。

琴娘在撒谎。

"明明只是这种不值一提的小怪物，她却信誓旦旦地编造了谎言，让乔颜无论如何都不要接近湖泊。"

宁宁蹲在地上，端详着镜鬼的模样："这样一来，琴娘就必定不是出于担忧她的安危，之所以不想让乔颜接触镜鬼——"

一个念头突地闪现而过，刺骨寒意从脊椎径直蔓延到脑海，让她不由得遍体发寒。

细细想来，他们对于水镜的一切了解，都是源于乔颜。

而乔颜本人所掌握的情报，则是源于她母亲。

灵狐一脉与魔族一夜之间爆发大战，为了抵御魔物，不得不以全族之力设下水镜之阵，将其禁锢于镜面另一头。

当年乔颜重病昏迷，对此一概不知，这是琴娘告诉他们的。

灵狐族族人灵力式微，只愿牺牲全族奄奄一息的性命，保护乔颜不受魔物侵扰。

乔颜被蒙在鼓里多年，一心盼望着和大家一起离开此地，这也是琴娘告诉他们的。

但如果这些都并非实情，从头到尾……他们对于那段往事与这处秘境的了解，都是基于彻彻底底的谎言呢？

为什么乔颜青梅竹马的手腕上没有千丝穗？

因为他压根不是原本的那个人，哪怕有心模仿，也绝不会注意到这种无关痛痒的小装饰。

为什么灼日弓下落不明？

因为这里根本就不是真正的秘境，而是由阵法创造的镜像空间。水镜能复制所有山水鸟兽，唯独那一把威力巨大的上古神弓，无论如何都造不了假。

为什么琴娘会百般阻止乔颜取得灼日弓，让她不顾一切地尽快离开秘境。

因为一旦乔颜拿到灼日弓，前往水泊的另一面歼灭"镜鬼"，很大概率会察觉到蛛丝马迹，从而明白一切被掩埋的真相——

潭水之下，那些模样古怪、被乔颜当作怪物毫不留情射杀的生物，才是曾经真正的狐族。

而与她朝夕相处的"同胞"们，是把狐族屠戮殆尽、披戴着面具的魔。

宁宁早该想到的。

在第一次见到乔颜时，狐族少女曾告诉她，"镜鬼皆是异变后的魔族"。

可细细想来，魔物已被魔气侵染，即便走火入魔，也断然不会变成这种孱弱且怪异的模样。

能被魔气影响并产生异变的，只有极度虚弱、灵气所剩无几的人与妖。

水镜之上，秘境之下，用以维系阵法的不单单只有灵力。

还有一场贯穿始终的谎言。

"所以说，"宁宁从地上站起来，最后望一眼不省人事的镜鬼，"当年乔颜父亲牺牲后，两族很快展开大战。狐族应该的确曾以全族之力迎战，并使魔修难以招架、元气大伤，不得不藏入水镜之阵苟延残喘。"

——然而要想重创魔修，灵狐必然也损失惨重，不但耗尽灵力，还在极度虚弱时被魔气乘虚而入，堕化成如今这副模样。

水镜之阵，阴阳相生。

宁宁曾向乔颜询问过阵法一事，小狐狸回想片刻后告诉她："灵气为阳，魔道为阴。正派之人能以此阵将魔物困于镜面中；若是魔族动用此术，亦会让自身置于水镜，多是用来躲避敌人袭击，不失为一种保命之法。"

魔族只能待在阴面的镜中，所以这个空间里不会出现真正的灼日弓。

"琴娘"对此事心知肚明，但由于没有玉佩，并不知晓目前密室里究竟是怎样的情况。

也许会出现一把虚假的弓箭，那样乔颜定会带着它去往阳面，发现一切真相；又或者空空如也，不存在任何理由能够解释灼日弓的去向，这样一来，同样会引人怀疑。

无论是哪种可能性，对魔修而言都不是件好事，因此他们才会竭力阻止乔颜取得玉佩，劝她尽早离开。

"奇怪。"

宁宁越想越不对劲："魔族为什么会如此在意乔颜？灵狐一脉上上下下那么多族胞，怎么就刻意留下她？"

"或许不是'刻意留下她'。"

裴寂冷然道："而是'只有她'。"

只有她——

宁宁心头一动。

大战之后，狐族与魔族尽是伤亡惨重，好不容易活下来的，也都身受重伤、灵力全无。更不用说魔修们还耗尽仅存的力气，创造出了这样一个浩大的镜面世界。

这个秘境虽是虚构的，可看村落里那些人虚弱不堪的模样，却是无论如何都演不出来的。

他们对整个秘境毫不熟悉，加上病弱得连路都走不了，在如此绝望的困境里，总得有个人肩负起照料全族的责任。

而乔颜就是那个被选中的人。

或是说，一件协助他们恢复的工具。

她自小在秘境中长大，对地形地势与灵植分布了解得一清二楚，由于目睹了爹爹的去世，在决战之时高烧昏迷，对发生的一切一无所知，恰好能为他们所用。

——当初乔颜也曾亲口说过，族胞们重伤体弱，正是靠着她采摘而来的天灵地宝，这才能勉强吊住一条命。

这样想来，真是讽刺至极。

乔颜一觉醒来，家人朋友全都为了所谓的"阵法"重伤濒死。她只不过是个十多岁的小姑娘，为了灵狐一脉日夜辛劳，不但跋山涉水满秘境地寻找药材续命，甚至心甘情愿冒着生命危险去西山夺取玉佩，誓要铲除镜中恶鬼。

殊不知一切皆是谎言，她付出一切保护的，是自己恨之入骨的敌人；拼尽全力想要除掉的，却是心心念念最爱的族胞。

"如果他们之所以留下乔颜，是为了加以利用，"宁宁压低声音，仿佛能听见自己的心跳，"那她邻居家的小弟弟，那个大战时仍是婴孩的小昭……不就没有任何理由能被留下了吗？"

魔族当然不会大发慈悲地抚养孩子，行得通的解释只有一个：那小男孩同样是魔修的化身。

但这样想来，就不可避免地又有了一个新的问题。

裴寂显然跟她想到了一块儿，垂眸沉声道："其余魔修仍处于极度虚弱状态，他却已能行动自如，与常人无异，其中或许有猫腻。"

宁宁一想到那小孩看似天真的笑，就下意识觉得心惊肉跳，半晌之后似是想到什么，有些激动地拉了拉身旁少年的衣袖："裴寂，你还记得之前乔颜向我们提起那孩子，她是怎样说的吗？"

裴寂低头，一言不发地看她，耐心等待下一句话。

"她说，'小昭在大战后身体虚弱得不得了，跟族里其他人没什么两样，有好几次都差点丢了命。多亏他命好，吃了一阵子药后，终于缓了过来'。"

她说话时指尖冰凉，胸口却是被心冲撞得一片滚烫，随着一步步接近真相，宁宁的语速也越来越快："既然他也因为大战而羸弱不堪，状况理应和其他魔族差不多。之所以能恢复得那样快，一共有两种可能。"

宁宁说着朝他比了个"二"的手势，大概是觉得周围阴森森的，悄悄往裴寂身边靠了一点：

"第一，他实力极强，恢复速度比其他魔修快得多。第二，他地位极高，其他魔修心甘情愿地将大半药材献给他，助他恢复魔为。无论是出于哪种解释，抑或两者兼有，都不难得出一个结论——那人的身份必定不简单。"

千算万算，她之前是无论如何也算不出，幕后大佬居然会是那个小孩。

"所以他们才会让乔颜离开秘境。"

宁宁的思绪渐渐豁然开朗，一股脑地继续分析下去："灵狐受到魔气侵袭，会丧失理智无端攻击他人，魔族之所以躲在秘镜里，直到现在也不敢出去，就是害怕受到此等袭击。现如今小昭的实力恢复大半，只需等乔颜离开后解除水镜阵法，再一举攻下狐族，不但是灼日弓，整个秘境里的天地灵气就全成了他们的囊中之物。"

她说着又有些想不明白了："其实事已至此，乔颜已经没了太多利用价值，他们完全可以直接把她杀掉……这么煞费苦心劝她离开是为了什么？那群魔修难道还会对乔颜存有感恩之心吗？"

那也太不像他们的作风了吧，又不是在演《魔的报恩》。

裴寂摇头，沉声应道："这一点我也想不通。"

宁宁听他清越的声线穿过晚风，本来还在努力思考其中猫腻，忽然呼吸一顿，抬头直直望向裴寂："糟糕，贺知洲他们还在灵狐的聚落里！"

魔修的手段千奇百怪，往往血腥又残忍，多的是以其他人的性命为引、魂魄为芯，献祭这献祭那的恶心法子，被当作祭品的可怜人连起来能绕地球两圈。

秘境常年不开，那群魔修许久没见过生人，加之极度渴望恢复灵力，不知道心里在打什么算盘，随时都有可能对借宿于此的他们下手。

秘境中不能御剑飞行，靠双腿赶路速度太慢，为了防止在此期间发生意外，宁宁在赶回聚落之前特意准备了两份传讯符，分别传给贺知洲与许曳，告知二人事情的真相。

至于乔颜……

宁宁不知道应不应该让她了解一切，若是知道被毫不留情射杀的镜鬼其实是狐族同胞，那小姑娘一定会当场崩溃的。

传讯符抵达贺知洲房间时，正巧许曳在他身边。

更巧的是，除了他们俩难兄难弟，房屋里还伫立着一高一矮另外两道影子。

正是男孩小昭，以及乔颜那位坐在轮椅上的暗恋对象。

贺知洲拖长声音笑了声："哦——原来是晏清公子，好名字！"

宁宁与裴寂不知去了哪里，这两位狐族以闲聊为借口，在他和许曳讨论动力势能加速度时突然前来拜访。

贺知洲也是这会儿才知道，原来乔颜的青梅竹马名叫晏清。

没过多久，他就收到了宁宁的传讯符。

当时许曳正忙着捏那狐族小孩的耳朵，贺知洲懒洋洋地靠在椅子上将它打开，本以为是封无关紧要的信，结果刚看完第一句话，眼珠子都差点瞪出来——

"除乔颜以外，狐族尽是魔修假扮，切勿与之接触。"

这句话的冲击力实在太大，贺知洲强忍着瑟瑟发抖的冲动，看一眼正在兴高采烈摸耳朵的许曳，以及笑得诡异的晏清和小昭。

他努力深吸一口气，继续往下看。

如果说前一句话是根重重的棒槌，毫不留情地把他砸得头昏脑涨，那接下来这句就是一锅馊了的白米饭，不由分说直接往他嘴里灌，险些把一个大好青年吓到呕吐。

"小昭身份不一般,很可能是魔修头领,且实力恢复大半。记得万事小心,我和裴寂马上回来。"

……这是个鬼故事吧!

贺知洲又抬头看了一眼许曳,听他欢欢喜喜没心没肺地笑:"小昭真可爱啊!哈哈哈,看这小耳朵——"

他这回的眼神和之前那次不同,已经彻底沦为看尸体的目光了。

"许曳。别看我,别说话,继续笑,继续揉。"

看完那封简短的信,贺知洲仰头四十五度,努力不让眼泪落下来,随即走到许曳身旁开启传音入密:"宁宁来消息,说这些灵狐除了乔颜,全是魔族假扮的。"

如同肉毒素打多后的面部严重中毒,许曳的神色瞬间一僵,又听贺知洲继续传音道:"你揉的这小破孩,估计就是当年领头的首领。"

许曳:……

许曳现在的心情,就好像深夜连输五十把排位赛,本想点个外卖安慰自己,结果不但没送筷子,凑合着吃了一半,才发现一团米饭发霉变成了诡异的绿色,最后满心烦闷地打电话给女朋友诉苦,却听见手机那头传来好兄弟的声音。

惨痛之程度,大概如此。

许曳神色复杂,看一看被自个儿捏在手中随意把玩的毛茸茸大耳朵,又望一望小昭天真无邪的脸蛋。

小朋友笑得灿烂,见他神情大变,咯咯笑出声:"大哥哥,怎么了?"

咯咯咯咯,你莫不是老母鸡成了精。

许曳虽然是个姐宝男,但好歹是个正统仙门弟子,当即接话应答:"没什么!我——我就是,好像肚子有点疼。"

对啊!他和贺知洲此时没有合理的借口离开此地,若是伪装成身体不适,便可以顺理成章地回房了!

许曳飞快与贺知洲交换一个眼神,"嗷"的一声捂住肚子,五官扭曲成一朵绽放的菊花,颤巍巍地伸出手:"贺师兄,我旧疾又复发了……快、快带我回我房中取药!"

贺知洲心领神会,把二十一世纪好演员的基本素养贯彻到底,猛地一拍大腿:"师弟!早就告诉过你不要太过操劳,你偏不听!"

说着扭头看一眼身旁的另外两个人,满脸歉意:"对不住,我师弟身体不好,等我们先去他房间取了药,再来与二位详谈。"

"哦?"

谁料坐在轮椅上的灵狐少年淡声笑笑,从怀里拿出一个小瓷瓶:"二位莫慌"

这瓶子里装了专治腹痛的灵药，只需尝上五颗，便会有脱胎换骨之效。"

许曳只差当场吐出一口鲜血，在心里骂了他不知道多少遍，正当绝望之际，忽然见到跟前的贺知洲右手猛地一颤。

贺知洲的身体由右手开始的抖动犹如一条蛇，逐渐蔓延至全身的每块骨骼。

但见贺知洲口眼㖞斜、双目无神、手脚痉挛不停、浑身抽搐不止，整个人如同被雷电劈中一般，一颤一颤地翻着白眼。

那姿态那眼神，他好似风中一匹癫狂的野狼，甚至还加戏给自己配了音，跟九十岁凡人老大爷的声线没什么两样："药……药……"

许曳自然立刻就明白了他的意思，不忘捂着肚子，带着哭腔大喊："贺师兄！你怎么也发病了啊贺师兄！别着急，我马上就带你回房间拿——"

说到一半，忽然神情惊恐地闭了嘴。

——这里不就是你的房间吗！演个棒槌啊白痴！

玄虚剑派与万剑宗的得意门徒当众飙戏，秘境里的晏清与小昭冷笑连连，玄镜外的长老们纷纷对两个门派投去同情的视线，阁楼里一时间寂静无言，很是尴尬。

"二位可知我们前来拜访的真正目的？"

小昭笑笑，白净脸庞仍旧充满童稚与天真的味道，见他们俩停了动作一言不发，很有兴致地敲了敲桌子："我们恰好缺了献祭的材料……要想恢复修为，人修的魂魄可不能少。"

他居然毫不掩饰地直接挑明了。

许曳心头大骇，只觉心怦怦狂跳，几乎要跃到嗓子眼来。

之前这两个魔修还会对他们客套几句，如今开门见山横刀直入，显然是不想再继续假装，打算直接开干。

而他与贺知洲，就是头一批受害者。

"你们应该察觉到不对劲了吧？"

小昭起身向前一步，意味深长地勾起嘴角："可惜来不及了。自我介绍一下……我乃魔君祁寒。"

直至此刻，汹涌的魔气才终于一股脑地陡然从他身后溢出。在这压抑至极的气息之下，许曳不禁屏住呼吸，同时也明白了一个事实——

此人的实力超乎想象，他与贺知洲很可能并非对手。

"愣着干吗？快跑啊！"

耳边传来贺知洲的声音，许曳仓皇抬头，一眼就看见了他伸来的手。

祁寒此时已经变作了青年男人的声线，身形亦是越发高大魁梧，闻言不屑冷嗤道："想跑？没门。"

他说话的同时伸出手去，试图打断两人手与手之间的对接，于是玄镜之外，所有长老都目睹了这千年难得一见的场面。

如同命运的邂逅，缘分的牵连，如果前生五百次回眸换来今生一次擦肩而过，那他与贺知洲的前世，一定是两根缠在一起的超级麻花。

缘，妙不可言。

贺知洲在即将抓住许曳手臂的瞬间扭过头去直视前方，以接力赛运动员的姿势做好了预备动作；而魔君祁寒在同一时刻伸出右手，好巧不巧，恰恰落在两人的手掌之间。

一时间十指相交，难舍难分。

——救命啊！贺知洲一把拽过魔君的手掌，甩着舌头就往外跑了啊！！！

仙门弟子竟对魔君做出这种事，男人看了会沉默，女人看了会流泪，玄镜之外男默女泪，如同开了一场哀悼会。

屋子里被莫名其妙留下的两个人面面相觑，整个世界都安静了。

许曳：嘎啊？

晏清：哎呀？

许曳过了好一阵子才缓过神来，幽幽望向身旁脸色苍白的少年人："那个……我记得，你好像灵力尽失、手无缚鸡之力对吧？"

两、极、反、转。

晏清从喉咙深处发出一声冷笑，端的是高洁傲岸、冷傲不羁。

晏清随即咬破嘴皮，从唇边溢出一缕殷红鲜血，神情痛苦地捂着肚子，直接就躺在一旁的木桌上，开始不断抽搐："药……给我药……肚肚疼，不吃就死了，死了……"

——看来他学习能力挺强，这居然还是他们俩之前的结合版。

"这这这，"玄镜外的林浅看得目瞪口呆，"这该如何是好？贺知洲为人虽然的确那个了一点，但怎么说也是玄虚剑派门下的弟子，这样下去必然会没命的！"

她所言不假，贺知洲直到现在也没发现自己拉错了人。

毕竟在他的认知里，拉错小手这种事情发生的可能性趋近于零，更何况在场的除了许曳，只有一个小孩和一个浑身无力的病人，无论哪个都不可能陪他跑得这么虎虎生风。

而那位魔君哪里见过此等骚操作，似乎也没反应过来究竟发生了什么事儿，满脸蒙地被他拽着跑到屋外，一直没发出半点声音。

贺知洲跑得有如老狗，舌头甩得老高，面目尤其狰狞；身后的祁寒好似被拖拽在后的麻袋，目光里是肉眼可见的震惊与茫然。

两个人一前一后，硬生生跑出了私奔的架势，奔向最遥远的城镇，去做最幸福的人。

"没事的,许曳!你别怕,那些魔修必然伤不了我们!"

贺知洲一边跑一边气喘吁吁地安慰:"我们这种爱笑的男孩,运气往往不会太差。"

这要是以前,许曳肯定会一本正经地回应他。

但这会儿不知怎的,对方居然只是沉默片刻,继而低声笑笑,说出了一句让贺知洲永生难忘的恐怖台词:"你回头看看,我到底是谁。"

这好像,不是许曳的声音。

贺知洲心头重重一跳,迟疑着停下了脚步。

他在转身回头的瞬间,从嗓子里发出行将就木、如同抽水马桶一般的倒抽气声。

他,爱笑"男骸",运气还真不是太差。

而是惊天地泣鬼神、宇宙无敌级别的非常之差,一个"太"字都不足以形容。

他的眼泪从眼眶里高压喷射射烂大气层,嘴角下垂的弧度刺穿地心,一时间静默无言,最怕空气突然安静。

跟前这男人生了一张全然陌生的、戾气十足的脸,笑容竟然该死地甜美。一双三角眼微微上挑,舔着嘴唇阴恻恻道:"笑?你在教我做事啊?"

而贺知洲五官扭曲,可称得上是薛定谔的五官,嘴巴在圆形与波浪形之间左右横移,堪称量子嘟嘟唇,连笑声也格外与众不同:"嘤。"

这是怎样的一种缘分,才让贺知洲在回眸转身的刹那,阴错阳差地拉住了他的手。

天色已在不知不觉间渐渐转黑,浓郁夜色从树木遮天蔽日的影子里生长出来,覆盖在眼前男人阴郁的眉宇之间。

多么邪魅霸道、唯我独尊,别人都是带球跑,只有贺知洲很光荣地活成了进阶版——带魔君跑,与身旁的大哥联袂出演一场《落跑知洲的天才魔君》。

"大、大大大哥。"

他这回总算是笑不出来了,五官跟飙车似的左右漂移,声音也跟着抖个不停:"拉错人了,咱能回去换回来不?"

贺知洲对于自己的实力拥有十分清醒的认知。

他师尊常年不着家,自个儿本身也爱玩。他虽然是个不折不扣的收集狂人,时常购置五花八门的秘籍与功法,但书籍被买来之后,无一不是被他摆在书房里玩多米诺骨牌,积的灰能堆成一座小山。

简而言之,他就一咸鱼的小废物。

而与他大手牵小手的大哥一看就是个狠角色，远看魁梧得像山丘，近看愤怒得像公牛。脑袋有他一个半大，浑身缠绕着黑黝黝的魔气，仿佛是八百年没洗澡，黑泥全都成了精，飘飘悠悠荡在身旁。

这再搭配上那似笑非笑、无比鬼畜的表情，一个字，"绝"。

"回去？"

祁寒挑眉嗤笑，语气很冷："无理小辈，我先让你去阴曹地府转一转！"

魔气如同藤蔓蜿蜒盘旋，悄无声息地缠绕住贺知洲的脚踝与小腿，灵压沉重如铁，压得他动弹不得，连逃跑都成了种奢望。

祁寒说罢抬起空出的另一只手，妄图将贺知洲抓在自己身上的右手打断，然而手刀尚未落下，就听见背后响起一阵窸窸窣窣的动静。

他眼底杀意更浓，颇为不耐烦地转过身去。

乌沉沉的树丛被人为扒开，在密密匝匝的灌木枝条里，冒出一个被灵菇映成绿色的人头。

那人显然是个仙门弟子，模样不凡、气质卓绝，似是察觉到这边的动静，顺势扭头与两人视线相撞。

祁寒心生不耐，皱起眉头；贺知洲瞥见来人相貌，亦是神色大变，跟油烟机似的倒吸一口冷气。

这鼻子这嘴，这眼睛这下巴，还有那个他无比熟悉的发育不良的小脑瓜。

贺知洲已经分不清如今的局面究竟是"前有狼后有虎"，还是"老乡见老乡，两眼泪汪汪"。

苍天大地耶稣基督，不远处那个像旺财一样从树丛里爬出来的剑修，居然是与他势同水火的死对头——

叶、宗、衡！

乍一见到眼前这幅景象，叶宗衡同样是一脸蒙。

他身为万剑宗的得意门生，在试炼秘境里人挡杀人，佛挡杀佛，混得那叫一个风生水起，收获令牌无数。

打得累了，自然想要好好休息一下。他本想找个山洞过夜，哪承想优哉游哉这么一逛，居然就见到了自己的死对头贺知洲。

仇人相见，分外眼红。

贺知洲那厮不知道在做什么，竟与一名高大魁梧的青年壮汉在小树林里拉拉扯扯，两人十指相扣地牵着手，看得他一阵反胃，只想自戳双目。

噫，真的好恶心。

一旁的魔君祁寒也没说话，目不转睛地盯着这名陌生剑修的表情，周身杀气越发浓烈。

他魔气缠身，理应比贺知洲更加引旁人注意，可对方竟然只是匆匆瞥了他一眼，就瞪大眼睛望向那姓贺的傻子，眼神里带着震撼与迷茫，显然非常惊讶。

他一向聪明，当即反应过来，这两人之前不但认识，还很有可能交情不浅。

身旁这两人的脑筋转得飞快，而贺知洲本人站立在不可名状的风暴眼中心，静默无言。

上前和向后都是死路一条，更何况还被祁寒的灵压禁锢得无法动弹，他一时无话，只想淌下两行清泪，纪念自己英年早逝的生命。

——不对。

也许，他还能有机会。

贺知洲眉心一动，脑筋飞快转个不停，小眼神来回于那两人如出一辙的臭脸上，有个计划慢慢成形。

在祁寒的认知里，他与叶宗衡必定是熟悉的旧识；而就叶宗衡看来，他与这位公牛大哥拉拉扯扯纠缠不清，关系一定也非常不错。

这样一来，他岂不就可以利用这份认知错位，彻底扭转死路一条的局势了吗？！谁说被仇人前后夹击是九死一生，他偏要把这事儿变成双喜临门！

"哈！怎么，你以为今日能干掉我？"

贺知洲厉声冷笑，演技之魂于此刻轰然爆发，眼角一扬，下巴一抬，声线尖锐如刀："没想到吧，小爷我有帮手！他早说过要好好教训你，就你这水平，能奈我何？"

这又贱又飘的语气，爹妈听了都要气得当场来一出男女混合双打。

这快要翘到天上的五官，厨子见了都会恨不得掏出擀面杖直接擀平。

——这就是《贺氏演技宝典之人设篇》：在原配面前得意扬扬的小三。

此项技能堪称贱术之大成，一旦发动，能让对手的士气猛增三倍，若非自寻死路，不建议随意使用。

但现在不同了。

祁寒与叶宗衡虽然都能听出他在嘲讽人，却只会觉得贺知洲是在针对自己，而在场的另一个人，则是他口中所谓的"帮手"。

万万没想到，贺知洲这浑球不但一骂骂俩，还把他们都当成了为他所用的工具人，只等着看狗咬狗，来一场世纪巅峰之战。

祁寒贵为魔君，哪里受到过如此明目张胆的挑衅，当即目眦欲裂、双目圆瞪，周身魔气有如燃烧着的烈焰，忽地一下蹿得老高。

——世上竟有如此厚颜无耻之徒，自己打不过他，便早早安排了帮手。想必那群该死的正道修士早就看出他的真实身份，因此特意设了这场局，来让他自爆身份！

这是再明显不过的羞辱，他今日必要让这两个臭小子没有好果子吃！

叶宗衡与贺知洲斗了好几年，从没见过他如此嚣张跋扈的时候，听罢神色凛然地握紧手中剑鞘，做出准备迎敌的姿态。

——贺知洲果然不要脸，为了攀附强者对付他，竟然不惜牺牲色相，与这壮汉拉拉扯扯，好不害臊。

那人周围萦绕了十分浓郁的魔气，大概和玄虚剑派的裴寂一样，是魔族后裔。但那又如何，大家都是金丹期弟子，剑道之下众生平等，谁怕谁！狗男男休要嚣张！

俗语有言，敌人的敌人就是朋友。

然而这两位却不幸听信了贺知洲此等小人的谗言，两相对峙之下，都在与空气斗智斗勇，斗得那叫一个凶险万分、怒火中烧。

偏偏贺知洲看热闹不嫌事大，等周围的灵压渐渐往叶宗衡那边挪，终于能松开祁寒手掌后退几步，继续昂着脖子喊："怎么，不敢动？你怕啦？就这？不会吧，不会真有人这么容易就被吓到吧！我朋友可是已经准备好了，你可别当缩头乌龟啊！"

祁寒眼角一抽。

叶宗衡拳头一握。

一阵冷风拂过，扬起二人黝黑长发与飘飘长衫。

魔气与剑气无形却有质，在夜色中剑拔弩张地彼此相抗，颇有山雨欲来风满楼之势，隐约能听到一两声嗡然的剑鸣，沉沉击打在耳膜。

祁寒面色阴沉，冷若冰霜："你这小子，胆子倒挺大。"

叶宗衡被他浑身散发的"逼王"气质逗笑了，不屑冷嗤道："等你被我干掉的时候，会发现我的胆子更大。"

"竖子！"

魔气翻涌如黑雾，仿佛下一瞬间便会猛攻而上，祁寒厉声喝道："我们只不过与尔等有所不同，便要受尽白眼、赶尽杀绝。今日我便要屠灭了你这狂徒，看这秘境之中，还有谁敢对我们指手画脚！"

贺知洲心知肚明，明白他说的"我们"是指魔族。

这人还真是厚脸皮，放着差点被灭族的灵狐不谈，一开口就是"只不过与尔等有所不同"，看样子人神共愤的事儿做尽了，还挺不服气正道对他们的剿杀。

他杀人放火，他屠戮人家全族，可他知道，他是个"好崽孩"。

然而人消灭害虫，难道还需要理由吗？

叶宗衡闻言却是一惊，文质彬彬的白净脸蛋霎时扭成了一摊烂泥。

——不是吧大哥，你要真想和贺知洲拉小手，直接去拉就好了啊！

知道你们俩的关系确实与众不同……但也没必要这么愤世嫉俗啊！其他人看见你们俩，顶多凑在一起议论几句，什么叫"赶尽杀绝""屠灭狂徒"，你是不是有病！

叶宗衡拔剑出鞘，侧脸被剑光映出冷冽的白，声线亦是冷了几分："多说无益，来吧！今日你们一个都别想逃！"

这臭小子居然还妄想屠尽秘境里的所有魔族！

祁寒哈哈大笑，须臾之间灵气暴涨，汹涌黑潮以排山倒海之势席卷半空，径直攻向不远处的叶宗衡！

直到这个时候，叶宗衡才终于意识到一丁点不对劲。

这位像公牛一样魁梧的大叔灵力惊人，全然不似金丹期修士水平，而且那魔气纯正得过分，零污染零添加，察觉不到一丝正道之息。

这好像不是个前来参与试炼的正经人。

而是一名十分正统的魔族，并且修为不低。

在被汹涌浩瀚的魔气冲上半空以前，叶宗衡满脸诧异地最后看了一眼贺知洲，想起他反常的话语与神态，心里终于隐隐约约明白了什么，挣扎着大喊一句："大哥，你被他骗了！"

祁寒闻言怒火更盛。

他当然知道自己受了贺知洲的骗，否则也不会自爆身份后置身于此地，陷入正派剑修的围剿之中。此人奸计得逞，事后居然还要如此明目张胆地炫耀……

杀人诛心，何至于此！

祁寒大怒，气到直接破音："给——我——闭——嘴！"

话音刚落，层层叠叠的魔气便腾涌而起，势如长龙地轰然前冲，叶宗衡虽然有心招架，却还是被毫不留情地击飞到了半空。

——这竟然是个元婴大成的魔！

纯种魔族早已销声匿迹，他怎么也想不明白，贺知洲究竟是从哪里找到的眼前这玩意儿，切他就跟切菜似的，要是撞见其他金丹期的弟子，说不定还能做出一道满汉全席。

叶宗衡被魔气冲撞得脑子发蒙，五脏六腑一阵翻江倒海。他未曾受到过此等屈辱，刚要破口大骂，忽然见到身旁闪过一道雪白人影。

待定睛看去，竟是贺知洲左脚踩住右脚，再以右脚踩上左脚，依靠两只脚的不断相互踩踏，像爬梯子一样，渐渐升上了半空！

——你有病吧！！！

贺知洲虽然与叶宗衡向来不对盘，但还没丧心病狂到要把死对头送给魔君当菜切的地步。

他之前碍于魔气的威压动弹不得,只能站在原地等死。之所以刻意挑起两人矛盾,只是为了转移祁寒的注意力,打算等脱离威压掌控,再趁机带着叶宗衡一并逃走。

而现在,当叶宗衡被魔气冲上天边的时候,就是他们最好的逃脱时机!

贺知洲也顾不上叶宗衡满脸的惊骇,拖着他后脖颈的衣领就往密林里跑,一边仓皇逃窜,一边解释:"此事说来话长。那人是藏身于秘境中的魔君,以我们俩的实力,绝对远远不敌他。当务之急是尽快逃跑,与其他人会合。"

但如果他们俩不自量力地要与祁寒决斗,肯定会战无不败,被四方大杀,到头来跟做慈善送人头没什么两样,被魔君按在地上碾压,当作韭菜无情收割。

叶宗衡被他拽着后边的衣领一路奔逃,不知道是出于气愤还是懊恼,说话有气无力糊成一团,宛如弥留之际的气若游丝。

贺知洲逆着风,只能通过模糊几个音节拼凑出他的意思:心好累,我若死了,贺知洲,你就是凶手。

贺知洲只能顺着他的话应和:"好好好,嗯嗯嗯,我知道了,回去记得多喝热水调养生息。"

叶宗衡在那之后又念经似的说了很多,声音越来越小、越来越诡异,整个人像被冲到岸边的死鱼痉挛个不停,从嗓子里发出类似于伽椰子爬楼梯的声音。

等贺知洲不耐烦地扭过脑袋,这才发现他不知什么时候双眼紧闭,吐着舌头昏倒了。

贺知洲总算明白了。

原来他想说的是:"颈好勒……呃啊——我要死了,贺知洲,你松手!"

贺知洲如同在抡印度飞饼,面无表情地将他翻了个面。寂静树林里响起一声哀恸的悲鸣,那是他对叶宗衡最后的温柔。

"欸嘿。"

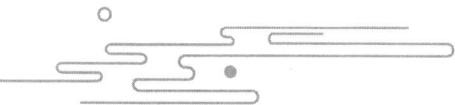

第三章　恶到善的距离

"有趣，太有趣了！"

天羡子看得不亦乐乎，哈哈大笑："魔门大能与万剑宗弟子竟因他一句话大打出手，小贺真是将那两人耍得团团转，引无数英雄竞折腰！"

真霄神色淡淡地拿了块白玉糕，直接塞进这状若大喇叭的嘴里。

纵观整个阁楼，聚集在玄虚剑派玄镜之前的长老数量最多。之前还只是林浅和曲妃卿跑来凑热闹，这会儿弟子们与众不同的操作已然声名远扬，无人不想亲自前来观望。

——毕竟在其他门派的镜子里，小徒弟们都在兢兢业业地收集令牌。那群金丹元婴期的小孩虽然打得热火朝天，但对于诸位长老来说，这种过家家式的打斗显然不够看。

打个比方，就像是一群成年人集体围观初中生做数学题，一开始或许还觉得有趣，久而久之难免会视觉疲劳，丧失继续看下去的兴趣。

可玄虚剑派这边就完全不一样了。

别人在认真考核，他们居然捣鼓出了一宗多年前的秘辛，什么"上古神弓""水镜阵法""灵狐灭族"，再加上各种让人眼花缭乱意想不到的斗智斗勇，跟看话本子似的，永远猜不着下一步套路。

"明明是在魔君手下竭力逃生，不知为何，贺小道友居然硬生生演出了诙谐的喜剧气质。"

林浅啧啧称奇："或许这就是传说中的个人天赋……叶宗衡遇上此人，算他倒霉。"

万剑宗的白衣女修冷哼一声："叶宗衡心性不坚，竟在交战之时怯场分了心，等十方法会结束，我便将他送往锁妖塔历练。"

一名百乐门音修淡声笑笑："金丹元婴天差地别，在那魔君的威压之下，心神慌乱并非丑事。"

不知是谁突然问了句:"宁宁和裴寂怎么样了?"

"似乎还在缓慢发展!"

纪云开赶紧吞下嘴里的糕点朗声抢答,下意识咧开嘴傻笑,腮帮子被撑得圆圆鼓鼓:"好可惜,瀑布那里的画面什么也看不到。"

曲妃卿用袖口掩了唇角,一双桃花眼潋滟生姿,溢出浅浅笑意:"道友别急,试炼多的是时间,我们还能慢慢看。"

天羡子倒是挺激动,义正词严地喊:"不行不行!这事儿要是被他俩知道了,宁宁和裴寂得有多害羞啊!"

那人茫然地顿了一下,好一阵子才终于迟疑应道:"不是,我是想说……他们俩不是在追查水镜的真相吗?事关秘境存亡,很重要的。"

——这群人脑袋里都装了些什么?

场面一时间有些尴尬。

纪云开装作无事发生般挠挠脑袋,睁圆大眼睛低下头去,坐在椅子上晃晃悠悠;曲妃卿面色僵硬地拿了块甜点,径直塞到小朋友嘴里;天羡子哈哈干笑两声,瞪了眼那两位为老不尊的掌门人,把玄镜画面调到宁宁身边。

宁宁赶到狐族聚落时,夕阳已经被西山吞噬殆尽。一轮孤月阴惨惨地挂在树梢,勉强洒下几丝浅白色的微光。

四周安静得有些诡异,见不到人的影子,只能望见木屋里摇曳的烛光,如同一簇簇幽谧诡谲的鬼火,无声飘荡在夜色中。

她在信中告诉过贺知洲与许曳,若是在这种险要关头仓皇离开村落,必然会让魔族产生怀疑。

如今最好的办法,是他们俩都佯装若无其事地待在房里,静候她与裴寂回来,之后再一同商议下一步计划。

然而当宁宁赶到贺知洲的房间,却发觉屋内空空荡荡,不见一丝人影。

"木桌被打翻了。"

裴寂低声道:"此地发生过争执,魔族应该已经得知他们知晓了真相。"

宁宁心里发慌,蹙着眉打量被掀翻在地的圆桌:"屋子里木桌虽倒,却并无丝毫血迹与尸体,其余物件也好好地立在原地……说明两方交锋并不十分激烈,他们没有受伤。"

然而在这里没受伤,出去之后就说不定了。

当初在给霓光岛下套时,小昭曾帮助他们设下过一处幻术。

一个年纪不大的小孩居然能做出那样精妙的阵法,当时宁宁就觉得有些不对劲,如今回想起来,应该是他的实力早已恢复大半,远远凌驾于秘境里的所有弟子之上。

要是贺知洲与许曳撞上他，后果必定不堪设想。

许曳的屋子里同样没人，宁宁无从得知究竟发生了什么事情，忧心忡忡地望向裴寂。

其实他并不十分在意那两人的下落，因而也没存太多紧张的情绪，然而见她皱了眉，便也下意识地握紧剑柄，不甚熟练地安慰："贺师兄向来有化险为夷之才，想必此番也能平安无事。"

话虽这样说，然而当裴寂瞥见宁宁神情的瞬间，脑海里闪过的第一个念头居然是：若是他有朝一日危在旦夕，不知她会不会也愿意皱一皱眉。

这个念头卑劣得见不得光，狠狠击在他心口上。裴寂不明白自己为什么会突然生出这样的想法，只觉耳根一燥，停了片刻，又道："这里不对劲。"

宁宁敛了神色，轻轻点头。

这里实在太过安静，不但贺知洲与许曳不见踪影，那些装作灵狐族的魔修同样没了声息。正值此刻，空气里忽然传来一阵若有似无的血腥气。

这股气息应该来自不远处，被夜风吹散大半，只留下十分浅淡的余腥。

裴寂眸色更深，沉声道了句："当心。"

修行之人五感异常灵敏，宁宁循着那血腥气不断往前，绕过一幢幢方方正正、错落有致的木屋，竟来到一处无比熟悉的房前。

她记得这个地方。

这是乔颜的居所。

离得近了，铁锈一般的腥气就显得越发明显，仿佛浓郁得拥有了实质，把整栋房屋都笼罩其中，空气里隐约可见猩红之色。

而在那栋小小的木屋之前，竟然伫立着好几道人影，周身尽是杀气腾腾的暴戾，将什么人围在中央。

宁宁本以为，被包围于正中的那人定是乔颜，然而视线穿过人与人之间的缝隙，却见到另一张截然不同的面庞。

——那居然是"琴娘"。

或者说，那个冒充了乔颜娘亲多年的魔族女人。

"琴娘"嘴角挂着血，脸上破开好几道狰狞的口子，似乎身受重伤没了力气，以手撑地，跪倒在地面上。

围在她身旁的众人亦是脸色惨白，许是刚刚经历过一场恶战，本就所剩无几的灵力见了底。

一个青年人气得浑身发抖，手中的长刀映了寒光："大家同出一族，你为何偏要因为旁人与我们过不去！"

宁宁心下一动,又听见他身旁的女人轻咳一声:"这些年来,你替乔颜做的事情已经够多了,要不是你百般恳求祁寒魔君,他能把那姑娘留到现在?难道如今还想为了她,把命也赔上不成?"

"依我看,这女人演着演着,还真把自己给陷进去了。"

又是一道中年男人的声音,语气里如同浸了毒意,尽是嘲弄与鄙夷:"不但把自己救命的药送给我们,求着保住她那'女儿'的性命,今日甚至为了助那狐狸逃脱,向相识多年的同族出手……醒醒吧,你从来不是什么'琴娘'!"

原来是这样。

宁宁听见自己心怦怦跳动的声音,许许多多无法明了的真相,在此刻水落石出。

所以"琴娘"才会那样虚弱,明明得了乔颜那么多天灵地宝的滋养,却依旧连站立起身都是个问题;所以乔颜即便没了利用价值,也还是能在魔族之中一直好好活着。

在真相未明之前,关于魔族为何会不杀乔颜,她曾设想过许许多多的解释。

比如,乔颜与灼日弓关系紧密,是取得神弓的不可或缺之人;又或者她与阵法息息相关,魔修们若是想要破开阵法,必须通过她。

然而在那些错综复杂、天马行空的一切可能性之下,真实的理由居然如此简单纯粹,与阴谋诡计丝毫不沾边。就像在满是污泥与血迹的深潭中,悄悄绽开的一朵纯白色小花,突兀得不可思议。

这只不过是一个女人最最单纯的私心,乔颜却自始至终都不知晓。

"多说无益。"

方才说话的女人又咳嗽几下:"还是尽快动手,去追回乔颜与那名剑修吧。若是他们将消息散播出去,届时所有参与试炼的弟子都知晓了真相……那就大事不妙了。"

她话音刚落,跟前便是刀光一现。"琴娘"已经浑身是血、奄奄一息,无法做出丝毫反抗,正要垂眸等死,却猝不及防瞥见一道凛冽剑光。

——只见两把长剑斩断夜色而来,剑气纵横四野,挑起道道如刀如刃的冷风,势如破竹地直攻在场众人命门!

魔修们虽然调养多年,身体却仍是极为虚弱,加之"琴娘"以命相搏,耗去了他们大半灵力,此时全然无法招架,被剑气逼得纷纷后退,猛地吐出一口鲜血。

宁宁手持星痕剑上前几步,神色冷然地与"琴娘"对视一眼。

之前隔着遥遥夜色,她看得并不清晰,如今离得近一些,才发觉"琴娘"周身尽是血痕与刀伤,一袭白衣被染成了血红色泽,衬得脸色苍白如纸,已没了太多生人之气。

"你——"

她只不过刚出口一个字,便不知道接下来应该如何接话。倒是"琴娘"咳出一口鲜血,轻声道:"宁宁姑娘……你们都已经知道了吧。"

裴寂上前一步,代她出声:"许曳和乔颜呢?"

"许小道长勘破真相,带着小颜逃离了此地。"

她深吸一口气,勉强用极其轻微的声线继续说:"我命不久矣,有个不情之请……不知二位是否愿意接受。"

被剑气重伤的魔族青年似是猜出她的意图,目眦欲裂地咆哮出声:"你疯了?!"

"琴娘"却并不理会他:"当年大战之后,魔族伤亡惨重。我诸多同族葬身于此,然而秘境之内魔气无法外泄,便盘旋于原地,将灵狐幸存的族人堕化为半魔,并不断蚕食灵气与性命,想来他们已经支撑不了太久。"

她说着陡然皱紧眉头,似是难以忍受般攥了双拳:"要想破除水镜阵法,必须找到唯一的那处阵眼,并将其破坏。只是阵眼极其隐蔽,除了魔君祁寒,任何人都无从知晓……若要救下水镜另一头的灵狐,必须在秘境关闭之前找到它。"

宁宁顿了顿,迟疑着问她:"你为什么要帮我们?"

容颜出尘的女人微合眼睫,半晌从嘴角勾起一抹不易察觉的、自嘲的浅笑。

"……谁知道呢?"

"你做了那么多坏事,何必在此刻立牌坊!我们若是死了,乔颜总会知道一切!"

青年厉声冷笑,满眼尽是蛛网般密集的血丝:"她会知道你是屠杀她全族的仇人之一,知道你冒充她娘亲的身份虚情假意生活了这么多年,她只会恨你,永远不会心存感激!"

他越说越貌若癫狂,沙哑不堪的声线夹杂着笑声,叫人听罢浑身发凉:"乔颜永远不会知道你究竟是谁,包括你的名字、你的长相,甚至你是为了保护她而死……在她眼里,你永远只是她娘亲的替代品,一个十恶不赦的魔!"

他说得愤慨,"琴娘"却只是毫不在意地勾起唇角,语气平淡得听不出起伏:"是啊。"

她是魔,打从一开始就是,犯下的罪孽永远无法被洗清。

曾经的一切真是很远很远了,模糊得像是另一个人的梦境。

她自幼贫寒孤苦,为求生堕入魔族,之后恶事做尽,似乎作恶早就成了种习惯。

后来秘境之战大败,她不得不与其他魔修一同藏匿于秘镜之中,由于需要乔颜采来灵药,还被迫扮作乔颜曾经的族人。

她的实力仅次于魔君,理所当然地接替了母亲的角色。当时的她多么不耐烦啊,总觉得那小女孩烦人得紧,一点也不愿意搭理。

她手忙脚乱地学着当一个母亲,慢慢隐匿了所有的戾气与锋芒,也是头一回知道,原来除了无尽的屠戮与厮杀求生以外,自己还能拥有与曾经截然不同的生活——

炊烟，家人，微笑，还有每天的夜晚，都能听到乔颜为她编出的小故事。

那孩子说起狐族秘辛，说起许多幼稚得不得了的寓言和笑话，也说起话本子里南城的水乡与烟花，信誓旦旦地保证，总有一天要带她出去瞧一瞧。

那真是非常、非常久远的事情。

可不知道为什么，只有在遇见那个讨人厌的狐族女孩之后，她的记忆才由黑白变成了彩色。

然而她们之间却又隔了太远太远的距离，不仅仅是无法磨灭的族仇家恨，打从一开始，彼此的羁绊就是建立在谎言与利用之上。

她已经快记不起自己曾经的名字。

她也会偶尔在夜深人静的时候意识恍惚，觉得自己就是琴娘。

这样的情愫卑怯又隐蔽，轻飘飘地散落在夜色里，没有人能知晓。

"乔颜她，"宁宁的声音很低，"不知道是你为她拖住了魔族的追杀吗？"

"我是在他俩离开之后才现的身，不知道也好，你可千万别告诉她。"

"琴娘"居然低低笑了笑，瞳孔渐渐浑浊，失去了颜色："善恶终有报……我这十恶不赦的罪人，哪里配得上那种壮烈牺牲的戏码，说出来只会惹人笑话——这场骗局，是时候有个了断了。"

她一生中经历了那样多的杀伐与险境，然而不知为何，在临近死亡之时最后浮现在脑海里的，却是一个女孩温和腼腆的笑。

那时乔颜对她说，要送给娘亲一场最最好看的烟火，让所有人都能看到。

"琴娘"轻轻仰起头，无声望向寂静幽谧的苍穹。

夜幕空荡荡的，什么也没有。

……真可悲啊。

其实她这一辈子，也从没见过烟花。

"琴娘"多年来一直把续命的灵药赠予其他魔修，将其作为保住乔颜的筹码，致使灵力衰竭大半，已经没有多少时日可活。

再加上今日与同族爆发一场恶战，本就所剩不多的灵力更是油尽灯枯，无法再支撑太久。

宁宁脑海里无端想起曾经与"琴娘"的那些对话，也不晓得当她对小颜说出"只愿你能好好活下去"时，几分是真，几分是假。

夜风温柔，悄悄把沉闷的血腥气一并吹散。宁宁只觉心头发闷，蹲下来与"琴娘"彼此平视，为后者擦去满脸的血迹。

她终究只是个没经历过太大风浪的小姑娘，纵使明白对方是魔族，却也无法在这种情况下多加指责，沉默了好一会儿，才低低地温声问道："你还有什么心愿吗？"

"琴娘"似是没想到她会这样说，黑沉沉的瞳孔里闪过几分柔色，在短暂的愣怔后轻轻摇头。

"二位切记，魔君实力深不可测，以寻常之法很难将其打败……但若能破坏阵眼，以外力损毁阵法，必将令他元气大伤。"

她直到此刻终于没了力气，将身子恹恹靠在院落里的树桩上，任由长发遮掩血痕遍布的面庞："灵狐一族受魔气侵染已久，过了多少时日，便会彻底沦为不人不鬼的邪物……若想救下他们，只能看你们了。"

宁宁用右手攥住裙摆，语气里带了些迟疑："真的不用告诉乔颜真相吗？你做的这些，都是为了她吧？"

舍弃救命的灵药、以这副残损的身体苦苦支撑也是，与整个秘境里的魔族为敌、耗尽所有灵力直至身死也是。

她心甘情愿为那女孩献出了一切，然而在乔颜的视角里，这位虚假的娘亲自始至终都只是个骗子，与其他魔修没什么不同。

这实在是……不公平。

"琴娘"却只是摇头，强撑着笑了笑。明明她才是命不久矣的那一方，口吻却像极长辈，温柔地安慰，听不出哀恸之意："时间不多了，速速去寻找阵眼吧。"

这群魔修口里的"祁寒魔君"不知何时会回来，若是二人被他撞见，想必很难逃脱。宁宁抬头与裴寂对视一眼，终是点了点头。

身旁的其他魔修已被裴寂尽数诛杀，"琴娘"静静看着他们离开远去。等少年少女的背影渐渐消失于视线之中，仿佛整个世界都沉寂了下来。

灵力如同枯涸的泉水，周身尽是撕心裂肺的疼痛。她轻轻吸了口气，透过越来越模糊的视线，抬眸望向这处再熟悉不过的院落。

这里是乔颜的屋子。

四周被小女孩精心栽种了许许多多花花草草，其中不乏恢复灵力、治疗伤疾的灵药。盛夏的夜晚绿草如碧，连风里都带着香气，偶尔会有萤火虫成群结伴地飞过，惹得乔颜欢喜不已。

她在血淋淋的泥潭里挣扎多年，那些关于杀伐与求生的回忆远在天边，像是另一个人做过的事情，然而双手之上的血污永远都无法洗清，"琴娘"并不奢求能得到原谅。

迷途知返，回头是岸。这些词语说得多么好听，她却心知肚明，曾经犯下的罪孽将一生如影随形。

——其实她不配待在乔颜身边，打从一开始便是如此。

夜空澄明如镜，映出女人孑然的影子。"琴娘"心知命不久矣，眼底却溢出一抹极轻极淡的笑。

这里是她和乔颜的家啊。

她曾经居无定所、四处流浪，"家"是那样一个遥不可及的词汇，如今能在属于她的家中死去……似乎也不错。

宁宁离开院落后，一直没怎么说话。

她很少见到生离死别，尤其"琴娘"的离去又充斥着太多遗憾，恍惚之间想起当初浮屠塔里的陈露白，心情便更加复杂。

修真界多的是弱肉强食，生死皆无定数，她们的死亡无人知晓，所做出的牺牲与付出亦是悄无声息。

裴寂同样一言不发地走在她身边，冷不丁地突然出了声："你还在想她？"

"在想很多事情。"

他极少主动开口讲话，宁宁似是被吓了一跳，匆匆抬头看一眼，又很快把目光挪开，再开口时隐隐带了些许犹豫："裴寂，如果你亲近的人其实心怀不轨，动机不纯地想要利用你，你会怎么办？"

她终于问出来了。

宁宁心下紧张，放缓了呼吸。

"琴娘"与乔颜，似乎跟她与裴寂的关系相差不大。

他们俩之间虽然越来越熟悉，但她毕竟担任着反派角色，不得不按照系统要求，做出许多身不由己的事情。

她要是某天被裴寂撞破——

宁宁心里百转千回，裴寂倒是答得毫不犹豫："我没有亲近的人。"

宁宁被哽了一下。

"那如果是我呢？"

她鼓起勇气与他对视，在浓郁的夜色里，少年人漆黑的瞳孔有如深渊："如果我对你做了不好的事情，你会怎么办？"

裴寂定定地看着她，同样回答得很快："你不会。"

宁宁愣了愣。

"什么叫'你不会'呀？"

她被这三个字逗得轻笑一声，笑到半途，却又莫名觉得有几分酸涩，抿了抿唇继续说："你就这么相信我？"

走在身旁的黑衣少年身形一顿，抱着长剑的修长手指下意识用力，别过脸去不看她。

他这回终于出现了好一段时间的停顿，等裴寂再干涩开口，声音不知怎的僵硬了几分："直觉而已。"

承影差点恨铁不成钢地当场暴毙，在他心里疯狂嘶吼："什么叫'直觉而已'！你说老实话会死吗！"

它被气得翻来覆去地打滚，宁宁却低下头去，从嘴角勾出一个不易察觉的细微弧度。

"这可说不准，我指不定什么时候就会欺负你哦。"

她的心情似乎不再像之前那样糟糕，声线里悄悄地裹挟了一丝笑："这里恐怕无法找到线索，不如我们去阵法的另一面看看吧？"

裴寂"嗯"了一声，然后闷闷应她："别难过了。"

"嗯。"

"许道长，你到底要把我带去哪里？"

暮色空明，树木的倒影如流水缓缓淌动，一股脑落在林中一男一女身上。

乔颜稀里糊涂地被许曳带出聚落，直到现在也没明白他的用意，眼看距离瀑布越来越远，忍不住挣开他拉着自己袖子的手，匆匆停下脚步：

"你口口声声说要给我看一样东西，可我们究竟要去往何处？那东西又是什么？你为什么如此支支吾吾？"

许曳被她的三连问当场问住，一时不知所措地僵在原地。

贺知洲把魔君径直拉出大门后不久，聚落里的魔族们便隐隐有了蠢蠢欲动之势。他们虽然体弱，但若是一拥而上，仅凭许曳的一人之力也必然不敌。

更何况……乔颜对所有秘辛一无所知，若是撞见那些杀气腾腾的魔修，恐怕同样凶多吉少。

许曳虽然一直生活在师门和师姐的保护之下，平日里不大擅长与人相处，却也明白，自己应当尽全力保护她——

其中不但包括乔颜的性命安全，同样重要的是，绝对不能让她知晓事情的真相。

身处阵法之中的其实是他们，水镜另一头的镜鬼全是狐族所化，他身为一个局外人，在得知此事后都呆愣许久，更不用说乔颜。

——毕竟对于她来说，曾经发生过的一切无异于亲手屠戮族胞，与拥有血海深仇的死敌朝夕相处，无论放在谁身上，在得知真相的瞬间都会崩溃。

许曳心知聚落里待不得，只能匆忙前往乔颜的住所，随便胡诌了个理由将她带出。也许是他们俩的运气不错，那些魔修一直没有追上来。

"我、我这不是——"

他不擅长骗人，上回与贺知洲团伙作案哄骗霓光岛的柳萤，就已经承受了莫大的心理压力，更不用说当下的局势还如此紧急，事关他们两人的生死存亡。

"我这不是在找宁宁他们吗！"

许曳被逼急了，脑袋里的话不经思考就一并蹦出来："他们说找到了和灼日弓有关的线索，约咱们在这儿附近见面——怎么连一道人影都看不到？"

乔颜眉心一动："灼日弓？"

这丫头似乎终于被缓下来了。

许曳如遇大赦，毫不犹豫地点头："对对对！就是它！"

他原以为乔颜会就此安静下来，不承想她竟微微皱了眉头，低头思索片刻，忽然压低声音开口："他们应该不会找到灼日弓……我大概想明白了一些事情。"

许曳的笑容僵在脸上。

神志恍惚之间，他听见乔颜清澈的声线。

"弓箭只可能被灵狐或是魔族拿走，我们可以以此为基础做出假设。"

她说得一本正经，毛茸茸的雪白色耳朵随着思考悠悠晃动："若是灵狐一族，没有理由不把它公开出来对付魔修，更何况我的族人们身体虚弱，绝不会有能力战胜火凰。"

许曳：……

许曳呆呆地听她继续讲。

"这样一来，就可以把嫌疑全部锁定在那些魔修身上。他们如今虽然被困在水镜之中，却并不代表之前不能盗走灼日弓。"

乔颜越说越快，目光定定地望着他："他们一定在大战之前就通过某种见不得光的方法，偷得玉佩拿走了弓箭，本想利用它彻底消灭灵狐一脉，没想到被我们抢先一步动手，封印在阵法中。"

许曳：……啊？

"所以灼日弓一定在魔族手上，就在水镜的另一边！"

这叫什么，推理全错，结果却是对的，灼日弓的的确确在阵法那一头——

可那边的并不是魔族啊！

许曳听得心情复杂如麻花，眼睁睁看着乔颜的目光越来越坚定，甚至带了几分决然之意，很是认真地告诉他："许道长，我早有计划，打算今晚前往水镜的另一边，看看能不能把灼日弓拿回来。"

"不不不、不好吧！"

许曳没想到这姑娘会如此拼命，为了灼日弓和狐族连命都不要，闻言赶紧接话："你势单力薄，一个人前去未免太过危险，不如先与我一同找到宁宁他们，大家再共作商议。"

乔颜正色看着他："可你不是与他们失去联络，这么久了也找不到人吗？"

许曳被噎住了。

偏生她还有话说，每个字都讲得义正词严、不容反驳："我娘为了支撑水镜阵法，已经快要撑不下去了……我必须尽快行动。更何况魔族之地凶险万分，这是灵狐族的事，我不能让你们冒险，我一个人去就够了。"

可你真的不能去啊！要是在那里见到了与你亲人相似的镜鬼——

许曳不敢往下想，急得一个头两个大，被人生的车轮碾来碾去，差点就委屈地落下眼泪来。

"你放心，我心中自有分寸。"

乔颜顿了顿，以为他是在为自己担心："此番下水，我只是去对面探查情况，试着找一找灼日弓的去向。娘亲还在家里等我，我不会自讨苦吃，不自量力地与他们发生冲突。"

——可家里那位已经不是你娘亲了，她才不会等着你回去！

许曳还想死皮赖脸地继续劝她，若是行不通，那便直接来硬的，动手将乔颜击昏，事后再随便找个什么理由搪塞。

他已经想好了所有的计划和步骤，没想到刚张开嘴唇，话音还没从嗓子里跳出来，就见得乔颜身形一动。

"我会尽快回来的！"

她动作敏捷，束起的长发被风高高吹起，在混沌夜色里抬起头时，眼底划过一抹亮色："许道长不用担心我，先去与其他人会合吧！"

她身后就是面平缓如镜的湖泊。

许曳关于镜面世界最后的记忆，是少女纵身跃入湖泊时勾勒出的流畅弧线，以及乔颜消失在视线之中的飘摇白衫。

而他头脑发蒙，不顾一切地随她跳入水中，在一阵突如其来的窒息感后，见到猩红如血的湖水，以及一个漆黑昏沉的漩涡。

他应该是坠入了那道漩涡，否则再睁开眼时，不会见到与之前截然不同的景象。

苍穹浑浊不堪，氤氲着黯淡的乌云与薄烟，明明已经入了夜里，天边却十分诡异地残存着猩红霞光。

迎面而来的是腐朽腥风，魔气久久不散，几乎凝聚在每一处角落，让他感到有些恶心。甫一抬头，便见到枯败殆尽的老树残枝与四处散落的动物尸骸。

许曳之前还曾纳闷过，既然两族爆发过那样一场不死不休的大战，为何秘境里还会鸟语花香，看不出丝毫战争的痕迹，原来一切尽是虚妄假象。

久居于镜中的人，终于来到了真实的世界。

一个充斥着死亡、异变与残酷真相的世界。

"阵眼——"

宁宁靠在树干上，把一绺散落的黑发在手指上缠成一圈又一圈，盯着脚下的瀑布发呆："阵眼会是在什么地方呢？"

她想不出答案，有些苦恼地把指尖长发全部散开，拿脚尖在裴寂跟前点了点："裴寂，你有什么想法吗？"

宁宁不爱叫他"小师弟"，总觉得名字念出来更顺口一些，裴寂本人却十分守规矩，似乎从没叫过她一次"宁宁"。

这次自然也不例外。

"师姐。"

他还是万年不变的冷漠脸，要是生在二十一世纪，或许会被误以为是肉毒素打多后的面部肌肉僵硬。

而与神色如出一辙，裴寂的语调同样很淡："我们对秘境所知甚少，我能想到的事情，于你而言都是废话。"

"怎么会呢？！"

她可不能打击自家小师弟的自信心，当即上前一步，站直斜倚在树上的身子："你有什么想法尽管说，我们要一起讨论嘛！"

裴寂似乎很小声地叹了口气："其一，阵眼所在之处必然十分隐蔽，不会被旁人轻易想到；其二，据《阵法通则》所言，阵眼通常与阵法属性息息相关，而水镜之阵……关键在于水泊，或是镜面。"

他面无表情地说，一边讲一边看着宁宁的表情从期待变成"哦原来如此"，最后再到"这个我也知道啦"。

等一段话讲完，裴寂居然一反常态地挑了挑眉，仍旧保持着与宁宁四目相对的动作，隐约有那么一丝等着看好戏的意思。

翻译成通俗易懂的大白话，就是"看吧看吧，我早就说过了吧，你还偏就不信"。

宁宁斗法失败，心思被他摸得一清二楚，自知理亏地轻咳一声："这哪里是废话，这叫心有灵犀，咱们想到一块儿去了，多好啊。"

承影听话只听关键字，闻言嘿嘿傻笑一句："她说你们心有灵犀欸！"

她听不见承影的叽叽喳喳，继续耐心分析："如果是与水有关，秘境里那么多河流湖泊，我们总不能一个个去排除——但要论特殊，除了这处没有镜鬼出现的瀑布，好像哪里的水泊都一样。"

之前乔颜向她解释过，瀑布之所以不受镜鬼侵扰，是因为灵狐一族需要赖以生存的水源，因而在布置阵法时，特意在此处加倍增设了灵力。

当"琴娘"提及阵眼，宁宁脑海里闪过的头一个地点就是这里。因此与前者告别后，她很快与裴寂一起来到了此地。

然而满心期待地来，却扑了一场空，她将瀑布上上下下翻了个遍，也没看出有什么猫腻。

宁宁挫败地站在山巅，看着不远处滔滔而下的洪流，忍不住皱了皱眉："要说镜子吧，秘境里好像也没什么特别引人注意的镜面……我们掌握的线索还是太少了。"

他们刚来秘境不久，连魔君祁寒的真实模样都没见过，仅凭当前寥寥无几的信息，很难推测出什么有用的东西。

——目前唯一能提供阵眼线索的，只有那位不知所终的魔君。然而两人一旦撞见他，恐怕还没破开阵法，就先一步告别这个美丽的世界了。

"想不出来。"

宁宁有些沮丧："要不我们直接入水，去阵法的另一边看看？"

裴寂本要点头应声，却忽然身形一顿拔剑出鞘，剑尖直指身侧幽谧的丛林。

天边晴朗无云，昏黄的月亮黯淡又模糊，如同一面粗糙的磨砂玻璃，怎么看都不算清晰。

月光洒在树梢上，映衬出漆黑一片的静谧深夜。有风吹过树木枝丫，引得叶子哗啦作响，倒影在地面上，像极了狰狞的魑魅魍魉，咧开血盆大口静候猎物到来。

四面八方只有瀑布哗啦啦的巨响，如今虽然已入夜，宁宁却感到了一阵刺骨寒意。无影无形的威压如同碎裂的冰屑，在空气里悄然蔓延滋生，接触到她身体时，像是冰块狠狠地用力压下来。

她听见树丛里响起一道低沉的笑。

随即一道人影缓缓向前，穿过暗潮般汹涌的树影，闲庭信步走到他们跟前。

那是个宁宁从没见过的青年男子，浓眉大眼、高大魁梧，乍一看去，好似一座屹立不倒的山丘。

他即使没开口说话，浑身散发的强烈灵压就已经能让她心中警铃大作，条件反射地做出防御姿势。

"今晚天气不错，天空和月亮都挺漂亮，对吧？"

男人竟心情不错地笑了笑，饶有兴致地抬头望一眼夜空，旋即将跟前的两个剑修粗略打量一番，挑衅般扬起眉头："我听说……你们在找阵眼？进展如何了？"

他笑得阴阳怪气，整个人由内而外都是满满的戾气，更不用说那双三角眼微微往上挑着，一看就是凌厉狠辣的模样。

想必这就是魔君祁寒。

裴寂仍然保持着拔剑对峙的动作，左手不由分说地轻轻一拉，将宁宁拉到他身后。

"都这种时候了，还想要护着这小姑娘啊？"

祁寒此时还在哈哈大笑，下一瞬间便猝不及防变了脸色，满脸尽是黑云压顶般的煞气："可惜，你们今日一个都别想活！"

他很生气。

那姓贺的傻子居然将他摆了一道，双方还没开始打，就带着另一个剑修马不停蹄地溜掉。那两人跑得飞快，祁寒虽然有心去追，却很快就不见了他们人影。

聚落那边幸存的魔修传来消息，声称"琴娘"叛变，乔颜出逃，阵眼的秘密很可能已被泄露。

如今的水镜阵法之所以能苟延残喘，他的灵力几乎是全部的力量来源，若是阵眼被破，对于祁寒而言无异于要命的重创。

偏偏他又不能自行将阵法解除，否则水镜另一头的魔气反噬，除他以外的所有同族都会没命。

他们虽是魔修，心中却也存了几分情。

祁寒不傻，得知阵眼一事被泄露，立马就料到定会有人来到瀑布之前的水泊。它不受镜鬼侵袭，特殊得太过明显，显而易见地与其余水泊不同。

然而事实是，真相的确如乔颜所知道的那样，此地是他用多出了整整一倍的灵力特意保护的水源。

他话音刚落，魔气便裹挟着怒意浩荡袭去，惹得玄镜之外的林浅惊呼一声："不好！魔君修为高深，他们两人定是不敌！"

"若从瀑布之下逃跑，应该也会被很快追上。"

浩然门的一名长老眉心紧蹙："奇怪……阵法的核心究竟在哪里？"

天羡子罕见地收敛了笑意，低垂着眼一言不发。

黑气在瞬息之间笼罩了整座山巅，于祁寒身旁凝聚成一条面貌狰狞的巨龙，隐约有待发之势。

若是在以前，宁宁说不定会慌张得自乱阵脚。

但自从在古木林海见过血树暴动，在迦兰城里与同样身为魔君的玄烨有过一段对峙，她的心性与胆量都被磨炼许多，不似最初来到这个世界时那样单纯懵懂如白纸。

她亦是暗中凝集剑气，对裴寂低声道："当心。"

话音落下，刹那间黑雾狂涌，势如龙腾虎啸。寻常人只能见到黑气越来越浓，以不可思议的速度俯身前冲；宁宁修为小成，定睛看去，竟望见半空中悬浮着无数锋芒毕露的细薄碎屑，每一片都锋利如刀，在月色下闪烁着令人胆寒的冷光。

随着祁寒一声低喝，滔天魔气一拥而上，好似万箭齐发，笔直攻向宁宁与裴寂命门！

魔气来得飞快，逃跑或躲藏都已来不及。裴寂挡在她身前，迅速咬破指尖，在剑身上画出一道符篆，旋即将长剑横在面前。

黑气如潮水将夜色淹没，呼啸着奔涌向前，在临近裴寂之时，长剑"嗡"的发出一声鸣响，符篆猛地迸射出刺目红光——

而魔气竟在距离他近在咫尺的半空分流散开，没有触及两人分毫。

祁寒眼底薄光一闪。

那位身着黑衣的少年居然是魔族后裔，以自身带了魔气的血液为引，竭力阻挡着他的进攻。

不过两人修为相距甚远，他注定坚持不了多久。

祁寒对局势了然于胸，被裴寂护在身后的宁宁同样心知肚明。

金丹元婴之间虽然只隔了一层修为，实力却是天差地别。裴寂能暂时挡住侵袭而来的魔气，便已经拼尽了全身力气，等灵力被一点点磨损殆尽，他们还是难逃一死。

跟前少年人的背影瘦削挺拔，在月色下映出一层单薄影子，将她浑然笼罩其中。

宁宁看不见裴寂的表情，只能望见他的后背已经在不受控制地发抖。

毫无征兆地，耳边传来裴寂的声音。

他向来要强，无论何时都不会将痛苦表露在外，因而此时也竭力压抑着话语间的颤抖，以极其微弱却坚定的语气告诉她："跑。"

宁宁的心口重重一跳。

裴寂想必已无法继续支撑，届时魔气涌来，置身于此地的他们都将身受重伤。他无路可退，只能让她尽快逃离。

可如果她走了，以他所剩无几的灵力，定然会在魔潮之中殒命。

魔气没有任何消退的趋势，裴寂手中长剑却已出现了一道细长裂痕，如同蛛网般越来越多、越来越密集。

在剑身即将碎裂的瞬间，于周身混沌的黑雾里，他闻到一股熟悉的栀子花香。

裴寂原以为宁宁已经逃开了。

可她竟仍然留在他身后，在千钧一发的须臾，裴寂听见她的声音："我怎会丢下你离开……可别小看你师姐啊。"

随即便是剑光一闪。

宁宁上前一步拔剑出鞘，用星痕剑笔直刺向扑面而来的魔气浪潮。她虽不像裴寂那样身怀魔气，体内的剑意却在此刻轰然爆发，与魔潮形成短暂的对抗之势，为裴寂挡下致命的一击。

剑气与魔气势同水火、互不相容，在彼此碰撞的瞬间两相反噬，轰的一声四散爆开。

宁宁与裴寂皆被冲撞得后退几步，纷纷咳出鲜血，祁寒亦是面色一僵，将魔气收回。

"很不甘心，对吧？"

祁寒漫不经心地活动着手腕，眼底满是悠哉笑意："不要难过，狐族很快就会下去陪你们，以他们那副不人不鬼的样子，大概不出十天就能全部归西。"

他说着顿了顿，嘴角的弧度加深："只可惜你们到死也不会知道，阵眼究竟被我安排在哪里……这也是人之常情，那种地方，没有人能猜到。"

没有人能猜到的地方。

宁宁已经没剩下太多力气，浑身上下的骨头像错位一样难受，仿佛随时都会化为齑粉一并裂开。

她似乎从没受过这么重的伤，强忍着眼眶里淌下生理性泪水的冲动，努力保持冷静继续思考。

究竟哪里……才是绝对不可能被想到的地方？

水？镜子？还是说——

……啊。

一个天马行空的想法如同火苗，在心底被悄无声息地点燃。宁宁握紧手中的剑柄，深深吸了口气。

魔族对秘境并不熟悉，祁寒贵为魔君，就更不会满地图地寻珍探秘。

更何况当时形势危急，耽误须臾都是死路一条，根本不可能留给他太多时间，特意寻找一个隐蔽的地方作为阵眼。

也就是说，那个地方与"水"或"镜"相关，虽然光明正大地出现在他们眼前，却并不会让人联想到阵法。

……岂止不会让人联想到阵法。

宁宁如释重负地笑了笑，那种地方，通常连想都不敢想吧。

当时出了密林见到湖泊，她的第一个念头是什么？

——不是"湖里的水真清"，而是"天空澄明得像镜子一样"。

在见到她与裴寂之后，祁寒的第一句话又是什么。

——今晚天气不错，天空和月亮都挺漂亮，对吧？

这并非寒暄，而是对他们无法找到阵眼的再直白不过的一种挑衅。

他们与真实秘境的通道是一处处水泊，换言之，整个镜面其实都位于真实世界的水下。

既然"水"笼罩了整个秘境，而如今悬挂在他们头顶之上的、罩住了所有人与事物的——

不就是"天"吗？

绝对不会被人想到的，将整个秘境都桎梏于其中的地方。

不是脚底下的水泊。

而是头顶上的天空。

或是说，他们眼前所见的"天空"并非真实存在，而是真实秘境里波澜不起的一潭清泓，无声无息倒映出天地万物，再原原本本地呈现在镜面之下。

整个世界都在阵法之中。

这才是"水"与"镜"的意义。

而若想破坏阵眼——

"我赶时间,只能先向二位道别了。"

祁寒淡笑着望向两人身后,由于被击退很远,宁宁与裴寂已经濒临悬崖尽头,后退一步便是飞流直下的雪白瀑布。

他们无处可逃,而他早就下了杀心:"我看二位小道长同门情深,死在一起也不错。"

"裴寂。"

宁宁费力调动灵力,传音入密。现下情况危急,已没有时间再多做解释,她只能言简意赅地说个大概:"我想到了破局之法。留在崖顶之上死路一条……你会接住我的,对吧?"

这次的阵眼是真真正正"远在天边",如今她与裴寂都处在祁寒的威慑之下,莫说破坏阵法,连多余的小动作都很难做出。

唯一行得通的办法,是趁他不备从悬崖顶端跃下,然后——

宁宁深吸一口气,与裴寂对视一眼。等他毫不犹豫地纵身跃下,她也朝着祁寒微微笑笑,后退一步。

巨大的失重感瞬间包裹住整个身体,连呼吸也成了种奢望。在呼啸怒号的狂风与四下飞溅的银白水光里,宁宁睁开眼睛。

坠落悬崖的这一刻,她处于绝对无法被祁寒插手的视觉死角,是她唯一的可乘之机。

"灵狐族都擅长用弓吗?"

当时第一次见到乔颜,她曾好奇地这样问过。

"正是。"

那时乔颜对她说:"我家里还有许多弓箭,若是姑娘不嫌弃,我可以送你一把。"

后来乔颜当真送给了她一把长弓。

所有细碎的记忆悄然串联,无数看似毫不相关的人与事彼此交缠,汇聚成一条命中既定的链条。

瀑布有如星河倒挂,被月色映出淡金色浮光。雪白长裙与散开的黑发在夜风中扬起,宁宁默念口诀,储物袋里暗光一闪。

出现在她手里的,是一把精致的弓。

乔颜送她的弓。

所有动作都在转瞬之间完成,宁宁将残存的所有灵力汇聚在指尖,右手紧紧握住星痕剑,将其放在弓弦之上。

既然这个秘境本来就是假象——

就算没有灼日弓又如何,她同样能以虚妄的弓与箭,破开这层虚幻的假象。

星痕剑发出嗡鸣,在四散的飞瀑里,倏然闪过一道星光。

旋即剑气飞涨,势如云涛飞雪,激起片片浪蕊浮花,少女黝黑的瞳孔被白光映亮,透过摇曳不定的青丝万缕,直直眺望苍穹上的一轮孤月。

长弓扬,剑势升。

冷光恍若游龙,势如破竹地斩断层层水花与晚风,在涌动的气流里卷起千堆雪。就连天边的月色也不及此等灼目,一时间黯淡了身影,衬得穹顶越发幽异空荡。

因是幻境中虚假的天空,穹顶距离陆地其实并不遥远。在宁宁落入裴寂怀里的刹那,星痕剑势不可当地直入苍穹,正中寂寥无声的孤月。

如同镜面碎裂,破开层层叠叠的裂痕,天空在轰然一声巨响后,爆发出笼罩整个秘境的亮光。

宁宁已经没了力气,来不及去看天边究竟是怎样的情景,只觉得整个身体被用力接住,笼罩在身旁的不再是冰冷水流,而是颇为熟悉的温和热度。

——裴寂将她横抱在怀中,用后背挡住了瀑布旁激荡翻扬的阵阵水花,让潭水不会溅在她身上。

他接下宁宁时毫不犹豫,这会儿却出乎意料地显出了几分手足无措的神色,连力气也小了许多。

裴寂从没对谁做出过这种姿势,这会儿总觉得两人之间太过靠近。

更何况他们周身都在下落时沾了潭水,他的手掌恰好能触碰到怀里小姑娘的肩头与膝盖,所及之处冰凉濡湿,却又带了绵软的温热。

站在潭水里,理应是寒凉刺骨的,可他却毫无缘由地心口微燥,引得耳根也悄悄发烫。

"我没事了。"

宁宁也是头一回被人这样抱住,安安静静一言不发的时候,甚至能听见裴寂剧烈的心跳,一下又一下砸在耳膜上。

她莫名有些害羞,低声道:"你把我放下来吧。"

于是裴寂不甚熟练地俯身,小心翼翼地将她放下,等宁宁的双足触碰到潭底,才彻底松开双手。

——没想到刚一松手,就见到宁宁身形一晃,直接向前扑在他胸口上。

宁宁脸颊爆红:……

救命!!!她是真的真的想要好好站起来……为什么身上连一点力气都没有了啊!!!

裴寂心知她用尽了体内灵力,被这样猝不及防地陡然一撞,下意识屏住呼吸,好一会儿才沉声问她:"……没力气了?"

宁宁的脑袋埋在他胸口,鼻尖满溢着属于少年人的清新木植香。她不知道应该如何回答,只能强忍住红着脸躲开的冲动,发出一声小小的"嗯"。

"用不用我继续……"

裴寂把目光聚集在不远处的水面上,声音很僵。他似乎不太好意思说出那个"抱"字,停顿片刻后闷声补充:"帮你?"

宁宁脸上更热,赶紧接话:"不用不用!我等会儿就——"

她话没说完,就感觉后背上袭来一股热气。

裴寂不由分说地再次将她横抱起来,刻意没有低头看宁宁的表情,一双手掌带着滚烫的热量,与他平常冷如寒冰的身体完全不一样。

当她茫然抬起视线,只能见到少年人清隽白皙的脖颈与线条流畅的下颌。有几滴潭水顺着脖子缓缓淌下,不知道是不是错觉,裴寂的喉头上下滚落,静悄悄地染了层粉色。

……同样被笼上浅浅红晕的,还有他的耳朵。

宁宁也没说话,抿着唇视线乱飘,依次途经裴寂的胸前、喉结与下巴,最终落在幽暗的水面上。

四下只有水花溅落的声音,两人静默无言间,忽然听见身后传来一阵哗啦巨响,像是有什么东西猛地掉进了潭中。

——原来是那位话很多的魔君乘胜追击,秉持着一定要补刀的良好传统,随着他们从瀑布上一跃而下。

结果万万没想到,在下落到一半时阵眼被破,唇边势在必得的邪魅狂笑还没落下,灵力就随即反噬而来,重重击打在脉门之上,让他猛地在空中吐出一口鲜血。

于是在飘飘摇摇的血花里,魔君祁寒旋转跳跃如花似梦,恍如上下扑腾的野鸭拼命挣扎,最终在镜面碎裂之际,以一个万佛朝宗的姿势,"扑通"落进了水里。

祁寒落入潭水时,激起了一大片惊天地泣鬼神的水花。与扑通水声一并响起的,还有玄镜外长老们绵延不绝吵吵嚷嚷的喊叫。

"看不见了……怎么会突然什么都看不见?"

林浅拍桌而起,双眼直勾勾地盯向玄镜里一片漆黑的画面,眼神异常恐怖,那叫一个如狼似虎:"裴寂那小子之前把瀑布下面的视灵弄坏了啊啊啊可恶!叫他赔!至少要两倍,不,十倍的价钱!"

她说完喘着气缓了好一会儿,才又双眼发亮看向身旁的曲妃卿,露出一个只可意会不可言传的微笑:"啧啧,这算是同门情谊吗?裴寂为了保护宁宁,可是连命都豁出去了。"

有女修双手捧脸,眼底尽是惬意与欢愉,笑得跟今晚自个儿成亲似的,嘴角差点咧到耳朵:"这就是年轻人吧。年轻真好。"

真霄不乐意了:"难道同门之间就不能为了彼此牺牲性命?"

曲妃卿一向与林浅交好,闻声轻笑着睨向他,懒洋洋接下话茬:"哟,那我也没见到你把天羡长老打横抱啊。"

被莫名其妙点名道姓的天羡子打了个喷嚏,匆忙扭头看他们一眼,许是被曲妃卿提到的画面恶心得不轻,脸色白得跟纸片没什么两样。

不过他怀疑人生的视线没停留多久,便又转过身去低下脑袋——

在天羡子面前的木桌上,一场悬念丛生的赌局正式宣告终结。

浩然门掌门人吹胡子瞪眼,痛心疾首:"可恶!为什么祁寒那白痴不把自己的身体当作阵眼!害我白白输掉了五万灵石!"

天羡子本人蔫成了一株久旱的野草,仿佛被榨干身体里的最后一丝水分,快快地把跟前作为赌注的灵石往前一推:

"我真傻,真的。我单知道阵眼和水镜有关,却不晓得头顶上的天也算——说老实话,谁会想到那一层啊?把天射破这种事儿也太那什么了吧,宁宁的脑瓜子怎么长的?"

流明山掌门人何效臣生无可恋,不停地朝玄镜所在的方向张望:

"我这是何必呢?非要不自量力来跟你们打赌玩。这下倒好,不但输光身上的所有灵石,还没看到最精彩的一幕——我听玄镜那边的长老们都快激动疯了。"

一家欢喜几家愁,围在木桌前的所有人里,只有纪云开笑得格外灿烂。

身为唯一猜对的赢家,纪掌门踮着脚伸出小胳膊,快快乐乐地把灵石往自己这边揽:"多谢各位,多谢多谢。"

等全部灵石都进了储物袋,他立马噔噔噔地跑到真霄身边,一看就激动得不得了:"快快快!他们俩怎么样了?"

和他相比,真霄像是一坨巨大的人形冰块,面色不改地指了指镜面。

一团乌漆墨黑,哪里见得到半分人的影子。

"是裴寂干的,对吧?"

纪云开眯眼笑笑,满脸的单纯无害:"叫他赔钱,双倍,哦不,五十倍。"

玄镜外哀叹阵阵,瀑布下的裴寂无言转身,看向那道漂浮在水面上的人影。

祁寒直到现在还是满脸蒙,两眼一瞪嘴巴一张,像喷泉似的吐出一口潭水,修长四肢随着水波来回晃荡。

那副半死不活胡乱扑腾的模样,生动形象地演绎了什么叫作"青蛙亡子""乘风破浪的小白船"。

他真的想不通。

以天为水为镜,这是多么超脱常理的绝妙设计,他曾信誓旦旦地坚信,除非由自己主动解除阵法，否则水镜之阵永不可能消失。

然而就是这样苦心孤诣设定的阵眼……居然被一个小姑娘给直接看穿了？不可能吧？假的吧？

哦，不仅仅是"看穿"。

那丫头还不知从哪儿拿来了一把弓，直接把阵眼给破了。

别问，问就是怀疑人生。

这会儿他也看见了裴寂，曾经的自己是多么邪魅狂狷、所向披靡，如今立场互换，两相对望之下实在有些尴尬。

祁寒好歹贵为魔君，即便灵力受了重创，也断然不会情愿在小辈面前受辱。

他浑身脱力无法起身，只能佯装无事发生地冷哼一声，语气里仍旧带了嚣张跋扈的意思："看什么看，没见过下水乘凉啊？"

他说罢咬了咬牙，又恨恨道："这次算是你们运气好，运气也有用完的时候，给我等着瞧。"

裴寂向来不屑与旁人争论，就算听见关于自己不好的言论，也只会面无表情地置之不理，很快将其抛在脑后。然而听罢祁寒最后一句话，却语气淡淡地开了口："与运气无关，师姐比你更聪明而已。"

这种云淡风轻陈述事实的口吻最气人，祁寒嘴角猛地一抽，差点又从喉咙里蹦出血来。

宁宁闻言亦是惊讶地眨眨眼睛，小声问他："这算不算是……你在夸我？"

裴寂没应声，宁宁便顺理成章地当作了默认，眼底笑意更深，双腿悠悠晃了晃："这好像是你第一次夸我。"

希望他能多加保持，这句话她没好意思说。

"这是在叫你多夸夸她呢！快跟我一起念——"

承影不愧是靠谱的中年大叔，重点一抓一个准，声情并茂地在裴寂耳边柔声朗诵："啊，师姐，你的双眼那样美，让我分不清见到的究竟是满天繁星还是你的眼睛。是你让我明白了倾国倾城的意义，师姐是杯酒，谁喝都得醉——啊！都得醉！"

裴寂："……安静。"

他听得后背直起鸡皮疙瘩，只想拔剑把这道声音切个粉碎，奈何承影并不理他，越说越恶心："这满潭的水，都是我为你流下的口——"

裴寂实在听不下去，自行将它无视屏蔽拉黑一条龙。

水镜之阵由祁寒的绝大多数灵力作为支撑，如今阵法被破，浩瀚的灵气便也随之四散，无法再回到体内。

他灵力散尽，又遭到阵法破灭后的剧烈反噬，状态跟宁宁没什么两样，同样是浑身无力、连站立都很难做到。

裴寂心知他已再无威胁，并不想多加理睬，于是抱着宁宁转过身去，打算先带她离开水潭。

他之前在魔潮中耗去大半力气，加上双腿在寒凉刺骨的水里浸泡了好一阵子，打算向前迈步时，脚下竟不稳地一个趔趄。

好在身形很快被稳住了。

只是宁宁的双手……不知什么时候搂在了他脖子上。

裴寂按在她肩膀上的左手下意识紧了紧，脖子上莫名感到一丝痒。

等愣怔一瞬他才反应过来，原来是宁宁的呼吸静悄悄落在他皮肤上，晕开一片柔柔的热度。

这缕气息轻薄得过分，像藤蔓那样疯狂生长，顺着皮肤一直往里，途经血液、经脉与骨髓，最终抵达心口的位置。

如同被施了某种奇异的法术，他的心居然毫无缘由地也有些痒。

"对、对不起！"

宁宁不像他那样喜怒不形于色，匆匆忙忙将双手松开。

她被裴寂的脚下不稳吓得不轻，之所以伸手抱住他，完全是情急之下的条件反射，等少年重新站稳，才发觉两人之间的距离过于亲近了一些。

真是要死。

宁宁本以为被他抱在怀里就已经是极限，万万没料到自己居然会稀里糊涂做出这么亲密的姿势，胸口像有什么东西在不停冲撞，让她有些发蒙。

耳边满满都是瀑布的咆哮，宁宁却在喧哗与骚动里十分清晰地听见，裴寂的心跳快了许多。

裴寂一定是被她吓到了。

……太丢人了。

这段小插曲并未持续太久，裴寂在低低道了声"抱歉"后，便带着她走上岸边。

宁宁认认真真思考了好一阵子，决定用转移话题的方式缓解尴尬："水里的那位……应该怎么解决？"

裴寂说话时，胸腔也会随之轻轻颤动。她的脑袋刚好抵在那地方，能体会少许的轻颤，一种很奇妙的感受。

"我会处理。"

他说："先送你上岸，他不重要。"

——那就是说，她勉强能算得上是"重要"啰。

"噢。"

这句话让她有点开心，宁宁又开始轻轻摇晃小腿，抬眸看一眼遥远的天边。

月亮被星痕剑刺出一道肉眼可见的巨大裂痕，昏黄光晕与凛冽剑气迅速扩散，破开一处又一处狰狞的断痕。

月亮像极了裂开的镜子，即将分崩离析、摇摇欲坠。

"两个世界应该快要融合了吧？"

她有些困，懒懒地打了个哈欠："不知道水镜另一面的秘境……究竟是什么模样？"

许曳怎么也不会想到，水镜的另一面居然会是这副模样。

他入水仓促，没来得及用上避水诀，因此身上沾满了血水和污泥，爬出水面的时候嫌弃得不行，简直想把自己剁成几块丢进河里喂鱼。

这还不是最棘手的。

最让他拿不定主意的，是好几个察觉了生人气息、跌跌撞撞地朝他和乔颜靠近的镜鬼。

乔颜对真相一无所知，可他却明明白白地知道，这些形貌诡异的怪物都是灵狐所化，皆乃乔颜同族。

镜鬼被魔气入体理智尽失，会袭击他们是意料之中，但如果放任乔颜将它们射杀——

那不就跟同族相残没什么两样了吗？

"等、等等！"

眼看乔颜已经扬起弓箭，许曳慌不择路地一把按住她手腕，大脑从没像如今转得这样快过："乔姑娘，万万不可！"

他竭力做出一本正经的模样，加重语气："此地凶险万分，若是让它们流了血，说不定其他镜鬼会循着血腥味赶来。咱们悄悄潜入就好，千万不能惹出大动静——不对，这鬼地方也太吓人了，咱们还是快快离开吧！"

乔颜没料到他居然会一并跟来，听罢微微一愣，略带了几分迟疑地放下长弓："许道长，你既然知晓此地凶险，又为何要随我前来？"

许曳心想他也不想来啊，可师姐说过，修道之人理应兼济天下，他总不能只顾着自己逃命，放着这丫头不管吧。

"我这不是要惩奸除恶嘛！"

许曳只想带着她尽快离开这儿，一边用剑诀击昏袭来的镜鬼，一边装作对一切都毫不知情地发问："你真不走？留在这里有什么打算？"

乔颜这回居然没不假思索地应答，而是微微一怔，低声应道："我想看看……能不能找到它。"

这个"它"应该就是灼日弓。

许曳自认明白她的心事，无可奈何地叹了口气："去哪里找？"

"我们灵狐族的村子。"

乔颜将四周颓败荒芜的景象打量一番,细声细气地认真解释:"那些魔修若滞留于此,一定会在村落定居,只要我们前往那里,或许就能找到除了镜鬼以外的其他魔族,从而套取情报。"

这姑娘还是有够勇的。

许曳知道,她不会在村落里发现任何有用的东西或人,因此答应得很快:"我能陪着你一起去,但你得答应我,一旦没找到那玩意,就立刻跟我回去阵法另一边。"

若是不依靠他的剑诀,乔颜很难神不知鬼不觉地偷偷潜入村子,她清楚自己几斤几两,毫不犹豫地点了头。

于是许曳开始兢兢业业地扮演护花使者,见到袭来的镜鬼并不拔剑,只用剑气将其打晕。

这里作为真正的秘境,生存环境差到令人发指,不但四处弥漫着血腥味,还遍布了植被与生物的残骸,浓郁魔气萦绕在空气里,汇聚成灰蒙蒙的雾,压得他有些喘不过气。

这应该就是导致灵狐产生异变的罪魁祸首。

由于是镜面翻转,真假两处秘境的道路布局一模一样。虽然风景天差地别,乔颜却还是能凭借记忆不断往前,最终带领他来到被废弃已久的狐族村落。

与许曳的预想没有太大差别,这里仍然只有四处盘旋着的镜鬼,见不到丝毫所谓"元婴大能"的影子。

他被阴风吹得打了个哆嗦,听乔颜沉声道:"其实我一直想不明白,娘亲总是信誓旦旦告诉我,水泊另一边有许多实力高强的修士……可每当我靠近湖泊,见到的都只有镜鬼而已。"

许曳的心口扑通一跳。

而乔颜行走在昏暗的夜色里,身形和声音都模糊不清:"我们为什么找不到灼日弓,难道你不觉得奇怪吗?"

"是挺奇怪的。"

他答得干涩,下意识地有些慌张:"'琴娘'不是说过,可能是被卧底拿走了吗?你之前也是这么推断的。"

"我……"

乔颜本想说些什么,最终却犹豫不决地闭了嘴。因为走在他前面,许曳看不清她的表情,只能望见小狐狸的一对耳朵软绵绵地耷拉下去,似是有些难过的模样。

"你不是想找住在这里的魔修吗?"

他笨拙地转移话题,试图让乔颜不那么伤心:"我们一间房一间房地找找看,怎么样？"

谢天谢地，小姑娘的耳朵总算晃了一晃，随即轻轻点头。

"我们族人本来都住在这儿的。"

乔颜道："后来为了离水源近些，我就在瀑布旁建了新房子——你看，那儿是我家。"

她说着快步上前，在路过近处一座小院落时停下脚步，迟疑出声："这是晏清家，我们算是从小一起长大的邻居，可他更喜欢看书，不爱和我玩。"

许曳点点头，跟着乔颜走进她家。

屋子里显然很久没有住人，积攒了厚厚一层灰尘，乔颜一言不发地端详着大厅，当视线拂过厅堂里的木桌时，整个人不由得愣住。

木桌被灰蒙蒙的尘埃染成了灰白色，在桌面中央，平躺着一封浅褐的信。

她几乎是毫不犹豫地走上前，拿起信封抖落灰尘，一眼就见到三个醒目的大字："给乔颜"。

"是我娘的字迹。"

乔颜的声音很低："这是她的习惯，若是和爹爹因为族里的事务临时外出，她便会在这里留下一封信——可在之前的空间里，我从没见过它。"

"你娘不是好端端地活着吗！说不定她本来是留了信，但后来在大战里逃过死劫，就又把信封收回去了。"

许曳努力圆谎："你要不要……把它打开看看？"

他的语气多少有点虚，然而话音刚落，还不等乔颜做出回应，不远处便突然响起几声刺耳的尖啸。

许曳匆忙扭头，竟见到大门入口出现了成群的镜鬼，十几双浑浊不堪的黑眼珠死死盯着他看，目光里尽是令人遍体生寒的杀机。

"……糟糕，看来这地方是他们的老巢。"

剑诀定然无法解决这么多镜鬼，许曳凝神片刻，拔剑出鞘："看来找不到你想要的灼日弓了。等解决了它们，我俩就一起离开吧。"

随着一声刺耳咆哮，门口的镜鬼倾巢而出，喉咙里发出的怪异声响一串接着一串，汇聚在一起时，像极了骨骼被碾碎时发出的声音。

许曳虽然拿着剑，却并不打算将它们全部斩杀，只是依靠剑风与剑气逐渐把镜鬼逼退——

毕竟受到魔气侵染的人与妖并非无药可救，只要能得到合理医治，总有一天会回归正常。乔颜与灵狐一族还有机会，他不能让这个希望断送在自己手上。

刹那间剑光四起，然而许曳虽然实力不俗，但总归没动杀心；反观镜鬼，不但数目繁多、一拥而上，而且每一个都杀机重重，颇有要将他俩生吞活剥之势。

许曳无法独自对付这么多敌手，理所当然地落了下风。

他在打斗中无法抽身，很难顾及身后的狐族小姑娘。只不过须臾的工夫，就有一个浑身是血的镜鬼发现了这道空子，在凝视乔颜片刻后，猛地扑身靠近她。

许曳大骇："当心！"

他心头震颤，在电光石火间迅速转身扭头，本打算直接挥剑杀掉它，却见到了意料之外的、从未想过的景象。

那镜鬼跌跌撞撞扑向乔颜，却并未加害于她——

有另外三个怪物也察觉她没有太多还手之力，以不可思议的速度飞快朝乔颜靠近，在千钧一发的刹那，它适时出现在狐族少女身后。

或者说，它之所以靠近乔颜，正是刻意想为她挡下致命的进攻——

其中一个怪物的爪子，就那样毫不留情撕去了它一大块血肉。

乔颜与许曳皆是一惊。

眼看其余镜鬼即将再次袭来，许曳暗自咬牙，将灵气集中在长剑之上，默念剑诀，用力一挥。

这一招蕴含了锋利剑气，势不可当地席卷夜色，灵压如同滔天巨浪，重重将好几个镜鬼击飞数尺之远。

包括为乔颜挡下致命一击的那个。

"乔姑娘，你没事吧？"

许曳喘着气看向乔颜，却发现后者的视线并不在他身上。

她有些愣怔，目光幽暗得看不出情绪，一动不动地站在原地，望着被剑气震出很远的镜鬼。

它替她挡了那一击，又被许曳的剑气所伤，本应虚弱不堪无法动弹，此时却竭尽全力地撑起身子，在地上细细寻找着什么。

乔颜心有所感，不顾许曳劝阻，大脑一片空白地慢慢靠近它。

在空茫的血红夜色里，月光像破碎的水滴般落下来，莹润剔透，为她照亮镜鬼跟前散落着的物件。

那是一串几近枯萎的千丝穗，被剑气震得粉碎，成了一截一截的碎屑。

而它茫然无措地跪在地面，仿佛满身伤痕都不存在，垂着脑袋，小心翼翼地将它们一点点捡起来，轻轻放在手心之中。

镜鬼乃魔族所化，丑陋畸形、无情无欲，只懂得不断地杀伐与屠戮，不存在任何多余的感情，也不会记得曾经认识的人。

更何况，乔颜与它理应是从未见过的。

许许多多藏在心底的疑问，都随着那串千丝穗的出现迎刃而解。她站在沉重夜色里，被不知什么东西压得喘不过气。

乔颜总觉得晏清从不在乎她，想方设法寻找着他心悦于自己的蛛丝马迹。

可少年人从来都是温和又腼腆，就算被她搭话，也只会低下头安静地笑，很少说些话来应答。

后来经过大战，两人之间的关系就更加生疏。那时的乔颜想，不喜欢就不喜欢吧，等她出了秘境，准能遇上许多许多更好的人，她才不稀罕他。

晏清一定觉得她很烦。

从小到大只有自己缠着他的份，晏清只会偶尔地站在某个地方，遥遥注视属于她的影子。他们之间的距离那么远，远到乔颜看不清他的模样。

晏清从没说过在乎她。

可为什么……直至此刻，还要这么竭力地，连性命都不顾地，保护那串早就枯死了的千丝穗呢？

"乔姑娘。"

许曳看出她神色有异，声音小得难以分辨："你——你都知道了？"

乔颜定定地望他一眼。

她不傻，怎会察觉不出身边所有族人的异样。只是那个想法太过惊世骇俗，乔颜不愿，也不敢接受。

然而随着日复一日的相处，不对劲的细节也越来越多。

族人们的刻意疏离，母亲记不起曾经的许多事情，诡异莫测的镜鬼，彻底打破幻想的，是密室里不翼而飞的灼日弓。

魔气为阴，正气为阳。

唯有灼日弓不会被水镜之阵复制，既然神弓隐匿了踪迹，那岂不就再直白不过地说明，她所处的地方是魔族所在的阴面吗？

此番下水，"寻找灼日弓"只是用来自我安慰的借口，其实乔颜心里比谁都清楚，自己来到这里究竟是为了什么。

她在不久前曾对许曳说，要来"找一样东西"。

其实那并非灼日弓，而是某个人手腕上的千丝穗。

只要见到它，一切就都能明了。

她在过去的数年间与仇敌相伴，不辞辛劳地助他们恢复灵力，并在不知情的前提下，亲手杀害了曾经朝夕相伴的族胞。

原来陪伴在身边这么久的，全都是谎言。

那些朝夕相伴，那些夜谈与微笑，还说要一起离开秘境，去南城看烟花……

什么烟花和约定，尽是无法实现的假话，而她已然成了满手血污的罪人，犯下无法洗净的罪孽。

"乔姑娘。"

许曳彻底慌了阵脚,手足无措地看着她眼眶陡然变红,想方设法出言安慰:"你不要太伤心,狐族虽然受了魔气侵染,但只要离开秘境好生休养——诶!什么声音?"

他的话说到一半便戛然而止,取而代之的,是另一道席卷整个秘境的轰鸣。

许曳心下生疑,差点以为那位魔君杀了过来,等出门抬头一看,情不自禁愣在原地。

"我、我的老天,乔姑娘,你快看天上!"

乔颜恍惚之间闻声抬头,透过房门,窥见一片狭窄的天光。

在下一刻,狐族少女亦是呆呆怔住。

夜色无声沉淀下来,穹顶之上是浓郁的血红与墨黑,一切本应当浑浊幽暗,见不到丝毫亮色,可那天空正中央的月亮却突然迸发出无比璀璨的白光。

光晕不断挣扎,竟引出一道道不断碎裂的裂痕,每道裂口都以中央一点为圆心,朝四周如同丝线般细细散开。

好似夜风吹落满天繁星,星如雨下,在深黑幕布上绽开一朵朵圆形的花。

"师兄,天边有异。"

秘境之中,明空从洞穴里探出脑袋,抬手遮住刺眼的亮光,一颗卤蛋状光头被照得发亮:"有股巨大的灵力被迫散开了。"

"阿弥陀佛,我佛慈悲。"

明净坐在地面上,双手合十,语气毫无波澜:"定是不知何处又起了杀伐……只是秘境中诸位弟子,何人能有如此磅礴的灵力?"

"云师姐,你快看!"

在山间一处不易察觉的山洞里,林浔同样仰起脑袋,颇为好奇地睁大眼睛:"那是什么?"

云端月掀起厚重的藤蔓,安静站在他身旁,端详了好一会儿,才柔声应道:"好像烟花啊。"

"烟花?"

林浔闻言咧开嘴角,眼底的笑意与亮色更浓:"真的好像啊!"

"阵法已经在逐渐碎裂了。"

宁宁坐在水潭不远处,身边是一袭黑衣的裴寂。祁寒被五花大绑,为了不让求饶声惹师姐心烦,裴寂毫不犹豫地将他丢在了瀑布旁,与哗啦啦的水声孤独做伴。

"像不像是一场烟花?"

宁宁已经没了力气,连说话和睁眼都格外吃力,只想什么也不想地睡上一觉。她的声音越来越小,最后化作一道轻柔的风,缓缓落在少年耳边:"送给你哦,就当作是……裴寂舍身救我的奖励,漂亮吧?"

他们坐得很近，如今宁宁毫无征兆地突然入睡，在整个身体往前倾倒的刹那，便被裴寂小心翼翼地轻轻接住。

　　他几乎没用什么力气，在极其短暂的迟疑后，将她朝自己肩头挪了一点。

　　然后他又挪一点，直到宁宁的脑袋稳稳当当地靠在他肩膀上。

　　承影又哭又笑，在他脑海里翻来覆去地伸胳膊蹬腿："裴小寂，你终于长大了，我好欣慰啊！"

　　裴寂："安静。"

　　在漫天绽开的星光之下，裴寂微微侧过头去，视线正对宁宁面庞。

　　他见到少女小扇子一样纤长的睫毛与圆润小巧的鼻尖，她像是梦见了开心的事情，在睡梦中无声地轻笑。

　　裴寂不动声色地将视线移开。

　　他再低头时，嘴角带着与她相仿的、静静上扬的弧度。

　　"天边怎会出现这般异象？"

　　而在废弃的老宅中，许曳被震撼得失了言语，乔颜则借着满天光华，打开被攥在手里的信封。

　　那是她娘亲的字迹。

吾儿乔颜：

　　见字如面，切勿挂念。

　　当你看见这封信，我们与魔族的战斗应该已入尾声。原谅我的不辞而别，只是狐族已近生死存亡之际，总得有人为此而站出来。

　　若要击垮魔族，需以我们体内的全部灵气为引，这是一场非生即死的赌局，将你剔除在外，是我身为母亲的最后一点私心。

　　这世上除了秘境，还有许许多多你未曾见过的景象，南城的水乡，京都的楼宇，仙道之上厚积的雪与云。

　　倘若我们无法再见，那便由小颜代我和爹爹一并去看看吧。

　　无论结果如何，爹爹与娘亲永远爱你。

　　对不起啊，明明早就约定好了，却不能陪你离开这里，一起去看场烟花。

　　字迹被滴落的泪水渐渐洇湿，变成模糊不清的墨团。

　　镜面之外，乔颜深吸一口气，仰头望向被亮光映得恍如白昼的夜空。

　　镜面之中，魔族女修用尽体内残存的气力，最后一次抬起眼睑。片刻愣怔后，自眼底溢出一抹噙了水光的笑。

　　在明镜的正反两面，两处近在咫尺却最为遥不可及的地方，所有人眼前所见，皆是同一幅景象。

镜面碎裂出片片裂痕，自天边的一点逐渐扩散，好似蛛网千千结，迅速扩散至整个天空。

由白光织成的繁花千姿百态，无比绚丽地绽放于穹顶之上，伴随着裂痕出现时的轰然巨响，虚妄得不似真实。

当它们一束一束地绽放，渐渐填满夜幕的时候，星痕剑剑气也随之爆开，牵引出绮丽灼目的雪白流光。

犹如一场真正的、被整个世界注视着的烟花。

星痕剑刺破阵眼，在覆盖整个天幕的光华之下，水镜阵法轰然崩塌。

两处秘境在镜面碎裂的间隙渐渐融为一体，属于虚假镜像的那一面尽数消失，弟子们还没反应过来发生了什么事，就稀里糊涂地来到了真实的秘境之中。

原本低矮空明的穹顶如玻璃般裂开，露出更为遥远的、被乌云遮掩的浑浊夜空，血月凌空，隐隐透出些许黯淡的红。

青翠葱茏的连绵林海没了踪影，由一株株嶙峋干枯的树木残骸取而代之；围绕在身旁的空气亦是沾染了薄薄的黑与红，魔气像是飘散在夜里的雾，悄无声息地弥漫在每个角落。

血腥味和尸骸一处接着一处，世外桃源猝不及防就成了古战场，画风突变，把不少人吓得不轻。

各大门派的弟子们只不过多多少少受了些心理冲击，与之相比起来，与祁寒一伙的魔修们就要惨上许多。

真正的秘境里魔族死伤众多，而秘境出口又多年不开，导致杀孽深重的魔气盘旋不散，有如慢性毒药。

灵力大损的狐族受其侵染，化为食人血肉的"镜鬼"；而重伤未愈的魔修们同样神识不稳、灵力微薄，在此等冲击之下，亦是深受重创。

许曳愣愣地看着天边团团簇簇像花瓣一样绽开的裂痕，一时间被震撼得没了言语，心中激荡万千。过了好一阵子，才喃喃地对乔颜道："乔姑娘，这应该是……水镜之阵被破了吧？"

他说着粲然笑开，扭头看向身旁的狐族少女，双眼里满是庆幸与欣喜的光："太好了！阵法被破，魔君一定会灵力大损，我们不必畏惧魔族，灵狐一族也有救了！"

乔颜与他对视一眼，暗暗一咬牙，转身径直奔向房屋里的镜鬼。

也是与她青梅竹马的晏清。

晏清的腹部被撕去一大块血肉，正往外源源不断地淌着红黑鲜血，加之被许曳的剑气所伤，就更是危在旦夕。

他相貌大变，与曾经芝兰玉树的翩翩少年郎完全搭不着边。

白净面庞被扭曲成了极度怪异的模样，五官比例严重失调。一双黑漆漆的大眼睛里浑浊不堪，皮肤则与枯木的树皮没什么两样，乍一看去瘦得可怕，仿佛只是在骨头上套了层薄薄的皮。

被魔气侵蚀神志后，晏清已经完全认不出她了。

当时奋不顾身地冲出来保护她，即便奄奄一息也要把千丝穗在手心里收好，这些都是被他刻在骨子里的，无论如何也忘不掉的事情。可现在与乔颜四目相对时，瞳孔里却只有恐惧与茫然。

万幸，他还活着。

"乔姑娘，我在挥剑时控制了分寸，他受的冲击是最小的——那剑气虽然将他击退，但并不会造成太大伤害。别着急，我马上给你找药！"

许曳跟在她身后，从怀里拿出储物袋。金光一现之后，掉出来小山似的一大堆药材。

"让我看看……这是用天山雪莲和炽火莲炼成的丹丸，这是用无上仙芝做的天香续命露，这是用明心蕊和无量水酿的天枢圣泉……"

他蹲在地上叽里呱啦说了长长一大串，末了抬头望一眼乔颜，露出毫不设防的傻笑："乔姑娘，你喜欢哪些随便拿。"

乔颜泪眼蒙眬，哭得打了个嗝，在见到地上的东西后目瞪口呆。

她虽然没出过秘境，但为了治疗"族人们"的伤，曾经没日没夜地翻遍医书、自学医法，对他提到的灵植都有耳闻。

炽火莲乃百年难得一遇的宝物，通常生长于极阳极烈的火山峭壁口；天枢圣泉听名字就珍贵得离谱，而事实也的确如此，是修真界无数人梦寐以求、挤破了脑袋想要争夺的珍品宝贝。

至于天香续命露，更是有断骨再生、重伤痊愈之效，一瓶的价格能买下一座城。

结果此时此刻，这些高贵的天灵地宝全被许曳一股脑丢在灰蒙蒙的地上，还如同摆摊似的大大咧咧来了句"随便拿"。

——这人究竟什么来头？

"我对药材不是很懂，你不用客气。"

许曳见她没动，急忙道："我家还有很多，真的！我爹说过，要是再不尽快把旧的用完，家里新囤的那些就没地方放了。"

晏清被另一个镜鬼几乎剖开了肚子，按照常理，理应没太多时间可活——

可金钱超脱了五行之外，有钱能使鬼推磨。许曳作为一个平平无奇的超级有钱人，不能被算在"常理"之中。

难怪他总是一副胆小怕事，从小养尊处优长大的少爷形象，原来这人不但是个姐宝，还是个不折不扣的爹宝妈宝钱宝，浑身都是宝。

如今的乔颜还不知道，在秘境之外的修真界里，皇城三大世家的其中之一就是姓"许"。

乔颜：……

"多、多谢啊。"

乔颜脑袋蒙蒙地从宝贝堆里挑了瓶化肌膏，蹲下与近在咫尺的镜鬼四目相对。

眼看她朝自己靠近，晏清像是害怕宝物被抢走一般，后退几步蜷缩在墙角，满眼警惕地把千丝穗紧紧握在手中。

"当初我把它送给你的时候，你可不是这样的态度。"

乔颜见状哽咽须臾，眼泪又一股脑涌出来。瞥见他腹部狰狞的血口，心知不能耽误太多时间，只能慌乱地尽快抬手将水珠擦干："是谁冷冰冰说的'尚可'啊……笨蛋。"

晏清似是没料到她居然会哭，有些呆呆地愣在原地。

他看见跟前的陌生女孩抬起右手。

在她手腕上，同样缠着一条青葱的千丝穗。

骇人丑恶的怪物头一回收敛了煞气，眼前模糊的黑雾渐渐消散，露出少许清明与痛苦的神色。

他还是记不起一切。

然而在迟疑片刻后，晏清小心翼翼地伸出手，带着一些胆怯与惊惶，为她轻轻擦去眼角的泪滴。

"奇怪，天好像裂开了！"

贺知洲仰头望着天边的异象，在镜面碎裂的轰隆巨响中扯开嗓子喊："肯定是宁宁他们把阵法破掉了！不愧是福尔摩宁宁青天江户川柯宁！我就知道她可以！"

他乐不可支，上半身和双手一起乱晃，察觉身旁的叶宗衡没有动静，一把搂过对方脖子："今天是个好日子啊叶宗衡！快嗨起来！"

——这两位难兄难弟为了躲避魔君追杀，跟踩着风火轮似的一路向北狂奔。

贺知洲用两脚互踩的方式上了天，两双鞋都被踩成黑灰色，如同刚结束一场马拉松竞赛，整个人累成一摊泥；叶宗衡则被魔气打得头昏眼花，一直没缓过来。

两人漫无目的地逃了好一会儿，最终决定在狐族的废弃村落里藏身。没想到刚在一栋房屋里缩好，就见到了外边烟火盛放般绚烂壮丽的异象。

贺知洲抬眼望着窗外，一时间忘了所有新仇旧恨，疯狂摇晃着胳膊下的叶宗衡："快快快，别像个死人一样，快看窗户！"

他激动不已，一边说一边扭过头去，刚扭到一半，脖子就定定地卡在半途。

距离他近在咫尺，被搂在胳膊下面的哪是叶宗衡。

看那布灵布灵闪着光的圆眼睛，那锃亮圆润寸草不生的大头，还有那娇小可人的身体，一切都是那样熟悉，叫他难以忘怀。

烟花，拥抱，对视，多么经典的偶像剧浪漫戏码。目光紧贴，肌肤相撞，窗外的火光浪漫得让他想哭。

那一刻感动了时间，暧昧了空间，更是把他脆弱的灵魂冲击得粉碎，渣渣都不剩。

犹如时间凝固，贺知洲整个人保持着尴尬而不失礼貌的微笑，露出上边的八颗牙，茫然眨眨眼睛。

为什么在他身边的不是叶宗衡，而是个镜——鬼——啊——

两个秘境融合后，原本身在不同空间的弟子与镜鬼也会碰面，他们之前都待在这栋屋子里，等镜面折叠，自然会面对面地撞上。

这些道理贺知洲都明白。

但试想一下，你看着烟花唱着歌，刚一扭头，就毫无征兆见到一张怪异扭曲、遍布血污和淤泥的丑脸——

这谁受得了啊！！！

贺知洲花容失色，眼珠瞪得濒临掉落边缘，却又因为镜鬼都是灵狐一族，不便对它下手。

在一阵安静的沉默后，终是爆发出绵延不绝的驴叫，贺知洲一把将它往后猛推。

叶宗衡和他隔着一个镜鬼，本来正在憋着笑乐呵呵地看好戏，哪承想贺知洲竟会来这么一出，原本还隔得挺远的镜鬼忽然笔直朝自己这边倒来。

镜鬼被推得打了个旋儿。

就像所有偶像剧里那样，与叶宗衡脸对着脸，径直落在他怀中。

叶宗衡双目圆瞪，羊叫声惊天动地："咩啊啊啊啊——！老子的初抱！"

"魔族风头大减、阵法被破，秘境里应该再无危机。"

何效臣看着跟前万剑宗的玄镜，忍不住喟叹道："狐族虽受了魔气影响，但只要等秘境开启之时，将他们一并送来外界疗养，待魔气从体内祛除，便能恢复神志，变回原本的模样。"

林浅从小与灵兽长大，最是赤子心肠，看着玄镜里乔颜双目通红的模样，轻轻吸了口气："小狐狸终于和青梅竹马团聚了，真好。"

"说不定她真正的娘亲也仍在镜鬼之中，并未死去，只不过一切尚无定论，还需等以后细细查探。"

天羡子亦是唏嘘不已，把视线转向不远处自家门派的玄镜："我去看看玄虚的弟子如何——"

话没说完，便是一阵瞳孔地震。

视线所及之处，是玄虚剑派玄镜里一间阴暗狭窄的房屋。

首先传入天羡子耳朵里的，是一声凄厉无比的羊鸣，以及一道丧心病狂的笑声。

这画风，这音效，与万剑宗那边的天差地别，让他立马一阵心肌梗死。

"我脏了，我脏了！"

叶宗衡面目扭曲，边哭边笑，拼命把跟前的镜鬼往贺知洲怀里塞："你怎么能乘我不备做这种事，怎么能！老子守身如玉这么多年的清白没了！"

贺知洲可怜兮兮地蜷缩在角落拼命闪躲，神情痛苦不堪："什么叫'初抱'！你的第一次……不是有那什么小桃红姑娘吗？！"

"你懂什么，小桃红是——"

他说到一半就恶狠狠地闭了嘴，生生做出了容嬷嬷当年在小黑屋扎针时的模样，开始耍赖般不停蹬腿，继续把镜鬼往贺知洲所在的方向推："我不管！都是你的错！我的清白没了，你也别想留！"

可怜的镜鬼被推来推去，啊啊大叫地来回于两人怀抱之间，如同风中摇曳的一条小舟，眼神里尽是无措与迷茫。

两名弟子竟在小黑屋里做出这种事，长老们都惊呆了。

天羡子：……

天羡子满脸惊悚，有万剑宗的长老见他脸色不对，本想上前嘲笑一番，没想到甫一抬头便见到自家门派的叶宗衡，同样呆呆立在原地。

何效臣老脸一红，迟疑道："这……外头那样惨烈悲壮，这两位在干吗？什么第一次，什么互、互相夺走彼此的清白？"

"惨，狐族好惨！"

林浅双手掩面，不忍再看："天羡长老，把孩子打死吧，别留了！"

纪云开正趴在桌子上写日记，看罢咬了咬笔头，认认真真在纸上写：叶宗衡守身如玉多年，却被贺知洲乘其不备夺走初——

他写到这里停顿下来，很认真地开始思考，贺知洲话里那个"初"字后面究竟跟着什么东西：报、抱、豹、爆……

曲妃卿沉默半晌："不如……还是看看其他人吧？"

每次玄镜里出现贺知洲都准没好事，天羡子深以为然，赶忙上前几步，把玄镜一转。

这回的画面停留在裴寂身上，他不知何时从瀑布前离开，也来到了狐族村落里，手里抱着仍在睡梦中的宁宁。

许是巧合，少年刚进村子不久，就听见了屋子里此起彼伏的驴羊争鸣，顺着声音寻去，正好撞见鼻青脸肿出门的贺知洲与叶宗衡。

贺知洲显然和后者打了一架，见到同门后两眼泪汪汪，有如潜伏多年终于与组织会合，差点就往裴寂怀里扑："裴师弟——！宁宁她怎么了？"

"师姐睡着了。"

裴寂对他俩丝毫不感兴趣，淡声应道："我带她来村子里休息。"

"哎呀，这不是我们的老熟人吗？！"

贺知洲一眼就见到他身后被五花大绑的人影，满脸的小人得志，嘚嘚瑟瑟走到祁寒跟前："魔君怎么也来啦？"

祁寒眼角一抽，习惯性地死鸭子嘴硬："我这不是失利被俘，只不过是特、特殊情趣罢了，你不懂。"

他说话的间隙，恰好宁宁动了动脑袋，似是被门口的长明灯晃了眼睛，下意识皱起眉头。

裴寂面不改色地垂下眼睫，将她轻轻向内推，避开灯光的同时，也让宁宁的脸庞全部埋进他胸膛。

叶宗衡被打成了熊猫眼，若有所思地轻咳一声："你们两位……"

裴寂默不作答，玄镜外的林浅发出一声惊天怪笑，搂着曲妃卿的脖子替他回应："对对对！他们两位就是你想的那样！嘿嘿嘿嘿嘿嘿！"

曲妃卿被她摇晃得左摇右摆，扭头对身旁的纪云开低声笑道："她真是魔怔了。"

没想到纪云开同样望着玄镜里吃吃傻笑，眼睛都成了两条缝，一边笑一边咧着嘴角跟她讲："裴寂学得还挺快啊。一夜三次，你们说，他会不会是抱上瘾了？"

何效臣嗑着瓜子，露出了颇为遗憾的神色："可惜试炼一过，没了视灵，就很难看见这两个孩子了。"

天羨子搓搓小手嘿嘿笑："无碍无碍。不如何掌门叛出师门，直接来我玄虚剑派门下当长老，不但能继续欣赏绝美故事，每月工钱还可以给你五折优惠哈。"

何效臣犹豫须臾，摆了摆手："这……似乎不太好。"

曲妃卿：……

所以你们这群大男人究竟在讨论些什么啊！何掌门，你刚才的确犹豫了对吧！这都什么人哪！

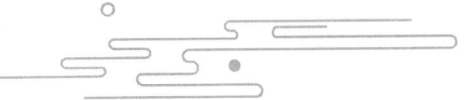

第四章　男女授受不亲

距离试炼结束还有段时间，经过众人一致商议，决定等明日天亮后分头行动，寻找秘境里的其他狐族，再将他们一并带去外界休养。

乔颜将晏清与其他同族带进房里疗伤，之后便一直闭门不出。

她身为唯一清醒的狐族后裔，得知真相后念及这几年的点点滴滴，心里必定不会好受。饶是最粗线条的贺知洲也对此心知肚明，没有去多作叨扰。

这会儿天色已晚，每人都寻了个房间暂作休息。

裴寂特意替宁宁选了个安静的小屋，用除尘诀和扫帚毛巾细细清理后，才从储物袋里重新拿出一床被子铺在床板上。

等把她从一旁的木椅上再度抱起来，小心翼翼放上床铺的时候，裴寂下意识低了头。

宁宁很轻。

他在此之前对旁人身体的印象寥寥无几，无论是儿时流浪途中的斗殴，还是拜入师门后同门师兄弟的挑衅，遇见的人从来都是硬邦邦的，哪怕用拳头狠狠砸在他们身上，裴寂也不会心疼分毫。

可当他抱着宁宁，却连一丝多余的力气也不敢用，放在她肩头的手掌软绵绵地发着烫，让他前所未有地感到无所适从。

怀里的小姑娘睡意正浓，身体柔软得像是摸不到骨头，当裴寂站在原地不动时，能听见她浅浅的、富有规律的呼吸。

之前在喧哗的瀑布旁边还不觉得，如今那声音仿佛也带了点热度，轻轻经过耳畔时，让他无端有些燥。

……好奇怪。

裴寂抿着唇把视线从她脸上挪开，将宁宁平躺着放在床上，不甚熟练地替她披被子。

他打架和剑术都是一流，却是头一回为别人做这个动作，因而显得十分笨拙，小心翼翼的样子甚至把承影逗得笑出了声。

"唉，我说裴小寂，你不过是掖个被子而已，用不着这么正式吧？不知道的还以为是伺候皇帝呢。"

承影的笑没停过："怎么，这么拘谨，不敢碰到她啊？"

它说这话时，裴寂正把宁宁脖子附近的被子压平，闻言冷声应道："皇帝算什么东西。"

"哟哟哟！有骨气，不得了！"

它的笑声往下沉了一些，变得有些老谋深算不怀好意："我知道我知道，没有谁能比得上宁宁，觉得她重要就直说嘛，咱们哥俩什么关系，用得着这么拐弯抹角吗？！"

想来承影为了攀关系，真是无所不用其极。之前还自称老娘，如今又成了兄弟，不知道今后还会变着花样叫出什么称呼，真是声声辣耳朵，句句毁三观。

裴寂对它置若罔闻，长睫在眼底投下一层阴影，垂眼又看了看宁宁。

明明不久前才刻意把目光从她身上移开，他觉得自己真是心性不坚。

当她躺在床上时，整个脑袋都微微陷在枕头里，散落的长发便一股脑地聚在脸颊两边，映得莹白色皮肤宛如美玉。

视线粗略扫过，依次能见到小扇子一样纤长的睫毛、精致的鼻梁与玫瑰色唇瓣，宁宁是与他截然相反的人，无论醒着还是入睡，都由内而外散发着平易近人的温和气息，让人忍不住想靠近。

不像他，一直是冷冰冰又干巴巴的，不会与人交往，也不懂得什么情趣，生命里只有"活着"和"练剑"两件事，简直无聊透顶。

裴寂认真想过很多次，关于宁宁为什么愿意一而再、再而三地接近他。

明明他什么也给不了她，没有任何利用价值，而她身边总是有许许多多的朋友，无论如何都不缺他这一个。即便如此，宁宁也还是会隔三岔五地去院子里找他，站在门口笑着挥一挥手："小师弟！"

后来裴寂想，也许宁宁之所以对他好，是因为她对每个人都很好。

——可他不想她对所有人都那么好。

裴寂被这个古怪的念头吓了一跳，有些困惑地皱起眉。正当他蹙眉的刹那，躺在床上的宁宁也动了动眉头，轻轻摇晃脑袋。

原来是几缕头发落在她脸上，被夜风一吹，就跟挠痒痒似的胡乱晃动。

裴寂的指尖稍稍一动。

他右手往下落的动作很快也很轻，等指尖恰好触碰到宁宁脸颊，整个脊背便显而易见地出现了一瞬停顿。

当手指将那些头发拂去的时候，也在同一时间滑过女孩脸上细嫩的皮肤。

……碰到了。

宁宁的脸颊柔软得不可思议,只不过轻轻一拂,手指就会顺着力道倐地滑下来。即便他迅速把手挪开,那一缕若有若无的、温和柔软的触感也还是残存在指尖。

裴寂向来厌恶旁人的触碰,可不知为何,这种感觉他并不讨厌。

甚至于……就算拥有更多,他也不会觉得麻烦。

他忽然觉得心里有点乱。

"你这算不算是,"承影没发现裴寂的异常,努力斟酌词句,"悄悄摸了宁宁的脸?"

裴寂这回终于对它做了回应,语气里是十足的不耐烦:"住口。"

承影没明白这位小少爷怎么突然就心情不好,眼睁睁地看他沉着脸走出房间,极尽小声地关上门。

直到瞥见他紧紧抵在食指上的拇指,承影才猛然爆笑出声:"不是吧裴小寂!宁宁这会儿还在睡觉,你都能自己把自己弄害羞,要是等她醒了,你得怎么办啊!"

裴寂一字一顿,眼底笼上一层杀气:"闭嘴。"

也许是想起"琴娘",宁宁梦见了另一个世界的爸爸妈妈。

她从小被宠着长大,后来身患重病,父母就更是操碎了心。可惜他们为她付出那么多,到头来却没享受到一丁点女儿应尽的孝道,彼此之间早早便分别了。

宁宁越想越难过,醒来时泪流满面,眼眶肿得像核桃,无论如何也没办法再睡着。

她不知道自己睡了多久,只能透过窗户望见如今仍是深夜——

等等,窗户。

她之前不是和裴寂一起待在瀑布边吗?莫非他转移阵地了?对了,在瀑布旁边的时候……

她是不是被裴寂横抱起来,而且还把脑袋靠在他肩头上睡觉?

不对不对,头靠肩膀的那个动作,好像是裴寂自己主动的……吧?

她那时神志不清、半梦半醒,压根不知道哪些是现实,哪些是梦境。然而无论其余的记忆是真是假,那个不由分说的横抱绝对是真实的。

要是裴寂当真把她的脑袋放在肩膀上——

啊啊啊那也太、太暧昧了吧!

宁宁越想越慌,干脆整个人缩进被子里,闭着眼睛在床上滚来滚去,把自己裹成了与蚕茧无异的圆滚滚一条。

她模样漂亮,性格也好,从小到大收到过不少告白,却从没有恋爱过。不仅仅是因为家里管得严,更重要的原因是,宁宁似乎很难对那些男生产生好感——

不喜欢异性之间太过亲密的接触,也抵触目的性强烈的撩拨与示好,对一切花言巧语、狂轰滥炸都一并免疫，可谓刀枪不入、软硬不吃。

然而想起之前与裴寂在瀑布旁的事情，却出乎意料地，她好像并不讨厌。

宁宁从被子里钻出脑袋，发着呆望向天花板。

其中一定有个合理的解释。

也许是当时性命攸关，这些动作都可以被抛之脑后；也许是她和裴寂有过命的情谊；也许是修真界民风开放，男女之间——

呸。

修真界再开放，能比得过二十一世纪吗？

宁宁越想越心烦意乱，眼看睡眠已经成了种奢望，便顶着头乱糟糟的黑发从床上爬起来。

水镜阵眼被她所破，如今两处秘境应该已经合二为一，而这栋房屋所在的地方，定然是狐族曾经一同居住的村落。

村子被废弃已久，理应灰尘遍布、脏污不堪，然而这里却干净又整洁，床上更是一丝灰尘都见不到；鞋子被端端正正地放在地面上，全然不像她平日里一脚直接踹开的习惯。

直到这时，宁宁才非常认真地尝试思考：将她带来这里的应该是裴寂，那收拾好屋子、替她脱了鞋掖了被子的人⋯⋯

不会也是他吧？

应该不是吧。

宁宁试着想象了一下当时的情景，总觉得很是别扭。裴寂在原著里我行我素，活脱脱一个以剑证道的杀神，哪里会是耐着性子做这种事的人。

可是⋯⋯那床被子上的的确确有属于他的味道，宁宁把自己整个裹在里面的时候闻到了。

她想不出个所以然，因为那个梦又格外心情烦闷，无所事事之下，决定独自出门逛逛。

打开房门，入眼便是一处院落。院子方方正正，四周还围了其他几座房屋，正中央的位置生了棵已经枯败的大树，而树干旁——

宁宁微微一愣。

树干旁居然站着个高挑挺拔的人影，正是裴寂。

现在应该特别晚了。

天色尽暗，连月亮都没了踪迹，只有门口的一盏长明灯还亮着，却将景色衬托得更加幽异，仿佛深渊里燃起的一缕鬼火，周围游荡着血红色魔气。

她怎么也不会料到，居然会在此时此刻见到裴寂，略带迟疑地叫了声："裴寂，你还不睡？"

她说完又轻声笑笑，用开玩笑的语气问道："不会是在等我醒吧。"

宁宁的确是在开玩笑，而裴寂也不出她所料，抱着剑面色淡淡地应了句："不是。"

停顿须臾，他又沉声补充："我睡不着，出来走走。"

"我呸！还'不是'！你说谎都不眨眼睛的吗！"

一道中年男性的雄浑嗓音在他耳边响起，满满尽是心酸愤慨，像打小报告似的："宁宁，你听我说！这小子分明就是担心你半夜突然醒来，要么不知道当下情况，要么灵气衰竭出什么岔子，所以一直守在这儿——他还偏偏不敢进你的屋，说什么'男女授受不亲'，我呸！"

可惜宁宁一句话也听不到。

裴寂面无表情，听承影继续义愤填膺地喊："看见他手里抱着的剑了吗？！这小子怕黑，要抱着它才能一个人待在外边！可恶啊啊啊！害我也睡不了觉，这等了得有多少个时辰？老大叔也是要休息的好不好！"

"你也睡不着？"

宁宁笑了："要不，我们一起出去逛逛？"

裴寂默了片刻，似是有些不情愿："嗯。"

承影：呵呵。

真实的秘境比之前那个阴森许多，四下昏暗得像是恐怖片片场，只有几个挂在院门前的长明灯吞吐着光亮。

在这种氛围下并肩散步，没有太多浪漫可言，倒像是恐怖电影里即将领盒饭杀青的狗男女。

裴寂一直抱着手里的剑，偶尔垂眸不着痕迹地望她一眼。

之前两人隔得远，加之四周黑蒙蒙一片，他并不能很清楚地看到宁宁的模样。如今并肩走在一起，才发现她许是哭过，眼眶晕了浅浅的红。

他不会安慰人，也想不明白身旁小姑娘掉眼泪的原因，虽然琢磨了许久应该如何开口，到头来也不过冷声告诉她："若是有人让你不开心，可以告诉我。"

宁宁怔然看他，听裴寂云淡风轻地解释，似乎不太在意的模样："我会打架。"

她原本觉得有些压抑，听见这句话后扑哧笑出了声，弯着眼睛问他："师弟，你平日里都是用这一招对付人呀？"

宁宁很少叫他"师弟"，如今却把这两个字咬得格外清晰，多多少少带了点调侃的意思。

裴寂在心性上坚韧得超乎寻常，无论遇上怎样的险境、受了多么重的伤，从来都可以默不作声地暗自承受。然而在待人接物的处世之道上，有时候却又幼稚得像个小孩。

他不会说话，更不会讨人欢心，出了事就打，其余时间默不作声，连安慰人也是笨笨的。

裴寂皱了眉，头一回对这个称呼表现出了不满："我比你大。"

"好好好。"

她把双手背在身后，借由灯光看清了前方的道路，抿着唇笑了笑："其实是我想起爹爹和娘亲啦，我已经很久没看过他们了。"

修行之人超脱凡俗之外，寿命比寻常百姓漫长许多，因此常会斩断尘缘，不去刻意与父母联络。

裴寂没听出什么不对劲，低低"嗯"了声，旋即迟疑道："你若是心念于爹娘，等稍有空闲的时候——"

他停顿好一会儿，把视线偏转到与宁宁相反的另一边，语气漫不经心："我可以勉强抽空，陪你下山。"

"哟，还'勉强抽空'，那你还真是有够勉强，心里早就美滋滋了。"

承影冷笑着在一旁说风凉话："这么着急见岳父岳母，看不出来啊裴小寂，咱们还是要稍微矜持一点哈。"

"其实不是下不下山的问题……"

宁宁轻轻叹了口气，转开话题："乔颜知道真相了？"

"嗯。"裴寂道，"不过狐族还有救，我们商议好了，等秘境打开，便将他们全带出去。"

乔颜那姑娘多年来为了族胞而活，得知自以为的族人们尽是魔族时，必然痛不欲生。好在灵狐一脉尚未灭绝，让她多少能重拾一些残损的希望。

村落并不大，两人很快就走到了尽头，本欲打道回府，却不料天边陡然传来一声惊雷。

宁宁茫然抬头，刚扬起脸，就被噼里啪啦的雨点砸了个正着。

"……下雨了？"

她还怔怔望着雨点发呆，袖子就被猝不及防地一拉，脑袋上突然盖了层单薄的布料。

原来是裴寂从储物袋里拿了件外衫，搭在她头顶以后，一把攥住宁宁衣袖，带她径直走向最近的一处房屋。

这边地处偏僻，没什么灯光，屋子因战争只剩下断壁残垣，仅存的房檐狭窄得只能遮住五人不到。

夜色如流水般缓缓淌动，当宁宁向前看去，见到少年人模糊的影子。

不知道是不是错觉，当周围被黑暗全然笼罩时，裴寂拉着她衣袖的手指稍稍握紧，引得宁宁又向前一步。

"怎么了？"

好一会儿，黑暗里才传来裴寂的声音，和夜色一样沉闷："没事。"

进了残破的房屋，他便松开宁宁袖子，抱着剑走向角落，斜斜倚靠在墙上；宁宁心大，站在不远处打量屋外的景观。

秘境里应该许久没下过雨，土地龟裂出了道道细痕，在雨水的滋润下冒出透明的小泡泡。远处亮着一盏灯，只传来十分模糊的一点光亮，将雨丝染成浑浊的白。

"好像降温了。"

房子坍塌得只剩下一半，没有门窗和大半墙壁。雨水从前方唰啦啦斜飞进来，宁宁被夜风吹得眼眶发酸，拢了拢身上的外衫，转头望向裴寂："你冷不冷？"

她扭过头时，恰好自天边划过一道闪电。

刺目白光照亮少年冷峻的面庞，宁宁有些惊讶地发现，裴寂正死死咬着嘴唇，脸色不正常地发白。

这里四处游荡着魔族的残力……他是受此影响，魔气又发作了吗？

可裴寂身旁没有出现黑气，与之前几次的模样并不相同。

宁宁只不过短暂看了一眼，跟前便再度暗淡下去。她心下困惑，忽然想起原著里几笔带过的叙述。

裴寂儿时曾被娘亲关在地窖里，暗室逼仄无光，再加上被凌虐而出的满身伤口……

对了，原文的确说过，他时常会在睡觉时亮一盏灯。

宁宁看见时还对这个举动满心纳闷，如今仔细一想，裴寂他不会是怕黑吧？

又是一道电光闪过，站在角落的黑衣少年察觉到她的视线，板着脸把脑袋扭到另一边。

他的黑发被斜飞进来的雨水浸湿，身体果然绷得笔直，手里紧紧握着那把剑。

宁宁猜出了个大概，在短暂的踟蹰后向前几步，缓缓朝他靠近。

裴寂不动声色地向墙角挪了挪，声线很僵："怎么了？"

"我怕黑呀。"

她说话时带了点笑，像一阵风似的走到他身旁，携来轻轻柔柔的栀子花香："想和你说说话。"

"宁宁怕黑？我之前怎么没发现——她还说过被灵菇晃得睡不着觉呢。"

承影贼兮兮地跟他讲悄悄话，说到一半突然恍然大悟地爆笑出声："裴小寂，她不会是看出你怕黑，但又不想直接讲出来损你面子，所以用了这么一个借口吧！"

裴寂只想给它面门上来一拳。

"我不怕黑。"

他又往角落移了一步，这回彻底无路可退，来到了冰冷的墙角："只是不喜欢。"

宁宁微微一愣。

这人的脑回路实在奇怪，她都想好了万无一失的借口，以此来靠近裴寂不让他害怕。没想到他不仅看出她的意图，还当场来了出自爆，别扭得过分。

她侧头望上一眼，见到裴寂侧脸棱角分明的轮廓。他大概是觉得不好意思，低头死死盯着墙角的地面。

宁宁忍了笑，声音轻快地问他："不喜欢黑，还在夜里睡不着的时候单独出门啊？"

她之前不过随口一说，现在是真有点怀疑，他之所以孤零零地站在黑漆漆的院子里头，是为等她睡醒了。

"哈哈哈哈，宁宁，不愧是你！"

承影开心得满识海打滚，身体如同虫子般扭来扭去："裴寂这臭小子，不但特意在门外等你醒，他还在你睡着的时候悄悄杵你脸！"

裴寂闭眼深吸一口气，握剑的手更紧了些。

漫天暴雨稀释了所有光线，屋子里充斥着灰尘与闷热的空气，一道闷雷猝不及防地响起，宁宁心下一动，又望一望裴寂。

他居然下意识皱紧眉头，手里的长剑悠悠一晃。

如果他们之间的关系再亲近一些，或许能像爱情电影里的男女主角一样搂搂抱抱，可她总不能二话不说就凑上前去——

黑夜闷雷，狂风暴雨，空空荡荡的老宅和突然靠近的女人，这分明是部恐怖电影或法制纪录片，半夜回想起来能做噩梦的那种。

气氛一时间有些凝固。

忽然裴寂听见她的声音，像猫爪轻轻挠在耳朵上："裴寂。"

他恍然抬头，见到宁宁亮晶晶的眼睛。

她似乎朝他勾了勾手指，一副神神秘秘的模样："你过来一点。"

见他露出困惑的神色，宁宁扑哧一笑："我又不会吃了你，怕什么？"

于是裴寂僵着脊背，往她身边靠近一步。

熟悉的清新香气又一次笼罩鼻尖，他毫无防备，感觉头顶被盖了层东西。

宁宁把那件外衫重新搭在了他身上。

裴寂想不明白她的用意，在布料里蒙蒙晃了晃脑袋，猝不及防之间，忽然察觉外衫被人掀起，身侧探进另一个小小的脑袋。

宁宁和他一并站在外衫之下，单薄的布料摇曳下坠，挡去斜斜飞来的雨丝，在两人身旁围出一个极其狭小的空间。

只有他们两个人的空间。

裴寂讨厌黑暗，也厌恶狭窄逼仄，可此时此刻两者兼有，却让他感到前所未有的安心。

或许是因为不只它们,这里还多了一个宁宁,头一回有人陪在他身边。

他们虽然没有触碰,却近在咫尺,在这个小小的空间里充满了属于少女的温度与气息,将他全然笼罩。

"这样我就不害怕啦。"

宁宁轻轻笑一声:"我能知道你在旁边。"

她停了半晌,突然问道:"裴寂,你喜欢什么样的女孩子啊?"

原本叽叽喳喳、滚来滚去的承影陡然顿住,一丁点儿声音都没再发出。

"你别想多了,就、就是随便问一问,没别的意思。"

她的声音越来越小,几乎被淅淅沥沥的雨声吞没:"因为你好像很少和门派里的女孩子来往,我有点好——"

最后的"奇"字卡在喉咙里,宁宁说不下去了。

不对不对,就算裴寂和原著里一样打一辈子光棍,那也跟她没关系啊,她好奇个什么东西?这样一解释,反而更加奇怪了。

宁宁也不知道自己为什么会稀里糊涂问出那句话,一时间有些局促地红了耳根,下意识把外衫拢得更紧,抿着唇抬起眼睛。

这一看,她便不由得怔然愣住。

裴寂的双眼黝黑深沉,正一眨不眨地望着她。

远处的长明灯幽光熹微,难以刺穿浓郁且厚重的夜色,一片昏暗之下,只能遥遥望见群山如巨兽蛰伏般的连绵影子。

狂风不断发出低哑的呜咽,夜雨被吹得四处飘飞,经过颓圮墙壁,落在裴寂高挺的鼻尖。

宁宁的问题太过突兀,像把钝钝的刀敲在他头顶。

裴寂从没听过,更没想过会有人向他问起这句话,一时间虽然有些愣怔,双眼却径直向前望去,目光定定落在跟前小姑娘的脸上。

这一望,反倒让他自己先是心头一乱。

就像大脑还没把丝丝缕缕的情愫厘清完毕,身体与神经就已经做出了最诚实的反应。

当宁宁提起"喜欢的女孩子"时,他几乎是下意识地抬起眼睑,不偏不倚,恰好把目光投向她。

这是不是说明他——

裴寂似乎明白了什么,却又总觉得一切都是雾蒙蒙的,不真实也不清晰,仿佛置身梦里。

承影仍然在他心底装死,一动不动安静如鸡,他心下无端烦闷,破天荒地想听一听它聒噪如破锣的声音。

没有那道声音转移注意力的话……

他一定会在宁宁面前脸红。

仅仅因为她的一个问题就如此狼狈，他真是没救了。

站在他身边的宁宁同样慌张，在与裴寂对视的瞬间转开脑袋，更加用力地捏紧了搭在身上的外衫。

当她再度开口，语气干涩得好像千年木乃伊："不想说也没关系。我只是随便问问，没有特别想要知道。"

她话音刚落，就听见裴寂低沉微哑、如同氤氲了水汽的声线："你——"

宁宁指尖悄悄一颤。

承影终于连装死都做不到，如同临死之人猛地吸了口仙气，发出干瘪绵长的气音，像溺水的小狗一样胡乱扑腾。

可惜吸气到一半，它便又双腿一蹬白眼一翻，差点与这个美丽的世界说拜拜。

裴寂的语气还是很淡，木着脸把这句话补充完："你问这个做什么？"

承影：……

承影恨不得吐出一口老血，再冻成冰块狠狠砸在这臭小子脑门上，当场委屈得疯狂跺脚："逆子！木头！白痴！气死我了，这机会多好啊啊啊！你这样回答是要干吗？！我要和你断绝关系！立刻！马上！"

"之前走在路上的时候，你不是说乔颜和她暗恋的青梅竹马重逢了吗？"

承影气得死去活来，作为当事人的宁宁却并没有太多情绪波动，答得一气呵成："我突然想起他们，便顺水推舟问问你的情况。"

好不容易想到一个说得过去的理由，宁宁在心里给自己竖了个大拇指。

说老实话，其实对于"裴寂究竟喜欢怎样的女孩子"这个问题，她曾经仔仔细细思考过一段时间。

毕竟他在原著里从头到尾都是孑然一身，哪怕日后成了杀伐果决、神挡杀神的大人物，也还是对各路女修的有意接近视若无睹，成天不是升级就是比剑，就差在脑门写上四个大字：断情绝爱。

然而偷偷摸摸地私下想是一回事，当着人家的面问出来，那就是截然不同的另外一回事了。

这个问题出口得毫无征兆，连宁宁自己都没反应过来。如今努力回想，只记得自己当时的两个念头。

她好像并不抗拒与裴寂的靠近与接触，以及想知道更多关于他的事情。

无论如何，她真是被暴雨冲昏了头，才会稀里糊涂问出这句话。

"啊，对了！"

在铺天盖地的雨声里，宁宁忽然低呼一声，从怀里拿出储物袋，低头开始寻找什么。裴寂一言不发地等，望见从袋子里滚出一个圆润的白球。

居然是她帮林浔悄悄买下的那颗夜明珠。

"我本来打算试炼结束后送给他的，没想到自己要先用一遭。"

宁宁用两只手将它捧起，手指和脸颊都被映得雪亮，想起裴寂怕黑，便伸手将夜明珠递给他："可惜我的星痕剑不知去了哪里，要是有它在身上，我还能让你看看星星一样的光，很漂亮的。"

这个动作很是正常，裴寂却不知为何眼底微沉，长睫低垂着闷声道："我不用。"

"唉。"

承影看他这副模样，心里立马就明白了一切。又开始了抑扬顿挫的小作文朗诵，这回说得哀怨不已，差点就声泪俱下："看见那颗夜明珠，是不是觉得心里好酸好疼，闷得喘不过气？别难过，爸爸我懂你，裴小寂！孩子胸闷老不好，多半是吃醋了啊！"

紧紧抱着剑的黑衣少年右手暗暗用力，眼底闪过一丝阴影。

承影虽然烦人又唠叨，但最令裴寂头疼的是，它口中的话绝大多数都符合事实。

比如现在，当他见到宁宁重金为林浔买下的夜明珠，心口的的确确闷得厉害，莫名其妙地有了几分隐隐的酸涩，一股脑全堵在胸前。

承影最喜欢他这副想揍它却又被戳中心事的模样，继续嘿嘿笑着打趣："真没想到你也会有今天，啧啧，啧啧啧，这酸爽，简直不敢相信。"

它顿了顿，话语里的调侃意味更浓："裴小寂，越陷越深越陷越深，你恐怕是彻底栽了。"

"你怎么了？表情那么奇怪。"

它还在嘚瑟个不停，宁宁的声音便在耳边响起，裴寂条件反射地抬头，正对上她亮盈盈的双眼。

他们之间的距离……似乎有些过于近了。

那层外衫笼在头顶，让他连后退都做不到分毫，属于夏夜的热气在狭窄空间里慢慢堆积，把少年人白净的耳垂染成薄红。

他本来最擅长忍耐，如今却觉得心下燥热非常，喉头微动，轻轻摇头："或许是受周遭魔气影响……并无大碍。"

"魔气？"

宁宁闻言环顾身旁，果然见到薄雾一样血红色的气息。它们似乎被雨水沉沉下压，尽数堆积在低处，看上去比平日更浓几分，像是散开的血花。

"这秘境里怨气深重，魔气不知什么时候才能消失。"

她说着想到什么，正色望向裴寂："对了，秘境里的魔族都如何了？"

"你睡着的时候，我们去了瀑布旁。"

他知无不答，缓声应道："魔族修士在大战中灵力受损，识海与经脉至今未能痊愈，因而无法承受此地浓郁的煞气。我们赶到那里时，已有不少陷入昏迷，如今全部被关押在村落里，想必时日无多。"

魔修们居然会被同族死后留下的魔气重伤，这应该算是某种程度的作茧自缚。

宁宁安静地听他说完，轻轻把身子往后面的墙上一靠，微仰着头道："魔族……裴寂，你怎么看他们？"

她没有注意到的是，身旁黑衣少年的目光越发阴戾几分。

裴寂答得很快，近乎没有任何犹豫，语气冷得像冰："穷凶极恶，罪不容诛。"

这是一件非常讽刺的事情。

自从拜入师门，他了解到许许多多仙魔大战时候的往事。无论是鹅城事变，还是如今灵狐一脉险些灭族，魔修从来都与杀戮、暴虐、死亡联系在一起，令人难以自制地感到厌烦和恶心。

然而可笑的是，他自己就是不折不扣的魔族后裔，打从生下来便沾染了污秽与暴戾的血脉。也难怪曾经的外门弟子会成群结队找他麻烦，这样卑劣的血统，哪里有什么辩驳的理由。

就像儿时娘亲把他关在地窖里打骂时说的那样，生来就是不干不净，不人不鬼，真够恶心。

裴寂并未收敛神情里的自厌与自嘲，扭头看向灰尘遍布的墙角。在闷雷和暴雨的双重夹击里，他听见宁宁的声音。

她的语气居然称得上是"轻快"，在开口前甚至短促地笑了声，像是被夜风摇动的清脆铃铛花响："哪有这么可怕？"

裴寂一愣。

"虽然的确有很多魔修犯下过罄竹难书的罪行，但除此之外，魔族也有不那么可怕的一面啊。"

宁宁的目光很认真，一本正经地说："比如'琴娘'，情愿付出一切，只为保全乔颜这个非亲非故的小女孩的性命；又如祁寒，明明只要自行破开水镜阵法，就不会被我们抓到任何把柄，却为了保住同族的性命苦苦支撑，最后落得个失败退场。"

她说罢停顿须臾，思索片刻又道："哪怕是魔，也是有情的，并没有绝大多数人想象里的那么凶恶。所以——"

裴寂听见她的声音清晰了一些，或许是因为宁宁把脸颊转到了他所在的方向。于是少女清冷的声线穿透层层风声雨声，啪嗒一下落在耳膜："不要把其他人过分的话放在心上，裴寂。魔族血统又怎么样，你和我没差别。"

——她说了那样一大堆话，原来是想要安慰他。

原著里曾提起过魔族后裔的处境，无一不是如履薄冰、受尽歧视，裴寂从小到大没受到过什么肯定，身边只有源源不断的恶意与责骂。

但其实他与其他仙门弟子并无不同，同样是意气风发、涉世未深的少年人，心里没有太多弯弯拐拐曲曲折折，如同未经玷污的白纸，纯粹得过分。

至于此番来到秘境，灵狐族对魔修更是深恶痛绝。

乔颜曾咬着牙告诉他们，要与所有魔族不死不休；"琴娘"亦在闲聊时无意间提起，魔物生性残暴，必然不会遵循善道，也不知当时裴寂听罢，究竟是怎样的心情。

宁宁的语气云淡风轻，裴寂胸口却像压了块石头，迟疑好一阵子，才抿着薄唇看向她。

夜明珠的光华柔和细腻，像潺潺流水静静流淌，穿行于雨丝、发丝与说不清道不明的情丝之间，给女孩圆润的杏眼蒙上一层莹白亮色。

他们两人站在同一件衣物下躲雨，由于身处狭小幽暗的空间，彼此的间隔自然也就微乎其微。

属于宁宁的栀子香气四散蔓延，伴随了冷冷夜雨的寒凉，却又隐约带着她身上的温和热度。

像丝丝缕缕的线条交错勾缠，与他的气息交融在一起。

"不管怎样，你和那些罪大恶极的坏家伙都是完全不同的，没必要把自己跟他们画等号。"

宁宁说着挥了挥拳头，信誓旦旦地抬起脑袋："要是有谁再讲你坏话，师姐会帮你好好教训他——你自己也不要胡思乱想，知道吗？"

她抬头的时候，正对上裴寂的目光。

宁宁头一回见到这样的目光。

漆黑瞳孔深沉得有如大海汪洋，内里惊涛骇浪、暗潮汹涌，好像只需要望上一眼，就能将她吞没其中。

这本应是极为危险的视线，却又极其突兀地带着浓郁的驯服与苦痛，除此之外还有许许多多复杂的情绪，她看得不甚明晰，呆呆愣在原地。

裴寂亦没有移开视线。

他们隔得的确太近了。

不远处就是震耳欲聋的雷声与嘈杂的雨点声，这处颓败的房屋角落却安静得有如时间凝固了。

宁宁的脑袋卡了壳，恍惚间似乎能听见自己越来越快的心跳声。

裴寂为什么……要这样看她啊？

不对不对，那她又是为了什么，才要一动不动接下他的视线？

这个念头甫一掠过脑海，宁宁一个激灵，立刻低下脑袋。

这种时候应该要说些话来缓解尴尬。

她本想用手掌捂住脸颊用来降温，却又总觉得这样的动作过于明显，摆明了告诉他自己在脸红，于是只得低着头，舌头打结地低低出声："怎、怎么了吗？"

裴寂微微闭了眼睛，轻吸一口气："没什么……多谢师姐。"

万幸雷雨在不久以后渐渐退去，宁宁终于得以回到自己的小屋，与裴寂互道晚安后舒舒服服地躺在了床上。

可是她睡不着。

和裴寂单独相处的时候，她总感觉怪怪的。

她性格外向、平易近人，很少有害羞的时候。拿个最浅显的例子来说，要是让她和贺知洲对视，就算彼此看到天荒地老，宁宁也绝对不会脸红一丢丢。

可今夜被裴寂望的那一眼——

宁宁又想起他那时的神色，说不上来心里是怎样的感受，一头埋进枕头里，在床上打了个滚。

裴寂对她而言，好像和其他人不太一样。

宁宁又滚了回去，头发乱糟糟地揉成一团。

不会吧。

要是非说有什么不一样，岂不就是……喜、喜欢？

宁宁双目圆睁犹如死鱼，在这两个字浮上脑海的瞬间又胡乱一滚。

扑通直接摔下了床。

她心乱如麻，爬上床后依旧翻来覆去，最后只得安安分分缩成虾米，用被子把身体和脸裹成一团，不知道什么时候就入了眠。等第二日醒来，已是正午时分。

宁宁努力把昨晚的事情抛在脑后，和往常一样起床穿衣洗漱，打开房门打算与其他人会合。视线随意一瞥，居然发现了意外之喜。

星痕剑不知被什么人找了回来，仔仔细细地擦拭干净，用棉布包裹起来，端正立在她门前的房檐下。

宁宁被高悬的太阳刺得眯起眼睛，心口不受控制地猛然一跳。

究竟是谁在清晨寻遍一处又一处的森林与湖泊，然后把它洗净包好放在如今的位置，虽然没人说，她却知道答案。

昨晚她不过十分随意地提了一句星痕剑，没想到裴寂会这么快把它找回来。

宁宁俯身握住剑柄，果然在布料上闻见熟悉的木植清香，将它整个拿起来时，见到贴在剑身上的一张字条。

少年人的字迹潇洒如游龙，很是漂亮：

"剑给你，别难过了。"

这是在说她梦见父母，醒来双眼红肿的事情。

——原来是想这样来安慰她。

宁宁握着剑，努力抿唇止住笑意，心情很是复杂。

裴寂看上去总是对所有事情都爱搭不理，但其实全都记得。他摆明了对身边的女孩都没兴趣，要是一直对她这样……

那她就彻底栽了。

老婆失而复得，宁宁纠结成麻花的心情总算好了一些，正要拿起星痕剑出门，忽然见到窗户前出现了一道传讯符。

符咒上赫然是贺知洲狗爬一样的字迹，非常有他个人风格地带了个颜表情：

"SOS！宁宁快来救我们！各大门派的弟子们闻风前来，已经在村口撞上，我和许曳马上就要被卷进一场大混战了！"

"啥？大混战？"

天羡子打了整个晚上的坐，这会儿正是精力旺盛的时候，一听见这三个字就乐不可支地凑上前去，打量玄镜里投映出的画面。

"昨夜宁宁的那一'箭'可闹出不小的动静。"

曲妃卿懒洋洋地睨他，嘴角含笑："不少人都循着那道剑光找到了瀑布，之后再稀里糊涂地四下一逛，可不就见到狐族的村落了吗？"

昨晚水镜阵破、魔族元气大伤，加之绝大多数弟子都回了房间或山洞睡觉，长老们便也没再继续往下看，纷纷打道回府休养生息，直到今日早晨才重新聚首，吃着瓜子欣赏试炼进程。

此时倒映在玄虚剑派镜子里的，是同样吃瓜看戏的贺知洲。

他秉承早睡早起的健康信条永不动摇，醒来之后帮乔颜满秘境找回了十多个魔化狐族。

他好不容易能休息一下，出门和许曳一起闲逛散散心，没想到会直接撞上各门派弟子大乱斗的景象。

在树丛里闯荡求生了这么久，湖泊河流的水还全都不能用。生活条件如此之恶劣，修真界的青年才俊们早就不复当初光风霁月、超绝出尘的模样，满身狼狈地往村口一站，不知道的还以为是某个穷剧组在拍《乡村修仙故事》第一部。

这就非常接地气，是很适合人民的大舞台。

按照门服来看，那群人总共分为五派，从左到右依次是梵音寺、素问堂、万剑宗、踏雪楼与流明山。

也就是佛修、药修、剑修、符修、音修。

试炼本就是鼓励弟子们彼此争斗抢夺，如今几大门派猛地一撞上，自然互相看不顺眼，大战一触即发。

其中大多数弟子都是贺知洲从没见过的陌生面孔，梵音寺的两个光头格外眼熟，至于万剑宗的那位女修独自站在遥远的梧桐古树下，墨发白裙，剑气凛冽——

竟然正是许曳心心念念的师姐——苏清寒。

贺知洲身为一个没什么理想追求的咸鱼，在察觉形势不妙的瞬间就打算溜之大吉，没想到明空那厮居然抬眼就瞥见了他，当即脑门一亮，朗声笑道："贺施主！"

贺知洲差点心肌梗死，恨不得当场来一个螺旋飞踢加天马流星拳，让这臭小子好好感受一下成年人世界的残酷。

明空没看出他神色有异，继续情真意切道："我与师兄察觉天边有异，唯恐诸位这边出了问题，便相约来此一探究竟。你能安然无恙，我们也就放心了。"

什么叫安然无恙，贺知洲只想对他说一声"别来无恙"。

只要他们别来，他就定然无恙；他们一出现，他就得跟这俩卤蛋一起加入被毒打全家桶。

与梵音寺对峙的另外几帮人本来并没有发现贺知洲，等小和尚喇叭一样的大嘴巴一开，好几双寒气凛然的眼睛便不约而同地朝他望来。

跟竹扦串烧烤似的，啪啪啪把他和许曳戳成了筛子。

贺知洲：……

"诸位都是大宗弟子，今日能在此地遇上，也算是种难得的缘分。"

一袭白衣的年轻符修眯眼笑笑，语调懒散，吐出的字句却侵略性十足："我知晓各位都有意争抢令牌，干脆不要客套，直接动手吧。"

"那是流明山的白晔师兄。"

许曳在一旁小声介绍："他是难得一遇的符箓天才，最擅长五行阴阳之术，术法诡谲莫测，很是难缠……位列苏师姐想要挑战的对手第三。"

总而言之，这是个高手。

"哈哈，不错！"

抱着巨剑的高大剑修闻言大笑，颇以为然地表示附和："要打快打，别啰里吧唆的。"

他身形魁梧，衣着不修边幅、沾满尘土，看上去不像个名门修士，倒像街头卖艺劳累了一天、扛着把道具剑回家的社畜。

许曳又道："这位是踏雪楼的陆明浩师兄，巨剑一出，无人能挡，在精力充沛的巅峰状态时，能有开山破水之力。"

无须多言，这也是个高手。

"还有那边素问堂的魏凌波师姐和岑然师兄,他们在医毒方面的造诣出神入化,能在无形之中置人于死地,一定要多加小心。"

……这还是高手。

贺知洲听得一颗心凉了大半,一边在传讯符上向宁宁求救,一边很认真地问他:"你有没有带熏香?我不想被打死的时候尸体发臭。"

"贺师兄,你怎可如此妄自菲薄!"

许曳正色将他打断:"师姐对我说过,就算实力并非最强,也能拥有决胜夺魁之法——你且看好了,我一定不会让师姐失望。"

他说得信誓旦旦,贺知洲还以为这傻孩子开了窍,灵机一动想了条出其不意的妙计。没想到当即见到许曳往前一步,拔高声音喊:"我也赞成!"

贺知洲后背一凉,已经隐隐预料到了事情的结局。

"这位小道友与我同是剑修,不如就由我们先来比试一场。"

陆明浩朗声一笑,虽然仍是邋邋懒散的模样,眼底却锐气大盛、锋芒毕露,显然是个不折不扣的战斗狂。手里握着的巨剑在他说话时发出道道沉鸣,仿佛迫不及待地想要出鞘。

许曳听说过这位师兄是个剑痴,万万没料到,自己居然会被他当作头号对手。

他对自己的实力一清二楚,虽然不算金丹期顶尖,却也绝对不弱,若是全力以赴,说不定能胜上一筹。

许曳深深吸气,与遥遥站在古树下的白衣女修四目相对,在那一刻下定了决心。

他一向身处师姐的照拂之下,今日好不容易等来与其他弟子公平较量的机会,一定要让苏师姐明白,她的师弟不是个废物懦夫。

少年拔剑出鞘,沉声喝道:"来吧!"

与符咒毒器不同,剑修之间的对决毫不花里胡哨,纯粹是摆在明面上的刀刃相撞,最为酣畅淋漓,也最是惊险万分。

许曳凝神屏息,在脑海里一遍遍回想起师尊与师姐的教诲,纯净如水的剑意豁然充斥全身,引得周身熏风阵阵,拂去黯淡的血色魔气。

"这小子资质不错啊!"

玄镜外的天羡子道:"灵力如此澄澈,是不可多得的好苗子,只是不知道剑术如何。"

他说罢便闭了嘴,全神贯注盯着镜面上的人影,若有所思地挑起眉。

白光如昼,斩断丝线般勾缠不绝的魔气,而许曳陡然睁开双眼,缓缓扬起手中长剑。

"九九归一,生生不息——"

随着剑诀被沉声念出,许曳周身剑光更甚,罡风如刀,划破一根残破的枝条,当他即将喊出下一句话时——

一柄重剑被倏然抡过，不偏不倚直接砸在他身上，二话不说就把许曳抡飞三丈高！

长老们纷纷五官扭曲，不约而同发出一声："噫——"

贺知洲：……

救命啊！陆明浩在他念技能的时候，直接扛着巨剑就砸上去了啊！为什么许曳一个剑修还要技能读条，你当自己是魔法少女变身吗！！！

陆明浩并未下重手，只用剑将许曳拍飞老远。

那可怜孩子直到凌空腾起的时候也没意识到究竟发生了什么事儿，满脸蒙地螺旋升空，手里的长剑划出一道刺目白光，陪他在半空跳了一首爱的华尔兹。

当宁宁收到传讯符赶来的时候，刚好见到他哭哭啼啼地落在自己跟前。

贺知洲：好，不愧是你们修真界。

贺知洲从小就有个疑惑，既然每个技能的读条时间都那么长，为什么敌人不会乘虚而入，在这段时间里直接打败主人公。

如今修真界身体力行地告诉他，在决斗里念技能读条的，都是脑子有问题。

宁宁一时半会儿没弄明白发生了什么事，被许曳哭得梨花带雨的模样吓了一跳，赶紧将他扶起来，擦去嘴角血迹。

陆明浩颇为无辜，皱眉挠挠头："这小兄弟……是在干吗呢？这可不怪我啊，是他非要站在原地一动不动，自己来挨打的。"

他说到这里，忽然神色一凛："不好，周围不对劲！"

"终于发现啦？"

不远处传来女子的浅笑，正是素问堂魏凌波："此毒是我最新研制的宝贝，无色无味，被风一吹就能飞散到四周各处。"

她医毒双修，是出了名的怪脾气，最爱在小黑屋里埋头研读医书，再自己做些稀奇古怪的小玩意。

不过这次的毒，可绝不是什么"小玩意"。

"一旦置身于毒气里，不但会全身无力，灵力也将渐渐封锁，难以被使用。其实它的毒性不算很强，以你们的修为本不会受其影响……不过多亏了这些魔气，让它的功效起码提升了五倍不止。"

她懒懒地倚在断裂的墙壁上，整个人瘦得厉害，眼眶下则是十分明显的黑眼圈，像是被墨汁染了颜色："诸位是不是觉得……已经快没什么力气了？只可惜我与师弟提前服用过解药，无法体会此等快意。"

药修虽然以妙手仁心著称，在修真界里却也有一个尽人皆知的共识：无论如何，千万不要轻易招惹药修。一旦被盯上下了毒，连自己怎么翘辫子的都不知道。

"糟糕。"

贺知洲尝试着调动体内灵力，果然已经所剩无几。那毒药奇诡非常，似乎还夹杂了一些催眠的功效，让他眼皮子不由自主地上下发颤："连魔气都在帮她，这分明是天时地利人和啊……咱们不会全部折在这儿吧？"

宁宁环顾四周，思索片刻后轻声道："我倒是有个法子，不知道有没有用。"

她似是有些迟疑，简单组织了一番语句："根据物理学原理，当气流经过拱形的上表面时，流速快压力小；经过平坦的下表面时，流速慢压力大。这样一来，上下表面会形成压力差，产生向上的升力。"

贺知洲听得一愣一愣的："然后呢？"

"这是竹蜻蜓和直升机的升空原理，你觉不觉得，上拱下平的形状，和我们的剑鞘很相似？"

宁宁拿着星痕剑，抬手伸到他眼前："我们虽然灵力微薄，但腾空跃起和让剑鞘旋转这两件事还是能轻易做到。这样一来，就能把剑鞘看作飞机上的螺旋桨，拿着它旋转升空时，必然能卷起巨大的剑风——"

贺知洲恍然大悟："而剑风能把魔气全部吹散，这样毒的威力就很小了！"

许曳对那段原理云里雾里，但还是勉强听出了宁宁的大概意思，就是让他们在空中不停转动长剑，以剑风逼退剧毒。

"我知道了！"

贺知洲轻轻拍了拍她肩头："不就和叮当猫的竹蜻蜓差不多吗！你之前灵力耗尽，不宜出手，这件事就交给我吧！"

许曳已经没脸再看远处的师姐，为了挽回自己在她心里所剩无几的形象，也立刻举起右手："我也来！人多力量大！"

于是在玄镜内外，数十双眼睛同时见证了一场不可思议的奇迹。

许曳与贺知洲同时将长剑举过头顶，催动体内仅存的灵力高高跃起，与此同时默念剑诀，让剑在手中高速旋转。

这本来是毫无力道的动作，以他们目前的状态，更不可能腾空飞行，然而令所有人都意想不到的是，道道气流聚拢回旋之间，他们竟然有了显而易见的上升之势。

——两人仅仅用了微不足道的灵气，居然当真脱离地面桎梏，在雪白色气流中缓缓升上半空！

"这——"

天羨子一个激灵："这是个什么原理？"

但见长剑转得越来越快，剑气如同汹涌而来的飓风，从中央向两边四散而去。

魔气与毒雾难以承受此等风浪，在嗡然如龙鸣的剑啸声中层层后退，直至消散殆尽，难以寻到一丝影子。

红色的血雾渐渐退去，日光久违地照在颓败房檐上，这一隅之地终于得见天光。

"居然真的成功了？"

林浅看得目瞪口呆，心下一动："那许曳与贺知洲——"

她说话时眼神上移，在见到空中的两道人影时，不由得神色大骇，一个字也说不出来。

与此同时，宁宁同样想到什么，呼吸一滞。

他们之前只顾着生风除毒，却忘记了一个最最基本，却也最最严肃的问题。

当剑在高速旋转的时候，他们的身体也会跟着转个不停。

哪怕是剑修，也无法承受这样毫不间断的转圈圈。

她好像，把贺知洲和许曳给坑了。

——剑身不断旋转上移，他们也在空中被甩来甩去，如同两个在狂风中无所适从的钟摆，用脚掌画出一个又一个浑然天成的圆。

而如今随着旋转越来越快，两人的身影转瞬即逝，只能在遥远天边望见一闪而过的残影，隐约能看出来是个人形。

宁宁：……

前所未有的超自然现象，弟子看了集体发蒙，长老见后全部沉默，整个修真界都震惊了，不看不是修仙人！

贺知洲与许曳竟然仅凭一人一剑，浑身扭动着旋转上天，在众目睽睽之下实现了白日飞升！此二子恐怖如斯！！！

林浅看得头皮发麻，赶忙催促道："快快快！快调出最高的视灵，看看他们两人的情况！"

天羡子乖乖照做，落在玄镜上的手，微微颤抖。

首先闯入所有人眼前的，是两张双眼紧闭、被吹得摇摇晃晃的大脸。

脸皮在狂风中左摇右摆，像极了套在骨头上的布袋，被风掀开时，露出鲜红牙龈和打着哆嗦的牙齿。两人已经看不清原本的模样，无一不是被吹得口眼㖞斜，恐怖非常。

地面上隐约传来宁宁的声音，满带着焦急与忧虑，清清脆脆地传入在场众人耳朵："魔气已经散了，你们快停下吧！"

可他们的征途是星辰大海，新的风暴已经出现，哪能在这里停滞不前。

除了压力差，自然界还存在着另一种强大且神奇的力量：惯性。

他们俩旋了成百上千个圈，早就晕乎乎意识不清，体内的灵力无意识外涌，引得长剑越转越快。

贺知洲听见她声音，本打算带着哭腔回复一句，哪料到当场一阵恶心反胃，嘴巴一鼓，跟旋转喷泉似的喷出一大口清水来。

好在修道之人能将食物转化为灵气，因而体内并无污物，他如今的模样勉强称得上是"天女散花"，而非呕吐物制造者。

这两个孩子的模样实在太惨，林浅看不下去，痛心疾首："只不过是一场试炼，何至于此！……这就是剑修吗？！"

就连始作俑者魏凌波也不忍直视，罕见地被吓了一大跳，愣怔着瑟瑟发抖。

阁楼里其他门派的长老听闻大事发生，纷纷闻风赶来，在见到玄镜画面的刹那，无一不露出异常震撼的神色。

于是在无数道注目礼下，两人两把剑，在越来越大的气压差下不断升空，两具身体画出无比优美的弧度，伴随着旋转喷射的阵阵水花，一并构成了在场所有人难以忘怀的成年阴影。

不知过了多久，等体内的灵气一滴不剩，两团不断抽搐的死肉终于从半空中飘然落下。

"师姐……别看，我脏了呜呜呜，我好脏……为什么，为什么会这样……"

许曳彻底绝望，两眼昏花泪流满面。一边吐一边哭，眼睛里像装了水龙头，嘴里则扑哧扑哧往外冒清水，生动形象阐明了什么叫"男人是用水做的"。

贺知洲有如行将就木，整张脸憋得像个硕大紫薯，颤颤巍巍地深吸一口浊气："不要飞升，不要飞升，不要飞升……"

"呃啊——"

他说话时眼珠子越瞪越大，用尽最后的力气朝宁宁摇了摇头："飞升是个弥天大谎，我们都被骗了……大气层外边……氧气根本不够……"

虽然过程充满了心酸曲折，但好在摇花剑充当竹蜻蜓的法子还算有用。

剑风螺旋上升，浩荡灵力牵引出风声大作，以力拔千钧之势破开重重魔气，不需多时，众人所在的位置便久违地重见天光。

魏凌波的毒本身威力不大，多亏有魔气加持，才让在场所有人纷纷中招，如今魔雾尽散，毒性自然也被逼退大半。

眼看其他人的瞳孔重新恢复清亮澄澈，悠悠朝自己瞥来，素问堂的白衣女修尴尬一笑："不愧是玄虚剑派弟子，竟然能想出此等法子，在下自叹弗如。"

被点名的贺知洲意识恍惚，呕吐不止；许曳不想看她，也不想听任何人讲话，一想到师姐还在远处的树下静观战局，就气得浑身一抽，从口中喷出一丝水花。

"可惜了，若不是陡生变故，素问堂本能轻而易举赢下此局。"

玄镜之外的纪云开摸着下巴若有所思，仍然沉浸在方才震撼无比的视觉冲击里，拿纸笔记日记："一人一剑，再加一点少之又少的灵力，究竟是怎么做到凌空飞天的？"

"许曳乖徒，怎会如此！"

万剑宗长老痛心疾首，猛地咳嗽几声："贺知洲那厮是出了名的不走寻常路，为何你也被玄虚剑派带歪了！玄虚误你啊！"

"话可不能这么说。"

天羡子好歹是贺知洲的穷友兼带队师叔，没做多想地出言反驳："若不是素问堂用了毒，他们也没必要这么做——虽然过程是难看了点，但好歹把毒给解了啊。"

于是一帮长老叽叽歪歪，你一言我一语，最终把话题挪到了素问堂的毒上。

"他们有种毒非常阴险，无色无味，喝了能让人神志不清，把身边的人和物随机看成别的东西，偏偏自个儿还不觉得中了毒，大摇大摆地当众犯浑。"

何效臣猛拍大腿，满目的悔恨痛心："我有回中了毒，看什么都是魔物，当即拔了剑与它们决一死战。结果第二日醒来，收到一张琳琅坊的赔偿单——"

天羡子眼前一亮，连连点头："我想起来了！这件事还登上过《四海时评》，因为何掌门，当时那本书都卖疯了！"

"是那一日啊！"

林浅亦是恍然大悟："我之前还在纳闷，何掌门为何要举着一只猫四处乱挥，还在琳琅坊里前后空翻整整两个时辰——原来是中了毒！"

何效臣面如苦瓜，很是悲伤地点点头。

那日他中了毒，将一只猫当成了自己的剑，把货物看作魔物，握着猫就往前冲。

后来剑断了猫跑了，整个琳琅坊的人都眼睁睁看着他口角流涎、面目狰狞，一边大喊着"妖孽休要猖狂"，一边原地前后空翻，把各种珍奇异宝打得粉碎。

提起这件事悲伤逆流成河，诸位长老纷纷沉默，向他投去安慰的视线，最终达成共识：药修害人不浅。

来自素问堂的众位长老不想说话，翻了个白眼。

"等等，你们快看！"

在有如哀悼会现场的阁楼里，林浅忽然惊呼一声："白晔动手了！"

但见秘境之内气氛尴尬，两具剑修的死肉横在一边，来自梵音寺的两颗卤蛋则并肩坐在路旁，有如看戏。

明空从储物袋里拿出一把生菜，啃得旁若无人，光头晃来晃去："落雪飞花不过如此，剑修之道，着实叫人难以参透。"

这两人以明空的金刚罩杜绝了所有毒雾与魔气，自始至终没中过毒。扛着巨剑的陆明浩是个暴脾气，见状厉声喝道："我们都中了毒，二位不帮忙也就罢了，怎能在旁说风凉话！"

"阿弥陀佛。"

明净面色不改，对他话里的责备之意置若罔闻："不争就是慈悲，不辩就是智慧，不闻就是清净，不看就是自在。小僧闭眼小憩片刻，诸位道友再会。"

明空连连点头，满眼钦佩："最美的男子应当有一种遗世的安静和优雅，师兄便是如此，佩服佩服。"

这两位压根无法与旁人正常交流，让人不由得怀疑，梵音寺里的和尚究竟是在修习佛法，还是在学习让人生气的说话艺术。

陆明浩彻底不想再搭理他们，回神之时，突然察觉浑身猛地一麻——

竟是那个名为"白晔"的流明山符修乘虚而入，在他分心谈话的间隙动用天雷符咒，正中陆明浩脊背！

"竟然偷袭！"

真霄身为剑修，最见不得此等背后袭击之事，皱了眉瞥一眼何效臣："何掌门，流明山竟是在给弟子教授这种战术吗？"

何效臣厚着脸皮嘿嘿笑："这叫'出其不意'，决斗的事儿，怎么能叫'偷袭'呢？"

白晔心知这是在试炼中，遇见的对手都是各门派精英弟子，而非十恶不赦的魔物。虽说友谊第二比赛第一，却也因此并未用出全力，符咒顶多让对手陷入昏迷，不会致人伤亡。

雷法轰鸣之间，陆明浩只觉得周身麻痹，电流源源不绝地在五脏六腑间四处乱窜，最终直攻大脑，眼前一白失去意识。

宁宁看得下意识皱眉，指尖一动，握紧了手里的星痕剑。

与符修对抗时，可以采取的策略有两种。

一是避开他的所有攻击，这种方法难度极高且异常复杂，寻常人并不会采用。二是以力击力，靠剑风与剑气击散术法。

可惜陆明浩还没来得及挥剑，便遭到了白晔的偷袭。

如今毒气未散，仍然有少数存留在他身体里，制约护体的灵力，加之雷咒的威力不可小觑，当场昏迷实乃意料之中。

而她在昨夜气力大损，若是正面与白晔撞上，必然也会处于下风。

"解决一个。"

白晔眯眼笑笑，端的是风度翩翩、温润如玉，继而幽幽把视线转向素问堂的二人。

他不愧是苏清寒看中的对手，对符篆的运用炉火纯青。白玉般修长的手指一捻一松，在掷出两张符咒的瞬间，便有狂风裹挟着雷鸣，向两人迅速袭去。

魏凌波只擅长用毒，面对这等煞气汹汹的阵势自然无法阻挡；她身旁的师弟则是医圣传人，妥妥的医痴兼书呆子，这会儿更是毫无门路，只能眼看着雷光越来越近，无处可逃。

"又两个。"

两名药修亦被击倒，白晔心情大好，说罢转过身来笑着望向宁宁："虽然很感谢你帮诸位散去了毒气，但这里毕竟是试炼之地，没理由向对手放水……白某多有得罪了。"

"他怎么能对宁宁出手！"

何效臣身为流明山掌门，在自家弟子得势的情形下，居然表现得比宁宁本人还要慌张："她体内灵力鲜少，莫说打败白晔，恐怕连劈开风雷都很难做到！"

何效臣看出了这一点，宁宁同样对此心知肚明。

白晔伤不了梵音寺的两位小师父，在远处观望的苏清寒又非常棘手，不到万不得已，必然不会主动招惹。

而反观她这边，许曳与贺知洲被榨干了所有灵力，裴寂又不知去处，只剩下她一个人苦苦支撑，若能打败她，就可以把所有人的令牌全部收入囊中。

最糟糕的一点是，她体内已经没剩下太多灵气。

不过与此对应的，十分幸运的另一点是，白晔对此一无所知。

只要基于这一信息不对称的基础之上，说不定……她能有机会实现绝地反杀。

"我在小重山时，就听说过宁宁道友的事迹。"

白晔笑道："的确非常聪明，只是不知道剑术如何。请赐教。"

他话音刚落，两指之中便又出现一张纸符，电光流窜间，于朗朗白日下生出几道幽异蓝光。

继而狂风骤起，引得道路两旁树枝倏动，如同魑魅魍魉黝黑的指骨，发出一声哗啦巨响。

在疾风如刃之间，竟有万千雷霆浑然汇聚，织成一片密密麻麻的大网，径直向宁宁扑去！

林浅蹙眉别开视线，不愿再看。

"等、等等！"

天羡子却微微一愣："好像还有机会！"

只见玄镜里的小姑娘紧紧握着手中长剑，在迅速望一眼那凌空飞来的巨网后，竟然并未仓皇逃窜或拔剑迎敌，而是满目正经地深吸一口气。

旋即向后垂直仰倒，上下半身折叠成无比惊悚的九十度直角，堪堪避开了那道半空中的电网，握着剑迅速向不远处的年轻符修冲去！

她迈步奔跑时，身体还是处于九十度的折叠状态，因此放眼望去，仿佛是两条没有上半身的腿在疯狂扭动前行，飞速朝白晔靠近。

然后一边跑，身体一边像泥巴似的软绵绵上扬，冒出一颗圆润人头，看上去异常恐怖，小孩见了都要做噩梦。

宁宁看上去是个不折不扣的正经人，白晔哪曾料到她会做出如此匪夷所思的动作，暗暗"啧"了一声，再度将灵气汇集于指尖，催动手里的火符。

顿时星火处处、焰光大作，一簇簇火团好似雨点，一股脑向她所在的方向汹汹袭去。

天羡子心下紧张，暗暗为小徒弟捏了把汗，本想喝口茶水冷静一些，没想到刚喝进嘴里，就双眼圆瞪着全部喷了出来。

宁宁知道以自己目前的灵力无法击退火焰，只能通过不断躲闪的方式靠近白晔，但她躲避的姿势——

这是何等疯狂的走位！这是多么不可思议的人体极限！

只见她神色凛然，猛地就是一个劈叉上天，而上半身在同一时刻像虾般浑然弯起，如同一团女娲造人的失败烂泥，以令人瞠目结舌的动作避开了好几道火球！

至于宁宁落地之后，双腿摇晃不止、面容僵硬无表情、甩着一双手就往白晔身边猛冲的模样……

这也太恐怖了吧！！！不至于，真的不至于啊！！！

不久之前她才用炸裂天际的脑洞，向修真界证实了物理的真实存在，结果没过多久就亲自把力学定理按在地上摩擦。

哪怕牛顿气得掀开了棺材板，见状也只能摇头长叹一声：

对不起，修真界的事儿，得归我弟弟管。

青天白日之下，女孩左右横移，蛇形走位出神入化，以一个双腿劈叉、身体在半空旋转七百二十度的恐怖姿势牢牢抓住在场所有长老的眼球。

而白晔不知道她体内没多少灵力，被这一丧尸围城般的动作吓得不轻，动作越来越慌，也越来越僵硬，一时间差点忘记了打斗，脑袋里充斥着一道道无人能回应的呐喊：

他是谁，他在哪儿，他要干什么，为什么要和一坨泥巴做的猴子决斗？

她在闹，他在叫。不愧是修真界的青年才俊们，打个架都打出了丧尸大战僵尸的风范。

眼看距离她越来越近，白晔刚要掏出另一张符，猝不及防就听见宁宁清脆的嗓音。

"接招吧！霹雳震虚空，剑气引雷公，五雷破火走无踪——天雷诀！"

"糟糕！"

林浅从她诡异的姿势里缓过神来，大骇道："她如今的灵力哪能动用此等咒术，就算用出来，也必定气力枯竭。莫非宁宁想与他同归于尽？！"

白晔眸底微沉，嘴角浮起一丝冷笑。

剑修果然不爱用脑子，那万剑宗的许曳不久前才因为这事儿吃了亏，她如今居然还要大大咧咧地念出口诀。

　　或许在宁宁眼里，念出口诀是一种壮胆示威的手段，但对于白晔而言，这道口诀无疑会成为他赢下战局的关键。

　　天雷自上而下，一旦得知她用的剑诀……

　　青年手握黄符，眼底闪过一抹势在必得的笑意，全身灵力向上汇聚，在头顶上隐隐现出几分电火与雷光。

　　一旦得知她所用的剑诀，他不但可以做出有效的应对，还能提前设下防备，只要她拔剑引来天雷，就会遭到剧烈反噬，身受重——

　　这个念头还没想完，就被硬生生地提前中断。

　　预料之中的天雷并未出现，宁宁与他近在咫尺，笑眼弯弯地勾了勾唇。

　　然后她一个用力握住剑柄，当即向下一扫，未出鞘的星痕剑带了点零星剑气，在白晔把全部注意力集中在头顶时，毫不留情直接拍在他膝盖上。

　　与他当时出其不意袭击陆明浩的场景，堪称如出一辙。

　　白晔：……

　　天雷并未如约而至，而这正是离别的意义。

　　一滴生理性眼泪从眼角缓缓滑落，白晔猛吸一口气，跪倒在地面。

　　她骗他。

　　她居然骗他！不是人！！！

　　比中途打断技能读条更卑鄙的是什么？

　　是这混账居然虚假读条，报了个完全不相干的招式，明明说好要打头，却一剑挥在他腿上。

　　你们玩战术的，心好脏。

　　玄镜外的长老们本以为宁宁打算耗尽全身力气，引出天雷与白晔玉石俱焚，哪里会料到这等骚操作，一时间鸦雀无声，呆愣当场。

　　"这——"

　　林浅眨眨眼睛，大笑出声："不愧是宁宁！这一招当真叫人措手不及！"

　　曲妃卿颇为赞许地轻轻点头："这法子……倒也着实有趣。"

　　阁楼里顿时沦为大型双标现场，充满了快活的气息。

　　这回没人再讲什么"偷袭可耻""耍弄心计"，就连真霄也啧啧赞叹："不愧是师弟之徒，这一计可谓急中生智，在九死一生间力挽狂澜。妙哉妙哉。"

　　可怜白晔被一记猛拍，身体和心灵都受到了前所未有的打击，这会儿咬着牙狠狠抬头，像极了被渣女骗身骗心玩弄感情的老实人，凄然颤声道："你别得意，我、我还有符……我还能打……"

　　他袖子里居然还藏了另一张以防万一的雷符，两人咫尺之距，躲避已是来不及。好在宁宁体内还剩下一点为数不多的灵力，本想拔剑相抗，却察觉身侧袭来一道冷冽的风，还有一点木植的淡香。

她在须臾之间被拉住胳膊，向后轻轻一拽，视线所及之处是一袭黑衣，以及少年人高瘦挺拔的背影。

裴寂握着剑，替她挡下细密的雷击，声音冷得不像话，将白晔的话重复一遍："还能打？"

他的语气极为不耐烦，加上眼底毫不掩饰的戾气，活像个杀人如麻、混迹于正常人之间的疯子，下一瞬间就能拔剑把眼前的符修剁成人干。

白晔听说过玄虚剑派这位小师弟的恶名，当即摇头晃脑假装四处看风景，在地上翻了个身，眼神飘忽："谁还能打？让我看看——反正我是没力气了，躺会儿，躺会儿。"

宁宁抱着星痕剑，笑得没心没肺，一下子蹿到自家师弟身边："裴寂裴寂！他还把我的剑弄脏了，你看，剑身上全是被风吹起来的泥点子。"

裴寂扭头垂眸看它，很快又把视线移开，语气依旧冷淡得听不出有什么情绪："……回去帮你擦。"

他顿了顿，喉头微微一动，嗓音低哑了些："受伤了吗？"

在那样密集的进攻里，宁宁自然不可能毫发无损，闻言把被火灼伤的手背藏在身后，语气里还是带了笑："还好还好，他伤不到我。"

"我有个小小的请求。"

白晔长长吸了口气，说话时一抽一抽，五官疼得扭在一起："我膝盖骨头好像错位了……我知道你们要拿我令牌，能不能在那之前帮我正正骨？这样出去若是被看见，也太丢人了。"

这位居然还挺有偶像包袱。

想来也是，他一贯是个白衣飘飘、清朗出尘的贵公子形象，哪能瘸着腿爬出秘境。

"我不会正骨。"

宁宁有些为难，抬眼看向裴寂："你会吗？"

他似乎很不情愿，但被她问起，又不得已轻轻点了点头。

"左边，左边啊。"

白晔疼得动不了，朝唯一能帮到自己的裴寂尴尬笑笑，看着他满脸阴戾地蹲下来，一言不发伸出双手。

正骨剧痛无比，白晔从小到大没吃过什么苦，强忍着疼痛攥紧衣衫，在裴寂伸手的刹那闭上眼睛。然后便是左腿膝盖被人死死按住，猛地用力一压。

刺骨剧痛势如闪电，在须臾之间填满所有感官，白晔从喉咙深处发出一道极度诡异的尖啸，整个人像濒死的鱼般陡然一震。

伴随着一阵痛苦的抽搐，白晔的双眼渐渐失去神采，只觉得世间的一切都索然无味。

"道友，你在硬掰的时候，有没有觉得哪里不太对劲？"

又是一滴清泪缓缓淌下，他的嘴唇和声音一起发抖，容貌突然就苍老了许多："我说左边，是你的左边……我受伤的是右腿，右腿啊！！！"

"哦。"

裴寂不为所动，面冷心更冷，丝毫没有愧疚感："再来一遍。"

白晔：……

白晔面无表情，想也没想就从怀里掏出所有令牌一并丢在地上，转瞬间便没了身影。

"连夜买站票逃跑"看了会沉默，"扛着火车就走"听了要落泪，他身残志坚，是拖着两条伤残的腿，直接瞬移跑的。

随着白晔丢掉所有令牌，这场各大门派弟子争奇斗艳的绝美大乱斗终于宣告终结。

除了玄虚剑派、万剑宗与梵音寺的几人，其余修士要么自爆淘汰，要么被自爆的那位打得失去意识、昏迷不醒。

宁宁秉持着"螳螂捕蝉，黄雀在后"和"来都来了，不能吃亏"精神，非常认真地把"犯罪现场"搜刮个遍。

她负责找，裴寂负责拿。在轮到陆明浩和素问堂的那名男修时，裴寂说什么也不让她亲自搜身，直接将令牌一股脑全塞在宁宁手里，冷着脸就蹲了下去。

看来裴寂小同学骨子里还是个传统又保守的小学鸡，时刻牢记着男女之防。宁宁觉得有些好笑，却并没像往常那样刻意打趣他——

她之前躲闪着靠近白晔时，手臂被符箓灼开了一道口子。雷火符虽然不会导致皮肤流血，在电流与火焰的双重侵蚀下，却能带来深入骨髓的刺痛，以及与灼烧无异的伤疤。

白晔没有用尽全力下狠手，因而这并不是多么严重的伤口，擦几天药就能痊愈。

这几天的麻烦事已经够多了，宁宁不愿让其他人担心，便生生将疼痛忍了下来，佯装出若无其事的模样，只等着回房后自行擦药。

她若是此时一味搜寻令牌，袖口晃动之间，很可能会露出那条疤。

……不过裴寂应该也不会多么在意她的伤啦。

她想到这里，莫名地感到一丝微不可察的失落与挫败，把双手背在身后往前看去，正好撞上裴寂的视线。

直到这时，宁宁才发现他眼底有很浓很浓的黑眼圈，眼眶则是微微发红，与瞳孔周围交织缠绕的血丝悄然交映。

他像是熬了整晚的夜,刚刚才睡醒似的。

想来也是,昨晚他们俩回到房间时已经很晚,宁宁又累又困,胡思乱想着就入睡了,可裴寂不一样。

他见她心情不好、眼眶红肿,又偶然听见了宁宁的一句"星痕剑",不知道是出于怎样的想法,居然当真满秘境一处一处地细细搜寻,找回了这把剑。

她脑袋里倏地闪过这个念头,如今又被裴寂直愣愣一望,一时难免有些局促,努力正色问道:"怎么了?"

他默不作声,递过来几块方方正正的令牌。

陆明浩的身体随着这个动作顷刻消散,宁宁伸手将它们接下,把视线挪到另一边的素问堂男修身上:"那他呢?"

裴寂立即接话:"我来。"

"噢。"

她只好点点头,继而望向道路正中央躺着的两坨人形肉块:"贺知洲和许曳呢?"

"也是我来。"

神色冷峻的黑衣少年似是想到什么,在短暂的停顿后再度开口,语气有些迟疑,也有些僵硬:"星痕剑……你暂且放好,等我清理。"

"别别别!哪儿能真让你来擦啊!我那就是开个玩笑,自己能解决的。"

她可不能让裴寂变成所有人无微不至的全职保姆,闻言连连摆手:"对了,你是从哪里找到它的?一定寻了很久吧?"

"在一片湖里。"

他说话时正在低头搜寻令牌,声音显得有些闷,大概是为了打消她心底的困惑,少见地继续补充:"阵法以水为镜,星痕剑刺破水幕化作的天,在真实秘境里,便是落入了某处水泊。我一一寻去,总能找到。"

他说得简单,然而只需粗略一想,就能明白绝不容易。

且不说秘境之中湖泊星罗棋布,就算他找对了湖,也必须亲自潜入水中,忍受着透骨寒凉细细搜寻。

宁宁心里百转千回,握紧了手里的剑,细声道:"谢谢你啊,等秘境结束了,我请你吃饭。"

她说到这里有了底气,想起自己靠浮屠塔积累的小金库,信誓旦旦加重语气:"绝对是整个鸢城最贵最大的酒楼,想吃什么随便挑,我家小师弟值得!"

裴寂定定地听,末了别开脑袋,把视线转到另一边。

他没说话,心里的承影倒叽叽喳喳叫个不停:"嚯嚯,高兴啦?嘚瑟啦?一听见这话就心里乐开花啦?裴小寂,想笑就直接笑,别刻意把嘴角下撇得那么明显啊。"

这样说完还不尽兴，居然用粗犷的大叔音捏着嗓子模仿宁宁方才的语气，好一个做作不清纯："哎哟喂，我家小师弟值得！"

裴寂眼底笑意退去，杀气骤现。

等他俩将淘汰选手的令牌搜刮一空，原本拥挤的小道便显出了几分空荡。

明净打着坐呼呼大睡，明空啃完了生菜，正捧了本书仔细研读，宁宁放眼望去见到几个大字：《落梅静心录》。

这书应该挺名副其实，自从小和尚看完，与人对峙那是理也直了气也顺了，心静如水面不改色，就是对面的人有点惨，回回都得被气得心肌梗死。

他拒绝了一并回村落休憩的提议，长篇大论唠叨一通"天地为家"的道理，宁宁便也不再强求，遥遥望向远处古树下的苏清寒。

对方却已经不知什么时候消失了。

"多谢诸位照顾许曳师弟。"

她正兀自疑惑，属于苏清寒的声线便在身后响起。宁宁扭头回看，竟见到女修站在昏迷不醒的许曳旁边，俯身望着少年人湿漉漉的惨白面庞。

感受到突如其来的视线，苏清寒抱着剑掀起眼睑。

"我见那漫天白光和星痕处处，便猜想定是你。"

苏师姐与裴寂都是不苟言笑的冷漠性格，只不过前者是"傲"，后者则是拒人于千里之外的"冷"。

她说话没带什么起伏，眼底却始终充斥着凛然战意，似是想起什么，面露失望之色："我本打算与你好好比试一场，但看你如今的状况，想必灵力已经所剩无几。"

这位一定是见到了那番丧尸出笼般的景象，宁宁有些不好意思地抿唇笑笑："苏师姐，待我灵力恢复，随时等你来切磋。"

苏清寒这才露出一个笑，转而低头看向许曳，二话不说就将他举起来往肩上一扛，动作毫不怜惜，没有一丝丝雪月风花，跟扛麻袋没什么两样。

在举到最上方时，还跟甩印度飞饼似的，把许曳柔弱如白莲花的身子在半空甩了一大圈。

苏清寒扛着麻袋，笑得温婉随和："请问他房间在哪儿？"

宁宁目瞪口呆："房间随便挑，随便挑。"

传说中冷漠矜持如高岭之花的苏师姐渐渐走远，宁宁还没从一个惊吓里缓过神来，就受到了另一阵惊吓。

——左侧垂落的长发被人用指尖轻轻挑起，经过耳畔时，惹来酥酥痒痒的奇异感受。

她惊愕抬头，正对上裴寂漆黑的瞳孔。

他伸了右手撩起宁宁耳边的头发，目光似乎极为不悦，不易察觉地拧着眉头。眼见跟前的小姑娘呆呆愣愣地仰起脑袋，不着痕迹地将手指移开："你脸上有伤。"

　　……伤？

　　宁宁对此毫不知情，只是偶尔觉得耳边的脸颊会时不时传来刺痛，等他说完抬手一摸，立马疼得倒吸一口冷气。

　　由于被黑发遮掩，这处鬓角的伤十分不容易被察觉。裴寂也是在她与苏清寒谈话转身的间隙，等长发被微风扬起，才偶然间见到一条深深的痕迹。

　　"可恶，那臭小子居然伤到了她！"

　　承影身为一个活了不知道多少年的老前辈，生动形象地阐明了什么叫作"为老不尊"，这会儿气到灵体扭曲，龇牙咧嘴："早知道如此，你应该更用力掰他的腿，给那小子一点教训！"

　　"不要碰。"

　　裴寂好像有点儿不高兴，站在宁宁跟前时，投下一片瘦瘦高高的浓郁黑影，在他眼底也蒙了层阴影："雷火符？"

　　"应该是吧。"

　　他不说倒好，如今宁宁意识到自己脸上有条疤，总觉得伤口在张牙舞爪地耀武扬威、扭来扭去，连带着通往脑袋的那根神经同样抽个不停，生生发疼。

　　这村子里不知道有没有镜子，能让她精准地给自己脸上上药。宁宁想到这里，忽然感到衣袖被人猛地一拉。

　　裴寂还是一副阴沉沉的模样，像从《没头脑和不高兴》里穿越过来似的，不由分说拉起她袖子就往前走，还没等宁宁出声询问，便抢先冷声道："去擦药。"

　　宁宁："……噢。"

　　他力道不大，动作却极为干净利落。宁宁一直乖巧地跟在身后，总觉得自己像是遗忘了什么东西，无比困惑地皱起眉头。

　　没过一会儿，她才拉着裴寂急匆匆跑回来，指了指在寒风中瑟瑟发抖的另一团剑修肉："贺知洲，我们忘了贺知洲，他还在地上躺着呢！"

　　宁宁的伤口在脸上，由于不能把眼珠子抠出来三百六十度无死角探查，在没有镜子的情况下，仅凭自己一人之力很难把药擦好。

　　"你要帮我上药？"

　　她眼见裴寂往手上沾了药膏，惊讶得无以复加，局促地坐在床头。

　　——她何德何能才能让原著里的练剑机器拿起小药瓶，带着打怪升级的剧本一路狂奔大江东去，滔滔不复回啊。

　　裴寂很是上道，拿着药坐在她跟前，问得开门见山："还有哪儿受伤了？"

　　他这是默认的意思。

一下子就被看穿心里藏着的念头，宁宁身为师姐的满身气焰瞬间小了许多，伸出右手捋起衣袖。

于是裴寂的神色更加阴沉了。

他不应该只折断那符修的膝盖，早知道就打个半死再放出去，哪怕白晔想早点逃，他也能把令牌硬塞回那人嘴里，来一出求生无门，求死无路。

宁宁见他脸色不悦，以为裴寂是在气恼自己撒了谎，拿手指杵杵他手背："其实不严重的，你看，不但没有流血，我还能活动自如虎虎生风——"

她说着握紧拳头胡乱挥了挥手臂，没想到当即感到一阵撕裂般的疼痛刺入骨骼。

雷火符果然够狠，宁宁被疼得表情一僵，为了不让裴寂看见自己扭曲的五官，只能低下头去，用空出的另一只手掌捂住脸颊，从嗓子里发出低低的气音。

"这这这看起来就很疼！"

承影呜呜呜地带了哭腔，在他脑袋里直打哆嗦："裴小寂，你快把这副要杀人的模样好好收起来，千万别吓着她。宁宁多好啊，不想让你担心，一直忍着没说。"

裴寂没回应它，神情却微微一僵，十分笨拙地收敛五官上的戾气，结果却让本就不自然的脸色变得更加不自然，跟石雕人似的。

与此同时，少年右手握紧药瓶，左手暗暗掐诀，有什么东西在白光一现之下轰然破碎。

"什么玩意儿？"

眼睁睁地看着玄镜里的画面陡然变成全黑，天羡子疯狂捶桌："裴寂那臭小子怎么又把视灵弄坏了！"

"赔钱！赔钱！"

好不容易能见到一点苗头，却被那浑小子亲手掐断，林浅状如疯兔，双眼猩红地狠狠捏碎手里的白玉糕："不让他赔得倾家荡产，我——我就气死了！"

唯有何效臣擦去额角冷汗："冷静，冷静。"

真霄被之前那两人的狂态吓了一跳，听罢此言悠悠点头。何掌门不愧是他惺惺相惜的对手，直到此时也能保持理智。

然而须臾之后，他便听见何效臣一本正经地继续说："裴寂该打，可宁宁是无辜的。要是让他倾家荡产吃不起饭，那小丫头不也得跟着受苦？不得当、不得当！"

林浅与天羡子闻言，皆露出了恍然大悟的神色："不愧是何掌门，直到此时也能保持理智，真是与我等惺惺相惜！"

真霄：……

好，很好，还是你们去"猩猩相吸"吧，是他不配。

秘境外边闹翻了天，裴寂身为一切的始作俑者，却端端正正、安安静静地坐在床边。

受伤对于他来说可谓家常便饭，没什么值得大惊小怪，然而就是这种像喝凉白开一样常见的小事，一旦发生在宁宁身上，就让他莫名感到心烦。

不对。

与其说是"心烦"，或许"意乱"要更加贴切一些，胸口闷闷地难受。

这是种很讨人厌的陌生感觉。

不只他，承影同样如此。

由于跟着裴寂一同长大，它见多了这小孩被关在黑屋子里斥责打骂，从粉雕玉砌的白团子变成如今的满身伤疤。时间一久，早就渐渐习惯裴寂犹如霉神附体般的运气，不会对伤痛做出太大反应。

可一见到宁宁的伤，它立马浑身颤抖着别开视线，痛苦得像个心碎的老妈妈。

裴寂往拇指上沾了药膏，倾身向前："可能会有些疼。"

宁宁往前伸出手，乖乖点头："我不怕疼的。"

她的手臂纤细白皙，手指亦是细细长长，宛如霜雪凝在指尖，晕出清冷漂亮的白。

那道伤疤横亘在腕骨之上，如同雪白象牙上的一条狰狞划痕，带了浅浅血色，显得格外骇人。

裴寂目光稍黯，左手按住她手腕，右手拇指则轻轻落在伤口边缘。

药膏沁入血肉，像把尖刀割过皮肤，宁宁的手指颤了颤。

他自小就学会了给自己上药，后来年纪大一些，反倒觉得疗伤一事可有可无，若是不那么严重的伤口，便省去了擦药的步骤，等着它自行愈合留疤。

——无论如何，他应该很习惯这件事情的。

可当手指触碰到宁宁的皮肤，他却突然生出了几分犹豫。

在一阵短暂的停顿后，裴寂缓缓移动拇指，极轻极慢地掠过她的伤痕。

他的手指不似宁宁，虽纤长，却生了好几道旧伤与老茧，经过少女白嫩手腕时，带来一阵隐隐约约、不甚明晰的摩挲感。

这是童年生活天差地别的映射，无比残酷地展露着两人之间身份的悬殊，她从不在意这种细节，裴寂却心下烦闷。

他们之间的差距终究还是太大太大，他不知何时才能追上她。

宁宁坐在床上不敢动弹，偶尔好奇地抬起眼睛，望一望裴寂的模样，又很快把视线移开。

他生得极为好看，眼尾细长、瞳仁漆黑，垂下眼睫为她擦药时，长长的睫毛悄无声息地轻轻颤动，让她想起蝴蝶的翅膀。

眼底的红映衬着眼角泪痣，在冷白肌肤下格外突出，凌乱的额发轻飘飘下坠，少了几分冷冽凶戾，平添温顺无害的病弱气息。

这个样子，好像，似乎，还挺顺眼的。

"你干吗这么小心啊，裴小寂？"

承影在心底笑话他："你这不是擦药，像是打算典当传家宝，和它进行最后的道别——你给自己上药的时候可不是这样，好家伙，眼睛一闭嘴巴一抿，那药水哐哐哐就往伤口上倒，简直能听到血花飙出来的声音，啧啧啧，现在舍不得啊？"

裴寂眉心微拧，听它继续出主意："我跟你讲啊，像这样光涂药绝对不行，咱们得来一招更有杀伤力的手段——等你擦完药膏，就低头在她伤口上吹一吹气。哇，这一吹！绝对吹出柔情蜜意的小火花，吹出举案齐眉的小树苗！太浪漫啦！"

裴寂在心里默默记下：第一千零八十二次想把这中年大叔干掉。

他对承影的馊主意置若罔闻，宁宁手上的疤痕并不长，不消多时便全部抹上了药膏，当手指从她手臂离开时，指尖仍然残存着女孩身上温温柔柔的热度。

"谢谢你啊。"

宁宁不明白他淡漠目光下的层层思绪，轻笑着打算收回右臂，没想到裴寂扶在她手腕上的左手并未松开，甚至在她即将抽离时用力一按。

宁宁心头一跳，有些诧异地看向他。

裴寂似乎也没想到自己会下意识这样做，颇为难堪地咬了咬牙，骨节分明的手指下意识一紧，迟疑好一会儿才开口出声，语气低沉得不像话："师姐。"

"嗯？"

宁宁没做多想地回应，看见裴寂抬起仍然微红着的双眼，看也不看她一眼，飞快低头。

然后在她手背上，他正对伤口的地方轻轻吹了一下。

承影呆了一刹。

承影翻来滚去，灵体犹如一只醉酒的蝴蝶，原地升天："噫嘻嘻嘻哈哈哈嚯嚯嚯嘿嘿嘿，乖孩子乖孩子——"

这个动作结束得很快，宁宁还没意识到发生了什么，指尖就条件反射地一动。

……有些痒。

这道气息被压得很低，在闷热的盛夏里宛如一股清幽微风，带了点凉丝丝的气儿，在她被灼伤的地方悠悠拂过。

俄顷之后，它又像一缕倏然而落的醴泉，悄无声息渗进骨血里头，不久前灼热的痛意消弭大半，只留下回旋在血液与神经的冰凉触感，若有似无。

这实在不像是裴寂会做出的动作，而且他做得实在笨拙，整个身体都在那一瞬间肉眼可见地紧紧绷住，腮帮子鼓起来的模样像只青蛙——

不对不对，不是青蛙，宁宁在心里给他道了个歉，应该是又圆又白的棉花糖。

裴寂吹完气便面无表情地放下她的手，由于刻意板着脸，生生做出了一副拔剑砍人的架势。

"你这是……"

眼前的人好像比她更加无措慌张，宁宁被他的反应逗乐了，停了一下，嘴角的笑意更深："给我渡仙气儿啊？"

小师姐非但没脸红害羞，还毫不留情将他打趣了一番。

原来这就是承影口中的"柔情蜜意的小火花，举案齐眉的小树苗"，可真是太浪漫了。

裴寂觉得耳根后面像有团火在烧，眉心咚咚直跳。

他开始很认真地思考，应该如何把不会死的人杀掉。

"我听说，这样能让你不那么疼。凉气可以——"

他本打算胡诌解释，然而越说越心烦，耳朵的热气几乎要漫到脸上，干脆不再狡辩，直接冷冰冰地转移话题："你脸上还有伤，继续擦药。"

宁宁不知道裴寂是从谁嘴里听到的这个法子，一眼便看出他此时的难堪，于是顺着对方的意思点点头，没在这个问题上多做纠缠："那就多谢师弟啦。"

承影大概担心裴寂被它坑得暴走，奸计得逞后一直没再说话。他好不容易得了清净，等手指触碰到宁宁脸上的伤口，却又变得更加难以清净。

侧脸与手腕是截然不同的两个概念，之前裴寂在擦药时，还能刻意避开她的目光不去对视，但如今……

他的几缕乌发散落向下，几乎与宁宁的黑发交叠在一起。

视线所及之处是她的莹白脸颊与微微勾起的红唇，轻柔花香覆盖了大半药香，拇指只需一动，便能感受到柔软如棉花的温热触感。

她脸上的疤痕要更深一些，擦药时也就更痛，宁宁一时间没适应过来，下意识地往后一缩。

裴寂本在全神贯注地擦药，瞥见她皱着眉脑袋一晃，没来得及念及其他，本能伸出左手，稳稳按住她另一侧的脸颊。

这个动作猝不及防，在冰凉修长的手指触碰到宁宁侧脸时，两个人同时愣住。

那只手冰冰凉凉，瘦得厉害，像块冷硬的寒铁，没有太多柔软的触觉。

宁宁像极了上课睡觉被老师当场抓包，顷刻之间屏住呼吸挺直身子，在意识到他这样做的原因后匆忙开口："抱歉抱歉！……我不会再乱动了。"

她理所当然且十分笃定地觉得，以裴寂的性格，理应会很快松开。

然而他却出乎意料地没有这样做，而是低低"嗯"了一声，拇指微微下移到下巴，调整好姿势，将她的整边脸颊拢在掌中。

裴寂的动作毫无侵略性，仿佛是极度顺理成章的反应，在触碰到宁宁惊讶的目光时，眼底幽暗如潮，声线亦要比平日僵硬低沉许多："别动。"

她当然……不会乱动啊。

无比贴近，无法动弹。

脸上是少年人指尖冰凉的触感，近在咫尺的，则是裴寂棱角分明的侧颜。

宁宁被迫望着他的眼睛，表面安静如鸡，实则心跳如擂鼓，心悬在半空摇晃个不停："好。"

她不知道应该说些什么，身体也定定地僵在原地动不了分毫，只能用右手抓了把床单又很快松开，脑海里闪过许许多多的思绪。

比如，裴寂上药的模样称得上是"温柔"，这个词看上去和他格外不搭，但很少有人知道，他骨子里的确是个温柔的人。

又如，裴寂的手指是冷的，身体却是温温热热的，当俯身靠近她的时候——

呸呸呸，她在胡思乱想什么东西。

宁宁沉默了好一会儿，为打破无人出声的寂静氛围，试探性出声："裴寂，等我们出了秘境，你想吃什么？"

裴寂绷着脸："你定。"

"那等会儿，你打算去做什么？"

"你定。"

"不如，"宁宁轻轻吸了吸气，望着地面眨眨眼睛，"我们一起去看看乔颜和灵狐族，你觉得怎么样？"

裴寂没犹豫，大概连她说了些什么都尚未反应完毕，当即应道："好。"

停了会儿，他又沉声开口："若是以后受了伤，不要瞒着我，我可以……"

他说到一半，语气里带了点迟疑的意思，声音小了许多："帮你上药。"

灵狐一族元气大伤，哪怕魔气入体变成镜鬼，也并不具备太大攻击力。

在宁宁白日里还在呼呼大睡的时候，贺知洲、许曳与叶宗衡便陪着乔颜满秘境四处搜寻，将不少狐族聚集到村落里，只等秘境开启时一并送离至外界。

开门见到宁宁与裴寂时，乔颜微微一愣，随即柔和笑笑，侧过身去让出一条通道："进来坐坐吧。"

在大战里幸存的灵狐族本来就不多，更何况持续几年魔气缠身，能在恶劣环境里挺到今日的，便更加少。

他们一共找到了二十多个，分别安置在不同院落中。

乔颜的隔壁房间里，也有一位。

"我与裴寂方才碰见叶宗衡师兄，听说乔姑娘找到了真正的娘亲。"

宁宁坐在木椅上，一颗悬着的心总算落下来："不知琴娘如何了？"

乔颜与裴寂一样，双眼下同样布满了黑墨般的暗色，显而易见睡眠不足。

她神情憔悴，眼眶红肿得厉害，应该在不久之前狠狠哭过，此时却从嘴角勾起一抹柔和弧度，不再像从前那样刻意板着脸，做出老成的模样。

"万幸，并无大碍。"

她语气很轻，少有地不设防备，露出了与同龄小女孩相仿的稚嫩目光：

"我的同族们虽然失了记忆与神志，却似乎还保留着一些曾经的本能，绝大多数都在村落附近活动——找到娘亲的时候，她正在距此不远的日落洼旁，那是她曾经最常带我去的地方。"

虽说族胞们样貌大变，可毕竟骨肉情深，那么多蛛丝马迹，她怎么可能辨认不出。

乔颜说着顿了顿，望向宁宁的视线里满是钦佩："宁宁姑娘，灵狐一脉能重见天光，多亏你识明阵眼、破开水镜。我不知应该如何报答……"

"不用不用！"

宁宁脸皮薄，尤其不习惯被人直白地夸奖，听得有些不好意思，连连摆手道："乔姑娘能与族人们一同离开此地，我便已十分高兴，不需要什么报酬。"

她说罢想到什么，正色继续问："我听闻晏清公子受了伤，不知如今可还无恙？"

听见他的名字，乔颜又是一笑："多亏许小道长送给我的药材，才将他从鬼门关里拉回来。现今晏清已然恢复大半，在另一处房屋里睡着了。"

秘境里发生了那样多曲折坎坷的事儿，好在结局并不算太差。

灵狐族重见天光，终于等到了离开秘境的机会，只要能就此摆脱魔气侵袭，再以天地灵气与适当的药材细细调养，想必终有一日能恢复成原本的模样；而魔修们深受重创，魔君祁寒亦被关押在村落，无法逃身。

宁宁松了口气，想起那位魔族女修临死前说过的"善恶有报"，莫名地，也想起浮屠塔里见过的陈露白。

她与乔颜很像，曾经都是天真无忧，被父母宠大的小女孩，后来一点点长大，不得不经历苦难与离别，在一夜之间被迫成熟，承担起常人难以想象的重任。

而同样的，她们都做得很好。

如果陈露白还活着，或许与乔颜的性格没什么两样吧。

宁宁轻声笑笑，嗓音有些低："晏清公子，定然也很是重视乔姑娘的。"

"只要他不亲口告诉我，我就当作不知道。"

乔颜满是阴影的眼底终于浮了层浅浅的笑，低哼一声："我都想好了，等晏清那家伙恢复神志，就继续和往常一样黏着他，看他那根木头打算什么时候说实话。"

她说话时瞥过宁宁与裴寂，笑意里不知怎的夹杂了些许狡黠，晃了晃耳朵，颇为苦恼地继续道：

"宁宁姑娘，我真是不懂，为什么会有这样的人——明明心里在意得要死，嘴上却一句话也不说，只会在最最危险的关头表现出一点点关心。"

她昨夜睡不着，可是看见这两位三更半夜一起散步回来，气氛还颇为暧昧。

裴寂冷眼抬眸，恰好触碰到她意味深长的视线。

"哎哟哎哟，裴小寂，你被看穿了。"

承影哈哈大笑，啧啧叹气，一个劲摇头晃脑："连人家小狐狸都看出了猫腻，你演技不太好哦。"

宁宁只当她在抱怨晏清是个闷葫芦，闻言笑道："这种性子其实也不错，安静温和，很靠得住。"

乔颜眼前一亮，毛茸茸的狐狸耳朵晃得更欢："真的？宁宁姑娘喜欢这种性格吗？"

宁宁愣了愣，不太明白她为何会如此激动，视线轻轻一瞥，无意间望见身旁一言不发的裴寂。

这样的性格……好像和他有点相似。

只不过裴寂看起来，要比晏清更凶一点就是了。

"倒也不能说是'喜欢'……"

她话音出口的瞬间，裴寂眸光顿时一黯，下意识握紧双拳。

"不要啊宁宁！其实你喜欢，你喜欢的！"

承影风中凌乱，像极了眼睁睁看着儿子被甩的悲伤老母亲："裴小寂，你撑住，千万别哭啊！表情也不要那么悲伤，否则一定会被她们发现的！不行了，我先去静一静……"

"不过，还是挺可爱的。"

宁宁低着头，不知想起什么，笑起来时露出浅浅梨涡："要说喜欢的话，看人吧。"

承影被吓得打了个嗝。

中年大叔情真意切，一动不动地愣在裴寂识海里，瞬间变了情绪，傻笑起来："裴小寂，她说你可爱。嘿嘿，可爱，嘿嘿。"

裴寂垂下长睫，任由额前的碎发搭在眼前，没敢去看宁宁，在心里冷声应道："她不过是指那种性格，不要自作多情。"

承影不乐意了，低低嘟囔一句："她身边除了你，谁还是这种奇葩性子？说不定宁宁说这句话的时候，心里就在偷偷想你呢。"

这种话它讲得没有底气，裴寂自然也不会相信，猝不及防感到身旁的小姑娘扭头看了自己一眼，声调轻快地补充："像我家小师弟就很好啊。"

裴寂：……

承影：……

承影原地升天，灵体化身滚滚胖胖的弥勒佛，高兴地蹿上天边与太阳肩并肩。

裴寂仍然冷着脸，刻意低下头去，令乌黑碎发向前倾落一些，遮住耳郭与鬓边，不让她看见红透了的耳朵。

"裴小寂。"

承影飞来飞去，影子旋转成一朵绚丽的花，在他心口怦然绽放，末了无比慈爱地低喃道："克制一点，你的心跳太快太重，我耳朵都快听破了。"

"对了！"

他们俩因为一句话心神不定，偏偏身为罪魁祸首的宁宁对此一无所知，继续与乔颜笑着交谈："等离开秘境，你有什么具体的打算吗？"

乔颜笑容微敛，迟疑道："我虽然下过决心，要把族人们带到没有魔气的外界好生休养，但……"

后面的话她没细说，宁宁却早就心知肚明。

魔化后的狐族性情残暴嗜血，凭借她一个小姑娘很难控制，更为严峻的问题是，以乔颜对外界一无所知的状况，一旦离开从小生活的秘境，压根找不到合适的栖息之所。

她总不能带着这么多异变的族人去睡大街。

宁宁听罢皱了皱眉，正要思考有没有可行之策，忽然听见脑海里传来一道无比熟悉的男音。

"这有什么好犹豫的，当然是来我玄虚剑派啊！"

竟是她的师尊天羡子。

乔颜与裴寂显然也都听见了，纷纷神色一变，唯独天羡子说个不停，没觉得有什么不妥的地方："我大玄虚灵气充沛，珍奇异宝应有尽有，还有许许多多可爱的小弟子能帮忙照料，简直是绝佳去处啊！"

"乔姑娘，你可别听这人胡诌！"

又是一道清朗的青年声线，毫不留情就把天羡子挤掉："我流明山乃仙家圣地，弟子皆儒雅乖顺，不像玄虚剑派那帮只会拔剑打架的粗鲁之人。加之财力充足，不乏珍稀药材，最适宜休养生息。"

耳边像闹鬼似的出现这么多嗓音，乔颜被吓了一跳，还没反应过来，便又听见清脆的女声，像叽叽喳喳的黄鹂鸟：

"还有我还有我！我是御兽宗的林浅，乔颜妹妹，御兽宗里有好多好多温顺可爱的灵兽，跟你一样的妖修也是所有门派里最多的。只要来我们这儿，保证跟回家一样！"

天羡子冷笑："天哪天哪，不会真有几百上千岁的女人，把一个十几岁小女孩叫'妹妹'吧？"

林浅："闭嘴！"

与小弟子面对面才能沟通的 Wi-Fi 不同，长老们的传音入密属于 5G 全覆盖，只要确定对方位置，就能随时传递。

宁宁听得一愣一愣的，好不容易找到短暂的说话间隙，立马出声问道："打扰一下……现在是怎么回事？"

"我们几个经过一致讨论，决定出手帮一帮。"

天羡子答得很快："秘境里发生了这种事儿，我们要是再硬着心肠不帮忙，那还能为人师长吗？"

曲妃卿轻笑道："与我等商讨的是纪掌门，你一介小破孩暂且闭嘴。"

然后便是纪云开没心没肺的笑，童音清脆如铃："哈哈哈对对对，小破孩闭嘴。"

天羡子被三大掌门同时禁言，一时间没了声音。

"要论对魔族的恨意，我们几大门派绝不会比其他任何人少。"

曲妃卿缓声开口，轻柔温和的女音犹如清流潺潺，在月色下显出几分惹人心醉的幽谧："灵狐族举全族之力重创魔君，无论是哪一位，都值得钦佩，更值得出境后的优待。"

"仙家宗门汇集了天地灵气，诸位长老也都精通驱邪除魔之法，若是居住于此，必定事半功倍。"

何效臣道："无论乔颜姑娘选择哪一处，其余门派都会多加帮衬，绝不会亏待灵狐族。"

乔颜哪料到竟会有此等意外之喜，心潮汹涌之间，顿时红了眼眶："多……多谢。"

"别哭啊小姑娘，还有件事没告诉你呢。"

天羡子又冷不丁冒了出来，跟打地鼠游戏里那只上蹿下跳、神出鬼没的地鼠没什么两样，语气神秘兮兮："还记得你待会儿要去做什么吗？"

乔颜努力止住哭腔，呆呆抽了口气："去秘境各处，继续寻找其他族人。"

"嗯嗯，但其中有个很严峻的问题，对不对？"

小狐狸满脸懵懂地点点头："秘境太大……我不知道能不能将他们全部找到。"

天羡子嘿嘿一笑："对！这就要我们出马啦！要论找人，怎么可以没有我们精心特制的——"

他下一句话还没出口，就被曲妃卿不由分说地掐断："抱歉，那个爷爷是不是吓到你了？别担心，秘境之中四处设有视灵，只要我们通过玄镜——探查，便可找到所有灵狐族人的位置。"

宁宁眼底亮了亮。

视灵功效特殊，能让长老们将试炼的所有细节尽收眼底，一般用来监视各门派弟子行径，保证秘境里不至于发生太过出格的事情。

这玩意儿可谓所有弟子最为反感的物件之一，哪怕相距千里，自己的丑事以及被他人暴打的经历都能被长老尽收眼底，别提有多尴尬。

然而与之相对的，视灵全方位无死角的特性……用来寻人简直不要再合适啊！

无论山间崖底、江河湖泊，只要秘境里分布有它们的影子，任何事物便都无处可藏。在今日，这玩意除了监视，显然还能发挥另一种更为重要的作用。

寻找秘境里分散的灵狐。

"我们不久前便已在细细探查，发现了好几个分散的狐族。"

林浅把那句"屋子里的视灵被裴寂臭小子砸坏之后"咽了回去，柔声道："等你们开始行动，我们会随时告知位置与路径。"

"可是——"

宁宁有些担心："我记得试炼规则里讲过，长老们绝对不能与秘境之中的任何人进行交流，否则会受到严惩。若是其他门派的长老知道此事，会不会出什么岔子？"

"我们才不管那群老古董！"

天羡子毫不犹豫，跩上了天："有谁不服拔剑来战，那些人能奈我何？"

不愧是剑修，这股子狂劲隔了十万八千里都挡不住，奈何曲妃卿冷笑一声："这位爷爷上次说这句话后，可是被打得亲娘都认不出来。"

"规矩嘛，不打破就没意思了。"

纪云开笑眯眯地开口，趴在木桌前抬起脑袋。

周围的几面玄镜里早已不再是门派弟子的影像，画面飞速流转，途经绿水高山、荒芜幽径，只为寻找一抹嶙峋的影子。

林浅察觉动静，回过头来挑了挑眉，颇有几分挑衅的意思。

想来他们这群大宗门的掌门长老时常明里暗里地相争，如此齐心协力，倒也许久未见。

不知是谁叫了声："开盘了开盘了，猜一猜哪个门派找到的灵狐最多啊！"

一阵短暂的沉默。

纪云开瞪圆眼睛深吸一口气，与天羡子对视一眼。

——齐心协力个棒槌！他们玄虚剑派就是最强的，这回必然勇争第一！

多亏有几大门派的协助，散落在各处的灵狐才终于被找齐。宁宁跋山涉水满秘境地跑，事成之后休息一阵子，便不知不觉到了试炼结束的时候。

与进入秘境时的随机站位不同，为了方便弟子们离开，此地共设有五处出口，呈圆环之势分布在各个角落。

最近的一处出口居然就在灵狐村落附近，宁宁本已经做好了离开的打算，却发觉并未见到贺知洲的身影。

不只他，还有万剑宗的叶宗衡。

这两位是出了名的死对头，她总有种不太好的预感，临近出口，杵了杵裴寂手臂："小师弟，你先陪着乔姑娘将灵狐族带出秘境，我去找贺师兄。"

裴寂皱了眉，似是不大情愿，口中却仍是应下："好。"

村落不大，宁宁有心去寻，很快在树林入口见到了两人的影子。

只是这两位，模样似乎不大对劲。

叶宗衡满脸土色，浑身发抖，眼神像是恐惧，又似是愤怒，正死死盯着贺知洲的脸，仿佛要将他千刀万剐。

贺知洲倚靠在树干旁，听见她的脚步声迅速扭过脑袋，当即露出十分复杂的神情，没做多想地大喊一声："宁宁，别过来！"

宁宁看不懂这两人的用意，停下脚步微微一愣："怎么了？"

回答她的，却不是贺知洲。

一道似曾相识的女音从身后响起，带了罂粟花般的甜腻杀气，随之而来的，还有一阵她从未闻过的异香："你说呢？"

突然出现在背后的女人无声无息，直到听见她的声音，宁宁才猛然回头，意料之外地撞见一张美艳面庞。

那是个年轻的少女，潋滟生光的眼底漾了三分媚意，如今朝她望来，目光有如阴毒的蟒蛇，满含杀机与恨意。

这个女孩，宁宁是认识的。

——竟是霓光岛的柳萤，柳姑娘！

"终于被我逮到这个机会了。"

柳萤柔声笑笑，身体周围的奇异香味越发明显，说话时吐出薄薄热气，因为二人近在咫尺，一缕一缕地拂过宁宁脸庞："一个万剑宗，两个玄虚剑派，运气当真不错。"

她在霓光岛前去瀑布拿取"灼日弓"时，由于身心俱疲还流着血，并未跟随容辞等人一同前去。直到夜半三更仍然无人归来，才明白他们都受了宁宁的骗。

"霓光岛最擅潜行，我跟在你们身后已经很久了，恐怕各位都没发现吧？"

柳萤扬起手中的小刀，慢吞吞地在手指间转了一圈："你们不清楚我，我却对你们的情况了如指掌——在场的三位，体内应该都不剩下多少灵力了吧？"

那股莫名的香气应该是毒，宁宁灵力尚未恢复，此时只觉一阵头晕目眩，抬起眼睛与另外两人面面相觑。

她自不用说，一"箭"射穿水镜后灵力寥寥，无法反抗；贺知洲被竹蜻蜓榨干了所有力气，直到今日身体还发着虚，无法反抗。

至于叶宗衡，身为与魔君正面交战的男人，他被祁寒不留余力的一击正好打中，身子骨也正是虚弱的时候，更无法反抗。

好巧不巧，这三位一起落入了柳莹手中。

宁宁：……

宁宁叹了口气："你们俩是怎么中招的？为什么不和大家一起行动，要两人来这么偏僻的地方？"

"都是叶宗衡这浑蛋想陷害我！"

贺知洲委屈巴巴，恶狠狠地瞪一眼身旁的死对头："他说发现了个宝贝，带我一起来看看，刚走到这儿便从角落里抢了个棒槌，打算把我砸晕——然后我们就一起中毒了。"

"怎么，你还有脸怪我？！"

叶宗衡不愧是厚脸皮，毫无偷袭被抓包的愧疚感，居然摆出了一副受害者的模样，怒气冲冲地应声："要不是你们和她结了仇，我早就把你打晕离开秘境，哪会跟着蹚这浑水？！都怪你们！"

这两人吵得厉害，秘境之外的天羡子却始终一言不发，若有所思。

如今试炼即将结束，弟子们都出了秘境前来此地会集。

他端着一面玄镜，一动不动守在秘境出口，身边围了一大帮长老和通关的弟子，纷纷朝玄镜里看。

"弟子们都已离开，只剩下这四位了。"

有人好心提议道："不如直接用灵力把他们强行拉出来，否则秘境关闭，可就难以逃脱了。"

"不急不急，这不还有一段时间吗？！"

万剑宗大长老上前几步，对身旁立着的华服男人朗声笑道："城主，镜子里的便是万剑宗、玄虚剑派与霓光岛的得意门生，看样子正要展开一场决战。哟，那是我万剑宗的叶宗衡，他即将突破金丹，定然表现不俗！"

他刚刚到这儿来，丝毫不了解情况，更不知道在场几位究竟有怎样的恩怨情仇。看四人对峙的模样，还以为即将上演一出正经打斗。

然而此时的他万万不会想到，自己这短短一段话，将成为今夜难以忘却的梦魇。

因为叶宗衡的表现，的确是挺不俗的。

鸢城城主望一眼身旁的小妻子，闻言展眉一笑："是吗？我对这三个门派早有耳闻，今日可算有眼福了！"

他说着低下头去，一眼就看见玄镜里的四道人影。

"剑修之间果然尔虞我诈、人人虚伪。"

柳莹不屑冷哂："你们身无灵力，已是强弩之末。我身上的毒有脱力晕眩之效，尔等必然无法反抗，今夜我定要让你们血债血偿！"

她话音刚落，耳边便响起一道尖锐的男音。

叶宗衡满脸的不敢置信，忍着晕倒的冲动连连摆手："柳萤姑娘使不得！我与你无冤无仇，为何要把我也算上！不如今日放我一马，咱俩交个朋友！"

"许曳不正是万剑宗的人？你是他师兄，弟债兄偿！"

愤怒中的女人自有一套属于自己且无法被攻破的道理，柳萤眼底怒火更浓："剑修没有一个好东西，我这是为民除害！"

这女人疯了！

叶宗衡心头大骇，好在他拥有十分丰富的与人交往的经验，在须臾之间灵光一闪。

既然不能使用强硬手段，那便只能来软的。而恰好，想要打动一个人的心，对于他来说非常简单。

"柳姑娘，切莫冲动啊！你有所不知，天下苦玄虚久矣，我也是被他们无情残害的可怜人之一！"

叶宗衡说得真情实感，毫不做作，生生演出了"小白菜，地里黄"的架势，就差流下一滴泪来：

"我与花楼里的小桃红姑娘一见钟情，本欲携手私奔，却被贺知洲那恶人向花楼嬷嬷告了一状。小桃红被抓回去毒打三天三夜，挂在那花楼门口示众……最后活生生地风干了呜呜呜！"

贺知洲闻言陡然一惊，大怒道："我呸！我连小桃红的面都没见过，怎么可能做出这种事情！自从你离开，她便也随即没了踪影，谁知道你们俩做了什么见不得人的勾当！"

"小桃红因他而死，我的心也死在那一夜。"

叶宗衡却不理会他，继续凄声控诉："我的小桃红，你死得好惨！柳姑娘，我与你目的一致，咱们理应是朋友啊！"

柳萤终究只是个年轻小姑娘，被如此凄美动人的爱情故事戳穿心肺，脸上的杀气竟然当真少了几分。

贺知洲还在兀自生气自己被造谣，宁宁则已冷静下来，细细分析局势。

柳姑娘似乎不太聪明的样子，居然能被叶宗衡彻底唬住。

这人的故事虽然假，却也能从侧面反映出来，卖惨的战术非常奏效。

要想让柳萤心软……只能比叶宗衡更惨，让她把仇恨转移到另外两人身上！

他们今日四下寻找狐族时，顺手采摘了许多奇特灵植。宁宁心下一动，从储物袋里拿出一颗血红色的蛇莓，趁柳萤不备一口咬下，当即从嘴角溢出不明的鲜红色液体。

"柳姑娘！我之所以千方百计想要赢下这场试炼，其实是有不得已的苦衷。"

她有气无力地倚靠在树边，嘴角一边滋啦滋啦冒血，一边颤声道：

"我自幼出身贫苦，爹娘含辛茹苦将我养大，唯一的心愿便是看他们唯一的女儿修有所成。可惜天有不测风云，在不久之前，我发现自己竟身患八级天花、九级麻风兼十级肺痨，只怕过不了多久便没命了！"

原来这便是各门派精英弟子的最终决斗！果真精彩纷呈，好做作不清纯！

眼看决斗沦为卖惨大会，玄镜外的鸢城城主差点一口气哽在喉咙里头，扭头望一眼身旁的万剑宗长老："这个……"

没想到对方的脸色比他更差，一对眼珠子都快要瞪出来。

"我费尽心机，只是想让爹娘看见我登顶夺魁的那一幕。"

按理来说，试炼结束时长老们会离开玄镜，特意前往入口等候宗门弟子，不可能知晓秘境里的情况。

宁宁哪里知道这处地方正在被全场围观，越说越伤心，居然当真挤出了几滴鳄鱼的眼泪，哑着嗓子哭喊："爹，娘！女儿不孝，不但叫你们白发人送黑发人，连最后的荣光也不能让二位见到，是我没用！"

她说得情真意切，嘴皮子上下动个不停，或许正是因为语速太快，衔在口中挤血花的蛇莓居然轻轻一弹，当着柳萤的面划出一道优美弧度，滚落在她面前。

"这……"

宁宁怔了一瞬。

但也仅仅是短短一瞬。

身着幽紫长裙的小姑娘轻咳一声，一把捧起那颗鲜红色圆形不明物体，念出的每个字里都满含着痛心与焦虑："这不是我的肺结核吗？！为何……为何竟咳出来了！"

居然咳出了肺结核。

这回连贺知洲都忍不住睁大双眼，露出了满脸惊恐的神色，只想大喊一声：

你有病吧！宁宁，你这浓眉大眼的，怎么也叛变了啊？！肺结核是这个意思吗？！

柳萤哪里知道所谓"肺结核"究竟是不是个核，又到底能不能被咳出来，但见她哭得那样惨烈，不由得心下一软，咬了咬牙，把视线挪向贺知洲。

宁宁与叶宗衡也一并扭头看他，两双黑黝黝的眼睛格外阴沉恐怖，静候新一轮的表演。

贺知洲：……

贺知洲从眼角滑落一滴清泪："生而为人，我很抱歉。

"不久前在鸢城集市偷偷摸了几把猪肉，我好开心，回家就在锅里洗了个手，直接烧成肉汤。要问为什么？因为我穷，太穷了。"

他不愧是专业级别的人才，说话时搭配了丰富的动作与面部表情，嘴角跟抽风似的，猛地往旁边一扯："我是个孤儿，两岁父母双亡，五岁天花，十岁中风，十五岁被骗进花楼受尽折辱。肝脏切除，脾肾被摘，身体里藏了俩支架，只想靠它们卖一点钱——这一切，都是为了给我妹妹治病啊！"

柳萤又是一僵，露出几分犹豫不决的神色。

"她才那么小，就身患重病不久于人世，我还记得出发来鸢城的前一天，那孩子拉着我的手说，想在临死前亲眼看到哥哥在试炼里夺魁。"

贺知洲眼泪不停地流，四十五度角仰望天空，不让泪水落下来："我一介废人，除了耍弄心计，怎能夺得十方法会魁首。我骗人、我阴毒、我心狠手辣，可只有她知道，我是个好哥哥——是哥哥没用，原谅我吧，木之本樱！"

他说罢嘴角又是一抽，牵引着脖子、手臂与脊背同时一晃，整个身体如同被雷电击中，站立着开始剧烈痉挛起来。

这一幕不仅被柳萤看在眼里，同样为此唏嘘不已的，还有玄镜外的诸位长老与众多弟子。

只见镜面里的白衣剑修五官㖞斜、嘴角流涎，身体如同在跳霹雳舞般不断抽搐，最后径直往地上一倒，浑身扭动着朝柳萤伸出手去："犯病了……药，药，快给我药……"

他顿了顿，又仿佛极为恐惧般厉声道："不可以！绝不能让那孩子见到我如此丑陋的模样……小樱，一定要等哥哥回家……药……药啊！"

他说话时五官也在抽抽，手脚并用往柳萤身边爬去，活像条蠕动的丧尸泥鳅。

秘境之外的一片寂静里，不知是谁说了声："要不是之前听说过这位兄弟的大名，我恐怕就信以为真了。"

"这……"

三人同场竞技，火热非凡。林浅看得瞠目结舌，心里的话憋了很久，到头来也只能说出那句无比经典的语句："这就是剑修吗？"

玄虚剑派与万剑宗的长老们纷纷以手捂面，不敢再看。唯有纪云开乐得不行，吃着糖葫芦对身旁的曲妃卿道："年轻人就是好啊！欢快。"

贺知洲蠕动爬行的模样着实恐怖，饶是柳萤也被吓了一跳。

虽然下意识想要把这团扭动的不明生物干掉，但想起他那可怜的妹妹，涉世未深的媚修小姑娘又不免心软许多，仓皇无措之下，往宁宁所在的方向退了一步。

察觉到她的动作，宁宁呼吸一滞。

贺知洲如今可谓"会当凌绝顶，一览众山小"，论悲惨程度，把她和叶宗衡甩在身后成了渣渣。若是柳萤转变目标，把主意打在她身上——

绝对不行！

眼看棋逢对手，宁宁不甘示弱地扑通一声仰躺在地，整个身体扭曲成诡异S形，右手则狠狠护住脖颈，破风箱似的拼命喘："呼吸不上来了……呼吸、我、救……爹，娘……孩儿不孝，我还不想离开你……们……"

她做戏做全套，假装捂着嘴咳嗽，其实又往口中塞了颗蛇莓，没想到刚把它咬到爆汁，就因为动作太大，一个不小心呛到了嗓子里。

于是无数双眼睛，同时见证了另一幅极度惊悚的画面。

宁宁猛然双目圆瞪，眼珠子如同即将被挤出眼眶，恐怖非常。与此同时，身形用力一抖，由S形变成了C形，瞪着血红的眼珠就是一顿猛咳，嘴里还十分应景地飙出来一串黑红色血花。

不只柳萤，连站在一旁围观的叶宗衡也惊呆了。

——怎会如此啊！你们两个不至于，真的不至于啊！这两人居然一个比一个狠，他如何才能斗得过！

不行，他必须想出一个决胜之策，赶快博取柳萤同情，从秘境里出去！

"这——"

秘境之外，城主静默半晌，努力组织语言："仙门大宗的弟子，还真是……与众不同。哈哈，哈哈。"

"别看了，别看了！简直离谱！"

万剑宗大长老差点心肌梗死，唯恐叶宗衡也在之后干出什么惊世骇俗的事来，不敢继续再往下看，凝神敛眉道："秘境即将关闭，还是由我动用灵力，将他们四人直接拉出来吧！"

天羡子亦是看得心惊胆战，赶忙应声："对对对！快快快！千万别耽误！我的宁宁欸！之前还有不少小弟子找我问她的喜好和生辰八字来着，千万别崩了啊！"

剑修说一不二，做事飞快。大长老毫不犹豫直接凝聚灵力，在探知到宁宁等人所在的位置时眉心一动，暗自用力。

于是在瞬息之间，在秘境空荡荡的入口前，凭空出现了四个神色各异的人。

柳萤满脸惊恐且非常慌乱，被身边恐怖的氛围吓到面色苍白，如同一只迷茫的小鸡崽，站在原地瑟瑟发抖。

贺知洲面目狰狞，五官好似女娲造人时随意洒下的泥点子，早已看不清原本形状。为了逼真地饰演出犯病状态，他极度痛苦地在地面上扭动爬行，活生生演出了丧尸片的效果。

宁宁仰躺在地，痛苦不堪地拼命咳嗽，犹如脱水的鱼般跳来跳去，与贺知洲的画风居然格外协调。两人往那儿一躺，绝对是能拿奥斯卡大满贯的恐怖片的水平。

而叶宗衡。

叶宗衡的脸上充满了视死如归的勇气与决意，双眼含泪，自暴自弃，猛地向前迈出右腿，以一个跨马步的姿势，陡然撕裂胸前的上衣。

在锁骨正下方，赫然生着一朵鲜艳欲滴的美艳桃花。

"你不要相信那两人的鬼话！玄虚剑派这对师兄妹阴险狠毒，说尽各种谎话，骗去了我前半辈子的所有积蓄——不得不去花楼挣钱还债的，其实是我！"

在被送出秘境的同一时间，他龇牙咧嘴地挺起胸膛，暴吼出声："没错，我男扮女装，就是当年的花魁小桃红！这胸前的一朵桃花胎记，便是最好的证明！"

最怕空气突然安静。

直到这时叶宗衡才发现，原来眼前的黑不是夜色，而是一大片黑压压的人。

神情骇人的年轻剑修衣不蔽体，跨着马步双手高举，宛如迎海而立。衣衫两襟则被狂风吹得哗啦作响，像两只翩翩蝴蝶，向身体两边悠悠飞去。

旋即音源散开，在悬崖峭壁之间来回碰撞，形成浩浩荡荡的盛大回声，犹如极乐盛宴里的立体音响，不间断地在所有人耳边回旋。

"我男扮女装——就是当年的花魁小桃红——我男扮女装——就是当年的花魁小桃红——小桃红——桃红——红——"

有的人活着，他们却已经死了。

宁宁终于察觉异常，身体如同软体动物，果冻一样面无表情、软绵绵地从地上站起来，白皙脸颊迅速烧得通红。

贺知洲爬得入了迷，加之目光自始至终紧紧盯在地面上，一时没发现不对劲，身体一抽一抽，构成了夜里最美的风景线。

柳萤本是加害者，此时却被吓成了个不折不扣的受害者，满脸惊悚地跑到曲妃卿跟前，语气里带了哭腔："岛主，他们好吓人，好吓人！这群剑修欺负我！"

叶宗衡迎风落泪，胸前的红色小桃花美艳非凡。

他只觉得，夜里的风吹在胸口上，和他脆弱的小心脏一样，好冷啊。

万剑宗掌门倒吸一口凉气，翻着白眼往后一倒，幸好真霄站在他身后，颇为不忍地抬手扶了扶。

全场鸦雀无声，恍如时光凝固。

唯有裴寂面无表情地迈着长腿走到宁宁身边，从储物袋里拿出外衫，罩在她脑袋上，扯着小姑娘的衣袖就往人堆外面走。

宁宁神志恍惚，一只手捂紧外衫，另一只手攥住他衣袖，低着头跟在裴寂身后，从嘴里发出古神低语般的混沌低喃："呜呜呜……裴寂寂呜呜呜他们看不见我看不见我……"

贺知洲原本还在专心致志地抽来抽去，半晌之后终于察觉到不对劲，面部僵硬地抬起头。

贺知洲：……

贺知洲干笑一声，趴在地上用手轻轻抚摩大地，神色凄凉地做出蛙泳姿势，手脚并用往前划："我在地上练习游泳呢，你们要不要一起来？哈哈。"

幽寂夜色里，最后响起一道无比尖锐的喊叫："救命啊，万剑宗的叶宗衡师兄晕过去啦！"

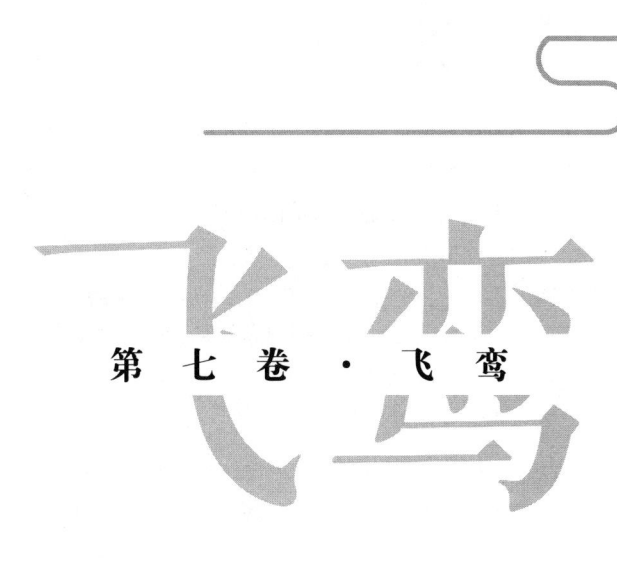

第七卷·飞鸢

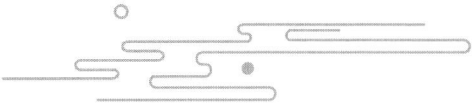

第一章 醉寂醋意大发

宁宁缩在裴寂的外衫里,一步步跟着他上了飞舟,在一个僻静无人的角落乖乖坐好,安静如鸡。

之前来的时候,是郑薇绮陪着坐在她身边,如今两人分开试炼彼此见不到,加之宁宁脸红得厉害,谁也不想见,坐下后轻轻拉了拉裴寂衣袖:"裴寂,你就坐我旁边好不好?"

他抿了唇,虽是面无表情,眼底却并没有任何不耐烦或拒绝的神色,在十分短暂的静默后低低"嗯"了一声。

其实裴寂有点不大高兴。

从宁宁说要独自去找贺知洲的时候,他就觉得胸口像是堵了什么东西,沉甸甸地压在上面,惹得心里又闷又烦,差点就脱口而出告诉她:不要总是单独和贺师兄待在一起。

这个念头刚一浮上脑海,他就被逗得暗自发笑。

且不说他与宁宁之间并不亲近,没有任何身份和理由对她指手画脚,单论他自己——

裴寂想,宁宁和贺知洲关系再好,跟他也没有丝毫关系。她想与谁亲近就与谁亲近,他干吗要一直在意?

……但他还是莫名其妙地有点不高兴。

连带着他在帮乔颜押送奄奄一息的魔族离开秘境时,脸色都冷得可怕,把某个魔修吓得浑身哆嗦,当场问了句:"你如果要拔剑,能让我死得干净利落点儿吗?"

后来他在玄镜里见到她与贺知洲互飙演技时也是。

虽然宁宁觉得没脸见人,裴寂却并不觉得那是多么丢人的行径。当他看着玄镜里的画面,有个小小的、卑怯的念头在心底悄悄萌芽。

宁宁与贺知洲在一起时总是那样鲜活,贺师兄能陪她笑着打闹,他却无论如何都做不到。

他太闷，脾气也不好，因为从小到大都生活在打骂与刀光剑影里，完全不懂得应该如何让旁人开心，没有养成弑杀暴虐的性子就已是万幸。

他永远静默得像块背景，只有在杀伐见血时，才能靠剑术与狠劲博得些许存在感，其余时候——

想到这里，裴寂不免又觉得心烦意乱。

宁宁才不会在乎他究竟能不能让她开心，他却暗自纠结这样久。在她心里，这个不怎么熟悉的小师弟一定与其他任何人没什么两样。

"呼呼。"

承影感知到他这个念头，语气贼兮兮地一针见血："所以说，在你心里，她和别人有很大不一样啰？"

裴寂：……

裴寂干巴巴地应它："你想多了。"

"我倒觉得她对你挺不错的。还记得宁宁之前说的那三个字吗？"

它嘿嘿笑笑，捏了嗓子道："裴寂寂，你当时听见这个称呼，可是心跳加快了好多好多呢！什么时候也叫她'宁宁'试试，别老是'小师姐'了嘛！"

裴寂没说话，不动声色地抿了抿唇。

他就算不高兴，也不会刻意表现出来让旁人烦心，而是习惯将所有情绪藏在心里。

身边的宁宁本就心神不宁，自然不会察觉到他的所思所想，捂在外衫中沉默了好一会儿，忽然抬起头看他。

她的眼睛很漂亮，圆润漆黑得像两颗葡萄，在灯光下映出浅浅的流光。尤其这会儿长发被外衫蹭乱，零散游弋在白皙面庞，鼻尖和侧脸还残留着桃花般的粉色，直勾勾望着他时——

裴寂抱着剑的手指悄悄一紧，沉声问道："怎么了？"

"你，"她有些犹豫，声音小小的，很快把视线垂下去，"你有没有看见……镜子里我和贺知洲他们发生了什么？"

这个问题的答案，理应只有"有"或"没有"。

可裴寂却反问她："我有没有看见，很重要吗？"

连他也没想到自己会下意识说出这句话，一时间和身边的小姑娘同时愣在原地。

这不像是裴寂会问的问题，他向来厌烦多余的事情，从不拖泥带水，宁宁惊诧之余，因为这段话微微一愣。

——很重要吗？

好像，似乎，真的有那么一点点重要。

她对此莫名地感到在意。

直到被裴寂问起,她才终于意识到,当离开秘境,当着那么多人的面,她想的居然不是"糟糕,社会性死亡",而是"糟糕,不会被裴寂看见吧"。

宁宁没有说话。

过了好一会儿,她才又用外衫把自己裹紧,像之前那样缩回角落。

裴寂看不见她的表情,只能听见属于宁宁的声音,带着一些迟疑轻轻说:"……嗯。"

裴寂从没想过能得到这样的回答。

他不在乎任何疼痛与折辱,此时却因为这短短的一个字,心口重重一落。

"如果你没有看见,我会觉得开心一些。"

宁宁的模样像只圆滚滚的仓鼠,脑袋被全部包裹在外衫里,不时悠悠晃动。顿了顿,又慌乱地迅速补充:"其实也不是很在意啦……只是,嗯,有点想知道。"

裴寂忽然有些想笑。

心里的烦闷不知怎的在此时消散一空,他垂眸靠坐在椅子上,侧头瞥她缩成一团的模样,语气不容置喙:"没有。"

"真的?!"

宁宁闻言立马从外衫里探出脑袋,眼角眉梢都带了笑,嘴角更是高高兴兴地咧开,似是觉得不对劲,又皱了皱眉:"你不会是骗我吧?"

裴寂面色不改:"没有。"

她这才得了安心,笑着继续道:"那你不要问别人,今日在秘境里发生了什么!"

裴寂:"好。"

宁宁满意得不行,想了一会儿,又认认真真告诉他:"其实我们也没发生什么,就是打了场架……剑修之间的终极对决,懂不懂?但你也知道,我灵力不够,所以有些狼狈。"

承影"啧啧"了几声。

看这丫头的表情,完全不像她口中"也不是很在意"的模样嘛。

试炼大会的开始与结束都在半夜,灵狐与魔修们都被带往长老们聚集的阁楼,等待进一步商议与决策。

通过试炼的弟子们疲倦非常,早早便回了客栈休息,等待一天后公布排名结果。

宁宁一觉睡到了第二天下午,为庆祝天羡子门下的小徒弟都通过第一轮试炼,众人决定前往赫赫有名的天香楼庆祝。

天香楼以荟萃南北美食、菜品繁多而著称,尤其酿酒工艺一绝,是鸢城里首屈一指的大酒楼。

一行人被安排在三楼的雅间,郑薇绮通过试炼后神清气爽,趁着上楼的间隙说个不停:"这可比学宫文试舒服多了!打打杀杀多好啊!扛着剑就是打,吟诗作对算什么东西?"

这番言论惊世骇俗,宁宁闻言轻声笑笑,想起之前对裴寂的承诺,旋即道:"今日我请客吧。"

"不行不行!这钱怎么能让宁宁出,肯定得由我这个当师兄的来啊!"

贺知洲一想到能有美食入腹,就很没有风度地咧嘴傻笑:"上次在浮屠塔里赚的私房钱还剩下一点,就当感谢天羡师叔长久以来的照顾,这顿我请了。"

天羡子虽然穷,但好歹有个师尊的身份。这只不过是一顿饭钱,若是让小弟子请客,脸上的面子总感觉有些挂不住。

于是全玄虚剑派最最贫穷的长老拂袖一笑,摇头朗声道:"试炼刚结束不久,理应是我这个做长辈的来犒劳你们。不必多言,这顿饭由我包了!"

"这哪儿行啊!"

身为全玄虚剑派最最贫穷的弟子之一,贺知洲同样对自己的资产毫无自觉,赶紧从怀里掏出钱包:"我来我来!今夜咱们不醉不归!"

要么打从一开始就不提请客这一茬,要么就坚持到底,把账款付清。若是中途退却,总觉得略逊对方一等,让人浑身不自在。

天羡子暗道这哪儿成啊,连忙也从储物袋里拿上小布包,一把将贺知洲的双手往下按:"师叔好不容易带你们出来一趟,你就别倔了!"

两位穷鬼同时爆发了超常的决胜欲,一边往酒楼上面走,一边不甘示弱地掏出钱包推来搡去,跟跳二人转似的,两具身体左摇右晃,手里的钱袋子被舞得上下乱飞。

宁宁跟在他们身后,本来还在与郑薇绮猜测着究竟谁会拿下今晚的订单,看到一半,声音差点全噎在喉咙里——

他们的小阁位于天香楼第三层,因而穿过灯火通明的长廊,必然会经过楼梯。

而贺知洲与天羡子,此时仍在师徒情深地相互推搡中。

身后响起一道似曾相识的男音,似乎是鸢城城主的声线,满带了惊喜与笑意:"啊!这不是玄虚剑派的天羡长老和诸位小道长吗!"

这道声音响起得猝不及防,天羡子听出它的主人,暂时分了心,迅速扭过脑袋。

而贺知洲并未料到他突变的动作与分神,依旧全神贯注地把右手搭在对方手臂上,笑得羞涩,猛然一推。

只可惜,这一次却不再是势均力敌。

于是鸢城城主与城主夫人,在夜晚的天香楼里,见到了今日最为恐怖的一幕。

天羡长老本与一名弟子相伴而行,在听见喊声后匆匆回头,朝二人露出一个爽朗的笑脸。

然后他在下一瞬间陡然变了脸色，与此同时身体后仰向下一滑，在百般仓皇之下，依靠着最后的本能伸出手去。

可惜信任与师徒情谊终究是错付了，那名弟子并未做出任何动作，只是呆呆地愣在原地。

当手指堪堪掠过他衣袖时，天羡长老终于再也绷不住表情，眼睛嘴巴与鼻孔以常人无法想象的状态，全部比原先扩大了三成有余，惊悚非常。

从他的满目惊恐与疑惑里，任何人都能脑补出一场仙门里师徒相残、腥风血雨的秘辛。

——竟是那名与他同行的弟子乘其不备，一把将他推下了楼梯！

貌如滴仙的城主夫人深吸一口气，牢牢抓住丈夫手臂，不愧是美人，连尖叫的声音都格外清冷动听："救命啊——！杀人啦——！"

贺知洲生锈的大脑终于转过弯，意识到发生了什么事情，舞着手里的钱袋大叫："师——叔——！"

天香楼三层与二层的食客听见喧哗，纷纷开门一探究竟，当目光瞥向楼道，无一不露出惊骇十足的表情。

只见白衣青年被猛地一推，以极端恐怖的神态向后仰倒，如同一个不停旋转的大风车，在长长的楼梯上不断翻滚下落。

脑袋与脚底你方唱罢我登场，在惯性作用下轮流与楼梯进行亲密接触，当一张毫无血色的惨白人脸在半空高高扬起时，满满全是生无可恋。

而当他终于摊大饼般仰躺在平地上时，正正好摔在城主脚边。手中钱袋应声而落，从里面掉出几颗可怜巴巴的灵石。

有不明真相的人从旁边路过，低头看了眼那几颗石头，发出略带嫌弃的一声"啊噫"。

天羡子抽搐了一下。

这袋子里的钱，加起来还没他现在的血压高。

贺知洲试探性地叫了声："师、师叔？"

天羡子没理他，而是一言不发地向前挪了挪，来到楼梯扶手旁，试图借助它站直身子。

只见他用两手攀着上面，两脚再向上缩，瘦削的身子向左微倾，显出努力的样子，贺知洲看见他的背影，泪很快地流下来了。

不知道他立刻挥笔写一篇文章，歌颂师叔的恩情有如山体滑坡，还能不能在被打得七零八落之前，让天羡子小小地心软一下。

一片混乱里，不知是谁迟疑道了声："摔下去那位……似乎是玄虚剑派的天羡长老。"

"玄虚剑派？就是那个把人头挂在飞舟上的玄虚剑派？！"

有人骇然应道："先是做出那等丧尽天良之事，如今又当众同门相残——不愧是他们！"

此话刚落，楼道里的议论声便此起彼伏：

"等等，你们有没有发现，将他推下去的那人……似乎与飞舟上的那颗头有七分相似！"

"难道是那人的孪生兄弟知晓此事，特来报仇？"

"依我看，恐怕是那个死去的人从地府里爬了出来，专程取天羡子的性命的！仙门纠葛，岂是我等所能参透的！"

群众的联想能力堪称一绝，生生脑补了一出仙侠复仇恐怖天雷狗血剧。

可怜天羡子啥事也没干，就被送了个"仙门第一砍头狂人"的称号。

食客们看完了热闹，叽叽喳喳地把门关上，最终得出一个结论：大家千万不要报名玄虚剑派。

在场包括宁宁在内的几名弟子静默无言，不知应当如何是好。

所有人里，唯有鸾城城主心头大骇，神情惶恐。

——因为他终于想起，推天羡子下楼的那名年轻剑修，正是当初玄镜里浑身扭动爬行、被小桃红公子控诉蛇蝎心肠的贺知洲！

不愧是五岁天花十岁中风，外加在花楼被欺辱到精神失常，他果然心狠手辣不是个正常人，居然在众目睽睽的天香楼里当众弑师！

鸾城城主站在原地，很是尴尬。

他，骆元明，城二代兼天才符修，一辈子循规蹈矩，没做过也没见过多么出格的事情，今日亲眼见证贺知洲当众弑师，简直离经叛道得超出了想象力的极限。

众目睽睽之下，天羡子勉强抓着扶手，从地上晃晃悠悠地爬起来。

因有剑气护体，这位剑道大能并未受伤，但从他故作坚强的表情来看，一颗心早就随着那句"仙门第一砍头狂人"碎成了渣渣。

骆元明望见天羡长老深深吸了一口气，身边罡风骤起，吹得灯火摇曳不停。

"天、天羡长老。"

他叫得谨慎，与身旁的妻子对视一眼，继而沉声道："你还好吧？在下会向鸾城百姓做出解释，你……别太难过。"

哪知天羡子并未立刻应声，眯着猫一样敏锐的双眼，幽幽看了看他，眼神很是瘆人。

"天羡长老？"

天羡子皱着眉摇头，声音突然大了好几倍，那叫一个义正词严，整个楼道都能听见："我明明是真霄剑尊，城主认错人了吧！"

骆元明：……

骆元明的第一反应，是这位长老摔坏脑子，把自己当成了别人。可仔细一想，又觉得不太对劲。

——大哥！都这种时候了，你还在用坑人这一招来维护自己的面子啊！真霄剑尊做错了什么，才要被如此对待！

他真傻，真的。

他本以为天羡子身为长老，理应有那么一点点正形，然而玄虚剑派，果真不同凡响。

上上下下千百号人，就他接触过的几个而言，徒弟坑师父，师弟坑师兄，好像没有一位是正常的。以他们的风评，就算哪一日来场惨无人道的弑师大会，骆元明都不会觉得奇怪。

"那个……真霄剑尊。"

眼看天羡子听见这个称呼，立马一副回光返照、春风得意的模样，骆元明眼角又是猛地一抽："剑尊与小徒弟们一同来天香楼，在下自然要尽地主之谊。今日请诸位随意玩乐，由我来包揽全部费用。"

天羡子蹲在地上，仔仔细细把灵石一颗颗捡起来："这怎么行？哪能让城主破费！"

他这些钱哪怕加了五倍，恐怕也负担不起这里的一顿饭钱。

骆元明颇为心疼地打量一番天羡长老洗得发白的衣衫，语气不变，继续温声道："在下之前有求于长老，今日一餐，就当聊表谢意。"

……有求于他？

宁宁一直关注着这两位的交谈，听到这里不免感到好奇，转瞬之间，便听得天羡子说："提起那件事……当真极为难办。我与天羡师弟商议许久，也调查过鸾城里的魔气，结果一无所获。"

这人入戏太深，直到此时仍然坚定地认为自己就是真霄剑尊，停顿片刻后正色补充："就怕不是魔物作祟，而是有人刻意而为之。"

"剑尊的意思是，城中有人……"

骆元明神色一凛，把声音压低许多："此事不宜张扬，还是等明日法会事毕，再与其他长老一同商讨。近日来长老多有费心，骆某真是不知应当如何感谢。"

他说罢叹了口气，转眼望向身旁的妻子，眼底漾出几分柔色："希望能尽快查明此事，近日来城中人心惶惶，鸾娘也整日害怕，不得安生——我先带她去雅间进食，道长们也请吧。"

鸾娘抿唇一笑，眼底尽是艳丽媚色，谈笑间扶住骆元明胳膊："真霄剑尊，天香楼内美酿佳品类繁多，其中藏酒'九洲春归'最是有名，不妨一试。"

天羡子知道这对夫妻情谊甚笃，差点被狗粮塞到饱，等和两人道了别，便听见宁宁细细柔柔的嗓音："师尊，鸢城里出了什么事吗？"

"是不是城中女子失踪那件事儿？"

郑薇绮跟着她噔噔噔下楼："听说已有好几个女孩不见了踪影，始作俑者一直没找到。"

天羡子点头："此事很是棘手，那人修为有成，很擅隐匿行踪，我们在鸢城寻了个遍，也探访过失踪女子家里人，什么有用的消息都没捞着。"

他说话时瞥见仍有好几个外人朝这边探头探脑，眉头一皱，化作人形大喇叭："赌上我真霄剑尊的名号，势必要拿下凶手！饶是天羡子那等神机妙算玉树临风之辈，也绝不可能比我更有效率！"

林浔还沉浸在师尊的旋转大风车里无法自拔，替他拼命犯尴尬癌，差点脸红窒息死去。乍一听见这声吼叫被吓了一跳，低声问身旁的孟诀："孟师兄，师尊他没事儿吧？"

谁料孟诀抬起眼皮睨他，声音和神态都是淡淡的，看不出任何虚伪与假装："孟师兄是谁？我不是叫'江妄'吗？"

江妄，是真霄大徒弟的名字。

林浔：……

林浔："好的，江师兄。"

宁宁被贺知洲赠予过"福尔摩宁"和"宁青天"的称号，就她本人而言，对于鸢城少女失踪的案子也极为好奇，直到坐在席间，仍不忘向天羡子询问具体情况。

"失踪的那些啊，全是十六七岁的小姑娘。"

天羡子经历了一番社会性死亡，正需要点别的话题转移注意力，见她如此感兴趣，自然知无不言："说来也奇怪，她们出身普通，体内也并无灵力，最大的可能性只有魔族邪修作祟，以人命为祭。然而鸢城四下皆无魔气，要说其他人……掳走那么多姑娘，好像又没太大用处。"

这是彻彻底底的无差别作案，凶手在街头巷尾、荒郊田埂皆有出没，失踪的女孩们亦是身份各异。因为没有规律，所以难以找到任何可供推理的线索，实打实地令人头大。

"城主府顶端那座鸢鸟像，师妹还记得吗？"

孟诀温声道："之所以用上它，就是为了找出有关凶手的蛛丝马迹——不过似乎到目前为止，并没有太大收获。"

宁宁恍然点头。

那座鸢鸟像被施了术法，能记录城中影像，贺知洲和叶宗衡互相碰瓷儿的时候，就是吃了这玩意的亏，被当众毫不留情地戳穿。

当时的确有人说过，鸾鸟像和一连串的失踪案有关。

"最邪门的是，城主为了查明此案，特意寻来了道士请魂，结果把姑娘们的生辰八字念了个遍，没一个魂魄被招过来。"

天羡子坐在木椅上，双手环抱斜倚在后，他不过二十多岁的模样，加之生得面如冠玉、风流不羁，很难看出是个令妖邪闻风丧胆的剑道大能。

他说着抬手比了个"二"的姿势："两种可能，一是她们都还没死；二是连魂魄也不复存在了。"

无论是哪一种可能性，细想之下都叫人毛骨悚然，而他们掌握的线索甚少，一时半会儿压根讨论不出结果。

"咱们好不容易出来庆祝一回，要不说点别的？"

郑薇绮用手托着腮帮子，从嘴角溢出一丝笑："你们知不知道，其实'鸾鸟'这个意象，除了祥瑞安宁之外，还代表矢志不渝的爱情哦。"

林浔闻言呆呆一愣，不知想到什么，头顶的龙角染了层浅浅粉色。

"我以前好像听过有关于此的传说。"

宁宁应道："传说鸾鸟虽是太平祥和的化身，自己却一生孤苦，寻遍了四海八荒，只为找到能与之相伴的另一半。"

"对对对！"

郑薇绮拊掌一笑，弯弯的眉目间露出几分探寻之色："师弟师妹们年纪也不小了，有没有遇见什么中意的人？"

天羡子立马来了精神，挺直腰板正襟危坐，目光悄悄往宁宁和裴寂身上跑，唯恐被其他人发现，跟做贼心虚似的。

宁宁面无表情地端起面前的茶杯，用来掩饰自己此时此刻神情的异样。

茶杯碰到嘴边才愤愤地想，不对啊，她清清白白，身正不怕影子斜，神色怎么可能不对劲，绝对不会、绝对不会。

这个念头一晃而过，耳边猝不及防传来郑薇绮的笑声："哎哟喂，我说师弟师妹，你们俩怎么同时端起茶杯喝啊？这里面……不是还没上茶吗？"

宁宁：……

宁宁扭头望一眼身旁的裴寂，两人果然正保持着同样尴尬的姿势，仿佛一个模子刻出来的。他察觉到这道视线，神色淡淡地投来一瞥，又很快把目光收回去。

她没说话也没动，垂眸又往杯子里看了一眼，黑漆漆的一片，空空荡荡。

哦，果然是空的，那没事了。

"我有些口渴，也不知道茶水和饭菜什么时候能送上来。"

宁宁很懂得随机应变的技巧，努力从嘴角勾起一抹笑，轻轻放下杯子。

茶杯触碰到桌面的瞬间，裴寂那边也传来一模一样的放杯子时发出的轻声闷响。

然后是郑薇绮实在憋不住扑哧一笑。

天羡子抿着疯狂上扬的嘴角，抬头便听见一阵敲门声，继而雅阁房门被打开，终于上菜了。

天香楼不愧为赫赫有名的顶级酒楼，房门甫一打开，便能闻见令人垂涎三尺的菜香。

再看一盘盘被端上圆桌的菜肴，红烧肉形如玛瑙，油光透亮，肥美鲜嫩的肉与油脂浸在肉汁里，被灯火映出橙红色泽；鱼汤泛着滚滚热气，于氤氲白烟中隐约露出晃荡着的奶白汤汁，枸杞与葱花漂浮其上，只需看上一眼，就能轻而易举想象出入口时细腻浓稠、热气四溢的甜香。

天羡子这厮鸡贼非常，自从摔下楼梯得了城主请客的承诺，之前在众目睽睽下摔倒的郁闷便消散大半，连带着看贺知洲，也重新有了几分顺眼。

他本来就是不爱计较的性子，当即被琳琅满目的菜肴吸引全部注意力，乐呵呵地出声："大家都别客气，我开动了！"

宁宁自然不会觉得拘束，伸手夹了块糖醋藕片。

咬开外面的一层金黄糖浆，牙齿便能触及被包裹在内的雪白藕片。糖浆酸甜，黏糊糊地浸在莲藕孔隙之间，藕片清脆酥脆，一口咬下时能听见咔嚓一声脆响，醋汁微酸，与白糖香气一股脑地在舌尖溢开，带了点凉丝丝的气，将夏日烦闷消减大半。

好吃。

"啊，好吃！"

贺知洲吞下整整一口的红烧猪蹄，眉宇间尽是无比幸福的笑意："比咱们宗门里的烤鹅和西瓜好吃多了！"

郑薇绮毫不犹豫地戳穿他："这能怪玄虚剑派？要不是你自己整天大手大脚乱花钱，能沦落到去饭堂讨饭？"

宁宁低下脑袋闷声扒饭，林浔倏地红了脸，摸一摸自己空瘪的钱袋。

他们叽叽喳喳说个不停，唯有裴寂自始至终没怎么出声。

若要说的话，这好像是他头一回与这么多人一起吃饭，席间笑声不停。

他早就习惯了孤身一人，没人愿意接近血脉不纯的魔族后裔，裴寂便也渐渐学会刻意疏离，将自己与旁人隔开深深的间隙。

久而久之，他已经快要忘记了与人相处的方式。

至于此刻，在这间雅阁里，虽然大家围坐在一桌，他却同样是格格不入，游离于众人之外。

少年自厌地皱起眉头，眼底尽是浓郁暗色。

他实在很糟糕，孤僻又嘴拙，连主动和宁宁说句话都做不到。

这个念头让裴寂微微一愣。

为什么……偏偏会在这种时候想起她的名字呢？

"裴寂，裴寂。"

耳边传来含了笑意的清脆声线，裴寂冷冷抬眸，见到宁宁侧过脑袋，正饶有兴致地看着他："你怎么一动不动？怎么，夹不起菜啊？"

他不明白这句话的意思，瞬息之间忽然见她凑上前来，笑眼盈盈地伸出右手："你看，拿筷子应该像我这样——你的姿势全错了。"

裴寂的那位娘亲怎会教他如何拿筷子。

属于女孩的清香取代了菜肴香气，他一时有些局促，放缓呼吸垂下眼睫，学着她的手势慢慢调整动作。

"不是这样。"

那边的几位聊得热火朝天，她的声线无比清晰地在耳边响起，宁宁伸了左手，轻轻按在他瘦削的指节上。

然后她用了小小的一点力道，带着他的食指向下移。

他的食指中央有道横亘的刀疤，是儿时娘亲怒极拿了刀，裴寂无从躲闪，只能抬手接下。

宁宁显然发现了那道旧伤，飞快地眨眨眼睛，几乎是条件反射地伸出拇指，在疤痕上轻轻拂过。

有些酥酥麻麻的痒，像电流一样滑过伤痕。

裴寂因为这个再微小不过的动作脊背微僵，屏住呼吸。

"这个……"

宁宁第一眼见到它时，便想起了原文里关于裴寂童年的叙述。那位半疯半狂的母亲将他当作负心魔修的替罪羊，整日变着法子侮辱打骂，留下了不少伤疤。

她摸上去时没想太多，只觉得愤怒和一点点难受，等察觉到裴寂身形一愣，才意识到这个动作多少有些暧昧，声音小了好几度，故作镇定地问他："现在还会疼吗？"

裴寂的声音带了些喑哑："不会。"

她仍是低头望着他手指，闻言迅速把这一篇揭过，除了长发下的耳朵悄悄发烫，没有任何异样："然后是拇指，要往上撑一点——你把筷子拿成这样，很难夹起来什么东西。"

裴寂很听话地照做，不露痕迹地将手指闭拢，藏起更多的老茧和伤疤："……嗯。"

"酒酒酒，酒来了！"

天羡子与郑薇绮偷看得不亦乐乎，满脸都是笑。唯有贺知洲脑袋灌铁，读不懂气氛，欢欢喜喜地叫道："真男人谁会好好拿筷子！裴寂，你别听宁宁的，来，跟师兄们喝酒，今夜不醉不归！"

宁宁闻言匆匆抬起头来，把手从裴寂手指上挪开。

天羡子面带微笑，在心里念了九九八十一遍静心咒，努力让自己不至于拔剑而起，把此人砍成肉渣下饭。

天香楼内藏酒众多，其中"九洲春归"最是闻名于世，传说滴滴似仙露，幽香醇正，回味无穷。

楼中侍女为每人都添了杯，宁宁上辈子、这辈子都没喝过纯正的酿酒，端起酒杯轻轻一闻。

"九洲春归"清澈如明镜，荡漾出回旋的圆圈。酒香清而洌，有如皑皑白雪初初融化，自带一股沁人心脾的清冷甘洌。而余韵绵远悠长，香醇之感自鼻尖滑入喉头，恍如春风拂面。

她满心好奇地尝了一口，不由得皱起眉头。

好辣。

裴寂听见宁宁迅速放下杯子，沉默着举起瓷杯。

他也从没喝过酒，小时候没钱，大了没时间。

"大家一人一杯，可不许耍赖。"

天羡子品了一口有如升仙，乐呵呵笑道："这酒不烈，重在味道醇正，你们尽管放心喝。"

郑薇绮也笑着接话："裴寂师弟，快来快来！你可别以为故意坐在一边不说话，我们就不让你喝了。"

听见必须喝酒，宁宁露出了有些为难的表情。

"裴小寂！到你出马的时候了！"

承影激动得不行，在心里猛踹他："宁宁显然不想喝酒，这时候当然要靠你给她挡酒！快快快，快满腔豪气地说一句'我帮你喝'，嘻嘻嘻！"

裴寂也看出她并不喜欢酒的味道。

他很少会对承影言听计从，但瞥见宁宁皱了眉，没做多想地伸出手去，一把拿起她的酒杯："我帮你喝。"

宁宁还没反应过来，就见他头一仰，把整杯酒灌进嘴里。

现场一片沉默，所有人神色各异。

天羡子强忍笑意，肩膀抖个不停。

妙哉妙哉，裴寂长大了。

宁宁耳郭微红，说不出话。

等、等一下！裴寂像这样拿过她的酒杯，那他们岂不是间接接……接吻？

孟诀皱了眉，目露担忧。

这酒是出了名地醉人，如此豪放地一口入腹，恐怕不妥。

林浔满心羡慕，嘴巴张成了圆圆的O形。

裴寂师弟好有担当、好温柔！这样挡酒也太帅了吧！

裴寂面无表情。

裴寂红了眼眶。

……好辣。

裴寂猛地把酒杯放在圆桌上，竭尽全力不让自己吐出来，强忍着喉咙里灼烧般的刺痛把"九洲春归"往下咽，后来实在难受，下意识抬起右手捂住脸。

否则他表情太恐怖，很可能吓到身边的人。

宁宁试探性问了声："裴寂？"

裴寂没有回应。

随即哐当一声，整个人直挺挺地向后仰倒，咚地摔在地上。

——救命啊！裴寂帮宁宁替酒，结果自己倒啦！这也太逊啦！！！

承影被吓得花枝乱颤，恨不得跪地啃土，发出一声无比惊恐的尖啸："不——！裴——小——寂——！"

贺知洲惊恐万分，脑补出了八百万字的推理小说："酒、酒里有毒？！"

"有毒个棒槌！"

郑薇绮一掌拍在他后脑勺上："他这是喝醉了！"

"喝醉了？"

贺知洲不敢置信，双眼睁得圆滚滚，直勾勾望向被宁宁匆忙扶起来的裴师弟。

有没有搞错，这可是《剑破苍穹》里狂霸炫酷跩的男一号啊！据宁宁剧透，此人心狠手辣、狠戾非常，砍反派跟砍菜似的，简直是个行走的狠人。

这样的人居然一杯……不对，几滴就倒了？！

"这这这，"天羡子看蒙了，"这该如何是好？裴寂怎会如此……"

宁宁见他睁着眼，似乎还剩下一点意识，满心忧虑地问道："你还好吗？"

裴寂还是没出声，黑黝黝的双眼里一片空洞，过了半晌才意识到她在说什么，后知后觉地点了点头。

"这不会是他第一次喝酒吧？"

天羡子哪能想到剧情会如此急转直下，迟疑着开口："裴寂这……还真是一只小鸡啊？"

孟诀叹了口气，从座位上起身："裴师弟这副模样，不宜留在天香楼。我送他回客栈休息，你们继续喝酒吧。"

"不用不用！我来就可以！"

宁宁本来就不愿意喝那什么"九洲春归"，此时见裴寂一倒，心里便更加抗拒。要想避开喝得烂醉如泥的下场，只有借着送他回客栈的名义，尽快离开天香楼。

她的理由十分正经，然而天羡子闻言，却露出了不可言明的微笑，一边笑一边拉着孟诀坐下："就让宁宁来吧。他们二人向来关系不错。"

"多谢师尊！"

宁宁哪会知道他的所思所想，一想到不用喝酒便扬起嘴角，杵了杵裴寂衣袖："你还能走路吗？"

天羡子笑着抿了口酒，心情大好。

年轻就是好啊，只不过是单独送他回客栈，就能让小姑娘开心成这般模样。你看她，笑得多开心。

"你以前真没喝过酒啊？有没有觉得哪里不舒服？"

宁宁双手扶着裴寂胳膊，带他走在鸢城街道上。

夜晚的鸢城灯火通明，车水马龙，飞阁流丹上出重霄，勾连成片。上有繁星点缀其间，下有长明灯火处处辉煌，商贩的叫卖声织成细密的网，随风笼罩整个城区。

裴寂神色恍惚，似乎低低"嗯"了一声。

承影还在他识海里拼命挣扎，上蹿下跳："裴寂，你清醒一点啊裴寂！宁宁就在你旁边，你可别做什么丢人的事！"

宁宁。

那口酒火辣辣的味道仍然残留在舌尖，散开一道道令人烦闷的热气，让他情不自禁地心烦意乱，大脑一片混乱。

然而当这个名字落在耳膜上，裴寂却目光阴郁地皱了眉，死气沉沉的心重重一跳，也正是在这分神的间隙，脚下一绊。

宁宁原本保持着搀扶着他的动作，见状赶紧侧身上前一步，用另一只手撑住裴寂胸膛。

于是他总算没有摔倒在地，而是堪堪地伏在她肩头。

靠、靠上来了。

而她的手掌无比贴近地按在他胸口，能感受到少年人剧烈的心跳，扑通扑通。

宁宁的心跳也跟着扑通扑通。

夜色浓郁，裴寂身上满是冷冽的酒香，呼吸则带着一股侵略性十足的热气，尽数游散在她脖颈上，像一只柔若无骨的手，抚摩在最为敏感的皮肤上。

宁宁连呼吸都差点忘记，只觉得心口被狠狠一撞。

救命救命，这算是……这算是哪门子事啊。

"裴寂？"

她强忍着脸红的冲动，低低叫了声他的名字："你还能站起来吗？"

宁宁说着双手同时用力，准备把他向上推，哪知裴寂突然一动，抬手撑在她肩头上，把身体稍稍站直一些。

但也仅仅是"一些"而已。

这个姿势比之前更让她不知所措。

裴寂依旧俯着身子，清冽气息沉甸甸地压下来，有几缕黑发落在宁宁颈窝，惹来丝丝的痒，从外人的角度看来，仿佛是他刻意压在她身上，倾身向前。

而两人的面庞离得格外近，黑衣黑发的少年沉默着凝视她许久。

他的瞳孔漆黑透亮，如今映了街道两旁的灯火，晕开一层暧昧幽光。那双眼睛向来古井无波，这时却幽暗深沉得不像话，内里杂糅了许许多多宁宁看不懂的情绪，或是说，执念与渴望。

像两道疯狂的旋涡。

当裴寂双眼一眨不眨地望过来，她能在火光中见到自己的影子，正正好位于旋涡中央，随时都有可能被吞噬殆尽。

宁宁被看得有些心慌，又叫了声："裴寂？"

裴寂却并未理会她。

而是向前一步，靠她更近。

这一切都由他主导，宁宁想把视线移开，那双深潭般的瞳孔却渐渐紧逼，身体亦是无法逃离他掌心的桎梏。

浑浊的双眸光影明灭，他像是头一回见到她，神色阴戾地无声端详。在混沌不堪的意识里，有个声音对裴寂说：

这个女孩，他是认识的。

不对，不是小师姐，他并不喜欢那个称呼，理应是——

裴寂定定地看着她，不知怎的突然笑了，温热的呼吸顺着夜风，抚在宁宁脸颊上。

他的声音也像醉了酒，轻飘飘的，含着几分哑，嘴角却带了点细微弧度，声音与热气一并涌上来。

"宁——宁。"

从前的他，从来没有亲口说出过这个名字。

而在鸾城灯火阑珊的街道角落里，裴寂却不甚熟练地、小心翼翼地一遍遍念出那两个字，仿佛在笨拙地讲悄悄话。

宁宁的心口像有烟花倏然炸开。

她听见裴寂在自己耳边轻笑出声，继而一字一句地唤道："宁宁。"

宁宁的心跳有些乱。

夜里的鸾城车水马龙，偏偏裴寂不爱人群与喧哗，于是她在送他回客栈时，特意选了条僻静的巷道小路。

此时天色已暗，四下无人，夜色如同宣纸上的一卷泼墨，自天边倾泻而来。灰蒙蒙的云朵映衬着点点繁星，宛若细碎流沙一粒粒坠落，化作楼宇间不灭的灯火，连缀出绵长晶亮的银河。

而他们被高墙的影子笼罩其中，游弋不定的清光轻抚着静谧夜色，一切都是朦朦胧胧的，比如街道上嘈杂的人声，远处隐隐传来的几道犬吠，还有裴寂恍如耳语的低喃。

他很高，站在宁宁面前时，挡住了所有或明或暗的灯光，当她睁开眼睛，只能见到裴寂幽深的眼瞳。

他投下的阴影像一袭沉重得令人透不过气的黑色幕布。

他在叫她"宁宁"，而非曾经冷漠疏离的"师姐"。

她觉得自己一定有哪里不对劲。

身边叫她名字的人那么多，为什么唯独听见裴寂念出这两个字的时候……会无缘无故地心跳加速。

这明明只是再普通不过的一件小事。

"……裴寂。"

宁宁脸皮薄，既被他盯得害羞，又担心有什么人偶然路过，见到他们俩暧昧的姿势，因此按在他胸口的手掌稍稍用力，试图将裴寂向后推一些："你先站好。"

这样一推，她又忍不住身形一滞。

因是夏日，裴寂的衣衫很薄，隔着一层软绵绵的布料，她能很清楚地触碰到对方皮肤的热度。

尤其手上一用力，她甚至能感受到他肌肉坚实的纹理，以及剧烈的心跳。

宁宁被这种奇异的触感惊得耳朵发烫。

裴寂醉了酒，被她推得向后一个踉跄，按在肩头的双手却没松开。

巷道旁的一户人家亮了灯，光线像雾气那样无声弥漫，浸在少年人棱角分明的面颊。

他因喝过酒，眼眶周围泛着一圈粉红，好似春日里沾了水的桃花，自眼尾一直蔓延到脸庞，越来越淡，越来越散，衬得泪痣悬坠如血滴，又像被染红的一滴泪。

裴寂仍是低头望着她，神色冷冽，语气里却透出几分委屈的意味："你讨厌我？"

醉酒之后的思维简单又直白，他见自己被宁宁推开，便下意识地觉得遭到了嫌弃，本就燥热难耐的心里越发难受，胸口灼得闷闷发痛。

宁宁不傻，很快明白了他说出这句话的原因。

无论裴寂本人的逻辑有多么严密，她总不能跟一个神志不清的人讲道理，只好顺着他的意思应道："我怎么会讨厌你？"

裴寂皱了皱眉。

他的眼睛黑得纯粹，在酒劲的影响下晕晕乎乎没什么神采，却也因此显得他更加单纯无害。宁宁听见他很小声地说："你……你推我。"

"推开就是讨厌你呀？"

她之前也喝了点酒，却并未觉得有多少醉意。

这会儿不知是受了"九洲春归"余韵的影响，还是慌乱之下的头脑发热，宁宁说着手掌合拢，轻轻抓住裴寂胸前的领口，将他往自己身边一拉，好笑道："那我把你拉过来，难道就喜欢你了？"

裴寂微微一愣。

宁宁眼睁睁地看着他白玉般的脸庞迅速变得通红，旋即仓促低下脑袋，竟像是颇为害羞似的，支支吾吾应了声"嗯"。

宁宁一个头两个大。

——你这么不好意思地"嗯"什么"嗯"啊！她才不是那个意思！这是反问句，反问句！

这是句玩笑话，可她忘了，醉酒的人听不懂玩笑话，总是当真。

托裴寂的福，宁宁也感觉有股无形的火从后脑勺一直烧，把本来就阵阵发热的脸庞烧得滚烫。

"我不是那个意思……我只是想说，我不讨厌你。"

宁宁唯恐他想歪，加重语气解释："无论如何，绝对不会。"

裴寂的力道终于小了一些，神情几乎称得上是小心翼翼："真的？"

宁宁用力点头："真的！"

她顿了顿，又试探性补充道："要不，你先把手松开？我送你回客栈休息，我们总不能一直站在这儿。"

满身浸在黑暗里的少年迟疑片刻，低着头把双手挪开。

从来没有谁喜欢他。

娘亲骂他是杂种，同门纷纷嘲笑他的血统，就连独自流浪时，魔气发作被陌生人看见，也会被骂骂咧咧地叫作"怪物"。

他才不稀罕那些人的喜欢，更不可能祈求他们的丝毫关心，就算一辈子都是孤零零一个人，也同样能过下去。

可是……当宁宁说并不讨厌的时候，裴寂感到了前所未有的开心。

他并非摇尾乞怜的犬类，不会因为一丁点恩惠便死心塌地，之所以会觉得开心，许是因为说出这句话的是她。

只要她不讨厌，就够了。

如果可以的话，他还在暗暗奢求着一丝丝喜欢，只要一丝丝就好。

"裴寂？"

宁宁见他发呆，习惯性地杵了杵裴寂手臂："跟我回去好不好？"

他意识一片混沌，稀里糊涂点点头，然后被宁宁扯住袖子，轻轻一拉。

眼前浓郁的黑暗顷刻消散，少年被她从巷道的阴影里拉出来，置身于一盏昏黄的明灯之下。

他脚步不稳，顺着力道向前趔趄几步，恰好扑在宁宁怀中。

因为有了方才的那次接触，她似乎早就做了心理准备，料到会变成这样。

然而宁宁这回并未不由分说地把裴寂推开，而是轻轻拍了拍他后背，声音无比贴近他胸膛，回旋在衣衫的褶皱之间，有些闷闷的，也有些无可奈何："好啦好啦，能自己站起来吧？"

她知道裴寂因童年经历格外敏感自卑，不想让他又觉得自己受了厌恶，因此没有毫不犹豫地推开。

温柔得让他不知所措。

哪怕醉着酒，裴寂还是本能地感到心跳加速，游离于神识之外的意识勉强被拽回来一些，在短暂愣怔后直起身子，木着脸点头。

"我还是扶着你吧。"

他似乎比之前安分了一些，宁宁伸出手去，顺势扶好裴寂手臂。

少年人的手臂纤细而有力，因多年练剑，生有结实紧绷的肌肉。

她好歹是在二十一世纪长大的根正苗红好青年，没有古人那样强烈的男女大防，但像这样紧紧与他走在一起，还是会感到紧张。

随着渐渐走进巷道，周围的声音也在慢慢变小，被浓郁墨色吞入腹中。

裴寂走得摇摇晃晃，宁宁小心翼翼跟在他身旁，猝不及防地，突然听见略带沙哑的少年音。

"……你不要总是和贺师兄一起。"

四下极静，裴寂的这道声音便也显得极为突兀和清晰，像粗糙的磨砂制品经过耳膜，惹来一串莫名的痒。

宁宁一时间愣住。

她疑心着这是不是自己酒后的幻听，带了些困惑地侧头抬起眼睛，不偏不倚，恰好对上裴寂眼眸。

他见宁宁愣怔，以为她并没有听清。

于是他又板着脸，一字一句十分认真地重复一遍："你不要总是和贺师兄一起。"

这句话一出口，连承影都觉得有些不大对劲。要是这小子继续按照现在的趋势一路狂说，指不定还会做出什么惊天动地的事情，恐怕到了第二日，连见宁宁一面的勇气都没有。

——虽然它的确有一点点，想看到裴寂的那副模样啦。

作为同甘共苦多年的好兄弟兼好妈妈，承影觉得有必要提醒一下他，当即压低了声音，试探性地发问："等等，等等，裴小寂，你清楚自己在说什么吗？"

按照平时的习惯，裴寂本应该在心里默默回复它。

哪知他竟直接望着宁宁，张口正色道："我知道自己在说什么，很清楚——特别清楚。"

宁宁又是一怔。

然后她看着跟前的黑衣少年目光悠悠一晃，最终停留在她眼睛上，眼尾和眼眶都红得厉害，含糊却认真地说："我也可以……陪着你。"

承影：……

承影没眼看，神色扭曲地闭上嘴，后来实在忍不住偷笑，干脆噗噗噗地乐出声来，在识海中飘来飘去自由飞翔。

哪怕明日等裴寂清醒过来，说不定会恼羞成怒地杀了它，为了此时此刻的快乐，那也超值啊嘻嘻嘻！

"我会做饭，会做家务，会陪你玩，还会打架砍人——"

他说到一半，大概是觉得"打架砍人"这事儿不太适合在女孩子面前讲出来，一时间出现了慌乱的神色，把后面的话吞了回去。

这样的语气和神态，几乎是在撒娇了。

宁宁蒙蒙地听，脑子里一片混乱。

——这是酒后吐真言还是说胡话？裴寂居然会在意她与贺知洲单独相处？还有那些做饭家务打架砍人……又是什么跟什么？

在恍恍惚惚间，她又听见裴寂沙沙的嗓音，比之前小了许多，像是猫咪的轻声低语："所以，你可以，偶尔来看看我，不要总是和贺师兄在一起。"

宁宁：……

宁宁的脸爆炸红。

她不清楚裴寂的真实想法，然而在这种寂静昏沉，只有两个人的巷道里，这样的言语实在显得过于暧昧。

扶在他胳膊上的手心生生发烫，仿佛与身旁少年待在一起的每一个片刻，都会令她身体升温。

宁宁想离他远些，却又担心裴寂醉了酒，若是没有他人搀扶，会一个不稳地摔倒。

啊……真是的。

都这个时候了，她还在这么仔细地考虑他。

站在巷子里的女孩轻轻抿唇，整个人都被身旁那道高挑的影子笼罩其中。

她匆匆避开裴寂的视线，微不可闻地应了声："好。"

这段路走得极为漫长，好不容易走到客栈，等把裴寂扶上床时，宁宁长长舒了一口气。

她已经好久好久没觉得如此紧张过，一想到明天裴寂便会清醒，要是他能记得今晚发生的事……

简直叫人不敢去往下设想。

这会儿酒意消退，取而代之的是浓浓倦意。裴寂很听话地乖乖洗漱上了床，把整个身子埋在软绵绵的被褥里。她刚想道别离开，却被他一把扯住衣袖。

躺在床上的少年已散去了发绳，如瀑黑发尽数倾泻在雪白床单上。裴寂睁着微微上挑的桃花眼，一动不动地看着她，小半张脸颊藏在凹陷下去的枕头里，像只安静的鹿。

他和往常一样，说话还是没什么情感起伏："我怕黑。"

他这时候倒是毫不犹豫说出这件事儿了，之前多倔啊，一个劲地说"只不过是不喜欢黑暗"。

宁宁了然点头："我走的时候，不会把灯熄灭。"

裴寂却摇了摇脑袋，双眼一眨不眨，牢牢望着她。

她心下一顿，这才明白过来对方的意思："你想要我留下？"

这这这，这不太好吧。

虽说他们俩之前也有过一起在山洞入眠的经历，但三更半夜孤男寡女共处一室，这些词语组合在一起，不管怎么想……都不太好吧！

裴寂没有反应，唯有一双波澜不起的黑眼睛定定地看向她。

他这会儿不像之前那样爱撒娇，与平日里有了几分相像，连求人都是冷冷淡淡的，没什么表情，却又隐约带了点含蓄的期待与怯意。

"那你……你在床上好好休息。"

反正这种事也不是第一次，而宁宁又最容易心软，迅速在这样的眼神里败下阵来，浑身僵硬地指了指一旁的桌椅："我在这里静坐修行。"

修真之人以天地灵气为养分，用静坐代替睡眠，不但能让身体得到充足休憩，还可以增进修为，大有裨益。

裴寂听罢不知在想什么，停顿了好一会儿，才轻轻点头。

他的神色犹豫且迟缓，突然又拉了拉宁宁衣袖，在后者低头看去的刹那，有些紧张地把嘴角向上拉，露出一个生涩微笑。

"我对着镜子练习了很久……不是在假笑。"

有夜风从窗外吹来，他动了动脑袋，发丝随之拂过白皙面庞。

裴寂躺在床上，对她轻轻勾起唇角，笑得温和又腼腆，漆黑眼瞳里映着水光，有如杏花春雨，无端透出几分清纯的艳色："有你在的话，可以把灯灭掉。"

承影重重地深吸一口气，白眼一翻，如同初初发射的火箭，旋转升天。

宁宁站在一旁，庆幸此时的裴寂醉了酒，不会注意到她狼狈又慌张的模样。

糟糕。

她差点用手捂住脸，从而止住沸腾的血液。

……这副模样，好像实实在在地有那么一丢丢可爱，正正好戳在她心口上。

宁宁悄悄深吸一口气，按捺住怦怦直跳的心，迅速转过身灭了灯。

黑暗里响起小姑娘故作镇定的僵硬声线："晚安。"

不行。

宁宁坐在木椅上，把脑袋埋在手臂里，竭力闭着眼睛。

她心烦意乱，静坐不了也睡不着觉，只能趴在桌子上翻来覆去地数绵羊，结果越数越心慌。

裴寂睡得很安静，没发出一丁点声音，一想到他意识不清说出的那些话，她就不可抑制地心跳加速。

——就算知道那些很可能是醉酒后的胡言乱语，也还是很让人害羞。

有风从窗外携来窸窸窣窣的树叶声响，伴随着一两句模糊不清的路人谈话。宁宁一动不动地趴在桌面，忽然听见一阵脚步声，越来越近。

是裴寂下了床，在渐渐靠近她。

他大概以为她已经睡着，动作轻得不可思议，站在宁宁身旁时，连呼吸声和衣物摩擦的声音都没有发出。她正疑惑裴寂要做什么，丝毫没有预兆地，感到后背被一只手罩住，随即整个身体悬在半空。

陌生的热量瞬间包裹全身，鼻尖则是属于裴寂的木植香，他竟将她抱在怀中，一步步向前走。

宁宁不敢动也不敢睁开眼睛，始终保持着睡着的模样，没过多久，便感觉自己被轻轻放下，躺在了某处软绵绵的地方。

身下还保留着令人安心的余温，熟悉的气息环绕周身，这是裴寂之前躺过的床铺。

"裴小寂，你不会是想和宁宁同床同枕吧？使不得、使不得！"

承影被这个动作吓到扭曲："等明日她醒来，绝对会被吓坏的！你冷静一点！"

它在心底疯狂尖叫，裴寂却并不理会，而是静悄悄地站在床前，长睫轻垂，默默打量双目紧闭的小姑娘。

身边是无穷尽的黑暗与未知，而他并未离开。宁宁紧张得悄悄攥紧床单，不知道对方的下一步动作。

忽然有股轻轻的风扫过耳畔,片刻之后,她才反应过来那是裴寂的呼吸。

宁宁心跳如擂鼓,一动不动。

那股温热的气流顺着脸庞往下滑落,距离她越来越近,最终停留在耳朵旁边。这是一处极为敏感的地带,只不过被轻轻一吹,就有股无形电流窜进血液里,激得她后背发麻。

裴寂的嗓音里仍然带着笑,笑意真挚得像是从心底溢出来。他把每个字都念得格外缓慢,仿佛在对待珍贵的宝藏,不舍得让它们损毁分毫。

裴寂在她耳边很近的地方,用很小很小的声音说:"晚安。"

然后气流陡然贴近,几乎贴着她的皮肤。

有绵软温热的触感落在耳垂上。

不像是手指,而是更加柔软的什么东西。

宁宁狂跳的心突然猛地一抽,下意识屏住呼吸。

不会吧。

……不、不不不不会吧!

心像是突然炸开,让她顷刻之间头晕目眩,整个脑海变成白茫茫的一片,又像是火山里岩浆翻涌,在这一瞬间破土而出。

如果不是正在装睡,宁宁一定会立马捂住脸缩成一团。

裴寂亲……亲了她的耳垂,在她睡着的时候?

这个动作结束得很快,近在咫尺的那人似是怕被她发现,很快便起身离开,在宁宁之前待过的木椅坐下。

他还没醒酒,走路摇摇晃晃,碰到木桌时发出砰的一声闷响,为了不吵醒她,迅速把动作停下。

裴寂也因此绝不会察觉,之前还直挺挺躺在床上的宁宁迅速用被子遮住整个脑袋,把身体弯成了一只虾米。

她本应该讨厌这样的触碰。

此时她却头昏脑涨地想,裴寂既然敢亲……

为什么只是在那种地方啊?!

裴寂醒来时已近晌午,他习惯了在清晨起床,睁眼乍一见到漫天阳光,不由得略微怔住。

这里是他居住的客房,此时除了他以外空空荡荡,床上被子被整整齐齐地折叠成豆腐块模样,看上去又愣又憨,全然不是他的手法。

后脑勺阵阵发痛。

昨天夜里——

昨天夜里他与师门众人去了天香楼，在承影撺掇下替宁宁挡了酒，然后——

裴寂的表情陡然僵住。

心里的承影故意装死，平躺在一旁一动不动。

裴寂：……

裴寂："我叫了她的名字？"

承影终于像条虫似的扭了扭，声音微不可闻："那个，嗯，啊。"

裴寂闭眼深吸一口气，继续问："我还让她不要和贺师兄来往……多陪我？"

承影没忍住傻笑一声，在意识到这个行为只会让裴寂更加难堪后，很有哥们儿义气地面色一凛："好像是有这么一回事哈。"

一片寂静。

它察觉到裴寂耳朵有些红，声音却还是冷冷的，在迟疑许久后低声问道："我——"

他说了一个字便讲不下去，仿佛极为羞耻般咬了咬牙，用破釜沉舟的语气寒声说："我偷偷亲她了？"

这回可不能怪它，任何人想起那个场面，都会情不自禁露出微笑。

只不过承影比较夸张，直接飙出了一声快乐的鹅叫。

看它这样的表现，裴寂便明白昨夜究竟发生了什么，他脑海里那些混沌模糊的记忆并非假的，他当真——

"裴小寂，没事的，虽然你的确是酒后吐真言，但宁宁不知道啊。你只要装个傻，就说是醉了酒胡言乱语，她不会怎么介意的。"

承影苦口婆心地安慰："而且偷亲那事儿吧，她当时睡着了意识不到，你当作没发生过就好。"

裴寂目光阴狠，紧紧握了拳。

只可惜不到须臾便溃不成军，指节没什么力道地散开，浅浅的红从耳根一直往上爬，竟蔓延到了眼眶。

承影有生以来头一回觉得，这个向来是疯狗独狼的小孩儿，莫名有点像只炸了毛的红眼睛兔子。

然而裴寂不愧是裴寂，很快便将满心翻涌的暗潮强行压回去，冷着脸从桌子上拿起剑。

承影被吓得花枝乱颤："裴小寂，冷静，千万冷静！只不过是丢了一下人，不至于自尽吧！"

他合了眼睛深呼吸，径直往房门的方向走："练剑。"

对了，这是个剑修。

承影这才松了口气："练剑就练剑，你可别一时想不开杀了别人或自己啊！"

裴寂没理它，沉着脸红着眼睛就往外走，没想到还没出房间，虚掩着的房门便被突然打开。

宁宁走了进来。

少年周身汹汹的剑气瞬间软下来。

"啊，你居然醒了？"

宁宁打了个哈欠，神态与平日里没太大差别，走到木桌旁放了什么东西："我给你买了醒酒汤和早点，那汤好像有点苦，就顺便买了糖和山楂——你喜欢甜的还是酸的？"

此时的承影面对裴寂有多厌，裴寂见到宁宁时，就有多么不知所措。

还好她神色没有异样，或许是真的没把昨晚的状况当一回事，更没发觉他偷偷做的那件事情。

裴寂小时候在荒郊遇见野生魔蟒时，都没有现在这样紧张，握着剑柄的右手紧了紧，语气不带起伏地干涩应声："都可以。"

宁宁点点头，后退一步指指桌子："如果脑袋不痛，醒酒汤不喝也行。你先吃掉早点，第一轮法会的结果快要公布了，我们不能迟到。"

他的后脑勺仍在生生发痛，因为在原地站了好一会儿，再迈步上前时，积攒的酒劲再度涌上头顶。

头脑几乎是一片空白，裴寂来不及反应，就在沉重的晕眩感中身形不稳一个踉跄，宁宁手疾眼快，赶忙上前伸手将他撑住。

这是个下意识的动作，源于昨夜裴寂的那几次跌倒。宁宁本以为自己应该早已习惯，却在触碰到少年人消瘦挺拔的身体时，呼吸钝钝一滞。

……对了，此时的裴寂是没有醉酒的。

清醒时的裴寂比昨夜少了几分酒气，多了一些刀锋般的冷戾，心跳却要比昨天晚上更快更剧烈，当她的手心按在那里，快要被震得发麻。

奇怪，难道他看上去波澜不惊，其实心里紧张得厉害吗？

"抱歉。"

被触碰到的胸口闷闷发热，裴寂只觉得浑身都在燥，迅速站直身子，走到桌前背对着她坐下。

后来他又一想，实在不应该如此离开，跟落荒而逃似的。

宁宁见他背过身去，这才悄悄松了口气。

她之所以把心底的紧张悄悄藏好，故作镇定来看他，除了督促裴寂吃早点喝醒酒汤以外，还想着看一看他清醒后的模样。

好在他似是不记得昨晚究竟发生过什么，表现得若无其事，甚至有些冷淡。

太好了。

万幸裴寂不知道，她在被偷偷亲吻耳垂时并没有睡着。

一旦被他知晓，她肯定会羞愧至死的。

"嘿嘿嘿，宁宁买的早点嘿嘿嘿。"

承影兴高采烈，重新恢复生机活力，探头探脑打量桌子上的食物："等你们结为道侣，大概也就是如此了嘿嘿嘿。"

裴寂：……

裴寂板着脸，咬下一口绵软的奶黄包。他很少特意吃甜，此时热腾腾的奶香充斥舌尖，竟让他舍不得咽下。

昨夜他稀里糊涂做了那么多荒唐事，其中最离经叛道的，当数那个——

那个吻。

单单想到这个字，都能让他心口重重一沉。

万幸宁宁不知道那件事情，一旦被她知晓……

这个想法在脑海中匆匆晃过，迅速让少年红了整张脸庞。

裴寂趴在桌面上，用手臂蹭了蹭侧脸，可惜这个笨拙的动作并不能让滚烫热度减退分毫，反而让他在反复摩挲之下更加烦躁。

一旦被宁宁知道，他肯定会羞愧至死的。

宁宁总有种不太好的预感。

这会儿已是日上三竿，然而等她与裴寂醒了酒，打算出客栈前往城主府时，却并没有见到师门里其他人的影子。

孟诀、郑薇绮、林浔、贺知洲，甚至师尊天羡子，这几位留在天香楼继续喝酒的勇士一个也没回来，房门紧锁，无论怎样敲门都没有回应。

"他们该不会是，"宁宁想起昨夜裴寂的模样，不由得一阵担心，"喝醉之后还没清醒吧？"

今天是宣布法会第一轮结果的日子，弟子们不出席露面，可能还不会被人发现。

然而天羡子身为玄虚剑派长老，听他昨晚在酒席上的口若悬河，似乎还要在所有人面前发表讲话，告知秘境里的阵法之事。

若是不出现，她师尊的风评就彻底完了。

"他们许是已经去了城主府。"

裴寂不知为何总显得有几分拘谨和冷淡，站在她身后沉声道："自天香楼前往城主府，路途不长。"

这是现如今最幸运的一种可能性了。

宁宁点点头："我们先去城主府看看。"

还没进入城主府，宁宁初初来到门前，一抬眼便望见了那只鸾鸟像。

城主府中亭台林立，鸾鸟于碧瓦飞檐之间展翼而起，双眼中镶嵌的碧绿宝石粲然生光，在明晃晃的白日下更显晶亮刺目，仿佛能一眼望穿心底。

"听说鸾鸟像共有两座。"

裴寂见她抬头，也顺着宁宁的视线向上看去："南北各一只，嵌在眼底的宝石被施了术法，能在一定角度内持续转动，记录所见景象。"

就像四个不断晃来晃去的监控摄像头。

然而就如同监控摄像头总有死角一样，这四颗石头也存在着显而易见的漏洞。

"就算设有鸾鸟，凶手还是可以趁宝石移开的间隙动手吧？"

因为昨天夜里的事，宁宁与裴寂单独相处时，总会情不自禁地感到有些紧张。

她不知道那些醉酒后的话语和动作究竟是真是假，总不可能厚着脸皮直接问他："你昨天晚上为什么要说那么暧昧的话？"

这也太尴尬了，她会没脸再见裴寂的。

而且——

宁宁觑一眼他平静如止水的侧脸，无端想起昨晚裴寂躺在床上的那个微笑。

他说自己练习了很久，绝不是在假笑。

只不过是因为她曾经脱口而出的一句玩笑话，裴寂难道真的真的，就因此对着镜子一遍遍练习微笑吗？

这个念头让她有点蒙。

裴寂当然不会清楚她脑袋里千丝万缕的思绪，闻言低低应道："嗯。"

他说完一个字，似乎觉得这样的回应有些敷衍，便沉声继续说："据说鸾鸟像被安上之后，鸾城里还失踪过一个姑娘，刑司使把记录的影像翻了个遍，也没找到任何有用的线索。"

宁宁一边同他往府里走，一边好奇问道："那位姑娘在哪儿不见的？"

"烟花柳巷之地。"

裴寂的语气仍然很淡，与昨天夜里判若两人："鸾城中有条花楼林立的长街，名为'百花深'，失踪的是个舞女，因无亲无故，好几日后才被花楼嬷嬷察觉不见了踪影。"

这样一想，难免有几分辛酸之意。

都是出来讨生活的可怜人，那姑娘无依无靠，连人间蒸发了也没人知晓。

如今魔族销声匿迹，世道勉强称得上是太平，若是在以前，这种事情可谓屡见不鲜。修为低弱的凡人皆为蝼蚁，哪怕拼命反抗，也无法动摇修真大能分毫，只有被像蚂蚁一样捏死的份。

宁宁念及此处叹了口气，再抬头时，已经抵达了前院正门。

被抢走所有令牌、中途离开幻境的弟子们自知已经没了机会，绝大多数都没来参加今天的宴席。放眼望去大宴的阵势依旧，只是宾客少了大半。

宁宁左顾右盼，细细搜寻，终于眼前一亮，在角落里发现了小白龙林浔的身影。

只是他似乎有点不太对劲。

一袭白袍仿佛被疯狂踩躏过，一道道褶皱跟发大水时河面上的涟漪似的，呼呼啦啦皱得不行。整个人一动不动呆呆坐在房檐的阴影里，活像被僵尸吃掉了脑子，变成一具行尸走肉，是演丧尸都不用化装的那种。

后来等她细细看去，才发现不仅仅是白袍子如同惨遭踩躏，连他本人也像个缩了水的海绵宝宝，一滴不剩，沧桑得不行。

宁宁与裴寂对视一眼，走上前轻轻叫了声："林师弟？"

在林浔抬头的瞬间，她闻到一股清甜的酒味。不愧是"九洲春归"，即便过了这么久，余香还是有如春风拂面。

见他仍是一副呆呆的模样，宁宁有些担心地继续问："你没事吧？除了你之外的其他人呢？昨天夜里发生了什么？"

龙族少年死死盯着她，半晌之后，红着眼眶深深吸了口气，带着哭腔委屈巴巴地喊："小、小师姐——好吓人、好吓人，师尊他们都疯了！"

林浔生了副人畜无害的白净少年郎模样，此时泪眼汪汪，声音软得像棉花，两只浅粉色的龙角随着脑袋悠悠一晃，堪称"人间大杀器"。

承影嘿嘿笑了声："昨晚你就跟这孩子差不多，朝宁宁撒娇的时候，哎哟喂，简直了嘿嘿嘿。"

裴寂眸光一黯，本来就称不上友好的神色越发阴沉一些，紧紧抿住薄唇。

要是在以前听见承影的这种话，他准会十分嫌弃地置之不理，然而这时看着宁宁柔声安慰林浔的模样，却下意识在心里出了声。

"我——"

他似是觉得这句话极为羞耻，语气僵硬得厉害，用了很大的勇气才将它一口气说完："我和他，谁更好？"

承影愣了愣。

随即爆发出一声惊天大笑："我的天哪！裴小寂！这是会从你嘴里说出来的话吗？太阳从西边出来啦？"

它越说越兴奋，话语间夹杂着极为诡异且鬼畜的"嘻嘻"声："你这算是……吃醋还是开窍啊？"

裴寂眉头一拧，忍住耳根上涌的热气，冷声道："答案。"

承影呼呼嘿嘿笑了好一阵，用讲悄悄话的音量贼兮兮说："当然是你啦！裴小寂天下第一可爱，昨晚宁宁听你撒娇的时候，脸可是超级超级红。"

裴寂：……

裴寂心乱如麻，只想拔剑砍自己，和这道猥琐无比的大叔音同归于尽。

但羞恼归羞恼，他向来理性，闻言沉默着掀起眼皮，悄悄望向身旁女孩的耳朵。

莹白如玉，没有红色。

林浔没有让她觉得害羞和不好意思。

裴寂满意地收回视线，心底烦闷消散大半，勉强愿意原谅一回叽叽喳喳的承影。

宁宁被小白龙吓了一跳，细声细气地应声："你慢慢说，师尊他们怎么了？"

"昨夜你与裴师弟离开天香楼，师尊和郑师姐都说'九洲春归'实乃佳酿，好不容易坑了城主请客一回，绝不能浪费，于是一直喝个不停。孟诀师兄跟我也被他们一直灌……"

林浔渐渐露出了惊恐的神色，眼睛越瞪越大："最后大家都疯了，师尊、师姐和贺师兄跟猴子一样从窗户跳下就跑，孟诀师兄躺在地上不省人事，我喝得最少，勉强剩下一点意识去追他们三个，结果也在半路晕倒，什么都记不起来了。"

好端端的酒局沦为耍猴大会，一想到那三位龇牙咧嘴神志不清地上蹿下跳，最后在众目睽睽之下跳出三楼窗户的画面……

真是惊悚非常，让人不敢细想。

宁宁储物袋里还揣着一颗夜明珠，本打算在第一轮试炼结束后，亲自送给林浔作为礼物，然而看他此时失魂落魄的模样，显然没心思收下。

她只得先将此事作罢，若有所思地继续问道："孟诀师兄也没出现在城主府内……你还记得师尊他们三人跑去了什么地方吗？"

林浔不知想起什么，瞬间浑身一颤，小声说出四个字："百花深处。"

哦嚯。

可巧，正是最后一名女子失踪不见的那条长街，也不晓得那三位稀里糊涂地跑进去，会不会惹出什么令人头疼的乱子。

"宁宁姑娘！"

她正在苦恼着师门不幸，耳畔又是一道清亮的声音响起。宁宁转过脑袋，正好撞上乔颜浅咖色的眼睛。

狐族小姑娘总算退去了往日忧郁，自眼底露出几分清浅笑意，见到她时耳朵一晃，被太阳映出些许幽微的光晕。

林浔的酒劲和社恐同时发作，在角落里缩成一团。

宁宁笑了笑："叫'宁宁姑娘'太见外，唤我名字就好。不知灵狐族人如何了？"

"昨夜素问堂长老为全族诊断一番，只道是魔气入体，若在灵气浓郁之地好生休养，半年之内便可恢复意识，变得与往常无异。"

乔颜道："至于魔族，已被尽数拘禁于地牢之中，待法会结束，便由昆山长老带回炼妖塔。"

宁宁了然点头，停顿稍许，又缓声问道："那你打算带着他们归入哪处门派？"

"素问堂潜心医术，于我族胞的恢复大有益处。加之我在秘境之中常年钻研医道，恰好与此相符。"

狐族少女眨眨眼睛，笑容恬静温顺："除了我灵狐一族，世上还有许多人身陷囹圄之中，若能学有所成，以医术救其于水火之中，那便是我最大的愿望。"

她真是在一夜之间长大了许多，不再是当初与宁宁一行人初次见面时，拿着弓箭一心想要复仇的小姑娘。宁宁对这个结果并不意外，念及秘境，继而补充道："那灼日弓——"

乔颜笑着摇头。

"那把弓不知引来多少杀伐抢夺，如今的我也并无能力将其掌控，不如就让它留在秘境里吧。"

这是最好的结局了。

不远处的鸢城城主已经走到宴席中央，说了一大堆官方客套话，宁宁与乔颜交谈完毕，恍惚间听见他朗声笑道：

"有许多弟子不晓得秘境之中究竟发生何事，魔族余孽、幻境之阵，多亏了玄虚剑派的宁宁小道友，才护得水镜秘境幸免于难。今日值此大宴，便由其师尊天羡长老为诸位一一阐明其中秘辛。"

他话一说完，周遭弟子们就很给面子地纷纷停下动作，保持着与骆元明同样的姿势翘首以盼，然而过了半盏茶的工夫，被叫到名字的天羡长老始终没有出现。

天边一朵云慢悠悠地来，又慢悠悠地走，自始至终没发出一点声音。

骆元明很是尴尬，与另外几名长老面面相觑，太阳穴突突突地跳。

宁宁拉了拉裴寂袖子，神色僵硬。

她的一颗心悬到了喉咙，一动不动地盯着宴席正中央，万万没想到，竟有个身形异常熟悉的青年忽然出现在眼前，缓步走上前去。

简直是世界第十大奇迹，本应该烂醉如泥找不着北的天羡子居然出现在了城主府中，只不过神色不太对劲，眼睛又红又肿，跟逃窜了整整十年的流浪杀人狂似的。

他不会，酒还没醒吧？

宁宁心里的第六感像是被丢进垃圾桶旋转七百二十度，再和臭鳜鱼、臭豆腐、螺蛳粉一起发酵七七四十九天，比之前更糟糕了。

"诸位小道友——"

天羡子戳在原先骆元明站立的地方，对着众人嘿嘿一笑，由于身子没站稳，往旁边猛地晃悠，整个表情扭曲得像一碗馄饨。

多亏了他，好好的正道宴席，生生像是魔教中人在汇报杀人业绩。

"众所周知，这十方法——"

他说到这儿顿了一下，像是忘了词，从怀里掏出一张薄纸片，眯着眼睛低头看去："十方法事，是我们数年难得一遇的大事！"

神他母亲的十方法事。那他们是来做什么，丧葬白事交流大会？

骆元明瞪大眼睛，一口气差点没喘上来，欲言又止。

"嗯，让我看看。咱们修——"

天羡子显然还没从醉酒状态缓过来，摇摇晃晃地辨认纸上的字迹。

他意识不清，那些字全是模模糊糊的团团，看不清"修"字之后究竟是"仙"还是"真"还是"道"，就这样努力识别了半晌，颇为烦躁地皱起眉头，把目光一晃。

纸页之下，是他一双外八大开的脚。

哦，不是"仙"也不是"真"，更不是什么"道"。

他懂了，此时此刻占据了他整个脑海的字眼是——

"十方法事，对于我们修鞋界来说，是数年难得一遇的大事！"

天羡子竖眉振声："其中我的乖徒宁宁，更是修鞋界的人才，为师为她无比骄傲！"

身旁不少人投来无比震惊的目光，宁宁只想闭上双眼，以一个体面的方式死去。

骆元明猛掐人中，让自己不至于晕倒。而身旁的天羡子还在滔滔不绝地大讲特讲：

"要说秘境里究竟发生了什么事儿，你们绝对意想不到！"

城主府里死一样的寂静，裴寂面无表情地站在宁宁跟前，为后者挡住四面八方而来的视线，而她本人已经不敢往下再听。

"秘境被魔族设下水镜之阵，大家最初抵达的地方，其实是阵法阴面、魔族聚集之地。"

他说得激情澎湃，手舞足蹈："正是宁宁察觉阵眼所在，拿着魔君与剑大战三百回合，这才重创魔族，还秘境一个安宁！"

拿、着、魔、君。

平素与此人关系最好的真霄剑尊面色铁青，拿茶杯的手微微颤抖，猛地灌下一口热茶。

"天羡长老。"

这位好歹是仙门赫赫有名的大能，骆元明即便看出不对劲，也不能当众扫人家的面子。

眼看天羡子说到这里就愣愣停下，他很会审时度势地压低声音，用只有两个人能听见的音量低低提醒道:"天羡长老,此时应该叫宁宁上台,由我来授予奖赏。"

天羡子点点头,像坏掉的人工智障般僵硬扭动脑袋,把在场大多数人扫视一圈。由于宁宁被裴寂挡住身形,并没有见到印象中小姑娘的影子。

"可是宁宁她——"

他歪了歪脑袋,满目皆是怅然与迷茫,毫不掩饰地对着骆元明呆声道:"宁宁她,已经不在了啊。如今就算叫她的名字,也不会有人上来。"

长老们惊了,弟子们愣了,现场一片混乱了。

不在了。

——苍天大地啊!宁宁死了?!

玄虚剑派的宁宁师妹,她、她与魔君对决后重伤没了?!那日秘境出口的乌龙事件,竟是他们见到她的最后一面吗?!

难怪当日她神情有异,莫非……回光返照?!

宁宁眼前一黑,紧紧攥住裴寂衣袖,努力深呼吸。

不在她附近的人纷纷扼腕叹息,她旁边的弟子们纷纷侧目,面露惊恐,不动声色地后退几步。

接着又听见天羡子破锣一样的嗓音:"其余小道友不用灰心,不管现在的你多么默默无闻,只要勤加修炼,你们也会像宁宁那样,终有一日人头落地,变成欲火焚身的凤凰!"

这回不只骆元明,整个会场都沸腾了。

谁会想和她一样人头落地啊!

"这人疯了!"

林浅骇然大叫:"快快快,谁快去制止他!"

"他是不是想说'出人头地''浴火重生'?"

曲妃卿一眼就看出猫腻:"这是喝醉了。"

"天羡长老,你这是怎么了?!"

骆元明吓得小脸苍白,赶紧上前欲将对方拦下,不料天羡子猛然扭头,眼里野兽般凶狠癫狂的杀意让他不敢上前。

这道眼神着实骇人,城主府里的侍卫顺势而动,本以为天羡长老要拔剑而战,不承想对方只是冷冷一笑,后退一步道:"你们做什么?想抓我?没门!"

于是整个宴席之上的人,都眼睁睁看着天羡长老不停做着后空翻飞身向后,城主身旁的侍卫们奋起直追,跟遛猴子似的,最后来到府邸马厩。

他逃,他们追,他插翅难飞。

在重重围堵之下,天羡子居然并不慌乱,而是径直跃到角落里的一匹马前,抬手勒住缰绳,以吞天盖地的豪情大声道:

"好马兄,以前都是你被人骑,今日我也来让你骑一回!咱们快逃!"

城主府内,城主府外,所有人都震惊了。

——救命啊,天羡长老二话不说扛起一匹马,于空中抡出大大的圆,在骏马杀猪一样的惨叫声里,撒腿就往大街上跑啦!

街道上人仰马翻、惨叫连连,马儿在他肩头上下颠簸,被吓到口吐白沫,哀鸣阵阵,伴随着天羡子张扬的笑声,浩浩荡荡地响彻四野。

其狂野之势远非常人能及,鸢城百姓皆称其为"仙门头号虐马砍头狂魔",美名流芳百世。

"宁宁小师姐,快去救救他们吧!"

角落里的林浔或是感同身受,又或是被天羡子吓了一跳,哭得抽抽噎噎:"若是连师尊都成了这副模样……那师姐和贺师兄在百花深处,得做出什么事儿啊!"

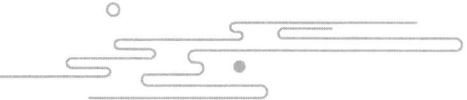

第二章　暖玉阁的秘密

天羡长老扛着马跑了。

宴席之上一片混乱，有人大惊失色瑟瑟发抖，有人困惑不已窃窃私语，绝大多数不明真相的仙门弟子满目沉痛，为死去的宁宁师妹深切哀悼。

低头默哀的，念经诵文的，佛光超度的，好端端的十方法会，如今当真有了几分十方法事的既视感，那叫一个惨烈无比，悲伤逆流成河。

"打住打住！诸位小道长，事情不是你们想的那样！"

骆元明从马厩匆匆回来，忙得焦头烂额，拿袖子猛擦额头上的冷汗："天羡长老的意思呢，是希望大家都能出人头地，至于宁宁姑娘，她活得好好的，如今就在会场——宁宁姑娘，你在哪儿？"

回应他的还是一片寂静。

过了好一会儿，才终于有个生了龙角的少年人从角落走出来。但见他浑身发着抖，低头始终没看身边的人，眼眶红得厉害，像是不久前大哭过一场，连说话时也带了哭腔。

"宁宁师姐，她……"

从四面八方而来的目光像一根根针，林浔不习惯这么多人密集的视线，心里七上八下、又慌又乱。之前被天羡子吓出的泪光又开始倏倏地闪，他紧紧捏住衣袖袖口，深吸一口气忍住哭出来的冲动："她不久前……走了。"

林浔之所以敢在众目睽睽之下出声，只是想替宁宁解释一番，让她不至于社会性死亡。

他胆子小，说出这句话就已经耗尽了全身的勇气，说完后立刻闭了嘴，低着头缩回角落阴影中。

看这泪眼汪汪、不愿多加言语的神态，这故作坚强却难以掩盖哭腔的语气，还有那一声蕴含了无限悲痛的"走了"。

短短两个字，道尽多少辛酸伤痛、悲欢离合，众人不由得纷纷哀叹，那个可爱聪慧的宁宁师妹，终究还是在与魔君大战时陨落了。

有人迟疑出声，在突然静下来的前庭里显得格外突兀："天羡长老……莫非因为宁宁师妹，才去借酒浇愁，变成了如今这副模样？"

"这样一来，一切都可以解释得通了！"

另一个人恍然大悟地附和："长老这是思念成疾，恨自己不能好好保护她。悲痛万分之下，才会像这样疯疯癫癫啊！真是感天动地的师徒情，太感人了！"

"唉，她师弟也是可怜，怎么哭成了这副模样？看来天羡长老门下的诸位果真情谊深厚，只可惜宁宁再也感受不到了。"

于是天羡子摇身一变，成了重情重义的好好师尊。可怜宁宁什么事儿也没干，却莫名其妙成了个死人，甚至有好几个弟子在认真讨论，做个纪念碑歌颂她为除魔牺牲自我的伟大精神。

骆元明：……

骆元明望一眼身旁的纪云开："纪掌门，你们仙门大宗的弟子，思维发散能力……都如此之强吗？"

林浔单凭一句话，当之无愧成了压死骆驼的最后一根稻草，让宁宁本就所剩不多的风评越扭越歪，在不少人心里直接死透。

而她身为大众哀悼的主角却对此一无所知，在见到天羡子扛着马往外冲之后，毫不犹豫跟着他匆匆离开，一路猛追。

天羡子毕竟是修为高深的师尊，哪怕醉得稀里糊涂，腿上也还是如同装了马达般跑得飞快，后来甚至在无数路人惊恐的注视下凌空跃起，化身为半空中最美的风景线。

那匹马已经被吓得四肢抽搐，不知什么时候昏了过去。

裴寂始终安静地跟在她身边，忽然眼皮一抬，声音和风一起出现在她耳畔："刑司使来了。"

宁宁闻言心下一惊，果然在远处的高阁屋檐上望见几道漆黑萧索的影子，浑身散发着肉眼可见的肃杀之气。

刑司使乃鸾城中的执法机关，大到杀人放火，小到贺知洲与叶宗衡相互碰瓷，都能插手管上一管。

现如今天羡子驭着马在大街上横冲直撞，理所当然要被这伙人请去"喝茶"，只见檐角的身形一晃，便有数道黑影自八方袭下。

刑司使很给面子，虽然此时此刻的天羡子活像个傻子，却还是动用了威力极强的大阵。

黑影在半空划出残损的虚影，灵力如刀如刃，伴随着阵阵罡风垂直下泻，于天羡子所在的房顶汇聚成一张巨网。在将他整个人都牢牢套在网中时，街道上瞬间响起百姓铺天盖地的欢呼鼓掌声。

仙门长老的风评沦为他这样,也真是没谁了。

天羡子在城中引发此等骚乱,所谓天子犯法与庶民同罪,他即便身份再高,也得跟着刑司使去好好叙旧一番。

虽然下场有点惨,但人好歹没事,宁宁心下焦急,在师尊即将被带走时飞身向前,来到天羡子身边。

"宁——宁,寂——寂。"

天羡子目光混沌,抬眼见到宁宁时,原本石雕一样麻木的脸上终于多了一丝傻笑:"城主在找你。"

"我知道。"

宁宁心里百感交集,正色问他:"师尊,除了你之外,师姐和贺师兄去哪儿了?"

他的目光出现了短暂的呆滞,似乎是想起某段极为羞耻的丑事,目光狰狞着龇牙咧嘴,与头顶的马兄一起吭哧吭哧喘粗气。

"你们说完没?"

一名刑司使收了网,眼看要把天羡子往刑司院里押,他直到此刻才终于从愤怒里回过神来,在被迫转身离开的刹那,咬牙切齿地对宁宁说出五个字:

"记住,暖玉阁。"

暖玉阁。

从这几个汉字无比暧昧的排列组合,再加上林浔所言,那三人全和猴子一样手舞足蹈地跑去了百花深处,宁宁敢用裴寂的名誉发誓,暖玉阁必然是烟花之地的其中之一。

对于整个鸾城的百姓而言,"百花深"都是条极为特殊的街道。它无愧为绮丽梦幻的温柔乡,却万万不可放在明面之上细细言说,充斥着美酒、灯火与美人,夜夜笙歌,靡丽非常。

宁宁虽是头一回进入这样的场所,心里却并未觉得有什么异样,反而满带了好奇地左右打量,见到漂亮姐姐时,还会不由自主地扯一扯裴寂衣袖,示意他与自己一起欣赏美人。

——毕竟三百六十行,行行出状元,修真界并未禁止风俗产业的发展,百花深处的姑娘们虽然社会地位不高,但她们的职业也的的确确属于正规职业。有谁不爱千姿百态的漂亮大姐姐呢。

许是由于这会儿正值午时,此地并不像夜里那般繁华通明。放眼望去是一排排鳞次栉比的亭台楼阁,朱红色房檐映衬着雕栏玉砌,迢迢长道犹如千千网结,朝四面八方的巷道里蜿蜒而去,看不到尽头。

道路两旁的建筑堂皇富丽,轻纱帷幔偶有拂动,隐约可见房内藤萝绿草,闻见熏香阵阵。

无论街头巷尾，皆有男男女女相伴而行。

店铺之中也能见到许多孑然一身的女人，要么慵懒斜倚在房前招徕客人，要么站在窗纱之后怔然发呆，有个年轻的姑娘站在窗边浇花，与宁宁四目相撞时，朝她挥了挥手，勾唇露出一个毫不设防的笑。

她与裴寂一路寻找，没费多少工夫便来到暖玉阁门前——

按照规模来说，这幢雕甍画栋的建筑整整有其他楼宇的两倍之大，当之无愧是最为闪亮的那一颗星。

此地白日仍有客人往来，楼前迎客的女人一眼就瞥见他俩，有些诧异地挑了眉，咧嘴笑道："二位可是要进来？"

星痕剑在秘境中受了些许磨损，被宁宁送入铁匠铺细细修补；裴寂则随身带着剑，再加上周身拒人于千里之外的冷冽气质，很容易能看出是个脾气不太好的剑修。

修道之人向来自诩清高，很少前来这样的场所，更何况他身边还带着个十分漂亮的小姑娘。

"姐姐，我们是来找人的。"

宁宁声音清冷悦耳，带了浅浅的笑，上前几步接近她时，闻见一股清雅梅香："昨夜我们的师尊师兄与师姐都喝醉了酒，到如今也没找到踪迹，不知昨天晚上有没有剑修来过这里？"

一听此言，女人画像般从容的笑脸骤然凝固："你们……认识昨夜那两人？"

两人。

宁宁眉心一跳，听她继续道："你师姐并未前来此处，闯入暖玉阁的，是两个相貌颇为俊朗的年轻男人——那二人千方百计恳求我们将其收留，真真可谓使尽浑身解数，管事的红玉姐姐心软，便答应让他们留在了这儿。"

宁宁心下一喜："多谢姐姐！不知他们如今——"

女人笑着摇摇扇子："可惜你们来晚了。"

她生了双细长凤眼，看上去极为年轻，应该不到二十岁，云鬓被松松懒懒地绾在身后，微风拂过时，更衬得媚眼如丝、眸底微波轻荡。

声音亦是轻轻柔柔，如同一只柔若无骨的手在悄悄摩挲耳垂："那两人今日都不见了，我们都不晓得他们的去向。"

宁宁的满腔期望倏然沦为泡影，露出了有些失落的表情。

鸾城如此之大，要想寻人可谓大海捞针。要是不尽快找到贺知洲与郑师姐，等那两位像师尊一样在众目睽睽之下发酒疯，他们本人乃至玄虚剑派的声誉可就彻底完了。

她正暗自苦恼，忽然听见身旁的裴寂道："他们昨天夜里，可有提及什么有用的线索？"

他生得好看，哪怕一言不发地走在街头，也能引来不少人的偷偷注视。女人定定看他一眼，眸底隐约浮起几分惊艳之色，末了又扭头望望宁宁，嘴角笑意更深："可巧，昨夜他们俩的行径实在离谱，我特意用视灵记录了一番，不知二位可有兴趣看上一看？"

宁宁一愣："视灵？"

这玩意儿价格不菲，也并非寻常人会随身携带的东西。

"近日鸾城里不是时有女子失踪吗？"

她不知想起什么，微微皱了眉头："你们有所不知，最后一个不见的魏灵鸢，就是我们楼里的姑娘。从那以后人人自危，纷纷买了小刀符咒和视灵带在身边，或许有朝一日遇上险情，还能起些作用。"

宁宁一直对鸾城的连环失踪案很是上心，闻言急切道："那位姑娘的失踪，可有留下什么线索？"

女人摇头，虽然嘴角还是含了笑，却露出些许无可奈何的苦涩之意："我们这些女人，尽是无亲无故、无父无母，若非红玉姐姐与之交好，见她几日未曾出现，特意登门拜访，万万不会发现她早已不见踪迹。"

宁宁皱了眉，低头细细思索："百花深处鱼龙混杂，一旦入了夜，便很难发觉周围的猫腻，要想动手更是轻而易举。既然这里多是独居的孤女，说不定失踪之人……其实比现已查明的数量多得多。"

"正是！"

女人没料到她会对这件事如此上心，将音量拔高几度，咬牙恨声道："我们早就想过这种可能，奈何刑司使的那帮人自诩高洁傲岸，不屑与我等来往，每回都只是匆匆走了过场，便声称毫无发现。"

看来即便是在相对唐宋元明清开放许多的修真界，烟花女子的地位也算不上高。

暖玉阁内静候客人的几个姑娘听见交谈声，其中一个上前几步，好奇问道："莫非姑娘正在调查此事？"

"其实也称不上——"

宁宁挠挠头，她虽然对这件事儿很感兴趣，但从未认认真真地调查搜证，仅有的几条线索，还是从天羡子和裴寂那里听来的。

她说着顿了顿，没什么底气地补充一句："但我会尽力试试。"

"真的？"

一个扎着辫子、看上去不过十五六岁的女孩光着脚丫噔噔噔跑上前来，圆滚滚的两只眼睛被阳光晃得眯成缝隙：

"姐姐，你一定要把那个坏蛋揪出来！你不知道，灵鸢姐姐是个特别好的人，每天都会给我们买糖，我有次被客人当众欺负，也是她挺身而出帮了我——我听说道士请不来灵鸢姐姐的魂魄，说不定她现在还活着呢！"

女孩说得大大咧咧，全然没有意识到，请魂失败很有可能预示着另一种更为残酷的可能性：魂飞魄散。

宁宁身旁的女人低声斥道："明月，休要无礼！"

她说罢就缓和了脸色，对宁宁与裴寂柔声笑笑："抱歉，这孩子年纪小不懂事，我们绝无指使姑娘的意思。"

宁宁摇摇头："无妨，她这样的心性倒也可爱。"

她想了想，又道："诸位与魏灵鸢姑娘熟识，不知可曾发现什么蛛丝马迹？"

"何止蛛丝马迹？"

又有个坐在不远处的女孩转过脑袋，朝她眯起晶亮猫眼，声线也像家猫般甜腻慵懒："我们这儿的人，可是有不少都在怀疑那位城主夫人哟。"

宁宁一怔："鸢娘？"

"姑娘，你应当知晓，她在嫁给城主之前是个舞女。"

那女孩挑眉一笑，用手掌撑起下巴："那时候……她可是暖玉阁的头牌。"

或许是大家对此达成了一致共识，这回没有人阻止她，少女便也毫无顾忌地继续讲："因是女孩，她不到七岁便被爹娘送来此地，换了钱去养新生的弟弟。怎么说呢，像我们这种打小在花楼里长大的，谁都清楚其余人究竟是什么货色。"

她顿了顿，轻哼一声："总而言之，楼里几乎没人喜欢她。"

宁宁好奇地继续问："为什么？"

"心机深呗。"

她答得毫不犹豫，语气里显而易见地带了几分鄙夷："她一心想当花魁，千方百计勾走了不少男人，其中不少是我们的常客——毕竟大家都在暖玉阁里做事，勉强称得上有几分情谊，这样明目张胆地抢生意，是不是有些太过分了？"

"还不止这些。"

见宁宁认认真真地听，另一个女孩随之接话："自从她见到城主，整个像是变了一个人——按理来说，鸢娘从未上过学堂，不可能识字，但她竟常与城主吟诗作对，还写得一手漂亮的毛笔字，傻子都能看出来，其中有大问题。"

小姑娘们叽叽喳喳地说，宁宁听得入迷，没想到话题到这里便戛然而止——

一道撕心裂肺的尖叫从暖玉阁楼道附近传来，等宁宁与其余人赶到声源处，不由得一怔。

楼道旁杂物间的门被杂役打开，没想到屋子里除了堆积的扫帚抹布，居然还躺着个满目惊恐的女人。

她被脱去了外衫，只穿着内里凌乱的白袍，头上发饰同样被粗鲁地采摘一空，乌发乱得像一锅煮坏了的面条，全身被麻绳死死绑住，嘴里还塞了块布。

当即有几个女孩大惊失色地跑上前去，匆忙为她取下绳索和口中棉布："红玉姐姐，这是怎么回事？你此时不应该正在待客吗？"

"快，快去纪公子的房间……"

女人脸色苍白，紧紧握住猫眼女孩的手腕："昨夜咱们收留的那男人还没醒酒，乘我不备将我关在此处，不但夺走衣物与首饰，还、还——"

她说着露出了极为惊恐的神色，大大瞪圆眼睛，气若游丝地模仿出那人当时癫狂的语气："他还用很吓人的表情对我说，'走开，让我独享经验！老娘才是花魁！'"

宁宁：……

对了，贺知洲以前是做过花魁的。如今他喝醉了酒触景生情，很可能把暖玉阁当成曾经待过的花楼，把自己理所当然看作花魁，然后——

她已经猜到了接下来会发生什么，眼前又是一黑，开始猛掐人中。

与此同时，暖玉阁厢房内。

身为百花深处首屈一指的大花楼，暖玉阁内装潢堪称一绝。

轻纱低垂，熏香白烟摇曳，如雾气般朦朦胧胧地摇坠其间，清淡却令人入迷的香味似是拥有叫人昏昏欲睡的效用，迷醉非常。

一席纱帐将二人隔开，纪公子坐在纱外，隐约可见另一边红玉姑娘端坐的轮廓。精雕细琢的木床就在不远处，从他的视线看去，与相隔不远的女人一样模模糊糊。

"红玉姑娘。"

他对这位才貌双绝的姑娘向往已久，今日头一回单独来见她，不免感到紧张："我们已经这样坐了半个时辰，一句话也不说……我何时能进来看一看你？"

对方坐在桌前，似乎正在食用桌上摆着的瓜果小吃，闻声恍然抬头，声音带了点奇怪的沙哑低沉："待会儿。"

她顿了顿，又轻咳一声："我染了风寒，不能传给公子。"

"这又如何！"

纪公子急不可耐，迈开长腿就往前冲，一把掀开纱帐，而红玉姑娘似是非常害羞，立刻丢了手里的西瓜，钻进一旁床铺的被子里。

不对，不是害羞，或许是一种暗示。

纪公子喜从心来，上前将她紧紧搂在怀中，激动不已地伸出手去，在她露出的一点点脑袋上细细摩挲："红玉姑娘，我对你倾慕已久，今日终于能与你独处一室……你的长发真美，我已经迫不及待想要看到更多。"

红玉姑娘保持着原本的姿势没有动作，他只当是对方不好意思，很有耐心地伸出手去，自她的头顶缓缓向下。

"红玉姑娘。"

他摸着摸着总觉得不大对劲："你的耳朵……竟有如此之大？"

她似乎喝了酒，浑身散发着浓郁酒气，闻言从他怀里发出闷闷的回应："当然是为了能更好地听清你呀。"

他被这个回答乐得满面春风，如获至宝，手指继续向下："红玉姑娘，你的眉毛竟如此之浓？"

对方羞涩笑笑："当然是为了能更好地看清你呀。还有我的鼻子嘴巴，都是为了能更好地感受公子而生的。"

美人在怀，酒香诱人，纪公子的鼻尖和心尖都在发甜，再也等不下去，只欲立马掀开被子，与红玉姑娘共度良宵。

他踌躇满志，正要动手，却听见一阵急促的敲门声。

那声音着实叫人心烦，然而他唯恐是自己老爹来花楼抓包，不敢不去把门打开。没想到刚开门，居然见到密密麻麻一大堆人。

这群人个个神色慌张，见到他凌乱的衣物后欲言又止，其中最为显眼的，是他心心念念的红玉姑娘。

等等，红玉姑娘。

纪公子蒙了。

既然红玉姑娘身在此处，那方才与他亲近的……是谁？

宁宁顾不上其他，径直走进房中，抬高声音叫了句："贺师兄？"

贺师兄。

师兄。

兄。

纪公子只愿在佛前苦苦求上五百年，保佑这劳什子"贺师兄"并非屋子里那位，然而天不尽人意，宁宁话音刚落，蜷缩在床上的那人便像只软体虫般拱身一动。

当他站起来，哪怕隔着一层纱，纪公子还是能看出来，那是个比他还高的男人。

那人仿佛醉了酒般四肢不协调，走得摇摇晃晃，刚下床便径直扑倒在地，挣扎了好一阵子，等终于晃悠着站立起身，没走两步路，便又再度摔倒。

房间里一片死寂。

好几双眼睛一起看着他倒在地上疯狂扑腾，在好几次站起又跌倒之后，终于自暴自弃放弃了起身，僵着身子就往外爬，任由骨头碰撞发出极度诡异的咔嚓声响。

等那人好不容易到了纱帐前，便猛地把纱幔一掀。

纪公子已经要被吓吐了。

映入眼前的是一颗重度迷茫的大脑袋，保持着两眼无神、神色僵硬的模样，故作可爱地歪了歪脖子，在见到呆若木鸡的宁宁时，咧开红艳艳的嘴唇嘿嘿一笑。

这还不是最吓人的。

最吓人的是，这位仁兄之前吃了许多西瓜，其中一口还没来得及咽下，就匆匆忙忙躲进了被窝，之后也并没有咀嚼吞咽。

此时待他笑着一张口，西瓜汁立马从嘴里哗啦啦漏出来，红里混着白，白里透着黑，哇啦哇啦，如同豌豆射手开了二倍速。

搭配此人一只手扒开纱幔，身体藏在帐子后头，只露出惨白大脸嘿嘿笑的模样，看上去异常惊悚，小孩见了都会手脚抽搐、跪地啃土。

纪公子好想哭。

原来方才与他搂搂抱抱的，正是这个东西。

这年杏花微雨，他的一片真心，终究是错付了。

贺知洲醉醺醺地看完宁宁，居然还不死心，瞪着死鱼一样的眼睛就往纪小公子身上瞟。

他瞟着瞟着，似是想起什么开心的事，竟有些害羞地傻笑出了声，说出的每个字都像在催命："公子，我的头发，当真那样好看吗？"

纪公子：……

纪公子白眼一翻，当即晕了过去。

贺知洲被灌了碗醒酒汤，在一道惊天动地的哀号声里醒来了。

他喝下"九洲春归"后直接断片，如今什么也想不起来，一睁眼就看见几张神色各异的陌生面孔，中间还夹了他认识的宁宁和裴寂。

"洲啊。"

宁宁的眼神很是复杂，贺知洲从未见过她这般小心翼翼的模样，仿佛他是个需要被好好呵护的宝宝，稍不留神就会哗啦碎掉："你还记得，昨晚和今天发生了什么事情吗？"

他茫然地摇摇头。

鼻尖萦绕着浅浅熏香，是他曾经在花楼里接触过的味道。

再往四周看去，赫然是朱红雕花木椅、粉白绣蝶纱帐与无比暧昧的暖热轻烟，至于将他围了整整一圈的姑娘们个个眉目如画，有沉鱼落雁之姿，乍一看去，跟进了盘丝洞似的。

贺知洲眼前一黑。

不会吧不会吧。

这么多姑娘，他竟有如此禽兽？看这阵仗，就算是把他身上的灵石榨干得一滴不剩，也绝对付不起价钱啊！

"放心，你没对她们做什么。"

宁宁一眼就看出他心中所想，很快出声为贺知洲消去疑惑惶恐。

这本来应该是件好事，她却始终用了奔丧一样的语气，不像是来花楼接他，倒像在参加缅怀贺知洲好同志的追悼会："这里有姑娘记下了昨夜的事情，你……想不想看一看？"

贺知洲思绪仍有些糊，用先天发育不良后天畸形的小脑瓜努力思考，既然他没对姑娘们做出什么见不得人的事儿，那就理所当然没什么好怕的——

难道他还能自己迫害自己不成？

他没做多想地点头，其中一位年轻姑娘欲言又止，递给他一面镜子。

通过视灵，镜面之上顷刻便投映出暖玉阁歌舞升平的景象。

夜里的百花深处人影绰绰，往来女子衣香鬓影、媚眼如丝，交谈声、吆喝声与车马声都被潮水般的笑声吞噬，在摇曳不定的火光之下，映出房檐之上红木花雕的轮廓。

来来往往的人潮里，没过多久，出现了两道无比熟悉的影子。

正是贺知洲与天羡子。

宁宁与裴寂应该已经将这段影像看了一遍，此时纷纷沉默不语，死死盯着镜面。

"二位公子。"

他们俩相貌俊朗，刚一进门就吸引了不少姑娘的注意力。其中一个笑意盈盈上前打招呼，颇为羞涩地用团扇遮掩唇边："公子们前来做客，可有心仪的姑娘？"

问的人认认真真，听的人就不一定了。

镜子外的贺知洲眼看着自己嘴巴嘟嘟，对那女子软声哀求道："姐姐，我们不是来花钱做客的——求求你收留我俩，让我在此地做花魁吧！"

贺知洲脑子一蒙，神色惊恐地看一眼宁宁。

后者则面带怜悯地摇摇头，示意他后面还有。

"公子，你们喝醉了？"

女人眼角一抽，闻见他们身上越来越浓的酒味，被吓得后退几步："你们两个大男人，留在暖玉阁又有什么用？"

"我超会唱《水调歌头》！"

贺知洲似是想到什么，瞬间眼前一亮，咧着嘴就开始笑："我还会背《唐诗三百首》、跳拉丁舞和《卡门》！"

想他通读各路经典穿越小说，在被雷到无数次外焦里嫩、灵魂出窍以后，终于掌握了在古代俘获男人芳心的独门诀窍——

不走寻常路，不做寻常事。要么穿着溜冰鞋大跳惊鸿舞，要么唱着《隐形的翅膀》从天而降，绝对引得四座惊为天人，大呼内行，任谁见了都要发自内心地说一声：真是个有趣的男人！

贺知洲还兀自沉浸在自己的世界里，然而女人哪会明白何为"水调歌头"和"唐诗三百首"，只当这是醉酒后的胡言乱语。

他见说服不成，为了苦苦追求的花魁梦，竟一咬牙把天羡子推上前头："除了我，还有他！他什么都能干，真的！"

画面中的天羡子显然醉得厉害，完全没弄清楚如今是个什么情况，在呆呆一怔后，缓缓转动浑浊的黑眼珠，露出了有些为难的神色。

然后就是这一怔，居然直接撞上贺知洲阴毒狠辣的目光。

贺知洲终于知道，为什么会觉得镜中自己的眼神非常眼熟了。

宫斗剧里蛇蝎心肠的反派妃子，给小白花炮灰灌毒药的时候，可不就是这样的表情吗！

天羡子好委屈，连说话都细声细气："我不会……"

贺知洲双目一眯，两把眼刀虎虎生威，从喉咙里发出老牛般的低吼："嗯？！——"

真不是人啊。

一滴泪，从眼角无声滑落。

他眼睁睁地看着镜子里的自己越来越相貌狰狞、面目可憎，天羡师叔可怜巴巴、无路可逃，终于放弃挣扎，瘪着嘴小声说了句："我……我什么都可以做。"

好一个师慈徒孝，感人至深，堪比世界名画，建议取名：知洲的报恩。

最初接待他们俩的姑娘哪里见过这种情况，一时间不知所措，一句话也讲不出来。

场面僵持之间，忽然有个身穿红裙的女人走上前来，大致询问来龙去脉后，缓声迟疑道："这两位许是醉了酒神志不清……就当积个德，让他们二人暂且留下吧。"

画面到此便戛然而止。

贺知洲已经快要把自己的整个拳头塞进嘴里，颤抖了好一阵子，才试探性发问："我英俊潇洒、高洁傲岸、剑道第一人的天羡师叔，他知道这事儿吗？"

宁宁摇摇头，看他像在看死人："他似乎还没醒酒，我并不清楚师尊会不会记得此事，你自求多福吧。"

她顿了顿，又道："不但如此，你之后还夺走了红玉姑娘的外衣，假扮成她的模样，躲在客人的床铺里——"

贺知洲：……

贺知洲："能让我一个人静静吗？要脸。"

贺知洲受了一番心理创伤，哭哭啼啼地给暖玉阁里的姑娘们道歉后，便把自己关在屋子里，仔细思考待会儿应该用怎样的表情面对师叔天羡子。

宁宁对此叹了口气，拍拍他肩膀："这种时候，只要微笑就可以了。"

她要留在暖玉阁里继续询问有关鸾娘的消息，因此并不着急离开；而百花深处在白日里客人不多，女孩们便也恰好时间宽裕，特意寻了个房间，再度叽叽喳喳地说开。

"我们之前说到，鸾娘虽然没上过学堂，却突然就会写字念诗——她奇怪的地方还不止这个呢！"

猫眼姑娘眨着眼睛，坐在椅子上双腿不停晃悠："我比她小几岁，来的时候因为年纪尚小，只需学习礼仪，不用忙着待客，因此空闲的时间也比旁人多得多。那时成天无聊，我便不时会去看看其他姐姐在做什么，没想到无意间，发现了一处关于她的猫腻。"

她的语气神秘兮兮，不仅宁宁，连身旁几个暖玉阁里的女孩也纷纷露出好奇之色，催促她继续讲下去。

猫眼姑娘抿唇一笑，刻意压低声音："鸾娘她呀，似乎在和什么人通信。"

"通信？"

"对啊！就是晚上招来一只信鸽，把信放在它身上，再由鸽子传给另一个人。"

她摇着扇子哼笑道："那会儿半夜三更，我睡不着站在窗前看风景，没想到居然见到一只信鸽飞到了她房间里头，她跟做贼心虚似的，生怕被别人看到。"

"这样说来，鸾娘从那时起，就已经会写字了。"

宁宁好奇地问她："为何不用传讯符？"

这回另一个女孩扑哧一笑："宁宁姑娘，催动符箓需得耗费灵力，我们未曾学过仙法，自是不知如何使用。"

"不知姑娘可曾听过鸾城里的一则传言？"

又有人软声开腔："传说以魂魄为筹码、鲜血为媒介，向鸾鸟许下心愿，愿望就能实现——献祭魂魄一事，不正好能与'道士无法请魂'对应吗？"

这是宁宁从未听过的传说。

在她心里，鸾鸟向来是象征福祉的瑞兽，与如此残忍的献祭完全搭不着边。更何况，若是所有人的所有愿望都能通过这种方式实现……

那未免也太轻而易举了些。

"城主之前还娶过一个妻子。"

猫眼姑娘见她半信半疑，继续道："你一定不会想到，鸾娘性情大变、半夜被我撞见传递信件、上一位城主夫人突发重病……是在同一时间。"

宁宁一愣，听她敛了笑沉声说："她之所以懂得献祭之法，一定是受了传信那人的教唆。先是让真正的城主夫人暴毙身亡，再把自己慢慢变成城主心中最为中意的模样，一步步设下套子接近他——这样想来，岂不是一气呵成？"

如此一来，究竟是谁在与她暗中通信，便成了整起事件里最大的疑点。

可他帮助鸾娘的目的是什么？之后的少女失踪案，也都是由他们二人所犯吗？

宁宁想来想去找不出思路，只得先将此人放在一边，专心询问有关鸾娘的线索："你们谈及她'性情大变'，不知此事从何说起？"

"这样说吧，她呢，从小在花街长大，是最为普通的风尘女子，得了客人就往上迎，见人说人话，见鬼说鬼话——我们都是这副德行，全当为了活命，没什么好讲的。"

猫眼姑娘道："但自从某一天起，她突然变得不大对劲，具体怎样我也说不上来，总觉得像是变了一个人，老是阴沉沉站在一边，不知道在想些什么。"

"对对对！她好像一天天地，不知怎的就突然清高冷淡起来。"

扎着辫子的小姑娘趴在桌子上，哪怕只是轻轻一挑眉，也自带了摄魂夺魄的媚意："从前的鸾娘跟我们没什么两样，自从开始接近城主，就不爱笑也不爱讲话，充其量若即若离地朝他那么一笑。只不过见了两三次面，就把城主的魂儿给彻底勾走了。"

她说罢想了会儿，一锤定音地下了总结："她就像知道城主会喜欢什么样的女人，于是把自己彻彻底底变成了那种类型。"

这句话极为贴切，引得在场好几个女孩深以为然地纷纷点头。

唯有一人皱了眉，对宁宁柔声道："宁宁姑娘，你可别听她们瞎胡闹。我与鸾娘从小一起长大，最是清楚她的为人，她绝非心思险恶之辈，万万不会做出此等丑事。"

竟是红玉姑娘。

"她向来拼命，一旦定了心思，就断然不会放手。从前她想凑足赎金离开百花深，便用尽浑身解数招徕客人；若是想要嫁给城主，那为了他钻研书法诗赋，将自己变成他喜欢的性子，也有理可循，哪里会和神鬼之事扯上关系。"

她在一众小丫头里年纪最大，其他人虽然不服气，然而出于对红玉本人的尊敬，都鼓着腮帮子一言不发，听她用温温柔柔的嗓音继续说："我们生来贫贱，若说不想过上好日子，那必然是假话。鸾娘就算为了接近城主，刻意将自己变成另一副模样，在我看来，也并不觉得有什么可耻。"

"红玉姐姐，你还帮她说话啊？"

猫眼姑娘冷哼一声："她自从嫁入城主府，就再也没有与我们来往过。上回咱们在灯会上遇见她，那女人明明看见了你，却像在看陌生人一样——这分明就是不对劲嘛！"

红玉摸摸她脑袋："我们这种身份，她不认也在情理之中。我虽然觉得失望气恼，却不希望你们出于个人好恶，把强加之罪安在无辜之人头上。"

她虽是这样说，但从宁宁已经掌握的线索来看，鸾城少女失踪的幕后真相很可能与鸾娘脱不了干系。

但若要查明……又应该从哪里入手？

宁宁脑袋里的思绪一团乱麻，没有头也没有尾巴，正在默不作声地思考时，忽然听见房间虚掩着的木门被陡然推开，耳边传来贺知洲生无可恋的声音："宁宁救命！我的钱……我的钱全不见了！"

贺知洲的钱袋子里空空如也。

他之前在浮屠塔里得了宝贝，这回又在秘境中采了不少灵植，开开心心随手一卖，就是满满一口袋的可爱小灵石。

然而当他好不容易醉酒清醒过来，又沉浸在迫害师叔之后的满心绝望里，为了让自己开心一些，本想拿出钱袋里的灵石细细观摩，却发现一粒灰都没剩下。

一点开心也没有，整个人更绝望了。

跟言情小说里女主角是男主的命一样，那些石头也是小穷鬼贺知洲的命。托他的福，宁宁与裴寂头一回进了鸾城里的刑司院。

刑司院被建在鸾城中央，担得起气势恢宏、高堂广厦的称赞。朱红砖瓦堆砌出无比厚重的肃穆之气，屋脊之上的鸾鸟雕像展翅欲起，伴有两条游龙腾飞其侧，眸光凛然，叫人心生畏敬。

从职能来看，这地方和二十一世纪的警察局没有太大差别，经群众报案后非常迅速地调用了监控摄像头，即鸾鸟像记录的城中影像。

据接待他们的刑司使说，多亏有城主设下的术法，近日以来鸾城可谓夜不闭户、路不拾遗，能在这种风气之下弄丢浑身家当，也算是个人才。

画面在深夜的百花深处不断游弋，不知过了多久，终于在玄镜中出现了两道无比熟悉的影子。

还是他和天羡子，时间应该在前去暖玉阁之前。

贺知洲又想起暖玉阁里的惨案，差点没站稳。

镜子里的天羡子呆呆地立在路边，跟前站着个陌生男人。那男人手里拿了个葱葱茏茏的茂盛盆栽，满脸堆着笑："这是我们祖传的摇钱树，只要你给我钱财，我就能变出双倍的灵石。"

他说着拿出三颗下等灵石，往盆栽后边一晃，再张开手指，居然当真成了六颗。

——因为在盆子里还藏着好大一堆，只不过被盆栽茂密的枝叶笼罩，旁人很难看清。

这是个极度弱智的街头骗术，但凡是个正常人，都绝对不会上当。

只可惜那时的天羡子不算正常人。

"好厉害，好神奇！"

天羡子呆呆拍手，在男人不间断的怂恿下咧嘴傻笑，从钱袋里拿出可怜巴巴的一百灵石："这是我身上所有的钱，拜托你了！"

他连走路都晕头转向，男人虽然看出这是个喝醉了的傻子，却万万没想到，居然还是个穷到抠脚的穷光蛋，一时间笑容凝固，欲言又止。

然而一百虽少却也是钱，男人刚接受了惨淡的现实，神色复杂地把它们拿在手里，没过须臾便听见不远处贺知洲义正词严的吼声："师叔，你在做什么啊师叔！"

镜子外的贺知洲乐到嘴歪，一拍大腿："看见了吧！不愧是我，连醉酒之后都能保持如此清醒！"

然后就看见画面里的他仰头发出一阵朗声大笑，继而摇摇晃晃地站在男人跟前，用手指比了个"三"："摇钱树如此神奇，一百灵石怎么够！我加投！"

贺知洲刚喝下的茶水被噗噗噗喷出来，猛地吸一口凉气，在扑通扑通的心跳声里，听到属于自己的声音："加投！三、千、万！"

说完他还一把握住天羡子手腕，激动得眼眶泛泪光："太好了师叔！这世上所有的奇迹，居然都被我们碰到了！我们真的好幸运好幸运哦！"

宁宁啧啧称奇："不愧是你！"

贺知洲：……

贺知洲一口气没喘上来，翻着白眼滚下了椅子，完全没有意识到，自己的全部身家加在一起，连三千万的零头都够不上。

可惜无论此时的他有多么后悔，玄镜中的景象都不会逆转或停下。

被摇钱树骗局一夜骗走三千万，贺师兄如同瞬间老了三千万岁，满目沧桑地坐在地板上，忽然听见宁宁的声音："等等——你给他的东西，好像不是银票。"

贺知洲回光返照，化身一个木棍人，直挺挺地上蹿起来。

只见玄镜里的他拿着纸笔写写画画，写完后立马喜气洋洋递给骗子。

那张白纸一看就不是银票，男人原本还保持着迫不及待的微笑，晃眼将它一瞟，脸色瞬间就不对劲起来。

"春风送来暖洋洋，千家万户齐欢笑。朋友送你三千万。"

他念着念着开始猛打哆嗦，气得牙齿打战，声音也抖个不停："千万要快乐，千万要幸福，千万要健康。有这三千万，新年快乐一定旺——"

"我旺你娘个锤！臭小子敢耍我？！"

贺知洲喜极而泣，在短短片刻内经历了人生的大喜大悲："不愧是我！！！"

男人最后这句话一出口，身旁半傻半呆的天羡子便拔剑出鞘，在回环浩荡的剑光中蹙紧眉头："你说谁是臭小子？"

天羡子虽然醉了，血液里护犊子的本能却还在。

他修为极高，如今仅是拔剑对准不远处的男人，就已经能让后者在层层威压之下猛然吐出一口鲜血，站立不能，径直扑倒在地。

傻子都能看出来，这两人来头不小。

男人自知理亏，加之技不如人，要是当真打起来，不但骗来的一百灵石会沦为泡影，恐怕还要自己承担一大笔医药费，再严重一点儿，还得变成丧葬费。

大丈夫能屈能伸，他勉强从地上爬起来，跌跌撞撞就往后边跑，用最怂的语气说出最狠的话："你们等着！两个白痴，别让我再碰见！"

骗子就这样跑了。

这剧情百转千回，处处是转折，连身为当事人的贺知洲都满脸蒙，既然没被骗跑，那他的钱到底去哪儿了？

鸾鸟雕像如同一个不停旋转的监控摄像头，这段影像一过，便悠悠晃去了别的地方，任贺知洲怎样倒腾，都没再出现与他相关的景象。

"贺师兄，节哀顺变。"

宁宁很是同情地拍了拍他的肩膀，继而把目光转向一旁的刑司使，正色问道："这位大哥，今日被带进刑司院的天羡子长老……他还好吗？"

"天羡长老？"

男人陪着他们看完了整个案发经过，乐得差点没合拢嘴。听见宁宁这句话后将她粗略打量一番，露出了恍然的神色。

"你们是他的弟子吧？放心，他没做什么出格的事儿，顶多定个扰乱街市的罪名，就算被抓入刑司院，也能很快就被放出去——不过要我说啊，你们是不是被什么人下了迷魂药？"

迷魂药？

宁宁一愣："我们只是在昨夜喝了天香楼里的'九洲春归'，许是因为酒性太烈，大家都醉了。"

"'九洲春归'？"

刑司使咧嘴嗤笑一声，轻轻摇了摇头："那可是天香楼里最有名的酒，味甘、回香、不易醉人。要是人人都和你们一样，喝了'九洲春归'变成那副德行，天香楼的生意还做不做啦？这不是自砸招牌吗？！"

他说着敛了笑，语气里颇有几分意味深长的味道："你们还不知道吧？天羡长老被带入刑司院后，便一直昏迷不醒、呼呼大睡，哪怕有时睁了眼睛，也跟丢了魂似的。虽然看起来像是醉酒，但什么酒能这么厉害，让堂堂大能如此狼狈？"

"九洲春归"不易醉人。

然而裴寂喝了一杯便神志不清，师尊等人更是醉得离谱，直到如今也没有恢复意识。

如果说……这并非醉酒，而是什么人刻意而为之，在酒里下了药呢？

裴寂眸底漆黑，划过一丝冷戾的狠意："会不会是鸾娘？"

"如果当真是她，鸾娘是怎样把药下到我们酒里的？"

宁宁百思不得其解:"'九洲春归'属于天香楼珍藏的酿酒,在上桌打开之前,理应是处于密封状态——那时她一直跟城主在一起,就算得了机会暂时离开,也不可能来我们所在的雅间下药啊。"

更何况玄虚剑派与她无冤无仇、非亲非故,简直是八竿子打不着的关系,若是非要费尽心思来这么一出……

动机和手法都完全想不通。

来了一趟刑司院,三人心里的疑惑非但没有解开,反而越发浓烈起来,一时间没人开口,于玄镜之前陷入了短暂的沉默。

刑司使是个年轻小伙子,正值血气方刚的时候,加之职业习惯作祟,见状立马插嘴道:"我听你们提到鸳娘,你们最近是不是得罪了她?我看这阵势,像是在报复啊。"

宁宁顺势看向他:"鸳娘她是睚眦必报的性子吗?"

"这——这我哪能说得上来?"

男人挠头笑笑:"她毕竟是城主夫人,我们平日里压根接触不到。不过我听说吧,她脾气好像确实不太好,嫁进城主府不久,就把上一位夫人的卧房上了锁,不允许城主进去一步。"

"上一位夫人的卧房?夫人与城主不应该同住在一间房屋吗?"

刑司使的声音小了许多,像在讲悄悄话:"那两位关系不好,好像时常闹别扭。"

贺知洲苦着一张脸,身心俱疲:"就算她想报复,可我们同她一句话也没说过,哪里来的'报复'可言?"

"或许不是报复,而是另有所图。"

在令人心惊的沉默里,唯有裴寂皱了眉,沉声道:"既然城主夫人有问题,而她又特意使我们喝了不大对劲的'九洲春归'……你们没有发觉吗?本应该与师尊、师兄一起的郑师姐,我们方才翻阅影像时,纵观整个百花深,都未曾发觉她的身影。"

"那一日,城主府内大宴宾客,华灯初上、歌舞笙箫,但见有一红裙女子踩月而来,一曲霓裳舞罢,惊艳四座。"

台上的说书先生用力一拍惊堂木,声调随之扬起:"这便是城主与夫人的初回相见,后来据城主所言,他自少年时起便常做一个相同的梦。梦里神女踏月,红衣如火,于云霞蒸蔚之时身形渐隐,匆匆不知其所踪——而城主苦觅多年,在那日终得一见。"

台下大多是前来参加十方法会的仙门弟子,对这段男女地位悬殊的闪婚爱情故事十分感兴趣,有人听罢大喊一声:"可我听说,他娶新一任妻子的时候,上位城主夫人去世还没满一年呢!"

这简直是明晃晃的砸场子，偏偏有不少人跟着他应和："对啊！这样如何对得起之前那位夫人的在天之灵？"

"这、这个——"

说书先生显然有些慌，拿手帕匆忙拭去额角冷汗："诸位小道长有所不知，城主与上一位夫人之间，不但是全城皆知的家族联姻，也是出了名的感情不和。平日里一并出现时，虽能称得上是相敬如宾，却能轻易瞧出彼此之间没什么情谊，冷淡得很。"

他说得口干舌燥，囫囵喝下一杯半凉茶水，见台下有不少修士露出了好奇之色，便乘势继续说下去："上一位城主夫人姓宋名纤凝，是个自幼在深闺长大的小姐，身子骨一直不好，连家门都很少出去。"

城中百姓所传，皆是骆元明与鸾娘命中注定般的爱情故事，对这位宋小姐所提甚少。许多人都是头一次听见她的名字，不由得下意识闭了嘴，竖起耳朵继续听。

"但城主呢？一个在外历练多年的修士，若不是非得继承城主之位，说不定直到如今也在云游四海。这两位的经历、兴趣与性格全然不同，就算真想擦出火花，恐怕也难。"

说书先生摇头喟叹道："其实那也是个好姑娘，可惜天不尽人意，竟突发重症，就那么走了……唉，造化弄人哪！"

"我还有个问题！"

小弟子们在宗门里勤修苦练这么多年，好不容易能接触一些紧张刺激的八卦，个个热情高涨，趁乱高声道："我听过一个传言，声称鸾城失踪的少女们很可能与鸾娘有关——不知先生如何看待此事？"

台下一片哗然。

这个问题颇为敏感，然而说书先生讲得上了头，一时没再顾及其他，压低声音道："其实吧，这个说法早就传到了城主和夫人耳中，夫人为自证清白，特意让人巨细无遗地搜了一遍卧房与随身物件，结果什么都没发现。"

宁宁坐在角落里安静地听，看着桌面上写满字的白纸，心乱如麻。

自从裴寂察觉郑师姐不见踪影，他们便将当晚的影像来来回回翻了个遍。百花深处人来人往，却始终没有见到郑薇绮的影子。

城主府鸾鸟像的双眼呈旋转之势，只要把握得当，很容易就能避开监察。她消失得毫无征兆，唯一行得通的解释，只有被别有用心之人掳了去。

贺知洲的第一反应，是立刻找到城主与鸾娘，跟后者当面对质。

然而这位先生说得不错，当初城内谣言大起，鸾娘只道身正不怕影子斜，连常去的书房都叫人细细搜查了一遍，最后自然是一无所获。

城主本就对夫人极为偏袒，打那以后便越发信任鸾娘，勒令旁人不得妄加议

263

论，将她与失踪一事扯上关系。

也就是说，如今郑薇绮不见踪影，就算他们一行人向城主禀明此事，先不说他会不会相信仙门小弟子毫无证据的一面之词，哪怕当真答应让他们搜查鸢娘，恐怕也找不出任何可疑的蛛丝马迹，反而会打草惊蛇，让她更加防备。

他们掌握的消息太少，决不能轻举妄动。

"不只郑师姐，大师兄也不见了。"

宁宁用手托着侧脸，在纸上的"孟诀"两个字旁打了个问号。

据林浔所言，大师兄醉酒后倒在了酒楼里，但三人前往天香阁时，却得知他亦在昨夜跳窗而去，不知所终。

"按照常理来说，修道之人应该很难醉酒，像你们昨晚醉得那样厉害，就更是离谱。"

宁宁沉思片刻，在阵阵惊堂木的响声里正色道："尤其师尊，他修为最高，却醉得最久最厉害，直到此时也并未恢复；大师兄杳无音信，如果没有出事，应该也还醉着——那酒里会不会被特意加了专门针对修士的药，修为越高，受到的影响也就越大？"

"而'九洲春归'正是鸢娘特意嘱托我们喝的！"

贺知洲恨得牙痒痒："那酒绝对有问题，鸢娘特意弄这么一出，到底是为了什么？"

"献祭之法，讲求阴阳相生、一一相换。"

裴寂沉声道："若是能寻得灵力高深的修士，由此交换而来的裨益便也越大，郑师姐那般修为，自是可遇不可求。"

贺知洲闻言心下一惊，再看向宁宁，已是不知不觉间冷汗涔涔。

如果昨夜不是裴寂一杯喝醉，而宁宁正好送他回客栈歇息，并未喝下"九洲春归"……或许失踪的就不只郑薇绮，还有她了。

"可如果当真是鸢娘在幕后捣鬼，这样丝毫不加遮掩的法子，未免也太明目张胆了些。"

宁宁也觉得一阵后怕，在心里感谢了不会喝酒的裴寂千千万万遍："又是酒里下药，又是随即刚刚好掳走郑师姐，这岂不是摆明了想要告诉我们，'一切都是我做的，你们有本事来查啊'。"

贺知洲哼了声："说不定她就偏偏好这一口呢？看上去楚楚可怜，其实见到我们焦头烂额又无能为力，早就在心里笑开了花。更何况有城主给她撑腰，不管怎么作妖，都很难查到鸢娘身上。"

他说话间，忽然瞥见身侧有一白影掠过，紧随其后便是一道似曾相识的男音："诸位小道长，可是在讨论城中的少女失踪一案？"

然而他仰起脑袋，却见到一张平平无奇的陌生脸庞。

宁宁认出声音的主人，把音量压低许多："城主？"

"是我。"

骆元明淡笑颔首："我时常易容出府，探访民情——不介意我在这里坐下吧？"

贺知洲心里藏不住话，与宁宁对视一眼后试探性出声："城主，我们昨夜喝下'九洲春归'后不省人事，大师姐更是无故失踪，直到现在也没回来。"

骆元明的笑瞬间收敛，眼底露出几分惊诧之色："郑道友？"

贺知洲猛点头，将昨夜与今日发生的事情一五一十告诉他，骆元明越听眉头拧得越紧，末了沉声无奈道："所以说，小道长们都怀疑此事乃内子所为——然而昨夜直至今日，她一直都与我形影不离，这会儿去了书房看书，同样有侍女陪在身边。"

宁宁思绪一顿。

"鸾娘出身不高，不少人对她怀有偏见，我是她丈夫，最能了解娘子的为人。她虽是舞女，却性情刚烈、志存高远，断然不会做出作奸犯科之事。"

他音量虽低，目光里却透露出炽热的决意与凛然之色，谈话间握紧了拳，正色道："诸位无须担忧，骆某必会倾尽全力查明此事，还鸾城一个太平。"

这位城主是出了名的清正廉明、勤勉奉公，听说为了查出真凶，曾在鸾鸟像记录的影像前不眠不休整整三天三夜——

虽然最后还是什么也没查出来。

宁宁有些头疼，怀揣着所剩不多的希冀问他："城主，近日以来刑司院彻夜搜查，可有得出什么结论？"

"我们考虑过许多动机，其中可能性最大的，是利用活人献祭。"

骆元明道："失踪的女子们多为十六七岁，正是作为祭品的最佳年纪。掳走她们的理应是个修士，至于目的就不得而知——邪道之法诡谲莫测，其中以生人为引的法子多不胜数，炼魂、夺魄、夺舍，甚至于用以采补的炉鼎，都算是一种可能性。"

得，果然跟没说差不多。

"除此之外，我这里还有一则秘辛。都说城主天赋异禀，是位出类拔萃的修士，殊不知他自出生起便识海受损、灵力微薄，多亏后来游历四方，在边塞沙障城寻得了意想不到的机缘。"

台上的说书先生不知城主本人莅临，犹在兀自地说。宁宁望一眼骆元明，得了对方一个温和的笑，示意她继续往下听。

"大漠之中九死一生，却也藏有无尽天灵地宝。午夜之时，但见连天沙如雪，清幽月似钩，在若隐若现的月牙泉下，水波粼粼之处，赫然有一株红莲绽开——"

又是一声惊堂木响:"那竟是百年难得一见的珍品灵植,孤月莲!"

台下有人好奇地问:"这莲花与识海有何关联?"

"识海受损的修士,无异于仙途尽断,常人皆道神仙难救,然而若以几种珍稀药材炼成丹药,便有逆天改命、重塑根骨之效。"

宁宁的心扑通一跳。

原著里的确说过,温鹤眠之所以能恢复修为,全因玄虚剑派的其他长老费尽心思寻来药材,只不过那些灵植究竟是何物,却一个字也没提到。

最为可惜的一点是,由于还需多年才能集齐药材,待温鹤眠恢复之时,已然满身旧疾、整日郁郁寡欢,即便识海复原,也难以达到当年的水平。

他们两人好歹是仍然保持着通信的笔友,若是她能尽一份力细细去寻,说不定能让温长老提早恢复,也不用再受那么多无妄之苦。

宁宁念及此处,抬眸匆匆望向骆元明,后者察觉到这道视线,敛眉低声道:"宁宁姑娘,可是对此事感兴趣?"

宁宁面对他时倒也并不拘谨,点头应声:"我有个认识的人同样识海被毁……我一直在找寻恢复的方法。"

"认识的人?"

他略一愣怔,旋即笑笑:"莫非将星长老?"

宁宁点点头。

始终安静的裴寂闻言指尖一动,掀起眼皮极快地瞥她一眼,欲言又止。

"要想修复识海,总共需要五种药材。玄虚剑派的诸位长老也在替他竭力找寻,如今只剩下两味没有找到。"

骆元明道:"一是孤月莲,二是灵枢仙草。"

宁宁在心底把这两味药材记下,轻轻点头。

"孤月莲最是行踪难觅,可能生在悬崖峭壁、火山雪顶,也可能只是寻常人家池边的一朵红莲花,遇见全靠缘分,可遇不可求。"

他见眼前的小姑娘满脸认真,不由得从胸腔里发出一声低笑:"至于灵枢仙草……有传闻说,你们下一场试炼的秘境里,恰好生有一株。"

此言一出,宁宁不由得呼吸陡滞:"下一场试炼?"

"十方法会共有两轮,曾经的第二轮是让弟子们一对一战斗,今年则换了个更为凶险的方式。"

骆元明道:"你们将进入秘境里——"

他话没说完,猝不及防猛地皱了眉,躬身发出一阵被极力压抑的轻咳,等覆盖在唇上的右手移开,虽然有意遮掩,宁宁却还是见到了一抹血色。

"近日身体抱恙,时常这样,也不知道是怎么回事。"

骆元明擦干手上血迹，笑得有些尴尬："小病而已，许是近日操劳，过不了多久便能痊愈。"

这句话堪堪落地，宁宁还没来得及继续询问第二轮试炼之事，便听见台上的说书先生大笑一声，将此前肃然的气氛全盘打破：

"这些都没什么意思，看在小道长们如此热情的分上，就由我来为大家讲述一番城主在边塞与万魔窟女修们大战三百回合的绝妙故事！那叫一个活色生香，啧啧啧！"

骆元明的脸瞬间就红了，摆着手解释："改编不是乱编，戏说不是胡说……这事儿从没发生过！你们信我！"

"那边的小厮！快去把大门关上！"

先生无比上头，贼兮兮地笑个不停："要是刑司使进来可就完了，咱们在私下悄悄说。"

有人笑道："先生，你也知道造谣会被关起来啊？"

"这哪是造谣！"

他把脸一板："我就算当真被抓进刑司院，罪名那也是'泄露城主重大机密'——快快快，你们是想听《元明嬉游万魔窟》，还是《女妖耍弄莺燕欢》？"

骆元明：……

骆元明面色僵硬地站起身来，声音冷得像寒冬腊月的铁："我更想听《说书人伏诛记》。"

他气场十足，一边往前走一边撕下脸上面具，生生走出了维密大秀的既视感。

茶楼里鸡飞狗跳，说书先生只当这是个便衣刑司使，苦着脸求饶："刑司使大人，小的这也是为了生计迫不得已，您大发慈悲，千万不要告诉城主——"

话说到一半，便见到那人揭开面具后无比熟悉的面孔。

说书先生含笑九泉，胡言乱语："哎呀，哈哈。"

哦，原来是城主本人。

那没事了。

从骆元明那里得不到更多有用的信息，念及天羡子等人醉酒后都不约而同跑去了百花深，据宁宁推断，酒里除了令人神志不清的药，很可能还掺有牵魂引魄的迷香。

因此孟诀最有可能的去处，仍是那条巷道繁多的花街。

宁宁唯恐他也出事，便与裴寂一同再度入了百花深；至于贺知洲，他羞于踏入此地一步，便承担起打探情报的重任，在满城百姓间收集相关线索。

"上一任城主夫人离奇病故，城主今日又咳了血，"宁宁心下焦急，勉强让自己冷静下来分析，"这摆明了不对劲，背后那人难道想赶尽杀绝？"

而且城主本人的反应也颇为奇怪，明明口吐鲜血，却还是一心一意信任鸢娘，跟中了蛊似的。

如今傍晚将至，天色渐渐暗淡下去，赫赫有名的百花深处在光影明灭间，悄无声息地露出了应有的模样。

重重楼阁被灯火映得晶亮如玉砌，花灯盏盏连缀成片，暗红色的烛光氤氲在空气里的每一处角落，风里则裹挟着男男女女的笑声，伴随檐角铃铛的脆响，宛如溪泉叮当。

她心里始终对郑薇绮放心不下，没有任何观赏景致的兴趣，正想着应该如何找到孟诀，忽然望见不远处有两道争执中的人影。

那男人像是醉了酒，不由分说地拉扯另一名少女的衣袖，女孩看上去不过十五六岁，一张脸涨得通红，拼命想要挣脱。

"你放手！"

少女气极了，连声线也在不断颤抖："我叫人了！"

男人怒极反笑："还装清高？这花街能有什么好货色，小爷我是看得起你，才——"

他话没说完，身后便有一阵凛冽剑气陡然闪过，如星如电，于半空中划出银白亮光，径直砸在男人后颈中央。

宁宁赶时间，没工夫同这种人多费口舌。这一击毫不留情，瞬间让他没了意识昏昏倒地，引得少女慌忙后退两步，等缓过神来，才匆匆抬头望见他们俩："多谢……"

她没有灵力，瞧不出究竟是哪一位方才用了剑诀。

"姑娘不必客气。"

宁宁垂眸瞥去，只见对方手里抱着一沓画卷与笔墨。

少女衣着简朴，应该并不是生在能将女儿送入学堂作画的富贵之家，在人来人往的街道上拿了画卷，理应是为了卖画赚钱。

卖画作画之人，定会时刻关注街边所有人的一举一动。她心下了然，旋即出言发问："姑娘，你可曾见到一名高挑俊朗、身着白衫、腰间挂着剑的年轻男人？他应该像是醉了酒，神志不太清醒。"

她本来没抱太大希望。

没想到少女闻言睁圆了双眼，将她与裴寂迅速打量一番："你们是他的什么人？"

"我叫阿卉，那位公子是被我奶奶在家门口发现的。"

少女带着两人穿过长长巷道，一直往百花深处疾步而行，越往里走，身旁绚丽夺目的火光就越是黯淡，如同盛大的花火逐渐湮灭，只剩下零零星星的几点光晕，在房屋之上摇摇欲坠。

宁宁不由得深吸一口气，微微张开双唇，却说不出话。

在百花深的更深处，是与灯红酒绿、穷奢极欲截然不同的另一番景象。

高墙倾颓、房屋渐矮，游龙般的长明灯不见了踪迹，唯独余下几点孤光，模模糊糊勾勒出栋栋拥挤逼仄的房屋轮廓，无一不是佝偻又矮小，像极了匍匐在地的濒死巨人。

再往前走，没了纸醉金迷与阵阵欢笑，四周充斥着饭菜油烟的味道、坑坑洼洼的水沟与墙壁剥落的灰屑，有坐在房门前的人抬眼望向他们，目光幽暗深沉，恍若泥潭。

像是一处贫民窟。

阿卉将他们带入的房屋并不出挑，只是被淹没在浓郁黑影中的其中一座，当大门被吱呀打开，映入眼前的，竟足足有五六道影子。

——房屋狭窄昏暗，里面居然围着餐桌坐了年龄不一的好几个女孩，在见到阿卉推门而入时，纷纷露出惊喜的神色。

晃眼望见她和裴寂，她们便又有些害怕地默不作声了。

"她们都和我一样，是被奶奶收养的孩子。"

阿卉轻声解释："女孩生下来，时常会被丢弃在路边。"

她说着把视线转向餐桌前的女孩们："今日来家里的哥哥呢？"

有个不到十岁的小姑娘细声细气地应道："他睡着了，在房中休息。"

"来客了？"

两人交谈间，从一旁房中走出一位白发苍苍的老妪。她似是生了病，细瘦的四肢干瘪如木柴，走路时有气无力扶着墙，双眼浑浊无物，好似污浊水泊，倒映着昏昏沉沉的影子。

阿卉赶紧上前搀扶她："奶奶！您怎么下床了？"

宁宁很有礼貌地笑笑："奶奶，我们是你今早收留的那人的同门，特来寻他。"

"哦——那孩子。"

她恍然点头，仍旧保持着扶墙而立的姿势，声音低哑地勾了唇："你们跟我来。"

这栋屋子不大，加之尽是女子，床铺自然也小。孟诀生得高挑，躺在床上时不得不把身体蜷缩成一团，看上去莫名有几分乖巧呆萌的气质。

而这恰恰是与他最格格不入的气质。

"多谢您！"

宁宁为他悬着的一颗心总算落了地，如释重负地长吁一口气："奶奶，房外那些女孩，都是您独自在抚养吗？"

老妪似乎不太能听清，张着嘴思考了好一会儿宁宁的意思，才扬唇轻笑道："是啊。"

她说着往门外匆匆一瞥，刻意压低声音，不让女孩们听见："姑娘，你或许不知道，我们这地方的人穷怕了，生下的女儿向来不受待见，不时往巷子深处走上一遭，便能见到被丢弃的女婴。我没什么能耐，也称不上'养'，只不过平日里在街上卖卖画，勉强赚到一些钱，能供她们一口饭吃。"

然而买卖字画又能赚到多少钱。

宁宁垂眸望向她满是补丁的薄衫，心下一阵怅然。

"只可惜我已经老了，眼睛看不清，什么事儿也记不住，如今又生了病，只能让阿卉出门卖画……不知我走后，这些丫头该怎么办。"

阿卉轻轻握住她手腕，温声制止道："奶奶，不会的。"

宁宁有些迟疑："她们……没有别的去处了吗？"

"天下何处不是如此？"

老妪浑浊的双目里闪过一片哀色："女子生来卑贱，不过是男人的附庸。若她们是男孩，或许还能去工地码头帮工，然而那种干体力活的地方，哪会想要弱不禁风的小姑娘？命如蝼蚁、命如蝼蚁啊，我这副烂命——"

她说罢重重咳嗽几声，再抬起双眼时，望向宁宁的目光里带了几分困惑，对身旁的阿卉道："这二位是……？"

"他们是今早那位哥哥的朋友。"

阿卉耐心解释，继而扭头对宁宁道："对不住，奶奶时常会忘事。"

这是阿尔茨海默病的症状。

"哦哦。"

老妪茫然点头，又咳了几声："等奶奶回房继续作画……趁我还能看见，多给你们赚些钱，要是往后我走了，你们连饭都吃不上，那怎么得了？"

少女握住她手臂的十指下意识地一紧。

阿卉始终沉默着没有说话，只因不愿亲口告诉奶奶，其实她的视力一日不如一日，画出来的东西早就歪歪扭扭，看不清落笔痕迹；更不忍心让她知晓，那些古怪的画作已有多日无法卖出，哪怕她忍着病痛在夜里劳作一夜又一夜，所做的尽是无用功。

举步维艰，无能为力，这似乎是绝大多数贫民女子既定的命运。

鸢城之内，凶案频发、数名少女不见踪迹，至今没能得到消息。

百花深处，风尘女子一生卖笑，多的是言不由衷、命如飞絮。

深陷淤泥，无路可退，更无从反抗，唯有被强迫着接受这一眼就能看到头的人生——

然而当真无法反抗吗？

"奶奶。"

宁宁叹了口气："能让我看看您的画吗？"

宁宁想用自己所有的私房钱买下这些画。

她本来只是存了欣赏的念头，在阿卉的带领下来到奶奶房间，拿着画卷一幅幅地往下翻看，在见到其中一张时，却不由得呆愣在原地。

那是张年代久远的画作，勾勒着月下一男一女并肩而行的画面。

他们两人都穿了男装，左边的少年只露出一道消瘦背影，右侧的女孩发带被风吹散，匆匆回头伸出右手，想要将它重新握在手中。

青丝高扬，美目流盼，一双上挑的细长眼眸如同深渊，旁人只需看上一眼，便心甘情愿沦陷其中。

这张脸，她是认得的。

像极了鸢娘。

"看上这幅画啦？"

奶奶哑声笑笑："我曾经时常见到两个小公子在深夜的花街并肩而行，这日才察觉出来，原来其中一位是个漂亮小姑娘。"

"他们俩——"

宁宁的心跳不自觉加快许多。

在所有人的叙述里，都没有提到过这个与鸢娘交情甚笃的少年，如果正是他在与之飞鸽传书——

"奶奶，您知道他们俩是什么关系吗？"

"我未曾与他们有过交谈。"

老人摇头："其中一位是如今的城主夫人，对吧？我作过两张关于他们的画像，夫人某日路过摊前，驻足许久，特意买了其中一幅。那幅画的是他们都穿着男装，坐在河边夜谈的背影。"

时隔多年，鸢娘再见到画作时，仍会驻足将其买下，由此可见那名少年在她心中地位颇高，或许……

甚至要远远超过骆元明。

宁宁放柔声线，继续问："您知道画上少年的名字或身份吗？"

老人愣怔了一下。

"要说名字，"她浅灰色的瞳孔里微波轻漾，似是有些纠结地皱了眉，"我记得一男一女，那女孩有时叫他'周'，有时又带了一个'云'字……"

周，云。

无论把拼音声调怎样排列组合，都是宁宁从未听说过的名字。

这幅画作算是意外之喜，她刚要告诉奶奶想将所有画买下，忽然听见身后传来嗒嗒的脚步声响。

乍一回头，竟是其中一个女孩。

阿卉笑着俯了身："怎么啦？"

"外面，"女孩很是害怕的模样，委屈巴巴地低下头，"外面那个哥哥……"

她是在说裴寂。

裴寂不便进入女性卧房，便在厅堂里等宁宁看画。他时常冷着张脸，手里又抱着把剑，吓到小孩也不是一两次的事情。

宁宁莫名觉得有些好笑，蹲下来撑着腮帮子与她对视，弯着眼睛笑道："觉得他很凶很吓人呀？"

女孩瘪着嘴点头。

"其实他人可好啦，温温和和的，只是不爱讲话。"

她捏了把小姑娘的脸，只摸到一层软软的皮："你这样跑进来，他见后一定会伤心难过，觉得自己被讨厌了——拜托啦，可不可以不要害怕他？装作不怕也可以的。"

宁宁说着低了脑袋，从储物袋里掏出几颗糖果递给她。小姑娘从小到大没怎么吃过糖，眨巴着大眼睛，道谢后小心翼翼地接下："真、真的吗？"

"当然是真的！"

宁宁一本正经地应道："其实他板着脸的时候也很可爱啊，你想想，像不像是呆呆的大狗狗？还是很讨人喜欢的。"

"嗯。"

她终于慢吞吞地点了点头，十分敏感地抓住了这个陌生大姐姐的最后一句话："姐姐，你喜欢他呀？"

宁宁表情瞬间一僵。

她不久前才说了裴寂"讨人喜欢"，这种时候如果矢口否认，一番好言相劝就没了任何说服力。连她都不喜欢的人，哪能去要求别人喜欢。

但要让她亲口承认喜欢裴寂，那也——

"喜、喜欢这种事情——"

她莫名有些磕巴，念及裴寂本人不在，自己又是在哄小孩，干脆一鼓作气点了点头："对啊，你看，那个哥哥其实一点也不吓人，我就很喜欢他。要是你也能有一点点喜欢他，不让他觉得自己是个讨人厌的家伙，那就好啦。"

这是宁宁的真心话，她不想让裴寂总是被旁人排挤在外，成为被恐惧、被讨厌的孤零零的那一个。

他从小就被娘亲灌输各种错误价值观，打从心底里厌恶自身的存在，要是继续像现在这样下去，久而久之，自厌自弃的心理一定会更加严重。

她讲得认真，糖也给了，道理也说了，没想到小姑娘听罢嘴唇一抿，如同奸计得逞，忍着笑指了指她背后。

等等，不会吧。

脑袋在那一瞬间嗡嗡炸开，宁宁心有所感，动作僵硬地转过身去。

裴寂不知什么时候来到了房前不远处，在与她四目相对的刹那，下意识把剑抱得更紧，头一回明显地露出了慌乱无措的神色。

"噫——"

女孩拿着糖美滋滋往外跑，路过裴寂时迅速抬头望他一眼："哥哥脸红了耶。"

承影笑到打滚，贱兮兮地模仿了小丫头的语气，把嗓音捏得细声细气："噫，哥哥脸红了耶！"

它说完忽然停了动作，把目光转向另一边。

房屋里抱着画卷的小姑娘猛地低下脑袋，绯红色泽自耳朵一直蔓延到白皙的脖颈。

裴寂应该能明白她的意思吧？那个所谓的"喜欢"只是很纯粹的喜欢……他那么聪明，一定不会想多吧？

——可要是真想多了，那那那该怎么办啊！

宁宁没敢看他，只想找个安静无人的角落安详地闭上眼睛，过了好一会儿，才小声地开口转移话题，试图缓解周遭无比暧昧的沉郁死寂气氛："我打算……今晚潜入城主府看看。"

裴寂死死地盯着剑，闷声回应："我陪你。"

呼呼。

承影悄悄咧开嘴角。

姐姐的脸，好像红得更厉害一点哦。

孟诀与天羡子一样，仍然没有醒来。

看来下在"九洲春归"里的药果然与宁宁猜想一致，修为越高，中毒也就越深。好在裴寂与贺知洲已经清醒，说明这并非致命毒药，想必再过一段时间，他们两人也能渐渐苏醒。

"若是二位还有别的要紧事，大可让他先行留在此地。"

卖画的奶奶安抚好女孩们，轻咳着温声道："孟诀很乖，一直唤我奶奶，与其他孩子也相处得很好，你们无须担心。"

孟诀此人看似多情却最是无情，平日里总是温温和和地笑，实际对谁都不上心。

这种性格主要源于他儿时的经历，娘亲是地位低下的姬妾，生下唯一一个儿子后大病而亡，爹不疼主母不爱，孟诀无异于深宅大院里一颗被丢弃的棋子，连小厮都能肆意欺辱。

听说唯有一名上了年纪的老妇对他颇为关心，可惜后来宅院被妖修袭击，除却孟诀外无人生还。

在那之后不久,他便被前来除妖的天羡子收为亲传徒弟,也正是打那以后,孟诀待人更加疏离,鲜少动情。

如今他醉了酒,或许是将这位奶奶当作了当年那名惨死的老妇。

在这个修真界里,生离死别似乎格外近又格外远,时日久了,只剩下些许故人的残影还留在心头。

宁宁想起原著里与孟诀相关的描述,在心底暗暗叹了口气,只得轻轻点头。

骆元明在茶馆里说过,鸾娘在昨晚之后一直与他形影不离,今日亦是有丫鬟、小厮陪在身边。

她倘若当真犯了事,既要在城主府所有人的眼皮子底下瞒过去,又要尽快验收成果,最佳动身的时机,便是等到夜半三更,所有人都沉沉入睡的时候。要是他们能在深夜前去城主府探查一番,说不定会有所发现。

"真奇怪。"

宁宁将手里的画作上下打量一遍,最终把目光落在鸾娘的回眸上:"奶奶一共作了两幅画,为什么鸾娘见后,只买下了那张画着两人背影的?"

"这还不简单?"

承影一张小嘴叭叭叭,自从听见宁宁的那句"喜欢",就激动得像是生吃了整整一肚子兴奋剂:"要想生活过得去,头上必须带点绿。城主头顶已经在开始长草,要是鸾娘把这幅画也带回去,等他见到画像上自己媳妇的脸,头上的草原还不得直接变成茂密大森林?"

她自然听不见这段话,因此也无从与承影辩驳。宁宁思索再三得不出结论,只好先把这个问题抛在脑后,收好画卷后低声道:"奶奶,我很喜欢这些画,想把它们买下来。"

"姑娘若喜欢,随意拿去就好。"

老妪灰暗的瞳孔里溢出几丝光亮,似是浅浅笑意:"已经很久没人说喜欢这些画了。你不知道,我年轻那会儿是这条街画技最出众的人,连花魁小像都是由我所作,见过的人无一不称赞栩栩如生——只可惜我老了,现在画已经几乎卖不出去。"

宁宁笑着摇摇头。

她来到鸾城之后,几乎把所有零用钱都花在了夜明珠上,此次在秘境中历练一番,收集到不少珍稀药草,出来后卖了个不错的价钱。若是都送给奶奶,应该能支撑这一大家子一段时间的温饱。

穷就穷吧,她反正已经习惯了。

宁宁下定决心,正要从储物袋里拿出钱袋,忽然听见裴寂冷淡的少年音:"五千灵石,买所有画。"

宁宁瞪大了眼睛看着他。

灵石的汇率不比铜钱，五千可不是小数目，他不会是看出她打算倾家荡产的念头……所以抢先一步，让自己代替她倾家荡产了吧？

"五、五千灵石？"

不只奶奶，连阿卉也露出了不敢置信的神色："这位公子，这些画值不了这么多钱的！"

"无碍。"

裴寂罕有地露出了稍显迟疑的目光，面无表情地飞快望一眼宁宁，又迅速把视线移开，如同蜻蜓点水，语气亦是冷淡："她喜欢就好。"

他是怎么做到，用如此波澜不起的语气说出这样的话啊。

宁宁：……

宁宁同样没什么表情，身体僵硬得像根木头，察觉到阿卉直直投来的视线时，有些局促地低了头，拿右手摸摸鼻尖。

阿卉又看一眼抱着剑的裴寂，一时半会儿没忍住："噗。"

夜半，城主府。

宁宁隐匿了周身灵气，与裴寂一同潜入府里。

这是她头一回干这种偷鸡摸狗的事情，心里难免紧张，为掩人耳目，还特意穿了身黑衣，往同样黑发黑衫的裴寂身边一站，两人几乎能直接隐进夜色里。

他们掌握了鸢鸟像的运转规律，从视觉死角潜入府上。夜半的府邸空寂无人，浓郁墨色映衬着流水一样的月光，几盏灯火幽然，无端显出些许诡谲之气。

由于之前来过几回，宁宁已经大致摸清了府邸走向，能凭借记忆一路来到城主与夫人的卧房之前。然而出乎意料的是，这栋房间房门虚掩却空无一人，唯有门前烛火摇晃，大抵是由小厮所点。

这么晚了，这对夫妻能结伴去做些什么？

房门开着，说明那两人之前应该回过卧房，之所以来不及关门便离开，或许是发生了什么突发情况。

——可究竟是什么事儿，能让他们如此匆忙地从屋子里离开？

宁宁与裴寂对视一眼，朝他做了个小小的口型："进去看看？"

裴寂点头。

卧房里并未亮灯，幽寂之感便显得越发沉重。这间房屋表面看来并无异样，木雕大床、轻纱笼帐，然而直至此刻，男女主人却都未归来，实在很难让人不起疑心。

那两人行踪有异，房间里或许留存着些许线索。宁宁不能点灯，更不敢发出太大声响，本想上前一些细细搜查，却猛地察觉身旁裴寂一动——

自房门之外的不远处传来女人的一声娇笑，随之而来的，还有嗒嗒脚步声响，想必是骆元明与鸾娘深夜回房。裴寂手疾眼快，看准了一旁矗立的木柜，一把拉住她胳膊藏身进去。

木柜只有大半个人高，里面装了些零零散散的衣物。宁宁毫无防备，一下子倒在他胸膛上，还没完全适应眼前的黑暗，刚要微微一动，便察觉嘴上被覆了层温温软软的东西。

裴寂捂住了她的嘴，那是他的手心。

等、等一下。

她是被裴寂……不由分说直接抱在怀里了？

宁宁从刹那的茫然中迅速回神，在狭窄昏黑的木柜里努力辨认他们两人此刻的姿势。

裴寂已经松开了抓在她肩膀的那只手，双腿叉开弓起坐在柜中，而她被顺势一拉，理所当然落在他两条腿中间的木板上。

少年剑修身形消瘦，胸膛却出乎意料地宽阔，当宁宁被整个桎梏其中，无法逃离更难以动弹，只能感觉到后背上剧烈的心跳，像一团跃动着的烘热火苗。

这个姿势出乎意料地并不难受，甚至于万分温存，让她有些舍不得离开。

不对。

万幸裴寂在她身后，看不见宁宁骤然通红的脸。

……她在胡思乱想些什么，谁会想要一直被裴寂抱、抱在怀里啊。

裴寂一直没动，也没做出任何表示。

这虽然是由他发起的动作，在手掌接触到嘴唇的瞬间，宁宁却很明显地感受到身后的少年浑身一僵，心跳加快许多，像是十分紧张。

怎么会不紧张？

裴寂按捺住心头躁动，微微合上眼睫。

木柜并不高，他坐在里面，几乎是把宁宁整个儿拥在了怀中。

女孩柔软的身体近在咫尺，脑袋则轻轻抵着他下巴，有细细的发丝悄无声息滑过喉结、脖颈与颈窝，如同无声的逗弄。

四周一片漆黑，只有轻微打开的缝隙里渗进少许光亮。

黑暗让除视觉之外的所有感官异常敏锐，那缕微光则若隐若现，为整个空间蒙上一层朦朦胧胧的纱，看不清也摸不着，暧昧至极。

最为紧张的部位，是他右手。

宁宁的呼吸尽数洒在食指上，像羽毛那样轻轻抓挠拂蹭，带了点暖洋洋的热度，百转千回。而手心则紧紧贴着她柔软的唇瓣，有时她会因为紧张下意识地抿唇，双唇便会不经意地扫过手心皮肤。

就像亲吻一样。

他莫名又想起醉酒的那一个晚上，心头烦闷更甚。

骆元明的修为远在他们二人之上，若是轻易动用灵气，很可能被他察觉。

宁宁与裴寂无法传音入密，只能保持着这个姿势默不作声。

"今夜可乏死我了。"

桌上的烛灯被点燃，耳边传来鸾娘的笑声，慵慵懒懒，像只猫："我们早些歇息吧。"

骆元明亦是笑："好好好。今夜是哪种熏香？夫人最爱桃花，不如就用它吧？"

"夫君用惯了竹香，而今身上的味道同我这样一改，不知又有多少人要在背后风言风语地说闲话。"

"那又如何？他们那是嫉妒我有这样一位夫人。"

然后便是一串放浪的笑，以及衣物摩挲的声响。

骆元明当真如传闻所说爱极了鸾娘，语气里尽是遮掩不住的爱意与渴慕："娘子，真想日日与你这般肌肤相亲、耳鬓厮磨。"

鸾娘的声音如同浸了酒，将他所说的几个字低低重复一遍："我们现下不正是如此？既然已经肌肤相亲、耳鬓厮磨……那我便是你的。"

嘴唇贴着裴寂手心的宁宁呼吸一滞。

可恶，这对夫妻平时讲话都这么肉麻吗？听得她鸡皮疙瘩起了满身。

黑发缠绕在宁宁发丝的裴寂身体一僵。

……只要这样，她就算是他的？

他带着宁宁藏进柜中时，并未把柜门完全关上，露出了小小一道缝隙，若是细细去看，能瞥见房内两人相拥的身影。

宁宁从小看着古装剧长大，对于这种场景见怪不怪，没有任何心理负担地眯了眼睛，正要向外一探究竟，忽然察觉眼睛前蒙了层厚重的黑。

不是吧。

裴寂这混账小子……居然用空出的另一只手，迅速蒙住了她的眼睛？

宁宁一阵心梗。

他当她是小孩儿吗！太傻了吧！幼稚鬼！超讨厌！

她的身份好歹是师姐，哪能心甘情愿在这种事上被压上一头，当即不服气地皱了眉，用力把他蒙在眼睛上的手掰开，然后将自己的右手往上举。

两人皆是坐在柜子里，裴寂的下巴几乎抵着她脑袋，宁宁看不见他的模样，为了不惊扰房中两人，动作格外小心翼翼。

右手先是摸到了一块滑滑软软的地方，轻轻一杵，会轻轻凹陷又慢慢弹起来。

是他的脸颊。

这会儿裴寂脸上出奇地热，四肢则彻底一动不动，任由宁宁的手掌依次拂过侧脸、鼻梁与眉骨，最后如同恶作剧一般，毫不犹豫蒙在他双眼之上。

他什么也看不见，却知道怀里的小姑娘一定露出了心满意足的神色，低下头一言不发地往外瞧。

——裴寂的右手还捂在她嘴上，能感受到宁宁轻轻扬起的嘴角。

他一向厌恶与其他人的肢体接触，却并不反感此时此刻的动作，只是她在动的时候……让他有些难受。

耳边是男女低微的笑声与低喃，将暧昧的氛围烘托到极致。桃花醉人的芳香缭绕其间，四周一片昏暗，由于被蒙住了眼睛，裴寂什么也看不清。

宁宁坐在他跟前很近的地方，哪怕做出任何一个小动作，带来的战栗都会扩大千倍万倍，自腹部一直往上蔓延，仿佛要把莫名其妙的火烧往全身。

浑身上下皆是燥热。

裴寂屏住呼吸，由于无法调动灵力，只能凭借意识忍住怦怦直跳的心。

但似乎难以忍受。

那些滚烫的、细密的痒汇聚在一起时，如同烈火猛地爆发，让他不由得深吸一口气，缓缓低了头，在她耳边竭力低声道："别动。"

这道声音被压得又沉又哑，化作一道气音落在耳边，带了几分隐忍克制却格外撩人的味道。

猝不及防的热气在耳畔轰地散开，好似有道电流贯穿整条脊椎，宁宁被这两个字惹得红了耳根，一时间当真乖乖停下动作。

突然用了这种语气和声音……太过分了吧。

他就不能稍微稍微地，让她有个心理准备吗？

"天哪裴小寂，就你现在这样，以后要真和宁宁在一起，怎么受得了啊。"

承影的语气里带了矫揉造作的哭腔："不会吧不会吧，不会真有剑修……要女孩子主动吧！"

裴寂恼羞成怒，强忍住心底的燥热之气，只想立马拔剑杀了它。

裴寂："闭、嘴。"

万幸城主与鸢娘并未做出多少儿不宜的事情，对拼命想要遮住宁宁眼睛的裴寂小朋友造成心灵伤害，在不久之后便熄灯睡觉，余留熏香阵阵。

宁宁被裴寂抱在怀里，舒服得像是躺在又软又温和的玩具熊旁边。不知过了多久，正是睡意渐浓之时，忽然听见木床上传来吱呀一道声响。

她的倦意倏然消散，透过那道小小的缝隙，望见一道纤细人影。

房内熏香阵阵，城主安稳入眠。白烟与破窗而入的月光缭绕勾缠，好似轻烟水色，恍然如梦。

在一片惹人心惊的寂静里，鸢娘起身下了床。

宁宁之前用手捂住裴寂的双眼，后来睡意渐深没了力气，便把右手顺势搭在他肩头，如今眼看鸾娘起身，下意识地浑身一震，拿手指杵了杵他瘦削的侧脸。

"熏香有问题。"

裴寂居然动用了神识传音，冷冽的声线在夜色里有如冬雪冰凉，莫名带了点慵懒倦意："骆元明此时应已入睡，无须在意他。"

那香里应该掺了安眠成分，所以她与裴寂才会感到突如其来的困倦之意。

宁宁从体内缓缓凝聚神识，试图让自己更清醒一些，与此同时悄悄传音问他："鸾娘出门了——我们跟出去看看吧？"

裴寂低低应了声"嗯"。

她做事从不含糊，商定之后便打算立即动身，然而等宁宁把柜门轻轻推开一些，正想要离开木柜时，却发现自己被什么东西牢牢缚住，向前动不了分毫。

对了。

她心口猛地一跳，低下脑袋望去时，感到身后的裴寂亦是一愣。

当时她在柜子里动来动去摸他的脸颊和眼睛，裴寂不知怎的突然低下头来，在她耳边说了声"别动"。

而仿佛是为了制约宁宁的动作一般，他在出声时放下了捂在她唇上的手掌，不动声色地迅速下移，用手臂重重搂住女孩柔软的腰间。

后来熏香渐浓，室内又熄灭了灯火，他们两人各怀心思，倦意上涌，一时间竟然忘记了这一茬。

而今柜门打开，月色坠落在少年眉宇之间，冰冷如透明的刀刃，让裴寂刹那间清醒过来。

他看不见宁宁神色，只觉近在咫尺的身体温暖得不像话。手臂无比贴近地靠在她腰腹之上，隔着薄薄一层衣衫，仿佛能触碰到纤细腰线与柔若无骨的软肉。

那股令他烦闷的热气又一次涌了上来。

"裴寂？"

被搂住的地方温温发热，宁宁被萦绕在鼻尖的香气熏得头昏脑涨，眼见裴寂没有任何动作，又慌又羞，下意识地脱口而出："你先松开，我们可以以后再——"

——以后再做什么？

宁宁：……

裴寂：……

脑袋里的瞌睡虫因为这句话唰啦啦地烟消云散，宁宁没脸见人，恨不得以头抢地，把脑袋埋进土里，沉默了好一阵子，用颤抖的右手把整张脸盖住。

裴寂也没说话，一言不发地松开了搭在她腰上的手。

承影少有地没有讲话，把整个灵体像软体虫一样缩成一团，扭来扭去的同时，从喉咙里发出诡异的"咕噜噜"憋笑声。

鸢娘在熏香中下了药,趁骆元明熟睡后夜半起床外出。宁宁心知耽误不得,也顾不上满心的羞恼与悔恨,强行把多余的情绪压回心底,闷闷道:"我们走吧。"

骆元明果然睡得很沉,透过明晃晃的月光,能看见男人熟睡时毫不设防的模样。他带了浅淡的笑意入睡,身体朝向之前鸢娘所在的里侧,伸手做了个拥抱的姿势。

只可惜枕边人将那只手毫不留情地拂去,早就不见了踪影。

宁宁心里一阵唏嘘,往自己与裴寂身上施了个简单的障眼法。

若是在同等修为及以上的人看来,这个术法有如鸡肋,全然起不了作用,但对于鸢娘这种毫无修为的普通人而言,哪怕遥遥相望,也很难发现他们。

女人似是有些忌惮骆元明,离开卧房后时有回头,以确认房内无异。宁宁放缓脚步与呼吸跟在她后头,望见鸢娘前行不远便停下脚步,站在院墙角落的阴影之中。

皎洁月光照亮她侧面的轮廓,真真可谓冰肌玉骨、肤如凝脂。

不知道是不是错觉,此时此刻的鸢娘与之前几次比起来,似乎要显得更为艳丽白皙,一双摄魂夺魄的双眼流盼生姿,绸缎般细嫩的皮肤被月光打湿,好似花树堆雪,像极了自月下而生的女妖。

鸢娘未有迟疑,低眉抬袖之间,竟从袖口里拿出一样宁宁颇为熟悉的东西。

方正单薄,符篆以朱砂细细勾勒,正是修道之人用来即时通信的传讯符。

"奇怪。"

宁宁立马就察觉到了不对劲:"暖玉阁里的姑娘说过,鸢娘自幼入了花楼,未曾修习仙术……她怎会知晓如何使用传讯符?"

难道还真像那些女孩所言,鸢娘身子虽然还在,内里却被换了个芯,变成了截然不同的另一个人?

可这种假设如果成立,她特意买下那幅画作又是为了什么?只有真正的鸢娘本人,才会对少年时的过往那般在意吧?

裴寂看出她的困惑,淡声道:"鸢娘体内蕴有灵力,许是有人教授过她些许术法。"

虽然有障眼法傍身,宁宁却也不便与她隔得太近,更无从知晓鸢娘夜半传信的内容。

她写得匆忙,默念口诀将符咒送出后,很快便得了回复。回信很短,应该也只有寥寥几句,鸢娘看罢却勾起唇角,扬起一个满意的笑。

这一笑,就多少有点叫人毛骨悚然的意思了。

宁宁眼睁睁看着月下的女人看完信件,末了若有所思地斜倚在墙角,指尖竟有火光一现。

——幽蓝火焰在夜色中并不显得十分突兀，如同鬼火般死死啃住信纸底端，随即越烧越烈，直至把纸页整个吞噬，只剩下被风扬起的一粒粒灰烬。

宁宁又是一怔："这是灵火？"

与传讯符不同，灵火所需要的修为更加高深，以鸢娘运用的程度，她应该已经有了筑基初期水平。

筑基虽是仙道入门的等阶，然而对于她这种从未接触仙门的外行来说，已经算是种不可思议的水平。

鸢城百姓皆道夫人只是个普通人，从没有谁讲过，骆元明在教她修习仙术。最为重要的一点是……

宁宁皱了眉头。

就算鸢娘天资聪颖，是个难得的修仙之才，而骆元明也将所学倾囊相授，可他们两人才认识一年不到，在这么短的时间里掌握灵火，似乎不大可能。

鸢娘烧完了信纸，匆匆朝两边望上几眼，便裹紧衣衫往卧房方向走去。

城主与夫人都在房内，宁宁自然不可能再回去那间卧房。裴寂的声音还是有些低哑，说话时迅速望她一眼，又迅速把视线挪开："走吗？"

"还有一个地方，我有些在意。"

宁宁摇摇头，眸底微光一闪，抬起眼睫朝他神秘一笑："你还记得吗？上一位城主夫人什么也没留下……除了一间被鸢娘下令封锁的卧房。"

骆元明的前妻名叫宋纤凝，听说与他向来关系疏离，后来更是常有争执，一气之下搬进了一处僻静小院。

这夫妻俩的关系反反复复，时好时坏，宋小姐的病却是一天比一天更严重，后来年纪轻轻抱憾而终，到了如今，已经在鸢城百姓口中几乎听不见她的名字。

宋纤凝死后不久，鸢娘便住入城主府。骆元明好歹算是个谦谦君子，念及往日夫妻情分，留下了位于府邸角落的那栋居所。

鸢娘应该吃了醋，下令封锁小院，包括骆元明在内，不让任何人进出。

裴寂不太明白，为什么要搜查那间屋子。

"我是这样想的。"

宁宁道："鸢娘当初为以证清白，叫人搜遍了卧房与书房都毫无结果，所以那两处应该并没有猫腻——你不觉得，她下令封锁这里的举动很奇怪吗？"

"宋纤凝意外身亡，所谓一日夫妻百日恩，骆元明留下她曾经的住所实属人之常情，更何况那两位关系不和在整座城里都出了名，鸢娘哪里来的'嫉妒吃醋'可言？"

裴寂哪里猜得透女人的心思，安安静静抱着剑听她继续说："更何况从暖玉阁姑娘们的描述来看，鸾娘是个左右逢源，很懂得如何才能讨人喜欢的聪明女人。她如今好不容易当上城主夫人，刚嫁过来就弄出这样一遭，岂不是自己给自己扣了个小心眼的帽子，无论是在骆元明还是在百姓眼里，印象都会不好。"

裴寂跟着她的思路走，听罢眉目稍敛："所以你觉得，她封锁院落另有所图。"

宁宁轻笑仰起脑袋："府里的其他地方都有可能暴露在众目睽睽之下，只有那里不会被人打扰。说不定在宋纤凝的房里，我们能发现一些有用的东西。"

这就是她的初步推测。

对于宁宁而言，鸾娘封锁小院的行为实在不合逻辑，就现在掌握的情报来看，唯一行得通的解释，是对方别有图谋，将这里当成了不为人知的秘密基地。

至于鸾娘究竟在那里做过什么，要等进入房间才能知晓。

无论是性格、气质，抑或人生轨迹，被娇养长大、内向温和的宋纤凝都与鸾娘截然不同。

听说这位大小姐自幼饱读诗书，常年生活在高阁之内，很少离开宋府。宁宁对她了解不多，更不清楚她的长相，只能在脑海里勉强勾勒出一个细瘦纤弱、性情淡泊的病美人形象。

她与裴寂轻而易举便翻越围墙进了小院，院落里的花草久久无人照看，却生得越发繁茂葱茏，郁郁葱葱伸枝展叶，被微风与月光一晃，跌在地上的影子也在悠悠拂动，好似积水空明，荫翳连横。

大门上了锁，窗户却没关，翻窗入室的刹那，宁宁首先闻到一股浓郁的陈旧书页香气。

宋纤凝的卧房更像是书房，书册满满当当，堆了一架。空气里弥漫着灰尘的味道，让她意想不到的是，此处并没有他人进出过的痕迹。

地面上堆积着厚厚一层灰砾，当宁宁小心翼翼走过时，留下十分明显的脚印。

也是唯一一串脚印，除此之外再也没人来过。

之前那一大段煞费苦心的推理……不会全都翻车了吧？

宁宁只觉得一阵窒息，茫然环顾四周，心底疑惑更深。

难道鸾娘当真再没有进过这间屋子？她那样聪明，居然会为了一个狭隘至极的理由，不惜让自己在百姓眼里背负起"恶妇"的骂名吗？

这也太恋爱脑了吧！

她百思不得其解，一一查看了卧房里的抽屉、木柜与床铺，都没发现任何异样，正有些丧气的时候，忽然听见裴寂低低道了声："师姐。"

"嗯？"

宁宁应声回头，见他站在书架前方，递来一本《紫薇术法录》："你将它打开看看。"

他语气很淡，宁宁并无迟疑，乖乖照着对方的话来做。

其余书籍都灰尘遍布，裴寂在递给她前细细擦拭过，因此不会显得脏和无从下手。

她一面认真翻阅，一面听身旁的少年道："架上虽然书目众多，却都有被翻阅过多次的痕迹，唯有这本仍是崭新的，或许是宋夫人过世前不久所购。一旦将其打开——"

他说到这里便停了下来。

宁宁的神色亦是一怔。

一点点翻开《紫薇术法录》，在经过其中某一页时，指尖力道一变。

正如裴寂所言，这本书并没有被翻阅过的痕迹，看上去平整非常，而在纯白色的纸页之间，赫然夹了一张泛黄的单薄字条。

她抬眸望向裴寂，一言不发地将字条拿在手中，借助皎洁月色，无比清晰地看清了纸上的字迹。

那几个字小巧秀美，清隽如竹。纸上规规矩矩地写着："百花深，绫罗巷，转角左行十步，帘帐之后。"

"绫罗巷，转角左行十步——那会是什么地方？"

深夜的百花深正值热闹，往里的条条巷道则不见亮光，千门万户都隐匿了声息，只余下几声间或响起的犬吠。

宁宁按着字条上的路径一直往前，吸了口静谧幽冷的夜风："裴寂，你觉得鸢娘深夜迷倒骆元明，究竟是去给谁写信？"

她走在一根被砍伐在地的树干上，张开双臂保持身体平衡，裴寂不动声色地望着身侧，唯恐身边的小姑娘一个不稳摔倒。

"鸢娘在'九洲春归'里下了药，如果目的是找寻一名可供献祭的女修——"

他答得毫不犹豫："那她必然是在与同伙讨论，应该何时处置郑师姐。"

宁宁面露惊惶地看他一眼，脚下一滑，咕噜直接往下摔。

裴寂一心不愿让她跌倒，没承想自己的话却成了导火索。眼见宁宁往他所在的反方向摔去，裴寂没做多想地伸出手去，一把握住她手腕。

女孩的手腕比想象中细弱许多，他不敢用力，等宁宁停下跌倒的趋势，便拽着它轻轻向上拉。

裴寂在曾经的历练中拿着千年宝玉的时候，都没有这么认真和小心。

"谢谢你啊。"

宁宁被他那句话吓得心头一惊，直到这时心也提在嗓子眼怦怦直跳，道完了谢，又听裴寂安慰似的继续说："不用太担心。绝大多数邪术都是以生人献祭，既然鸢娘仍在与那人讨论，就说明郑师姐安然无恙。"

不愧是裴寂，连安慰人都这么有理有据，不服不行。

她听罢点点头，刚要再开口，却发觉有什么地方不大对劲。

宁宁这会儿已经下了木桩，裴寂之前握在她腕上的右手……却还是没松开。

他的手并不像世家子弟那样自小保养得毫无瑕疵，而是处处生了茧与伤疤，落在宁宁手腕时，带来略显粗糙的摩挲感。

裴寂的身体一向冰冰凉凉，如今手心里却有股淡淡的热。她出乎意料地并不觉得抵触，只觉得莫名心慌，眼神故作镇定地转来转去，最后鼓起勇气扭头去看他。

察觉到宁宁直白的视线，裴寂右手上的力道明显一轻。

他从未与谁牵过手。

曾经的裴寂觉得这个动作累赘且麻烦，与旁人的一切肢体接触他都不喜欢。然而遇见宁宁，却情不自禁地想要一点点靠近，一点点上前。

不把手从她腕上松开，于他而言算是一场耗尽所有勇气的赌注。

宁宁也许会厌恶他手上狰狞的伤疤与老茧，面露嫌恶地挣脱；也许并不愿意接受他的触碰，尴尬一笑后收回左手；但也许，她会在短暂的错愕后逐渐接受——

那样的话，会让裴寂觉得，或许他们之间的关系并不那么远。

他已经许久没有感到过安心，纵使向来冷傲阴郁，骨子里却还是从出生起就逐渐蔓延扩散的自卑与自厌。

裴寂不知道她会怎样做。

十指都像在发烫，他从未如此紧张。

"那个……裴寂。"

耳边传来宁宁干涩的嗓音，他强压下内心悸动，掀起眼皮时，长睫在眼底打下一层浓郁阴影。

她欲言又止，似乎下了某个决定，缓缓停下脚步。

然后她伸出另一只手，低头将它覆在裴寂右手上，把少年苍白修长的手轻轻移开。

裴寂心口一空。

失落与无措铺天盖地地砸下来，心像是在拼命狂跳，却又仿佛一动不动悬在胸腔。滚烫的热气在刹那间席卷周身，让他狼狈地垂下眼睫。

"抱——"

他没想过，自己的声音会变得这么哑，像石块划过地面，粗粝又难听。

然而裴寂只说出了这一个字。

当"歉"字涌上舌尖时，他看见宁宁小心翼翼抓着他的右手，有些笨拙地往下移。

而她的左手慢慢靠近，先是指尖落在裴寂凸起的骨节上，然后手指整个往下压，指尖、指腹，乃至整个手心尽数贴着他的皮肤，将他生满疤痕的右手包裹大半。

她的手像一团暖和的棉花，无比温驯地笼在他手上。

心怦怦怦地跳起来。

欣喜的、慌乱的、不可置信的情绪，像潮水那样一鼓作气席卷而上。

裴寂心尖颤个不停，无法呼吸。

随着心跳声一起响彻耳畔的，还有女孩轻轻柔柔的嗓音。

宁宁握着他的手，像之前那样继续往巷道深处走，很认真地对他说："这样才叫牵手哦。"

裴寂：……

裴寂低了头，用发丝遮挡住通红的耳朵："嗯。"

这条巷子很浅，还未前行多久，他们便来到拐角处。

在寂静无声的巷道里，醇厚夜色凝固成有如实体的黑气，水银色月光洒在地面，映出野草扶疏的影子。

四周的人家都熄了灯火，唯有一处毫不起眼的破旧木屋亮着光。

宁宁甫一上前，便有微风拂过。木屋门前深黑的厚重纱帐被夜风扬起，如同在半空荡起的一缕水波，层层涟漪此起彼伏，露出纱帐里的几分昏黄烛光。

那就是字条中提到的"帘帐之后"。

裴寂向来谨慎，握着剑先行把帘帐掀开，等探身确认安全无事，才把宁宁拉进黑帐中。

她在来之前，曾经设想过许许多多所谓"帘帐之后"的景象，然而此番亲身踏足此地，还是不由得感到些许意外。

就装潢来看，这里与贫民街区的其他房屋没有太大差别。

逼仄陈旧、狭窄沉闷，黯淡烛光填满每个角落，与不愿散去的夜色彼此勾缠，放眼望去尽是灰尘、裂痕与摇摇欲坠的蛛网，潦倒得可以直接用来拍鬼片。

一排排货架杂乱地陈列其间，让本就狭小的空间显得更加迈不开脚。当宁宁细细看去，能在货架上见到凌乱摆放的符纸与典籍，还有许多她从未见过的稀奇古怪的东西。

几幅歪歪扭扭的画被挂在墙边，宁宁好奇地望去，一眼就被其中一幅吸引了注意力。

画上是一望无际的天空，轻而淡的阳光穿过层层凝聚的云翳，透出纱幔般温和柔软的鹅黄色泽。

画作之下，赫然写着几个大字，她一字一顿地念出来："纤凝破——和宋纤凝的名字好像啊。"

"小店可不敢碰瓷那位夫人。二位想要点什么？"

陌生男音突然响起，宁宁循声抬眸，在满地散落的书册里，发现了坐在书堆上的年轻男人。

她虽然看出这是个商铺，对店里的商品却是一无所知，正要思考应该如何回答，就听身旁的裴寂道："城主夫人来过这里？"

他真是毫不客套，开门见山。

青年闻言神色一变，仍然保持着盘腿而坐的姿势，脊背稍稍挺直了一些。

他看上去只有二十多岁，却已经生了大把白发与厚重眼袋，黑白相间的头发搭配上惊天动地的黑眼圈，往地上一坐，跟国宝成了精似的。

"城主夫人？"

男人打了个哈欠："你说哪个城主夫人？"

宁宁一怔："你的意思是……她们两个都来过？"

对方不说话了。

"要是说实话，我们自会给你报酬。"

她想起自己可怜巴巴、每天都在一滴也不剩的边缘疯狂试探的钱袋，咬牙继续道："不知阁下能否透露一些情报？"

"开玩笑，我是那种会因为钱财丧失原则的人吗？客人的隐私必须完完整整保护好，这是我开店的信条！"

青年嘿嘿一笑："但如果你们愿意多给点，也不是不——"

他话没说完，就见到一束白茫茫的剑光迎面而来，冷冽如冰，恰好划过他几缕垂落的发丝。

青年嘴角一抽。

那个深夜进店的小姑娘和善又漂亮，语气与神态都是温温柔柔的，没想到她身边少年人像条疯狗，拔了剑就是明晃晃地直接威胁，不知道的还以为是恶匪打劫，把他吓得够呛。

近日正值十方法会，这两个随身带剑的年轻人一看就是仙门小弟子，虽然都穿了黑衣，心里铁定白得跟纸没什么两样。

他的本意是矜持客套一番，把情报价位慢慢往上抬，好生糊弄糊弄这些不谙世事的名门正派，没想到被对方当场来了个下马威，剑气又冷又凶，全然没有一丝一毫正道的做派。

这是哪个宗门的徒弟？莫非……

脑海里缓缓浮现起某个门派的赫赫大名，青年不由得一阵哆嗦："你们难道是，玄虚剑派的弟子？"

宁宁看出这位想要讹人，并未拦下裴寂，应声笑着点头："对！你是怎么看出来的?"

他欲哭无泪。

废话啊。

除了玄虚剑派,没有哪个宗门能把弟子的头颅挂在船上飞,堪称魔幻主义巅峰大作,不服不行。

这个恐怖门派早就闹得满城风雨,活生生成了吓小孩的鬼故事素材,真是三生积来的福分,今日让他能与这两位见上一面,果真名不虚传。

论残暴程度,玄虚剑派天下无敌。

裴寂对陌生人从来没有太多好脾气,更何况这店家摆明动了歪心思,他握着剑面色不改,把宁宁之前的话陈述一遍:"两位城主夫人都来过?"

"有话好好说!都来过,都来过!"

青年慌忙应道:"你们想打听什么?"

那姑娘还是笑意盈盈的模样,眼见同伴拔了剑,居然丝毫没有想要阻止的意思:"这家店有何特殊之处?她们都来做过什么?"

他总算看出来了。

这两人的心,是在同一个煤堆里滚过的。

"我这儿的货物,大多是有关咒术和符箓的。"

见宁宁露出些许失望的神色,青年赶忙道:"这些符咒与名门正派的那一套可大有不同!我这铺子,最讲究一个'邪'字。"

邪。

宁宁眉目稍敛:"邪术?"

"正是!"

青年从书堆里勉强直起身子,语气不自觉亢奋许多:"正道的心法,大多讲究五行相生、因循有道,我的这些呢,嘿——跳出五行之外,怎么有用怎么来。"

修真界术法众多、派别林立,宁宁所接触到的玄虚剑道,只不过是沧海一粟。而在她了解的所有修行之道里,符术可谓最是诡谲多变。

意在笔先、挥毫落纸,点横折捺皆有讲究,哪怕错位分毫,都可能与本意判若天渊;而笔墨丹青、朱砂浸血,绘制符咒所用原料不同,功效亦会大相径庭。

"我看二位都是剑修,或许对咒术不甚了解。"

青年很是客气,冲着宁宁咧嘴一笑:"邪法多与诅咒、禁制和魂魄相关,既能千里之外夺人性命,也可将旁人炼成可供操控的傀儡,只有你想不到,没有它做不到。"

宁宁认真应道:"是挺邪乎。"

"还有更邪门的呢!"

男人来了兴致:"我听说啊,旧时魔族还有一种替命之术,能以他人的气运抵消己身孽障,一旦成功那便是瞒天过海,连天道都奈何不了你丝毫。不止这些——"

他讲到一半察觉到裴寂不耐烦的视线,心知自己偏了题,有些尴尬地轻咳一声:"言归正传啊,那位宋夫人来找我,是想问有关换魂的事儿。"

宁宁心口一紧,听他继续说:"那时她与城主感情不太好,来我这儿时面色灰白。可换魂乃是逆天改命的大忌,虽然古籍中有过记载……但我毕竟就是个小店老板,哪会晓得具体的法子,只能告诉她爱莫能助。"

宁宁若有所思地应声:"除了这个,她还有没有问过别的什么?"

"她是有点欲言又止的样子,不过直到最后也没问出来,离开这里没过几天,就突发重症病倒了。"

青年眼珠子一转,身体往前倾了些,把声音压低:"这还不是最离奇的——等宋纤凝死后不久,鸾娘尚未嫁给城主时,居然也在某日进了我的店里,询问有没有肌骨重塑、蕴养灵力的法子。"

他说着顿了顿,似是讲得口干舌燥,端起身旁茶杯猛地一灌:"你说奇怪不奇怪,我这家店向来行事收敛,很少透出风声,来的多是达官贵人,寻常百姓很少能摸清底细。然而鸾娘自幼长在暖玉阁,连门都很少出,她是从哪里得到消息的?"

宁宁点点头:"这'肌骨重塑'——"

这几个字显然问到了点子上,青年忽地咧嘴笑笑,俯身把音量压得更轻:"可不就是炼魂之术!以他人的魂力滋养己身肌体,不但可以维持容颜不老,对修为提升也是大有裨益。"

他说罢阴森森地笑了几声:"你们难道不觉得,跟近日来的失踪案很是相近吗?"

裴寂冷眼瞥他:"你觉得失踪案与鸾娘有关。"

他用了十分笃定的陈述语气,青年听后也并不反驳,耸肩应道:"你们应该就是在查这件事儿吧?这只是我的一己之见,爱信不信。"

宁宁念及大师姐安危,并不与他废话:"你是不是觉得……鸾娘很可能是已故的宋纤凝?"

"不然她问换魂术是为了什么?鸾娘又为何能找到这个地方?"

青年抬眼望了望门外,确定寂静无人后继续说:"而且我听说,鸾娘与原来的性子大相径庭,可不就是被彻彻底底换了个人吗?!"

许是从未有人与他谈论过此事,青年越说越来劲:"要我说啊,事情应该是这样:宋纤凝对城主爱而不得,恰逢身体抱恙活不了多久,干脆一不做,二不休,一气之下用了移魂秘术,附在鸾娘身上。"

他又喝了口水:"鸾娘正是城主喜欢的长相,然而未修仙术,总有容颜老去的一天,于是宋纤凝又动用炼魂之法,试图永驻容貌、精进修为,让城主越来越迷恋她。"

这一番推理下来，倒也算是有理有据。

宁宁眼底的阴影却始终没消，沉声问他："店家，你可听说过《紫薇术法录》？"

"宋夫人买过一本，紫薇真人正是邪术大能。"

青年似笑非笑："至于那本书，里面恰好讲到了换魂术，只不过所谈甚浅，没有太大作用。"

对话进行到这里，似乎许多事情豁然开朗，没有了可以继续聊下去的话题。

宁宁想起下落不明的郑薇绮，蹙眉沉声道："那炼魂之术，究竟应该如何操作？"

"很简单啊，无非活人、咒法、布阵。"

青年睨她一眼，像是想起什么，再度露出了略显神秘的表情："炼魂十分有趣，同一时间献祭的生魂越多，所能得到的回馈也就越大。相同数量的魂魄，一个接一个炼制的效果，远远比不上同时献祭——或许那些失踪的姑娘还没死，幕后凶手在等一场天时地利人和的大祭。"

这让宁宁想起浮屠塔里的鹅城。

当年的邪修们也是将全城人的魂魄聚在一起，等待一并炼成。如果真如店家所说，离奇消失的女孩们尚在人世……

只要他们尽快查明真相，也许就能救下包括郑薇绮在内的所有人。

"二位听尽兴了没？"

青年怯怯打量一番裴寂的神色，抬起右手指了指身旁的货架："看在我讲了这么久的分儿上，要不要买点东西？"

玄虚剑派的弟子毕竟也不是恶魔，宁宁和和气气向店主道了谢，随后又选了些或许有用的小玩意，才与裴寂一并离开店铺。

因为之前那段稀里糊涂的牵手，两人之间的氛围一直极为微妙。

之前听店主侃大山的时候还不觉得，然而这会儿四下静谧，连自己的脚步与呼吸声都能听见，夜色与微光融在一起，就更显出几分暧昧的意思。

宁宁一边往客栈方向走，一边低着脑袋，试图整理纷乱的思绪。

宋纤凝为什么要询问换魂之事？鸢娘性情大变，当真与她有关联吗？以及，她之前是真的真的主动牵了裴寂的手吧？

最后一个念头出现得猝不及防，让她脑海里的推测瞬间停滞下来。宁宁有些别扭地动了动左手指尖，似乎还能感受到少年人手背坚实的触感，像在做梦一样。

想不通，为什么她会下意识做出那种动作，还有那句"这样才叫牵手哦"……

也太太太主动了一点吧！

从这里去往玄虚剑派所在的客栈还有一段距离，宁宁为了避免气氛越来越尴尬，硬着头皮向裴寂搭话："师弟，你怎么想？"

她心下紧张，这句话脱口而出，没经过太多思考。没想到裴寂并未立刻应答，而是沉默着扭过头来看她。

他很适合夜晚，漆黑的发被晚风吹拂到额前，远处几颗光点犹如星辰坠落，悬在一双阴郁深邃的黑瞳，映出几分明暗不定的光晕，像深潭月影那样幽幽散开。

宁宁被他这样一看，心口便不自觉地发闷。

裴寂语气冷硬、不容置喙，每个字都咬得格外清晰。虽然刻意装作并不在意，却又带了点迟疑的意味，尾音像是猫咪下垂的尾巴，渐渐变低："师姐以前都是叫我的名字。"

宁宁一哽。

哇，这个人！

牵了手之后开始学会得寸进尺了！她可不是心里紧张，想借由这个称呼让自己显得正经一些嘛！干吗要这么直白地说出来啊！幼稚！

宁宁踹飞面前的一颗石子，有些不服气："师弟不也是叫我'师姐'吗？"

她把"师弟"两个字念得格外重。

承影爆发出一声幸灾乐祸的大笑："哈哈哈不是吧！裴小寂，你这算是撒娇吗？居然被宁宁撑回来了，哈哈哈，太逊了吧！"

裴寂把头转了回去。

宁宁察觉他移开视线，便趁机抬起眼睫，不动声色地瞧他一眼。

月光让裴寂棱角分明的轮廓稍显柔和，从她角度看去时，能见到对方紧绷的下颌。纤长如鸦羽的漆黑长睫垂落在他眼前，衬得目光越发晦暗不明。

她看不透裴寂此时此刻在想什么，只知道他皱了眉头。

然后裴寂微微张了口，似乎想要说些什么，与此同时偏过脑袋，正好撞上宁宁清亮的目光。

两个人同时把视线挪开。

"我——"

宁宁听见他低低出了声，在短短一个字后戛然而止，随即而来的是浅浅吸气声。

裴寂的嗓音像是从胸腔里闷闷地涌出来，虽然只是短短两个字，却被他念得格外生涩笨拙，每个音韵都在舌尖百转千回，仿佛不舍得触碰。

所幸他最后还是念了出来。

裴寂说："宁宁。"

宁宁，叫得还挺好听。

宁宁走在昏暗的小道上，不知怎的，忽然觉得脚步轻快了许多，连带着一颗心也哗啦啦地飞起来，怎么也抓不住。

"噢。"

她抿了唇敛去嘴边的笑意，把双手背在身后迈步时，带了点跳起来的冲动，佯装出一本正经的严肃口吻："裴寂小朋友，你怎么看待这件事？"

承影一边捂着嘴笑一边说："裴小寂，她这是在说你幼稚。"

它顿了顿，又嘿嘿嘿笑得更厉害："你可不能认输啊！听我的，叫她一声'宁宁乖宝'或'宁宁小亲亲'，嘻嘻嘻，她绝对不敢再调侃你了。男人就是要主动一些，强势一些嘛！"

若真那般叫出来，她的确是不敢再调侃，他却跟直接死掉没两样了。

裴寂沉着脸，骨节分明的右手把剑握得更紧，虽然眼底多了几缕不耐烦的杀气，唇角绷成一条直线，把上扬的弧度悄悄压下。

原来她的名字从自己口中念出来，会是这样的感觉。

单薄的叠音温和又轻盈，仅仅是念出那个名字，都会让他紧张得心下一紧，却也忍不住想要扬起嘴角，开心到无法抑制。

他真是没救了。

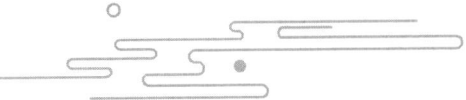

第三章　纤凝夜雨听舟

两人一路走一路说，不知不觉就到了客栈门口。贺知洲房间的灯还亮着，等宁宁敲门进去，一眼就见到顶着大大黑眼圈的林浔。

小白龙从没熬过夜，加之昨夜的狂奔几乎耗去了所有精力与体力，这会儿像条死虫趴在桌面上。

等见到她与裴寂进屋，才终于露出些许属于活物的生气："师姐师弟！你们查得怎么样了？"

宁宁在大脑中理好思绪，将鸾娘与陌生少年的画像、夜探城主府所得与店家的话一五一十尽数相告。

贺知洲听得张嘴瞪眼，最后猛地一拍大腿："我知道了！"

宁宁乖乖点头，静候他的表演。

"我今天也是干了实事的。"

贺知洲从桌子上拿出一个小本本，认认真真翻开时，能见到纸页上铺满的大堆笔记："我路过河边遇见一个奶奶，问起她关于城主府那三位的恩怨纠葛，得到了惊天大发现。"

裴寂抱着剑倚在墙边，面色淡淡地听他讲："四年前花会的时候，鸾城几大家族在百花深处龙吟河的游船上举行过聚会，宋纤凝与骆元明都有出席。宋小姐回家后红光满面异常欣喜，过了很久才有人发现，她与一名男子交往甚密，被爹娘狠狠骂了一顿。"

贺知洲说着抿了口水："最为关键的一点是，这件事发生后不久，宋纤凝就嫁给了骆元明。这说明什么？说明那个让她心心念念的男人必定就是城主啊！两人的私情被发现，双方家长一拍即合，直接定了婚事。"

宁宁接话道："可城主与夫人的关系并不好。"

"这就要说到鸾娘了。"

贺知洲一本正经，露出有些痛心的神色："城主为什么会对她一见钟情，又为什么会突然与宋纤凝争吵不断，异常冷漠？肯定是鸾娘置换了他的记忆，骆元明以为自己爱的是鸾娘，其实却是他弃之如糟粕的前妻。可怜宋小姐满怀希望地嫁过去，却落得如此下场——可怜！"

宁宁听罢忍不住拍手："天雷滚滚，这是把狗血往我嘴里直接灌啊。贺师兄，以后虐文的作者不是你，我绝对不看。"

"我和那位店家一样，也觉得鸾娘就是宋纤凝。"

林浔道："你们还记不记得？骆元明之所以对鸾娘一见钟情，是因为她与他梦里的神女如出一辙。他身为城主，自然不可能把自己的梦境大肆张扬，唯一能知道这件事的，只有枕边人。"

但这个推理说不通，仅凭一个物件就能推翻。

——那幅被鸾娘买走的画。

如果她并非本人，必然不会对那幅画那般上心。

同样存疑的，还有鸾娘封锁宋纤凝卧房的理由。

那间房屋许久无人踏足，鸾娘应该并未利用它做过什么事情。既然不是为了她自己，也不像是为了骆元明，兜兜转转来看，难道是为了……

已经去世的宋纤凝？

宁宁猛地坐直了身子。

对啊，他们一直执着于鸾娘与骆元明的爱与恨，哪曾考虑过她和宋纤凝。

脑子里的念头一个接一个浮起，在这样的前提之下，似乎许多人说过的话都变得有迹可循。

"鸾娘从未上过学堂，不可能识字，但她竟常与城主吟诗作对，还写得一手漂亮的毛笔字。"

而宋纤凝自幼念书，字迹清隽。

"鸾娘自幼长在暖玉阁，连门都很少出，她是从哪里得到消息的？"

宋纤凝知道啊。

"你一定不会想到，鸾娘性情大变、半夜被我撞见传递信件、上一位城主夫人突发重病……是在同一时间。"

"她就像知道城主会喜欢什么样的女人，于是把自己彻彻底底变成了那种类型。"

如果鸾娘夜半传信之人正是宋纤凝呢？好友病重、疑云重重，直至宋纤凝身死也未能寻得真相，而骆元明无疑是最为可疑的那个——

"她向来拼命，一旦定了心思，就断然不会放手。"

她当真没有放手，硬生生把自己变成截然不同的另一个人，做了城主夫人。

最后还有说书先生的那句话。

"城主自出生起便识海受损、灵力微薄，多亏后来游历四方，在边塞沙障城寻得了意想不到的机缘。"

如果这份机缘并非孤月莲,而是目睹了邪修以女子为祭,炼制生魂的场面呢?

宁宁能感受到自己的心在加速跳动。

当年几大家族花街游船,宋纤凝遇见的不是骆元明,而是自幼在百花深长大的鸢娘。

她在那家店里看见的画作名叫什么?

《纤凝破》。

画上的阳光穿透了云层。

纤凝就是云。

"贺知洲!"

宁宁心有所感,正色问道:"你有没有打听到,鸢娘在进入花楼前的本名叫什么?"

"啊?哦哦,那个奶奶好像提过一回。"

贺知洲大概明白她问话的意思,老老实实回答:"当时我们在河边,她看着那些船说,很少有人知道,鸢娘本名里就有它——她叫孟听舟。虽然也有一个'周'的音,但和周云完全搭不着边。"

"怎么搭不着边?"

宁宁如释重负地笑了:"卖画奶奶说,她见到两个穿着男装的少年时常并肩而行,既然其中一个是女扮男装,为什么另一个就不可以呢?"

贺知洲与林浔皆是愣住。

"你们还记不记得?当初奶奶回忆那个少年的名字,她说的是——"

心猛烈撞击胸腔,宁宁说话的语气不自觉上扬些许:"他们一男一女,女孩有时叫那少年'周',有时却又成了'云',如果这并非一个完整的名姓,而是两个人的名字呢?"

"两个人?"

不只裴寂,承影也听得十分入迷,闻言先是一愣,随即很快意识到了问题的关键,发出一声绵长的吸气音:"我明白了!我永远爱宁宁!不愧是你!"

裴寂静静地听,目光自始至终没有离开她灿如星辰的眼睛,自动屏蔽了心里承影的激情喊叫。

"'周'非'周',而是鸢娘名里的'舟';至于'云'——'纤凝'是云的别称啊。"

宁宁豁然开朗,语气变得轻快许多:"宋纤凝是个官家小姐,家中定不会允许她出入花街之地;鸢娘在那条街道又很是出名,倘若当众叫出她的名字,也会引起不必要的麻烦——所以她们二人才会女扮男装,把对方唤作旁人并不知晓的名号，这样一来，来往接触就会便利许多。"

而卖画奶奶从来只是远远看着她们，未曾有过实际接触，一旦两人都穿着男装，就只能听见她们交谈时的声音。

她认定了那是一男一女，自动把听到的女孩声线归为同一个人，因此才会把名姓听混，有时是"周"，有时是"云"。

而这两个字，是从未在一人口中同时出现的。

所以当初宋纤凝病重，鸢娘才会被见到时常与人通信，那并非密谋，而是因好友的病情夜不能寐。

所以宋纤凝死后，鸢娘会封锁她曾经的住处，不让骆元明踏足。城中百姓皆以为她心胸狭隘，眼睛里容不得沙子，其实个中缘由却与之截然相反——

她知晓宋纤凝的死与骆元明脱不了干系，不愿让那个男人假惺惺玷污好友曾经生活过的角落。

宁宁的心跳越来越快。

所以鸢娘才要了那幅她们俩并肩坐在河边的画。

一是因为她与宋纤凝初识于龙吟河边，二是因为……

她们都是女子，回眸的那幅显而易见地将两人割裂，成了并肩而行的一男一女，唯有一道身着男装的时候，她们看上去才没有什么不同。

这自始至终都不是什么剪不断理还乱的爱情戏码，藏在层层幕布之下的，只是一个再寻常不过，仅被两个女孩知道的小事。

一个是体弱多病、注定被当作联姻砝码的深闺小姐；另一个是卖笑为生、不知前路何处的风尘舞女。

她们都不被其他人在意，一辈子困在某处地方，却也都无比向往着自由，渴望能像鸢鸟般挣脱桎梏。直到某天两人相遇，成为彼此最好的，也是唯一的朋友。

或许宋纤凝曾教过鸢娘书法诗词、修道术法，或许她们曾数次男装外出，在龙吟河边谈起未来与希望，后来被宋家人发现，将宋纤凝草草嫁给骆元明了事，便只能分隔两地用飞鸽传信。

然而宋纤凝却在城主府中莫名其妙地死了。

于是向来庸俗且没心没肺的少女改头换面，把自己变成彻彻底底的另一个人，一步步接近骆元明，也一点点查明真相。

所有的疑点都变得明朗起来。

宋纤凝之所以与骆元明关系恶化，正是察觉他在暗地里做了见不得人的丑事；而她暴病身亡，恐怕也与城主脱不了干系。

可她却并没有告诉任何人。

宁宁不由得皱了眉。如今鸢娘一定也知晓了一切，可她为什么会和当年的宋纤凝一样，不把真相公之于众呢？

那位店家曾说过，邪法多与诅咒、禁制和魂魄相关，恰巧骆元明是所谓的"天才符修"……

莫非是对她们使用了某种禁制，禁止向外人提及炼魂之事吗？

如果真是这样，如今这种处境于鸢娘而言，无异于生不如死的折磨。

她为调查真相而来，却被困在真相之中。明明知道了所有肮脏的、沾满血污的现实，眼看就能为宋纤凝报仇，却一句话都不能对旁人诉说，只能眼睁睁地在一旁驻足观望，任由杀人凶手肆意妄为。

而今的宁宁亦是如此。

所有推论都建立在假设之上，不具备有用的证据与线索，哪怕向长老或刑司院检举搜查，恐怕也不会得到任何结果，反而打草惊蛇，让失踪的女孩们濒临险境。

但也许……除了骆元明，鸢娘也在暗暗布着局。

今日所发生的一切都太过巧合，例如被下了药的"九洲春归"、孟诀恰巧倒在卖画奶奶门前、贺知洲于河边遇见的路人"无意中"提起鸢娘的本名。

如果正是她在有意引导，让他们发觉真相——

那鸢娘的下一步计划是什么？

"所以说，当年宋小姐与鸢娘女扮男装夜间同行，被人撞破之后，误以为她与不知名姓的男人有染。"

林浔很是认真，趴在桌子上写写画画，莹白龙角被灯火映出暖玉般的微光："世家大族顾及颜面，将她匆匆嫁给骆元明，后来也许出于机缘巧合，她撞破了骆元明炼魂的丑事。"

贺知洲饿得前胸贴后背，吃包子跟削铅笔似的，刚进嘴里就是一通风卷残云，一边吃一边接话："于是骆元明给她下了禁制，不能向别人透露与此相关的任何信息——他为什么不直接杀了宋纤凝？"

宁宁应道："城主夫人莫名身亡，他的嫌疑定然不小。骆元明或许是想用这种法子暂且稳住宋纤凝，没想到她怒不可遏，不但和他大吵一架，还搬进了别院居住。"

旁人只道夫妻二人感情不和，万万猜想不到当初宋纤凝的愤怒与无助。

与唯一的好友遥遥相隔、被家人当作联姻工具无情推开、毫无感情的丈夫满手血污，她却一个字都没办法向外人诉说。

所以当她与裴寂去往宋纤凝卧房时，才会发现那本《紫薇术法录》格外崭新。

宋纤凝学过符法，但因出身名门正派，对邪术并不感兴趣。那是她在察觉丈夫不对劲后才买下的书籍，目的只是探明何为"炼魂"。

宁宁把一缕发丝在指尖缠了一圈又一圈，凝视着窗边跳动的烛火，微微皱眉："奇怪，鸢城里的少女失踪案应该发生在不久之前，但宋纤凝几年前就与骆元明成了婚……莫非这些年来，他一直在生祭女子炼魂，却从未被发现吗？"

"他会不会一直在挑选无依无靠的孤女下手？"

贺知洲叹了口气："这件事之所以被爆出来，是因为某个郊外的农家女莫名不见了。我去拜访过她家，家徒四壁，只有一个重病在床的娘亲——听说她娘亲察觉女儿失踪，硬是拖着满身的病，用整整两个时辰一步步走到鸾城，这才向刑司使报了案。"

宁宁点头。

据她所知，被察觉失踪的女孩有五六个，多为父母双亡的风尘女子，就算莫名其妙消失，也很少会有人愿意追究。

骆元明从识海贫瘠到后来的修为一日千里，由金丹一重到元婴，其间经过了漫漫数年光阴。如果他当真一直在用炼魂提升修为……

那这么多年过去，究竟有多少女子丧命于此？

"我之前还在纳闷，城主府上的鸾鸟像为什么非得转来转去，原来是他监守自盗，刻意制造视觉死角。"

贺知洲有些义愤填膺："那时失踪案还没被爆出来，恰好宋纤凝又自幼体弱，骆元明见她不从，定然就起了心思，安排出一场重病身亡。

"宋小姐去世之前与鸾娘时常通信，虽然不能亲口告知城主府内的秘辛，但从她字里行间的语气来看，鸾娘一定察觉到了不对劲。"

林浔摇了摇笔杆："后来她从宋小姐口中得知那家邪术商铺，联想起骆元明修为大增一事，才会问出'有没有肌骨重塑、蕴养灵力的法子'——也就是在那时，鸾娘头一回知道了炼魂术，并大致猜出城主问题不浅。"

之后便是宋纤凝离奇病故，鸾娘性情陡变，展开计划一步步接近骆元明。只不过——

"对了！"

宁宁杵一杵裴寂手臂，侧了脸无声笑笑："你还记不记得，我们潜入城主府，见到鸾娘深夜独自走出房间时，她的模样比之前所见更美了？"

他之前独自靠在角落的墙上，结果被宁宁强拉着坐在桌前参与讨论，闻言略一回想，抿唇点了头："嗯。"

"当时我就觉得，她像是在灵气极强的地方细细滋养过一番。而且鸾娘与骆元明回房的时候说过一句话——'今夜可乏死我了'。"

宁宁缓声道："鸾娘要想查明真相，就必须找出骆元明囚禁女孩的确切地点。可她一没能力，二没线索，在整个鸾城里孤立无援，还能怎么办？唯一的法子，就是让骆元明亲自带她前去。

"所以说，他们俩之所以夜半出房，就是在吸取由那些女孩炼出的灵力？"

贺知洲不由得打了个哆嗦，稳下心神努力思考："对啊。骆元明对鸾娘的喜爱不像是假的，她只是个没什么修为的凡人，注定有老去的一天，而他又想与之长相厮守——这样一来，只要鸾娘故意借此伤春悲秋几回，骆元明就必定会亲自带她前去那个地方，保她容颜不老。"

他说到这里，又不免有些担心："鸾娘这卧底当得够彻底啊。你们说，她会不会被这花花世界迷了眼，不愿放弃容颜永驻，从而反水倒戈，和骆元明统一战线？"

"她若是有意反水，我们哪能走到这一步？"

宁宁抬眼笑笑："你难道不觉得奇怪吗？为什么她要劝我们喝下'九洲春归'，而师姐又在其后莫名失踪？为什么我和裴寂能撞见被人调戏的阿卉姑娘，而孟诀师兄又倒在她家门前，最恰巧的是，卖画奶奶居然保留着一幅与她们两人相关的画？"

她用一只手托住右边脸颊，瞳孔被烛火映成漂亮的橙黄，声线轻柔温和，带着股笃定的力量：

"她虽然口不能言，却安排了人一步步引导我们发觉真相。今晚我与裴寂见到鸾娘与人传信，她之所以会露出满意的神色，应该就是因为那些人圆满完成了任务。"

贺知洲有些蒙了。

"也就是说，打从我们喝下'九洲春归'的那一刻起，就已经入了鸾娘的套？"

他说着愣了愣，不敢置信地加强语气继续问："郑师姐不见，可能也跟她有关？"

"你想啊，骆元明行事向来警惕，专门挑选孤女下手，完全没留下任何信息。"

宁宁凝神道："他已经小心翼翼了这么久，怎么可能在十方法会期间，刻意绑走玄虚剑派的真传弟子？这岂不是嫌自己暴露得不够快吗？唯一有理由策划这一出的，只有鸾娘。"

林浔听得面露惊恐，眼神迷离。

这就是女人们的思维吗？好可怕，真的好可怕。

"她在鸾城孤立无援，没有可以信任的对象，要想揭穿骆元明，最佳办法就是趁着十方法会，借助各大宗门的力量。"

她真和传闻里所说的一样，为达目的不择手段啊。

宁宁既觉敬佩，心底又腾起难以言喻的怅然，整理一番思绪后继续说："之所以让我们喝下'九洲春归'，是因为她修为薄弱，唯有在郑师姐昏迷不醒的时候，才能将其绑走；而之所以要把郑师姐绑走——"

贺知洲恍然大悟："这是在迫使我们不得不去查明真相啊！之后再诱导我们一步步发现那幅画、那家店和她的本名，真相就呼之欲出了！

"这、这也太——太厉害了。"

之前发生的一切都松散又混乱，没想到竟然全都环环相扣，一层套着一层，林浔自始至终张着嘴，到头来只能发出一阵喟叹："鸾娘一定很重视宋小姐。"

只可惜如今除了鸾娘，已经没有人知道她们之间发生过怎样的故事。

"说完了前因，我们不妨再来谈谈'果'。"

郑薇绮暂且应该平安无事，宁宁在心底悄悄松了口气："既然城主夫妇能在夜半三更毫无顾忌地前去炼魂之地，这就说明那地方一定在——抢答开始！"

这个答案他想到了！

贺知洲的一双眼睛当即就亮了起来，兴高采烈地刚要张口，就听见裴寂迅速道声："城主府内。"

他居然还用了非常认真的语气，舌头像抹了肥皂一样唰唰唰就捋了过去，跟幼儿园里的全班第一名似的，生怕别人把抢答权夺走，要在老师面前好好表现一番。

可恶，这小子以前是这样的吗？咱们做人不能太攀比啊，寂。

宁宁听罢点点头。

近日以来失踪案闹得人心惶惶，全城上下都加紧了戒备。若是在这种时候的深夜频繁出入府邸，骆元明一定会遭到怀疑，最为稳妥的办法，是将炼魂之地建在城主府中。

"但那处地点一定十分隐蔽，否则当初搜查鸾娘的时候，刑司院也不至于一无所获。"

想到这里，宁宁不免感到有些头大："但鸾娘又无法亲口告诉我们——"

她话音未落，忽然听见一阵仓促的敲门声。

有人推门而入，在烛火之下，宁宁看清了来人的模样。

萎靡不振、面色苍白，一双眼睛跟黑色弹珠球似的，好像稍有不慎就会碎掉。

这是一张多么熟悉的面孔。

林浔哇的一声叫出来："大、大师姐！"

推门进来的正是郑薇绮。

昔日生龙活虎的郑师姐从小池塘变成了盐碱地，满面沧桑的模样能直接出演湘西陈年老僵尸，那双浑浊的眼珠子轻轻一转，跟索命似的，叫人瘆得慌。

宁宁本想冲上前一把抱住她，却又觉得师姐那副脆弱的小身子骨实在经不起折腾，只得先小心翼翼将她扶到椅子上坐好："师姐，你遇见什么事儿啦？"

郑薇绮满眼血丝地望她一眼，然后直接瘪了嘴闭了眼睛，委屈巴巴地往宁宁怀里钻。

"师妹，我想死你了！"

她一边在小姑娘清香柔软的怀里拱来拱去，一边哀声诉苦："我若早知道喝了'九洲春归'会是那副德行，让我喝泥巴水都愿意啊！我这一醒酒，不但灵力没了,还被人敲晕丢到一口孤井边,差点就掉进去回不来,后脑勺上的包到现在都没消——等等,你们几个眼神怎么这么奇怪?"

裴寂沉默半晌,沉声道:"城主府里,应该有井吧?"

林浔笑得咧开了嘴,一对龙角随着身体晃啊晃:"当然有!"

宁宁一把将她搂住,吧唧亲了一口:"谢谢师姐!你太棒了!饿了吗?困了吗?有想做的事情吗?我们全部满足!"

郑师姐,老工具人了。

鸢娘先是利用她的失踪诱导众人查明真相,如今梅开二度、物品回收,又通过郑薇绮醒来的地点,再明显不过地暗示了炼魂地的位置。

虽然是工具人,但郑师姐就是最重要的!

"郑师姐,你不用知道太多,只需要明白,你就是指引我们走向胜利的航船,屹立不倒的胜利女神。"

贺知洲腾地从座位上站起来,摩拳擦掌:"兄弟们,我准备好了!"

错过了一切的郑薇绮:……

她是谁,她在哪里,她做了什么,她怎么就"太棒了"?这群丫头小子到底是怎么一回事?他们准备去干吗?

"虽然不知道究竟发生了什么事儿,"郑薇绮满脸茫然地将他们打量一番,似是还没醒酒,眯着眼睛挠挠脑袋,"但打晕我的人,好像在我手里留了张字条。"

既然鸢娘明确给出了"井"的提示,而四人又推断出炼魂之地必然在城主府中,两相结合,就能毫不费力确定它的具体位置。

夜探城主府的人从两个变成了四个,翻身越过围墙时,跟一串忍者神龟似的,从远处望去人头耸动,颇有几分跳跳糖乱窜的既视感。

林浔连踩坏一株野草都舍不得,哪里干过这么提心吊胆的事儿,一双眼睛左右乱瞟,用很小很小的音量道:"我知道井在哪儿,你们跟我来。"

贺知洲很是诧异:"你怎么知道?"

"我……我不是怕人嘛!"

小白龙走在最前方,声音被夜风一吹,就更加难以分辨:"宴席的时候没人和我说话,我就会一个人在城主府瞎转悠。"

宁宁"嗯"了一声。

林浔贵为龙族少主,理应不会养成内向怕生的性格,之所以变成如今这样,听说是因为儿时不慎落入海壑,独自与无数凶兽一起过了整整两天。

后来万幸死里逃生,他却被吓得半死,从那以后胆子就小得过分。

或许是那座鸢鸟像的缘故,深夜的城主府中并没有人巡逻。

奢华的朱红色高墙上挂着盏盏长明灯,顺着这片垂落的银河一直往前,再经过两处拐角，等周围景象渐渐萧索寂静，就能在角落里见到一口井。

古装剧里常见有两大暗道，第一是转动花瓶之后的书柜或墙壁，第二就是枯井之下。

宁宁对这个设定了然于心，顺势往下看了一眼，没有水光，只余下无穷无尽的浓郁黑色。

整口井像个没有尽头的幽深黑洞，或是野兽张开的狰狞大口，只等着有人跳入其中，再将其一口吞噬。

她来时带了绳子，把其中一端绑在树干上，正要往下时，忽然动作一顿。

对了，裴寂是怕黑的。

"都下去似乎不太好。"

宁宁知道他性格别扭，绝不会让另外两人知道此事，顺口编了个理由："我们得留下一个人来望风——裴寂，你最靠谱，不如就你吧？"

"宁宁也太好了吧！居然这种时候都能想到你！"

承影老泪纵横："她还特意编了个借口不让你难堪，这是什么时候下凡的仙女啊！"

裴寂怎会不明白她的意思。

可井中安危不明，他又怎会愿意留下。

宁宁眼见身旁的黑衣少年无声瞥她一眼，目光虽是淡漠，却也带了浅浅的赌气与羞恼意味，眼尾泪痣在黯淡灯光下隐隐泛起薄红。

"我打头。"

裴寂上前几步，修长的右腿一跨，便入了井中。他说着抬眸望向宁宁，喉头一动："放心。"

这这这、这哪行啊！

宁宁见他抓着绳子就往下，赶紧跟在裴寂后边向下去。

他们干的是私闯民宅的勾当，自然不敢点灯亮火。这井不知道有多深，越往下就越是伸手不见五指，等光亮被尽数吞没，饶是宁宁也觉得有些紧张。

"……你还好吗？"

她还没想好如何向裴寂搭话，对方居然抢先传了音。

他虽然性子冷淡，声线却是清冽悦耳的少年音，在泼墨般的黑暗里响起时，莫名有些令人安心的魔力。

如果语气不是那么紧绷，明显有在刻意抑制情绪和颤抖的话。

"我当然很好啊！"

宁宁听着他强撑出来的语气，不知怎的扑哧笑了笑，心里那点紧张和恐惧感唰啦啦全不见了："裴寂，我给你讲个笑话吧。"

他们下行的速度很快，当这句话说完时，脚尖已经触到了井底。

井下布满了干枯的藤蔓与树木枝条，裴寂大概担心她摔倒，虚虚扶住宁宁后背。手掌与脊背虽然并未直接接触，却还是传来若有似无的凉意，在脊椎上匆匆滑过时，留下一串酥酥的痒。

"四周都是封闭的。"

她道了谢后环顾四周，等双眼逐渐适应周遭景象，终于勉强看清了井中模样。

这里似乎只是口再普通不过的枯井，四面八方都是高高堆砌的环状石墙。宁宁对古装剧里的密室套路烂熟于心，伸手在石壁之上摸索一番，果然摸到了一处凸起。

轻轻按下，前后两面的石壁便像门一样分别打开。

在之后下来的贺知洲一愣："奇怪，这儿怎么有两扇门？"

"应该各有用途。"

宁宁被厚重的黑暗压得有点闷，用手在胸前顺了顺气："不如我们分头行动。"

裴寂眼底浮上一抹郁色，默不作声地握紧手中剑柄。

"哦——你在紧张。"

承影嘿嘿笑了声："害怕宁宁不选择跟你一路，对不对？"

裴寂没有反驳。

等回过神来，他已经被身边的小姑娘拉起了衣袖。

"我和裴寂走这边。"

宁宁见他愣在原地没动，笑着勾了勾空出的左手手指："怎么，不想听我讲笑话啊？"

"啧啧啧啧，让我们来猜一猜裴寂小朋友此时此刻的感受。"

承影用了极度矫揉造作的语气，简直是在故意恶心人，生动诠释什么叫作为老不尊："怎么样，是不是觉得仅凭这样一句话，就要比所有笑话更叫人开心？"

裴寂没理它，任由宁宁拉着自己衣袖往深处走。后来他渐渐走到前面，反倒像是宁宁害怕，跟在身后扯着他袖子似的。

"让我想想讲哪个啊。"

四周是令他不适的黑暗，如同缠绕在身体上的巨蟒，散发出重重杀气与黏腻沉闷的味道。

许是察觉到他动作僵硬，宁宁不动声色地挪动手指，轻轻握住裴寂手腕。

属于她的气息慢慢靠近，渐渐贴合。

他莫名地开始祈祷，希望这条幽深的路能更长些。

"我想到了！有天小红问：你喝汤的时候用右手还是左手？小明回答说：当然是右手啊！"

宁宁没忍住，说到一半，先把自己给逗笑了："结果小红说，哇，你好厉害，都不怕烫，像我都是用汤匙的，哈哈哈。"

裴寂觉得后背有点冷。

裴寂："我……这时候应该笑吗？"

超级不给面子！

宁宁瞬间瞪大眼睛："哇，你真的很过分！"

裴寂低了头，听见她不服气的语气，从胸腔里悄悄发出一声笑。

她张了嘴，本来还想再说些什么，却被猝不及防闯入眼底的亮光刺得一怔。

在前行片刻后，通道两侧终于亮起了昏黄的灯光。

这里是处狭窄却绵长的通道，两边堆满冰凉石块，有如阴森墓穴。越往前，道路就越是通畅宽敞、豁然开朗，被灯火一映，逐渐露出原本的面目。

通道尽头是一处洞穴，由于面积极大，再往里走便没了灯光，宁宁只能见到向四面无限延伸的黑暗。

而在洞穴入口，赫然站着一个人影。

那道影子似曾相识，如同一把割破光与暗的剑，她凝神屏息，在对方汹汹而来的威压下停下脚步。

裴寂握着剑挡在她跟前。

乖乖。

看那熟悉的眉眼和似笑非笑的神色。

骆元明怎么会在这儿？

"很惊讶吗？"

骆元明站在猩红火光里，仍然用了一贯的儒雅语气，浑身上下散发的灵压却自带杀气，有如洪潮那般扑面而来。

他似是觉得有些好笑，颇为满意地打量二人脸上的神色，末了勾起唇角：

"你们不会当真以为，我会傻到看不出来猫腻吧？郑薇绮莫名其妙地失踪，还有鸾娘夜半点的那些香……是她指使你们找到这里的，对不对？"

宁宁没有放开裴寂的手，居然一本正经地回了话："所以你在守株待兔？"

骆元明没想到她会接话，哈哈大笑：

"郑薇绮失踪，定是她为了诱使玄虚剑派彻查此事，这般想来，此处被发现也是迟早的事。我不如将计就计，在这里等各位前来，再一网打尽啰——居然背叛我，那个疯女人！待我回去便杀了她！"

提及这个话题，他终于露出了些许目眦欲裂的神色："亏我如此信任她……她定是为了府里的财产！我就知道，从那种地方出来的女人，能是什么好东西？！"

宁宁哑然失笑，并不与他深究这个话题，继续问："从许多年起，你就已经开始利用女子炼魂了吧?"

无论古往今来,反派角色不一定可爱又迷人,但都有一个共同特点:话多。

想来也是,自己暗地里做了这么多年的勾当,平日里不能与旁人好好倾吐炫耀一番,被人问起的时候,难免会格外有倾诉欲。骆元明也不例外,像是极为自豪般咧开唇角。

"不错。"

他说话时嗤了笑:"当年我夜游大漠,偶遇邪魔以女子生祭的景象,上前体验一番,果然滋味非凡……回到鸾城之后,我便开始了修炼。"

他居然把这种事情称作"修炼"。

宁宁放弃表情管理,露出十分嫌弃的神色。

"这世上多的是无父无母的孤女,哪怕突然人间蒸发,也不会有任何人在意。"

骆元明回味片刻,突然皱了眉:"我向来不亲自动手抓人,多是从黑市商贩那里买来——偏偏有个蠢货犯了错,抓来一个娘亲尚在的农家女,把一切都搞砸了。"

正是打那以后,刑司院将几桩失踪案合并为一,鸾城开始了长时间的戒备。

"其实这没什么,真的。二位想想,那些女人活着也没太大意义,不如牺牲一下当作祭品,还能让自己显出几分作用。"

骆元明笑得理所当然:"而我乃鸾城城主,数年来功绩无数,用她们换我的修为,多划算哪!"

宁宁听得有些恶心,强忍着不适冷声追问:"宋纤凝的死,也是你做的?"

"谁让她多管闲事?我本来念及夫妻情分不想杀人,她却一天比一天得寸进尺——世家小姐身子骨弱,没过多久便暴毙死了。"

他说到这里终于感到了厌烦,将不远处的两个少年人粗略看了几眼,眸光阴鸷:"你们的朋友去了另一扇门吗?那他们定然九死一生。今日你们来了,也别想走。"

——话音刚落,竟有白光从四面八方而来,迅捷如雷电,直攻二人面门!

白光蕴含五行之力,在昏暗沉闷的洞穴里,好似密密麻麻斜飞而来的雨丝。骆元明站立于其间岿然不动,嘴角笑意越发明显。

剑修最擅越级杀人,若是天羡子手下的弟子群攻而上,他必是不敌。然而若想神不知鬼不觉地除掉他们,唯有在这处井底的时候。

他思来想去,最终提前在此设了埋伏,只待一网打尽。

白光密集如网,猛地一股脑袭来时,单凭剑气完全无法阻挡,更何况骆元明的修为在他们两人之上,要想破开就更加困难。

宁宁凝神蹙眉,拔剑勉强斩断其中几条,眼看白光越来越近,忽然见到跟前笼上一层高瘦的影子。

——裴寂竟以身为盾,把剑气与魔气一并汇集在长剑上,用身体把进攻硬生生地扛了下来。

如此强烈的冲击在体内翻江倒海，沛然巨力撕裂每一寸肌骨与血脉，迫使他突地皱了眉，吐出一口鲜血。

"裴寂！"

宁宁低呼出声，竟闻见一股无比浓郁的血腥味，等细细看去，才发现少年人白皙的脖颈之上裂开几道血痕，一直蔓延向下，被黑衣遮挡所有血色。

至于那衣物之下是何景象，她已经不敢去想。

裴寂略微侧过头，漆黑眼瞳里没有任何波澜起伏，沉沉向后望她一眼，一面拭去嘴角血迹，一面安慰似的缓缓摇头。

他估计已经连话都说不出来。

"就算能接下这一击那又如何！我的修为——"

骆元明还未说完，便见前方二人再度拔剑而起。

剑气划破沉寂如死水的空气，好似朗朗白日刺穿层层乌云，卷起回旋之风，杀意重重。

剑修。

骆元明心底暗骂一声，心中默念法诀，自手中现出三张灵符。

疾影符、地火符、蚀骨咒。

符修不似剑修，拿着一把剑就毫不顾忌地往前冲，比起纯粹的杀伐，更注重符咒之间的配合与灵活运用，因而显得灵活诡谲许多。

将蚀骨咒附在地火之上，一旦被灼烧到皮肤，便会感到万蚁噬心的痛楚，加之疾影符来去无踪，更是叫人难以闪躲。

老实说，他没想到这两个金丹期弟子会如此难缠。

骆元明的修为提升全靠药物与炼魂堆砌，属于中看不中用的花架子，就算修为已至元婴中期，撞上两人联手，却也觉得有些吃力。

宁宁身形轻盈，速度快得超出想象，疾影符对她而言如同不存在，挥剑一斩，一簇地火便没了踪迹。

至于裴寂，简直是不要命，明明已经身受重伤，进攻却凛冽如故，又快又狠。

很难想象这只双目猩红的疯狼会在不久之前，忍着撕心裂肺的痛楚站在那女孩跟前，为她一言不发地挡下所有进攻。

剑气昭昭，符法变幻，几番交手之下，双方皆是灵力大损。骆元明身旁灵符飞舞，骤然间一齐上涌时，从口中咳出一抹血来。

他之前在茶楼听书，也曾咳过血。

如同鸾城里那个流传已久的传说，要想得到，必须以某种珍贵之物作为交换。

炼魂之术会让人产生极为强烈的依赖性，修炼越久，对于炼魂的需求也就越大。

如今单独的一缕魂魄已经无法令他满足,要想阻止身体的迅速衰弱,必须尽快集齐四十九名女子生魂,将其一并吸收。

如果他能早些凑齐人数,摆开大阵的话,必然不会像今日这般狼狈。

这是骆元明拼尽全力的一击,宁宁难以抵抗,被灵气震出两丈之远。

三个人,面面相觑的三双眼睛,三条瘫倒在地的人形软体动物。

宁宁忍着痛看裴寂一眼,用口型问了句:"你还好吗?"

他看上去实在很不好,但还是点了头。

"你们已经没辙了吧?"

骆元明勉强从地上撑起身子,从嗓子里发出干涩的笑:"我身上可还有不少灵符,要想解决二位轻而易举。"

——"是吗?"

回应他的,却不是两人之间的任何一个。

突如其来的女音里带了浅淡笑意,更多却是漫不经心的鄙夷。骆元明听见这道声线的瞬间骇然抬头,在明灭不定的火光里,见到一张无比熟悉的面容。

是鸾娘。

"你——"

他一向胜券在握的脸上出现了短暂的愣神与茫然:"你不是应该在房中熟睡吗?"

他问得认真,哪知对方垂眸冷笑一声,如同在看一只臭虫,说出的话字字诛心:"你以为,我露了这么多破绽,当真不会想到你已经察觉出猫腻了吗?"

骆元明的表情更失控了。

鸾娘语气淡淡,每个字都像千钧巨石落在他心口上:"熏香诱眠,当着你的面让他们喝下'九洲春归',之后再拐走郑薇绮……你不觉得,这些举动太过刻意了吗?"

这是什么意思。

她全是故意的?故意让他察觉她的不对劲,再故意……让他为了诱捕玄虚剑派,独自来到井底?

"我早就料到,你察觉异样后会来到井中。"

她比了个噤声的手势,修长眼尾勾出一丝媚人弧度,像月牙泉里淌出的春水:"然而你以为的守株待兔,其实是我的瓮中捉鳖哦。"

这位终于出现了。

宁宁长长舒了一口气,抬眸与她对视一眼,想起被塞在郑薇绮手里的字条。

那是鸾娘留给他们的信息。

"骆有所察觉,候于其中。若能寻得所在,还请诸位切勿告知宗门长老,竭力与之一战,其后自有安排。"

刚见到这张字条时,宁宁心里有些疑惑。

知道了炼魂之地的所在,却不能告诉长老,还要他们跟骆元明打一架,听上去挺吃力不讨好。

可转念一想,她很快便明白了对方的用意。

若是让长老知晓,定会将骆元明交由刑司院处置——

可鸢娘想要亲手杀了他。

她定是想到了什么法子,只要宁宁等人先行将骆元明的气力消耗大半,她就能干净利落地解决他。

"瓮中捉鳖——"

骆元明闻言脸色大变,挣扎着向前迈步,五官那叫一个支离破碎,跟拿橡皮泥贴上去似的:"你不能这样对我!你这贱人!我可是堂堂元婴修士,有种你就来啊!"

他说话时跨步往前冲,仿佛要将她撕个粉碎,然而万万没想到,右腿在迈开的瞬间立马停住,动弹不得。

与此同时足底幽光大作,犹如一条条坚固不摧的锁链,将他一点点束缚其中。

骆元明目光恍惚,语气里终于多出了几丝颤抖和恐慌:"这是……锁灵阵?不可能,不可能!你怎会知晓这种邪术,又是哪里来的这么多灵力?"

锁灵阵。

以自身骨血为引,化作怨气深重的锁链,布阵者身心大损,中咒者则死无葬身之地。

最为突出的一大特点是,身为自损八百伤敌一千的邪术,锁灵阵能很大程度上无视修为差距,血液越多,怨念越强,所能发挥的力量也就越强大。

"我一个人的灵力和血液当然不够。"

她嘲弄地笑笑:"可你不要忘了,在这地底之下……可还有被困住的三十多个女孩。"

骆元明刹那间面如死灰。

鸢娘只是静静看着他,眼底除却毫不掩饰的厌恶之色,还悄然多了些别的什么情愫。

其实她是个很没有志向的人,与百花深处许许多多的姑娘一样,一点也不特别。

拼命赚钱,拼命卖笑,只想着能有朝一日从暖玉阁走出来——

可出去之后又能怎样?她不知道。

认识宋纤凝的那天,她们曾并肩立在花船之上,谈起关于鸢鸟的传说。

"明明可以在整个天地里自由地飞来飞去,却一心想要找到所谓的'伴侣',多傻啊。"

那时宋纤凝侧过脑袋与她对视，瞳孔里闪烁着跃动如星点的光："如果我是鸾鸟，一定不会执着于无端的情与爱。我要飞出这座鸾城，去幽州，去帝都，去好多好多的山水之间，看看鸾城之外究竟是什么模样。"

"可我们哪能飞得出去呢？"

她那时刚跳完舞，累得睡眼惺忪，连说话也没太多力气："在如今这个世道，没有依傍的女子什么也干不了，任谁都可以欺负——男人多好啊，我们到底为什么会生作女孩？"

她出生于烟花之地，对落魄女子的遭遇最是清楚。

那是一眼就能看到尽头的人生，在泥潭里苦苦挣扎却一无所得，只能兜兜转转地依附于男人身边，一点尊严也没有。

她们无能为力，毫无办法。

"我倒不觉得哦。"

宋纤凝顶着一张病恹恹的脸，笑眯眯地望着她："虽受世道所限，但其实女孩也很好，丝毫不会逊于男人——我们可以比他们更强，更聪明，更懂得运筹帷幄，总有一天能胜过他们。"

她呆呆地扭过头去。

"毕竟我们也能念书、习武和修道啊。我已经想好了，等某日修为有成，就从家中逃出去浪迹天涯。什么婚约，什么世俗纲常，统统都不去理会。"

这实在不像个大小姐会讲出的话。

而宋纤凝说罢勾起嘴角，紧紧凝视着那个自甘堕落、庸俗无能、被所有人踩在脚下的她。

她们仅仅是第一次见面，宋纤凝却笑着问："你想不想跟我一起呀？"

那是除了她们以外，所有人都不知道的事。

就像没有谁会知晓，当今那位蛇蝎心肠、妖媚惑主的城主夫人，在她最为珍视的百宝盒里，拿开一层又一层的金银珠宝，被小心翼翼藏在最下方的，只不过是一幅泛了黄的旧画。

画上两个穿着白衫的少年并肩坐在龙吟河边，河水滔滔而过，万物静谧如常。

而她在初次见到这幅画时，愣怔了许久。

昏暗的洞穴深处，倏然闪过一缕幽光。

光芒连缀成线，细细看去竟向前延展，变成了禁锢在骆元明双腿上的一条长丝。

而在幽光之后，是个缓步而来的女人。

被他囚禁于此，即将沦为祭品的女人。

然后是第二个，第三个。

丝线由血红逐渐趋于淡蓝，于黑暗中越来越盛，好似星火处处，呈燎原之势。

"你、你们——"

骆元明骇然说不出话，不由得浑身战栗。

"很疑惑吗？"

鸾娘面色如常，声音亦是淡漠："你以为我向你套来炼魂地的所在，当真是为了汲取灵力吗？"

她说着忽然笑了："宋纤凝教过我术法啊。"

宋纤凝。

骆元明从没想过，会在她口中听见这个名字，一张本就灰白的脸越发难看。

大多数人皆有灵根，只看灵力多少、天赋好坏。

她从一年前起就开始了布局，修习阵法、研习咒术，以及后来嫁入城主府后，教导这里的女孩们如何使用灵力，做出完美无缺的锁灵阵。

就像当年在龙吟河边，宋纤凝教导她时那样。

她们虽然修为远不及骆元明，如同不值一提的蝼蚁，可如今骆元明身受重伤、灵力大损，几乎没有了防御能力，数十只蝼蚁蚕食而上，却也能置他于死地。

宋纤凝说得没错。

她们可以比他更强，更聪明，更懂得运筹帷幄，总有一天能胜过他，然后亲手杀了他。

这个世界的女子命如浮萍，可即便如此，却也有许多不愿妥协之人。

身患重病的母亲为了失踪的女儿，拖着满身顽疾于烈日下长途跋涉，在整整两个时辰后奏鼓鸣冤。

一贫如洗的老妪竭尽所能收养坊间孤女，在体弱多病、忘却了一切的时候，也记得要为她们做出一幅幅拙劣的画。

还有这些即将被炼魂的女孩。

一名名少女自黑暗中缓缓走出，指尖皆系有幽蓝色长线，一缕连着一缕，将骆元明紧缚于其中。

暗光照亮她们苍白瘦削的面庞，被划破的皮肤源源不断渗着血，由猩红液体变为幽然细丝。

骆元明终于几近崩溃，两股战战地大叫："鸾娘，救我！"

身旁的红衣女人却悠悠睨他一眼，满带讽刺意味地笑笑："你还不知道吧？哦，你也从没问过——其实我的本名不叫'鸾娘'。"

她讨厌这个名字。

那晚下了花船后，她听见身后传来熟悉的声音："你叫什么名字？"

——宋纤凝站在船沿上，目若繁星地笑着问她："你的本名不是'鸾'吧？"

从没有人问过这个问题。

"我——"

她怔怔与之对视,看着船一点点随着水波荡开,船上少女的脸庞越来越远,渐渐融入遥远夜色。

而她笨拙地嚅动嘴唇,时隔多年,念出那三个只存在于记忆里的字。

"孟听舟——"

浓妆艳抹的年轻舞女迎着夜里的风,头一回无所顾忌地大声喊:"我叫孟听舟!"

宋纤凝背对着漫天星河与笙歌长灯,长发被河风扬起,在听见她的声音时轻轻笑起来:"我记住啦!"

她已经快要忘记了自己原本的名姓,变成许许多多人中最不起眼的万分之一。

她庸俗、无知、自私自利,一点也不特别。

可直到遇见宋纤凝,她却忽然变得与其他所有人都不一样。

或是说,她终于成了某个人眼里,最最特别的那一个。

这就已经足够了。

她不是鸾娘,也不是卖笑的无名舞女。

她叫孟听舟。

"你们这是在杀人!"

骆元明双目血红,疯狂叫嚣:"你们没有证据,一群疯女人!"

"倒也不是没有证据啦。"

宁宁轻咳一声,从口袋里拿出某个小小的物件,轻轻一按,便有模糊的影像投映在半空。

画面里衣冠楚楚的男人笑容得意,一字一顿地念:"而我乃鸾城城主,数年来功绩无数,用她们换我的修为,多划算哪。"

多划算哪?

哪?

"去暖玉阁的时候,那些姑娘为了拜托我们救出朋友,特意把视灵送给我了。"

宁宁说着一扭头,对人群中喊道:"魏灵鸾姑娘,多谢啦!"

有个女孩轻快应了声:"哎!"

"你不能这样对待我!"

眼看绳索越来越多、越来越紧,已经缓缓渗进血肉,骆元明连说话也带了哭腔:"我爱你啊!我把什么都给了你,连带着这个山洞里所有的秘密——你怎么忍心!你难道对我没有一丝一毫的爱意吗?"

"你在说笑吧。"

孟听舟低笑一声,望向他的目光里尽是嫌恶:"人怎么会爱上牲畜呢?"

"但说那一日,鸾城上空飞舟浮过,无数居民百姓仰头而望,竟不约而同望见一颗悬于门前的人头!"

惊堂木被狠狠往下一砸,说书先生讲得红光满面,舌头像装了电动马达狂甩不止,猛地往喉咙里灌了口水,又意气风发地继续道:

"所有人只当玄虚剑派残害弟子,殊不知其中暗含玄机——自此开始,玄虚剑派浩大且持久的计谋迈开了第一步!"

"哈?"

台下有人听蒙了:"你之前不是说,天羡长老虐待门派弟子,把贺知洲的脑袋拧下来当蹴鞠吗?"

"那都是表面,都是浅薄!我们皆是无知凡人,怎能看透各位仙长的想法!"

说书先生的胡子、头发在极端激动之下舞来舞去,语气慷慨激昂:"你们一定意想不到,贺知洲的脑袋之所以会被挂在船上,是因为玄虚剑派早就察觉到了城主,啊不,骆元明的猫腻,想要通过这个方法引蛇出洞。"

人群中发出一阵嘈杂的议论声。

宁宁坐在茶馆角落,神色复杂地喝下一口水。

还真别说,这个解释不仅广大人民群众想不到,连她这个当事人听了也是一脸蒙。

什么叫艺术来源生活却高于生活,说书先生当真了不得,佩服佩服。

昨夜被困在井底密室的姑娘们一齐发动锁灵阵,骆元明求生无路,被一根根血液化作的丝线深深刺进骨血,在无法忍受的痛苦中,以极度扭曲的姿势永远闭上了眼睛。

至于贺知洲与林浔所进的那扇门,门后竟然是炼魂之后少女尸骨的储藏地。

进门之后前行半盏茶的工夫,就能渐渐看到遍地的森然白骨与衣衫碎屑,最终骨架成堆,惊悚非常。

而骆元明之所以会说出"他们必定出不来"这种话,全因密室中空气不畅、怨念堆积,每个角落皆充斥着剧毒的血雾与怨气,吸入后不久,便会神志不清地晕倒过去。

这两位是被长老们事后拎着脖子提出来的。

宁宁与裴寂那边斗得满身血污,他们俩睡成了一动不动的蔬菜人,等林浔醒来,一时间羞愧得龙角通红,不停嗫嚅着道歉,不但没帮上忙,还给长老们添了麻烦。

"没事没事,任谁进了这种地方都得受影响。"

纪云开笑眯眯地安慰他:"如果不用龟息丹屏住呼吸,恐怕连骆元明本人也不敢进去。"

龟息丹是种可以令呼吸暂停的丹药，经过反复搜查，果不其然在城主卧房里找出了满满一大盒。

后来刑司院介入此事，三十多个受害者众目睽睽，宁宁用视灵记录的珍贵影像当众播放。

这下人证物证皆在，坐实了平日里励精图治的城主就是残害少女的罪魁祸首，一时间满城风雨，堪称鸾城年度最佳新闻，没有之一。

锁灵阵会对布阵者造成严重伤害，好在姑娘们彼此平摊了痛苦，每个人受到的伤都不算严重，经过素问堂的医治后，纷纷平安归家。

那名农家女孩的母亲特意来到客栈，声泪俱下地一遍又一遍道谢。隔壁万剑宗的小土豪许曳恰好路过，见状心有所感，赠了她能够治病的灵丹。

至于天羡子门下的一群徒弟——

就连宁宁也想不明白为什么，他们突然就在整座城里出了名。

无论是百姓、刑司使，还是其他门派的修士，纷纷想要前来客栈拜访一番。他们不胜其烦，当即跳窗而去，用了障眼法后，来到茶馆之中避难。

顺带一提，修真人士有超自然能力，却没有钞能力。

一行人中最有钱的裴寂受了伤，只能留在房中静养，另外几个潦倒的浪子穷到恨不得坐地啃树皮，这顿茶算是幸福，由官方指定唯一冤大头、迦兰少城主江肆付钱。

江肆也听闻了他们揭穿骆元明罪行的事儿，右侧嘴角翘起的弧度冷冽又孤傲：
"女人，你还有多少惊喜是我不知道的？"

这句话是对着郑薇绮说的。

郑师姐对他向来没好气，悄悄扭头对宁宁做了个"脑壳有包"的口型，继而淡淡瞥他一眼："我掏出来比你大。"

这简直不是惊喜，是惊吓。

江肆讲霸总语录哪曾遇见过这种对手，当即啪嗒卡了壳，安静如鸡地低头喝茶，计划来日再战，一定要说过她。

听罢说书先生看似天方夜谭的一席话，台下又有人接道："先生且说，这船上人头与玄虚剑派布下的局，二者之间有何联系？"

"这就问到点子上了！"

先生抚须一笑，眯起眼睛："不知各位还记不记得，后来贺知洲为了复仇，特意将天羡子当众推下楼梯？其实这一来一去，正是想要制造师徒不和的假象，让骆元明放松戒备！"

台下的议论声更响了。

"各位想啊，骆元明掌管鸾城大权，指不定就在哪里安排了暗卫监视。如今正值十方法会,他行了那般不轨之事,必将对各大宗门百般防备。"

先生道:"若要减轻那厮戒心,毫无阻碍地调查真相,还能怎么办?当然是让骆元明觉得,天羡子门下的弟子们自顾不暇,根本不会有时间插手案子啊!"

这番话听上去居然有那么点道理,加上他的语气抑扬顿挫、激昂澎湃,硬生生让人产生百分之百零添加的错觉。

不只在场听众,连宁宁都差点信了。

"至于后来天羡长老在众人面前胡言乱语,这件事儿就更有深意了。"

先生忽而正色,用力一拍惊堂木:"大家想想,'修鞋'是什么的同音词?修鞋,修邪啊!天羡长老看似神志不清,其实是在暗讽骆元明那贼人修炼邪术,为修真界所不容!"

贺知洲没忍住,一口茶水直接喷了出来。

偏偏台下众人都露出了"原来如此"的神色,纷纷大呼过瘾,起身拍掌。

"这不算什么,还有更厉害的!大家还记不记得,当时骆元明有意让宁宁上前,但天羡长老飞奔去了马厩,扛着马往外跑?"

听众的脑袋跟招财猫的手没什么两样,上上下下点来点去。

"之前就有个预兆,宁宁分明就在现场,可他为什么要突然蹦出一句'宁宁她,已经不在了啊'?"

先生说到兴奋处,差点儿就激动得破了音:"那是天羡长老察觉骆元明对宁宁心怀不轨,暗示她快逃!"

江肆的嘴巴已经张得可以塞进去一整个鸡蛋了。

而台上的惊堂木还在跟蹦迪似的继续拍拍拍:"咱们一块儿来琢磨琢磨,把马举在头顶象征了什么?马在上,'马上'啊!之后他夺门而出往大街上跑,又说明了什么?"

不知是谁恍然大悟,在那一瞬间明白了人生的真谛、思考的力量,声如洪钟地应答:"宁宁马上快跑!"

绝,太绝了。

不愧是天羡长老,为了勘破鸾城大案,护得徒儿周全,竟然不惜自毁形象!这是多么伟大的牺牲奉献精神!这是多么无与伦比的超高智商!

广大人民群众用爱赞扬,用心鼓掌,在说书先生的带领下,举全城脑补之力给天羡子拼命洗白。

说洗白都是轻的,简直是拿着白色油漆在按头硬刷,让他从仙门头号砍头狂人一夜间风评逆转,成了个忍辱负重的感动鸾城十大人物。

"话说到这里,就不得不提起此次最大的功臣——宁宁。"

先生仿佛中了"每次讲八卦都会被八卦本人听到"的诅咒,在宁宁复杂的眼神里继续满嘴跑马：

"这位姑娘可了不得！不但破了秘境里的迷阵，还推出失踪案主谋就是骆元明。听说她生来便聪颖非常，一岁写字，两岁作画，三岁赋诗，是远近闻名的神童，脑袋足足有旁人的一个半大！"

郑薇绮一口茶呛在喉咙里，差点没喘过气。

江肆听得目瞪口呆，把在座各位仔仔细细看一遍，直到此时也不忘进行表情管理，敛了神色蹙眉道："此事当真？"

"假的。"

宁宁气得眼冒金星，面无表情吃了口糕点："他说的这个故事，大概叫《玄虚剑派：平行宇宙》，跟我们这儿不是同一茬，你当同名同姓就好。"

后来先生又很有逻辑地说了许多。例如，"贺知洲为探情报，不惜男扮女装潜入花楼，奉献精神感天动地""郑薇绮化身无影密探，在城中消失整整一天，只为暗中监视骆元明的一举一动"。

和真实发生的事情，不说一模一样，起码是毫不相关。

天羡子门下一群惹是生非的醉鬼莫名其妙全成了有口难言、忍辱负重的功臣，小道长们没有错，错的是他们这帮见识短浅的愚民。

郑薇绮听得啧啧称奇，林浔尴尬到把脸埋进手臂里，贺知洲则对自己的戏份格外满意，傻笑个不停。

宁宁正想着应该何时去探望裴寂，抬眼望一望天空，已是正午时分。

她与人有过约定，可不能迟到。

夏日正午的时候，浓郁热气随着阳光一起沉淀下来，夏蝉悠徐的鸣声被无限拉长，串联起碧净长空与粼粼水波。

龙吟河上荷香清悠，婆娑的树影洒下不断跃动的光斑，水雾萦绕着热气，烟与水皆是缥缈不定，悄无声息地环绕住一艘小船。

身着白衣的年轻女人静静坐在船沿，本是在凝望潺潺水波，察觉有人靠近，端着茶杯恍然抬头。

是鸢娘。

或是说孟听舟。

她之前大多穿繁复华美的红衣，这身白裙几乎没有任何装饰，在阳光映照下更衬得肤白胜雪、神若秋水，虽然仍是妩媚一挂的长相，却从骨子里散发出几分利剑出鞘般的飒气。

孟听舟虽然一直在引导他们发觉真相，却从未与天羡子门下的哪个弟子单独相处过，就连会在今日正午乘船离开一事，也只在井底时悄悄告诉了宁宁一人。

如今两人终于见面，孟听舟懒洋洋地挑了眉，勾起狐狸般的微笑。

"孟姑娘。"

宁宁简单向她打了个招呼："你在看什么？"

"影子。"

她垂了眼眸，又望一眼脚下碧绿的水波。

宁宁随着看去，只见河面隐约倒映着碧空白云，船只的阴影也坠入其中，与几团雪白的云朵交融在一起。

孟听舟不知想到什么，眼底浮起一丝浅淡的笑："你看，云的倒影落在水里，便与船只的影子融为一体了——原来水中的船，也能触到天上遥远的云啊。"

宁宁明白她的意思，不由得一愣。

"你是不是有问题要问我？"

"我有个问题想问你。"

两道声音在同一时刻响起，她扬了扬下巴，示意岸上的小姑娘先说。

有个疑惑困扰了宁宁很久。

它虽然并不那么重要，却仿佛钉子时刻扎在她心口，总觉得还有什么事情未能彻底查明。

"我去那家店里，店主告诉过我，宋纤凝向他咨询过换魂术。"

宁宁轻轻吸了口气，认真对上她的眼睛："骆元明在利用少女们炼魂，若是询问炼魂之术倒还说得过去……可若说'换魂'，与此事究竟有何联系？"

换魂之法失传多年，只存在于邪术典籍里的只言片语，顾名思义，就是两人魂魄对调，或是借尸还魂的法子。

那时宋纤凝撞破了骆元明的秘密，一怒之下搬入别院独居，据店家所言，询问换魂之后不久，她便染了重病。

这个时间恰好位于宋纤凝人生轨迹的两大转折点之间，而她若想换魂，唯一的理由只有——

"与其追问这个，你难道不想知道其他事吗？"

孟听舟斜倚在船篷前，任由阳光透过树枝间的层层缝隙洒落而下，如同蝴蝶落在她毫无瑕疵的侧脸与鼻尖。

她生得美，如今被阳光洗濯得更加明净滋润，有如真幻参半的画中人，就这样安安静静地凝视了宁宁好一阵子后，终于扑哧笑出了声。

"比如说，在'九洲春归'里下了迷药的是谁？将你孟诀师兄送到卖画奶奶门前的人是谁？贺公子在河边遇见的那名老妇是谁？"

她说着晃了晃手里的木杯，语气低缓蛊惑："还有……为我添上这杯茶的人，又是谁？"

宁宁一怔。

孟听舟在鸢城里无亲无故，城主夫人的身份又极为敏感。若是雇用陌生人贯穿整个计划，极有可能被出卖或走漏风声，从而提早引起骆元明的怀疑。

以那位老兄的性格，一旦人证物证俱在，还没等宁宁等人查出真相，他或许就已经梅开二度，又一个暴病身亡的城主夫人出现了。

除此之外，最值得推敲的，还是宋纤凝为何会问起换魂术。

她撞破骆元明以少女献祭的秘密，且表现出了强烈的抗拒之意，万般不愿与之为伍。宋小姐是个何等聪明的人，怎么会猜不出来骆元明心底杀机暗藏。

而换魂术的用处……不正是金蝉脱壳，借尸还魂吗？

宁宁凝视着眼前女人媚意天成的眼睛，迟疑道："可店主分明说过，换魂乃旧时秘术，连他都并不知晓其中秘辛。"

"换魂术只是个途径。"

孟听舟笑得温和，如同在极有耐心地循循善诱："一个法子不行，不还有另外的吗？"

另外的办法。

对啊。

询问换魂之术，说明宋纤凝在很早之前就已经在防备骆元明，试图为自己找到合适的脱身之法，而除却换魂，最有可能瞒天过海的是——

宁宁脱口而出："龟息丹！"

龟息丹可隐匿气息、收敛吐纳，若服用过量，甚至会识海受创，陷入长时间的假死状态。

而恰恰在城主府内，骆元明就准备了许许多多这样的药丸。

如果当年的宋纤凝当真服用过这种药，并由此陷入假死状态……岂不是与她的"突然暴毙"恰恰相符吗？

孟听舟闻言勾唇，依旧保持着靠在船上的姿势，身子微微后仰，掀开船篷外黑纱制成的薄帐，向内探进脑袋。

从宁宁的角度看去，能望见她秀气的脖颈与尖细白嫩的下巴，嘴角则是勾出了好看的弧度，唇瓣一张一合。

身穿白裙的美艳女子声线清朗，含了轻快的笑："我就说吧，她一定能想到。"

……啊。她在对黑纱之后的那个人说话。

仿佛有一道电流自脊椎滑过，宁宁听见心扑通扑通的跳动声。

在短暂的时间凝固后，一只瘦弱白净的手从船内探出，轻轻掀开黑纱。

然后猝不及防地，宁宁正对上一双漆黑眼睛。

宋纤凝。

这个被所有人埋藏在记忆深处的名字，于此时此刻，终于拥有了具体的模样。

她的长相温雅秀美、眉如远山，虽然脸色苍白得不像话，却莫名让人觉得心安，尤其朝宁宁勾唇微笑的时候，好似微风掠过水面勾起的一圈浅浅涟漪。

　　"初次见面。"

　　她定定凝视岸边的女孩，末了柔声道："我是宋纤凝，这次多谢宁宁姑娘。"

　　"她当初服用大量龟息丹，让骆元明误以为暴毙身亡，虽然从城主府内脱了身，却因为龟息丹的作用，接连在棺材里昏睡了整整大半年。"

　　孟听舟笑道："所幸后来还是醒了，我见到她时吓了一跳——我出不了城主府，真正在一步步引导你们的，是她。"

　　原来自始至终，这一直都是两个人的故事。

　　宁宁曾经猜中过那样多的诡计，却从未有一次如现在这样心绪激荡，沉默着整理一番思绪，才继续沉声问道："如今鸾城事毕，不知二位以后有何打算？"

　　"自然是行遍四海八荒，一路走一路修行，看遍八方风景，平尽世间不平事。"

　　孟听舟笑着望向宋纤凝，眼底是许久未曾有过的少年意气："我们昨夜定了何处来着？帝都、南平，还是幽州？"

　　宋纤凝笑得无奈："是幽州。昨夜可是你迫不及待想去瞧一瞧，怎的今日就忘了？"

　　宁宁一言不发地听，心里再清楚不过，她与她们已经到了道别的时候。

　　小船慢慢朝前方荡去，一身白衣的孟听舟弯着唇对她说："多谢你，宁宁姑娘！"

　　她说着顿了顿，把音量调整到更大声："裴寂对你很好啊——你们要加油！"

　　宁宁的笑容和动作一起凝固。

　　船上的两道笑声更加肆无忌惮了。

　　盛夏的正午，一艘小舟破开河边热气腾腾的水雾。

　　涟漪层层荡开，在无休止的蝉鸣与流水声里，响起女子清泠如玉的嗓音。

　　"什么？船夫也不知道应该如何去幽州？糟糕，我忘了买地图——咱们应该向南还是往北？啊呀，哪边是南，哪边又是北？"

　　然后是另一个人清脆的笑，好似铃铛碰撞在一起："罢了，水往何处走，我们便往何处去吧。"

　　宁宁回客栈时很小心。

　　裴寂在与骆元明的一战中受了重伤，自长老们闻讯而来，便被立刻送往医馆治疗。算一算时间，这会儿应该已经回来了。

　　他们一行人勘破城主府秘辛后，其间的经历被说书先生们大肆添油加醋，生生把天羡子门下所有人都描绘成了卧薪尝胆、深谋远虑的大侠士。

　　这风评逆转的速度堪称川剧变脸。

　　前来客栈看热闹的人络绎不绝，获救的女孩们亦是一个接一个赶来道谢。

好在身为师尊的天羡子已然清醒，一代剑道大能化身迎宾小哥，满脸蒙地听着旁人讲述玄虚剑派如何惩奸除恶，此次谋略如何出其不意。

小小的脑袋瓜里全是大大的问号，他答不出任何问题，只能保持微笑一动不动坐在椅子上，直接由剑修跳槽成为佛家弥勒雕像，任尔东西南北风，我自岿然不动。

就很神秘，很淡然，很有不争不抢、淡泊明志的世外高人气质。

——毕竟若要问起天羡长老大战之后的感受，此人只会诚心诚意地说上一句："'九洲春归'真好喝啊！"

宁宁在脸上施加了层简易障眼法，确保不会被鸾城里修为不够的百姓看破，加之身形轻捷，很快便来到裴寂门口，抬手敲了敲门。

屋内先是一阵极为短暂的沉默，继而冷冽的少年音低低响起，没带任何感情："进来。"

门没锁，虚掩着。

这不像是裴寂的风格。

宁宁心下疑惑，却也没想太多，右手稍稍用力，便将房门推开。

随着吱呀一响，屋内的景象徐徐出现在眼前。

宁宁略微一怔。

裴寂虽然恐惧黑暗，却也并不喜欢太盛的阳光。此时正值正午，他习惯性拉上了窗前的帘帐，让整个房间都笼罩着一层若有似无的暗光。

而在房内正中央的圆桌前，是少年人瘦削挺拔的影子。

——裴寂正坐在桌前圆凳上，垂眸拆去上身缠绕的层层纱布。

哦，拆纱布的意思，也就是他褪了上衣。

他似是被层层叠叠的绷带折腾得有些烦心，又因为拆线粗鲁，不慎让伤口再度裂开，这会儿不耐烦地蹙了眉，在听见推门声时动作一顿，面色冷淡地转过头来。

然后漠然如死水的表情瞬间僵住，虽然神情没有太大变化，瞳孔却显而易见地猛然一缩。

裴寂没想过敲门的会是宁宁。

他觉得医馆嘈杂，又不爱与旁人打交道，等包完纱布就先行回了客栈房间。恰好素问堂的一名长老闲来无事，见状与之达成协定，正午时分前来替他换药。

他将房门虚掩，本以为站在门外的是那名长老，顺势一抬头，却猝不及防见到另一张面孔。

裴寂握着纱布的右手一紧。

他……此时没有穿上衣。

"你在换药吗？"

宁宁以前途经篮球场，早就见过无数个脱了上衣狂奔如猴的男学生，加之时常网上冲浪陶冶情操，对眼前景象并未觉得多么惊讶，反倒被裴寂身上的条条伤疤吸引了全部注意力，心口重重一跳。

然而裴寂却不这么想。

他自幼生活在灵力匮乏的村落，身旁的平民百姓不如修真界那般豁达，更不可能像二十一世纪一样开放。

在居民们约定俗成的习惯里，同龄男女之间，唯有夫妻可见对方褪去衣物的模样。

后来踏入玄虚剑派修习剑道，虽然知晓同门间彼此疗伤属于常态，可一来少时记忆根深蒂固，二来裴寂独来独往，从未将受伤之后的身体向旁人袒露。

无论如何，第一次被撞见褪去上衣换药，难免会觉得慌乱无措。

不久前还冷寂疏离的少年耳根一热，颇有些狼狈地侧身倾向床头，试图一把拿过摆放在床上的衣物。

奈何他动作匆忙，引得浑身伤口骤然迸裂，钻心疼痛瞬间侵入五脏六腑，一阵恍惚之下，竟从圆凳上摔了下去。

没救了没救了，不但上身被女孩子看了个光，补救措施还一塌糊涂，裴小寂这回算是没脸见宁宁了。

承影的灵体蜷缩成一个圆滚滚的球，一双眼睛从圆球的缝隙里悄悄露出来。

其实以它看来，此时此刻最有效的台词应当是："看了我的身子，你就要对我负责"。有理有据，无法反驳，绝对能生米煮成熟饭，一举攻破两人之间的所有隔阂。

可惜裴寂这不成器的臭小子说不得。

裴寂忍着痛，一只手捂住泛了红的脸，另一只手勉强伸到床头，把上衣盖在自己身上。

"你这是做什么？"

宁宁被他吓得不轻，眼睁睁地看着他的伤口因为这个动作尽数破裂，溢出猩红的血。

她心无顾忌，把房门往身后仓促一推，径直来到裴寂身边。

他哪怕摔在地上，也要一根筋地用衣服把上身挡好，只不过如今的模样……似乎比之前更加狼狈。

漆黑长发被一根发带粗略束起，此时发带松散，大半黑发慵慵懒懒地倾泻在冰凉地板上，有的拂过少年人白玉般的面庞与细长眼尾，虽是零散，却也平添几分道不明的暧昧之色。

更无须说他耳根上浓郁的红，以及仓皇不定的目光。

铁锈腥气与发丝间的木植清香彼此交融，凌乱衣物随着呼吸轻轻起伏，因为裴寂动作匆忙，只粗略盖住了胸膛与手臂的大部分皮肤。肩膀上的肌肉与白皙腰侧隐约可见，实在有些——

　　如果他一动不动坐在圆凳上，宁宁一定不会有别的什么想法。

　　可现在离得近了，见到裴寂这副模样，她反而觉得心头闷闷地发热。

　　"伤口全裂开了。你别动，我扶你起来。"

　　她蹲下正要伸手，却见裴寂咬牙撑起身子，一只手仍然按在锁骨处的衣物上。

　　他面色阴冷，勉强止住因疼痛带来的轻颤，浅浅吸了口气："……你先出去。"

　　宁宁掀起眼皮看他。

　　裴寂刻意避开这道视线，竭力克制重如擂鼓的心跳，没来得及开口，就很快听见她的声音："出去做什么？等你穿好衣服，让伤口裂得更深？"

　　宁宁似是有些气恼，语气很急："我连你的手都拉过了，现在这样有什么不能看的！"

　　话音刚落，饶是她本人也不由得愣在原地。

　　现在这样有什么不能看的。

　　——现在这样怎么就能让她大大咧咧地看了啊？！

　　只不过是牵了一次手而已，哪怕四舍五入，也绝不可能变成一丝不挂坦诚相见的地步吧！更何况这怎么说也是裴寂的身体，她——

　　宁宁的思绪一团乱麻，只想找口棺材，安安静静把自己埋好。

　　她之前从没有发现过，原来"身体"这两个再普通不过的字，也能暧昧得叫人脸色通红。

　　裴寂愣了半晌，不知道是不是被这番虎狼之词吓了一跳，脸上呆呆的，没什么表情，倒是耳朵上的红潮唰啦啦往脖子上涌。

　　"哇。"

　　承影发自内心地感慨："宁宁她如此生猛吗？"

　　"那个，就是，我的意思是，作为相亲相爱的同门师姐弟，咱们关系已经算是不错了，这种事情不用太在意。"

　　宁宁拼命组织语言，试图挽回自己在小师弟眼里日渐崩坏的形象，只希望不要被当作恬不知耻的女流氓。

　　想起裴寂重重摔在地上的那一下，她下意识一边说一边伸出右手，轻轻摸上对方后脑勺："这里是不是撞疼了？"

　　她动作笨拙，手掌上温柔绵软的触感却让人无比安心。

　　裴寂第一次被人摸脑袋，之前后脑勺撞在地板上的剧痛得了疏解，如同沉重冰块慢慢融化，化作水流渐渐散开。一股暖意带了恰到好处的力道，有些舒服，也有些痒。

他在心底暗骂自己扭捏，本打算将衣物移开，念及薄衫之下的身体，动作却又是一顿。

如若这具身体毫无瑕疵，裴寂定会欣然地，甚至带着期待地让宁宁见到。

可它不是。

他从小被娘亲打骂着长大，后者对弃她而去的魔修恨之入骨，心理偏执得几近癫狂，等裴寂长相与那男人越来越像，报复便也越来越狠。

在他长达十多年的人生里，所接触到最多的东西，唯有空荡狭窄的黑屋、染血的长鞭木棍与女人毫不留情的耳光。

她向来将他当作发泄愤怒的器具，从不曾为自己唯一的孩子疗伤，只会偶尔丢下一些便宜的金疮药，让他自行涂抹不至于死去。

那些粗制滥造的药自然无法令伤痕完全愈合。

与其他人光滑洁净的皮肤不同，裴寂身上遍布着狰狞可怖、如同蜈蚣一般的旧痕。而后来拜入玄虚剑派，比武切磋时不少同门联合起来的刻意针对，更是让他平添数道剑伤。

就连今日医馆里的大夫替他擦药时，也忍不住轻叹着自言自语，从未在一人身上见过如此之多的疤痕。

无论受伤还是留疤，对于裴寂而言皆是家常便饭。

他从不为此感到羞耻，哪怕有大夫见后露出惊讶之色，也不过神色淡淡，并不理会。

可此时此刻，迟疑与恐惧却从心底迅速蔓延，如同密不透风的藤蔓层层叠叠，桎梏起他的所有动作和思绪。

……他不想让宁宁看到衣物下那具苍白丑陋的身体。

任何人都无所谓，唯有她不可以。

"怎么了？"

宁宁察觉他眸光一黯，伸手拉一拉盖在裴寂身上的薄衫，却见他将衣角攥得更紧，蹙眉冷声道："你出去。"

承影猜出这孩子的内心所想，少有的语气正经，迟疑出声："裴小寂……"

裴寂的神色本有刹那缓和，宁宁被这个突如其来的转变弄得摸不着头脑，思虑无果，又听见他声线沙哑地说："我可以自己来，不需要——"

然而裴寂来不及把话说完，所有言语就突地卡在喉咙里。

连承影也大吃一惊，发出一声宛如抽水马桶的尖啸。

——宁宁一把揽住他后背没有受伤的地方，将其搂在怀中，继而稍一用力，便将高出她许多的少年人顺势抱起。

修行之人的气力远远超出凡俗之辈，宁宁抱得毫不费力、一气呵成，感受到裴寂的极度僵硬后站起身来，把他放在一旁的床褥之上。

　　然后趁他发愣，她直接掀下那层薄薄的衣衫。

　　这番操作如狼似虎，饶是承影也被震惊得呆立当场，看见近在咫尺的小姑娘板着脸，坐在床沿低下脑袋。

　　"你如果想闹别扭，等我包好伤口再来。"

　　那些染了血的旧纱布在他跌倒后尽数散开，宁宁小心翼翼地将它们一点点拆开，嘴里没停："如果再不止血，难受的可是你自己。明天就是鸾城的灯会，你还想不想跟我——我们一起出去玩？"

　　她说得认真，看着纱布一层层落下，蹙了眉没再讲话。

　　骆元明的邪阵狠戾非常，如同无数带着千钧之力的飞刀刺在他身上，所过之处血肉模糊，又因为裴寂方才的动作纷纷迸裂，溢出殷红血迹。

　　而除却这些触目惊心的血痕，他身上还遍布着许多旧伤。

　　有些像是鞭痕，有的则是烫伤、毫无章法、深浅不一，耀武扬威般横亘在苍白的皮肤上，如同璞玉之上狰狞的裂痕。

　　宁宁果然变了神色。

　　裴寂眸色更沉，浓郁幽暗的自厌色彩徐徐上涌，为整个瞳孔染上檀木黑。他只觉心底无端烦躁，刻意避开了视线，不再去看她。

　　也许宁宁会面露同情，将他当作伤痕累累的可怜虫；也许会被这些丑陋的疤痕吓一跳，露出厌恶与排斥的目光。

　　无论是哪一种可能性，都让他心口钝钝地发闷。

　　"……而且总说什么'自己来自己来'，背上的伤口怎么办？"

　　然而宁宁没有表现出嫌恶之色，也并未流露怜悯与施舍的神情，只是一本正经靠近他，双手捧在裴寂脸颊两侧，轻轻往左右摇晃：

　　"你是背后长了眼睛，还是脑袋能一百八十度转到后头？让我看看——好像都不可以嘛。"

　　裴寂本就不剩下太多力气，此刻被女孩捧了脸，唯能任由她的摆布。

　　而宁宁只左右摇晃了两三下，便维持着捧脸的动作，朝他靠近一些。

　　不只脸庞，他们的眼睛也离得很近。

　　被捂在两手之间的脸很热，被她呼吸灼到的皮肤很热，与宁宁视线相交的双眼也在微微发热。

　　裴寂怔怔说不出话，耳边响起女孩清脆如铃的声线："所以，要不要我帮你止血上药？"

　　裴寂：……

裴寂："要。"

妙啊，妙啊。

承影啧啧称奇，裴小寂真是被宁宁吃得够死，这么多年过去，终于有人能治治他的臭脾气。这性格天克，他算是逃不了了。

宁宁把浸满血迹的纱布拆下，从木桌上拿起裴寂准备好的棉布。

裴寂快成了个血人，得先把这些碍事的血迹擦干。

如果忽略那些深深浅浅的伤疤，这副身体其实很是漂亮。

他身形瘦削高挑，却并不显得过分羸弱，因常年练剑，手臂与腹部皆可见到均匀有致的肌肉，既有少年人独有的纤细之感，又处处蕴藏着力量，有如蛰伏在深夜的野兽。

棉布浸了水，首先落在锁骨之上，然后带着惹人心烦意乱的凉气一点点向下，来到伤势最为严重的胸前。

每一寸皮肤都被她纳入眼底，无处可藏。宁宁的视线虽则柔和，却有如实质，悄悄扩散在他身体隐秘的每处角落，像是温柔至极的刀。

裴寂屏住呼吸，指尖暗自用力，抓紧皱起的床单。

"如果弄疼了你，一定要告诉我。"

宁宁看着他的伤口，总觉得自己身上相同的位置也在莫名发疼，视线滑过那一道道深褐色的旧伤，大概明白了裴寂为什么会坚持让她离开。

他自尊心向来很强，连怕黑那件事都要死鸭子嘴硬，拼命藏着掖着，不让任何人知道。

这些伤口实在称不上美观，裴寂定然不愿让其他人见到这些疤痕，如今被她一览无余，心里肯定很不好受。

宁宁决定夸一夸他。

"有没有人说过？你的锁骨很漂亮哦。"

她小心翼翼拭去一团污血，全神贯注地努力不碰到伤口，嘴里顺势继续往下说："手上肌肉的形状也是，一定每天都在按时练剑吧？还有手指、脖子都很好看啊，是我喜欢的类——"

裴寂的身体很明显地僵住。

宁宁脑袋轰隆隆炸开。

房间里的空气有如凝滞。

啊。

她不应该在说这种话时分神的。

——为什么会突然讲出真心话啊！这也太死亡了吧！裴寂听完会怎么看她呀！！！

完蛋了，彻底完蛋了。

宁宁心乱如麻，干脆自暴自弃地放弃思考。棉布在他心口悠悠一转，往下来到腰腹的位置。

　　裴寂腰身精瘦，肌肉流畅地向内收紧，偏生又带了几分柔软与纤细，很是漂亮。

　　是那种叫人忍不住想要摸上一把的漂亮。

　　这处地方伤口尤为严重，凝固的血液覆盖着裂开的伤疤，为了尽量避开伤口，宁宁在擦拭时凑得更近一些。

　　于是当棉布轻轻擦过，少女柔和的呼吸也在皮肤上无声散开，仿佛一根温热的羽毛，缓缓扫过腰窝。

　　比电流更为酥麻的触感，看不见也留不着。

　　裴寂呼吸僵住，身体一颤。

　　宁宁抬头望他，手里的动作骤然停下："疼吗？"

　　他茫然接下这道视线，沙哑的声音从喉咙溢出来："……痒。"

　　"你还怕痒啊？"

　　她满心担忧终于少了一些，闻言轻轻勾了嘴角，目光里带出几丝玩味的笑意："那你在医馆疗伤的时候，岂不是很让大夫头大？"

　　才不是这样。

　　裴寂在心里默默反驳她。

　　旁人给他疗伤，无论伤得多重，他都自始至终不会发出任何声音。哪怕偶尔实在难以忍受，也只会咬牙。

　　连素问堂长老都说他不动也不说话的模样像具死尸，若是实在很疼，叫出声来其实也无妨。

　　直到此番撞见她，身体却变得和往常都不一样。

　　……太奇怪了。

　　这种话自然不可能亲口告诉她，裴寂没再出声，仓促垂了视线，目光悄悄降落在跟前的小姑娘脸上。

　　宁宁低着头，在他的角度看去，只能见到女孩光洁的额头与秀气挺直的鼻梁。房内昏沉寂静，她浓密漆黑的长睫向下悠悠垂落，一张一合之间，好似蝴蝶颤动的翅膀。

　　她从小到大没受过苦，皮肤白皙柔软，没有丝毫瑕疵，像极了软绵绵的白玉糕。

　　也不知道触碰起来，会是怎样的感受。

　　裴寂因为这个突如其来的念头略微愣住，也正是在这一瞬间，侧腰上吹过一阵清清凉凉的风。

　　那道风来得猝不及防，正好落在他最为敏感、疼痛也最剧烈的地方。

　　如同久旱大地遇见了久违的雨，深入骨髓的刺痛一丝丝散开，化作抓心挠肺的痒，顺着血液在转瞬之间袭往全身。

裴寂几乎用尽了残存的所有意识，才将低呼出声的冲动压回喉咙里，唯有按在床单上的手指用力更紧，指节泛起苍白之色。

宁宁往他腰侧受伤最重的地方，轻轻吹了口气。

"裴、裴小寂。"

承影哆哆嗦嗦，小心翼翼地端详他此时此刻的反应："你还能挺住吗？忍住，千万要忍住，想想你的剑谱、你的储物袋、你的理想抱负……你可别冲动啊！"

他有足够的自制力，定然不会冲动。

体内灵力如流水般潺潺而动，为他消去心口氤氲的浓郁燥热。裴寂没发出任何声音，凝神看去，望见宁宁又抬了脑袋，仍是笑着瞧他。

"我看你这儿伤口最深，应该挺疼的——这样吹一吹会不会觉得好些？"

他确实好受了一些。

但从某种方面来说，却是越来越糟。

这种无心的撩拨最是叫人煎熬，裴寂喉结微动，隔了好一会儿才哑声应道："……嗯。多谢。"

"这要谢谢你。"

宁宁笑了，圆润的杏眼弯起浅浅弧度，声音像是浸了糖："其实上回你往我手上渡仙气儿，也挺舒服的。"

她说的是自己在秘境里受了伤，裴寂受承影教唆，在伤口上轻轻吹气的事。

那股清凉的气息仍然回旋在腰腹，牵引出与之截然相反的阵阵燥气。裴寂连回话的力气也没有，把脑袋埋得更低。

宁宁的目光继续下移，明明没有实体，明明单纯得没有丝毫杂质，却让他的心口忍不住轻轻发颤。

他觉得自己快疯了。

宁宁擦拭得心无旁骛，浑然没有察觉跟前少年人眼尾泛起的微红与微微颤抖的呼吸。

她认认真真擦完了半凝固的污血，正要从桌上拿起伤药，却听见耳边传来无比清晰的叮咚响。

宁宁心底涌起一阵不祥的预感。

那是久违的系统提示音，这时候突然响起，准没好事。

宁宁一直觉得，自己的系统很不对劲。

说它智能吧，每次都只会在发布任务时叮咚一下，不但给出的剧情预测极度不靠谱，而且似乎并没有合理的评判标准，哪怕她把剧情走歪了十万八千里，也还是能顺利通过。

但说它傻吧，就凭她和系统为数不多的交流来看，虽然这玩意脾气很差不爱理人，但绝对具备一定的思维能力，能够与人畅通无阻地沟通。

不过当务之急并非揣测其中猫腻，作为一个兢兢业业、对系统音深患PTSD（创伤后应激障碍）的乙方，宁宁在听见叮咚声响后瞬间顿住，很快把注意力转向脑海中浮现的字句。

她对于原著的具体内容已经记得不甚清晰，只能依稀想起大致剧情。

此时回忆起来，连宁宁本人也觉得十分惊异，这本书分明不是她中意的类型，自己当年却能一字不漏全部看完。

《剑破苍穹》作为一部大男主向升级流作品，全程重复着憋屈、升级与打脸的死循环，绝大部分剧情都是在秘境里度过，讲述裴寂如何杀出重围，以震惊整个修真界的速度飞升成仙。

而此时出现在她脑海里的，正是第一轮法会结束后的剧情。

按照原著走向，裴寂身为宁宁水火不容的死对头，自然不可能与她一同闯荡秘境。

他一向独来独往、行事狠戾果决，于秘境之中斩获无数令牌，一时间风头大盛，引来诸多仙门长老青睐。

这种时候，自然就轮到了她这个恶毒女配出手。

原著那位宁宁从小生活在万众瞩目的光环之下，立志要在法会中拔得头筹，却没想到所有风头尽数被裴寂抢去，自己没能激起丝毫水花。

她早就对这个便宜师弟积怨已久，心中愤懑直至今日全部爆发，在裴寂疗伤之时闯入房中，不但言语羞辱一番，还摔碎了他疗伤用的仙泉。

言辞之恶毒，行为之凶悍，堪称砒霜拌辣椒，又毒又辣。

这下完蛋了。

宁宁越看越觉胆战心惊，神识停留在最后一段话上。

"药瓶破碎的脆响好似刀刃划过耳膜，裴寂冷眼与她对视，漆黑瞳孔中暗潮涌动，尽是毫不掩饰的厌恶之色。"

真是每个字都叫人无比窒息，她还在猛掐人中深呼吸，就听见耳边冰冷如小布丁冰棍的系统提示音：

"请宿主尽快完成任务，按照既定剧情念出台词，并摔碎仙药。"

宁宁这番愣怔很快被裴寂察觉，靠坐在床的少年轻抬眼睫，极快望她一眼后，眸光稍黯地伸了手，从床头拿起装有仙药的瓷瓶。

"如果你觉得不方便，上药之事，我可以自己——"

他的声音很低，说话时藏好了所有情绪，与平日里淡漠阴沉的口吻没什么区别，唯有尾音像条下垂的小尾巴，透露他莫名有几分失落。

"不、不是的。"

宁宁心里又烦又乱，想不出合理解释的办法，偏偏系统还在用报丧一样的语气狂数倒计时，她情急之下只得破罐子破摔，念出脑海里给出的第一句台词——

"就算夺得法会第一轮的魁首又如何？不也是个难堪大用的废物。"

……嗯？

等等，好像不太对劲。

之前时间紧迫，宁宁只来得及把所有台词大致瞟上一眼，并不知晓每句话的具体内容。

如今亲口念出第一句，才愕然想起来：

不对啊，由于剧情走得一塌糊涂，连亲作者都认不出来，这次秘境试炼的第一名，好像由裴寂变成了她本人。

那这句台词是……我骂我自己？

裴寂不明白她为何突然蹦出这种话，目光里溢出稍许困惑与迟疑。

宁宁努力收好心底的错愕，浑身僵硬地移动神识，来到台词第二句："哪怕之前风头再盛，如今却灵力大损什么也做不了——你身上的伤，一定很痛吧？"

不对劲，这个走向不对劲。

明明这些全是无比恶毒的台词，可一旦换了主语……为什么忽然变得像是琼瑶剧里的告白啊！

尤其是那句"一定很痛吧"。

如果处在原文两人势同水火的语境里，这五个字念出来的效果绝对炸裂，配合一声阴阳怪气的冷笑，那叫一个无情嘲弄，分分钟就能吸引来自裴寂的全部仇恨。

可现在……倒像是她在斥责自己无能为力，没办法为他好好治疗。

才不是呢！垃圾系统毁人清白！这样把台词念出来，好像她对裴寂怀了什么见不得人的心思，她明明一点也不担心——

好吧。

虽然她的确有那么一点点担心，但真的只有一点点。

宁宁从没想过，自己会在某天念出恶毒女配台词的时候，羞到耳郭通红。

"宁宁宝贝，何至于此啊！"

承影被感动得一塌糊涂，就差流下两行属于老母亲的眼泪："裴小寂，快去安慰她啊！怎么会有这么善良的女孩子，居然因为无法保护你而如此自责……我的心快要化掉了，呜！"

它说着望一眼床前的小姑娘，只见宁宁神情复杂，耳朵泛着浅浅粉红，心里更是一软。

看她那破釜沉舟般的神色，能够说出这番话，一定用去了浑身所有的勇气，好青涩，好可爱，好令人感动。

如果宁宁能听见它的声音，承影一定会扯开嗓子大声告诉她："乖宝别自责！裴寂那臭小子不值得！作为法会第一名，你就是最棒的！"

宁宁从一个深渊踏入了另一个地狱，强忍着脸庞爆红的冲动，继续往下面看。

之前那几句话，还勉强能在阴错阳差之下让人产生误会，然而接下来的剧情却彻底没法圆了。

原主的一番冷嘲热讽遭到裴寂的反唇相讥，一时怒上心头，径直从门口冲进屋内，夺过桌上仙泉狠狠摔在地上。

最为致命的是，她还当着裴寂的面，无比直白地唤了一声"魔界邪祟"。

宁宁觉得要完。

她一个头两个大，眼看裴寂手握瓷瓶望着她发呆，暗自一咬牙，连声线也不自觉变得有些哑："把它给我。"

裴寂并不知晓她的内心纠结，闻言没做多想，将瓶子递上前。

"奇怪。裴小寂，你觉不觉得……宁宁的表情有些不对劲？"

承影细细打量她的神色，若有所思："从不久前起，她就一直盯着这仙泉看。"

裴寂自然察觉了这个猫腻。

自他从床头拿起瓷瓶，宁宁的目光便越发沉郁，似乎有什么话想说，却总是欲言又止。如今她接下了瓶子，更是一言不发地盯着内里的仙药，不知在想些什么。

他从未见过她脸上出现这样的表情。

正当疑惑间，他忽然听见宁宁的声音："不过是魔界邪祟——"

魔界邪祟。

他曾经在无数人口中听见过这四个字，却从未想过，这个词语会由她亲口说出。

此处唯有他们两人，宁宁只可能是在指他。

裴寂心跳一滞，右手紧紧攥紧床单。

而跟前的小姑娘垂下视线不再看他，深吸一口气后继续道："怎敢在十方法会造次！"

然后是哗啦的刺耳声响。

宁宁摔破了盛有仙泉的瓷瓶。

房间昏暗，四下幽谧。

陶瓷刺耳的碎裂声与泉水倾洒在地的淌动声一并响起，如同锋利刀刃刺穿寂静。

随之响起的，还有一道浅浅抽气声。

这回不仅是裴寂，连宁宁也惊愕万分地愣在原地。

她按照系统提示，根据原有剧情摔碎了瓷瓶，可在瓶身碎裂的刹那，狂涌而出的却并非仙泉。

那液体无色无味，从外看不出丝毫端倪，溅射到她小腿的时候，却如同腐蚀性极强的硫酸，在顷刻之间迸发出难以忍受的滚烫热度。

随即伤口之上魔气四溢，浅浅黑雾好似无形的小蛇，伴随着刺骨疼痛深入肌体。

"不好，仙泉被人替换了！"

承影收敛笑意，惊呼出声："裴小寂，快去——"

还没等它把一句话说完，便见裴寂翻身下床，不由分说地把宁宁打横抱起，放在他方才靠坐的床上。

宁宁的整个脑袋都是蒙的。

原著里可从没提起过这一茬，她理应摔了瓷瓶后大摇大摆离开房间，然而这不知从何而来的魔气——

还真是魔界邪祟啊。

所以仙泉到底为什么会变成这种玩意儿啊！

她疼得无法思考。

于是宁宁放弃思考，以葛优瘫的姿势歪头靠在床上，在与裴寂短暂的视线相交后，似是突然想起什么，抬手捂住整张脸庞。

"你、你别看我！"

她说话时忍着痛，好不容易把涣散的意识重新聚拢："我现在的表情肯定很——呲！"

承影心疼得厉害，浑身哆哆嗦嗦："我的天哪，若非宁宁察觉那仙泉有异，你岂不是完蛋了？究竟是谁换掉了仙泉？"

难怪她之前会一直盯着仙泉瞧，难怪她会露出那般复杂的神色，也难怪，宁宁会脱口而出"魔界邪祟"。

这瓶子里装的压根不是救命灵药，而是被魔气浸染的剧毒。

裴寂面色冷然，从储物袋里拿出自行备好的伤药与棉布，轻轻掀开她裙摆。

少女的小腿纤细修长，此时却被灼出道道殷红血口。他强行压下心头疯长的杀意，握着药瓶的指节生生发白。

宁宁捂着脸，在一片漆黑里，察觉有什么软软的东西轻轻拂过伤口边缘。

她疼得厉害，因为不想让裴寂见到自己橡皮泥一样扭曲的五官，只把手指张开小小的缝隙，在夹缝之间悄悄看他。

他好像有些生气，眉头锁得很紧。

可眼神里又分明夹杂了许多说不清道不明的情绪，如同暴风之夜，深海之中浪潮狂涌。

裴寂的手指在微微发颤。

宁宁听见他的声音，喑哑低沉得快要听不清晰："……为何帮我？"

她茫然一愣:"什么?"

"你不必待我至此,我——"

他的眉宇间尽是阴鸷戾色,并非对她,而是对自己。

那几个简简单单的字句在舌尖辗转不定,等终于说出口时,莫名带了自暴自弃的厌意:"我没什么能给你。"

裴寂是真的不明白。

他孤僻阴沉、出身卑贱,其他人要么敬而远之,要么毫不掩饰地对他加以嘲弄讽刺,唯独宁宁不同。

她从来都是笑着接近他,像对待身旁所有人那样。

哪怕他沉默寡言、口舌笨拙,常常宁宁说了一堆话,却只能生硬地回上几句,她也未曾有过不耐烦的时候。

至于那个夜晚的牵手、那些仓促之间的拥抱,还有今日她所说的那些话——

为什么总是帮他,为什么要对他这样好。

裴寂想不通。

就像他也不懂,为什么会在见到宁宁受伤之后,心烦得快要发疯。

"想知道原因呀?"

在一阵短暂的沉默后,耳边忽然响起属于她的声音。

宁宁的声线婉转清越,因噙了笑意,平添出几分平易近人的娇憨,当裴寂闻声抬头,居然正对上她近在咫尺的眼眸。

为了方便往小腿上药,宁宁是弯着膝盖坐在床上的。

此时她身体前倾,下巴抵着手臂,双臂则环抱在膝盖上,一瞬间便距离他格外地近,唇角轻勾笑起来时,颊边浮起浅浅梨涡。

"我才不想要你的什么东西呢。"

宁宁说:"你会对自己讨厌的人好吗?"

他摇头。

"这就对啦!与之相对的,如果当真想要对一个人好,那一定是因为——"

裴寂神情漠然地抿了唇,只有他自己知道,胸腔之下的心跳已经快得令人发狂。

他听见宁宁说:"因为喜欢啊。"

承影憋住声音,笑得无声无息,整个灵体裹成一个球。

"你、你看啊。"

她似乎因为"喜欢"这两个字有些害羞,把下巴轻轻埋进手臂里。

"世界上的喜欢分为很多种,亲情、友情、师生情,还有我们俩之间的同门情——我可不会随随便便对身边的师兄弟亲近,之所以愿意帮你,只因为你是裴寂。"

心底的暗潮织成隐秘却汹涌的情思,裴寂因为最后那几个字彻底怔住,黑眸之中乌色渐深。

"是你先问起我，千万不要说我肉麻啊。"

腿上的伤口还在疼，宁宁却强迫自己忍着痛，继续淡笑出声。

裴寂眼底的自厌再明显不过，她看过原著，知道他从小到大究竟过着怎样的生活。

被母亲厌弃、被同门孤立，没有愿意认同他的人出现在身边，接受到的所有价值观都在陈述着同一个共识：他是个血脉不纯、不应该出生的怪物。

他一定打从心底厌烦着自己，所以才会将自己与世界隔开，一心痴迷剑道。

唯有在练剑的时候，他不用去分心顾及其他。

宁宁想拉他一把。

即便她力量微薄，在他心底根深蒂固多年的认知也没办法被轻易改变，可她还是想要告诉裴寂。

"裴寂比其他很多很多人都好嘛。"

宁宁说："如果你能开心，不需要任何谢礼，我也会觉得很开心的。"

这是在梦里都不会出现的言语。

裴寂有些呼吸不上来。

或许是心跳得太快，也太剧烈的缘故。

她怎么能……若无其事地说出这样的话。

少年默不作声，因发带松散，凌乱长发静静垂落在眼前，遮盖住瞳孔中乌云般渐渐腾起的不知名情绪。

陌生却强烈的感情如同藤蔓疯长，一圈圈缠绕在心口上，之前的那个问题，裴寂似乎有了答案。

关于他为何会因为宁宁受伤而心烦意乱。

有某种异样的、从未有过的感觉自心底破土而出。

他听见自己心跳动的声音。

"呜哇——疼疼疼！轻点轻点！"

"……我还没碰到伤口。"

"等等等等！还是我先来帮你换药吧！肩头这儿又流血了——咱俩这算什么，伤残人士互帮互助？"

这回裴寂应答的语气格外重："同门情谊。"

素问堂穆长老赶来客栈的时候，发觉裴寂的房门虚掩，没有关。

他知晓这是特意为自己留的门，正要敲门，却从敞开的微小缝隙里，见到了房内的景象。

裴寂关了窗纱，室内流淌着水一样轻柔的薄光。身形瘦削的少年笔直地坐在床头，身上已经换好了纱布，而在床铺之上，躺着一个似曾相识，已经悄然入睡的女孩。

他认出那是玄虚剑派的宁宁。

由于裴寂背对着门口，穆长老看不清他此时的神态，只知道对方一言不发守在床头许久，好几次想要伸手去触碰，却都迟疑着收回动作。

恰有微风拂过，吹动窗纱的瞬间，也送来倾泻而下的光。

在一瞬的柔光中，他见到裴寂轻轻躬身，小心翼翼地低下了头。

——那个向来杀伐果决、浑身戾气的少年剑修头一回做出了类似于臣服的姿势，悄无声息地俯身，安静垂下眼睫。

他的眼眸一片漆黑，紧抿的薄唇却泛着桃花般的浅红。

在悠然淌动着的微风与阳光里，裴寂无比虔诚地，轻轻吻在女孩缠了绷带的小腿之上。

"裴师弟的药被人换掉了？"

郑薇绮拧了眉坐在茶馆里，思索片刻后毫无头绪，剑气与怒气一道噌噌噌往上涨："你们知道哪些线索？那瓶仙泉是从哪儿得来的？"

疗伤用的仙泉被恶意替换成腐蚀性毒药，这绝不是件可以一笑而过的小事。

宁宁已将此事告知诸位长老，但如今线索寥寥，就算他们答应调查，恐怕也很难找出幕后真凶。

"那瓶仙泉是裴寂从医馆带回来的。"

宁宁道："大夫见他受伤很重，特意送了一瓶。当时医馆人员庞杂，不少医修弟子、获救的姑娘与城中百姓皆在馆内，若是有人趁机偷换药物，想必不会被轻易发现。"

贺知洲颇为担忧地瞅她一眼："你的腿，没出什么大事儿吧？"

"素问堂的长老替我看过了，那毒药并不致命，顶多灼伤皮肤。"

宁宁摇头："不过很奇怪的一点是，当时我将它摔碎，里面分明渗出了黑色的魔气……可后来长老们再来查探，却发觉气息全无，找不到任何与之相关的踪迹。"

"魔气？不会是魔修在捣鬼吧？"

林浔没经历过生死险境与大风大浪，听完面色苍白，眼底尽是忧心与惶恐："我爹说过，虽然大战后魔族惨败，近乎销声匿迹，但其实仍有幸存者藏匿于各地——可他们与裴师弟无冤无仇，为何要刻意伤害他？"

宁宁也想不通。

而且说起魔族，骆元明使用的炼魂之术，很显然就属于一种极为凶残的魔修秘法。

他出身正道，绝不可能有机会与之接触，唯一的可能性，只有当年途经大漠时，与幸存的魔修有过接触。

而且那魔的修为绝对不低。

"不管怎样，今天算是不幸中的万幸。"

郑薇绮吁了口气，想得脑瓜子发疼，用手按在太阳穴："明日便是鸢城一年一度的灯会，灯会过后，还有十方法会第二轮——听说这回的赛制与往常截然不同，危险程度大大翻倍，若是在法会之前就身受重伤，可就彻底没希望了。"

虽然骆元明的丑事被揭露，十方法会却还是要继续。

宁宁在之前就有过耳闻，法会分为上、下两轮：第一轮为秘境试炼；第二轮往往是弟子间的擂台决斗，采取一对一淘汰制，直至决出留在场上的最后一人。

然而这种赛制虽沿袭已久，却存在十分严重的弊端。

修真界道法万千、百家齐放，在短时间的擂台较量上，弟子们往往无法发挥出自身全部优势。更何况决斗以力量为尊，轻于谋略，对于进攻性质薄弱的医修、音修、佛修和御兽宗来说，很难赢得胜利。

于是在骆元明之前的提议之下，经过长老们一番探讨，对今年第二轮的赛制做出了改动。

"虽然长老把消息捂得很紧，但根据小道消息来看，"贺知洲神秘兮兮的，"似乎比第一轮的大逃杀更加刺激。"

宁宁听他说话，不由得想起曾经骆元明对她偶然间透露的情报。

他偶遇孤月莲是假，关于修复识海的法子却理应是真的。据他所说，要想治疗温鹤眠，还差两种稀有灵植，而其中之一的灵枢仙草，就在法会下一轮需要前往的秘境中。

可鸢城之内，似乎并没有其他可以进入的秘境。

这会儿说书先生并未上台，茶馆里少有地显出几分悠闲静谧。

宁宁正兀自发呆，忽然听见一道极有磁性的低沉男音："好巧，又与诸位见面了。"

啊，这声音。

她颇有些心情复杂地抬起头，果然见到迦兰城少城主那张无比熟悉的脸庞。

江肆嘴角一抽，斜斜勾了个笑，指着一旁的空位道："我可以坐在这里吗？"

"那个，其实我从之前就想问了。"

贺知洲举起右手，化身不懂就问的好奇宝宝："少城主究竟是从哪里学来如此高深的笑法？我记得你以前不是这样笑的啊。"

江肆笑着挑眉，淡淡道："这要多谢郑姑娘。"

见郑薇绮投来不解的目光，他轻哼一声："江某彻夜研读郑姑娘所赠书目，偶然发现了某种规律——

"在所有文字之中,'勾唇一笑'出现了二百八十一次,'挑眉'出现了一百八十九次,'轻哼'出现了一百四十六次,而'淡淡道',出现了五百六十三次。"

于是他就当真——照做了。

只可惜练习太多次后肌肉抽筋,不太像是"勾唇一笑",倒像是猛鬼附身,小嘴狂抽。

郑薇绮吸气扶额,勉强呼出一口气,为了防止此人再度口吐狂言,抢先一步道:"你那边的剧情进展到哪一步了?"

她在说江肆近日观摩学习的那本超厚大部头《修真风月录》。

江肆很少被她主动问话,闻言从喉咙里挤出一声被提到过四百三十八次的低笑:"雪潇快死了。"

他说得云淡风轻,丝毫没有察觉到,坐在旁边桌子、自始至终都在写写画画的男人身形一顿。

那人背对着他们,并不能看清确切长相,若是上前几步粗略看去,便会无比惊讶地发现,居然正是茶馆里的说书先生。

——先生今日好不容易能歇息一会儿,然而身为一名极富有职业素养的勤劳社畜,即便在空闲时间,也要持之以恒地挖掘说书素材。

好巧不巧,正好就让他遇见了玄虚剑派一行人。

天羡子亲传弟子在鸢城里风头大盛,更是十方法会魁首的有力竞争者。先生悄无声息坐了这么久,听见"雪潇"这个名字,不由得眉头一皱。

这个女人的名姓,他从未听闻过。

"你是指她被真霄师伯囚禁在地窖里那件事?"

郑薇绮努力回忆剧情:"还是纪掌门给她下了情蛊那件事?"

握笔的手,剧烈颤抖。

这是何等劲爆的宗门秘辛!剑修之间竟有如此之多的恩怨情仇!说书先生内心激荡!

"都不是。"

江肆冷声道:"是我把她当作替身百般虐待,最后却要取她心头血,治疗我濒死的白月光,也就是宁宁姑娘的那件事。"

惊雷一个接着一个,先生惊讶得眼珠子都要翻出来,趴在桌子上吭哧吭哧奋笔疾书,笔头差点冒火花。

郑薇绮有些不满:"最离谱的是,我居然会因为爱上真霄师伯而疯狂嫉妒她,让门内弟子把她堵在巷子里打,警告雪潇不要与师伯藕断丝连——这脑袋是怎么想的!"

宁宁用手撑着腮帮子,亦是笑道:"我也因为暗恋林浔师弟才刻意刁难她,你们还记得她与真霄剑尊幽会时突然七窍流血吗？就是吃了我下的毒药。"

恐怖！玄虚剑派这群恐怖的女人！她们怎么能用如此轻松的口吻说出这样的话！

说书先生握笔的右手瑟瑟发抖，咬紧了牙，才让自己不至于愤怒得叫出声来。

贺知洲愕然望向她："是你？"

听他这不敢置信的语气，终于在群魔乱舞里来了个正常人。

先生自嘴角露出一抹狞笑，已经做好了亲眼见证惩奸除恶名场面的准备，却听得贺知洲继续道："你不是答应和我在一起吗？到头来居然暗恋林浔师弟？"

有病啊！！！这是重点吗！！！

"这有什么关系？"

宁宁的语气平静得像是在讨论吃没吃饭："你不是也一直和雪潇情投意合？人生来就有两条腿，不劈一劈对得起它们吗？"

贺知洲恍然："有道理！对了，我记得你好像对裴寂也有点意思，这么多条船，千万当心别闪着腰，不然我们几个深爱你的男人都会心疼。"

裴寂本来游离于谈话之外，听闻此言长睫一颤，低头喝了口水。

说书先生：……

这蠢货居然被说服了。他乏了。这群人都不正常的。

"真搞不懂，你们这些男人有什么好？非要在垃圾堆里寻找真爱，也难怪她会落得这般下场。"

郑薇绮很是不屑，语气里带了点恨铁不成钢的味道："如果我是她，绝对一心修习剑道，待来日飞升成仙，再把你们这群狗男人按在地上打。"

"莫非她爱我，我不爱她，就成了种罪过？那女人不应该忘记自己的身份，不过是我暖床的工具而已。"

江肆不服气，本来张开了小嘴叭叭叭地反驳，却忽然察觉身侧有人靠近，一时间迅速闭嘴，扭头转过视线。

"啊呀，这不是迦兰城的江肆少城主吗？！"

来人是个丰腴女子，模样虽不出众，身上穿着的鲛纱烟罗裙却一看就知价格不菲。女人掩唇笑笑，伸手递来一个被白布包裹的小物件。

"昨儿有位姑娘来我绮绣坊，说是对少城主仰慕有加，特意让坊中连夜赶制了把玉骨扇，托我亲手送来。"

江肆做作地轻咳一声，神色和语气都是淡淡的："姑娘？哦——原来是那位，我只当她是在开玩笑，没想到当真做了一份。"

绮绣坊老板娘抿唇一笑，轻言细语地先行告退，留江肆与桌前几人大眼瞪小眼，还是林浔先行出了声："玉骨扇？我记得似乎挺贵。"

"呵，不过是追随者执意相赠的小物。"

江肆垂眸嗤笑，懒懒地靠在椅背，修长手指落在包装布上："听说那姑娘特意告诉过老板娘，让她在扇子绣上超大的'少城主好棒'——这又何必呢？在下从不在意此等虚名。"

宁宁侧了身子，凑到裴寂耳边讲悄悄话："我觉得，这个'追随者'可能就是他自己。"

男人嘛，总得在旁人面前为自己争几分面子。

江肆之前被郑师姐百般碾压，正是势头最弱的时候，若是让绮绣坊老板娘当着他们的面送来这份"追随者执意相赠的小物"，说不定可以挽回一成所剩无几的颜面。

裴寂因她的突然靠近呼吸一滞，随即低低"嗯"了声。

包裹在外的布料被层层拆开，露出里面精致小巧的折扇。

江肆强忍住唇边笑意，食指稍一用力，扇面便如同倏然展开的蝴蝶翅膀，推开层层折叠，当着所有人的目光铺陈而开。

但见玉骨扇绫罗生光，于阳光下反射出珍珠一般的莹润色泽，而在扇子的正反两面，赫然绣着一串大字：

"超大的少城主好棒。"

最怕空气突然安静。

林浔呆呆地望着那几个字，又呆呆地看一眼江肆本人。

贺知洲尴尬挠头："啊，这……"

江肆化身水泥砌成的冷面娇娃，时光有如凝滞，整个人呆在原地一动不动。

良久，他终于眨巴着双眼仰望天空，勉强止住眼底湿润："你们是不是觉得，我是个傻子？"

宁宁看着他狰狞的表情心痛不已，好心安慰："少城主别伤心，其实也就只有一点点。"

"倒也不是傻子。"

郑薇绮面露真诚，损起他来毫不留情："打个比方，你以前是'江肆'，现在别的偏旁部首全没了，整个人就只剩下那三点水了哈。"

这女人是在说他水货。

冷冷的冰风在他脸上胡乱地拍，江肆的表情好受伤，心也好痛。

是这个女人让他头一回意识到，原来自己也会心痛。

不愧是她。

他们这边的气氛好似上坟，另一边的说书先生则当场顿住了笔头，望向桌上的稿纸时，满目尽是零落成泥的恐惧与惊骇。

今日所闻远远超乎想象，他已经快要写不下去了。

没想到正值神志恍惚，竟然又听见郑薇绮的声音，她刻意把音量压得很低，凑到宁宁耳边讲悄悄话。

在恍惚之间，他听见对方模糊的嗓音："我觉得他这儿有点问题，也不知道是不是受了贺师弟的影响。"

她顿了顿，似是有些感慨："传染性疾病，这两人一起得，没救了。"

由于背对着他们，他看不见郑薇绮在讲话时，拿手指了指自己的脑子。

她是在吐槽白痴具有传染性。

然而说书先生却彻底蒙了。

江肆少城主哪儿有问题？为什么会受贺知洲道长的影响？还有她最后那句话，传染……传染什么疾病？

天哪，他听到了什么？！

心和身体都在颤抖，先生用尽最后的勇气低下头，看一眼自己记录在纸上的所有内容。

雪潇快死了。

在经历了真霄剑尊的囚禁、纪掌门的情蛊、江肆的强取心头血后，她被郑薇绮打得七窍流血、藕断丝连。

郑薇绮爱真霄爱雪潇爱江肆爱宁宁爱林浔爱雪潇爱贺知洲爱宁宁爱裴寂。

好家伙，伤心八角麻花恋。

视线哆哆嗦嗦地下滑再下滑，终于来到那个被打满了无数箭头的玄虚剑派人物关系表上。

与此同时，郑薇绮感到一股神识靠近，耳边竟然响起裴寂的传音。

他表面不动声色地抱着剑，语气里却隐约藏了点艰涩与迟疑，似乎说出这句话用去了浑身上下的大部分气力：

"师姐，你们讨论的这本书……能不能卖我一份？"

待夜色逐渐肆意生长，鸢城一年一度的灯会便拉开了序幕。

既是灯会，便讲究一个"亮"字。

起初黄昏退尽，鸢城有如于沉眠里初初醒来的婴孩，一切都浑浊幽暗、朦朦胧胧。

等它睁开双眼，长明灯、灯笼与蜡烛便团团簇簇地燃起，大街小巷尽是灯火通明，光晕流洒，映得整座城恍如白昼。

干燥的夜气包裹着整座城市，断断续续、聚散不定的灯光如星如火，当宁宁踏入街道，被灼目绚丽的彩灯晃得眯起眼睛。

"这边是灯笼，那里是动物形状的小灯。"

郑薇绮喝着一碗桂花粥，瞳孔在灯光里变成明亮的橘黄色泽："这种时候就应该让我与一位美男子擦肩而过，娇弱可怜的我被他撞得向后仰倒，就在电光石火之间——！

"他一把拽住你的手腕往上拉，在惯性作用下，你被不由分说地拉入他怀中，两个人深情对视，碰撞出爱的小火花。"

宁宁很是配合地接过话茬，咬了口手里的糖葫芦。

话虽这样说，但以郑师姐的实际情况来看，元婴修士实力不容小觑，普通人若是与她身上的剑气相撞……

那就变成彻头彻尾的恐怖片，《死神来了》。

"不过你们说，那群长老都是怎么想的？"

郑薇绮道："居然让我们去炼妖塔历练。那是正常人会去的地方吗？"

林浔只是听见"炼妖塔"那三个字，就忍不住打了个哆嗦。

长老们在不久前发布了十方法会第二轮的试炼地，对于绝大多数弟子而言，无异于晴天霹雳。

炼妖塔建于仙魔大战之前，在交战激烈时，理所当然成了魔族的重点进攻目标，好几次都险些被攻破。

好在有诸多仙门长老联合守塔，才不至于让群魔出世，扰乱人间。

进过炼妖塔的人寥寥无几，包括宁宁在内的大多数人，都只在传闻故事里听过这个名字。

巨塔由昆山所建，塔内关押着为数众多的妖物邪魔，个个凶残暴戾、癫狂嗜血，残害过无数平民性命，因此这里被世人称作"极凶之地"。

"这回能保住小命就算不错了，结果咱们之间还要比试。"

贺知洲买了个兔兔灯，低头摆弄它的耳朵："虽然还没透露具体怎么比，但炼妖塔里还能做什么？看谁杀的更多呗。"

这其实是个非常直白的法子，没有任何花里胡哨、钩心斗角，完全凭借个人硬实力制胜，任何门派都能在自己擅长的领域内大显神通。除却安全问题，其余方面都并无大碍。

——不过长老们悉心准备了这么久，应该早就落实过防护措施，确保十方法会不至于沦为妖魔的大屠杀。

"咱们先不说这个！今日正值灯会，若是错过，以后就很难再遇上此番盛事了。"

郑薇绮嘿嘿一笑："我打听过，鸢城里有座玉霞山，是综观全城景致最好的地方。走，师姐带你们去看看！"

于是天羡子门下一群小徒弟，连带着闲来无事充当小尾巴的江肆，在她的带领下一同来到玉霞山。

入夜后的山林格外瘆人幽异，更不用提此地除了山脚下的一处庙宇，便再没其他建筑与人烟。

当宁宁抬头望去,只能见到被风拂动的漆黑树影,如同一道接着一道的巨浪,在夜色中呜咽着上下起伏。

她兴致勃勃地来,却是怎么也没想到,一行人还没来得及进入山中一探究竟,就被一位五大三粗的和尚拦在了山脚下。

"阿弥陀佛,玉霞山乃我鹿鸣寺所属,住持特意吩咐过,灯会期间不允许外人进入。"

这和尚身高直逼两米,站在原地一动不动的时候,像是一根矗立着的圆柱形木杵:"前几年城中百姓纷至沓来,山中鸟兽皆受了惊,万物有灵,还是不要再去打扰——"

他说到这里突然变了脸色,颇为惊讶地扬起眉梢,双眼一眨不眨地盯着林浔:"看这龙角……莫非玄虚剑派林浔道长?"

林浔被莫名其妙点了名,后背下意识一僵,茫然点头。

"那这位定是郑道长、宁道长、孟道长、裴道长——"

和尚的视线在众人脸上扫视一圈,见到江肆时,音量显而易见地大了许多,眼睛瞪得跟脑门一样圆:"天羡长老!"

什么天羡长老,他当然不是。

江肆刚要出言反驳,却听身旁的孟诀正色道:"正是。小师父好眼力。"

江肆:……

"小僧悟静,天羡长老,我一直想亲眼见见你!"

和尚激动地上前一步:"你就是正道的曙光,剑道的代言人。能与天羡长老会面,是小僧一直以来的愿望!"

江肆:"我——"

"师尊,你也不必如此受宠若惊吧!"

郑薇绮一把捏住他手臂,在说出这句话的同时传音入密:"我们今日能不能上玉霞山,就全靠你了!"

江肆:……

江肆嘴角一抽:"哦。"

宁宁亦是笑道:"既然小师父如此崇拜师尊,不如同他多说些话吧?"

悟静得了应允,更是开心:"真的?天羡长老生平所有事迹里,让我印象最深的,就是在同行之人皆身受重伤的情况下,于风渡岭一剑斩杀九头巨蛟——不知长老可否详细告知那日的情景?"

风渡岭是啥?九头巨蛟又是个啥?

江肆好想回答一句"不能"。

可周围几个人阴毒狠辣的视线直勾勾地盯在他身上，芒刺在背，痛苦至极。他只觉得自己好可怜，这群剑修都不是人。

"那一日，我永生难忘。"

他深吸一口气，悄悄给身边几人打眼色，试图寻求支援。却见郑薇绮吹着口哨玩手指甲；宁宁把手背在身后低头看脚；其余几个虽然活着，其实已经死了，站在原地一动不动，一言不发。

天啊，这群没用的废物东西。

"那条巨蛟来势汹汹，我的同门像挂面一样倒在地上，个个口吐白沫，玉体横陈，云鬟斜坠，娇声阵阵，我见犹怜……"

江肆调动了所有词汇储备量，却突然意识到某个非常严肃的问题。

他近期的所有读物，都是来自郑薇绮的不可描述的小话本。

"身为一名剑修，怎能让同伴遭此劫难！我好心痛！我的泪水不受控制地往外冲，我疯狂挥剑，我大吼大叫，我像一匹发疯的野狼撕扯着自己的头发直到一毛不拔，我要杀了它！呃啊——！"

他编着编着，居然编出了感情，面目狰狞地疯狂猛捶身旁一棵大树，气喘如牛：

"我与它颠鸾倒凤大战三百回合，将我的利剑毫不留情地刺入它体内，它呻吟，它大叫，它在我身下摇尾乞怜，而我笑得好癫狂！哈哈哈哈哈！我的剑是不可多得的名器，它小小一条恶蛟岂能挣脱！我狠狠地挥剑冲刺，发出一声无比畅快的低吼——！"

救命啊！这故事已经越来越不对劲了！

宁宁听得目瞪口呆，想来想去，原来不是风动，是她心动；不是江肆言辞脏污，而是她的心已经脏掉。

江肆说罢，仍然保持着以手捶树的姿势，忍着通红眼角再度深吸一口气。

耳边传来啪啪鼓掌声，正是向来温润儒雅、光风霁月的孟诀："不愧是师尊，当真讲得活灵活现，令人几欲落泪。"

悟静虽然觉得哪里不太对劲，却也只得蒙蒙地跟着鼓掌："画面感极强，不愧是天羡长老！"

江肆嘴角斜勾，一甩凌乱鬓发，从嗓子里发出一声冷笑。

"对了，我还有个问题！"

悟静听得酣畅淋漓，又好奇道："天羡长老天生剑骨，年纪轻轻便名动天下，不知可有什么修炼诀窍？"

他知道个蛇皮棒槌。

江肆笑容凝固。

"这个我知道！"

没用的废物一号郑薇绮抢先传音："师尊每日修炼六个时辰，时时刻刻都在揣摩剑谱，听说为了节省时间，洗澡水都是直接用的河水——"

她话没说完，江肆脑袋里又响起另一道声音。

没用的废物二号宁宁讲话飞快："我知道我知道！他饿了就吃隔夜的馒头，后来干脆辟谷吸收天地灵气，剑谱买了一本又一本，为赚取钱财，甚至不惜卖掉裤子，差点就去了花楼。"

然后是没用的废物三号贺知洲："师叔修炼时不吃饭也不睡觉，整天在浮屠塔里拿着剑砍，如果是我，一定累到当场自杀。"

以及没用的废物四号孟诀："你就说没日没夜地练剑吧。师尊每日苦修剑意，险些走火入魔，即使后来成为玄虚剑派长老，也从未停下修炼。"

由于是单独传给江肆，他们听不见彼此的传音。

单独拎开来看，或许个个都有理有据，然而一股脑地汇聚在同一个人的耳朵里，就跟群魔乱舞的乱码没什么两样。

"呃，我……"

江肆想逃，跟前小和尚的目光却明亮如炬，无声催促他尽快开口。那些词汇无比混乱地搭配在一起，他浑浑噩噩思考半响，最终选择了放弃思考。

"我饿了就吃隔夜洗澡水，整天在花楼拿着裤子砍，累到走火入魔。为赚取钱财，甚至不惜当场自杀，即使后来成为玄虚剑派长老，也未曾停下去花楼。"

这是个啥。

场面一片寂静。

玄虚剑派几人一起扭头转身，四处看风景。

唯有悟静听得满目惊悚，瞳孔地震，眼睛、嘴巴和鼻孔都变为浑然天成的圆，看上去异常和谐，像极了摆好盘的甜甜圈。

——难道这就是当代最强剑修！恐怖！究极之恐怖！

江肆努力忍住眼角的热泪："那个，大概，也许，就是这样了。"

他说罢尴尬哈哈几声，似是为了补救般继续道："其实我还会看书。读万卷书行万里路嘛，呵呵呵哈哈哈。"

悟静迟疑一瞬："不知天羡长老所读，都是些什么书？"

江肆刚要张口，立马被郑薇绮捂住嘴："《剑术通则》！"

其实是《修真风月录》。

宁宁认真补充："《孤光剑法》！"

其实是《蚀骨危情：我的霸道师尊》。

林浔听得快哭了，为挽救师尊风评，怯怯地尽一点绵薄之力："还、还有《剑经十二篇》。"

其实是《天才儿子迷糊娘亲》。

江肆发不出声音，只得"嗯嗯嗯"地点头。

"原来是这样！"

悟静不知想到什么，很是不好意思地垂首挠了挠光头，满脸的横肉上浮起一抹绯红："还有最后一个问题……其实我一直很想同天羡长老一起练练剑，不知长老，意下如何？"

命运是公平的。

在为某些人打开一扇门的同时，也会为另一些人关上一扇窗。

江肆已经预见了他的未来。

今天的风吹到眼睛里，为什么会觉得有些辣呢。

江肆与悟静练剑去了。

没了小和尚的阻拦，上山就显得格外容易。宁宁顺着山道一直往上，穿过层层叠叠的树林，很快就抵达了山巅。

玉霞山不算最高，视野却是最为开阔，立于山顶往下看去，万家灯火尽数跌入眼中。

深夜霓光混杂着龙吟河边的滚滚烟霭，氤氲出泛了浅浅微光的层叠雾气，好似薄纱随风荡漾，盖住明珠般连缀成片的灯光。

至于龙吟河里盛满了摇曳不定的火光，从高处向下看，当真如同一条盘旋的巨龙，身侧烟浪滔天，气势非凡。

宁宁看得眼花缭乱，耳边循环播放着郑薇绮的侃大山，等无意之间一扭头，视线所及之处，赫然在角落里发现林浔的影子。

小白龙与所有人都隔开着一段小小的距离，整个山巅都映了微光，唯有他所在的地方被树丛阴影笼罩，覆下浓郁如乌云的影子。

他本来也在聚精会神地看着山下景色，大概察觉到宁宁的视线，仓促地扭过脑袋。

"怎么啦，为什么一个人站在这儿？"

宁宁不动声色地走到他身旁，眼前的灯光黯淡下去，只留下朦胧影子。

"我——"

他没想过会有人过来，往后稍稍退了一步。即便与宁宁相识了好一段日子，与她单独相处时，林浔还是会觉得紧张："我觉得这里就很好。"

准确来说，他很少与谁单独相处和说话。

宁宁靠在树干上，双手背在身后，抬眸轻声问他："你在门派里的这段日子，感觉怎么样？"

林浔不敢与她对视，低低"嗯"了声。

他与裴寂一样，都是在门派里独来独往、格格不入的那一类。

但与后者不同的是，裴寂刻意将自己与其他人隔开，厌烦与旁人不必要的接触；而林浔虽然有心认识更多的人，却向来因为恐惧止步不前，把自己裹进绝对安全的茧。

他讨厌这样的自己，却对此无能为力。

这里的场景让林浔想起童年时的那起意外。

他独自坠入深渊，身旁是形如鬼魅的巨兽邪灵，而在下落的过程中，能见到远处城市的火光。

那些光亮绚烂灼目，看上去近在咫尺，可当他伸出手，却只能触碰到虚无的泡影。

就像此时一样。

鸾城里灯火处处，连带着玉霞山也染上点点亮色，可山林本身，其实是漆黑一片，没有丝毫光芒的。

他不善言辞，似乎与宁宁之间形成了尴尬的沉默。

林浔一阵心焦，正努力思考应该如何与她搭话，忽然听见宁宁的声音。

她一直在笑："对了，我有个东西要送给你。"

林浔茫然抬眸。

他们两人站在寂静昏沉的树荫之下，仿佛与外界的喧嚣全然隔绝开。

身旁的女孩半低着头，在储物袋里搜寻着什么，一些光线从树枝缝隙里漏进来，落在她小巧的鼻尖。

旋即宁宁扬起嘴角，一缕幽光照亮她白皙的指节。

龙族少年愕然睁大双眼。

出现在她手中的，竟是那颗他心心念念的夜明珠。

林浔呆呆的，没说话。

当年在那处深渊里，他曾无比渴望有人能来拉他一把，也曾在绝望中期待能触碰到遥不可及的光。

可一直没有人来。

哪怕后来他被救离了深渊，由于性情大变，除了家人之外，也不再有谁愿意主动接触他。

——他这样麻烦，连说一句话都会害羞，无法信任身边的任何一个人，只能像根木头一样呆在原地，孑然一身游离在群体之外。

林浔知道宁宁的财力情况。

这颗珠子能把她的小金库掏空。

为什么……即便如此也要买下来送给他呢？

"送给你，这次试炼一定要加油哦！"

宁宁站在光晕里，抬眼向他笑笑："以后一个人的时候，如果觉得害怕，把它拿出来看一看，就能想到我们啦。"

这里本是伸手不见五指的昏暗，却因为她的到来驱散了夜色，笼上温和如梦境的白光。

紧接着是属于人类的气息、温度与声音，极尽柔和地陪伴在他身旁。

林浔浅浅吸了口气。

他觉得眼角有些烫。

"小、小师姐——"

林浔荷包蛋泪眼，白玉般的龙角整个都染了浅粉色，顶端轻轻晃："等我们回了玄虚剑派，我把所有西瓜、南瓜和黄瓜都给你吃，炒瓜皮也给你做，再也不会让你去讨饭了。"

宁宁扑哧笑出声，轻轻握住他手腕，把夜明珠塞到小白龙手心："好哦。"

郑薇绮用整整一个月免费的话本作为筹码，让江肆以天羡子的身份，答应与悟静练剑。

等众人从玉霞山下来，恰好在庙门外撞见了他们。

还有黑压压一片的围观群众。

不知是谁在远处用二胡拉着《蝶舞》，在绵绵不绝的乐音里，江肆面无表情，以看淡了生死荣辱的目光，与悟静翩翩而立。

乐响，剑起。两人踮起脚尖，提起剑边，让他的手轻轻搭在他的肩。

每个动作都如同被放了零点二五倍速，江肆踮脚、碰剑、旋转、再碰剑。乍一看去，像极了一只蹒跚飞舞的蝴蝶，跌跌撞撞，栖息在一根圆柱体大棒上。

有人好奇发问："与悟静小师父练剑的那人是谁？"

"听说是玄虚剑派的天羡长老。"

不知是谁出声应和："不愧是折服了整个鸢城的男人，这蝴蝶一样的舞姿，好美。"

江肆无动于衷，仍是面无表情的死人脸，侧身向前时，整个瘦弱的身体被悟静一把捏住，高高举起。

《蝶舞》在这一瞬间步入高潮，群众不约而同倒吸一口凉气。

他旋转，纷飞，旋转，纷飞，以七仙女飞天的姿势翘起兰花指，任凭手中长剑划出一道又一道亮光，最后身形一晃，在悟静手上做起了超高难度的托马斯全旋。

在场众人欢呼连连，任谁见了都要由衷说上一句："不愧是天羡长老，真是美得让人心醉！"

好一场乡村绝美二人转，郑薇绮刚要上前叫停，却猝不及防听见宁宁的声音：

"师姐，等等！"

她刻意压低音量，仿佛看见了某种极为令人恐惧的事物，语气里满是仓皇、惊恐。

郑薇绮心有所感，把视线从江肆与悟静身上移开，望向不远处围观的人堆。

在众多由衷赞扬的鸢城百姓里，站在最前面的青年身形高挑、面容俊朗，望着他们轻笑时，有如春风拂面。

除了他们的亲亲师尊天羡子，还能是谁呢。

不知是谁深情叹了句，"鸢城有天羡，一舞倾城，再舞倾国"。

而天羡子笑得那样和蔼可亲，每个字都动人得像是风里绽放的野菊花，说话时朝他们无比慈爱地招了招手。

像个死不瞑目的鬼。

"你、们、几、个、过、来、一、下、哟。"

冒名顶替被正主当场抓包，这种事情实在有些尴尬。

好在天羡子念及明日法会，并未丧心病狂直接下死手，而是用异常温柔的口吻告诉他们，北方的墓地最是便宜，等他的亲亲小徒弟完成试炼后出来，再与他碰面时，或许能用得着。

他笑得那样温柔，如同一位慈祥可爱的老母亲，一行人感动得纷纷红了眼眶，等回到客栈，已经入了夜半子时。

郑薇绮很讲从商的信用，老老实实按照约定，刚回到客栈，便卖给了裴寂一本《修真风月录》。

那本书厚得像块砖头，硬得像把榔头，往人身上一砸，准能砸出个大窟窿。

他接过后迅速将其收进了储物袋，在与郑薇绮道别之前，闷声问了句："师姐，我是从哪一章节开始出现的？"

"你？"

郑薇绮是真没想过，他居然会问出这种问题。

在她的印象中，裴寂阴沉孤僻，向来都是冷冷淡淡的，一双眼睛里仿佛只剩下剑意，周遭一切都与他无关。

更别说这种天雷狗血的多角恋烂俗大戏，跟他简直丝毫不搭边，如今硬生生地凑在一起，怎么看怎么奇怪。

但她还是老老实实地答："你新拜入师尊门下，所以戏份比较少。直接翻到倒数第二章节，里面就有你的第一次出场。"

于是裴寂道谢后回到房间，第一件事便是坐在床沿打开那本厚厚的闲书，来到倒数第二章。

他看得很快，几乎是一目十行，在见到自己名字时视线稍凝，耐着性子往下慢慢看。

他要找寻的段落就在不久之后。

裴寂薄唇紧抿，目光左右游移之时，下意识地放轻呼吸。不知道为什么，到了此时此刻，他居然无端生出几分紧张与迟疑，心跳悄悄加剧。

"那就是师尊新收的徒弟？"

宁宁斜倚门前，望着少年遥遥远去的背影，自嘴角浮起一抹浅笑。

她目光深沉，有如等待猎物上钩的捕食者，用舌尖舔过嘴唇："模样真可爱，是我喜欢的类型……你看他，像不像只小野猫？"

郑薇绮懒懒道："这是个刺头，我看挺悬。"

"刺头又如何？"

宁宁只是笑："我好像，已经有些喜欢上他了。"

之后便没有了任何关于裴寂的描述。由于全书尚在连载，这段堪比路人甲的戏份，是他在目前《修真风月录》里的唯一一次出场机会。

"不是吧，我的亲娘欸！'小野猫'是个什么稀巴烂的称呼？还有那个'用舌尖舔嘴唇'，这也太让人难以接受了吧！"

这文章简直是在把油腻的黑狗血直接往人嘴里灌，承影对此嗤之以鼻，说到一半时看向裴寂，在短暂的一个愣神后，不由得尖叫出声：

"裴小寂！你、你居然因为这玩意脸红了？居然还在笑！老天，知不知道你的嘴巴已经要翘到耳朵了？"

可恶啊，这臭小子要不要这么没出息！

亏它还以为裴寂是开了窍，想借由这本书融入其他人的话题，然而万万没想到，他之所以买下《修真风月录》，只因为贺知洲对着宁宁提过短短一句，"我记得你对裴寂好像也有点意思"。

裴寂目光冷冷淡淡，毫不犹豫道："没有。"

承影仗着除他以外没人能听见，不服气地大喊大叫："明明就有！你就是想看看，宁宁喜欢你的情景会是怎样！"

它说完后没得到任何回应，灵体在识海中弹跳几下，大概猜出裴寂的心思："哟，不反驳啦？放弃抵抗啦？脸怎么更红啦？"

裴寂还是没应声，顺势往后一倒，上身仰躺在床铺之上。

那本书被他用来盖住整张面庞，旁人看不清神色，只能见到身形修长的少年人一动不动，握着书页的手指因太过用力而泛起灰白。

过了好一会儿，他才微微一动，把《修真风月录》放在脑袋侧旁，然后整个人侧过身去，再度看向那段小字。

几缕凌乱的乌发散落于纸页之上，裴寂的瞳孔亦是漆黑，只不过没有了平日里的阴鸷与薄戾,带着小心翼翼,以及不易察觉的怯意。

承影觉得这小子可爱又可怜,干巴巴问他:"你要是真喜欢宁宁,干吗不直接告诉她?"

裴寂没出声,把大半张脸埋进枕头,一言不发地伸出右手,触碰在书籍纸页。

纸张冰凉,带着些许粗糙的触感。

而他的食指慢慢移动,轻轻滑过话本子里"宁宁"所说的那句话,好似触碰着珍贵宝物,紧张得厉害。

"宁宁只是笑:'我好像,已经有些喜欢上他了。'"

宁宁说了喜欢。

喜欢他。

哪怕是如此苍白的文字,当裴寂亲眼见到时,耳根还是忍不住剧烈发烫。

虽然心底一遍又一遍地告诉自己,那只不过是可笑至极的假话,目光却不受控制地被它吸引,不知第多少次,把那句话在心里默念出来。

心乱如麻里,隐隐藏了几分欢愉和欣喜。

"现在这样就很好。"

鼻尖充盈着树木的淡香,他看着那行字,眼底闪过一丝自嘲之意,终于对承影做了回应:"同门情谊……像我这样的人,还能奢求更多吗?"

番外

他不是不懂，只是不会

在奇诡莫测的修真界里，发生任何事情都不算离奇。

裴寂见识过的风浪不在少数，从小到大，很少露出惊讶与错愕的神色。然而今日听见敲门声响，起身开门之后，少年不由得微微愣住。

他与宁宁结为道侣已有整整三个月，刚从云顶雪峰游玩归来，就碰上了前来蹭饭的贺知洲与郑薇绮。

他们来时正值傍晚，恰是准备晚餐的时候。

若在平日，家中往往由裴寂主勺，宁宁在一旁帮些小忙——她对做饭没什么天赋，在厨房里惹出过爆炸失火等一系列事故，后来心灰意冷，气呼呼宣布了放弃。

"我的奶油蛋糕、薯片、虾条、寿司、意面——裴寂裴寂，我来描述原料和味道，你试着做做我家乡的特色菜，好不好？"

这是她当时的原话。

今日他们刚从雪峰回来，购置了许多当地独有的食材，宁宁饶有兴致，对他说起不少来自家乡的点心小吃。

裴寂已经粗略构思出制作步骤，思忖着应该何时给她一个惊喜，正巧贺知洲与郑薇绮来访，神秘兮兮缠着她进入小院，似乎准备了什么小玩意，叽叽喳喳说个不停。

身旁无人，正是准备惊喜最好的时候。他在厨房琢磨许久，终于做好了宁宁期待的菜式，听见有人敲门，没做多想地径直打开。

下一瞬，少年便皱起漆黑的眉。

门外独独站着大师姐郑薇绮，与之前意气风发的模样不同，这回面上带了尴尬的笑。本应出现的宁宁与贺知洲不见踪影，取而代之的，是两个双眼浑圆、形如豆丁的小孩。

他太阳穴突地一跳，隐隐明白了什么。

"就是吧，师尊许久不炼丹，昨日好不容易露了一手，说是丹有奇效，可增进修为、清心静气。"

郑薇绮说着挠挠头:"我与贺师弟替你们捎了一些,宁宁吃了几粒,没想到——"

她话音未落,便听见身旁的男孩扬声道:"哇,寿司!"

裴寂长睫下压,目光落在那张与贺知洲有七成相似的脸上。

幼年的贺知洲虎头虎脑,身上套着件宽大白袍,说起话来嗓音清亮,脆生生的。

至于站在他身侧的小女孩,就显得安静许多。

那是小时候的宁宁。

这个认知急急冲撞在心口,裴寂长睫轻颤。

女孩生得漂亮,一言不发地待在原地,便已能吸人眼球。

黑漆漆的瞳仁圆润如杏,倒映了厨房里温暖的火光,此时正直勾勾地盯着他瞧。比起后来清瘦的少女模样,女孩的双颊边多出两团软绵绵的肉,乍一看去,如同莹白似玉的团子。

他素来阴沉,做不出多么温驯的模样,黑沉沉的双眼一望,曾经吓到过不少孩童。

这样古怪的性子,或许不会讨她喜欢。

裴寂无言抿唇,将视线从她身上挪开。

"他们俩运气不好,吃到了奇奇怪怪的丹丸,一瞬间变成这个样子,不仅形体像是三四岁小孩,心智也退化到了那个时候。"

郑薇绮颇有些不好意思:"还好我的储物袋里装了小孩儿的衣服……我在小院里传信给师尊,他很快给了答复。"

裴寂安静听她继续道:"在之前也出过这种情况,药效不久,大概在两到三天。待得两三日以后,他们就能恢复成原本的模样,至于这几天——"

郑薇绮嘿嘿一笑:"我不怎么会带小孩。"

她不擅长与孩子相处,裴寂自然更不用说。

他们两人皆是天赋卓绝的剑道修士,即便面对杀气腾腾的洪水猛兽,也从不会露出丝毫惊惧与惶恐。这会儿与两个孩子同处一室,反倒拘谨得不知如何是好,一时间面面相觑,陷入沉默。

另一边的贺知洲已经溜到了灶台旁侧,上下左右四处打量。

"我已为他们大致介绍了这边的情况,说是爹娘托付,留在此地休息几天。"

郑薇绮道:"但他们俩说的那些话——"

"寿司、汉堡、炭烤牛排!"

男孩两眼放光,眼珠子骨碌碌一转,落在郑薇绮身上:"姐姐,你能不能借我手机,让我和爸爸妈妈说说话?"

手——鸡?

听不懂。

贺知洲看得兴致勃勃，门边的宁宁同样好奇，杏眼微抬，飞快望一眼裴寂。

这道视线又轻又快，如同一缕不易察觉的风，在少年人低头与之对视的刹那无声移开，不与他有所触碰。

在玄虚剑派时，裴寂也曾变成过孩童模样。只不过他当时的年纪更大一些，六七岁大小的孩子具备合理思考的能力，不像这两个懵懵懂懂的小团，连说话都是奶声奶气的。

三岁左右的小孩想一出便是一出，绝大多数时候，都是凭借下意识的本能做出动作。她匆匆低下脑袋，许是被他吓到了。

裴寂眸色稍黯。

"姐姐没有手机，这样吧，我给你变个戏法好不好？"

郑薇绮一个头两个大，右手一动，默念剑诀。

但见白芒一现，向四周逐渐溢开。流光如水，缓缓牵引出长剑的模样，刺破夜色朦胧。

贺知洲哪曾见过这样神奇的景象，嘴巴张成一个圆："姐姐，你是奥特曼战士吗？"

郑薇绮来不及回答，便听另一旁的宁宁接话："明明是七仙女下凡！"

这句话郑薇绮总算听懂了。

她原本不怎么喜欢小孩，总觉得这种生物实在麻烦，然而此刻听见宁宁的嗓音，不自觉露了笑："倒也不是仙女啦，就普普通通。"

年纪小小的孩子世界观尚未成形，接受能力也比成人高得多。贺知洲已经全盘接受了眼前发生的一切，睁着圆眼睛咧开嘴角："姐姐会魔法，哥哥也会吗？"

裴寂脊背一僵。

那边宁宁的视线也随之移了过来。

郑薇绮轻轻咳了下。

身形颀长的少年剑修静默不语，指尖轻动。

比起郑薇绮，他的剑气显得冷冽许多。剑意腾空之际，层层晚风旋然汇集，在夏日末尾，竟带起片片莹白"霜雪"，恍如四散而开的雾气，牵引出长长一条丝带，环绕在两个团子身边。

贺知洲激动得不行，双眼睁成了圆圆的小球；宁宁细细打量好一会儿，末了伸出右手，用指尖轻轻一戳。

女孩的食指莹润洁白，带着温温热度，落在柔软的剑气之上，引得白雾悠悠散开，似是被挠得有些痒。

这是用来降妖除魔的本领，让无数妖魔邪祟闻风丧胆，此时此刻，却被他小心翼翼捏在手心，展现给小小房屋里的男孩女孩。

不过须臾，白雾又是一转。

涣散的气息渐渐凝结，被她轻轻戳了戳，颜色越来越浓，竟缓缓汇作一只圆滚滚的大白兔，乖巧地悬在女孩指尖，惬意打了个滚。

哇哦。

郑薇绮看惯了少年人冷冽淡漠的时候，还是头一回见到他这样小心翼翼、温柔安静的模样，眉头下意识一挑，悄悄笑了笑。

这样的变化全然在意料之外，宁宁仓促地眨了眨眼，抬头去看他。

女孩的目光澄澈干净，如同一汪镜面般的湖水，裴寂从她眼底见到自己的影子，别扭地低下脑袋。

沉默之间，他听见一道柔软的低语："谢谢哥哥。"

他抿了抿唇。

"不只有戏法，哥哥还准备了很多好吃的。"

身为把丹丸带来的罪魁祸首，郑薇绮的哄人堪称尽职尽责，在学宫都没这样认真过："我们吃了饭饭睡觉觉，好不好？"

贺知洲连连点头："我还想捉蜻蜓！"

宁宁细声细气："还有看花花。"

如今正是夏末，宁宁与裴寂的院落繁花似锦，之前一路走来，小朋友看得饶有趣味，满嘴叽叽喳喳没停过。

她说着一顿，似是有些不好意思："妈妈教过我编花环，等做好了，可以送给哥哥姐姐……很漂亮。"

郑薇绮：……

苍天可鉴，她是真的真的不怎么喜欢小孩。

——可是这样的小朋友也太可爱了吧！软软糯糯乖乖巧巧，关键嘴还很甜，说起话来像只安静的白兔，杏眼润润一抬，能让人的心口瞬间化掉。

她不动声色地捂住胸口。

一番寒暄结束，终于到了贺知洲最为心心念念的晚饭时间。

今天都是从未尝试过的全新菜式，裴寂把饭菜放上餐桌，难免感到忐忑。

宁宁只知道食物的味道与食材，对他模模糊糊描述出来，要想第一次就还原口味，无异于天方夜谭。

贺知洲满眼好奇，拿起其中一块寿司，唇齿一动，不自觉地眨了眨眼。

"好吃！"

男孩两只眼睛弯成月牙，在贫乏的词汇里找不出更好的夸奖词，只能遵循最为单纯的本能："好吃好吃！哥哥好厉害！"

宁宁也塞了一块入口，圆团般的腮帮子一鼓一鼓，双眼随之一眨一眨。

饭团的制作方式并不算难，关键在配料与米粒的搭配。

米粒圆润紧致，一口咬下嚼劲十足，谷物的清香干净温暖，绵绵软软扩散在唇齿之间，搭配精心准备的鱼子与海苔，萝卜则是酥酥脆脆，口感丰富，十足美味。

裴寂见她唇边溢开微笑，暗自松了口气。

"可是，"贺知洲把团子一口入肚，"奥特曼战士也要吃饭吗？姐姐，你们会不会变身？"

宁宁："是七仙女下凡。"

修真之人大多辟谷，寻常而言，只需攫取足够多的天地灵气，并不用如常人一般一日三餐。

但肚子不饿，口舌总归会馋。

宁宁过惯了泡在美食里的日子，最大的爱好之一，就是带着裴寂琢磨菜谱。他自小便自立更生，对做饭一事不在话下，既然宁宁喜欢，裴寂也就乐得陪她，常会捣鼓出从未听闻过的菜式。

"怎么样，好吃吧？"

郑薇绮探头一瞧，伸手指向桌边的圆形不明物体："这是什么？"

"像是汉堡。"

贺知洲道："只不过外皮有点奇怪……怎么是米饭？"

眼前的食物与汉堡有六分相似，体格小了三分之一，中间夹着青菜与肉，隐约可见鲜红色的酱汁。只不过包裹整个食物的外皮并非褐色，而是被压得紧紧实实的米饭。

当时宁宁对他说起，裴寂就想不明白合适的材料，思来想去，先行用这个作为代替。

如今听他这样评价，大概是做得很奇怪。

他的一颗心莫名发紧，沉默的间隙，听见小女孩一声软软糯糯的笑："……好可爱哦。这是米汉堡吧。"

她一面说，一面凑近一些，双眼里闪着柔柔的光。

这样的汉堡不似常见那般宽大，小小乖巧的一个，肚子圆圆鼓鼓，外壳则是令人舒适的雪白色。

这是裴寂为她准备的惊喜，他笨拙生涩，却也十足赤诚。

小姑娘双唇单薄，张不开太大弧度，轻轻咬上一口，只吃到极小的一团。

少年不动声色地看她，见到女孩倏地扬起唇边："好吃。"

宁宁想要赏花，贺知洲心心念念捉蜻蜓。

他们俩都是在城市长大的小孩，很少能见到青山葱茏、繁花盛开的景象。恰巧这处院落位于群山之下，出于宁宁的喜好，悉心种了满园花花草草，甫一望去夏色无边，别有一番景致。

　　两个小孩两个大人，正好两两搭配。郑薇绮带着贺知洲前往后山闲逛，宁宁则被裴寂带在身边，留在院子里看花。

　　说老实话，裴寂不知道应该怎样亲近小孩。

　　他的童年充斥着冰冷与折磨，从来得不到娘亲的一丁点儿关照，莫说照顾，连安慰性质的言语都没听过。

　　他最常听见"野种"与"混账"，那样的词汇，只会脏了宁宁的耳朵。

　　女孩颇有兴致地四下晃悠，裴寂立在一边，确保她的绝对安全。

　　与幼年时的他相比，宁宁显得肆意许多。

　　她家境富裕，从小在蜜罐里长大，不识人间疾苦，即便面对陌生人，也能做到不卑不亢，随时展露笑容。

　　……不像他，向来阴沉寡言，没有朋友，更不被父母喜欢。

　　"我家院子里也有茉莉花。"

　　宁宁摸了摸雪白的花瓣，惹得茉莉一颤："裴寂哥哥会自己打理吗？"

　　"我和……"

　　这声"哥哥"叫得温和绵软，他听罢喉结微动，有些不自在："我道侣。"

　　她听不明白："道侣？"

　　"是妻子的意思。"

　　他说得很轻，没有察觉说起这句话时，自己的语气倏然变得柔和许多。

　　这样的小小变化被女孩捕捉，咧嘴一笑："哥哥一定很喜欢她。"

　　裴寂这才露了笑："嗯。"

　　比起长时间的对话，鲜花对于女孩的吸引力更大。宁宁没做多想，蹲着身子在花圃前戳戳弄弄，裴寂安静立在她身后，突地皱起眉头。

　　他身为魔修之子，体内魔气剑气融合混杂，时常摧折着五脏六腑，修为精进后虽然好受许多，却仍会不时觉得难受。

　　这道疼痛来得不合时宜，少年长睫微垂，覆下一层漆黑浊色。

　　疼痛袭来时，往往会牵引出魔气满身。那并不是多么美好的景象，看上去怪异又可怖，在以往的时候，宁宁通常会将他抱在怀中，用灵力缓缓疏通经脉。

　　然而这样的模样，只会把如今的她吓住。

　　她年纪尚小，若是离开视线范围，总叫人觉得不甚放心。裴寂暗自咬了牙，后退到幽暗角落，用肩头斜斜靠在一侧的围墙边。

　　女孩仍在背对着他采花，并未发现异样。在这种情境之下，他只能竭力咬紧牙关，不发出一丁点声音。

指节紧紧收拢，泛起惨白颜色，指甲陷进肉里，疼痛让他稍微清醒。

宁宁大概是不喜欢他的。

此刻的她没了过往记忆，看他与陌生人无异。从初初见面时起，小女孩便一直躲闪着他的视线，定是被这具身体里的阴冷凶戾吓了一跳。

他从来都不是讨人喜欢的性格，在这一点上，裴寂心知肚明。

他这样想着，莫名感到失落。

……他自是想要为她所喜，也想像贺知洲与天羡子那般，能恣意笑着逗弄见到的所有小孩。可向来孤寂的少年未曾得到过温柔对待，对于如何哄别人开心，可谓一窍不通。

他不是不懂，只是不会。

除却躯体上的疼痛，胸口也在暗暗发闷。经脉仿佛被一寸寸撕开，裴寂感受到汹涌的魔气四散溢开，眸色更黯。

他少有地出了神，也正是在这一瞬间，被什么人轻轻扯了扯衣袖。

那股力道很轻，却瞬间将他从恍惚的疼痛里拽出来，好似脱离泥潭，终于能呼吸到第一口新鲜空气。

裴寂轻轻吸了口气，低下头去，望见一双灿若星辰的眼睛。

宁宁不知何时来到这处角落，抬眼定定地看着他。

可他浑身上下充斥着令人难堪的黑气，之前还能借着夜色勉强掩盖，如今被她陡然靠近，一切污浊都被一一展开，无处可藏。

"你别怕。"

裴寂哑声开口："我不会伤到……"

他话语未尽，便被一道横冲直撞的痛意锁住喉咙，突地屏住呼吸。

缭绕的黑气宛如鬼魅，连他自己都觉得恶心。裴寂想将最好的一切献给她，到头来展现在宁宁眼前的，却还是如此脆弱的模样。

他做好了小女孩仓皇离开的打算，在朦胧夜色里，却只见到一双圆润清亮的眼睛。

宁宁声音很轻，笨拙且小心："裴寂哥哥，你哪里不舒服？"

仅凭一句话，便将少年筑起的屏障轰然击溃。

孩童的关心赤诚稚嫩，他心中意味难言，俯身与她保持平行："没什么，不必担心。"

宁宁微微蹙了眉，思忖片刻，捏在衣袖上的右手微微一动。

下一瞬，有道温温热热的气息覆上头顶。

女孩的右手肉乎乎，没用太大力道，轻轻柔柔地拂过，引出莫名的痒，仿佛能顺着血液直达心脏,让他脊背一僵。

"妈妈说,疼的时候摸一摸,会感觉好很多。"

她动作生涩,一下接一下地抚摩,指尖穿过漆黑发丝,是极致的黑与白色。

等右手从头顶挪开,宁宁摸摸鼻尖,许是不好意思,耳垂生出不易察觉的红。

被塞进他手心的物体冰凉单薄,裴寂低头,见到一串被编织在一起的小小花环。

它正安静躺在他曾经沾满鲜血、生有老茧与疤痕的手上。

"裴寂哥哥。"

女孩的声音盘旋在耳边,伴随着轻和晚风:"送给你的……花花。"

四周皆是静谧,裴寂却清楚听见一声猝不及防的闷响。

噗的一下,有什么东西在心口悄悄绽开。

等两个孩子玩耍尽兴,已经到了深夜时分。

宁宁一个劲打哈欠,贺知洲满嘴跑马,拉着她叽里呱啦。裴寂与郑薇绮在另一间房商议完接下来的打算,还没踏进主厅,就听见贺知洲的大嗓门。

"还有鱼!我抓了三条!以后要是能住在这种地方就好了。"

他说着一顿,声调微低:"你玩得怎么样?"

"花花漂亮。"

宁宁坐在椅子上,双腿晃悠不停,说到这里嘴角一咧:"裴寂哥哥也很好。"

郑薇绮忍住想笑的冲动,感受到身旁的少年气息凝固。

生死一线的时候,都没见过他这样紧张。

贺知洲小小声:"我还以为他有点凶。"

"裴寂哥哥很好啊。"

小姑娘掰着手指头:"给我们做了好吃的饭,陪我去花园里玩——"

她说着摸摸鼻尖:"他长得也很漂亮嘛。"

郑薇绮这回没忍住,笑出一道低低的气音。

她瞥见裴寂耳根的微红。

这声笑被屋子里的小朋友听见,圆团子齐齐转过脑袋。

"好啦好啦,时间不早了,你们说完了吗?"

郑薇绮佯装成没事人,眼角眉梢尽是笑:"方才说到哪儿了?"

贺知洲挺直脊背:"爬山山!"

宁宁板着小脸,耳朵是做错事被抓包后的绯色:"采花花!"

"哦——"

郑薇绮眉头一挑,随手抓住贺知洲衣袖:"有没有觉得一点困困?记得跟紧哦。"

"裴寂哥哥。"

357

宁宁悄悄端详裴寂神色，见他目光如常，暗暗放心下来："我们去哪儿？"

开口之际，她的手腕也被一把握住。剑修骨节分明，五指修长，将女孩的小手毫不费力包在手心，如同触碰着珍贵瓷器，不敢用太大力气。

"送你们去客房。"

夜色静谧，少年人的嗓音响起，有些别扭，却格外清晰："……睡觉觉。"

图书在版编目（CIP）数据

一不小心成了白月光 . 2 / 纪婴著 . -- 成都：四川文艺出版社, 2023.3（2025.5 重印）

ISBN 978-7-5411-6558-0

Ⅰ.①一… Ⅱ.①纪… Ⅲ.①长篇小说—中国—当代 Ⅳ.① I247.5

中国国家版本馆 CIP 数据核字 (2023) 第 007201 号

YI BU XIAO XIN CHENG LE BAI YUE GUANG. 2

一不小心成了白月光 . 2

纪婴　著

出 品 人　冯　静
责任编辑　邓　敏
责任校对　段　敏

出版发行　四川文艺出版社（成都市锦江区三色路 238 号）
网　　址　www.scwys.com
电　　话　028-86361781（编辑部）

印　　刷　嘉业印刷（天津）有限公司
成品尺寸　160mm×230mm　　　　　开　本　16 开
印　　张　22.5　　插　页　4　　　字　数　470 千
版　　次　2023 年 3 月第一版　　　印　次　2025 年 5 月第六次印刷
书　　号　ISBN 978-7-5411-6558-0
定　　价　49.80 元

版权所有·侵权必究。如有质量问题，请与本公司图书销售中心联系调换。电话：010-82069336